V
ODER
DIE VIERTE WAND

ANJA KÜMMEL

HABLIZEL
2016

Erste Auflage 2016

Korrektorat: Christian Rief
Gestaltung/Satz: BUREAU Mario Lombardo
Druck: BESTinGraphics, Vosselaar/Belgien

Erschienen bei Hablizel, Lohmar

Die Deutsche Nationalbibliothek verzeichnet diese Publikation in der Deutschen Nationalbibliografie; detaillierte bibliografische Daten sind über http://dnb.d-nb.de abrufbar.

Printed in EU

ISBN 978-3-941978-22-5

www.hablizel-verlag.de

Prolog

Donnerstag, 16:48

Was ich jetzt sage, ist nicht für die Cloud. Es ist für mich, Fenna.

Ich werde nichts davon *teilen* können. Niemand wird es liken, taggen, kommentieren.

Der einzige, mit dem ich manches teile, ist dieser schwule Mexikaner. Der vermutlich verrückt ist. Er behauptet, einen *Wächter* zu besitzen. Oder sogar mehrere, ganz sicher scheint er da selbst nicht zu sein.

Wächter – diese Mini-Kamera-Hubschrauber, die überall in London rumfliegen. Sie haben die Dinger auch in Reykjavík getestet. Es gab Proteste; das Ganze war von Anfang ein Flop. In Island gibt's ja keine Anonymen. Oder besser gesagt: *Alle* sind anonym. Denn niemand ist gechippt. Trotzdem gibt's so gut wie keine Verbrechen. Der Regierung fehlte jede Rechtfertigung.

Der Mexikaner nennt sich Mesca. Er hat alles Mögliche geschluckt, in seiner Jugend, von der er redet, als sei sie ewig her. Vor allem eine Droge namens *Mescalin*, daher der Name. Vielleicht hat er sich das aber auch nur ausgedacht. Den Namen und die Droge.

Die *Wächter* will er mir nicht zeigen. Zu gefährlich, sagt er.

Aber das Steuerelement. Das gibt es wirklich. Ich hab's gesehen. Es sieht aus wie ein FlexxPad.

17:01

Wahrscheinlich ist Mesca verrückt.

Gut möglich aber auch, dass *ich* verrückt bin.

Wie ich hier auf dieser Müllhalde hocke und mit meinem Pad rede, das jetzt nur noch als Diktiergerät taugt.

Tāmā de! Jetzt hat mich diese Zeit, in der ich fälschlicherweise gelandet bin, schon so weit, dass ich von ihr als *Jetzt* denke. Dabei ist die Zeit, aus der ich komme, in der ich eigentlich in diesem Augenblick sein sollte, das Jetzt! Oder anders: Der Bekloppte und ich sind – wie auch immer das passieren konnte – in ein ziemlich desolates Früher gefallen, das es so nie gegeben hat.

Wer jetzt denkt, das klingt total abstrus, hat absolut recht.
Aber zumindest habe ich eine Theorie, wie alles anfangen hat.

I

es regnet. tag und nacht.
häuser stehen auf dem kopf. menschen sprechen mit sich selbst. durch manche von ihnen kann man hindurchfassen, als wären sie luft.

nach etwa sechs tagen in london lässt der regen nach.

zwei oder drei tage waren wir draußen im *verseuchten äußersten osten*; drei tage saßen wir auf j.d.s couch und haben *hutyún* gespielt. j.d. hat diese dinger, die er *pads* nennt, auf den tisch gelegt. eins für sich, eins für mich. und dann kamen aus der gegenüberliegenden wand superschnelle, ultralaute fighter rausgeflogen. sie sausten durch staub und asche, direkt auf uns zu. wir mussten die fighter sehen, bevor sie uns sahen, irgendwie herummanövrieren um diese massen von asche, und dann mussten wir sie abschießen. mit unsren fingern.

nach jedem level sagt j.d.: teilen, steht auf, holt nachschub an dünnem bier und fettigen käsesandwiches. manchmal piept dann sein pad, er brummt: ja ja, zu viel cholesterol, und wenn es ihm zu blöd wird, zieht er seine jacke über. dann ist das pad still.

meist sieht es aus wie ein zippo-feuerzeug, dessen eine seite aus glas besteht. manchmal aber auch wie eine muschel. oder ein flaches, sehr dünnes armband. es ändert seine form, wenn man gerade nicht hinschaut, und manchmal auch seine farbe. das teil, das er mir geliehen hat, liegt da wie tot, wenn wir gerade nicht damit spielen. seins ist ein wunderding, meins wohl eher so was wie eine stinknormale fernbedienung.

hin und wieder wirft j.d. eine kleine weiße pille ein und rollt sich auf der couch zusammen. für mich bedeutet das: ein paar stunden schlaf. schlaf, aus dem ich manolo zu verbannen versuche. weil selbst das träumen von ihm hier keinen sinn mehr macht.

sobald j.d. wieder wach ist, ist das nächste level dran. so geht das drei tage lang.

dann, plötzlich, stehen die fighter still.

ich warte drauf, dass was passiert, aber nichts passiert. ich sehe zu j.d., der regt sich nicht. ich sehe zur wand. da blinken stumm zwei worte: HIGH SCORE. ich habe jedes spiel verloren.

etwas fehlt. das unablässige geprassel an den scheiben.

j.d. lauscht, nun höre ich es, er lauscht wie ich in das summen des gebäudes, das rauschen der A12 tief unter uns hinein. dann ballt er die faust, zerknüllt den himmel, an dem die flugzeuge stehen, wie ein blatt papier, und sagt: eh.

die wand ist, ohne den himmel, auf einmal sehr grau. der raum wirkt winzig, unsrer kampfgeschwader beraubt.

j.d. geht auf den balkon und streckt die hand raus.

pisst nicht mehr. eh!

so reden die leute in E16. verstümmelt, durchmischt mit lauten, die ich nicht verstehe. vielleicht reden so die leute in ganz london. j.d. und seine eltern jedenfalls. sie leben in einem siebenundzwanzigstöckigen hochhaus in E16. seine schwester und ihr baby in *carradale*, wo auch immer das ist.

wir müssen auf die *insel*, hat j.d. gesagt. schon vor tagen, und ich glaube, er hat gemeint: sobald es aufhört zu regnen. jetzt hat es aufgehört. ich beuge mich runter und binde meine schuhe und stecke einen teil von gerris koks ein. der rest ist draußen im *verseuchten äußersten osten*, an einem sicheren ort.

j.d. hat mich nicht aus nächstenliebe aufgenommen. auch nicht aus geilheit. er ist nämlich gar nicht schwul. obwohl er bei unserer ersten begegnung diese komische, grelle kleidung trug. an seiner wand räkeln sich, jetzt wo die flugzeuge weg sind, nackte mädchen. manchmal bewegen sie sich, aber meist liegen sie ziemlich still. keine von ihnen hat einen schwanz. anscheinend steht j.d. nicht auf schwänze. er will mir nicht an die wäsche. er will was ab von meinem stoff, genauer gesagt: vom geld, das wir dafür kriegen. j.d. kennt jemanden, der ihn will. behauptet er. *halbe-halbe*, hat er gesagt. halbe-halbe. diese worte kenne ich. sie sind so schön, dass ich ihn küssen könnte. aber ich halte mich zurück.

j.d. hat beim schimmernden bären im untergeschoss der paddington station gewartet. natürlich nicht auf mich. auf wen, weiß ich bis heute nicht.

mir war schwindlig und übel, seit 24 stunden kein schlaf und nichts zu beißen. das schiff war in bristol gelandet. dann hatte ich den zug genommen – *british rail* heißt das hier –, auch das als blinder passagier, eingeklemmt zwischen koffern und katzen in transportboxen. kontinuierlicher niesel schlug gegen die scheiben, und es war bitterkalt. nach drei, vier wochen auf dem meer dachte ich, ich würde noch immer von sanften wellen hin und her gerollt. der zug hielt, aber der boden schwankte noch immer, und die decke, der himmel, was immer es war, wölbte sich, pulsierte: ich wusste nicht, dass london zwei sonnen hat. da war eine treppe, die aussah, als führte sie nach unten. tatsächlich brachte sie mich dem gewölbten himmel näher. dabei hatte ich eigentlich die untergrundbahn gesucht. die gestirne nahmen zu. keine sonnen: ovale, pochende organe. faserige sonnenschirme, vor jahren ins wasser gefallen. es gab da unten, also über mir, eine strömung, ein sanftes schaukeln, das die schirme torkeln ließ wie riesige quallen, die leuchteten. dann ging der himmel aus.

ich hatte mir einen stadtplan besorgen wollen. ich hatte in den verwinkelten straßen von covent garden das V suchen und dann dort hingehen wollen, jeden dienstag, zur *nacht für helden*, so lange, bis ich manolo gefunden hätte. aber irgendwie war dies nicht das london, das ich erwartet hatte. es war ein ganz, ganz anderes london. es war nicht mal ein stadtplan zu finden. weit und breit kein zeitungskiosk, kein buchladen, nicht ein einziges geschäft, das irgendetwas *normales* verkaufte. irgendetwas, das ich erkannte. so was wie: schuhe, klamotten, souvenirs.

dabei war ich in einer art einkaufszentrum gelandet. menschen gestikulierten und lachten, manche sprachen laut zu sich selbst, andere bewegten stumm die lippen. ich verstand nur die, die mir sehr nah kamen. wär das nicht was für dich?, sagte zum beispiel eine schlanke blondine zu einem pummeligen mädchen. die blonde zeigte auf irgendwas, das träge in einem der schaufenster rotierte. neunundneunzig prozent übereinstimmung mit deinen pals. vierundsechzig likes von interests und potentials!

xuàn!, hauchte die kleine dicke.

unwillkürlich drehte ich den kopf nach dem ding, auf das die blonde zeigte. es war klein, flach und pink.

als ich wieder geradeaus schaute, war die blonde im begriff, mir auf den fuß zu treten. sie lachte das mädchen an, so als würde sie mich gar nicht sehen. ich verharrte, wie ein kojote im scheinwerferlicht, gefasst auf den zusammenprall.

doch wir stießen nicht zusammen. die blonde ging einfach durch mich durch.

keine kollision, kein streifen, nicht mal ein luftzug.

alles um mich rum bewegte sich. viel zu schnell. der himmel blieb verschwunden. noch immer kein stadtplan, kein zugang zur metro, keinerlei aussicht auf orientierung.

dann sah ich den halbdurchsichtigen, schimmernden bären. er trug einen koffer in der hand, einen schlapphut auf dem kopf und schaute ziemlich verloren. so, als würde er schon seit stunden vergeblich auf jemanden warten. menschen gingen eilig um den bären herum oder durch ihn durch, so wie die blonde eben durch mich hindurch gegangen war.

neben dem bären tänzelte ein nervös zuckender, bleicher junge von einem bein aufs andere.

irgendetwas an ihm wirkte vertraut. dabei sah er manolo kein stück ähnlich. im vergleich zu seiner bunten kleidung waren die haare und die augen dieses jungen beinahe absurd farblos.

es war sein warten. es war ein warten, das ich kannte. vom eingang des gold cup, von den stufen der baptistenkirche.

vielleicht konnte er mir weiterhelfen. irgendwie.

ich atmete durch. lockerte die knie. visualisierte eine gerade. auf den jungen zu. lässig in seine richtung schlendern, den blick auf den schlapphut des bären geheftet.

und richtig: der junge sprach mich an.

was er sagte, war eine art trockenes husten. ich musste zweimal nachfragen, bis ich ihn verstand.

ami, eh?

ich nickte, obwohl das ja eigentlich eine lüge war.

erst jetzt, nach einer knappen woche, gewöhne ich mich dran, wie hart er die worte hervorstößt. verschliffene schnalzlaute, unmotiviert aneinandergereiht.

der junge fasste mich unsanft am oberarm. tastete da herum, befühlte die weiche innenseite, drehte mich, als wäre ich ein lebloses mannequin, besah sich auch den anderen arm, nahm schließlich meine hände und drückte in den hautfalten zwischen daumen und zeigefinger herum. dann ließ er mich los. sein kinn ruckte.

eh!

es klang anerkennend diesmal, ein bisschen herausfordernd fast.

auf dem gesamten weg in den *verseuchten äußersten osten* sagte j.d. kein wort. die bahn, die wir nahmen, sah noch futuristischer aus als die *national rail*, mit der ich aus bristol gekommen war. wir gingen bis zum ende des bahnsteigs und betraten den hintersten waggon durch die hinterste tür, die sich nicht automatisch öffnete, die j.d. aber mit einem kleinen flachen gegenstand in sekundenschnelle aufbekam. das ganze ging so smooth wie ein autodiebstahl in downtown.

wir fuhren eine lange strecke. draußen war es erstaunlich dunkel; nur abenteuerlich gezackte häusersilhouetten, die sich kaum vom himmel abhoben. und ich hatte gedacht, london sei ein lichtermeer.

wo war die stadt, von der die rockats erzählt hatten? von der manolo geschwärmt hatte?

ein paar mal machte ich den mund auf, um j.d. nach dem V zu fragen. und klappte ihn dann einfach wieder zu. von meile zu meile erschien mir die frage absurder. das V immer undeutlicher. wie etwas, das im rückspiegel sehr schnell kleiner wurde.

es dauerte, bis wir die stadt hinter uns gelassen hatten. ungefähr so lange, wie es dauert, von hollywood bis in die wüste zu gelangen. nachdem wir aus der bahn gestiegen waren, gingen wir noch eine ganze weile zu fuß. nieselregen benetzte unsere haut. ich wollte wissen, warum hier nichts war, und j.d. sagte: weil das hier der *verseuchte äußerste osten* ist.

vor uns kroch dämmerung über den horizont.

ich fragte: warum verseucht?

er rollte mit den augen und murmelte was von pestopfern und verbranntem müll.

nach ungefähr zwei meilen ragte aus der platten graswüste ein imposantes gebäude empor. verfallen, allerdings.

war mal n sanatorium. *fēngzi.*

mehr war aus j.d. nicht rauszukriegen.

irgendwann müssen im *verseuchten äußersten osten* also doch menschen gelebt haben, dachte ich. vielleicht war dies einst ein riesiges parkgelände außerhalb der stadt, ein rückzugsort für superreiche. irgendwann in den vagen jahrhunderten zwischen pestkatastrophe und müllverbrennung.

wir erklommen die halbzerbröckelte veranda und stiegen durch ein glasloses fenster ins innere.

j.d. machte licht mit einem kleinen gegenstand, keine taschenlampe, aber so was ähnliches. sein *pad*, vermute ich jetzt, wo ich's im schwach flackernden licht seines zimmers gesehn hab, sein *pad* in einer anderen form. das licht war sehr hell dafür, dass das, was es produzierte, in seinen handteller passte.

botschaften und zeichen zierten die wände, aber ich hatte keine zeit, sie zu deuten. wir durchquerten eine reihe von zimmern, alle mit wildem graffiti bedeckt. j.d.s lichtgekrakel zuckte darüber und verschwand, zuckte darüber und verschwand ... als würde ich von jemand sehr ungeduldigem binnen minuten durch ein weit verzweigtes höhlensystem voller urzeitlicher malereien geschleift.

zuletzt kamen wir in einen großen raum mit hohen decken. sah aus, als wäre hier mal ein speisesaal gewesen. durch drei hohe fenster fiel schwaches licht; in der mitte stand ein alter flügel. ansonsten war der saal völlig leer. auch die wände waren kahl. j.d. bedeutete mir stehenzubleiben. das licht zeigte zu boden. da war etwas. bewegung. sich wiegende bündel kauerten um den flügel herum.

wèi, sagte j.d.

zwei der bündel drehten ihre köpfe, und j.d. leuchtete in ihre gesichter.

pickelige haut, lange wimpern, darunter neugierige, leicht feindselige blicke, substanzgedämpft: ein haufen gestalten, die man so oder ähnlich auch in disgraceland oder im canterbury hätte antreffen können.

zum ersten mal seit meiner ankunft fühlte ich mich *richtig*. das heißt: nicht völlig aus der zeit gefallen. ausgerechnet da draußen, im zerfallenen sanatorium.

hier ist das anders. in diesem siebenundzwanzigstöckigen gebäude, in dem j.d. mit seinen eltern haust. hier bin ich ein fremder, der nichts begreift. die einsamkeit, die sinnlosigkeit meines hierseins, höhlt mir den bauch aus. das V in der erinnerung zusammengeschnurrt zu einem winzigen punkt. keine mission mehr, außer j.d. zu folgen.

auf die *insel*, hat er gesagt.

das licht flackert einmal pro stockwerk, auf dem weg nach unten – zuverlässig – neunzehn mal.

auch an den innenwänden des fahrstuhls prangt graffiti. allerdings sind die schmierereien hier nicht halb so kunstvoll wie die im sanatorium. der boden klebt undefinierbar; ein halbliter-styroporbecher rollt mit jedem rucken von einer ecke in die andere.

draußen ist es kühl. es ist, soweit ich das bis jetzt beurteilen kann, *immer* kühl. j.d. behauptet, es sei sommer, aber so ganz glaube ich ihm nicht.

über einen klobigen betonsteg mit massivem geländer bewegen wir uns hinein in die kalte, viel zu dunkle nacht.

von außen sieht der zweigeteilte betonklotz mit seinen schmalen, schießschartenartigen fenstern aus wie ein gefängnis oder ein wachturm. beim reinkommen war ich zu müde, der regen zu dicht oder die nacht zu dunkel, um darauf zu achten.

j.d., fällt mir ein, hat sich nicht von seinen eltern verabschiedet. sein *lou dou* schlief im sessel, als wir rausgingen, seine mutter war keine-ahnung-wo.

AFRO-tower steht in unregelmäßigen, rostgestreiften buchstaben neben dem eingang. irgendwie lustig: ich hab im ganzen gebäude keinen einzigen schwarzen gesehen. dafür massenweise inder. auf j.d.s flur roch es die gesamten drei tage über nach curry. ich nehme an, die inder sind für london das, was wir mexikaner für l.a. sind. aber das gehört zu den dingen, die ich j.d. lieber nicht frage.

ohnehin macht hier, wo sich die A12 und die A13 ineinander verknäulen, der lärm das reden unmöglich.

wir sind zu fuß unterwegs. stumm passieren wir die zufahrt zum blackwall-tunnel. j.d. hat mir die stelle auf seinem *pad* gezeigt. ich frage ihn nicht, woher sein *pad* all das weiß. ich frage ihn auch nicht nach den autos, die aussehen wie aerodynamische mehrzweckobjekte aus einem science-fiction-film. ich frage ihn nicht nach den schwindligmachenden glasbauten, die sich zu unsrer linken erheben. sie sind unten schmaler als oben und winden sich auf eine art und weise, die ich glas und stahl nie zugetraut hätte, fünfzig oder mehr stockwerke in die höhe. ich frage nicht nach der dunkelheit, die über E16 liegt. im AFRO-tower und in den umliegenden wohnblocks brennt vereinzelt licht. die straßen dagegen sind stockdunkel. und auch die glas-und-stahl-konstruktionen, die tags den regen spiegeln, werden nachts zu toten, schwarzen flächen. in l.a. waren die nächte so hell, dass man keine sterne sah.

ich stelle keine fragen. auch dann nicht, als die motorengeräusche verklingen.

die komischen kugelautos verschwinden im blackwall-maul. wir biegen ab und gehen über einen kleinen friedhof, in dessen mitte eine weiße kirche steht.

dann wieder eine straße, auf der ungefähr jede dritte oder vierte laterne brennt. *poplar high.*

kein mensch, dafür eine drückende kälte von links. j.d. geht vor mir. er hat ein gesicht, das man in jedem stück dunkelheit vergisst. einzig die schatten unter seinen wangenknochen vergess ich nicht. sie sind klein und tief wie schusswunden.

kaum sind wir eine halbe meile gelaufen, fängt es wieder an zu nieseln. ich frage mich, wie weit noch bis zur *insel.*

und ihn: fahren hier nicht alle leute mit dem taxi?

das weiß ich aus filmen, die in england spielen.

j.d. schaut mich von der seite an. seine augen sind völlig farblos, auch im licht. du hast keinen chip, sagt er, in einem ton, als hätte ich ihn gefragt, wie man atmet.

okay okay, er hat es mir erklärt, da draußen. oder zumindest: versucht zu erklären. die leute hier haben chips in den armen. nein, keine kartoffelchips!

mikrochips. das war übrigens auch der grund, warum wir in der bahn das mit den türen machen mussten.

MCs und MPs, *meshchips* und *meshpads* – mir schwirrt noch immer der kopf.

mexiko ist ein bisschen hinten dran, technologisch gesehen, rechtfertige ich mich.

schließlich hab ich inzwischen kapiert, dass dies nicht nur ein fremdes land, sondern überdies eine fremde zeit ist. auch wenn ich keine ahnung habe, wie das passieren konnte.

als das schiff in new york auslief, war 1980. jahre müssen vergangen sein, da auf dem ozean. vielleicht sogar jahrzehnte. ich bin nicht sicher, wie viele, und es ist nicht leicht rauszufinden. man kann passanten auf der straße nach der uhrzeit oder nach dem datum fragen. aber: entschuldigen sie bitte, welches jahr haben wir?

ausgeschlossen.

sieht so aus, als müsste ich mich abfinden mit dieser fremden welt, all ihren zeichen und begriffen. E16. der *osten.* die *insel. carradale. pads. huīyún.*

schwer zu verstehen wären die briten auch 1980 gewesen, das weiß ich von den rockats. sie reden abgehackt, als hätten sie permanent schluckauf, und benutzen ausdrücke, die ich noch nie gehört habe. auch wenn die ausdrücke jetzt vermutlich andere sind. wann immer dieses *jetzt* ist.

eh, macht j.d., dann runzelt er die stirn. aber die kartelle ...

jaaa, unterbreche ich ihn mit größtmöglicher überzeugung. die kartelle! das ist was anderes.

in einer spielpause hab ich's ihm versucht zu erklären. wie ich mit dem zug von mexiko nach arizona kam, dann nach l.a., und von dort, jahre später, mit greyhoundbussen quer über den kontinent. wie ich als blinder passagier im hafen von new york in den bauch eines frachters kroch, und wie mich dieser frachter dann nach bristol brachte. jahreszahlen hab ich nicht erwähnt. manolo natürlich auch nicht. ohnehin denkt j.d. ja, dass ich ein bisschen ga-ga bin.

j.d. nickt und holt seinen *drip tip* raus. ich musste mir das lachen verkneifen, als ich ihn zum ersten mal dieses wort sagen hörte. *drip tip*, das klingt irgendwie nach schwulenporn. er behauptet, es sei eine art zigarette, aber für mich sieht es aus, als würde er auf einem teuren kugelschreiber rumkauen.

dachte, nur in paar afrikanischen wüstenstaaten wärn die leute ungechippt, nuschelt j.d. um das phallische ding herum. und island, eh.

in diesem moment höre ich zum ersten mal das brummen. es ist in der luft. irgendwo über uns, um uns. zu sehen ist nichts. zu sehen ist dafür was anderes, nämlich eine gigantische wand, die den himmel verdeckt. hinter den häusern, die man im licht der vereinzelten laternen erkennt, befinden sich noch viel höhere häuser. sie stehen so dicht, dass sie miteinander verschmelzen, und sind so hoch, dass man sie für sternenlosen himmel halten könnte.

mir wird noch kälter; die feuchtigkeit legt sich wie eine eisige folie um meine haut. wenn ich den kopf in den nacken lege, rutschen die gebäude nach hinten weg. die wolkenkratzer in new york waren *freundlich*, strahlten weihnachtsbaummäßige wärme ab. was hier den mond und sämtliche sterne schluckt, riecht nach tod. eine unregelmäßige reihe verrotteter zähne im maul einer bestie.

j.d. sieht all das nicht. oder er ist den anblick gewöhnt. er fummelt mit seinem *drip tip*. tröpfelt, schraubt, schnipst.

je näher wir der schwarzen wand kommen, desto deutlicher werden die zeichen ihres zerfalls: große stücke sind aus den türmen gebrochen, die spitzen entstellt – als hätte sich king kong oder godzilla mit den pranken daran zu schaffen gemacht.

um den schwindel dieser fremden welt zu vertreiben, denke ich das tröstende wort. freeway. stelle mir seine silben vor, seinen klang. free-way, summt es in mir drin wie ein schlaflied. free-way. free way …

einzig das summen, das außen ist, stört.

was ist das, frage ich.

da ist nichts, sagt j.d. mit flacher stimme. er versucht den rauch, vielmehr: den *dampf*, so lange wie möglich in den lungen zu behalten.

doch, da ist was. hubschrauber. irgendwo in der nähe fliegen hubschrauber. ich suche den himmel ab. doch da, wo himmel sein sollte, ist nur die schwarze wand. dann erinnere ich mich an ein wort, das j.d. benutzte: *wächter*.

aus j.d.s mund strömt eine weiße wolke, die nach vanille riecht.

das brummen, sage ich. könnten das die wächter sein?

chě! j.d. klingt bestimmt. die wächter sieht und hört man nicht.

ich höre sie.

noch mehr weißer dampf. du trippst, *xiăozi*.

das ist eine weitere sache, an die ich mich langsam gewöhne: dass j.d. alle *xiăozi* nennt, die nicht ganz offensichtlich mädchen sind.

stur schüttele ich den kopf.

ich spinne nicht. das brummen ist da. es ist ziemlich nah, und es kommt immer näher.

zwei oder drei tage waren wir draußen im *osten*. zwei oder drei tage, die ich brauchte, damit der schwindel sich legte. die seekrankheit aus dem schiffsbauch und die seekrankheit nach der ankunft in paddington. der schwindel des zeitsprungs, von dem j.d. natürlich nichts weiß. zwei oder drei tage, in denen j.d. mir die grundregeln dieser stadt erklärte.

erstens: wir gehören nach E16. E19 ist verbotenes *dìpán*.

zweitens: viele *dìpáns* werden von gangs regiert. cannies – von *one canada* – tragen rot. young cannies pink. doggies – von *isle of dogs* – tragen blau. puppies violett. dann gibt es noch die millwall sharks. die tragen gold.

drittens: manche gangs haben eine art spiel draus gemacht, wächter abzuschießen. je mehr wächter eine seite vom himmel holt, desto mehr punkte. j.d. sah mich an. wie bei *hūyún*. ich nickte, obwohl ich noch immer rätselte, was er mit *wächter* meinte.

klebriger kleinkrieg, redete j.d. weiter. gibt natürlich auch tote, manchmal. die regeln sind simpel: cannies gegen doggies, doggies gegen sharks. und alle gegen die AllSec.

an dieser stelle wagte ich eine verständnisfrage. AllSec? ist das sowas wie die regierung?

regierung? j.d. runzelte die stirn, so als hätte ich versehentlich in meiner sprache ein wort gesagt, das in seiner *arschfick* bedeutet.

die stadt gehört dem drachen, brummte er, so gleichgültig, als wäre es allgemeinwissen.

dem ... drachen?

na den *chinks*. er lachte sein trockenes, keckerndes lachen.

chinks. den ... *chinesen*? das war schwer zu verdauen. meines wissens liegt london in großbritannien, und das gehört irgendwie zu europa. oder auch nicht. jedenfalls ganz sicher nicht zu asien.

AllSec ist n ami-ding. ohne die gäb's hier nur noch schutt und asche. wie nach der v-nacht.

er machte eine kurze pause, schniefte und spuckte *liquid* in ein loch der veranda.

v-nacht, dachte ich. das V, in dem ich manolo hatte suchen wollen, kam mir jetzt vor wie eine vage vorstellung aus einem traum. es hätte keinen sinn gemacht, j.d. danach zu fragen. er hätte mich bloß verständnislos angeglotzt. trotzdem klappte ich nochmal den mund auf. doch j.d. sprach schon weiter: die AllSec baut die kleinsten, feinsten wächter der welt. kaum zu treff...

wächter? ich musste einfach nachfragen. ständig benutzte er dieses wort.

wächter, wiederholte er. *fliegende augen*.

fliegende augen? ich begann mich wie ein absurdes echo zu fühlen.

na diese mini-hubschrauber mit eingebauten kameras und scannern ... j.d. sah nun nicht mehr gelangweilt aus, sondern irritiert. gibt's die in mexiko nicht?

doch, erwiderte ich hastig. wir nennen sie nur anders … ähm. wohin mit dem koks?

ich dachte: ich werf ihm das einfach mal so hin. um von meinem beschämenden unwissen abzulenken. und tatsächlich – jetzt guckte j.d. verdutzt. wie sollte er auch wissen, dass ich in new york nicht ohne ein paar hundert gramm der *weißen dame* an bord gegangen war. reinster kolumbianischer abstammung, versteht sich.

eine halbe sekunde später wurden seine augen glasig. die pupillen bewegten sich rasch hin und her, als würde er einen text überfliegen.

dann hauchte er: *kào*!

die leute hier sprechen nicht mit sich selbst – noch so eine sache, die ich langsam begreife –, sie sprechen *miteinander*, über länder und kontinente hinweg.

echtes koks, sagte j.d. findest du in diesem ganzen beschissenen land nicht mehr. nirgendwo in der eurozone. außer island.

schon wieder *island*. ich wartete, ob noch was kommen würde, irgendeine erklärung, aber es kam nichts.

stattdessen fing j.d. an mit seiner *idee*. überschlug sich wie ein junger hund. ein paar leute, behauptete er, wären bereit, eine menge geld für echtes koks. ja, er könne sich vorstellen, wer. ob er mir …? warum nicht. ich vermittel dir käufer, sagte er, plötzlich ganz hibbelig. und dafür krieg ich sechzig prozent. was sagst du?

ich sagte nichts.

er trat von einem fuß auf den anderen. *halbe-halbe. hao bu hao*?

ich zögerte. dann nickte ich.

ich weiß nicht, was es war. vielleicht nostalgie. vielleicht die tatsache, dass ich kein geld hatte und noch weniger ahnung, wie ich in dieser welt an welches kommen sollte. oder ganz einfach: die idee einer neuen mission.

etwas piept, und j.d. kommt torkelnd zum stehen.

als hätten seine zehen einen abgrund berührt, streckt er den hintern raus, die arme rudern in der luft.

dann fängt er sich. stocksteif, den zeigefinger auf den lippen. sein profil glänzt blau im lampenlicht, das pflaster schwarz vom regen.

die *insel* liegt jetzt direkt vor uns.

ich geh zwei schritte vor, breite die arme aus, dreh mich im kreis.

was erwartet er? elektromagnetische felder? unsichtbare fallstricke?

j.d. bewegt sich keinen millimeter. mir zittern die knie, *xiăozi*. in seiner stimme schwingt panik. seine finger spannen und lockern sich, spannen und lockern sich. ich sehe das ständig; anscheinend ein verbreiteter tick.

E19, flüstert er. seit sein pad ihm die zonengrenze angezeigt hat, spricht er mit gesenkter stimme. das ist nicht unser *dìpán* ... kopfschüttelnd kaut er auf seiner unterlippe rum.

du hast gesagt, hier lang, flüstere ich.

ja, flüstert er zurück, in einem ton, der jeden weiteren einwand erstickt. weil man anders nicht auf die insel kommt.

vor uns erhebt sich eine milchige glasröhre, die aussieht, als hätte man sie auf weiße speerspitzen gespießt. laut j.d. eine LRT-station. *Light Rail Transport.* das ist so was ähnliches wie die u-bahn, verläuft aber oberirdisch. vollautomatisch. *auto-drive. LRT poplar*, verkündet ein blaues schild. die schienen werden noch benutzt, aber diese station wird ganz offensichtlich nicht mehr angefahren. *poplar* ist das tor zu *niemandsland.*

ich bin nur hier, um dem typen seine ration zu verticken. ich sage es abgewandt, gleichgültig fast. *dem typen*, weil j.d. aus allem ein geheimnis macht.

j.d. seufzt. also gut. aber lass uns weiter westlich reingehen. der LRT-übergang wird tag und nacht von cannies bewacht.

am ärmel seiner *crypto-jacke* lässt er sich über die grenze ziehen. wir wechseln elegant die position. ich knete den knisternden stoff um seine schultern, schiebe ihn sanft von hinten an.

vibration, diesmal unter den sohlen. *aspen way*, verkündet j.d.s pad. eine hohe betonmauer trennt uns von den autos. doch das dröhnen ihrer motoren schluckt alles, übertönt sogar das vibrieren in der luft. wir gehen in diesem dröhnen unter, unsere schritte; ich fühle mich sicher darin, so sicher, dass ich zu summen beginne: hey, white boy, what you doin' uptown? hey, white boy, you chasin' our women around?

j.d. wirft mir blicke aus den augenwinkeln zu. er muss denken, ich hätte niemals angst.

dabei habe ich angst! fast jede nacht, auf seiner zu kurzen couch, während er sich durch seine oxycodonträume quält. und auch das summen in mir drin ist nichts als ein schwaches gegengift gegen den schwindel dieser stadt.

über unseren köpfen verzweigen sich tote LRT-linien.

ich hab das alles hier nur auf mich genommen, um manolo wiederzusehen. und bin in einer welt gelandet, in der es keinerlei sinn macht, auch nur nach ihm zu suchen. inmitten dieser trostlosigkeit lässt sich das leider schwer verdrängen.

bloß nicht heulen. ich geh ein stück voraus.

irgendwo in westferry, vor einer tunnelzufahrt, packt j.d. meine hand.

wir rennen über die autobahn, acht spuren, mittelstreifen, eine niedrige mauer aus beton.

E19 – der schlund einer kalten, konturenlosen hölle. keine einzige laterne. niemand ist auf der straße. der mond von einer himmelfüllenden wolke verdeckt. j.d. folgt seinem pad, hinein ins nichts. der aspen way bleibt hinter uns zurück. solange der verkehrslärm in meinem rücken schwach zu hören ist, habe ich keine angst. doch j.d. entfernt sich vom tröstlichen rauschen der autos, geht entschlossen aufs wasser zu. zumindest bin ich mir ziemlich sicher, dass die schwarze fläche vor uns wasser ist. schwache lichtpunkte markieren ein jenseitiges ufer. eine gitterstruktur teilt das wasser, trennt uns vom fallen. j.d. bleibt stehen. ich weiß nicht, wohin. überall dunkelheit. feuchtigkeit schlägt mir ins gesicht. die stille ist vollkommen.

bis auf –

das knistern der rotoren. es ist wieder – oder immer noch – da. beinahe beruhigend in seiner gleichförmigkeit. als wären über unseren köpfen elektrische leitungen gespannt.

j.d. hört nichts. er tastet sich am geländer entlang. ich tue es ihm nach.

wir nehmen den uferweg, flüstert er. das ist weniger gefährlich. die cannies haben nur die häuser im innern besetzt.

warum?

die äußeren sind angreifbar. sein atem geht flach und zittrig. späher. vom surrey docks depot, wasserschutzpolizei und so.

wir tasten uns vorwärts. das abblätternde geländer überzieht unsere finger mit eisigem rost. einziger anhaltspunkt für eine welt außerhalb von kälte und schmerz sind die schwachen lichtkegel, die auf der anderen seite im wasser schwimmen.

auf dieser seite ist nichts als dunkelheit. ich sehe keine häuser, weder innen noch außen. nur schemenhafte silhouetten. zwei kopfstehende riesen. ein brontosaurus, der den hals reckt. ein phallus aus chrom und glas. daneben eine doppelhelix, die sich zwei-, dreihundert meter in den himmel schraubt. im himmel, eine undefinierbare wellenform.

schräg vor uns ragt ein kriegsschiff auf, mit lauter kleinen rettungsbooten, terrassenförmig abgestuft …

j.d. hält mich am arm zurück.

das geländer hat plötzlich aufgehört. unter uns fischige feuchte. irgendwo schnalzt wasser gegen stein.

in diesem moment gibt die wolke den mond frei.

tāmā de!, keucht j.d.

vor uns erstreckt sich ein loch, gigantisch wie ein meteoriteneinschlag. riesige skeletthände bohren sich von allen seiten in die dunkelheit. nicht zu entscheiden, wo land, wo wasser ist.

die demolierte skyline fällt mir ein.

ist hier … der dritte weltkrieg ausgebrochen?

j.d. gibt mir seinen mundwinkelzuckenden seitenblick. wir schleichen am rand des kraters entlang. das kriegsschiff entpuppt sich, als wir näher kommen, als treppenartiger häuserblock mit hundert kleinen balkonen.

man nennt es *aufwertung*, sagt j.d. so plötzlich, dass ich zusammenzucke. du denkst, hier wär's schlimm? er lacht sein keckerndes, tonloses lachen. den meisten ländern geht's noch viel dreckiger. island zum beispiel. island hat sich schon vom ersten crash nicht mehr erholt …

island. schon wieder. mentale notiz: koks. und: crash.

mit gesenkter stimme redet j.d. weiter. überall hässliche gerippe und baulöcher, wo neue bankgebäude oder irgendwelche firmensitze stehen sollten, luxusapartments, was weiß ich … hier liegt erst seit zwanzigneunzehn alles brach.

zu unserer linken liegt ein gläserner wal, aus dessen zerbrochenem rücken bäume sprießen.

was ist das alles?

j.d. spreizt die finger. sein pad blitzt auf, und unter seinen lidern bewegt sich was.

das hier, j.d. zeigt auf den wal, war die canada one crossrail. die zwei türme da haben HSBC gehört, die pyramide der CCB, und das monstrum dahinter war die walmart mall. deren lichtspielereien waren *chāo xuàn.* je nach stand des mondes fiel das licht so an den seiten runter, wie regen, in türkis, pink oder blau. hättste dir mal auf LL reinziehen müssen, *xiǎozi.*

äh ... und jetzt?

hier ging's nach einundzwanzig richtig ab. die riots. davon haste doch bestimmt gehört. sogar drüben in cali-for-NI-A!

hm, mache ich vage.

na jedenfalls – die bankgebäude standen leer, und überall scheiß-wohnungsnot, eh. dann kamen die gangs und haben sich die canary wharf unter den nagel gerissen. natürlich fanden die chinks das *bùzǎdì.* die ham ja damals schon hier spekuliert. also flogen paar bomben, sprengsätze und so …

da ist das wasser wieder. als wäre unsere kreisbewegung ins inselinnere nur einbildung gewesen.

von nahem sieht das gestrandete kriegsschiff aus wie ein hotel aus irgendeinem gruselfilm. diese verlassenen gebäude bilden also die stadtmauer um ein namenloses, gewaltbereites inneres, denke ich, während j.d. unbeirrt weitererzählt. entweder, er hat seine angst vergessen, oder er redet verzweifelt gegen sie an.

sein zittern, kapier ich allmählich, kommt gar nicht so sehr von der angst vor E19. das sind entzugserscheinungen. kein oxycodon und keine möglichkeit zu *teilen*, hier in niemandsland.

das knattern der unsichtbaren helikopter wird mal lauter, mal leiser.

… cannies, sagt j.d. gerade. das waren damals noch die cherries, zusammen mit den young cherries, die verfeindet waren mit den blacks und den …

hä?

j.d. bleibt stehen. du hast in l.a. gelebt, *xiǎozi,* knurrt er. die ganze *māde* stadt wird von gangs regiert!

als ich dort war, nicht, will ich sagen. korrigiere mich dann aber und sage: dort, wo ich war, nicht.

schwaches mondlicht erhellt die promenade, dahinter schwappt schwarzes wasser. wir drücken uns an den mauern der toten häuser entlang.

na jedenfalls, wispert j.d., die sharks haben sich ums millwall dock rum postiert, und die doggies im süden. da isses sicher. meine schwester hat n kind von nem shark. die sharks und die doggies sind seit jahren *zhì jiāo.* der norden ist quasi sperrgebiet, für uns sowieso, und überhaupt für alle, die noch n funken verstand im hirn haben.

aha, mach ich.

der norden ist so *off limits*, dass er n eigenen code gekriegt hat. weißte ja. E19.

äh, ja. und der süden?

na der wurde an SE angeschlossen. und heißt jetzt SE29.

aha, mach ich nochmal.

gleich am zweiten oder dritten tag hab ich j.d. von meinen aussetzern erzählt. damit er mich nicht für bekloppt erklärt, wenn's passiert. mein hirn, hab ich gesagt, hat so ne art wackelkontakt. er seufzte bloß und ließ die stirn nach vorne fallen. scheiß-drogen, *xiǎozi!*

jetzt sagt er: ADS, eh?

letzte nacht hat sich das noch ganz anders angehört. wir waren beim *huīyún*; ständig sah ich diese jagdbomber im tiefflug, und dann fielen mir die einbeinigen auf dem boulevard wieder ein. ich hatte das gefühl, was sagen zu müssen, und da sagte ich eben was von napalm und vietnam. darauf j.d.: manchmal quatschst du, als wärst du aufm college gewesen, *xiǎozi.* nicht zu entscheiden, ob das bewundernd oder abfällig gemeint war. also hab ich ihm gesagt, dass ich nie auf dem college war, aber ziemlich viel lebenserfahrung habe. so wie es derzeit aussieht, stimmt das sogar.

zu unserer linken reißt ein stück himmel die häusersilhouetten auf. j.d. macht licht mit seiner hand. wie draußen im *osten*. wie zeus. für den bruchteil einer sekunde ist da eine freie fläche – vielleicht ein kleiner park. keine zehn fuß vor uns steht ein übergroßer mensch ohne gesicht. auf seinen schultern trocknet der letzte schauer. und wieder dunkelheit.

was ist das?, frage ich.

unser durchgang, flüstert j.d.

ich meine, *wer*?

ach so. seine augenlider zucken. so n kunstsammler. werbefuzzi. j.d.s stimme verflacht. hat früher mal der AllSec zum aufstieg verholfen mit seinen slogans … er stockt. seine pupillen bewegen sich. … dann TL … und zuletzt die LL-kampagne geleitet. na und eben kunst gesammelt.

wieso hat er kein gesicht?

hm. gab wohl wenig bilder von dem typ. hat um seine identität n großes geheimnis gemacht. j.d.s finger spreizen sich, als wollten sie ein insekt wegschnipsen. willste noch mehr wissen?

ich schüttel den kopf.

ganz ehrlich, *xiăozi*, ich versteh von diesem kunstzeug nix. er steckt sein pad weg, und wir biegen ab ins inselinnere. was ich für einen park hielt, ist in wahrheit plattgetrampeltes geröll.

hier stand mal seine galerie. j.d. redet jetzt so leise, dass ich ihn kaum verstehe. bis zum brand von zwangzigneunzehn.

ganz kurz meine ich, schwelendes holz zu riechen. aber der brand, von dem j.d. spricht, muss jahre her sein.

ist das hier schon … SE29?

j.d. legt den finger an die lippen und schüttelt den kopf.

wir passieren apartmentanlagen, die aussehen wie groß gezogenes kinderspielzeug: vierecke aus spiegelglas, variable schiebeelemente, zur straßenseite hin spitzwinklige einflugschneisen, aufgereiht in symmetrischer ordnung. alle balkone sind leer, alle fenster dunkel. doch wenn man j.d. glauben schenkt, könnte hinter jedem einzelnen ein canny lauern, die waffe im anschlag. uns im visier.

j.d.s schritte werden von biegung zu biegung langsamer. ständig hebt er die hand ans ohr und lauscht. das surren der rotoren, das uns auch hier begleitet, hört er noch immer nicht.

hinter der nächsten kurve, auf der linken straßenseite, duckt sich zwischen den monumentalen glaskästen ein kleiner backsteinbau. das abgestufte spitzdach erinnert an das einer kirche. viktorianische säulchen zieren die rundbögenfenster. sie sind alle dunkel oder vernagelt. nur durch ein rundes stück buntglas unterm giebel dringt fahlrotes licht.

j.d. verlangsamt seinen schritt. seine schultern sinken sichtlich.

die fassade der turmlosen kirche ist ein rußverfärbtes mosaik aus rot und blau. links und rechts des vernagelten eingangs: eine weiße, schwenkbare kamera. drum herum ein maschendrahtzaun.

the peat, murmelt j.d. und rüttelt vorsichtig am tor.

wir warten. nichts regt sich. die mini-helikopter stehen, irgendwo über uns, still.

der mond verschwindet wieder hinter einer wolke, und ich merke, wie kaputt ich bin. so ist es immer, die müdigkeit schlägt hinterrücks zu. ich möchte sagen, ich leide an einer milden form von narkolepsie. die knie geben nach; mein hintern gleitet auf ein pilzförmiges eisending.

j.d.s hosenbeine riechen nach vanilledampf. er wippt zu einer musik, die ich nicht höre, sondiert die gegend, fummelt an seinem gürtel, die tasten seines pads leuchten silbern auf, pulsen, pulsen schwächer, verschwimmen dann in gnädiger dunkelheit.

merkwürdig, dass ihm jede musik, die er hören will, direkt ins ohr gespeist wird, er aber nicht mitkriegt, dass hubschrauber über unseren köpfen stehen.

seine finger sind dicht bei mir, zucken nervös. luftzug im haar. er hat gesagt, er dürfe nicht auf LL. nicht *suchen*, nicht *teilen*, nicht *posten*. sonst könnten sie ihn *finden*. was auch immer das heißt.

meine nase gräbt sich einen bau, gräbt nach wärme in schichten von textil. brennstoff und waschmittel. kein moschus da.

das knistern elektrischer leitungen, der rotoren, das federn von *air-cushioned-sneakers* auf nassem asphalt, das vibrieren der atemluft aus j.d.s nase.

irgendwann hält er es nicht mehr aus: klick. rauschen. patrouille drei und vier quieken und scharren, wie ratten hinter einer wand, wie die tonspur eines alten `super-acht ÷¿ film_ {TUCSON_arizona_(feb_1977)} H// riss`

da ist ein

riss

in der wand, den wir täglich beobachten. er weitet sich, mit jedem tag, an dem zwei dutzend nackte rücken dagegen lehnen, ein bisschen mehr. dies ist ein erdbebengebiet, sagt luis.

wir warten. sie haben unsere schuhe und alles, was wir dabeihatten, auf dem weiten weg hier her.

es gibt nichts als diesen riss, worauf zu starren sich lohnt, nichts, das sich ändert. hoch oben sind zwei sonnen, oder das eine ist der mond. vielleicht war dies das kinderzimmer. es fällt kaum licht herein. decken vor den fenstern machen die luft stickig, schwer atembar. 90, 100 grad. sie sehen es, wenn wir uns an den vorhängen zu schaffen machen. manolo hat es getestet. nachts ist es heller als tags. tico, der älteste, hat eine uhr, wer weiß wo versteckt, aber niemand will die zeit wissen. die zeit ist irrelevant. wenn man sie wahrnähme, wäre sie gegen uns. die frauen – es sind nicht viele – sind im anderen raum. manchmal hört man durch die wand ein kind schreien.

der jüngste in diesem zimmer ist manolo. ich schätze, nicht älter als 16. er ist derjenige, von dem sie sagen: er wird es uns allen versauen. wie ein eingesperrter kojote schlägt er um sich, tritt mit nackten füßen gegen die wände, raucht, obwohl das rauchen verboten ist, drückt seine kippen im pissfarbenen teppich aus. einmal ging der rauchmelder an. sie kamen ihn holen. nichts in seinem gesicht, in seiner haltung hatte sich verändert, als er stunden später leise über die schlafenden stieg. sein oberkörper glänzte dunkel vor schweiß, der gürtel seiner weiten hose war enger geschnallt. in mir der wilde impuls, aufzustehen und ihn in die arme zu nehmen, fest seinen schmalen brustkorb ... aber ich blieb liegen, das gesicht auf den verschränkten händen, und stellte mich schlafend.

tico sagt, manolo kam den ganzen weiten weg von ecuador.

wenn manolo redet, dann schreit er, hysterisch fast, überkippend, und jemand muss ihn feshalten, damit er nicht die decken von den fenstern reißt. er schreit: ich brauch keine schuhe zum weglaufen! ihr diebe! diebe!! diebe!!!, bis er heiser ist.

das wasser wird knapper, die luft verdampfter schweiß, das warten unerträglich. manche betteln um telefonate. die schlepper holen uns einzeln. mich lassen sie in ruhe. meine zunge zerlegt das wort: freeway. freeway. free-way ... salvatore zahlt. ich habe, was er braucht, an stellen, von denen sie nichts ahnen.

leere plastikflaschen quellen aus den müllsäcken; zu dem gestank nach menschen gesellt sich der nach faulendem essen. am vierten oder fünften tag des eingesperrtseins höre ich auf, wir zu denken. starre den riss an, der größer wird. was, wenn sie nicht still lägen wie sardinen, wenn sie aufstünden und tanzten, alle gemeinsam auf und ab sprängen, sich gegen die wände würfen, was würde geschehen, wenn der riss sich dehnte, wenn das haus um uns einstürzte, wenn licht hereinflutete und wir plötzlich die straße sehen könnten und die stadt um uns einen namen bekäme ...?

doch nichts dergleichen geschieht. sie warten und fressen bohnen aus büchsen, im stupor an die wände gelehnt wie ...

halbtote, zischt manolo verächtlich zum schmierigen spiegel, als ich das bad betrete. ich zucke, unsinnig stolz, dass er ein wort an mich richtet. halbsteif, als würde er beim pissen immer schon ans ficken denken, *keine hoffnung, keine angst* –

ich starre und denke: free-way. das geld ist auf dem weg. vielleicht ist es längst da. in ein paar tagen ... und dann, als hätte mir jemand eine ohrfeige verpasst, treffen sich unsre blicke im spiegel: seine feuchten, überreifen lippen, das fleisch seiner wangen, das man zerbeißen möchte, von außen, von innen, die festen locken, die sein gesicht schmal und schattig machen; seine strahlenden zähne zermahlen das motto der doppelten klinge.

er ist der einzige, der sich noch die mühe macht, seine zähne zu putzen.

immerhin etwas hat meine mutter mir beigebracht, nuschelt er, den roten stiel im mundwinkel, schaut schwerlidrig über die schulter, den sehnigen arm aufs waschbecken gestützt. das bad ist schmutzig, aber hier, zwischen den unwesentlich kühleren kacheln, sind wir manchmal allein. in den folgenden nächten prüft er mich, neckt mich, fordert mich heraus. vielleicht bin ich sein riss in der wand, etwas zum ansehen, etwas, das sich verändert.

komm mit mir!, locke ich ihn, locke mit der stadt der engel, flüstere: angelito, angelito ... in sein ohr. er grinst nur und spuckt mir schaum in den mund.

dies ist mein drittes leben, sagt er beiläufig und spült den mund mit untrinkbarem wasser.

ich will wissen, wie viele er gekauft hat. schaffe es aber nicht zu fragen.

das neonlicht färbt den permanenten schweißfilm auf unseren gesichtern grün.

aus angst vor seiner ungefragten antwort platze ich heraus: in deinem vorigen warst du michelangelo merisi, hab ich recht?

er hebt die brauen. mein herz hüpft. nicht viel kann ihn schockieren.

derek jarman, 86, murmele ich zu meinen zehen. manchmal weiß ich nicht, woher diese bilder kommen, von dingen, die noch passieren werden. sie sind einfach da.

klar! manolo zieht die volle oberlippe hoch, entblößt die schönen schneidezähne.

und du, angeber, kommst aus der zukunft, was? er packt mich, gräbt mir die kurzen, scharfen nägel in die schultergrube. blut schießt mir in den schwanz.

aus der vergangenheit, bringe ich heraus, zitternd lächelnd: kleiner kranker bacchus. aus der vergangenheit

`ttt// {LA_CA_(may_1978)}\\1977*1980FLDR`

auch jetzt noch, da sal neben mir liegt, auf matratzen aus alten slash zines auf dem boden von lizzies apartment im canterbury-komplex, höre ich manolos atemzüge, höre sie aus allen anderen raus.

black randy heult auf dem dach, während unten in der lobby alice von den bags ihr nächtliches gefecht mit bobby pyn – jetzt darby crash – austrägt. eine schrille frauenstimme hallt durch die flure wie in alten horrorfilmen – meine augen sind fest geschlossen; ich sehe das alles nicht. ich sehe manolo: in manchen träumen höhlen krater seine wangen, die zähne schmelzen durch. ich kann die augen dann nicht öffnen, kann mir nicht erklären, warum. im wachen weiß ich, als wär ich dabei gewesen: die bestie hat ihn auf dem ge__{k$u739Ü§: [bck]wissen die anderen, wo wir sind?

wèi-jo! j.d. schnipst mit den fingern vor meinem gesicht herum, stößt luft durch die zähne als wäre es kalter rauch, als müsste er alles loswerden, was er im körper hat. seine hüfte imitiert einen wählton/(lil_jinx)/5678///w/w/w/"pre_srch": Xs = "redial"/wo steckst du?, dreht sich weg von mir, faucht die backsteinfassade der rußigen kirche an: die grenze zu SE29 war komplett unbewacht ... ist niemand von deinen leuten da unterwegs? wir stehen hier rum und warten auf ... j.d. bricht ab, dreht sich halb um zu mir und murmelt: *báifěn ... dong ma*? ja ja, ich hol am dienstag den kleinen ab – pause. mach ich. du auch.

j.d. klinkt sich aus. setzt sich auf einen zweiten poller neben meinem und steckt sein kuli-ding in den mund.

die beta-augen werden einfach totgeschwiegen, murmelt er zu seinen füßen. und dann zu mir: bist du sicher, dass du sie gehört hast?

wen?

na die rotoren. er spricht langsam und überdeutlich, als wäre ich schwerhörig oder schwachsinnig. die ro-to-ren der he-li-kop-ter.

ich hätte nicht gedacht, dass er nochmal darauf zurückkommt. geschweige denn, dass er mir plötzlich glaubt.

ich nicke.

j.d. sieht zu boden. seine finger spielen mit dem *drip tip*, und seine kiefermuskeln mahlen, als wäre ich seine geliebte, die ihm einen seitensprung gestanden hat.

dann springt er auf.

vor n paar tagen hab ich mir den trident-stream reingezogen, redet er über meinen kopf hinweg mit der nacht. das zittern in seiner stimme ist jetzt so hoch und fein, als würde eine gigantische zunge die saite einer violine bearbeiten. schon wieder vier augen vom himmel geholt. und spurlos verschwunden. das gesamte abschussgebiet wurde abgesucht. nichts. sie können niemanden verantwortlich machen. weder die cannies noch die doggies noch eine der gangs aus dem westen …

redet er mit mir? mit sich selbst? oder mit jemand am anderen ende der stadt?

da feuert jemand aus der dunkelheit, sagt er, ruhiger jetzt, fast nachdenklich. dieser jemand kennt die flugrouten. räumt gründlich auf … und die tridents haben keine ahnung, was dieser jemand mit dem schrott anfängt …

ich rätsele noch, als plötzlich eine zweite stimme spricht.

ein shark, sagt die stimme hinter unseren rücken, hat mit ner M77 auf n beta-auge gefeuert. zwölfmal. kam letzte nacht auf SecondGuesses.

ein schmächtiger typ mit schirmmütze ist hinter uns aus der backsteinkirche getreten. leise, katzengleich. er tritt ans tor, öffnet es aber nicht. seine hände sind dunkel; das gesicht liegt im schatten des basecap.

j.d.s lider flattern kurz. inzwischen kenne ich es, das typische zucken beim empfangen oder abrufen einer information.

wā…!, macht er.

wā, auch das hab ich inzwischen kapiert, ist eine abkürzung für ein chinesisches wort, das cool bedeutet, oder einfach nur *wow*.

das ding bleibt in der luft, sagt der typ aus dem peat. dreht ab und verschwindet ...

auch seine stimme hat etwas katzenhaftes, einen schnurrenden unterton.

n shark, eh?, fragt j.d. so n fetter inder mit postcode-tattoo?

katzenmann nickt. zwei stunden später standen tridents im wohnzimmer seiner eltern ...

j.d. lacht. es klingt abgehackt, mehr wie ein husten. das stand auf LL!

die beiden unterhalten sich mal laut, mal stumm. ich sitze auf dem eisenpoller und verstehe, selbst wenn sie ihre münder benutzen, nur ungefähr jedes zweite wort. als kinder hatten sal und ich eine fantasiesprache erfunden, die ähnlich funktionierte. damit uns kein erwachsener verstand, fügten wir in das, was wir eigentlich sagen wollten, haufenweise sinnlose silben ein.

ich sag dir, *xiǎozi*, schnurrt katzenmann. da zieht jemand die fäden, von dem nicht mal *dai lo* weiß ...

j.d. schweigt. auch der andere sagt lange nichts.

dann hebt er abwehrend die hände. oh nein. nicht *squid*. nicht hier drin.

hao ... j.d. seufzt. ist der spielplatz sicher?

katzenmann nickt.

j.d. tippt mir auf die schulter. ich stehe auf. gefügig wie eine marionette.

rechts von der backsteinkirche führt ein schmaler, zugewachsener pfad nach irgendwo. da hinein lotst j.d. mich. pflanzen verdecken den mond, streifen uns mit tropfenden blättern und faulig riechenden blütenkelchen. auf der anderen seite sind meine schultern und haare klatschnass. erst jetzt fällt mir auf, dass wir allein sind. katzenmann hat sich unbemerkt davongemacht.

SE29. das gelobte land: ein unscheinbares wohngebiet. zwei- bis dreistöckige häuser. weiße garagentore. sporadisch brennen laternen. alle fenster sind mit rolläden abgeriegelt; durch einige sickert schwaches licht.

den spielplatz hätte ich niemals als spielplatz erkannt. da ist kein sand, sondern ein gummiboden, der unsere schritte schluckt.

undefinierbare gestänge stecken ohne erkennbare ordnung im boden. die dünnen stangen sind blau, die dicken grau. von ferne hätte ich sie für falsch zusammengesetzte gasleitungen gehalten.

wir setzen uns auf ein verwaistes rundes ding. es bewegt sich keinen millimeter, und ich frage mich: wozu? im mondlicht hat der gummiboden die farbe eines hämatoms.

irgendwo am himmel summt es. in j.d.s ohren summt es; ich sehe es an seinen lippen, dem wippen seiner knie. lässt mich einfach allein mit der stille.

ich singe leise:

he's never early, he's always late
first thing you learn is you always gotta wait
i'm waiting for my man ...

my man ...?, unterbricht mich j.d. seine stirn wirft falten.

das einzige, was mich immer wieder überrascht an seinem gesicht: wie sehr ich nicht auf ihn stehe. und das, obwohl mich ziemlich lange niemand mehr angefasst hat. wer auch, da unten im schiffsbauch? wochen, vielleicht monate. oder, so wie es derzeit aussieht – jahrzehnte.

j.d. hält mir sein pad unter die nase, als wär's ein mikro.

bei ihm zu hause lief *grime* und *neo hop*, *chopped & screwed*. so zumindest hat er das gemisch aus verzerrten atari-sounds und künstlichen drumbeats genannt, das von allen wänden auf uns runterkrachte, solange wir beim ersten level *huīyún* waren.

mit dünner stimme singe ich weiter.

dann höre ich auf. *wir* sollten nicht warten, sage ich. es sollte andersrum sein. was machen wir falsch?

j.d. wischt mit dem daumen übers pad. oh! seine lider flattern, und seine züge hellen sich auf. velvet underground. er nickt zufrieden. 1967, eh?

er steckt das pad weg und holt sein kuli-ding raus.

heute ist ausnahme, weißte, die alten regeln gelten nicht. er umschließt den *drip tip* mit den lippen. an der spitze glüht ein grünes lämpchen auf, wenn er daran saugt. fast wie bei einer echten zigarette. ich werd dir jetzt was verraten. j.d. lächelt still den weißen dampf in sich hinein, zögert den moment hinaus. du bist im begriff ... langsam haucht er mir vanille ins gesicht ... squid kennenzulernen.

sein mund ist verdeckt von rauch; seine augen leuchten erwartungsvoll. ich hab das gefühl, als sollte ich ohnmächtig werden. aufspringen. lachen ... weinen? keine ahnung, was von alledem.

ich räuspere mich. squid?

j.d.s augen sind so farblos, dass der dampf sie mühelos füllt.

bist du *nie* auf LL?

einen moment lang habe ich angst, dass er mich schlägt. aber er lässt nur seinen blick über meinen körper wandern. im schritt bleibt er hängen. ob er doch ...?

ach stimmt. nicht mal n pad ... j.d. schaut zwischen seine sneakers, schüttelt den kopf und seufzt.

regel nummer wer-weiß-wie-viel: ein typ ohne pad ist in dieser welt wie ein typ ohne *cojónes*.

j.d. zieht seins aus der gürtelhalterung.

darf ich vorstellen – der durchgeknallteste graffitikünstler aller zeiten.

er hält das pad, das jetzt tarnschwarz ist, auf armeslänge von sich.

das ist von squid.

die betonwand gegenüber verwandelt sich in schmutzigroten backstein. darauf erscheint der umriss eines gigantischen auges, das ein rundes fenster mit kreuzverstrebung als iris nutzt. das auge – ein linkes – ist mit weißer farbe auf den backsteingrund gesprüht.

j.d.s finger zucken, auge und fenster verschwinden. machen einem weiteren auge platz. diesmal ein rechtes. disparate teile von ein und derselben person? die rasche aufeinanderfolge der linkische versuch, die zeit zurück...

fällt dir was auf?, fragt j.d.

nein. nur dies: statt eines hohlraums zeigt die iris des zweiten auges fächerförmig angeordnete muskeln. eine realistische darstellung, bis auf die harten tropfen, die in seinem äußeren winkel blitzen. glastränen? *sehr* man ray ...

noch während ich leise lache, macht die mauer einen satz auf mich zu.

das auge ist jetzt riesig und ... *hell.* ich bin geblendet, möchte schreien. was sich da auftut, ist ein gott der anderen art. der pulsende strahlenkranz saugt mich ein. gedankenlos arbeitende maschinerie. die pupille ein gefräßiges loch, das sich dehnt und dehnt und dehnt ... doch das ist noch nicht die erschreckende wahrheit.

die erschreckende wahrheit: die pupille ist das auge einer kamera.

es ist auf mich gerichtet.

wākào, eh?

langsam zoomt j.d. raus.

meine muskeln geben nach. natürlich entzückt ihn mein keuchen, mein spitzer schrei. j.d., der denkt, ich hätte niemals angst.

das auge im auge, kichert er. squiddy-boy ist *fēng*, aber ein genie ...

das gehäuse der kamera, erkenne ich jetzt, versteckt sich im komplexen muskelgewirr, das die pupille umgibt. bevor das auge seine ursprungsgröße erreicht, klickt j.d.s nervöser finger weiter, projiziert ein grelles ganggraffito an die wand. *E19 rulez*. vom auge ist nur noch eine einzelne runde träne zu sehen, der rest verschwunden unter der raumgreifenden verkündigung in blutrot.

mit einem fingerschnipsen knallt j.d. mir wieder die triste betonwand hin. jähe dunkelheit. von j.d. bleibt nur das nachleuchtende pad.

das auge, höre ich seine stimme, war nicht mal 24 stunden an der wand.

er setzt sich. ich tue es ihm nach. der, auf den wir warten, ist immer noch nicht hier.

die cannies mögen ihn nicht besonders, hm?

j.d. stößt luft aus. squid ist scheißegal, wer ihn *mag*! er ist künstler, er kann tun und lassen, was ...

die müdigkeit ist zurück. ich lege die wange aufs knochige handgelenk, verschränkte arme wie nachts in tucson, sehe gerade noch, wie j.d. mich angrinst, sichtlich stolz, dass er die anspielung in dem song kapiert hat.

sogar seinen dealer warten lassen. squid lebt nach anderen standardzzzzzzzz

Tāmā de. Seine Lippen formen das Wort, beinahe tonlos. Über sein Gesicht flackert das miniaturistische Geschehen Dutzender Bildschirme. Ohne Platz zu verschwenden sind sie an der Innenseite des kuppelartigen Raums angebracht, die unterste Reihe auf Augenhöhe eines Stehenden.

Der einzige Mensch im Raum jedoch sitzt. Er sitzt in einem Drehstuhl. Seine Augen sind Lichtpunkte, die sich dehnen. Sie starren, während Pixelregen niedergeht, vor sich auf den Resopaltisch. Seine langen Finger halten einen kleinen, flachen Gegenstand. Die Kuppen seiner Finger wirken stumpf, als hätte jemand sie an willkürlicher Stelle abgeschnitten, weil sie sonst einfach zu lang geworden wären. Die Haut seiner Hände ist hell, der Gegenstand, den sie halten, ebenfalls. Farben sind hier nicht voneinander zu unterscheiden. Alles flackert im gleichen bläulichen Licht. Er klopft mit der schmalen Seite des

Vierecks mehrmals auf den Tisch. Ruckartig, routiniert. Dunkle Haarsträhnen lösen sich, fallen ihm mit jedem Stoß ein Stückchen weiter in die Stirn

lange weiße plüschohren schieben sich über den horizont. alice und das weiße kaninchen, kommt mir schläfrig in den sinn. lupita hat sal und mir daraus vorgelesen, während wir uns mit geschlossenen augen die bilder, die wir kannten, auf die nackten rücken malten. das herausziehen der taschenuhr kitzelt zwischen den rippen. ich öffne die augen.

das vieh stoppt, schnuppert, zieht spöttisch die schnurrhaare hoch. aber –

dies hier ist SE29, nicht wunderland, und ich bin clean.

will mich irgendwo festhalten, *das scheißding dreht sich doch*, kriege j.d.s arm zu fassen. j.d., dessen gesicht immer neu ist, j.d., der neben mir auf einem toten spielplatz sitzt. und endlich in die richtung schaut, aus der sich das karnickel nähert.

squid, ruft er halblaut und winkt.

schultern tauchen auf, ein breiter brustkorb. halsabwärts sieht squid aus wie ein normaler mensch, wenn auch in weiter, heller leinenkleidung, die keiner mir bekannten mode entspricht. er nähert sich mit abwesendem, schlenkrigen gang. minutenlang scheint es, als sei er blind. als hätte seine maske keine löcher für die augen. doch dann gewinnen seine schritte an entschlossenheit. lautlos betritt er den gummiboden. einen meter vor uns bleibt er stehen.

sie kennen mich, sagt squid anstelle einer begrüßung, gedämpft durch die maske, mit undefinierbarem akzent. aber sie kennen nicht mein gesicht. auf seine worte folgt ein hohes, irres lachen. verwirrend, keine mimik zu sehen, verwirrend auch die unmöglichkeit, blickkontakt aufzunehmen.

ich muss an die augen denken, nicht squids hinter der maske, auch nicht die aufgesprühten, sondern die *beta-augen*, wie j.d. sie nennt, denke, wie nah sie sind, beuge mich zu j.d. und murmele durch die zähne: das is n hase und kein tintenfisch.

das dumpfe knattern steigt vom asphalt auf, durchzieht die sohlen unserer schuhe, unsre körper, bis unter den scheitel. schwer vorstellbar, dass die beiden nichts merken.

lass uns abhauen, sage ich lauter, so dass auch squid mich durch schichten aus fell und plastik versteht, hier sind *beta-augen* unterwegs.

j.d. schaut skeptisch, squid undeutbar hinter seiner maske.

woher weißt du ...?, setzt squid an. ungläubig, interessiert oder belustigt?

kein bisschen, fällt mir plötzlich auf, wirkt er wie ein typ auf entzug.

mein zeigefinger zeichnet kreise in die luft.

die rotoren, übersetzt j.d.

aber ... niemand ... die plüschohren wippen von mir zu j.d. und wieder zurück. ein grotesker anblick, über den ich, wenn wir gemütlich bei j.d. auf dem sofa säßen, wahrscheinlich gelacht hätte.

frag nicht, *xiăozi.* j.d. zuckt mit den achseln. frag mesca nie, warum. oder warum nicht ... er klopft mir auf den rücken, wie einem kind, dem man großmütig ein paar harmlose spinnereien erlaubt. er reist auch durch die zeit. stimmt's, mesca?

es ist jetzt nicht der moment, um laut zu werden oder herauszufinden, ob j.d. das ernst meint, oder welche blicke squid mir aus seiner stoffkapsel heraus zuwirft.

was zählt ist, dass die wächter richtung nordosten fliegen. und dass mich etwas erfasst. der drang zu wissen, wohin. wer oder was hinter diesen beta-drohnen steckt. die erste regung, der erste wirklich heftige impuls, seit ich manolo – in dieser welt – verloren gab.

meine beine setzen sich in bewegung, ohne dass ich was dagegen tun kann.

j.d. und squid folgen mir, ob nun perplex oder selbst von neugier gepackt.

die gegend, durch die wir gehen, wirkt auf surreale weise unbelebt, aber nicht besonders bedrohlich. in den reihenhäusern zu unserer rechten wohnen menschen, verbarrikadiert hinter jalousien. die häuserzeile zu unserer linken steht offensichtlich leer. dahinter, erklärt j.d., ist das millwall dock.

auf der anderen seite des hafenbeckens liegt E19. gelegentliche durchbrüche zur uferpromenade offenbaren schwärze, durchsetzt von lichtpunkten, die am jenseitigen ufer schweben wie die glühenden augen nachtaktiver tiere. die promenade an der südseite des hafenbeckens begrenzt jetzt die todeszone. kaum vorstellbar, murmelt j.d., dass dort vor gar nicht langer zeit verliebte flanierten, kinder spielten, omas ihre pudel gassi führten ...

seine panik vorm unbekannten hat sich verzogen, als wäre das riesenkaninchen, der federnd hintendrein stapft, sein persönlicher bodyguard. ich hab mir squid genau angesehen, als er vor uns stand: seine arme sind durchtrainiert, die hände dunkelbraun, von reliefartigen venen durchzogen. er ist älter als wir, wie viel älter schwer zu schätzen, solange ich sein gesicht nicht sehe. unbestreitbar: seine aura von unverwundbarkeit färbt ab.

den stoff hat er en passant im innern seines leinenhemds verschwinden lassen. es muss dort geheime taschen geben. ich kenne *niemanden*, der nicht auf der stelle ein kleines bisschen davon nimmt, und sei's zum prüfen, wenigstens eine fingerspitze. squid nicht. squid läuft mit den händen in den hosentaschen an weißen garageneinfahrten entlang und nuschelt vor sich hin: ich würd sie zu gern sehen ...

sie. er meint die beta-augen, klar, über die j.d. und katzenmann gesprochen haben. wächter, die so winzig sind, dass man sie mit bloßem auge kaum erkennen kann, so leise, dass niemand außer mir sie hört, und so unglaublich schnell und wendig, dass niemand sie abschießen kann. das höchste, das unerreichbare level im kleinkrieg der gangs. ich weiß nicht, wie viele von diesen beta-augen es gibt. ich weiß nur, dass mindestens eins davon sich auf unbekannter flugroute über unseren köpfen nach nordosten bewegt, in richtung E19. und dass squid aus irgendeinem grund verdammt heiß drauf ist, ihnen zu folgen. so heiß, dass er darüber den stoff in seiner tasche und sogar die sorge um sein und unser leben vergisst. genau wie ich.

ein teil von mir wartet noch immer darauf, dass j.d., wie abgesprochen, das geschäftliche regelt. den deal erledigt. dass wir mit unsrem geld umkehren, den verrückten hasen seinem schicksal überlassen, zurück zum AFRO-tower gehen, dort *halbe-halbe* machen, ein paar käsesandwiches verdrücken, weiter *hui̅yún* spielen und uns im morgengrauen aufs ohr hauen. doch irgendwie weiß ich bereits, dass das nicht passieren wird.

tief in seinem innern überlegt j.d. angestrengt, wie er aus dieser sache wieder rauskommt. es ist ihm anzusehen. etwas in ihm sucht nach fluchtwegen, aber die obsession ist stärker. squids obsession, nicht so sehr meine. mir war nicht klar, wie sehr j.d. eigentlich gar nicht da war. bis squid auftauchte. der hase stand vor uns, und j.d. war wie angeknipst. als beförderer einer idee. die so stark ist, dass sie sogar die angst schluckt. selbst ich hab eine weile gebraucht, um zu kapieren, dass wir vor den augen nicht weglaufen, sondern ihnen folgen. so was wie wille zählt hier nicht mehr. was uns lenkt, ist irgendwas ... *tieferes*.

ein schmaler streifen wasser schneidet uns den weg ab. moosbewachsene bootsanleger links und rechts. eine bogenförmige holzbrücke, die aussieht wie ein relikt aus einem dieser japangärten in öffentlichen parks.

wo sind sie?

die stimme im innern des hasenkopfs klingt einsam und fern. der funkspruch eines astronauten, der seit jahren in einer winzigen kapsel die erde umkreist: manolos rückkehr nach hollywood.

mein arm zeigt nach E19.

j.d.s schultern sinken. die tasten an seinem gürtel leuchten silbern auf.

wie viel willst du?, fragt squid, in geschäftsmäßigem ton. er fragt nicht j.d. er fragt mich.

vier, sage ich. genau wie mit j.d. abgesprochen.

ich hab fünf, sagt squid.

er meint fünf *fette ratten*. j.d. hat es mir erklärt, draußen im *osten*. es gibt hier eine parallelwährung, die in *rats* gezählt wird. ein tausender ist eine *fat rat*. die offizielle währung heißt ethercoin, abgekürzt EC. das hat j.d mir nicht erklärt, wohl weil er davon ausgeht, dass ich es weiß – EC scheint die weltweit gebräuchliche währung zu sein.

ich zögere.

squid muss verrückt sein. er bietet mir nen tausender dafür, dass ich ihm den weg zu den beta-augen weise. dass wir mit ihm ein zweites mal die grenze zur todeszone überschreiten.

und was tut er? er grinst. ich weiß das; mittlerweile brauche ich sein zweites, verborgenes gesicht nicht mehr zu sehen.

Von Minute zu Minute wird es dunkler im Raum. Eine mechanische Dämmerung senkt sich über den Mann am Resopaltisch.

der hase gibt j.d. einen freundschaftlichen schubs nach E19.

in den feuchten lichthöfen der laternen, die das ufer säumen, entpuppen sich die nachtaktiven tiere als penthouse-komplexe, bürotürme, protzige firmensitze, ein gaswerk, ein schwimmendes restaurant. es gibt jetzt nichts mehr, was uns vor ihren glühenden blicken schützt.

drüben, auf der anderen seite des hafenbeckens, steht ein gigantischer würfel aus schwarzem glas. undurchsichtig, spiegelhart, wie etwas fälschlich auf die erde gefallenes. etwas, in dem eine rasse bösartiger außerirdischer die wunderwaffe zur vernichtung der menschheit produziert. ich weiß nicht mehr, wohin. ein tiefes brummen geht von dem alien-quader aus, das sogar das geräusch der rotoren übertönt. ungefragt übernimmt der hase die führung.

wir laufen ums millwall dock herum; da ist nur dieses dumpfe brummen und j.d.s flacher atem. niemand spricht.

in meiner hosentasche knistern zehn scheine. sie fühlen sich an wie echtes geld. was darauf steht, war nicht zu sehen, drüben, auf der anderen seite der brücke, in der dunkelheit.

in der dunkelheit sind die wächter verloren, behauptet j.d.

irgendwo draußen im dockwasser dümpelt schräg ein kleines schiffchen, angestrahlt von den schwachen aureolen der laternen. darauf gemalt drei traurige, absurde worte: *your company here*. wer wollte wem gesellschaft leisten, frage ich mich, auf diesem untergehenden boot, mitten in der todeszone zwischen SE29 und niemandsland?

j.d. schaut mich verstohlen von der seite an. immer wieder. er schaut mich an, wie um zu sagen `c.focus();}catch(d){if(!(d.number==-2146826178) masque_los_angeles_16_12_1977//`

nicht so schüchtern, süßer, spuck's schon aus!

der schöne junge dreht sich halb und hebt die fein gezupften brauenbögen: ich bin abstinent, erwidert er. gehaucht und schwer akzentbelegt. lächelt dabei so nonchalant wie bobby pin, und ebensowenig glaubt ihm einer hier.

schon klar. billy, unser zyniker, atmet mir und dem fremden bier ins gesicht: spätestens auf acid versucht bobby jeden hübschen jungen zu verführen ...

der knabe dreht sich lächelnd weg.

`\/r\/8I4vTgq2Dz5.css whisky_los_angeles_june_1977//`

(im jetzt) robbt darby sich zum rand der bühne, gröhlt *sugar sugar, you're my candy girl*, und schon ruft jemand rein: you're a fucking sissy, anyway!

`{if(!(d.number==-2146828900) masque_los_angeles_16_12_1977//`

manolo. an meinem zweiten abend im masque, kurz vor weihnachten '77, steht manolo pötzlich eine reihe vor mir. *größer und dünner als in der erinnerung, die locken an den seiten seines schädels geschoren*. die weirdos sind in der mitte ihres sets, billy und sein one-night-stand diesmal schneller als ich. billy tippt manolo auf die schulter. ein schneidezahn fehlt ihm, bemerke ich, als er sich zu uns dreht. auch seine stimme ist anders. drei worte nur. leiser, verhalten fast.

stehst du auf den?, neckt billy mich, als manolo längst wieder zur bühne sieht.

ich kenn den jungen, behaupte ich, obwohl ich mir da noch nicht mal sicher bin.

während *do the dance* starre ich seinen rücken in der zu großen lederjacke an und frage mich: was, außer einem zahn, ein bisschen fett und seinem wuschelkopf, ging auf dem weg hierher verloren?

süß ist er zweifellos, sinniert billy neben mir, aber ... er nagt an seiner dicken lippe. ich weiß nicht, ich weiß echt nicht, mann ... vorhin war er bei arthur j., hing da ne ganze weile rum, und jetzt, wo ich ihn frag: gehörst du zu uns?, tut er bloß arrogant ...

ich mag die weirdos nicht besonders, unterbricht sein one-night-stand. da ich nichts erwidere, zuckt billy mit den achseln, und die beiden verziehen sich.

one-night-stand spottet den tatsachen, in diesem fall, das weiß auch billy. er macht seit monaten mit diesem typen rum, nur kennt halt keiner seinen namen, vielleicht nicht mal er selbst.

prizz teen, sagt manolo.

er hat sich zu mir umgedreht. er streckt mir die hand hin, als sei ich ein fremder. an seinem grinsen erkenne ich ihn, zweifelsfrei. die musik ist aus. über seine schulter hinweg sehe ich, wie die weirdos von der bühne gehen.

seine hand ist heiß, elektrisch geladene erinnerung an unsere endlose woche in arizona. er drückt fester zu, jetzt. mesca, sage ich. grüppchen drängen richtung treppe, rempeln uns an. ich schlucke. dein erstes mal?

er nickt.

willst du das labyrinth sehn?

er nickt.

to escape horror – bury yourself in it, steht über der tür, durch die wir gehen. es ist leer im tunnelsystem. die meisten rauchen draußen oder holen biernachschub. von oben gedämpfter kinosound.

direkt über uns ist das pussycat theater, erkläre ich, da läuft seit acht jahren nichts als *deep throat* und *the devil in miss jones*.

manolo grinst. oder sollte ich denken: prizz teen …? sein schweigen verunsichert mich.

sagt billy, füge ich schüchtern hinzu. der typ, der dich vorhin angebaggert hat.

er grinst unverändert. ich bin mir jetzt ganz sicher, dass er der hysterische wuschelkopf aus dem dreckloch in tucson ist. nur seine feline ruhe macht es schwer, die verbindung zu ziehen …

endlich macht er den mund auf. und der andere?

ich hebe andeutungsweise die schultern. wir nennen ihn o.n.s. one-night-stand.

wo sind sie jetzt?

treiben's im blank corner, wage ich mich vor.

manolo grinst stärker. die zahnlücke eine einladung von dunkelheit, in mehr dunkelheit zu dringen.

babylon, hat jemand an die wand geschmiert, und etwas, das aussieht wie ein frisches einschussloch. manolo berührt meinen arm. kalter stein schmiegt sich an meinen rücken. manolo fasst meine schultern und gibt mir einen erstaunlich weichen, geschmeidigen kuss.

zum glück muss sally das nicht sehn, denke ich, solange denken möglich ist, sally, der nicht hier sein kann, weil dies ein wochenende ist, das die frau seines stammkunden, dem einzigen, bei ihren eltern verbringt ...

etwas kantiges drückt gegen meine rippen, ich schiebe manolo die hände unters leder, darunter warmer, feuchter t-shirt-stoff. er tritt zurück, zieht eine flache flasche raus, streift dann die jacke von den schultern.

ich schmecke nach gin und speed, murmelt er entschuldigend, was sicher wahr, mir aber egal ist. egal auch, dass die screamers beginnen. ich packe seinen nacken. wir dringen zu der seekranken synthie-linie von *punish or be damned* tiefer in die geheimen gänge, ficken zwischen babylon, anarchy und verlaufenden schlieren der gesamten farbpalette, als wären wir fremde ... er ist ein fremder, fällt mir hin und wieder ein – hochaufgeschossen, die hüften hart, sein kinn an meiner schläfe, der nacken ein stoppelfeld ... ein fremder, der nach kaktus, sand und ganz entfernt nach minze schmeckt. und ja, auch gin und speed sind dabei. erst jetzt denk ich dran, ihm quaaludes aus meiner brusttasche anzubieten. eine für ihn, eine für mich. runterspülen mit den letzten schlucken aus seiner flasche. wir wollen's ja nicht übertreiben, murmelt er, gegen wände rennen ... ich lache, ja, hier sind die wände was ganz besonderes.

sie schreien: CAN YOU FEEL THE PRESSURE?

tomata du plenty hängt irgendwo dahinter die kiefer aus wie ein schlange, die ein ganzes karnickel verschlingt.

PEER PRESSURE!, kreischt eine frauenstimme.

und tomata legt los:

EVERYWHERE I LOOK, I GET PRESSURE FROM MY PEERS
SOME OF THEM ARE STRAIGHT AND SOME OF THEM ARE QUEERS
SOME OF THEM ARE BLACK AND SOME OF THEM ARE WHITE
SOME OF THEM ARE WRONG AND SOME OF THEM ARE RIGHT

die beats peitschen aus dem stein, direkt in unsre körper rein. manolo befeuchtet seine hände, spucke oder gin, packt ziemlich fest zu, gerade richtig, murmele ich, ein kalter film auf heißer haut, gräbt seine zähne in meinen hals. babylon, weiß über seiner schulter. rot quillt aus dem Y, mehr und mehr, rinnt übers L zum O ...

bist du nicht hier für die show?, fragt er mich irgendwann. einen schritt enfernt, sein heißer atem fort. macht seine hose zu, sammelt die lederjacke vom boden und schiebt mich, bevor ich antworten kann, aus dem labyrinth in den hauptraum zurück. ich wollte, dass es andauert. die gedanken ertrinken. der letzte schritt ein sprung in warmes meer. temperatur und luftfeuchtigkeit sind ins tropische gestiegen. köpfe tanzen stakkato in tomatas rhythmus, schwindlige wellenmuster. der hasendraht ist niedergetrampelt. menschen haben die bühne erklommen, kriechen und kauern zu tomatas füßen. ein schwall drängt von hinten nach. jemand hat mich erhört. für einen moment werden wir wieder in genets dunkelbunte hölle geschoben, kleben mit den sohlen am boden. manolo hält meinen ellbogen und lacht, ich weiß genau, worüber: wir sind in einem dieser träume, in denen man nicht von der stelle kommt. hören mit halbem ohr, wie tomata der menge gute nacht sagt, aber die will mehr, mehr, mehr – manolo streckt mir die zunge raus, ich leg ihm noch eine in den mund. eine noch, na gut ... da ist rohes fleisch an der innenseite seines handgelenks, frisch verbrannt, süß wie der geruch aus krematorien: ein *germs burn*, oder pures versehen?

gedämpftes klatschen, grölen und pfiffe aus dem mauerwerk. blank corner, hat jemand da hingesprüht. billy, fällt mir ein, hat uns – seinem lover, sal und mir – ein paar quadratmeter auf dem abgeranzten teppich der plunger sisters reserviert. da sal diese nacht im roosevelt verbringt, sage ich zu manolo ... prizz teen: ich hab einen schlafplatz für dich.

lass uns die zugabe sehen, flüstert der und fasst mich um die taille.

diesmal schaffen wir's bis ganz nach vorn. bleiben stehen, als es nicht mehr weitergeht, geschlossene lederjackenwand, und sind uns wortlos einig, dass tommy heiß aussieht, wie er da an seinem synthie dreht, während tomata das maul aufreißt, die klappernde holzpuppe eines größenwahnsinnigen bauchredners spielt: YOU WERE BEAUTIFUL IN LIFE, BUT YOU'RE EVEN MORE BEAUTIFUL IN DEATH!

k.k. drischt auf seine drums wie besessen. tomata springt, tomata schüttelt den igelkopf – psychotischer elvis, aus ketten befreit, schlenkert eckig die knie, nimmt mit wenigen schritten ein, was das menschenmaterial von der bühne übrig lässt, trotzt der schwerkraft, macht hebel aus händen, seine jünger stehen auf –

etwas schweres legt sich um meine schultern. wo ist dein neuer freund?, ruft billy in mein ohr. warmer bieratem. auch o.n.s. ist wieder aufgetaucht.

schau mich um. alles geht auf und ab. GOING STEADY WITH TWIGGY, schreit tomata: GOING STEADY GOING STEADY GOING STEADY ... die welt springt und singt mit. auf und ab, auf und ab ... manolo ist nirgends zu sehen. billy krallt sich in meine linke schulter, legt sein kinn auf meiner rechten ab. das ist pleasant!, ruft er und deutet auf die bühne. da tanzen nun die üblichen verdächtigen – exene, die peitschenschwingerin, ein blonder typ im weiten hemd –

neben darby, da siehst du, neben darby crash!

der ungelenke blonde riese hüpft auf der stelle, mit hängenden armen, wird angerempelt, fällt von der bühne und steht wieder auf, hüpft weiter, auf und ab, auf und ab ...

ich seh sie, sage ich.

nur manolo seh ich nicht.

ttt: Z965ui FLDR (FILE UNKNOWN)\\ orpheum_los_angeles_ april_1977_INTR/LCK ?? DEFAULT: ARIZONA;krZ/

im orpheum steh ich wie festgewachsen, ganz frisch in dieser stadt. sal spielt fahrstuhl neben mir, high, allein weil er mich wieder hat – dann stolpert diese band rein, unangekündigt: zwei mädchen, zwei jungs, kaum älter als wir, der blonde in rote lakritzschlangen gewickelt. eine knappe viertelstunde nie gehörter krach, konfusion und mayonnaise. wir türmen, und die dinge überschlagen sich: das whisky, larchmont hall, palladium, expressionismus aus spaghetti an jemandes wohnzimmerwand, zuckerregen, scherben, und immer wieder das LAPD.

wir sind schneller, rennen schlangenlinien auf dem sunset strip. es ist warm genug, um draußen zu pennen. das große M reicht für einen sommer lang hotdogs und gin. nur manolo ist nicht hier, bei mir.

darby – damals noch bobby pyn – steckt sein mikro in erdnussbutter, der sound-typ kriegt die krise, und jemand schüttelt nicole. nicole in platinblond, die nölt: ist scheißegal, da singt er eh nicht rein. man müsste ihm das mikro schon am mund festkleben, damit er daran denkt, und bobby, der schulterzuckend feixt: zu breit, zu abgefuckt halt, um an so was zu denken, wie: bobby, sing verdammt noch mal ins mikro rein!, dazwischen lorna, die ruft: das mikro, bobby, das mikro, mann!, und sal, ganz nah, der mir am haar den kopf nach hinten reißt, warmes bier ins gesicht schüttet und mein ohr mit schaum benetzt: wo bist du, mesca, *wo*?

ich ... ich bin bei

manolo, der sich durch die wüste arizonas schleppt. wie still es ist. wenn ihn die coyoten nachts von der gruppe wegführen und dafür tags gewähren lassen, wenn er abseits sitzt und raucht, solange er die kippen in eine plastiktüte steckt und mit sich trägt. immer muss man achtsam sein. mit essensresten, fingern, nackten zehen. spinnen, schlangen, ratten, krötenechsen.

jüngling, von einer eidechse gebissen. die dramatik des verzogenen gesichts, die grazilen finger, entsetzt gespreizt – you're a fucking sissy, anyway.

ob manolo jemals die contenance verliert?

der rhythmus seines augenaufschlags ist unveränderlich. ob er bei 100 grad und ohne wasser wandert, im gebüsch auf eine ratte tritt, ob er im schatten sitzt, einen joint ansteckt, dem atmen der kleinen braunen echsen lauscht, die sich furchtlos neben ihm sonnen, ob er mit 40 pfund auf dem rücken durch den rio grande schwimmt, ob ihn im morgengrauen, kurz bevor es weitergeht, ein pollero in den arsch fickt.

vielleicht spielt er manchmal: steine im bauch, wie ich, ein bisschen hinten dran, allein mit sich. posiert da überm wüstengrund mit seinem unförmigen schatten – mehr rucksack, mehr wasser, mehr schuhe, mehr bohnen, getrockneter speck und tortillas, mehr all das als mensch. die brust eine höhle aus sand, der bauch ein haufen geröll, die schultern windgeschliffene stöcke, aus dem hirn und zwischen den beinen sprießt dürres gras. in trance verfolgt er die bewegung seiner armschatten, und ich warte, warte, dass er sich umschaut –

er zeigt mir seine makellosen zähne, seinen kindlich-lauernden blick.

friedlander, 83, flüstere ich.

er lacht sein erstauntestes, sein dreckigstes lachen, nennt mich: puto, loco, und was ihm sonst noch einfällt. ich ihn: bacchino, ragazzo, angelito ...

`ttt: Z566hZ(9ephyh FLDR\\ whisky_los_angeles_dec_1979_INTR/LCK ?? DEFAULT: ARIZONA; continueJ`

heute bin ich in der schwankenden mitte, allein, und darby hat schwarze stachelhaare und ein eisernes kreuz um den hals. das licht hat schwierigkeiten, ihm zu folgen. er wälzt sich mit gefletschten zähnen am rand der bühne rum und macht sein puzzled-panther-ding. wahrscheinlich würde er am liebsten drunter liegen, sich vor den augen aller verstecken. ich kann das gut verstehen. denn –

eigentlich steh ich allein auf einem hohen felsen im schatten meiner flachen hand und schaue über haufenweise dürre. versuche, bewegung drunten auszumachen, aber die weite blendet zu sehr, das licht flirrt zwischen himmel und land.

darby kriecht da auf der bühne rum, und jemand spricht zu ihm wie zu einem kleinen kind: darby, komm schon, heb das mikro auf, darby, heb das mikro auf. sie zeigen drauf, er schaut verstört. sie lassen nicht locker: darby, heb das mikro auf, heb das mikro auf ... die oc surfers werden ungeduldig, die rufe, pfiffe lauter, ich mittendrin, aber –

eigentlich steh ich hier oben im schatten meiner flachen hand und will nichts sehen, nichts hören, nur dein herz `function pop(a){window.open(a);} „time_set“ = 22:14:35`

erobern wir uns dieses *dípàn, xiăozi!*

squids stimme ist laut in der stille.

er lacht irre, ein unheimliches, auf sich selbst zurückgeworfenes echo im innern des hasenkopfs. er hat, das sehe ich erst jetzt, eine pistole in der hand, die kleinste, die ich je gesehen habe, und zielt damit in richtung mond.

`OOO \\ whisky_los_angeles_dec_1979 FLDR(b89)#459`

irgendwo zerschellt eine flasche. darby hat das mikro wieder in der hand. er sitzt am rand der bühne, und alle warten auf den nächsten song. ihr seht gelangweilt aus, ruft er ins publikum. macht endlich was kaputt!

`pop(a){window.open(c);} „time_set“ = 22:16:45` mit einem knall geht das licht aus. j.d. und ich stehen in völliger nacht. scherben rieseln uns aus dem haar wie

Jede halbe Stunde schaltet sich eine bestimmte Anzahl Schirme automatisch ab. Der Mann, der mit gesenktem Kopf und hochgezogenen Schulter in seinem Drehstuhl sitzt, bleibt im schwach pulsenden Zwielicht zurück. Sein Alter ist schwer zu schätzen. Dunkle Haarsträhnen verdecken Stirn und Wangen. Er trägt ein weites, dunkles Langarm-Shirt – alles wirkt jetzt dunkel in dem kuppelartigen Raum, der Raum selbst geschrumpft –, das einen mageren, schlaksigen Leib vermuten lässt. Außer dem hohen Sirren der Bildschirme und einem von den langen Fingern ausgehenden, unregelmäßigen Klicken ist kein Geräusch zu hören.

Das schwächelnde Firmament über seinem Kopf scheint ihn nicht zu stören. Erst als nur noch die unteren Schirmreihen ihr bläuliches Licht abgeben, tastet seine linke Hand abwesend in Richtung einer kleinen Tischlampe.

Deren gelblicher Lichtkegel erhellt, womit seine Finger beschäftigt sind: In die Resopalplatte eingelassen ist ein Touchscreen von der Größe eines Tischsets. Auf dem Screen dreht sich träge ein hellblauer Schrifzug. AllSec. Der Mann murmelt: Start.

Das AllSec-Logo verschwindet, macht einem Gewirr an Icons Platz. Sein linker Zeigefinger tippt rhythmisch auf die Bedienoberfläche. Mit der Rechten, den Ellbogen aufgestützt, klemmt er sich lose Strähnen hinters Ohr. Sie sind dunkelbraun, mit einem Stich ins Rötliche. Was von seinem Gesicht zu erkennen ist, wirkt jünger als sein Körper: feingeschwungene Lippen, die Oberlippe leicht aufgeworfen. Sein Mund steht halb offen. Der rechte Eckzahn ist spitzig wie der eines kleinen Raubtiers. Hohe Wangenknochen, eng umspannt von blasser Haut. Die Schläfen treten deutlich hervor. Ein Nerv pulst dort. Etwas ist geschehen. Aber was? Das Gesicht bietet keine Erklärung. Seine Züge gleichen einem Puzzle, bei dem ein einziges Teil fehlt. Er starrt auf den Touchscreen, die Wimpern unbewegt. Seine Augen sind dunkel und pupillenlos, wie die eines ausgestopften Rehs.

Ein quäkendes Summen ertönt. Er blinzelt, wie jäh zum Leben erwacht, strafft den Rücken, und seine Finger beginnen, übers Display zu huschen. Auf einem der Schirme in der untersten Reihe, der vormals einen leeren Bahnsteig zeigte, erscheint das perspektivisch verzerrte Gesicht einer jungen Frau. Sie schaut nach oben, direkt in die Kamera, mit ungeduldig gehobenen Brauen.

Der Mann drückt einen Knopf neben dem Touchscreen, und eine Schiebetür öffnet sich rechts von ihm in der konkaven Wand. Die Frau, deren Gesicht eben noch auf dem Schirm zu sehen war, tritt ein, noch bevor die Tür ganz aufgeglitten ist. Im gleichen Moment geht ein neutral-weißes Licht an, in dem sowohl das verbliebene bläuliche Flackern der Schirme als auch der gelbliche Kegel der Tischlampe ertrinken.

Der Mann beschirmt die Augen mit seiner schlanken, bleichen Hand.

Dicht neben ihm bleibt die Frau stehen, nimmt etwas von der Tischplatte und seufzt. Ihr halblanges, blauschwarzes Haar gerät in Unordnung. Vielleicht schüttelt sie den Kopf. Sie hat schmale Hüften und das Kreuz einer Schwimmerin.

Du musst das Pad auch tragen, sagt sie in vorwurfsvollem Ton.

Er macht ein Geräusch, das einem Niesen ähnelt.

Schau dir das an. Sie legt das Pad wieder hin, beugt sich über den Tisch, drückt ein paar Knöpfe und fährt mit den Fingern über den Touchscreen.

Schirm 12.15 an der Wand links von ihnen verdunkelt sich. Synchron drehen sich ihre Köpfe.

3:35:02

Ein Zimmer von oben. Die Umrisse eines Schranks, einer Kommode, eines Sessels. Verstreute Kleidungsstücke. Ein Bett. Jemand liegt darin. Der Körper ist zugedeckt, nur der Kopf und ein Arm sind zu erkennen. Das Bild ist eingehüllt in eine Art glühenden Wärmeschimmer, an den Rändern dunkel zerfasernd, typisch für die Aufzeichnungen einer Nachtsichtkamera.

Die Frau fährt über das im Tisch eingelassene Interface. Murmelt: 4:05 … Die Zahlen beginnen zu rasen. Der Körper im Bett dreht sich in Zeitraffer von links nach rechts, liegt dann wieder still, während die Zahlen weiterrasen.

Die Frau drückt auf Stop.

4:04:10

Der Körper liegt noch immer still, nun auf die Seite gedreht.

Drei Gestalten betreten den Raum. Man sieht ihre Rücken, und dass sie Baseballkappen tragen. Einer von ihnen tritt ans Bett, halb verdeckt von den anderen. Der liegende Körper zuckt einmal kurz und ist dann so still wie zuvor. Die drei Gestalten ziehen sich zurück. Keine zwei Minuten sind vergangen.

Der Mann im Drehstuhl runzelt die Stirn, sieht die stehende Frau fragend an.

Amir Anneza, 15, erklärt sie sachlich. Im Schlaf erschossen, in seinem Elternhaus in Brixton.

Konnte …, er räuspert sich, konnte die Kamera ihn auslesen?

Tag, sagt die Frau. Ein kleiner weißer Wimpel erscheint auf Schirm 12.15. Die Spitze klebt am Kopf des toten Jungen. Amir war kein Gangmitglied.

Sie zieht ihr Pad aus der Gürtelhalterung, wischt darüber und schüttelt den Kopf. Traurige Sache. Gestern war Amir noch mit Musa Turay und Sean Littell im Cosco Center. Hat sein gesamtes Taschengeld von Mai für unsere neue HeartSync-App ausgegeben. Wieder schüttelt sie den Kopf. War wohl frisch verknallt, der Kleine ... Dann hat er mit seinen Freunden im Dragon Express auf der Barking Road Chop Suey gegessen. Und jetzt, ihre Finger machen eine Bewegung, als würde sich eine Klappe schließen, musste er diesen sinnlosen Tod sterben.

Und die Täter?

Ungechippt. Auch die Waffe. Die Frau hebt und senkt die Schultern, eine hilflose Geste. Vermutlich Cannies. Müssen durchs Fenster eingestiegen sein. Amirs Eltern waren bei Lisa und Kwame Sweetman. Die haben das neue Cosco Multiplex i!Merse. Und seitdem jede Menge Besuch. Jetzt sind sie natürlich außer sich. Die Annezas, meine ich. Posten tag und nacht Clips von *ke ai de xiao* Amir ...

Die beiden starren nach 12.15. Im selben Tempo wie zuvor rasen die Millisekunden über den stillen Raum, den bewegungslosen Körper. Es ist jetzt nicht mehr der Körper eines Schlafenden, sondern der eines Toten, auch wenn es auf dem Bildschirm keinen Unterschied macht.

Hoffentlich sehen die Tridents endlich ein, dass es so nicht weitergeht. Die Canary Wharf hat unschätzbaren Wert. Ein, zwei Investoren, und London wäre gerettet! Aber wer hockt stattdessen auf der Goldgrube? Psychopathen und Gewaltverbrecher wie die, die Amir auf dem Ge...

Was macht dich so sicher, dass es Cannies waren?, unterbricht der Mann. Seine Stimme klingt kratzig, wie lange nicht benutzt.

Na, weil sie keine Tags haben. Die holen sich gegenseitig die Chips aus den Armen. Das gehört zu deren Inititiationsritual. Was für eine Sauerei. Ekelhaft. Die Jungs, die das mit sich machen lassen, sind kaum zwölf, dreizehn. Mädchen auch, neuerdings.

Er setzt sich ruckartig auf. Aber warum hätten sie Amir töten sollen? Er war in keiner Gang!

Sie zuckt mit den Schultern. Aktuell kann ich nur die Daten sehen, die seit letzter Woche in die Cloud eingegangen sind. Davis hat das Alpha-Team drauf angesetzt. Die werden Amirs Bewegungsprofil der letzten Monate analysieren, seine Chronik durchforsten. Das kann ein paar Tage dauern.

Mehrere Sekunden Schweigen.

Woher kommt der Clip?, fragt er.

Genau das ist das Rätsel ... Die Frau richtet sich auf. Kurz sieht man ihr Profil. Sie wirkt jünger, als ihre Stimme vermuten ließ. Randy hatte den Clip heute Morgen auf seinem Screen. Weißt du, dieser Neue aus dem Standby-Team. Niemand weiß, wie der Clip auf seinen Rechner gekommen ist. Es war keine von Randys Drohnen, so viel ist sicher.

Vielleicht wurde sie hinterher abgeschossen?

Dachten wir zuerst auch. Aber man sieht niemanden auf die Drohne feuern. Die drei verschwinden, und das war's. Außerdem ... Mit einer Handbewegung hält sie das Geschehen auf Schirm 12.15 an. Die Zeitangabe stimmt, aber es wird keine Kameranummer angezeigt ... Erneut hebt und senkt sie die Schultern.

Stille.

Autorun!

Auf 12.15 ist wieder ein leerer Bahnsteig zu sehen; das Bild verschmilzt mit der kuppelförmigen Collage aus U-Bahn-Stationen, Werkhallen, Bürofluren, innerstädtischen Plätzen.

Er nagt an seiner Unterlippe. Der irritierte, nachdenkliche Ausdruck ist nicht von seinem Gesicht gewichen. Können unsere Drohnen unbemerkt in geschlossene Räume fliegen?, fragt er schließlich, jede Silbe in die Länge ziehend.

Die Frau wischt über den Touchscreen. Einen Moment lang sind alle Schirme blank.

Eigentlich nicht. Das ist das nächste Rätsel ... Sie seufzt und drückt Start.

Auf der untersten Schirmreihe erscheinen verschwommene Kampfhandlungen in neunzehn Variationen. Vermummte Menschen mit Feuerwaffen. Aus der grünlichen Finsternis zucken Lichtblitze.

Er zoomt in 13.2. und tippt auf Stop. Eine grob gepixelte Pistole füllt jetzt den Schirm. Ein Tag hängt sich an die Waffe: Glock 65, Herstellungsort, Kaufdatum, Preis. Die Person, die sie hält, bleibt unidentifiziert. Weiter, sagt er heiser.

Die Kampfhandlungen setzen sich fort. Nach vierzig Sekunden versinkt der erste Schirm in Dunkelheit. Ein Schirm nach dem anderen wird schwarz. Zack. Zack. Zack. Nach drei Minuten sind alle Schirme blank.

Wir haben zehn Drohnen verloren in den letzten Wochen, sagt die Frau mit ernster Stimme.

Wenn die Abschüsse in der Nähe passieren, schicken wir ein Team raus. Dann brauchen wir Leute für den Notdienst. Ich hab zweimal versucht, dich zu erreichen. Bis ich gesehen hab, dass dein Pad hier rumliegt!

Sie nimmt das flache Viereck zwischen Daumen und Zeigefinger und schwenkt es vor den Augen des Mannes hin und her. Er sieht daran vorbei, der Frau in die Augen, die Mundwinkel eingegraben.

Soll ich die Tags der Waffen posten, in der Hoffnung, dass sich einer der Mittler zu erkennen gibt?, fragt er.

Noch nicht. Die Frau legt das Pad zurück auf den Tisch und wendet sich zum Gehen. Ich ... Ihr eigenes Pad piepst. Sie zieht es aus der Gürtelhalterung, schaut aufs Display und hält inne. Sie ist jetzt im Dreiviertelprofil zu sehen. Ein ungläubiges Lächeln verzieht ihren Mund. Rat mal, wer sich in der Themse ertränkt hat ...

Der Kopf des Mannes ruckt herum.

Ein kleiner alter Mann, Autist ... Die Frau scrollt auf dem Display ihres Pads nach unten. Sie nannten ihn Savant. Als Kind und junger Mann war er berühmt. Es hieß, er hätte ein fotografisches Gedächtnis ... Sie bricht ab, und einige Sekunden lang bewegen sich ihre Lippen lautlos. Vor Ewigkeiten, im Alter von elf Jahren, haben sie ihn mit dem Hubschrauber über London geflogen. Hinterher konnte er die gesamte Stadt aus dem Gedächtnis zeichnen. So exakt wie Bird's Eye. Jede Straße, jedes Gebäude, sogar die Anzahl der Fenster stimmte ... *Wākào*, eh?

Der Mann am Tisch nickt, obwohl sie ihn gar nicht ansieht, sondern kopfschüttelnd das Display ihres Pads bedient.

Sein rechter Zeigefinger drückt einen Knopf neben dem Touchpad. Die Tür gleitet auf. Mit langen Schritten, ohne sich noch einmal umzudrehen, marschiert die Frau aus dem Raum. `/("svn_rev":647138@allsec.sec)///c_call/ lhsh":"cAQH8f3Qr/w/w/` Rat mal, wer sich in der Themse ... Mit leisem Seufzen schneidet die Tür ihre Stimme ab. Nach wenigen Sekunden geht das Deckenlicht aus.

Der Mann, wieder allein, sitzt im gelblichen Kegel der Tischlampe. Mit der linken Hand holt er etwas unter seinem Hemd hervor. Denselben flachen, viereckigen Gegenstand, den er vorhin in den Fingern hielt. Es ist, erkennt man jetzt, ein ganz ähnliches Gerät wie das, das unbeachtet auf der Resopalplatte liegt.

Er legt das Pad, das er unter dem Hemd trug, auf einen viereckigen Umriss im Touchscreen. Schirm 13.5 geht an.

23:25:03

Eng gestellte Backsteinfassaden rasen aufeinander zu, weisen den Weg zu einer Phosphorexplosion, die rasch heller und größer wird. Die Kamera verlangsamt, kurz bevor sie das Licht erreicht. Zwischen den Fassaden stehen gut zwei Dutzend schmale Schatten, selbstvergessen redend, rauchend, lachend. Der Lichtball bleibt in zwei, drei Metern Höhe suspendiert, schmilzt die Bewegung ihrer Arme, Beine, Köpfe, fängt sich in Rauch und Nebel. Der Boden ist ein See aus Licht. Die Silhouetten wiegen, biegen sich, liegen einander in den Armen. Bizarre Schattenfänge greifen in die Häuserschlucht. Die Kamera streift Köpfe – Hüte, Schiebermützen, kunstvoll arrangiertes Haar – und schwenkt dann jäh nach links, hinein in einen dunklen Gang. Am Ende rote Glut. Aus der Wand löst sich eine grobkörnige Gestalt mit deformiertem Schädel und der Schnauze eines Schweins.

23:26:09

Eine hohe Halle öffnet sich. Die Decke ist außer Sicht; die Wände bestehen aus Backsteinbögen. Menschen drängen sich darin so dicht, dass sie zu einer schummrig-roten Masse verschwimmen. Einige tanzen, andere stehen in Grüppchen beisammen. Rasch bewegt sich das Kameraauge über breitkrempige Filzhüte, goldbesetzte Schultern und blaugraue Schiffchen der Royal Airforce, Pelzstolen und kleine Damenhüte mit Schleiern hinweg, auf fünf Gestalten zu, die sich strahlend weiß über die Menge erheben.

Sie stehen auf einer Bühne, seitlich angestrahlt von grellem Scheinwerferlicht. Immer wieder blenden Blitze aus dem Köpfemeer, dann nur noch ein sanft-goldenes Zwinkern am Bühnenrand. Zwei Matrosen schwenken blanke Saxofone, flankieren drei Frauen, die sich in offenherzigen Blusen und Polkadot-Röcken auf roten High Heels wiegen. Die Kamera steuert auf die mittlere zu, die jetzt die samtweißen Arme in die Luft wirft. Sie bewegt die grellroten Lippen, lächelt beim Sprechen ein einnehmendes Lächeln. Auf ihren akkuraten Locken thront ein khakifarbenes Käppi.

Kurz vor der Bühne schwenkt die Kamera jäh nach rechts, hinein in die Menge, wo eine schwarzhaarige Frau mit Perlenohrringen und ein Soldat mit geschlossenen Augen langsam tanzen. Sie hebt den Kopf und küsst ihn, als wäre es das letzte Mal. Die Kamera taucht unter einen Brückenbogen – Dunkelheit.

23:27:43

Nah und direkt, wie ein unsichtbarer fünfter Redner, stoppt die Kamera auf Augenhöhe eines Vierergrüppchens. Sie stehen, Gläser in den Händen, redend und lachend in hellem Licht, das irgendwie falsch wirkt, als hätte jemand inmitten einer Theateraufführung das Arbeitslicht eingeschaltet. Kleidung und Gesichter sind gut zu erkennen, fast überstrahlt. *Intelligence & Operations* steht auf der Brust desjenigen, der alle anderen um Kopfeslänge überragt. Er trägt eine Fliegermütze aus dunkelbraunem Leder; sein Gesicht ist rußverschmiert und voller Fältchen. Mit seinem Schnurrbart und den geraden weißen Zähnen, den breiten Schultern, der kräftigen Statur erinnert er an amerikanische Filmschauspieler aus den 1940er Jahren. Die übrigen wirken neben ihm wie Kinder. Eine dunkelhäutige Frau lehnt ihre Schläfe an die Schulter des Fliegers, berührt leichthin seinen Arm. Ganz offensichtlich sind sie ein Paar. Während sie lachen, neigen sich ihre Köpfe zueinander hin. Ihr halblanges Haar ist zu glänzenden Löckchen frisiert, die eng anliegen und erst im Nacken Freiheit suchen. Eine lange Perlenkette schwingt funkelnd im Ausschnitt ihres Seidenkleids. Ihnen gegenüber steht ein Mann in Tweed, die Hände in den Hosentaschen, als wären sie dort festgenäht, den Mund zu einem unverändert ironischen Lächeln verzogen, das nichts preisgibt. Eine braune Schiebermütze verschattet seine Augen. Er hat ein durchschnittliches, unfertig wirkendes Gesicht. Einzig der Dreitagebart nimmt ihm das Jungenhafte. Einen Moment lang grinst er in sich hinein und schaut dabei zu Boden, so dass die Mütze sein Gesicht verdeckt. Die Kamera folgt seinem Blick, schwimmt mehrere Sekunden lang in Dunkelheit, passt sich dann den veränderten Lichtverhältnissen an und bleibt an einem Paar Damen-Plateauschuhe hängen.

24:09:24

Spectators in Blau-Weiß. Die Frau, die sie trägt, wechselt Stand- und Spielbein. Langsam fährt das Kameraauge einen wadenlangen, gerade geschnittenen Rock entlang, dunkelt das von oben lichtgeflutete Bild Zentimeter für Zentimeter nach, streift eine weiß behandschuhte Hand und hält inne. Zwischen Zeige- und Mittelfinger hält sie eine Zigarettenspitze. Als die Hand sich hebt, heftet sich die Kamera an ihre Bewegung. Ein dunkelblauer Blazer im Fliegerstil gerät ins Blickfeld, Schultern, die breit und eckig wirken im Vergleich zur schlanken Beinsilhouette, ein langer, weißer Hals, der ovale Schatten des Kinns ... Die Hand in Weiß zögert. Einen Moment lang spielen die Finger mit der Zigarettenspitze. Das Handschuhmaterial – Satin oder Seide – glänzt im Licht, der Halter matt silbern. Dann nimmt die Frau das Endstück zwischen die Lippen. So langsam, als wüsste sie, dass sie beobachtet wird. Die Kamera saugt sich an ihren Lippen fest: Sie pressen kurz das glatte, kalte Material, zeigen dann ihre wahre Form – karmesinrot, im Stil der 1940er Jahre herzförmig überschminkt. Schließlich öffnen sie sich zu einem spöttischen Lächeln, verharren eine aufreizende Weile lang spaltbreit, um dann langsam, anstrengungslos den Rauch freizugeben.

schwer atmend schläft sally seinen rausch aus. es ist frühjahr 1978 und ein haufen slash zines unser bett. es war nur einmal – der abend nach bobby pyns legendärer essensschlacht im whisky –, dass ich meinen bruder fickte, zumindest fühlte er sich in mir wie ein bruder an. im nassen gras des plummer park zerwühlten wir uns das haar, leckten den sprayverklebten zucker, den bobby über uns geschüttet hatte, von unsrer haut – reis für brautpaare – und bissen uns die lippen blutig, badeten in einer melange aus zucker, tau und aqua net [(a)] "rep_lag":2,"fb_dtsg" //(b) "lhsh":"cAQH8f3Qr"$$ (c) vor einer silhouette dreißig- bis fünfzigstöckiger glaszacken liegt fest vertäut ein rot-grün-goldenes geisterschiff. ein schwimmendes chinesisches restaurant, der schriftzug über dem eingang ist noch zu erkennen. ein glubschäugiger drachenkopf streckt traurig seine rote zunge raus. die fensterscheiben sind eingeschlagen. darüber ist in krakeligen, unregelmäßigen buchstaben gesprüht: tut uns leid, der lebensstil, den sie bestellt haben, ist derzeit ausverkauft.

auf dem pagodendach prangt ein gang-graffito. derselbe blutrote schriftzug wie der, den j.d. mir auf seinem pad gezeigt hat. E19. der postcode, unter dem squids kamera-auge verborgen liegt.

ein weiterer schuss aus squids miniatur-pistole, scherbenregen, und das drachenschiff versinkt in dunkelheit.

zitternd murmelt j.d. was von blasphemie. ich weiß nicht, ob er squids schüsse oder das vandalisierte restaurant meint.

noch ist das rennen nicht entschieden, behauptet squid und steckt die waffe weg. im IWF haben die amis das sagen …

j.d. schlingt die arme um seine crypto-jacke, als sei ihm plötzlich kalt. aber im ölkrieg …

das geräusch eines automotors lässt ihn abrupt verstummen. irgendwo hinter den dunklen apartmentblocks quietschen reifen. türen werden zugeschlagen. dann ein gedämpfter knall, gefolgt von einem scheppern. dieselben laute, mit denen squid unseren weg in dunkelheit hüllt.

wa-wa-was ist d-d-das? j.d. klappert jetzt so heftig mit den zähnen, dass seine worte kaum zu verstehen sind.

ärger, flüstert squid. wo kameras sind, ist auch der ärger nicht weit.

der ärger zieht die kameras an? j.d. schaut auf zu unserem riesenkarnickel, als wüsste das die antworten auf all seine fragen.

eher umgekehrt ...

inzwischen kann ich *sehen*, wie squids mund hinter der weißen schnauze sich zynisch verzieht.

seine worte laufen aus in eine dunkle gasse, die er hinunterblickt, als hätte er sich eben für diesen und keinen anderen weg entschieden. ich folge ihm schweigend, ziehe j.d. am ärmel seiner crypto-jacke hinter mir her.

das knirschen der scherben zerschossener laternen unter unsren sohlen sagt mit jedem schritt: ihr seid hier nicht zu hause. ich *weiß*, dass ich hier nicht zu hause bin! diese tortur ist zeitverschwendung. wer hier zu hause ist? ich weiß es nicht. ich weiß ja nicht mal, wer unsre gegner sind. vielleicht die cannies. oder die millwall sharks, von denen j.d. sprach. das einzige, was ich weiß, ist, dass auch sie laternen zerschießen, um den augen der wächter zu entgehen. und squid? ganz offensichtlich kämpft er mit denselben waffen ...

24:45:56

V-Spirit, steht mit Kreide auf einer Schiefertafel angeschrieben. Mise en abyme. Trompe-l'œil. Daneben Zahlen ohne Sinn und Symbole einer Währung, die längst nicht mehr gebräuchlich ist. Schwenk. Die Kamera erfasst den Flieger im Profil. Er redet, hält inne, legt den Finger ans geschwärzte Kinn, spricht weiter. Zoom out. Neben ihm lächelt die Dunkelgelockte leise in ihren Drink, dreht den Stil ihres Glases zwischen den Fingern. Die graumelierten Anzugrücken zweier Männer verdecken Teile ihres Körpers. Ihrer Haltung zu entnehmen, hören sie dem Flieger zu. Der steckt die Hände in die Taschen seiner Uniformhose, biegt den Nacken leicht zurück. Die Dunkelgelockte lacht, sagt etwas mit neckendem Augenaufschlag, der Flieger verzieht verlegen die feinen, hellen Lippen und reibt seine rußige Nase. Zoom in. Aus dem dunklen Gesicht blitzen seine Zähne wie akkurat in die Erde gesteckte weiße Spaten. Die Lippen verdecken sie und geben sie wieder frei, bilden geometrische Formen, Laute, schließen sich um weiche Vokale ...

Audio on, murmelt der Mann am Resopaltisch, im gelblichen Kegel der Tischlampe.

24:52:09

Die Ferien verbrachte ich in Bow. Mein Großvater passte auf mich auf. Das war, bevor ich in die Schule kam. Bei schönem Wetter nahm er mich mit zum Tower Hamlet Cemetery. Na ja, was alte Leute eben tun. Wir gingen meine Großmutter besuchen. Meine Urgroßeltern und andere verstorbene Verwandte. Mein erstes Alphabet war in Stein gemeißelt. Rechnen lernte ich dort auch. Geburtsdaten, Sterbedaten ... Geht es euch auf Friedhöfen auch so? Dass ihr wissen wollt: Wie lange hat dieser, wie lange hat jener Mensch gelebt?

Nachdenklich hält der Flieger inne. Die Lippen liegen locker aufeinander. Das Bild versinkt in jäher Dunkelheit.

Der Mann am Resopaltisch schnaubt. Einen Moment lang bohrt sich ein spitzer Eckzahn in seine Unterlippe. Sein rechter Mittelfinger wischt übers Display seines Pads, hektisch und zugleich ungehalten, wie über eine unerwartete Störung vertrauter Abläufe.

aerosol, flüstert squid, lange bevor wir sie sehen. er hat einen geruchssinn, als wäre er tatsächlich ein tier. j.d. ist geneigt, ihm zu glauben, viel eher, als wenn ich von rotoren erzähle, die er nicht hören kann. vielleicht sind's nur harmlose sprayer-kids, versucht er sich zu beruhigen. noch immer zittert seine stimme.

wir folgen dem hasen. weil es zu spät ist, um abzuhauen, weil es keine andere möglichkeit gibt, als ihm zum ungewissen licht am ende des tunnels zu folgen, das bläulich am ausgang der gasse schimmert. eine insektenbefleckte neonröhre, auf der in abblätternden buchstaben *crossharbour* steht. eine der aufgegebenen bahnstationen von niemandsland. wir gehen direkt darauf zu. träge bewegungen gnomenhafter gestalten durchbrechen den lichtfluss.

siehste, murmelt squid, die sind noch nicht mal volljährig, als läse er das aus ihren schwach umrissenen schatten. ich frage mich – wenn ich an hollywood denke, die zeit im canterbury –, ob das, selbst wenn es stimmt, irgendwas besser macht, die partys, die quaaludes, das heulen droben, das stöhnen der schlafwandler auf den fluren, das blut auf den stufen ...

ein schleppender bass geht an, gedämpft durch glas und blech, zusammen mit zwei weiteren lichtquellen: autoscheinwerfer auf standlicht. die szenerie gewinnt theaterartiges rückenlicht. die sprayer unterbrechen ihre tätigkeit, drehen in zeitlupe die köpfe. untersetzte gestalten in weiter, dunkler kleidung, bandanas um die stirnen – zwei jungs, zwei mädchen. sie erstarren in der bewegung, starren uns an, nein: squid, wie wir größer werden, und sie kleiner, während wir näherkommen, und einen moment lang bin ich furchtlos.

dann durchbricht ein helles kreischen das sanfte wummern aus dem wageninnern, ein kreischen, das mir das blut gefriert wie darby crashs heulen auf dem dach – eines der mädchen wirft sich schreiend auf den boden, nein, lachend, tränen lachend, und plötzlich liegen alle vier am boden und wälzen sich lachend auf dem feuchten asphalt, und wir sehen uns an, j.d. und ich sehen den hasen in unsrer mitte an, auf den die kids zu zeigen versuchen, während sie sich um ihre mitte krümmen und luftschnappend weiterlachen.

ich weiß nicht, was ich denken soll, außer: drollige kreaturen. auch wenn sie die farben der cannies tragen, auch wenn sie dabei waren, mit blutroter farbe die postcodes der tube-eingänge zu übersprühen, sind sie harmlos wie sedierte hunde, denn ich weiß jetzt, was das ist in den styroporbechern neben ihren spraydosen: *it's da purple drank.*

das lachen ebbt nicht ab, und ich weiß nicht, was ich denken soll, außer: wann wohl das zeug auf diese seite des atlantik schwappte, und dann an diesen bescheuerten song:

she falls through the doorway,
rolls down the hall.
she bounces off the sofa,
and walks into the wall.
it's easy to see that she buckles and bends.
she's doin' quaaludes again,
quaaludes again,
quaaludes again ...

wenige sekunden lang wabern die bässe zusammen mit einer zerhackten synthie-linie aus dem innern des geparkten wagens, ein schwarzglänzender panzer mit unmöglich hohen rädern. heraus steigen zwei cannies. mit synchronem türenschlagen ist das bühnenbild wie ausgewechselt, der bass im innern des panzerwagens gefangen. keine ahnung, ob die beiden alt genug sind, den zu fahren. älter jedenfalls als die vier sprayer, merkt man an ihrem gebaren, breitbeinig stehen sie zu beiden seiten des fahrzeugs, die kapuzen tief über grimmige, in granit gemeißelte grimassen gezogen. sie lachen nicht, sprechen nicht, finden squids plüschkostüm nicht im mindesten komisch. mich hätte es nicht gewundert, wenn sie MPs im anschlag gehalten hätten. aber sie haben die arme verschränkt und die hände in die achselhöhlen geklemmt.

das kichern zu unsren füßen ebbt ab, schwer atmend liegen die kids am boden. die drippings unfertiger buchstaben mischen sich in regenpfützen mit dem *lean* aus umgestoßenen bechern, offenen mündern, unterlaufenen augen, fließen in rot-violetten lachen die straße runter. eine weile lang ist da nur das gedämpfte *screwing & chopping* aus dem glänzenden panzer, dann zieht der linke seelenruhig seine hand aus der achsel und bringt mit nachlässigem winken die musik zum verstummen. einen moment lang ist es unheimlich still. doch aus der stille schält sich ein zweites regelmäßiges klopfen, ein klopfen, als hätte der himmel ein herz, und ich kann mir nicht helfen: ich schaue nach oben, der hase schaut hinterher, und mit einiger verzögerung heben auch die cannies ihre köpfe.

Sekundenlang schwebt seine linke Hand über dem roten Button am unteren Rand des Touchscreens. Aus seiner Unterlippe quillt ein Tropfen Blut.

das hohe, irre lachen aus dem innern des hasenkopfs zerreißt, was für die anderen komplette stille war.

der himmel spiegelt purple, der asphalt himmel; in den pfützen schwimmen jolly-rancher-kristalle, bunt glänzend wie auf einem kindergeburtstag, auf dem –

... nichts verloren geht! squids stimme überschlägt sich, während er blind in die rötliche nacht sticht, die pfützen mit seinem pogo zum platzen bringt: nichts!

die beiden cannies wenden wortlos ihre hohlen kapuzen zueinander hin, wie der gedoppelte tod aus alten filmen. nicht zu erkennen, ob sie einander zynisch angrinsen, irritierte blicke tauschen oder stumme zeichen zum angriff geben.

squid wirbelt im kreis herum, zum himmel deutend. der kugelkopf schwankt, das wasser spritzt, die ohren flattern. wer immer das gebaut hat, ist ein genie!

j.d. hatte recht, denke ich: squid ist verrückt, denkt niemals an konsequenzen, vermutlich denkt er gar nicht, aber eins hat er geschafft – die kodein-coolness der cannies ist dahin.

wir holen die dinger vom himmel!, ruft der linke mit kürzlich gebrochener stimme in einer mischung aus, ich sag mal: cockney und gefaktem texanisch. sein mund bleibt im dunkeln.

squid kommt taumelnd zum stehen und keucht, noch immer hysterisch kichernd, mit seinem eigenen undefinierbaren akzent: nur über seine leiche!

seine? ich wüsste gerne, wen er meint.

nichts leichter als das!, tönt es aus der rechten kapuze. es ist die stimme eines mädchens, flach und ausdruckslos.

j.d fasst nach meiner schulter.

das mädchen nimmt die arme auseinander. etwas blitzt auf: es ist ein fallender stern. es ist glas, es ist wasser ...

es ist das maul der bestie.

Der Bahnsteig ist leer, so leer wie auf den Schirmen. Er ist jetzt Teil des Bildes. Wandert von einem Ende der Plattform zum anderen. In der Mitte des Bahnsteigs okkupiert eine vermummte Gestalt mit angezogenen Beinen, die Wange auf die gefalteten Hände gebettet, drei orangefarbene Sitzelemente.

Er passiert sie, ohne von ihr Notiz zu nehmen, die langen Finger in den Taschen eines schwarzen Dreiviertel-Mantels verborgen. Seine Schlaksigkeit und die leicht gebeugte Haltung lassen ihn größer erscheinen, als er ist. Ab und zu hält er inne und legt den Kopf schief, als würde er lauschen. Über seinem Kopf verrinnen grüne Minuten.

Von links betritt eine müde aussehende Frau mit langen schwarzen Haaren die Szenerie, von rechts kommen zwei Männer in Anzügen, die sich leise unterhalten. Nummer sieben Richtung Teviot Park, Cosco Center, Woolwich Arena, verkündet eine körperlose Frauenstimme, bevor die Chrom-Schnauze des neuen Autodrive-Typs beinahe lautlos aus dem Tunnel schießt. Gerundete

Schiebetüren öffnen sich mit dem Geräusch von Luftmatratzen-Ventilen. Er übertritt die gelbe Linie, kurzes Surren, steigt in einen leeren Waggon. Das Innere ist eine von glänzenden Stangen zusammengehaltene Röhre aus Chrom mit seitlich angebrachten, kunstledern gepolsterten Sitzbänken in grellem Lila. Noch sind keine Brandlöcher in den Sitzen, keine Kaugummireste darunter oder Etchings in den Fensterscheiben. Er setzt sich auf das kaltviolette Polster, lehnt den Hinterkopf ans Fenster, rutscht so weit nach vorne wie es geht und streckt die Beine in den Mittelgang; die Füße fallen seitlich weg. Mit geschlossenen Augen hängt er da vier Haltestellen lang wie eine weichgekochte Schere. Niemand steigt zu. Als die Bahn Poplar verlässt, hebt er den Kopf und zieht das zweite Pad aus der Innenseite seines Mantels. Er pustet aufs Display, fährt mit dem Daumen darüber.

Die Neonröhre über seinem Kopf beginnt unmerklich zu flackern.

23:41:12

Verschwommene Gestalten rennen fuchtelnd über glitzernden, wie mit Schnee bedeckten Boden. Nur ist der Grund nicht weiß, sondern rötlich angestrahlt. Oder blutgetränkt.

Der Himmel ist dunkel. Straßenbeleuchtungen fehlen.

Die Kamera taumelt, steigt und fällt, als schlüge sie Haken. Das spitzeckige Glasdach einer Bahnstation gerät ins Bild, dann wieder rotfunkelnder Boden und ein klobiger, schwarzglänzender Wagen. Die verwackelten Schemen, kleiner nun, legen die Köpfe in den Nacken und strecken die Arme nach oben. Winken sie? Schießen sie? Rufen sie um Hilfe? Einer von ihnen hat einen Kopf wie ein Tanzbär. Das Licht der Kamera ist von hier oben nicht mehr stark genug, um Details zu erkennen. Je höher die Drohne steigt, desto stabiler wird das Bild. Der Platz, auf dem die Schemen sich bewegen, offenbart nach außen hin sternförmige Zacken.

In der Nähe des Wagens liegt jetzt ein Körper. Ein zweiter fällt darüber. Ein dritter daneben. Die übrigen

– zwei oder drei? Er wird auf Slow-Mo gehen und jede Szene einzeln betrachten müssen –

sind verschwunden. Der quaderförmige Wagen setzt zurück, wendet und braust im Halbkreis aus dem Bild. Die Drohne geht in Sinkflug, zoomt auf den Wasserköpfigen. Es ist, erkennt man jetzt, ein Mensch im Hasenkostüm. Der Hase liegt auf den Knien. Er streckt die Arme zum Himmel. Schreit er? Ja, er schreit ...

Jäh schwillt der Schrei zu einem Kreischen an. Stemmt sich gegen Unvermeidliches. Ein Ruck geht durch den Waggon. Er rutscht auf dem glatten Leder nach vorn, wird gegen die Haltestange geschleudert, das Pad fällt ihm aus den Händen und schlittert den Mittelgang entlang wie ein Eishockey-Puck. Er will danach greifen, aber das Kreischen wird ohrenbetäubend, er krümmt sich, bis seine Stirn die Knie berührt, und presst die Hände an die Schläfen.

23:44:30

Noch immer liegt der Hase auf den Knien, streckt die Arme zum Himmel und

meine ohren gellen, stunden später noch. dabei ist sal ganz still, als sie ihn auf den rücken drehen. die linke hälfte seines gesichts ist schwarz.

sugar sugar. er sagte, er liebte mich. ich sagte: ich liebe dich nicht. genauer: wie einen bruder. das ja, und sogar sehr. blut, zucker, tau und aqua net …

die bestie, höre ich mich flüstern, oder das flüstern ist nur in meinem kopf. *la bestia. la bestia. la bestia.* seit der endlosen fahrt ins gelobte land, bei der mehr leute draufgingen, als durchkamen, bedeutet *das maul der bestie* für mich *tod*.

mikka, mein derzeit bester kunde, zieht mich sanft am arm. seine lider bewegen sich in zeitupe. *die cops*, sagen sie, und: *lass uns rüber zur marina gehen*. ihn macht der kaktus ruhig, denke ich von weit her, das erstaunen in watte gepackt, vielleicht das nordische blut … er führt mich raus aus dem halbkreis schnauzbärtiger country-typen, die mit verschränkten armen dastehen und die köpfe schütteln. sally wird mit einem tuch bedeckt. sanitäter tragen ihn weg. einer kaut kaugummi. die beiden cops, die sich notizen machen, sehen aus wie starsky und hutch. die punks sind längst geflüchtet. ein schnauzbart zum anderen: ich geh so raus, um frische luft zu schnappen, und – BAM – steh mitten in scheiß-beirut! scharfschützen auf dem dach des alten newberry's, und unten ein swat-team in voller montur … krankenwagen kommen angeheult, und ich denk: mann, was treiben die im fleetwood? ich meine, die kids sind grad mal 17, 18 … kennste ja, die attitüde, und alle kahlgeschoren wie marines. türen fliegen auf, die skinheads rennen raus, hände im nacken, und die bullen schlagen wahllos drauf … libanon, ich sag's dir, mann, scheiß-libanon!

seine stimme fadet raus. meine ohren gellen. zerschlagene schaufensterscheiben, verbrannte böden und ausgehöhlte bäuche. wo früher regale die wände zierten, aufgesprühte logos: black flag, vicious circle, middle class. aus einem heilen fenster glotzen uns großmäulige plastikfische entgegen. *red's bait and tackle*. hinter mikkas dodge ducken sich ein paar beach punks und trinken, an die räder ihrer trucks gelehnt, pabst blue ribbon aus dosen.

wisst ihr noch, wie's in der elk lodge abging? man muss aufpassen, heute, die cops kleben an unsren sohlen wie scheiße …

mikka zieht mich raus aus dem triangle areal, in richtung meer. den dodge lassen wir am spitzen ende des parkplatzes stehen.

wir hatten die wahl zwischen fahren ohne führerschein und fahren auf mescalin.

ich war in mikkas wohnung auf der normandie, als das telefon klingelte.

du musst herkommen, rief trick zitternd in den hörer. es ist was furchtbares passiert.

unvorstellbar, dass sie weint. trick, die sich, wenn sie betrunken war, von leuten aus dem alten masque mit scherben im unterarm rumritzen ließ, und dabei lachte, als schrieben sie mit filzstift ihre namen auf gips …

WAS?, schrie ich.

im triangle … sal … mehr brachte sie nicht raus. ersticktes schluchzen. im hintergrund fuhren autos vorbei.

wo bist du?

vorm denny's auf dem aviation boulevard. sie schniefte. cheetah ist hier und …

ich legte auf und schob mikka vor mir her durch den flur und die treppe runter, setzte mich in seinen wagen, ihn auf den beifahrersitz, und fuhr mit 70, 80 sachen die western runter. der blonde riese neben mir hatte die augen geschlossen und ein lächeln auf den lippen.

jetzt hat er seine sprache wieder. *you're not the first, you're not the last.* er steht von mir abgewandt, drei finger in den taschen seiner jeans, und summt immer wieder diese zeile aus *the other newest one*. reihen um reihen orangeglühender flecken dümpeln im king's harbor.

die schwarze see, sagt mikka, seine stimme ein feiner singsang: trockenes blut. die yachten – ausgeschlagene zähne ermordeter völker.

er schweigt. hinter uns heulen sirenen. werden leiser. wir warten auf stille. in meinen ohren stellt sich keine stille ein.

aus welchen träumen erwachen wir ohne zähne?, fragt mikka die see.

ich gehe in die knie und tränen stauen sich hinter meiner stirn zu glashartem kopfschmerz. eine wahrheit, die ich niemandem zumute: ohne manolo gibt es kein lachen und kein weinen.

sally, bringe ich hervor. niemand wird wissen, wer er ist. so ohne papiere. ich wollte hingehen und seine hand nehmen …

mikkas pranken auf meinen schultern. er redet beruhigend auf mich ein. meine ohren klingeln. um ihn zu verstehen, muss ich aufhören, mir selbst leid zu tun.

sie hätten dich mitgenommen und ausgewiesen, sagt er, ganz vernünftig, und hält mich an den schultern. sein akzent ist weicher als sonst. die konsonanten haben sich abgestoßen an den rändern des kaktus in seinem hirn. ihm hab ich den letzten rest verkauft –

wie sag ich's sally, dachte ich noch vor wenigen stunden, während der wikinger gegen die übelkeit kämpfte und über den bildschirm die mission sojus 34 flimmerte, die gestartet war, ljachow und rjumin zu befreien, oder muss ich nun auch die ungewissen wege auf mich nehmen, wie manolo – nein, ich werde hier faul hocken bleiben, und sal wird eine nacht mehr

`ttt// {HLYWD_CA_(dec_1979)}\\1977*1980FLDR`

was ist mit diesem ramones-song?, hat sal letzten samstag im gold cup gefragt, und trotzig gesummt, mit dem fettigen löffel den takt an seine kaffeetasse schlagend:

53rd and 3rd
i'm tryin'a turn a trick
53rd and 3rd
you're the one they never pick ...

irgendwie muss dee dee ja seinen affen füttern, unterbricht billy mit zynischem grinsen.

sal, schon immer viel zu naiv für sein metier, hebt die glitzerbestäubten wimpern.

billy schaut nicht mal auf, sondern reinigt weiter seine nägel. er ist jenseits von gut und böse, sowohl bei den punks als auch bei den hustlern. im sommer wurde er 31. aber man muss ihm lassen, dass er weiß, was geht. im valley aufgewachsen, kam er mit 17 auf den boulevard. der platz neben der jukebox gehört seit 10 jahren ihm. die jukebox, erklärte billy, weil das den weg zu unsrem tisch bedeutend leichter macht; beim blättern in den titeln nach drogen oder sex zu fragen, geschieht mithin fast en passant.

wie gerufen beugt ein typ sich zu mir runter und fragt, ob der big chief zu sprechen sei.

der big chief, sage ich, ist grad geschäftlich unterwegs.

kommentarlos wendet er sich der jukebox zu, schiebt münzen in den schlitz und drückt ziemlich lange auf den knöpfen rum.

ich meine, macht billy weiter, dee dee hätte sich niemals hingestellt und gesagt: hey leute, ich ficke typen. billy lacht, viel zu lange und viel zu laut, als hätte jemand am tisch einen wirklich guten witz erzählt. sals züge werden ausdruckslos. er starrt in seinen kalten kaffee, formt mit stummen lippenbewegungen den rest des liedes, bis zur letzten zeile: *but i proved that i'm no sissy ...* die murmelt er stockend vor sich hin, mit dämmerndem verstehen.

der typ in meinem rücken schwirrt ab; aus den lautsprechern dringt ein fordernder wählton, dann der erste takt von *hanging on the telephone*.

billy schlürft gleichmütig seine cola, während blondie sich über unseren köpfen heiser hechelt. in sals zügen kündigt sich das ende der unschuld an.

`KL77/79jmp hi3=ZU [go to] {LONG_BEACH_CA_(dec_1979)}\\`

jetzt ist von ihm nicht mehr übrig als ein dunkler fleck auf asphalt. sie haben ihn weggebracht, keiner weiß, wohin. die typen aus dem sweetwater sind verschwunden, dafür ein paar punks wieder aufgetaucht.

sally hätte nie rausfahren dürfen zu den *angry white boys*, murmelt trick. ich erkenne sie erst, als sie die mütze abzieht. darunter liegt der iro traurig platt. ich hab extra das haar zurückgebürstet und versteckt, schnieft sie, um nicht als post-glitter-dyke aus hollywood dumm angemacht zu werden.

oh mann, seufzt einer der beach punks, die sich allmählich hinter ihren trucks hervortrauen: das war mehr käfig-match als show. jemand hatte knallfrösche reingeschmuggelt, die flogen durch die gegend wie leuchtspurgeschosse. dazu hatten welche ihre leeren bierdosen zu wurfscheiben verarbeitet …

sein kumpel schiebt den ärmel seines karohemds hoch und zeigt uns eine schnittwunde am oberarm. ich sag's euch, das war weniger musik als ne frage von: wer kommt hier lebend wieder raus?

tricks mund formt ein: wow.

ich lege mir die hände auf die ohren.

trick fährt uns zurück nach hollywood, weil ich alles wie durch watte höre. ich sitze hinten, auf einen schlag unsagbar müde. trick und mikka debattieren weiter.

das war echt selbstmord, sich in den fleetwood-mob zu stellen, mit weißem hemd und schmaler krawatte, die haare schulterlang, die augen dick geschminkt … scheiße, ich meine, diese hirnamputierten idioten haben sogar don bolles als hippie beschimpft und schier verdroschen, bevor sie kapiert haben, dass das der drummer der germs ist …

wir wissen nicht mal, ob die nazi-punks sal auf dem gewissen haben, hält mikka dagegen: vielleicht waren's auch die knüppel des LAPD. er spricht ganz nüchtern und ruhig.

das peyote entfaltet heute eine paradoxe wirkung.

todesursache?, fragte der cop, der aussah wie hutch.

übermut, kaute der sanitäter schulterzuckend, und starsky: `{window.open(a);}Cv6&4fg:onload_XDvnjlP65hlW_cb:0=` ein kräftiger stoß in kalkig riechende dunkelheit. es geht abwärts. ich kralle mich in den arm, von dem ich eben noch dachte, er wollte mich töten. eine leichte ohrfeige, die mehr mein kinn als die wange trifft.

wo warst du?

die stimme ist rau, voll wut oder angst, vielleicht auch einfach nur heiser geschrien. ich kenne sie, versuche mich krampfhaft zu erinnern: gut oder böse? aussichtslos – da ist ein gewirr an worten, das nicht in gut und böse zu teilen ist.

mein hirn, plappere ich drauflos, ohne zu wissen, zu wem, hat nen wackelkontakt. so lautet nicht die offizielle diagnose. aber so fühlt es sich an. manche dinge seh ich in sehr viel helligkeit, mehr helligkeit als andere. andere, die dasselbe sehen, nur ohne ganz so viel kontur. die dinge in den tälern seh ich gar nicht. nichts. nada. in den tälern ... in den tälern … ich meine: in der dunkelheit. da hinein rutscht mir so einiges, geht manchmal, aber nicht immer, nicht immer und für alle zeit ...

.... verloren! wir haben verloren, mann!

ich höre auf zu reden. die stimme, die ich von irgendwoher kenne, kommt jetzt aus größtmöglicher tiefe, das echo neunmal verzerrt.

ein kaltes licht geht an. jemand steht am fuß einer steilen treppe ohne geländer. die stufen sind unmöglich hoch, nicht für menschen gemacht.

hände zittern vor seinem gesicht wie sterbende vögel. hände, die ich kenne, seine hände, aber sie glänzen merkwürdig dunkel.

squid?

er schaut auf, als hätte er meine anwesenheit vergessen. ich weiß nicht, wie er da so schnell runter gekommen sein kann, noch dazu im dunkeln. wer immer das gebaut hat, seufzt er und lässt die hände sinken.

ich vergleiche die stimme mit der aus dem innern des hasenkopfs, dem innern meiner erinnerung. taste mich dicht an der wand entlang in die tiefe, die beine wacklig, wie lange nicht benutzt, den flimmernden blick auf die füße geheftet. kann dies derselbe sein, der uns begleitet, der mir fünf *fats* fürs koks und den weg zu den wächtern in die hand gedrückt, derselbe, der dieses irre, unsichtbare lachen gelacht hat?

schwer vorstellbar, wie squid im dunkeln, breit und betrunken, diese unmenschliche treppe hinabsteigt, ohne sich regelmäßig alle knochen zu brechen. und doch – er ist es. je näher ich ihm komme, desto sicherer.

er hat die maske abgezogen. darunter offenbaren sich schöne, weiche züge, mandelförmige augen, aber schlechte haut, narbig und bleich trotz seines dunklen teints, fleckig von neon und schweiß. unregelmäßige, kurze dreads stehen wild von seinem schädel ab, erinnern an eine zerzauste topfpflanze, oder an ...

natürlich – die arme eines tintenfischs! deswegen also *squid.* oder ist die u-boot-abwehr aus dem zweiten weltkrieg gemeint? in jedem fall ein unterwasser-ding, das glitschig ist und nicht zu fassen, das immer wieder untertaucht, bevor ...

die letzte stufe ist zu kurz; ich taumele, er fängt mich: ein filmmoment. squids brust riecht nach salz und eisen. die breiten schultern sind dieselben wie auf dem weg hierher, die hände, die verwerfung der venen ... an seinen fingern kleben dunkle krusten. langsam dreht er mich von sich weg, so dass ich sehen kann, woher ich kam. diagonal wie ein kunstwerk durchteilt die unmenschliche treppe die blätternde wand. da ist ein verbogenes, rostrotes geländer, das ich beim runtersteigen nicht sah. oder nein: eine linie, mit unterbrechungen an die wand gemalt, verwischt, zerfasert –

mein herz schlägt schneller: die blutige linie zeichnet meinen weg nach; sie zieht sich von der blauen tür bis hier.

Ein weiter, spartanisch eingerichteter Raum. Durch eine Glasfassade, die die gesamte hintere Wand ersetzt, strömt milchiges Licht. Das einzige erkennbare Möbelstück ist ein massives Sofa, das mit der Rückenlehne zum Betrachter steht. Die rechte Wand besteht aus unverputztem Mauerwerk. Davor eine Küchenzeile und drei Hängeschränke. Die linke Wand, zu der das Sofa zeigt, ist weiß getüncht und völlig kahl.

Inmitten des mattsilbern beschienenen Dielenbodens imitiert die Silhouette des Sofas eine Felseninsel in einem stillen See. Aus dem Zwielicht schälen sich nach und nach verstreute Kleidungsstücke, Flaschen und Pizzakartons, die das Sofa umgeben wie Treibgut.

Auf der Wand dem Sofa gegenüber erscheint jäh das überdimensionale Gesicht des Fliegers.

2:03:45

Verbluten war unser liebstes Spiel, sagt er und lächelt. Seine Lippen füllen die Breite der gesamten Wand. Operation Neptune, genauer: die Schlacht um Tilly-sur-Seulles. Sie dauerte 11 Tage. Ganze 23 Mal wechselte der Ort in dieser Zeit seinen Besitzer. Die Deutschen verloren 134 Panzer und 5500 Mann. Auch wir verloren etliche. Das Spiel hieß *Der verblutende Kamerad.* Ich starb immer. Rita weinte um mich, und Dave war der Pfarrer ...

Der Mund des Fliegers verharrt halboffen. Unmerklich flimmern die akkuraten Spaten-Zähne zwischen seinen Lippen.

Stille im Raum, punktiert durch ferne Hafenklänge.

Die kleine Beule auf der Sofa-Rückenlehne entpuppt sich vor dem hellen Flimmern des Standbilds als angelehnter Hinterkopf. Jemand sitzt da, ins

Polster eingesunken, und tippt verdeckt auf Stop, Rewind und Play. Nur an den Änderungen auf der Leinwand ist die Bewegung seiner Finger zu erkennen.

2:04:13

Lautlos erzählt der Flieger seine Geschichte rückwärts, stark gerafft. Am Anfang angelangt, lächelt er, nun wieder verlangsamt, und beginnt von vorn: Verbluten war unser liebstes Spiel. Operation Neptune, genauer: die Schlacht um Tilly-sur-Seulles ...

Immer wieder projiziert der, der auf dem Sofa sitzt, diese Szene auf die weiße Wand. Nach dem sechsten oder siebten Loop lässt er die Aufzeichnung weiterlaufen. Absichtlich, oder er ist eingenickt. Bei 2:04:30 schwenkt die Kamera.

Herzförmig überschminkte Karmesinlippen. Sie füllen das gesamte Bild. Man wähnt das Gegenüber des Fliegers, eine Zuhörerin, aber vielleicht steht sie auch abgewandt, betrachtet stumm die Tanzenden oder das Treiben an der Bar.

2:05:02

Sie öffnet die Lippen, doch nicht, um etwas zu sagen – ihnen entsteigt lediglich eine Wolke aus weißem Rauch. Was merkwürdig ist, da man sie nicht an einer Zigarette ziehen sah. Mehr und mehr, unwahrscheinlich viel Rauch quillt nach, verdichtet sich zu einem kompakten Ball, der ihren Mund verdeckt, bis aus der Kugelform zwei schlanke Herzen werden. Auch diese verlieren alsbald ihre Form, lösen sich auf in dünne Fäden, die deckenwärts schweben. Die Kamera geht mit, erfasst den schrägen Schattenwurf ihrer Nase ...

Dann endet der Clip. Nach wenigen Sekunden Dunkelheit öffnet sich ein grünliches Loch.

23:52:22

Etwas bewegt sich darin. Zwei Körper, die ineinanderlaufen wie ein Rorschachtest. Mit wässriger Tinte gezeichnet, mit hastigen Strichen, die ihre Konturen nicht wahren. Es ist die Szene auf dem sternförmigen Platz vor der Crossharbour-Bahnstation, erkennt man jetzt, zehnmal vergrößert, das glitzernde Rot durch mooriges Nachtsichtgrün ersetzt.

Einer liegt am Boden, die Beine angewinkelt, den Nacken gestreckt. Ein dunkler See um seinen Kopf, der zäher wirkt und mehr Licht absorbiert als die schillernden Pfützen um ihn her. Die Kamera fokussiert den Knienden. Dessen Oberkörper schaukelt rhythmisch, als würde er beten. Zoom in. Er hat das Profil eines aztekischen Prinzen, die hohen Wangenknochen, die flache Nase und das starke Kinn. Die Kamera geht auf Makro, frisst sich in sein Gesicht, überreizt den Auto-Zoom, bis nur noch Pixel in Farbverläufen von Hell- bis Schlammgrün über die Leinwand wischen, unkenntliche Ahnungen von Narbenkratern, Hitzeflecken, Blut- und Tränenspuren

wo meine finger waren, ziert eine kriegsbemalung aus mascara und lippenstift tricks bleiche haut. sie bohrt mir ihre schwarz lackierten nägel ins fleisch, pinnt mich mit ungeahnter kraft an kalten stein. mein herz schlägt schneller. vampir!, quetsche ich hervor und lache ein bisschen, damit auch sie wieder lustig wird, aber das feuert sie nur an. ihr blick sprüht schwärze, ihr atem rache/lust. sie fletscht die zähne wie ein tier, die kiefer stahlhart, das rot der lippen überall. nieten drücken mir die luft ab; ich drehe den kopf so weit es geht und tue, was ich eigentlich nicht wollte – schreien.

trick lässt mich los und tritt zurück. ich schnappe nach luft.

jemand lacht. ein typ, den ich von igendwoher kenne, mit schwerbestiefelter truppe auf dem weg zur show. er schaut zu uns rüber und lacht und geht weiter.

ich taumele an der fassade des whisky entlang, wie eine marionette, deren fäden man fallen ließ, und massiere meinen hals.

auf was bist *du* denn?!

trick tänzelt von mir abgewandt am bürgersteig, wechselt ungeduldig stand- und spielbein.

ich wollte halt mal mit nem typen knutschen … hey, cheetah! mit klirrenden armen winkt sie die san vicente runter.

aber warum denn ausgerechnet *ich*?

trick antwortet nicht. sie läuft quer über die straße auf ein grüppchen punks zu und hängt sich ein bei ihrer ex. ich hinterher, wische blind mit dem handrücken tricks schminke aus meinem gesicht.

beim anstehen leiht sie sich cheetahs taschenspiegel und richtet ihr make-up mit spucke und einer wortlosen kühle, als hätte *ich* sie da draußen fast vergewaltigt und nicht umgekehrt. ich halte die klappe, weil ich ohne sie nicht reinkomme. sie behauptet, roadie der runaways gewesen zu sein, und kennt genug schmutzige details, dass man ihr glaubt. der vorraum ist brechend voll. tumult hinter schwerem samt. kein wunder, schließlich ist dies die release-party von *los angeles*. ein paar rockabillys schieben die atombusen ihrer kichernden bräute in uns rein. trick wird seitlich an mich gedrückt. denkst du, nuschelt sie, dass ich was mit nem jungen anfang, der *ernsthaft* …

der vorhang geht auf, tricks worte ertrinken im rückgekoppelten zerstörungslärm, mein kiefer klappt runter. wir werden in den raum hineingepresst, sind plötzlich mittendrin. ein schrilles kreischen fährt mir ins mark, schmerzhafter noch als das gellen in meinen ohren nach sals tod. nicht, dass x sonst nicht verdammt wild gewesen wären, aber … was hier passiert, ist ungesehen. die jungs zerschmettern systematisch ihr equipment, und exene heult, während sie singt, ich meine: ihr mund stößt verzerrte laute aus, bukowski ist nichts dagegen, und das mascara wüster verschmiert als das der tollwütigen an meiner seite. ich denke an exorzismus, an untergang, der boden schwankt –

HER HANDS TURN RED CAUSE THE DAYS CHANGE AT NIGHT

john setzt zum speerwurf an, ein mikroständer fliegt ins mosh pit. exene heult, zeilen gehen verloren, glas zerspringt.

CHANGE IN AN INSTANT THE DAYS CHANGE AT NIGHT

trick nimmt einen schluck von cheetahs bier und sagt: wow.

was ist das?, murmele ich: die kirche der zerstörung? schon klammere ich mich wieder an tricks arm. ich idiot.

bis auf den mosh pit stehen die zuschauer still. irritierte ehrfurcht hängt im raum. selbst die zugedröhnten typen aus dem tropicana, die breitbeinig vor uns stehen in ihren fifties-lederjacken, starren mit offenen mündern aufs bühnengeschehen, als hätten sie die biere in ihren händen und alles um sich rum vergessen.

oh mann. irgendwo über mir schüttelt cheetah ihren platinschopf. das ist schwer mit anzusehen.

ihre mimik ist zu weit oben, um sie zu lesen, wäre sie nicht ohnehin von weißblondem haar verdeckt. keine ahnung, was sie denkt. vielleicht war sie mir deswegen nie geheuer; jedenfalls könnte ich sie einem fremden nicht anders beschreiben als: cheetah sieht aus wie eine stehlampe, an der seit jahren dieselbe leopardenfelljacke hängt.

muriel hat's erwischt, erklärt sie eben trick, die ans hochschauen gewöhnt ist. hast du *ecstatic stigmatic* gesehen? in der ersten szene liegt sie in nem sarg. das ist verdammt gruselig, so im …

wovon redest du?

muriel, sagt cheetah, ohne sich nach mir umzudrehen.

exenes schwester, sagt jemand, den ich nicht kenne.

tot, sagt trick.

der jemand, den ich nicht kenne, redet von viktorianischen kleidern, aber der bühnenlärm ist zu laut, um zu verstehen, was er meint.

auf der willoughby ist es passiert, fährt cheetah eine spur lauter mit ihrer geschichte fort: muriels rückgrat hat *krrrk* gemacht wie n dürrer ast. OH SCHEISSE, waren ihre letzten worte …

NO ONE IS UNITED ALL THINGS ARE UNTIED PERHAPS WE'RE BOILING OVER INSIDE THEY'VE BEEN TELLING LIES ...

exene ist, eigentlich kaum möglich, betrunkener als darby, wenn er auf der bühne steht. sitzt. kriecht. ein typ steht hinter ihr und hält sie fest, damit sie nicht umfällt. das sieht ein bisschen aus wie amor und psyche; unweigerlich muss ich an die statue denken, den friedhof, jene nächte – und dann ist die show vorbei.

bouncer drängen sich durch die reihen, taschenlampen wie schlagstöcke schwingend. geht nach hause leute, die show ist vorbei.

aber keiner will nach hause. diejenigen, die nicht wissen, was passiert ist, maulen rum, der rest verharrt schockstarr.

wie deprimierend. tricks stirn fällt gegen cheetahs arm. ob mich noch jemand abschleppt …? sie vergräbt ihr gesicht im zottigen fell, als wär's ein sofakissen. ich rolle mit den augen, zu cheetah hoch, aber die sieht mich nicht. zumindest zeigt sie keine reaktion. *das ist jetzt echt nicht der richtige …*

kommt prizz noch? trick hat die verzweiflungsmiene abgesetzt und sich ein zweites bier geschnorrt.

nein, sage ich ungehalten. und überhaupt, was fragst du mich?

der ist nicht so verklemmt wie du … sie sagt das völlig regungslos, den blick nach nirgendwo.

ein stich im magen. ich denke: du würdest noch bei deiner eigenen beerdigung ans ficken denken, und sage kühl: manolo ist nicht in der stadt.

trick pult seelenruhig das label von cheetahs bier.

es gibt andere, sage ich lauter: die die langen wege immer wieder auf sich nehmen, obwohl es fünfzig-fünfzig steht, nirgends anzukommen, familienväter und -mütter …

krallen kratzen auf glas. ich schweige. warum manolo das tut? keiner weiß es. billy weiß immerhin, dass er manchmal in einer chemischen fabrik unten bei disneyland arbeitet, oder, je nach saison, auf den feldern bei oxnard.

billy, schreie ich trick an, musst du fragen! hörst du?

dann zieht sich der abend endgültig zu.

einer der breiten typen aus dem tropicana dreht sich um: wisst ihr's noch nicht?

erst denke ich, er meint das offensichtliche. muriel, sage ich. arme exene.

der möchtegern-elvis runzelt die stirn. ihr meint doch den typ mit der dicken lippe, hm? den alten knaben ausm gold cup?

hilfesuchend schaut er sich zu seinen kumpels um. die schweigen ihre creepers an. dafür mischen sich zwei mädels ein, die eine dunkel-, die andere rothaarig.

billy!, ruft die brünette, als fiele ihr der name eben wieder ein.

der hat sonntag nacht seinen abgang gemacht, quäkt die rothaarige.

die brünette stößt ihr in die seite.

wände werden um mich hochgezogen. der tinnitus ist wieder da.

so viel äitsch im blut, das hätt nen elefanten zwei mal umgebracht. hat der arzt gesagt, höre ich die rothaarige, mit einer stimme wie disneys backenhörnchen, hinter dem sirren weiterplappern: vorher haben wir's mit reanimation versucht. obwohl der schon keinen puls mehr hatte, haben wir ihn in ne badewanne voller eiswürfel gelegt, weil trudi meinte _return a&&a.call(window):\/\/static\/rsrc.php\/v2cbX$$Kky8\/
unter eisigem wasser schrubbt squid meine hände; wie einem kind klemmt er, hinter mir stehend, meine arme fest. es ist ein weiß lackiertes becken, dessen inneres rostflecken und farbspritzer in rot, blau, grün zieren. das wasser gurgelt in ein kupferrohr. am beckenrand stehen farbverkrustete joghurtbecher, darin sortimente benutzter pinsel, lappen und schwämme. es riecht nach rost, nach kloake und terpentin.

squid weint; ich weiß es, obwohl das rauschen des wassers und das kratzen der bürste sein schluchzen übertönen. er schrubbt gründlich, finger für finger; er tut mir weh, aber ich sage nichts, er lässt sich zeit, reibt hautfetzen von meinen knöcheln, holt mir schlussendlich auch den dreck unter den fingernägeln hervor. die dumpfige schwere seines körpers presst mir die kalte beckenkante in die lenden, seinen pochenden schwanz, die harte knarre ins kreuz, während meine hände eisig und gefühllos werden. die seinen sind brauner und breiter als meine. einzig die blassrote verfärbung seiner fingernägel verrät das blut, das j.d. aus dem schädel floss. der harte strahl hat keine temperatur mehr, weder heiß noch kalt, da ist nichts als das schwarze loch, in dem er dröhnend verschwindet.

wir hätten warten sollen, wenigstens das, schnieft squid. er dreht das wasser ab und lässt mich los. ich kenn die schweine. die ziehen noch den toten die blutigen sneaker von den füßen ...

wir stehen uns gegenüber, er mit verschränkten armen, grün glänzender rotz auf der oberlippe.

ich friere, seines körpers beraubt.

er hätte es nicht geschafft, sage ich.

wie kannst du so kalt sein?, murmelt er in seinen hemdsärmel.

bevor wir getürmt sind, hat er auf j.d.s pad eine nummer gewählt. er denkt, ich wüsste es nicht, aber ich hab's gesehen.

ich wende mich ab und trockne mir die hände an einem handtuch, das neben dem waschbecken an einem haken hängt. auch das handtuch ist steif von gehärteter farbe.

seit wann kanntest du ihn?, fragt squid. er klingt wieder ziemlich gefasst.

ich zucke mit den achseln, trockne weiter meine hände. nicht lange.

hattet ihr ...?

rasch schüttele ich den kopf. ich hab bei ihm auf der couch gepennt. weil ich für n paar tage in der stadt sein musste. dinge erledigen.

deals, stellt squid fest.

ich drehe mich zu ihm um. seine schwester ist bei den sharks, sage ich, um von mir abzulenken.

squid bedeckt das gesicht mit den händen. das gibt krieg ...

es *ist* krieg, erwidere ich.

squid sagt nichts. sein gesicht bleibt verborgen, und das dahinter tritt hervor. dies ist nicht der raum mit der steilen treppe. weder die treppe noch die blaue tür sind zu sehen. überhaupt keine tür, auch keine fenster. es ist ein fenster- und türenloser raum mit einem waschbecken an der wand. ein raum, in dem neben massiven, tiefgaragenartigen ...

wer *war* j.d.? squids augen sind wieder da. fordern, lenken ab vom dahinter, das ich gerne erkunden würde.

j.d., also ... j.d. ...

... säulen ... neben massiven säulen befinden sich ...

jeden dienstag und donnerstag hat er seinen neffen vom kindergarten abgeholt.

... *dinge* ...

der vater, also der freund seiner schwester, sitzt im knast. drogenkram, waffenbesitz, so was. j.d. wollte sich raushalten.

... *wunderliche dinge* ...

wohin ihn das gebracht hat, sieht man ja! squids stimme kippt, als wollte er lachen, aber er heult schon wieder, und langsam nervt das, diese heulerei, die mich von den *dingen* in diesem raum abbringt.

er hatte immer angst. tag und nacht, sage ich, und mich wundert, wie hart ich klinge, als hätte ich alles, was jetzt kommt, schon immer gewusst. er hat nur dann aufgehört zu zittern, wenn die gefahr da war. wenn nämlich die gefahr da ist, kann sie einen nicht mehr überraschen. j.d. war immer nervös. wenn kein oxycodon im haus war, flippte er aus. nur mit einem *wächter* vor der nase, einem gewehrlauf im genick, einem messer an der kehle, kampfstiefeln in den eiern, da war er plötzlich ruhig ...

was ist das für ein leben?, unterbricht squid; er hockt jetzt am boden, sieht mich von unten herauf an, und die dinge, die ihn umgeben, atmen reine atmo\/v2\/ {function b(c){for(var d in a)c[d]=a[d] {"user":"0","locale": y8\HLYWD/1980\/sphäre in der szene ist nicht gerade homo-freundlich, knurrt o.n.s. und wischt sich skinhead-speichel von der schläfe.

süßer, du untertreibst. billy zieht seine berühmte lippe hoch. dann hält er ihm ein kleenex hin.

billy ist noch unter uns. er steht mit o.n.s. und mir im white castle nach 25-cent-burgern an. manolo sieht bei allem zu, und was er nicht sieht, erzähle ich ihm in gedanken. er ist nicht tot wie sal. er lebt. denn dächte er ans sterben, wäre es auch aus mit mir.

früher waren's hippies, die uns aus ihren trucks raus *devo* oder *fag* nachriefen, schimpft o.n.s. und jetzt die skins!

klar, grollt billy, in huntington wirst du gleich abgestochen, nur weil du gestylte haare und ne enge schwarze hose trägst ... sein feixen erlischt jäh. entschuldigender blick. er war nicht dabei, als sie sal wegtrugen.

o.n.s. bekommt nichts mit. er nimmt die fettigen tüten entgegen. warum kloppen die sich nicht weiter gegenseitig in orange county die schädel ein? anstatt uns die scheiß hitler-jugend der edison high auf den hals zu hetzen … jeder club in hollywood hat mittlerweile ne hardcore-nacht. und unsre leute, wo sind die? schlürfen nudeln in little tokyo …

ich denk an sal, natürlich, in solchen momenten. mache mir vorwürfe wegen jener nacht, über die wir nie sprachen, und wegen der kälte, die mich befällt, jetzt wo die nächte länger werden. alles egoistische gründe, jemanden zu vermissen – wo immer er sein mag, hat er es besser. ein maul weniger zu stopfen, zwinge ich mich zu denken. etwas in der richtung hätte er wahrscheinlich selbst gesagt.

der winter kommt, murmele ich, und nur billy versteht, was ich meine. im winter lauert die schale wiederholung jener zeit, die meine beste war. seit wochen erscheint mir eine zweite runde grausam, ein unding.

o.n.s. schiebt uns seine burger und die cola hin und verschwindet aufs herrenklo.

sobald er weg ist, haut billy mich nach peyote an. was soll ich sagen? der wikinger hat meine letzten buttons zerkaut. billy nickt, ohne mich anzuschauen. seine beiläufigkeit wirkt gequält. das warten zieht sich lang. auch o.n.s. gelt sich jetzt die frisur.

burger zwischen den fingern, spazieren wir den walk of fame in richtung highland. ich muss mich sehr beherrschen, billy nicht ständig von der seite anzusehen. was immer es ist, das ihn zerrüttet, hat ihn bereits im maul. noch schließen sich die zähne nicht. wenn sie es täten, wüsste man –

die zeichen stehen schlecht: das zweite masque hat zugemacht. ebenso das canterbury. es gab ein feuer, das dach krachte runter auf margot, bassistin der go-gos, und hernach auf jeden einzelnen punk, der sich weigerte zu gehen. das löschwasser tat ein übriges. die frage: wohin? beschäftigt nicht nur mich. zu den la jolla punks ins skinhead manor? nicht, dass die mir was täten – außer mich an sal zu erinnern. die alte szene verlagert sich, wie o.n.s. ganz richtig festgestellt hat, nach downtown. wir kauen stumm an unsren mini-burgern und latschen slalom um rümpfe, in den boden gequetscht, auf grund gelaufene schiffe, die masten verwittert. am chinese theatre gibt billy zeichen zur umkehr.

auf dem rückweg bin ich es, der das tempo bestimmt. mein herz schlägt schneller, noch bevor ich weiß warum.

wir sehen es schon von weitem: vor dem gold cup steht manolo – prizz teen: spitze schuhe, enge weiße hose, schwarz-weiß gestreiftes oberteil, überdimensionale, dickrandige brille. schöner denn je.

ich will ihn berühren, aber meine finger sind klebrig von ketchup und fett. und er ist ein kunstwerk, das nicht beschmutzt –

hey prizz, was machst du hier? o.n.s. sieht das anders, tritt viel zu dicht ran, ihm verzeiht man. dich hat man nicht mehr gesehen seit ... seit ...

dem 17. januar 78, denke ich, der letzten nacht im alten masque, helfe aber nicht. ich bin sprachlos, geblendet. das gesagte ertrinkt in presslufthammerwänden. der reihe nach schaut uns manolo in die augen. als er bei mir anlangt, stockt das geschehen.

in unsren köpfen läuft ein film, in dem wir durch mannshohe ähren aufeinander zu rennen, einander lachend in die arme fallen, durch die wucht des aufpralls zu boden gehen, und er mich unter seinem körper begräbt.

play.

während o.n.s. auf manolo einredet, sieht billy mich erschrocken von der seite an. als ginge ihm plötzlich auf, dass ich hellsehen kann. ich tue, als bemerkte ich seine blicke nicht. nur manolo weiß, dass ich täglich an ihn gedacht habe seit jenem 17. januar. ich weiß, dass er es weiß, nur nicht, ob er an mich gedacht hat wie ich an ihn. der boden schwankt. manolo, obwohl er nicht am nächsten steht, fasst nach meinem arm. alles okay? er atmet wüste auf meine wange, vergessen geglaubte wärme.

als wüsste ich, dass dies die zeit zwischen zwei toden ist, spielt mein kreislauf permanent verrückt. das gellen ist jetzt ein sausen. die tage der toten stehen vor der tür. sal zu ehren will ich mit manolo durch ein meer aus kerzen schlendern, dem lärm lauschen und harte, süße schädel runterschlingen. alles wäre einfach und klar.

manolo hält mich fest um die schultern gefasst, ohne zögern oder anmaßung, wie ein großer bruder, denke ich; die rollen verschieben sich, ohne dass ich ihm von sals tod erzählen muss. er hält mich und redet einfach weiter, als sei schon immer alles so gewesen.

wie siehst du eigentlich aus?, neckt er billy, und billy schaut erstaunt an sich runter.

die letzten wochen habe ich nichts an ihm wahrgenommen als das kalte flackern seiner augen. er hätte nackt den boulevard entlang marschieren können. manolo hat recht, jetzt wo ich mir seine klamotten begucke – er sieht aus wie ein zwölfjähriger im kostüm seines vaters. eine taubengraue anzugjacke mit psychedelisch gemusterten aufschlägen hängt ihm bis auf die knie. darunter, statt der üblichen röhrenjeans, eine weite schwarze stoffhose, die auf den asphalt schlabbert.

na ja. billy knibbelt an den aufschlägen seiner jacke rum. ich hab ein bett in *disgraceland*. dank pleasant. da muss man sich schon ein bisschen anpassen …

disgraceland …? manolo hebt die linke augenbraue.

nicht nur hardcore ist hier eingefallen, klärt o.n.s. ihn auf. warst lang nicht in der stadt. die rockabillys pennen allesamt bei pleasant gehman. dort steht ne elvis-büste rum. graceland – disgraceland. kapiert?

manolo nickt, mit dem stoischen gleichmut eines arztes, der mit ein paar irren spricht.

komm doch mit, sagt o.n.s., wir finden dir ein plätzchen dort. nicht so wie unser kleiner mesca, was? mit einem knuff holt er mich aus manolos griff … der schläft lieber mit vampira im sarg, stimmt's? o.n.s. röhrt los. wieder schwindlig, ist mir alles egal.

manolo beobachtet das treiben auf dem boulevard. als o.n.s. sich beruhigt hat, sagt er, wie immer über allem stehend: ich bin nur übers wochenende in der stadt.

dann nächstes! o.n.s. fleht regelrecht.

manolo wiegt den kopf.

ich möchte zusehen, wie er das shirt aus seiner hose zieht, während er lächelnd irgendwo lehnt, seine muskeln, die rippen fühlen, neugierig auf jede veränderung, die nase in seiner halsbeuge vergraben – wüste? kaktus? straßenstaub? – und raten, wo er die letzten 647 tage gewesen ist …

in diesem moment erinnert mich billy ans geschäft. auf den stufen der baptistenkirche, flüstert er, immerhin so taktvoll leise, dass manolo ihn nicht versteht. ein ehemaliger kunde, bei dem sich, als meine vorräte zur neige gingen, herausgestellt hat, dass er auch anderen diensten nicht abgeneigt schien. billy sprach mir mut zu, und ein paar tage hatte ich das gefühl von unausweichlichkeit, ja sogar schicksal, vielleicht wegen gewissensbissen, oder einfach um sal durch nachahmung wiederzubeleben. trotzdem passt es mir nicht, manolo nach nur wenigen minuten stehen zu lassen, damit mich irgendein geruchloser vietnam-veteran betatschen kann.

andererseits: was tut prizz vor dem gold cup? wahrscheinlich dasselbe wie ich. allein das macht es erträglich, mich zu lösen, von seinen ungeklärten blicken, den angedeuteten versprechen.

später in der nacht im howard johnson's. ich möchte glauben, manolo hat den ort gewählt.

neben ihn aufs plastik zu gleiten ist wie die rückkehr zur erde nach 175 tagen einsamkeit. nur ist dies nicht die steppe kasachstans, sondern der schönste junge der welt.

ich starre und staune. wahrscheinlich mit offenem mund, ungläubigen blicken, dümmlichem grinsen wie auf methaqualon. manolo strahlt, er glüht, ich weiß, auch wenn er mich nicht ansieht, innerlich von meinem licht. mit glänzenden lippen lächelt er in seinen teller mac'n'cheese. meine blicke steigen ihm im hirn herum, der kiefer mahlt, der adamsapfel wandert – manolo beim essen zuzusehen ist pure pornographie.

am 10. januar, vor fast zwei jahren, saßen wir zum ersten mal an diesem tisch.

lass uns alle 28 eiskremsorten durchprobieren, hat er gesagt.

verdammt. wir kamen nicht mal bis butter crunch …

heute ist alles ein bisschen abgeranzt. das essen fettiger, der service langsamer. das licht schummrig wie immer.

als sei keine zeit vergangen, tippt manolo auf peppermint. ich nicke. er nimmt toffee chocolate.

o.n.s. krallt sich die kinderkarte und schießt mit bienen bunte blumen ab. ballon und lutscher hat er auch bekommen.

wie hast du *das* geschafft?

charisma, erwidert er, die lollyroten lippen breit gezogen, und wedelt mit der karte blumen vom tisch.

wollt ihr wissen, was das passwort ist? er strahlt in die runde. american rainbow! ich meine – wie schwul ist das denn?!

wir lachen bekifft. die sundaes kommen. o.n.s. bestellt chicken fingers. unter dem tisch zahle ich meine schulden zurück.

flap flap flap. billy zählt ohne hinzusehen. apropos: findet ihr nicht, dass darby uns mit seinem partyspruch, von wegen: ich bin asexuell, krass verraten hat? dabei gab's nicht wenige. billy lässt das bündel in der tasche seine jacketts verschwinden. nur keiner hat's gemerkt. komisch eigentlich, im nachhinein.

zurückgelehnt schaut er manolo und mir zu, wie wir mit parallelbewegungen die bestreuselte sahne von unseren eisbergen abtragen, uns gegenseitig mit dem darunter füttern. unübersehbar fragt er sich, was geht. was ging, in jenem einen monat vor 647 tagen, was gehen wird, mit ihm und mir in hollywood.

wisst ihr noch, lockt er mit unschuldsmine: die erste screamers-show im masque?

presslufthammerwände. manolos zuckerkeks versinkt. aus den augenwinkeln sehe ich, wie er die finger zur hilfe nimmt. langsam wird der magen kalt. kalt und grün. ich lege den löffel weg.

billy beugt sich vor. aus angst vor ihrem publikum zogen sie kaninchendraht um die bühne. ich meine: sie hatten angst! er krümmt die hände, als sei angst etwas, das man greifen kann. ich nicke. manolo fischt nach seinem keks. o.n.s. bläst die letzte biene vom tisch.

die grenzen wurden eingerissen, die leute *liebten* sie ... aber niemand, wirklich *niemand* hat bemerkt, was für totale tunten die beiden sind.

im V hätte das keinen interessiert, sagt manolo ruhig. er hat es geschafft, alle fünf finger seiner rechten hand mit karamell und schokosauce zu überziehen.

im was? o.n.s. legt den strohhalm weg.

bevor manolo antwortet, hält er mir – süß. versaut. eindeutig/zweideutig – lächelnd seine hand hin. kein plan. spontane richtigstellung. wir sehen uns tief in die augen. süße und feuer. ich bin von 0 auf 100 high. alles um uns rum verschwimmt, und alles zwischen ihm und mir schnalzt, wohin es soll: kaum drei worte gewechselt, und schon lässt er mich seine finger lecken.

ein neuer club in london, spricht manolo unverändert weiter, ohne den blick von mir zu nehmen, während ich an seinem daumen sauge: die v-crowd. die sehen *alle* wie tunten aus …

london, ja? unruhig ruckt billy die schultern im jackett zurecht. die rockats kommen auch von da … er ist zu abgelenkt vom *nächsten großen ding*, um dem porno, der keinen meter vor ihm läuft, beachtung zu schenken.

ultravox kommen ins whisky!, fährt o.n.s. dazwischen. sein strohhalm wird zum mikrofon.

oh, the quiet men
oh, the quiet men
springtime, there was sunshine
through the window panes, down all the english lanes …

lass uns auswandern, sagt billy.

flavor nummer 29, denke ich, zwischen mittel- und ringfinger: salziges karamell.

alles. eins. *okay*. zwei. was mehr ist zu sagen?

manolo und ich sind außen vor, schauen nur noch schläfrig zu. billy und o.n.s. lachen über *hühnerfinger*. um die füße: bienen und blumen. zweidimensionale kopulationen. o.n.s. singt wieder *oh, the quiet men* ... als ich beim kleinen finger angekommen bin, flüstert manolo mir ins ohr: nimmst du mich mit nach hause?

ich hab kein zuhause, sage ich.

er sieht mir in die augen.

ich sage: ja.

er seufzt `& („shift" = Hk.i3w[7u]) 39Pjn8e38 - -` es ist das leben, das wir alle leben.

die stimme, die das sagt, klingt resigniert. sie kommt aus meinem mund und reißt mich wach.

kohlenmonoxidgeruch. mehr neonröhren brennen jetzt als eben.

alien-skelette umstellen uns, fahl flackernde gerippe, die selbst squid überragen mit ihren fühlern, antennen, geschmolzenen kufen, facettenaugen, drahtklauen ... ich weiß, dass sie sich nicht bewegen. dass sie die ganze zeit schon waren, wo sie sind. nur deswegen schreie ich nicht. es gibt keinen grund, sich zu fürchten vor dieser drahtarmee. sie stehen auf sockeln, bewegungslos, filigrane skulpturen, humanoide gebilde aus helikopterschrott.

squid ist aufgestanden, bewegt sich selbstverständlich, versunken, unter seinesgleichen. kein zweifel, dass er sie erschaffen hat.

die miniatur-pistole, mit der er treffsicher die straßenbeleuchtung über unseren köpfen zerschoss – *da feuert jemand aus der dunkelheit* –, ihr heißer lauf an meinem rücken –

du warst das! ich rapple mich hoch. wie kommt es, dass du noch am leben bist?

ich laufe ihm nach, entlang verblichener gelber pfeile und EXIT-zeichen, weiche den dürren extremitäten seiner kreaturen aus, wo es geht. erzähl mir nicht, der hasenkopf würde dich vor ihrem zorn bewahren!

an eine säule gelehnt bleibt er stehen. *H 14* steht dunkelgrün neben seinem topfpflanzen-schopf. vielleicht war dies tatsächlich eine tiefgarage, und vor jahren oder jahrzehnten suchten neureiche mit shopping-tüten anhand dieser nummern ihre sportschlitten ...

squid antwortet nicht. er hat ein ausdrucksloses lächeln im gesicht.

du klaust ihnen punkte, stelle ich fest. denen ist es egal, ob du aus den schrotthaufen kunst oder sonst was machst.

die cannies hassen mich. die sharks hassen mich. die doggies hassen mich. squid stößt sich ab, mäandert weiter, von mir weg, durch sein löchriges heer. die tridents hassen mich. und die AllSec hasst mich sowieso.

ich folge ihm. zähle im kopf die gestalten, die er passiert.

die AllSec ist es übrigens, die meine graffiti-augen übersprühen lässt. sie imitieren die tags der cannies so perfekt, dass selbst die sharks den unterschied nicht merken und ihre eigenen tags drüber schmieren. da setzt sich dann eine wahrheit in gang, die mit einer lüge begann.

die verschlungenen antennen irritieren; bei 28 gebe ich auf.

was willst du mit diesen skulpturen? du kannst sie niemandem zeigen, kannst sie nicht ausstellen …

ach die. squid winkt ab, als überraschte es ihn, dass ich sie überhaupt sehe. das waren bloß aufwärmübungen.

aufwärmübungen wofür?

für das, was ich wirklich will.

und was willst du?

was alle wollen! er dreht sich zu mir um und grinst, freudlos zwar, aber immerhin.

ich will die beta-augen.

die *kann* man nicht vom himmel holen. du hast es gesehen. sie sind schneller als die kugeln. sie weichen ihnen aus, als *wüssten* sie, was kommt.

squid schüttelt unwillig den kopf, wie um zu sagen: wir sprechen verschiedene sprachen.

ich versteh das nicht, sage ich, du lebst hier unten mit diesen dingern wie mit einer terrakottaarmee, die über 2000 jahre kein mensch zu gesicht ...

squid bleibt so plötzlich stehen, dass ich beinahe mit ihm zusammenstoße.

wer *bist* du?, flüstert er, sein atem kondensiertes metall.

wer *bin* ich. eine frage, die man beantworten können müsste, ich weiß, aber –

ich zucke die achseln und entwinde mich seinem blick. was weißt du über mich?

auf dem weg durch die soldatenreihen habe ich in meiner hosentasche nachgefühlt: zehn scheine, fünf *fette ratten*. er hätte sie mir abnehmen können, als ich *out* war, mit leichtigkeit.

nicht viel, sagt er. nur, dass du vor ner woche oder so hier ankamst. als blinder passagier. und dass du ständig irgendwelche drogenpsychosen schiebst. lass mich raten: ein bisschen viel gekifft in deiner jugend?

ich sage nichts.

undeutbare blicke wandern an mir hoch und runter. die so lang kaum her sein kann ...

auch darauf habe ich keine antwort. dankenswerterweise lässt er jetzt die fragezeichen an den enden seiner sätze weg.

er schüttelt ein pappschächtelchen aus dem ärmel und zündet sich mit einem streichholz von wer-weiß-wo eine ramponierte kippe an. alte sorte. das letzte brennende steichholz, das ich sah, warf darby von der bühne des whisky. keine zwei sekunden später stand trick walls mit anderthalb flaschen aqua-net festzementierter iro in flammen.

2:05:02

Ein veränderliches Meerestier entsteigt seiner Höhle, wächst und wächst, verbirgt die roten Lippen, die feuchten Zähne, verhüllt das Außen, steigt höher, zerfasert auf dem Weg, dünnt aus und stirbt.

du kennst mein geheimnis. squid lässt das verkohlte hölzchen einem seiner mageren gesellen zu füßen fallen. ich hab dir nicht die augen verbunden. und du bist frei, zu gehen, wann immer du willst.

er legt mir leicht den arm um die schultern, wie j.d. in der letzten nacht, die lange her scheint, und setzt sich mit mir in bewegung. da ist ein durchbruch in der wand. an kurzen ketten hängt ein schwarz-gelb gestreifter balken, der die maximale höhe für fahrzeuge markiert. squid muss sich nicht mal bücken. seine hasenohren, ja, die stießen an …

dahinter ist der raum, aus dem wir kamen, die treppe, das trocknende blut, die tür ganz oben, die nach draußen führt. ich sollte ihr entgegenlaufen, aber – wer weiß, was mich draußen erwartet?

squid verharrt zwei schritte hinter mir, rauchend. das ist keine freilassung, das ist ein höflicher rausschmiss. seine blicke schieben mich hin zu den spuren meiner blutigen finger, die mir den weg in die freiheit weisen:

autoreverse.

ich möchte aufschub. gnade. irgendwas.

sie werden hinter IHM her sein, sage ich, die stimme schwankend zwischen vorwurf und flehen.

kein zweifel. squid nickt. er fragt nicht mal, wen ich meine. als wären seine gedanken genauso permanent bei IHM wie meine. trotzdem klingt er völlig sachlich. lapidar.

er macht drei schritte auf mich zu. sein körper befördert mich ganz ohne berührung die treppe rauf. eben noch hat er j.d. wie einen verlorenen bruder betrauert. und jetzt macht er mir klar, dass er hier keine aktien drin hat …?

bevor ich etwas sagen kann, fällt hinter mir die blaue tür ins schloss.

draußen ist es kühl. dämmerung. wird es heller oder dunkler? das letzte, was squid durch die ritze schnipste, zerwühlt oranges licht. konzentrische kreise. mein gespiegeltes ich. steht still. heller, es wird heller, ja – die blaue stunde versinkt; der morgen trocknet die straßen. was bleibt, ist das letzte, was squid durch die ritze blies: ein eight-ball aus kaltem rauch. die east ferry road windet sich um schrumpfende pfützen richtung themse, wie auf dem weg hierher, nur umgekehrt:

die sekunden fressen sich in die minuten.

4:47:52

Das Meerestier ist auf dem Weg zurück. Der Unsichtbare hält *Rewind* gedrückt. Schon hat es wieder Form, ein weißes Dreieck, das den Winkel des Mundes verbirgt. Die Lippen schimmern feucht, versprechen Süße, tropfen fast, während das Tier sich annuliert, anstrengungslos ins Dunkel gleitet, kaum wahrnehmbares Züngeln – Stop.

4:46:37

Ein dünnes Wabern, eins mit dem Weiß der Zähne, auf nassem Rot.

niemand, der mein flüstern hört. keine angst, versichere ich dem unbekannten: ich geb dir einen traum. für dich dreh ich die zeit zurück.

II

Die Hand eines Killers darf niemals zittern. Das ist Dayos Signatur.

Meine Hand zittert. Wie blöde. Vielleicht der Kaffee. Sie zittert Millimeter über dem Touchpad, während die Person, die sich Dayo nennt, auf Antwort wartet.

Ein Schluck aus dem Pappbecher. Fast noch zu heiß. In die sphärischen Synthies von *Says who*? mischen sich Rufe. Sólrúns Stimme. Leise, leicht zu ignorieren. Vor dem Fenster herrscht schlammbrauner Frühling, der Übergang von der dunklen zur hellen Jahreszeit, das Weiß-Grün der Hänge hinter einer Mischung aus Nieselregen und Schnee. Rechts auf dem Hügel das rote Dach der Kirche. Weiter links, über dem Supermarkt auf der Víkurbraut, rotiert Hallgerður, die tief dekolletierte Blondine, die niemals friert. Ich weiß nicht, wer auf die Idee kam, die Ansammlung von Lichtfäden so zu nennen – Hallgerður, nach der langbeinigen Diebin aus der Njáls-Saga. Seit ich denken kann, heißt sie so. Heute macht sie Werbung für *Burn*, den Energydrink in der feurigen Dose. Um ihre nackten Beine züngeln Flammen, als stünde sie auf nem Scheiterhaufen. Kein Wunder, dass ihr nicht kalt ist. Hallgerður lächelt. Das ganze Jahr über. Egal ob ihr Sand- oder Eisstürme um die Ohren blasen, ob der Himmel gefriert oder ihre Füße in Flammen stehen.

Sólrún lässt nicht locker. Sie ruft meinen Namen. Ihre Stimme ist so hoch und dünn, dass man sich einbilden kann, sie sei Teil der Musik.

Hallgerður legt den Kopf in den Nacken und nimmt einen Schluck *Burn*.

Wir waren ein Volk schöner Menschen, sagt sie. Schöne, große, schlanke, blonde, gut gekleidete, reiche Menschen.

Vielleicht sind wir das wieder. Ganz sicher bin ich mir nicht. Seit der Sache mit Áki …

Etwas zerschneidet den Himmel. Ich kneif die Augen zusammen. Mach sie wieder auf. Die krakelige Teilung des Himmels ist keine Einbildung. Rauch. Hinter all dem Nieselregen steigt eine Rauchsäule über den Hang –

OH SCHEISSE, DIE KATLA! Mein Herz schießt von SloMo auf Speedcore, die Beine springen auf, im Hirn hämmern Sätze aus Katastrophenstreams: JETZT SIND WIR DRAN DIE KATLA WAR LÄNGST FÄLLIG WIR HÄTTEN ES WISSEN MÜSSEN DIES SIND DIE LETZTEN MINUTEN DEINES LEBENS … Und alles wieder von vorn, während ich dastehe wie ein verdammter versteinerter Troll und die Rauchsäule hypnotisiere, meine letzten Minuten zu den allerletzten werden, den allerallerletzten … Bis ganz langsam einsinkt, dass da nichts bebt, keine glühenden Brocken fliegen, keine Sturzbäche über den Hügel brechen. Kein Katastrophenstream, nicht mal ein Anderthalb-Minuten-Teaser.

Zögerlich folgt mein Puls dieser Erkenntnis, geht runter auf 140, dann 120 bpm. Bei 100 gelingt es mir, die Rauchfahne bis zu ihrem Ursprung zu verfolgen. Sie steigt auf von Hallgerðurs Füßen.

Virtuelles Feuer. Virtueller Rauch. So fucking zwanzig-siebzehn!

Im Zimmer ist es still.

Wieso ist die Musik aus? Etwas an der Stille ist falsch und peinlich. Wie in einer vollbesetzten Kneipe in die Pause zwischen zwei Songs hinein *Hämorrhoidensalbe* zu schreien. Etwas Warmes sickert zwischen meine Zehen. Auch das ist falsch. Der umgekippte Pappbecher. Wo eben noch die Tastatur war, ist jetzt ein großer, brauner Fleck.

Kaffee tropft auf den Teppich.

Das Pad hat sich abgeschaltet, hat Tasten und Musik geschluckt. Etwas knallt auf den Tisch. Flüssigkeit spritzt. Da ist ein unmenschliches Heulen. *Niemand* kann so ungeschickt sein! *Ruhige Hand* – am Arsch!

Von unten ruft Sólrún: Fenna!

Meine Hand versucht, das Heulen in die Kehle zurück zu drücken; die Finger tropfen, riechen säuerlich, nach Mageninhalt; ich wünschte, *Says who*? würden spielen, sie und mich und alles übertönen. Aber die Musik ist im Pad. Und das Pad ist TOT!

FOLO. Akute Attacke. Dieses Panikzittern.

Hinsetzen. Augen schließen. 4-6-8. Einatmen, bis vier zählen, Luft anhalten, bis sechs zählen, durch den Mund ausatmen, bis acht zählen. Ganz brav und konsequent. Fünf Mal 4-6-8, und ich bin wieder dreizehn; der Onkel Doktor tätschelt mir den Kopf. *Fear of Logging Out* gab's damals natürlich noch nicht, jedenfalls nicht als offzielles Krankheitsbild.

Augen auf. Fokus.

Erstens: Pads schalten sich automatisch ab, sobald Flüssigkeit ins Gehäuse dringt. Zweitens: Vielleicht ist noch was zu retten. Drittens: Wattestäbchen. Isopropyl. Haartrockner.

Meine Hände sind ruhig. Dank progressiver Muskelrelaxation. Finger für Finger.

Mit einem Klick ist der Deckel ab. Innen: grün-gold. Stechender Geruch nach Kaffee und Korrosion. Scheiße. Die Flüssigkeit hat sich schön im ganzen Gehäuse …

Fick 4-6-8! Die Stuhllehne jault; der ganze beschissene *FOLO*-Abgrund tut sich auf.

Dayo. Ich muss Dayo antworten. London. Oh Mann. In London brauchen sie längst keine *äußerlichen* Geräte mehr, um online zu gehen, oder Pads, um zu …

Türklingeln. Was gäb ich für Musik. Das zarte *Pling* einer neuen Nachricht. Stattdessen Sólrúns Schritte unten. Ich höre jeden einzelnen. Ich hasse hasse hasse Stille. Leises Pochen an der Scheibe, wenn der Wind sich dreht. Draußen leckt Hallgerður sich die Lippen.

Du bist an allem schuld!, schreie ich und drohe ihr mit der Faust. Hallgerður und ihr Scheiß-*Burn*! Soll sie doch brennen. Braten. Sich in winzige Fetttröpfchen auflösen. Oder nein. Lieber noch würde ich sie erwürgen. Vierteilen. Meine Präzision an ihr testen. Irgendwas durch die Scheibe werfen. Höre mich lachen und zucke zusammen. Was für eine Ironie. Mein erstes Opfer – eine Holografie.

Ich werfe den Fön an, allein um die Stille zu füllen. Tupfe mit albernen Miniatur-Bewegungen im grün-goldenen Gewirr herum.

Warum ist diese beschissene Insel so rückständig? Mit einer Nanobeschichtung, wie sie jedes vernünftige Device haben sollte, wär das nicht passiert!

Ich tupfe. Verficktes Drittweltland. Ohne all die internationalen Töpfe für *strukturschwache Gegenden* wären wir längst ausgestorben. Früher hatten die Leute Arbeit in den Fischfabriken, ganz früher als Schafhirten. Ein paar waren bei der Post oder bei der Polizei, die nie was zu tun hatte, oder bei der Feuerwehr, die wenigstens ab und zu Leute aus Vulkangebieten evakuieren durfte. In größeren Orten gab es einen Arzt, wie Bárður, und manchmal einen Veterinär. Die Leute gingen Seevogeleier sammeln und stürzten dabei ab oder fielen beim Suchen nach verlorenen Schafen in Felsspalten oder beim Reiten vom Pferd und brachen sich die Beine. Jetzt sitzen sie vornehmlich zu Hause auf ihrem Arsch, und wenn sie abkratzen, dann höchstens vor lauter Langeweile. Was die Altersgruppe zwischen 16 und 35 angeht, sind *FOLO*-Suizide inzwischen Todesursache Nummer eins.

Tiere gibt's auch nicht mehr viele. Das heißt, Hunde und Katzen schon, aber irgendwie lassen die Leute die eher verrecken, als dass sie sie zum Tierarzt bringen, anders als früher mit den Schafen und Pferden.

Heute arbeitet, soweit ich weiß, keiner mehr irgendwas. Na ja, vielleicht in Reykjavík, da gehen ein paar Leute zur Uni, zum Beispiel die letzte Schnalle, die Yngvi gefickt hat, und es gibt Geschäfte und Kneipen und Clubs, also muss es Verkäuferinnen und Barkeeper und Putzfrauen und so was geben. Aber wie gesagt, genau weiß ich's nicht, ich war lange nicht mehr dort.

Mein Werk sieht scheußlich aus. Es riecht nach Kaffee, Korrosion und Alkohol. Überall hängen Wattehärchen.

Vielleicht ist das ein Zeichen. Vielleicht sollte ich Dayo schreiben: Es war ein Missverständnis. Lösch mich. Ich seh auf meine Hände, die wieder zittern. Scheiß auf die Kohle.

Ich wechsle die Socken. Wische den Boden und die Tischplatte notdürftig mit einem dreckigen T-Shirt trocken, wickle die Einzelteile des Pads in ein sauberes und steck das Bündel in meinen Rucksack.

Vor meiner Zimmertür riecht es nach angebranntem Käse. Derselbe säuerliche Gestank wie drinnen im Grün-Gold. Eine kleine Welle Übelkeit, schneidend wie Wut. Was nützt die verdammte *FOLO*-Hotline, wenn man sie nicht anwählen kann?

Sólrún steht mit dem Rücken zu mir an der Küchenzeile und summt irgendeinen Popsong.

Fenna, sagt sie mit ennervierender Gute-Laune-Stimme, als sie mich die Treppe runterkommen hört. Die Pizza wird kalt.

Das also war die Türklingel.

Wo ich von Arbeit sprach: Pizzaboten gibt es sogar mehr als früher. Seit den superschnellen Hybridschlitten boomt das Geschäft. Früher hätte sich der Lieferservice nicht rentiert. Da wär die Pizza tiefgefroren gewesen auf dem Weg von einem Kaff zum nächsten.

Keine Zeit, sag ich und nehm die Vänska vom Garderobenhaken. Muss zur Tanke.

Sólrún schaut mich mit großen Schafaugen an. Aber Yngvi arbeitet doch. Ich dachte, wir machen uns einen schönen Abend mit Pizza und einem Film …

Sólrún, sag ich, mit strenger Betonung, als spräche ich zu einem Kleinkind: Der *jībāi* Computer ist kaputt!

In ihrer Gegenwart benutze ich gern ein bisschen Chink-Slang, obwohl ich den eigentlich total albern finde.

Fenna, sagt sie, und ihre Gute-Laune-Stimme wird porös. Stimmen sind irgendwie leichter als Mimik. Allerdings kann ich auch Sólrúns Mimik meistens deuten, ganz ohne App, genau wie Yngvis. Wahrscheinlich weil ich die beiden schon so lange kenne.

Das hatte ich mir anders vorgestellt. Außerdem, musst du immer so …?

Ich überlasse es der Haustür, ihren Satz abzuschneiden.

Ja ja, vieles stellt man sich anders vor, als es schlussendlich kommt. Insbesondere Sólrún. Sie hatte sich wahrscheinlich ihr ganzes Scheiß-Leben anders vorgestellt. Ihrs und meins. Hätte sie mich sonst *Fenna* genannt?

Fenna bedeutet Frieden.

Der Regen hat nachgelassen; dafür wirbelt jetzt Staub vom Sander durch die Luft. Die Wellen in der Bucht sind schaumig wie das Innere eines Kókosbollur, die Reynisdrangar körnige Silhouetten. Einer von ihnen ähnelt einem fetten Maulwurf, der den Mond anheult. Der schaltet auf Abblendlicht; die Sterne verdeckt der Sand.

Ich gebe zu, was ich gesagt habe, stimmt nicht ganz. Ab und zu gehe ich natürlich raus. Ich gehe die Ránarbraut entlang, nach rechts auf die Víkurbraut, über die Ringstraße und dann den Suðurvegur hoch. Am Ende des Suðurvegur steht die Tankstelle. Sie gehört Sólrún. Davor gehörte sie ihrem Vater, und davor dessen Vater.

Der Weg vom Haus bis zur Tankstelle ist wie der lange, unwirtlich kalte Flur einer WG mit ungefähr 250 autistischen Mitbewohnern. Vielleicht kommt es mir deshalb vor, als würde ich nie vor die Tür gehen. Keine Begegnungen, die man nicht vorhergesehen hätte. In den allermeisten Fällen überhaupt keine Begegnung. Wenn die Zombies von Vík sich überhaupt bewegen, dann gehen sie drei Schritte zu ihren Autos, steigen ein und nehmen den schnellsten Weg zur Ringstraße. Auch dort ist heute Abend nicht ein einziges Rücklicht zu sehen.

Dieses Dorf ist das Langweiligste, was man sich vorstellen kann. Lauter flache, viereckige Klötzchen, in rechtwinkligen Reihen zur Straße hin angeordnet. Nur die Víkurskirjka sticht minimal heraus. Und *jībāi* Hallgerður!

Dagegen der Big Ben – allein der Name scheucht mein Herz auf 180 bpm. St. Paul's Cathedral, Cosco Center … An London denken ist, als würde einem jemand sehr Schönes sehr langsam zehn lange Fingernägel über die Halsschlagader ziehen. Stell ich mir zumindest so vor.

Vor gut fünf Monaten hab ich mich in die Kartei der SiCur aufnehmen lassen. Warum, weiß ich selbst nicht mehr. Ich stand wohl ein bisschen neben mir, so kurz nach der Sache mit Áki. Keine zwei Stunden nachdem ich die

Bewerbung abgeschickt hatte, bekam ich eine automatisierte Bestätigung. Dann passierte lange nichts.

Bis zu der Nachricht von Dayo vor wenigen Tagen. Ich bin mir nicht sicher, wie er – ich gehe mal davon aus, dass ein Mann hinter dem Nick steckt, obwohl es genauso gut eine Frau sein könnte – auf mich kam. Ich vermute, er hat sich gezielt bei der isländischen Bevölkerung der Crash-Jahrgänge umgeschaut. Der erste Job, hieß es, wird nach London führen. Das war erstmal alles.

Ich saß noch nie in nem Flugzeug.

Der isländische Ausdruck für *dumm* ist *heimskur*. Wörtlich übersetzt heißt das: Stubenhocker. *Heimskur* war ein besonders populäres Schimpfwort, als sich jeder ein High-School-Jahr oder ein paar Auslandssemester leisten konnte. Früher oder später kamen sie alle wieder, weltgewandt und gesättigt mit texanischen, australischen, schottischen Akzenten. Jetzt wandern junge Leute entweder sofort aus oder bleiben gezwungenermaßen für immer hier. *Zhái* nennt man die Zurückgebliebenen heute. So wie Yngvi und mich.

Irgendwer, sagt Sólrún, muss sich schließlich um die Tankstelle kümmern.

Leider kommt kaum jemals jemand vorbei, geschweige denn, um zu tanken. Immer mehr Leute stellen auf Elektroautos um. Ab und zu schneien ein paar Kids rein, die nachts um vier vom Kiffen Fressflashs kriegen, und holen sich Hot Dogs, Tiefkühlpizza oder Lakritz. Wären wir nicht der einzige Laden im Umkreis von zweihundert Meilen, der die ganze Nacht offen hat, hätten wir längst dichtmachen müssen. Was vermutlich ohnehin früher oder später passieren wird. Automaten sind billiger und effizienter.

Verhungern würden wir trotzdem nicht. Ganz Island ernährt sich aus irgendwelchen *Töpfen*. Die Welt wird davon nicht arm. Island hat ungefähr so viele Einwohner wie in anderen Ländern eine mittlere Kleinstadt.

Komisch nur, dass äußerlich fast alles gleich geblieben ist. Unsere Autos, unsere Kleidung, unsere Häuser, unsere Möbel.

In der Schule hatten wir mal einen Txt über verarmte Aristokraten. Denen ging es, vor sagen wir 200 Jahren, genau so wie uns jetzt: Sie dachten, sie hätten noch immer alles, was sie immer gehabt hatten, und sahen auch danach aus, aber in Wahrheit hatten sie *nichts*.

Die Tankstelle erinnert mich, immer wenn ich mich ihr nähere, an amerikanische Roadmovies von vor rund hundert Jahren. Diese fahle, glasverkleidete Lichtinsel mitten im Nirgendwo.

Yngvi steht hinter der Theke, schaufelt Käsepopcorn in sich rein und streamt irgendwelche Pornos. Als er mich sieht, wischt er den Schirm blank.

Du hier?, ruft er mir entgegen, und seine Stimme bricht am Ende. Er ist seit ungefähr zehn Jahren in der Pubertät, und es macht nicht den Anschein, als würde er jemals aus ihr rauskommen.

Vielleicht sollte man die Tankstelle wirklich dichtmachen, denke ich auf dem Weg durch die Regalreihen, auf denen Chips, Popcorn und Schokoriegel unter sterilem Leichenhallenlicht vor sich hin stauben. Eine Maschine zum Aufladen, eine für Cola und eine für Hotdogs. Deren gesammelte Kapazität würde die Hirnleistung meines Bruders bei weitem übersteigen.

Genau als ich dies denke, kommen ein paar Kids aus Skógar rein.

Ich drücke mich an Yngvis Rücken vorbei und lege das T-Shirt-Bündel auf die Heizung hinter der Theke. Yngvi bemerkt nichts. Er ist damit beschäftigt, die Kids mit Blicken zu töten. Vier Jungs im unbestimmbaren Alter zwischen sechzehn und zwanzig. Sie tun dasselbe wie immer. Streifen durch die Reihen, ziehen laut die Nase hoch, verteilen Schneematsch auf dem Boden und machen die Kühlschranktüren auf und zu, ohne irgendwas rauszunehmen. Ich starre sie an und ertappe mich bei der Frage, ob einer dieser kiffenden Loser ebenfalls Nachrichten von Dayo bekommt.

Yngvi neben mir mahlt mit den Zähnen.

Wollt ihr tanken?

Ein warnendes Bellen, diesmal ohne Kiekser am Ende.

Einer der Jungs schlendert gemächlich näher und schüttelt in Zeitlupe den Kopf. Seine Daunenjacke, die ihn doppelt so breit erscheinen lässt, wie er tatsächlich ist, knistert und schabt bei jeder Bewegung.

Natürlich nicht, antworte ich an seiner Stelle, und meine Stimme sinkt von Wort zu Wort tiefer. Den Jeep tankt schließlich Papi voll, bevor ihr damit auf Tour geht. Ich seh ihm in die Augen. Oder nicht?

Der Dorfdepp von Skógar schweigt und grinst.

Cruisen war schon, als Sólrún jung war, die Lieblings-Freizeitbeschäftigung von gelangweilten Minderjährigen. Bevor sie die Bars der Hauptstadt betreten durften, fuhren sie die immergleichen drei Straßen ihrer Heimatorte im Kreis und protzten mit ihren neuen Schlitten.

Jetzt quetschen sie sich zu viert oder fünft in die alten Jeeps ihrer Eltern. Benehmen sich aber noch immer wie kleine Könige auf Koks.

Früher gab's überall Gratis-Kaffee, mault der mit der Daunenjacke. Ein zweiter, mit schlenkrigem Gang und grenzdebilem Gesichtsausdruck, fällt mit mädchenhaftem Singsang ein: Ja stimmt! Was ist mit dem Gratis-Kaffee passiert?

Yngvi platzt der Kragen. Den gibt's nicht mehr, faucht er, seit ihr hier alle paar Stunden reinkommt, um euch aufzuwärmen und aufzuputschen! Glaubt ihr, wir schauen zu, wie ihr alles angrapscht und die Chips durch die Tüten durch zerkrümelt, aber nie irgendwas kauft, nur den Kaffee leer trinkt?

Daunenjackes Mundwinkel zucken verächtlich. Wortlos winkt er seinem Gefolge. Bevor er geht, fällt seine Hand schwer auf den Kartenscanner. Er schürzt die Lippen und beugt sich vor, bis ich seinen Schwefelatem riechen kann. Ich komm wieder, wenn dein *báimù* Bruder weg ist.

Bevor ich ihm eine langen kann, ist er zurückgewichen und eine Sekunde später mit seinen Kumpels durch die Tür.

Ich könnte deine Mutter sein!, schreie ich Daunenjacke hinterher, was natürlich völlig übertrieben ist, ihm aber wenigstens eine Idee von der Abwegigkeit seiner Gedanken geben sollte. Draußen lacht der Schwachsinnige hoch und gackernd.

Zwei kleine runde Scheinwerfer reißen die Lider hoch. Dann wendet der Jeep und lässt nur Dunkelheit zurück.

Kaffee! Yngvi würgt das Wort heraus wie einen versehentlich verschluckten Pflaumenkern.

Kaffee. Das erinnert mich an was. Die Fußsohlen fest mit dem Boden verankert, erzähle ich Yngvi in kurzen, knappen Sätzen und sehr beherrscht von meinem Malheur. Hallgerður lasse ich aus dem Spiel.

Er hört mir mit hochgezogenen Augenbrauen zu. Als ich fertig bin, hält er mir sein Wristpad unter die Nase `/(k-pax)/3_3_11///dial/w/w/w` ... Unter meinen Fußsohlen verselbstständigt sich eine Feder; ich schreie: Spinnst du?, und dann, geistesgegenwärtig: Stopp!

Der Wählton bricht ab.

Warum ausgerechnet Kjartan, sage ich, die Worte flach wie eingelegte Robbenflossen. Yngvi zuckt mit den Achseln. Der macht's dir umsonst. Er glotzt den abgepackten Trockenfisch an, braucht eine Weile, um seinen eigenen Witz zu kapieren, und krümmt sich erst nach einer guten Minute, ganz plötzlich, als hätte er einen Schlag in den Magen erhalten, um sein eseliges Fünftklässlerlachen.

Ich hole nach ihm aus.

Yngvi kennt mich gut genug, um rechtzeitig auszuweichen. Hast du heute deine Tabletten schon genommen?, kiekst er und taumelt rückwärts.

Ich springe um die Theke und kriege ihn zu fassen. Er ist stärker als ich. Er hält meine Arme fest. Ich versuche ihn mit meinem Gewicht zu Boden zu werfen. Er keucht; ich ramme ihm den Hacken in die Kniekehle, und er fällt seitwärts in den Trockenfisch, reißt im Fallen das Regal um. Jetzt ist er es, der mich mit sich zu Boden zieht. Etwas in meiner rechten Schulter knackt. Meine Schläfe trifft auf knisterndes Plastik. Yngvi gibt auf. Eine Weile bleiben wir so liegen. Die Fliesen sind kalt. Um uns herum liegt krümeliger Schellfisch und getrockneter Seewolf, in mundgerechten Streifen verpackt.

Yngvi rappelt sich als erster hoch. Er sitzt da, mit hängendem Kopf, die Ellbogen auf den Knien, wie früher, wenn wir in hellen Sommernächten irgendwo am Rand von Reykjavík auf den Bus warteten.

Was tut Katla, wenn der Quark zur Neige geht?, fragt er seine Sneaker.

Das alte Spiel. Immer wenn er mich aufmuntern wollte, hat er mir diese Frage gestellt. In genau diesem Wortlaut. Man darf den Klang von Märchen nicht verändern, da sind wir beide streng.

Mir wird von innen heraus warm. Wie nicht mal nach der intensivsten Muskelrelaxation. Es ist längst nicht mehr das Spiel an sich, es ist die Erinnerung an beheizte Holzdielen, blaue Flecken und karamellverklebte Zähne – so was wie *Kindheit* –, die das macht. Yngvi fragt: Was tut Katla, wenn der Quark zur Neige geht? Oder, das ist auch okay: Was passiert, wenn am Ende des Winters die Molke ausgetrunken ist?

Und ich sage: Katla zieht die Wunderhosen an.

Und dann?

Sie rennt und rennt, bis sie nicht mehr weiter kann. Wer Katlas Wunderhosen trägt, kann nämlich so schnell laufen, wie er will, und wird niemals müde.

Darauf Yngvi: Ich suche und suche, und sie ist nicht mehr zu sehen.

Ich: Weil sie im Berg verschwunden ist.

Hilfe!

An dieser Stelle rudert Yngvi mit den Armen und ringt nach Luft. Denn sobald Katla im Berg sitzt, lässt sie Wassermassen unter dem Eis hervorbrechen, die ins Tal stürzen und Häuser, Menschen und Tiere mitreißen. Manchmal gibt Yngvi an dieser Stelle auf und bleibt liegen wie tot. Meist aber wacht er nach ein paar Minuten wieder auf. Der gruselige Teil kommt nämlich noch. Seit wir sprechen können, ziehen wir das morbide Mittelstück der Sage ans Ende.

Yngvi fragt: Und was ist an des Fasses Boden?

Ein toter Mann.

Wer ist denn dieser Junge mit dem grünen Gesicht?

Es ist Barði.

Welcher Barði?

Barði, der Hirte!

Warum hat Katla den Hirten ertränkt?

Er lieh sich ihre Wunderhosen, um seine Schafe in den Bergen zusammenzutreiben!

Yngvi, eben noch Opfer des Gletscherlaufs, verwandelt sich in die Leiche am Grund der Skyr-Tonne, rauft sich die Haare, wälzt sich umher und schneidet fürchterliche Grimassen. So, haben wir uns als Kinder vorgestellt, muss es sein, wenn mit den letzten Schlucken Skyr der Tod zum Vorschein kommt.

Monatelang wollte ich keine Súrmjólk über meine Cornflakes. Allein der Geruch brachte Bilder von aufgedunsenen Leichen mit sich. Egal wie komisch Sólrún geguckt hat, ich aß das Zeug lieber trocken.

Heute spielt Yngvi kein Theater. Er raunt lediglich mit alberner Geisterstimme ins Innere der Popcorntüte: Bald taucht Barði auf ... Was umgangssprachlich so viel heißt wie: Bald kommt die Wahrheit ans Licht.

Ich richte mich auf, Schellfisch im Schoß. Die wohlige Wärme wird zu Hitze. Schweiß verklebt meine Kopfhaut. Als hätte ich in der Ferne Polizeisirenen gehört, dieses Geräusch, das jeden, egal wie unschuldig, augenblicklich zum Verbrecher macht. Irgendwas ist passiert zwischen heute und – ich weiß nicht wann. Ich weiß auch nicht, was. Nur dies: Früher hielt ich Katla für eine verwandte Seele. Heute denke ich: Mörderin.

Mörderin. Mörderin ...

Vorhin dachte ich, die Katla bricht aus, unterbreche ich Yngvis Rumgeblödel.

Yngvi nimmt die Tüte runter. *Chě*!

Kein Quatsch! Sie ist seit Jahrzehnten überfällig.

Kann sein, sagt er. Aber das Frühwarnsystem ... Er schaut auf sein Handgelenk und schüttelt den Kopf. Doch anstatt den Arm wieder abzulegen, fesselt eine Nachricht seine Aufmerksamkeit. Übergroße Vorderzähne malträtieren seine Unterlippe. Er leidet – wie der Rest der isländischen Bevölkerung – an chronischem FOLO. Ganz zu schweigen von FOMO. Seine Finger machen *Teilen, Teilen, Like, Reply, Teilen*. Zuzusehen, wie er unsichtbare Fliegen verscheucht, macht auch mich nervös. Meine Finger zucken. Aber da ist nur Luft. Dayo wartet. Verdammt.

Was ist los? Meine Stimme klingt, als wollte ich damit Fisch mürbe klopfen.

Yngvis Pupillen wandern unstet übers Display. Diljá, murmelt er, ohne aufzuschauen. Sie will ins *Godsent*. Tizian Belli hat zugesagt.

Wer?

Der Frontmann von *Rectum*.

Keine Ahnung, wer oder was das ist.

Kommst du mit?, fragt Yngvi. Er wartet meine Antwort nicht ab; er kennt sie ohnehin. Sein Mittelfinger sagt *Ja*. Natürlich vermute ich das nur; es ist die Geste für *Reply*. Aber ein *Nein* wird es nicht sein. Wie immer diese Diljá aussieht, sie ist ein weibliches Wesen auf zwei Beinen. Und ganz offensichtlich ist sie über Nacht durch eine Fingerdrehung ihrerseits aus seiner langen Liste von *Potentials* zum *Match* aufgestiegen.

Nur so am Rande: Yngvi ist nicht mein richtiger Bruder. Ich bin adoptiert. Ich bin mir sicher, auch wenn Sólrún es mir noch nicht gesagt hat.

Wenn Yngvi frei hat, ist er von Donnerstag bis Sonntag in Reykjavík auf Rúntur. Weil Sólrún nicht will, dass er auf dem Heimweg betrunken in einer Schneewehe landet und erfriert, pennt er bei irgendwelchen *Freunden* oder *Freundesfreunden*, manchmal auch bei Frauen, die ihn aufreißen. Beziehungsweise neuerdings: sich seiner Geilheit durch HeartSync bereits gewiss sind.

Und wer schmeißt hier den Laden?, frage ich zurück.

Er geht darauf nicht ein. Stattdessen fährt er seine Riesenzähne zu einem Grinsen aus, das in puncto Schmierigkeit beinahe an das von Daunenjacke heranreicht. Du musst mal Leute kennenlernen.

Leute kennenlernen?, wiederhole ich gedehnt, so als hätte er sich diese Worte gerade ausgedacht.

Ja!, kiekst er. Du solltest es dir mal wieder richtig besorgen lassen. Ach, was sag ich! *Mal wieder* – überhaupt mal, ha ha …

Ich beherrsche mich. Stecke die Fäuste in die Jackentasche. Mache 4-6-8.

Yngvis Lachen verebbt.

Ich muss erstmal den Scheiß-Rechner wieder zum Laufen kriegen!

Hat das nicht Zeit bis Montag?

Idiot, du kapierst gar nichts.

Geh nur, sage ich mit übertriebener Freundlichkeit. Ich übernehm deine Schicht.

Normalerweise würde er sich über so viel Selbstbeherrschung und Großzügigkeit meinerseits wundern. Tut er aber nicht. In Gedanken hat er seinen Schwanz bereits in dieser Diljá. Er zieht seinen Helm auf und klettet die Handschuhe zu.

Meine Meinung festigt sich. Ich bin adoptiert, nicht er. Yngvi ist wie alle; und ich bin wie – niemand.

Ich folge ihm bis zur Tür. Draußen bilden Schnee- und Sandsturm ein absurdes Team. Den schwarzen Matsch, den der Sandsturm an die Fassade klatscht, wäscht bei der nächsten Böe der Schneeregen wieder ab.

Yngvi setzt sich auf seinen Schneefuchs Hybrid, ein Zwischending aus Quadbike und Schneemobil, und wirft den Motor an. Das Tuckern hallt durch den Sturm, als wäre um uns eine Eishöhle und nicht die Weite des Himmels. Er lässt das Gefährt über eine Schneewehe auf die Straße kippen, fährt dann die Kufen ein und die vorderen Gleisketten aus. Er gibt Gas mit dem Daumen und bremst gleichzeitig mit dem Fuß. Links spritzt Rollsplitt, rechts Eis.

Vielleicht auch besser, dass du hierbleibst, ruft er über die Schulter zurück. Nicht jeder will mit ner gebrochenen Nase enden, so wie Áki!

Yi dwei da buen chuo roh!, schreie ich ihm hinterher. Das einzige chinesische Schimpfwort, das ich manchmal benutze, auch wenn es albern ist. Einfach weil es Spaß macht, jemanden als *Riesenhaufen stinkendes Fleisch* zu bezeichnen.

Er lacht und klappt sein Visier runter, reißt den Fuchs nach links und verschwindet in einer Wolke aus Schotter und Schnee.

Der Vorhang geht auf. Yngvi hat diese kindische Ouvertüre programmiert. Ein Mann im Businessanzug schwebt auf weißen Wölkchen durch sehr blauen Himmel, ein Strahlen im Gesicht, als hätte er eben Gott gesehen oder den besten Sex seines Lebens gehabt oder mindestens einen *Traum* gegessen.

Oder nein, doch keine Werbung für Schokoriegel. Jetzt kommt die Schrift. Quiesan – *Verbesserte Formel: Verträglich. Effektiv. Pilotentauglich.*

Quiesan sind Tabletten gegen Gereiztheit, aggressives Verhalten und Panikattacken.

Ich nehm sie seit fast zehn Jahren.

Sofort kaufen! Sofort kaufen! Sofort kaufen!

Die ungewohnte physische Tastatur macht es verdammt schwer, den blinkenden Button wegzuklicken. Der Rechner neben dem Kassenscanner ist ungefähr 20 Jahre alt. Wir benutzen ihn nur im Notfall. Wenn unsere Pads kaputt sind zum Beispiel.

Der Anzugträger federt in den Knien und vollführt eine Acht, und mir wird klar, dass es eine Scheiß-Idee war, sich hier einzuloggen. Unmöglich, von hier aus Dayo zu antworten. Nur mein eigenes Pad ist so gut verschlüsselt, dass ich nicht zurückverfolgbar bin. Zumindest gehe ich davon aus. Ich *muss* davon ausgehen. Sonst würde ich verrückt.

Ich weiß nicht, wie Dayo auf mich kam. Ich weiß nicht, auf welchen Wegen sich meine Verzweiflung, meine Hoffnungslosigkeit und mein Hass um die Welt verbreitet haben. Ich weiß nur, dass damit zu rechnen war. Selbst ohne Transponder im Arm.

Der Mann auf der Wolke hält die Arme leicht ausgebreitet, als würde er surfen oder Skateboard fahren. Seine Krawatte flattert im Wind. Sein seliges Strahlen erinnert mich an Hallgerður, und die Wut, die prompt hochschießt wie chronisches Sodbrennen, daran, dass ich mein Q noch nicht genommen hab.

Schon wieder ein Blinken im linken Augenwinkel. *Subsignal* will angeklickt werden, aber ich klicke nicht.

Vor ein paar Tagen konnte ich es nicht lassen; ich musste London von oben sehen. Es war Nacht, die Stadt ein Geflecht aus Goldadern, das sich nach allen Seiten hin unendlich verzweigte. Ich checkte die Zahlen doppelt, weil ich nicht glauben konnte, was da stand. 33 Mal mehr Einwohner als dieses gesamte Land! In einer *einzigen* Stadt! Und keiner davon kennt mich. Mir wurde schwindlig bei dem Gedanken. Der Vorstellung, die Augen zu schließen und mich hineinsinken zu lassen in diese völlige Anonymität …

Der Mann surft mitsamt seiner Wolke aus dem Bild. An seiner Stelle erscheint ein Schriftzug: *Jetzt London günstig buchen*. Dazu das Startgeräusch eines Stingray. Das kann kein Zufall sein! Meine Faust will in den Glaskasten, das Bild des abhebenden Flugzeugs zertrümmern.

Runterfahren!

Meine Stimme ist rau und voller Angst, aber der Computer erlaubt sich keinen Kommentar. Der Vorhang fällt. Das Viereck wird erst blau, dann schwarz.

Kein Wunder, dass *die da draußen* unsere geheimsten Gelüste kennen. Immerhin hat DeCODE irgendwann einfach beschlossen, unsere gesammelten genealogischen, genetischen und medizinischen Daten an eine amerikanische Biotech-Firma zu verkaufen. Das ist zwar Jahrzehnte her. Aber wer weiß, wo diese Daten gelandet sind? Und wer weiß, ob nicht was ganz Ähnliches noch mal passiert ist, still und heimlich, vielleicht letztes Jahr, vielleicht letzte Woche?

Es ist verdammt still unter dem weißen Leichenhallenlicht. Im Hintergrund nur das periodische Summen der Kühlschränke. Die spiegelnde Finsternis des Rechners ist wie der Blick aus dem Fenster eines Raumschiffs direkt ins All. Wie *Conquest*, hat Yngvi mal gepostet, nur dass nix passiert.

Als ich vor zwei oder drei Jahren mit der neuen Familie meines Vaters auf einem Mittwinterfest in Akureyri war, hat mich am Schnapsstand ein Mädchen mit falschen Zöpfen, Wikingerhelm und knappem Lederschurz abgefangen. Sie war ziemlich betrunken. Nach einigem Rumgekicher fing sie an: Sag mal, stimmt es, dass man auf Q keinen Bock mehr auf Sex hat?

Ungefähr drei Sekunden dachte ich, sie meint *Qanuk*. Dann begriff ich.

Und es kam noch schlimmer.

In der Kringlan-Passage sprach mich vor gar nicht langer Zeit eine wildfremde Frau in Sólrúns Alter an. Sie riss die Augen auf und sagte: Du Ärmste, man sollte ihn wirklich einsperren!

Als ich fragte, wen, erwiderte sie einigermaßen erstaunt: Na den Typen, der dich fast vergewaltigt hätte!

Ihre Begleiterin pflichtete ihr mit nicht enden wollendem Nicken bei, so als sei ihr Kopf nicht richtig festgeschraubt. Der falschen Wikingerin hätte ich beinahe die Plastikhörner vom Kopf gerissen und ihr in die Augen gerammt. Und diesen beiden Damen in der Kringlan-Passage – nun, ich ließ sie einfach stehen. Drehte mich um und ging ganz cool zu Bónus-Elektro rein. Aber es war das letzte Mal, dass ich für Sólrún in die Stadt fuhr, um Besorgungen zu machen. Es war überhaupt das letzte Mal, dass ich Vík verließ.

Die Cloud ist ein Gefängnis. Island ist ein Gefängnis. Beide zusammen ketten dich auf ewig an die Vergangenheit. Um frei zu sein, müsstest du – ich weiß nicht, was. Für immer in einer Felsspalte verschwinden, wahrscheinlich. Das Land verlassen. Oder besser noch: eine andere werden.

Um fünf Uhr morgens steht der Dorfdepp von Skógar tatsächlich wieder im Laden. Diesmal allein. Er trägt den armseligen Allerweltsnamen Jón, deswegen bleibe ich bei Daunenjacke.

Ich muss nach Höfðabrekka, sage ich, sobald ich ihn sehe, damit er sich ja keine Hoffnungen macht.

Er sieht mich ausdruckslos an. Ich dachte, ihr habt immer offen.

Wir machen für ein paar Stunden zu, sage ich.

Sólrún ist Frühaufsteherin. Sie wird um acht, spätestens halb neun hier sein.

Soll ich dich mitnehmen?, fragt Daunenjacke.

Darauf zu antworten wäre Energieverschwendung. Ich werde ihn am Arm packen, nach draußen schleifen und, sobald ich die Tür hinter mir abgeschlossen habe, in eine Schneewehe stoßen.

Das T-Shirt-Bündel ist schön warm. Inzwischen dürften die Teile getrocknet sein. Ich stopfe alles in meinen Rucksack und gehe um die Theke herum.

Das Mitschleifen erweist sich als unnötig. Daunenjacke folgt mir freiwillig, mit seinem gummiartigen Schlurfschritt. Er ist einen halben Kopf kleiner als ich. Als ich stehen bleibe, um den Sturm jenseits des Glases abzuschätzen, bleibt er ebenfalls stehen, wie ein braves Hündchen. Es sollte längst hell werden, aber der schwarze Sand schluckt die Dämmerung. Am Fenster das Geräusch von Schleifpapier. Ein Tosen, Schlagen und Kratzen. Definitiv kein Zu-Fuß-Wetter.

Abrupt drehe ich mich zu Daunenjacke um. Ist das deine Richtung? Meine Stimme ist scharf wie ein Walmesser.

Das Grinsen auf seinem Gesicht stirbt. Nein, flüstert er und mustert mich von unten herauf wie Gary Cooper das Pendel der Uhr in *High Noon*.

Fünf Minuten später sind wir auf der Ringstraße Richtung Osten. Sand schleift den Lack des Defenders. Vor meiner Nase verströmt eine kleine gelbe Papptanne Kokosduft.

Daunenjackes Blick hält die Straße, seine Hand eine Dose *Burn*. Kalte Flammen züngeln zwischen seinen Fingern; im Hintergrund schießen silberne Pipelines durchs grieselige Dunkel.

Wo seine Kumpels wohl stecken. Wahrscheinlich ist das hier so was wie ne Mutprobe. Früher, denke ich, habt ihr eure Hände in die Zwinger bösartiger Pitbulls gesteckt oder seid im Sommer über die Bullenwiese gerannt. Aber das hier ist noch ne Nummer härter:

Traust du dich, Fenna in dein Auto einsteigen zu lassen?

Nee, *xiăozi*, das wagst du nie!

He he …

Good luck!

;-)

Seine Lippen saugen Energie aus der Dose wie hinter ihm die Überlandrohre aus den Felsen –

Oh Mann, sagt Daunenjacke plötzlich: Die Käffer hier sind leergefegt wie nach der Spanischen Grippe.

Das ist hundertfünfzig Jahre her, trotzdem spricht er, als sei er live dabei gewesen.

Kleiner Streber, denk ich und verkneife mir einen Kommentar.

Tatsächlich könnten die verlassenen Gehöfte, von denen ich weiß, dass sie zwischen den Hügeln liegen, genauso gut große Erdhaufen sein. Nirgends Licht. Das Draußen ist eine merkwürdige, bedrohliche Kulisse, die sich mehr und mehr zusammenzieht, je weiter wir nach Osten kommen. Als würde man in die versteinerten Eingeweide eines Lindwurms dringen. Um uns nur eine hauchdünne Membran aus Kokos und Kunstleder und das beruhigende Schnurren des Defenders. Die Scheinwerfer erfassen einen weißen Pfeil, der nach Fagridalur zeigt, und lassen ihn so schnell wieder los wie ein Kind mit ADS sein PlayPad.

Da ist ein Geräusch, als würde jemand Aluminium zerdrücken, und ich sehe aus den Augenwinkeln, wie Daunenjackes Linke gleichzeitig die Dose *Burn* und das Lenkrad zu halten versucht. Was soll das, denke ich.

Dann ist da etwas auf meinem Knie. Wohl der blöde Duftbaum, der runtergefallen –

Aber nein, es ist was Festes, Warmes, und es fällt auch nicht in den Fußraum, es bleibt einfach liegen.

Daunenjackes Hand. Auf meinem linken Knie.

Mein erster Impuls: die Fingernägel hineinschlagen wie die Krallen einer Küstenseeschwalbe in den Hinterkopf eines Nesträubers.

Dann erinnere ich mich an die Straße. Die Kurven, den Sturm. Daran, dass ich nicht im Straßengraben landen und tot sein will. Also umschließe ich einfach nur sein rotes, knochiges Handgelenk mit zwei Fingern und packe die Pranke zurück auf den Schaltknüppel.

Daunenjacke schaut mich kurz von der Seite an.

Dann fragt er, das muss Teil der Mutprobe sein: Sag mal, bist du eigentlich *tóngzhì*, so wie alle posten?

Tóngzhì. Noch so ein bescheuertes Slangwort. Mandarin für *homo*.

Du treibst es zu weit, denk ich und beiß die Zähne aufeinander, immer fester, bis der Schmerz in den Schläfen unerträglich wird. Zu weit. Zu weit. Zu weit …

Du musst die Wut kontrollieren. Barðurs Worte. *Die Wut kontrollieren*: 4-6-8.

Ein wildes Tier, das mich überfällt. So hab ich Barður die Wut beschrieben, damals, mit dreizehn. Dabei stimmte das gar nicht. Es war nicht wie etwas, das *über* mich kam, sondern wie etwas, das *in* mich eindrang und sich da festkrallte. Wie dieses schleimige Dings in den alten Alien-Filmen. Niemand weiß, woher die Wut kommt. Woher sie kam. Womit sie ihren Anfang nahm. Sie war irgendwann auf einmal einfach da, und dann war sie *immer wieder* auf einmal einfach da.

Ich glaube, ich bin die einzige, die die Katla-Sage wirklich begreift. Den ursprungslosen Zorn, die zerstörerischen Wassermassen, die sie über die Menschheit schickt.

Worin die Zehen verankern, wenn sich alles unter einem bewegt?

Das Wasser des Kerlingdarsalá ist hoch und schleppt eine Menge Dreck Richtung Meer. Ein beinahe sicheres Zeichen für einen bevorstehenden Ausbruch. Mein Pad liegt in seine Einzelteile zerlegt in meinem Rucksack; die Warnung käme nie bei mir an.

Wir biegen auf die 214, einen unebenen Schotterweg.

Ich atme ruhig. Schreie nicht. Tobe nicht. Schlage nicht zu. Werfe Daunenjacke nichts an den Kopf. Ich sage gar nichts und belohne mich für meine Selbstbeherrschung mit ausgefeilten Gedanken an den perfekten Mord. Hab viel darüber gelesen in den letzten Wochen. Wenn man nicht schießen kann oder will, ist die beste Methode, seinem Opfer eine Plastiktüte über den Kopf zu ziehen. Keine Spuren. Keine Schreie. Kein Blut. Keine Fingerabdrücke. Man muss nicht mal besonders stark sein, nur einigermaßen schnell.

Der Grashügel vor uns läuft auf der linken Seite spitz zu. Wer sich hier auskennt, weiß: Es ist das Dach von Kjartans flachem Betonbungalow, im sandigen Dämmerlicht kaum vom Felsen zu unterscheiden.

Knirschend kommt der Defender zum Stehen. Daunenjacke macht den Motor aus. Tschuldigung, murmelt er.

Jetzt!, denke ich, und etwas entzündet sich in meinem Solarplexus. Aber, scheiße nein. Ich brauch den kleinen Wichser für die Rückfahrt.

Warte hier, sage ich, steige aus und knalle die Beifahrertür zu. Er hält sich mit weißen Knöcheln am Lenkrad fest und glotzt durch die Scheibe wie ein Fisch im Aquarium. Für einen Sekundenbruchteil sehe ich ihn mit weit aufgerissenen Augen nach Luft schnappen, Plastik in die schwarze Höhle seines Mundes saugen, die letzten verzweifelten Atemzüge, sehe, wie die transparente Folie seinen Wasserkopf exakt und glänzend –

Stapfe die in Lava gehauenen Stufen hoch zu Kjartans Bungalow. Kjartans Vater war Manager der Aluminiumhütte Grindavík, bevor er in die Ölindustrie abwanderte. Oben angekommen, gehen fahle Lichtplatten an, die Besuchern einen S-förmigen Weg zum Eingang des High-Tech-Hauses weisen. So fucking zwanzig-siebzehn!

Als ich vor der Tür stehe, ist da ein leises Summen, wie im Innern eines Kühlschranks. Ich hatte es nie vorher bemerkt und höre es auch jetzt nur, weil der Sandsturm sich langsam legt. Die Tür öffnet sich. Ich trete ein, und die Türflügel gleiten hinter mir zu.

Zieh dir bitte die Schuhe aus, sagt der Fußabtreter.

Was soll der Scheiß?

Keine Antwort.

Natürlich ziehe ich die Schuhe *nicht* aus. Schließlich betrete ich hier nicht die frisch gebohnerte Stube irgendjemandes Eltern, sondern so was wie eine stillgelegte Geisterbahn. Kjartan wohnt seit ein paar Jahren allein hier, und soweit ich weiß, benutzt er nur den Keller. Seine Mutter lebt mit ihrem neuen Typen in Reykjavík, sein Vater irgendwo in Saudi-Arabien.

Der lange dunkle Flur riecht nach Katzenklo. Kurz bevor die Stufen zum Keller anfangen, geht das Deckenlicht an. Ich weiß von früher, dass das so ist, trotzdem macht mein Herz einen Sprung, als die steile Kellertreppe keinen halben Meter vor mir auftaucht. Dieses ganze Haus ist ein schlechter Scherz. Zittrig taste ich mich nach unten.

Kjartan, dieser selbstmordgefährdete Idiot, der in der Schule immer neben mir sitzen wollte. Jeder wusste davon. Auf Timeline – damals, als LL noch TL hieß – wurden Daumen hoch und runter gestellt und später Wetten abgeschlossen: *Wer kommt da lebend wieder raus?*

Die Tür zu seinem Zimmer ist angelehnt.

Er sitzt mit dem Rücken zu mir in einem Gewirr von Laserstrahlen, überquellenden Aschenbechern, physischen und projizierten Tastaturen, physischen und projizierten Monitoren.

Du könntest mal die fucking Fußmatte umprogrammieren, sage ich anstelle einer Begrüßung.

In Zeitlupe dreht Kjartan sich um. Sein Blick bleibt an meinen Schuhen hängen, und seine Oberlippe kräuselt sich wie die eines nervösen Hundes. Nein, sagt er. Ich mein das ernst.

Ich will ihn auslachen, aber heraus kommt nur ein einzelner kehliger Laut.

Kjartan ist blass wie der Tod und wirkt, seit ich ihn das letzte Mal gesehen habe, um Jahre gealtert.

Ich gehe in großem Bogen um ihn rum und schütte mit ausgestrecktem Arm die Einzelteile meines Pads auf die einzige freie Stelle seines Schreibtischs. Dann trete ich sehr schnell wieder hinter ihn. Der Raum hat keine Fenster. Und so riecht es auch. Eine Lüftung ist nicht zu hören.

Kjartan schweigt. Seiner gesenkten Kopfhaltung und den zuckenden Ellbogen ist zu entnehmen, dass er die Teile untersucht.

Braver Junge. Wir verstehen uns wortlos.

Ich warte und frage mich, wann ich zum letzten Mal hier war. Unter dem Schreibtisch türmen sich ungefähr so viele leere Thuleflaschen wie auf dem Lækjartorg am Morgen nach dem Biertag. Ganz offensichtlich hat unser lieber Junge nicht nur eine Straßendreckphobie, sondern auch ein massives Alkoholproblem. Die Tapeten sind nikotingelb. Neben der Tür hängt ein welliger Pornokalender von vorletztem Jahr. Ein Typ muss ganz schön weit unten sein, den nicht mal abzuhängen, bevor –

Das Motherboard ist am Arsch, lässt Kjartan jäh verlauten.

Ach nee, sage ich und trete einen Schritt näher. Sein Nacken ist weiß und sehr dünn. Die Wirbel stehen vor wie bei einem Reptil.

In Richtung seiner Nikotinfinger, die irgendwas am Board rumfrickeln, murmelt er Unverständliches über Ströme und Bridges. Ich hab keine Ahnung, wovon er redet. Trotzdem kommen Bilder, ungebeten. Wasser, Türme, Brücken. London Bridge. Die Themse schlängelt sich durch mein Hirn. Schon wieder kribbelt Feuchtigkeit unter meinen Haaren.

Ja ja, unterbrech ich Kjartans Gebrabbel. Wie lange brauchst du?

Also bis Montag brauch ich schon, um das hinzukriegen. Er dreht sich halb und schielt an meinem linken Ohr vorbei. Sein halblanges, strähniges Haar riecht nach Talg und kaltem Rauch. Du kannst nicht erwarten, dass ich das ganze Wochenende über deinem Kram sitze und …

Bis Montag! Schweißtropfen kitzeln meine Schläfen. Ich muss Dayo antworten. Ich muss die Sache abblasen, bevor es zu spät ist.

Du hast doch sowieso nichts anderes zu tun, will ich sagen, aber stattdessen kommt heraus: Ich lad dich mal zum Essen ein. *Wǒ de tiān ā,* bin ich verzweifelt. Ich weiß nicht, was ich da rede. Ich höre mich sagen: bitte.

Kjartan ist mindestens so überrascht wie ich. Entsetzt ruckt sein Kopf herum. Zum ersten Mal schaut er mich direkt an, mit verschrecktem, geröteten Karnickelblick

Ich meine, berichtige ich mich, die Worte dünn und wuselig vor Panik: Ich back dir mal nen Kuchen.

Seine Schultern sinken, und er dreht sich weg. Als hättest du schon mal was anderes in den Ofen geschoben als ne Tiefkühlpizza …

Ich beiße die Zähne aufeinander.

Sein Adamsapfel bewegt sich krampfhaft hoch und runter. Wie Daunenjacke braucht er ganz schön lange, um zu merken, wann er zu weit geht.

Du kannst hier deine Mails checken, wenn du willst, flüstert er mit flattrigem Atem.

Logg dich mal bei LifeLine ein!, ordne ich an.

Er zögert.

Ich bin der *einzige* Isländer unter 60, der kein Profil bei LL hat. Jeder auf dieser Insel weiß das.

Die Nägel meiner linken Hand graben sich in seine rechte Schulter.

Seine Finger spreizen sich, wie bei nem Sehnenreflex `/(hunx_m588)/12_10///login_rt:28, "id": ({LifeLine_ref_"XprKs"})///` Yngvi ist im Pravda. Es läuft *Eaze up* von Grimest*r. Neben ihm eine Frau mit Bettie-Page-Frisur und Nasenring. Ihr Herz schlägt ziemlich schnell. Amphetamine? Vielleicht kommt sie auch einfach nur gerade von der Tanzfläche. Yngvis *Freunde* haben sich auffällig oft mit dieser Tussi ablichten lassen. Allen gefällt das. Scheint berühmt zu sein. So berühmt, dass niemand sich die Mühe gemacht hat, sie zu taggen. Ihr Haarstylist ist irgendein Typ aus New York. Auf *den* kann man klicken. Na toll. Sogar ihre Schuhe – Leopardenfellboots – haben einen eigenen Code.

Ich ziehe das Fenster klein und verpasse Kjartan einen Klaps auf den fettigen Hinterkopf. Sonntag, sage ich. Keinen Tag später. Und, überflüssigerweise: Ich weiß, wo du wohnst.

Draußen ist es endlich hell geworden. Ein paar frühe Lóas fiepen sich die Lungen aus dem Leib.

Das Innere des Defenders ist wärmer als eine Dampfsauna. Daunenjacke hat seine Jacke ausgezogen. Ohne sie sieht er nackt und schutzlos aus wie ein aus dem Nest gefallenes Küken. Die ganze Rückfahrt über sagt er kein Wort.

Ich sehe auf meine Hände. Sie zittern.

Das ist sehr schlecht, genauer gesagt: beschissen.

Zittert die Hand, verfehlt der Schuss das Ziel.

×

verfolgen sie mich? oder verfolge ich sie?

das geräusch der rotoren hat sich an mich geheftet, sobald ich squids tiefgarage verließ.

hier bin ich. im *verseuchten äußersten osten*. ich könnte sagen, ich hab das sanatorium wieder gefunden, weil ich ein gespür für wege habe. aber vielleicht stimmt das gar nicht, und in wirklichkeit sind es die beta-augen, die mich führen. langsam gewöhn ich mich an das sirren wie an meinen tinnitus.

die kunst, oder das geschmier, für was immer man es halten will, ist alles andere als neu. mir fiel das nicht so deutlich auf, als ich mit j.d. hier war. überall blättert farbe von der wand. die graffiti verblassen. vor zehn, zwanzig jahren müssen hier ein paar kunststudenten eingefallen sein, und jeder hat sich einen raum gekrallt, um sich darin auszutoben. manche waren brav und artig, andere ziemlich durchgeknallt.

durch die flure schlängeln sich autobahnen, die an den wänden in tunneleingängen verschwinden wie in mauselöchern. unpassierbar, an vielen stellen mit runterbröckelndem putz überhäuft.

fast alle zimmer sind bewohnt, bis auf das dachgeschoss, wo ziegel fehlen, pfützen stehen, farne aus den ecken kriechen.

nur einen raum gibt es hier oben, in den es nicht reinregnet. das mansardenfenster hat kein glas mehr, aber was soll's – immerhin ist so was wie sommer, und das dach ist heil.

die blasslila tapete ist großflächig abgeplatzt, legt das gelbe darunter frei wie üppig wuchernden schimmelbefall. in knie- und schulterhöhe ragen klauenartige metallhaken aus der wand. die tür ist überzogen mit einer einst roten, jetzt dreckstarren gummischicht. an einigen stellen ist sie zerrissen, und bröseliger schaumstoff quillt raus.

der *deeskalationsraum.* umgangsprachlich auch *gummizelle* genannt. sehr einladend. aber was soll's. eine matratze liegt auf dem boden, und ein schlafsack, die anscheinend niemandem gehören.

ich lege mich darauf und warte, was passiert.

es wird dunkler im zimmer; regen setzt ein. ansonsten passiert nichts.

über mir an der schrägen decke schwebt ein insekt von der größe eines pferds. ein ekelhaftes, mutiertes vieh mit einem saugrüssel so dick wie ein gartenschlauch.

kein wunder, dass niemand hier wohnen will, denk ich und schlafe ein.

wahrscheinlich bin ich reich. anderseits weiß jeder, dass die fünf *fats* drogengeld … j.d. hätte mir erklären können, wie das mit den *ratten* funktioniert. aber j.d. ist tot. und ich hocke auf einer verseuchten müllkippe, die tasche voller nutzloser scheine.

banker mit rattenköpfen sind darauf gedruckt, grinsende nager mit anzug und krawatte. zwischen ihren scharfen zähnchen stecken *drip tips.* und wenn ich jetzt nicht völlig spinne, leuchten, selbst hier auf dem papier, die spitzen grün.

so langsam wird der hunger unerträglich. und was das trinken angeht, kann ich nicht tag und nacht die zunge aus dem fenster halten.

also runter. mal sehn, wer sich hier noch so rumtreibt.

das treppenhaus riecht schwach organisch. als würde man sich durch die zerschossene lunge eines vietnamveteranen bewegen, und über die dunklen flure tiefer hinein in den fatal versehrten körper.

auf der dritten etage steht eine tür halb offen. im schein von pads und kerzen wirkt das graffiti an den wänden beinahe frisch. filigrane finger halten schädel wie marionetten an purpurnen fäden. nein: an rinnsalen toxischer flüssigkeit, die abwärts fließen, schädel formen, haar werden, herz werden, augenhöhlen aus giftseen … trick hätte dieses zimmer gefallen; mich erinnern die dunklen drippings an j.d.s tod.

ein paar punks lehnen an der wand, saugen an ihren e-zigaretten und wischen auf ihren pads rum, während ihr stachelhaar im zahnfleischlosen gebiss der totenköpfe stochert.

einen lappen hab ich in der hand. wedele ein bisschen damit herum. canterbury-weisheit: nicht zu laut herumposaunen, wie viel geld du bei dir trägst. also tue ich so, als seien die 500 alles, was ich hab.

selbst die erregen aufsehen. getuschel. hui. ich stotter ein bisschen was auf spanisch.

eine frau mit silberschopf streckt mir die hand hin, so zittrig, als sei ich ein wildes tier, das abhauen oder zubeißen wird. ich mache zwei vorsichtige schritte und leg ihr den schein in die hand.

fünf minuten später bin ich vollgepackt und auch ein bisschen schlauer. das also kriegt man im *verseuchten äußersten osten* für 500 *ratten*: unmengen von baked beans, eine packung weißbrot, zehn schokoriegel, ein paar dosen tyskie und kleinere dosen, die nach softdrink aussehen. als ich gehen will, steht ein typ in stinkendem fake-leder auf und steckt mir ein paar schwarze blättchen mit goldenen kreuzen drauf zu. irgendwelche runterbringer oder so. ich lächele schüchtern und dankbar wie ein waisenknabe. von dem ganzen koks auf ihrem dachboden wissen sie schließlich nichts.

tage vergehen. ich löffele bohnen aus der dose, mache einen bierfleck nebens bett. der wind weht regen ins zimmer. irgendwann lege ich mir aus purer langeweile eins der schwarz-goldnen blättchen auf die zunge. das insekt glotzt auf mich runter mit seinen facettenaugen, die groß wie tennisschläger sind. irgendwo unter mir haucht ein grinsender totenschädel sein purpurnes herz aus.

wäre es nicht so verdammt nass und kalt, könnte man meinen, dies sei das dreckloch in tucson, in dem ich manolo zum ersten mal sah.

manchmal formt der regen sein gesicht.

so ähnlich sah das aus, wenn j.d. in den pausen zwischen zwei spielen am fenster stand, die tyskie-dose in der einen, den *drip tip* in der anderen hand. der regen, der die scheiben runterrann, spiegelte sich auf seiner haut. ich erinnere mich nur an die kontur, an licht und schatten. das gesicht an sich, wenn da eins ist, ist immer manolos. selbst wenn ich an den erbauer der beta-augen denke – ist ER alt? ist ER jung? ist ER schön? ist ER hässlich? –, daran, wie sie IHN jagen, bekommt ER manolos gesicht. mal das babyspeckgepolsterte aus tucson, mal das ausgezehrte, smack-gezeichnete, den totenschädel seiner zweiten zeit in hollywood. das surren der rotoren verfolgt mich selbst im schlaf.

wenn ich nachts die augen öffne, wird das insekt lebendig. es ist so riesig. es träufelt langsam, langsam gift in mich.

ich werde manolo/prizz nicht finden, nicht hier. ich denke: wohin? ich denke: woher? versuche zu denken: *zu hause*. aber wo – und vor allem *wann* – ist das? ein mexiko der vergangenheit ist ausgelöscht, ein l.a. der zukunft einfach nicht vorstellbar.

obwohl mir dieser dauerregen, dieser bodennebel, diese neondrachen, dieses kauderwelsch auch bilder in den kopf. chinatown: eine plüschige spielhölle für die superreichen. aber die feuersäulen. die lächelnden asiatinnen von den ausmaßen eines fußballfelds. woher kommen die? auch hab ich hier noch niemand fahrrad fahren sehen.

der einzige, den ich vielleicht noch retten kann, ist ER. der einzige, der mir helfen kann, ist squid. der weg dorthin ist leicht. ich weiß, wo der hase sich versteckt. beherrsch den trick mit den türen der hintersten waggons. ich werd an mein stash gehen. und dann zurück in die stadt. squid anbieten, was ich habe, und nichts dafür verlangen, außer, dass er mir den weg zu IHM zeigt.

×

Zwanzig Schlumpfinen quetschen sich mit mir in einen Lastenaufzug, auf dessen Bedienfeld *maximal zwölf Personen* steht. Ein Glück, dass sie alle magersüchtig aussehen. Das Gitter rasselt runter, und ein Kribbeln schießt mir in den Bauch. Jetzt geht es hoch hinaus! Immerhin ist dies einer der dreißigstöckigen Glaspaläste aus den Jahren zwischen dem zweiten und dem dritten Crash.

Doch nichts da. Der Aufwärtsruck bleibt aus. Statt hoch hinaus bewegen wir uns einen Stock tiefer. Hätt ich mir eigentlich denken können. Man sieht ja schon von außen, dass ab dem zehnten Stock nur noch Stahlgerüst in den Himmel ragt. Dass es weder Fenster noch ein Dach da oben gibt.

Das Rumsitzen war einfach nicht zu ertragen. Deshalb bin ich nach Reykjavík gefahren. Nur um mich jetzt im Keller eines der halbfertigen Gebäude am Klettagarðar, nahe dem Fähranleger nach Viðey, wiederzufinden. Yngvis aktuelle Schnalle hat hier nen Job als Hostess bei ner Vernissage.

Schlumpfhausen haben Yngvi und ich unsere Hauptstadt früher genannt. Von der Plattform des Perlan aus war Reykjavík nichts als eine Ansammlung niedlicher, bunter Häuschen vor der schneebedeckten Silhouette der Esja. Die Schornsteine pafften weiße Wölkchen in die Luft, und wenn wir runter auf die Straße gingen, grüßte jeder jeden. Sólrún kannte alle mit Namen: Lárus den Lehrer, Sigga die Polizistin, Einar den Dichter, Bjarni den Lachschlumpf. Natürlich wussten wir schon als Kinder, dass es ein paar mehr Leute geben musste, die gemeinsam all diese Funktionen erfüllten, aber in unseren Köpfen fielen sie alle in eins.

Die albernen Strumpfhosenzwerge sind längst aus den Regalen der Spielwarenläden verschwunden. Trotzdem laufen in 101 noch immer ein paar hundert Mädels zwischen 16 und 25 rum, die wild entschlossen scheinen, das Ur-Bild der Schlumpfine zu verkörpern, an dem sich der Rest des Rudels messen muss.

Der Fahrstuhlboden stößt mit einem Stöhnen auf Grund. Das Gitter fährt hoch, und die Schlumpfinen drücken sich giggelnd nach draußen.

Ich hinterher, ein klägliches Schnurren im Schritt. Kjartans Pad meldet: *kein Empfang*. Er kam gestern vorbei, um einen Tag Aufschub zu erbitten, und hat mir als Entschädigung sein altes geliehen.

Hier unten ist alles weiß und tut in den Augen weh. Als hätte jemand ein riesiges Iglu nachgebaut. Die Wände bestehen aus einem Material, das ich noch nie gesehen, geschweige denn angefasst habe. Es ist weder kalt noch warm, weder hart noch weich, weder rau noch glatt. Es ist eigentlich fast wie Luft, so als sei es gar nicht da.

Erst nach und nach schälen sich Menschen aus dem temperaturlosen Weiß.

Eine falsche Rothaarige steuert auf mich zu, Arme und Lippen ausgebreitet. Das muss Yngvis Schnalle sein. Ich hab sie schon ein paar Mal gesehen, kann mich aber nie dran erinnern, wie sie aussieht. Warum muss sie auch so oft ihre Haarfarbe wechseln?

Schön, dass du hier bist!, ruft sie mir entgegen. Ihre Lippen werden breiter.

Freude, behauptet EmoRec. Das hat mir Kjartan umsichtigerweise noch schnell draufgezogen. Und es funktioniert sogar, hier unten. Freude, *my ass*. Dass die nur fake sein kann, erkenn ja sogar ich.

Wo ist die Kunst?, denke ich, frage aber lieber nicht. Vielleicht *ist* diese Eishöhle die Kunst. Ich frage die Rothaarige nach ihrem Namen; FaceRec ist hier unten nämlich tot.

Anstatt mir eine reinzuhauen oder beleidigt abzuziehen, lächelt sie und sagt, bestimmt zum zehnten Mal: Diljá.

Auf LL wären wir seit Jahren *Freundesfreunde* über Kenia, Ásta, Mayla etc., und neuerdings auch *Freunde* über Yngvi, im RL sind wir weder noch. Ich kann sie nicht besonders leiden. Sie mich auch nicht. Aber sie ist so eine, die es aus unerfindlichen Gründen ernst mit meinem Bruder meint und mich deswegen ständig zutextet und dabei zu verhehlen sucht, wie unausstehlich sie mich eigentlich findet.

Ich sage: Brennivín?

Diljá schaut in ihr Sektglas. Ich mag keine klaren Flüssigkeiten, in denen Blasen nach oben steigen. Sie erinnern mich an Yngvis Fürze in der Badewanne. Früher, als wir noch zusammen in die Wanne gesteckt wurden. Ich glaube nicht, dass Diljá das interessiert, deshalb drehe ich mich um und mache mich auf die Suche nach dem schwarzen Tod in der grünen Flasche.

Am Getränkestand ist die Hölle los. Alle zwanzig Schlumpfinen sind wieder da, nun eingehängt bei ihren männlichen Begleitern. Natürlich haben sie hier keinen schwarzen Tod. Nur Sekt und Wein. Gezwungenermaßen nehme ich einen importierten Shandong-Chardonnay.

Ich hab gehört, ihr müsst die Tankstelle dicht machen, redet Diljá mir ins Ohr, als ich gerade den ersten Schluck nehme. Sie riecht nach *Satori Woman*. Ich hasse dieses Parfum.

Weißt du schon, was du dann machen willst?

Diese Frau ist eine verdammte Klette. So wie sie mich ansieht – ernsthaft, wie eine Angestellte bei der Arbeitsvermittlung –, bin ich mir sicher, dass sie meinem Bruder dieselbe Frage mindestens dreimal am Tag stellt.

Zu viele Leute da draußen wissen Dinge, die sie nicht wissen sollten, denke ich zum gefühlt hundersten Mal an diesem Tag. Es gibt einfach kein Entkommen.

Diljá klimpert so verdammt … *naiv-besorgt*, sagt EmoRec, mit den getuschten Wimpern, dass ich –

Weiß nicht – das ist mein bester Trick: Die Zunge überlistet die Faust durch Schnelligkeit –, vielleicht auf den Strich gehen?

Dass ich bald für 30 000 EC pro Auftrag Menschen nicht nur flachlegen, sondern ganz und gar kalt machen werde, behalte ich für mich.

Sie klappt den Mund auf. Dann wieder zu. Meinst du das ernst?

Warum nicht?, sage ich und nippe am Chardonnay.

Na ja … möchtest du … ich meine, möchtest du …

Da sie nicht vorankommt mit ihrem Satz, helfe ich aus. Ist n Job wie jeder andere. Und nicht mal schlecht bezahlt.

Na ja!, sagt sie wieder, *empört*. Möchtest du von irgendwelchen wildfremden Typen gefickt werden? Sie stößt das regelrecht hervor, und mir entgeht nicht, dass sie *ficken* sagt, was sie sonst sicherlich nie tut. Sie sagt es auch jetzt nur, damit ich merke, wie abstoßend das ist, was ich gesagt habe.

Nein, sage ich. Aber genauso wenig will ich für 20 EC die Stunde Klos putzen.

Ihre Augenbrauen schieben sich ineinander.

Sag mal, wechsle ich das Thema, was hat das alles hier eigentlich mit Jura zu tun?

Jura? Wieso Jura? Ihre gesamte Gesichtsmuskulatur fällt nach unten, wie ein automatisches Garagentor.

Hoppla. Die Juristin war ja die alte. Die neue studiert irgendwas anderes. Wahrscheinlich … Kunst. Wie dumm von mir.

Ich weiß nicht mehr, was ich sagen soll. Also drehe ich mich um und lasse Diljá ein zweites Mal stehen. Diesmal gehe ich schneller, drängle mich in den nächstbesten Menschenstrom. Der Strom schiebt sich in den Nebenraum. Hier ist es dunkler. Eine Art Diskolichtinstallation mit sehr viel Lasergezackel.

An der Wand steht mein Bruder. Auf seiner Zunge tanzt etwas leuchtend Grünes. Er lutscht grinsend einen Laserstrahl, wie eine Moospastille. Hält sich dabei das Pad auf Armeslänge vors Gesicht.

Warum hast du mich hier her gelockt?, fauche ich ihn an. Nur weil deine blöde Schnalle Kunst studiert?

Shoot und *Teilen*. Yngvi nimmt das Pad runter. Rollt die Zunge ein wie ein Comicfrosch und schluckt.

Wieso Kunst? Diljá ist bei der Polizei.

Der Laserstrahl, offenbar darauf programmiert, jede Spielerei mitzumachen, zuckelt seinem Adamsapfel hinterher und verschwindet im Hemdkragen.

Polizei. Wenn sie wüsste, denke ich mechanisch und drehe mich zur Wand. Die nicht mehr weiß ist. Die plötzlich nicht mehr temperaturlos, sondern heiß ist. Auf der grüne Wellenlinien die Schwimmbewegungen eines Rochens nachahmen. Wenn Diljá wüsste –

Fahr doch schon mal zur Party, höre ich Yngvi hinter meinem Rücken sagen. Keine Angst, nicht auf dem Laugavegur. Er wischt auf seinem Pad rum, ich spüre es daran, wie er die Worte langzieht. Die Party ist im *Seemannsgrab*. Da geht niemand aus 101 hin.

Keine Kohle, antworte ich automatisch. *Seemannsgrab* klingt zwar nach Vorortspelunke, ist aber ein superteurer Schickimickiladen im Unterwassertunnel zum neuen Stadtflughafen.

Sag doch, du gehörst zur Mindtrap Gallery, mischt sich eine zweite Männerstimme ein. Ich drehe mich um. Der Laserstrahl treibt jetzt sein Unwesen auf dem Jackett eines großen, lockigen Typen. Mit einiger Mühe fummelt er ein flaches Plastikding aus seiner Arschtasche und zieht es über sein Pad. Er ist ziemlich betrunken.

Meine Kollegin ist krank, lallt er auf Englisch mit leicht skandinavischem Akzent. Sie steht auf der Gästeliste.

Dann streckt er mir das Plastikding hin. Der grüne Lichtpunkt folgt seiner Hand.

Ein paar Sekunden lang frage ich mich ernsthaft, was er mir da entgegen hält. Dann fällt mir ein, dass ich selbst auch so ein Teil in der Brieftasche mit mir herumtrage. Eine ID-Karte. Für ungechippte Drittweltler wie uns ist es Pflicht, die Dinger mitzuführen, selbst wenn wir sie oft monate- oder sogar jahrelang nicht benutzen. Es ist Pflicht, weil wir sonst, wenn unsere Pads mal kaputt gehen, quasi aufhören würden zu existieren.

Ich nehm die Karte. Ganz kurz springt das Licht auf mich über, zuckt zurück und schlängelt sich in Form eines komplizierten Tribal-Tattoos den Arm des betrunkenen Typen hoch.

Ich versuche ihm in die Augen zu sehen, aber seine Pupillen machen das nicht mit.

Auf der Rückseite der Karte ist ein schwedischer Frauenname eingeprägt: Vera Pålsson.

Damit wäre ich dann wohl die einzige ungechippte Schwedin auf diesem Planeten, sage ich.

Manche Menschen sind allergisch gegen Bioglas, behauptet der betrunkene Schwede. Die können sich keine Transponder spritzen lassen.

Hm, sage ich.

Der Laserstrahl bohrt sich in sein Ohr. Yngvi hält sich prustend die Hand vor den Mund. Der Schwede guckt … *verstört.*

Ich sage: Okay, steck die Karte ein und schlendere von den beiden weg durch das blendende Glitzerweiß Richtung Ausgang. Niemand folgt mir. Vor der schönen, geometrischen Gitterstruktur des Fahrstuhls atme ich tief ein.

Meine Lungen füllen sich mit Feuer und Eis.

Feuer. Eis. Eigentlich unmöglich in diesem wohltemperierten Raum voller warmer Menschen –

Einmal stand ich bei Sonnenaufgang mit Yngvi auf der Esja. Da brachte jedes Atmen ein neues High. Wie jetzt. Der Fahrstuhl klingelt, und plötzlich verstehe ich, was an dieser Eishöhle Kunst ist, auch wenn ich nicht verstehe, wie. Wenn ich dem Ganzen einen Titel geben müsste, dann wäre das *Ein Paradies für Kokainisten.*

×

war zu erwarten. mit squids unterirdischem lager für helikopterschrott verhält es sich wie mit jedem anderen mythischen ort: man vergisst, wo sein eingang ist.

wo ich die blaue tür vermute, ist jetzt eine massive backsteinmauer, geschmückt mit rollen aus stacheldraht. oder hat die zeit schon wieder nen sprung …? die amnestische wirkung seines unterschlupfs ist wahrscheinlich squids größtes glück. oder überhaupt der grund, warum er noch am leben ist.

das kapellending ist leichter zu finden. beruhigend, die hellen platten aus gipskarton, beruhigend, das fahlrote licht durch buntes glas. auch der spielplatz ist noch am selben ort.

und siehe da, auf einem der gestänge lungert der weiße hase rum. als hätte er auf mich gewartet.

frag erstmal nicht warum, sage ich. erklär mir bitte einfach ein paar dinge aus den tiefen dieser welt.

der hase steht auf. es ist genauso groß und breit wie in meiner erinnerung.

the peat, sagt er – mit squids stimme, zu meiner erleichterung – ist die grenze zwischen E19 und SE29. und ein populärer drogenumschlagplatz. die typen, die da drin rumhängen, haben mit ihren dealern ein langes, inniges verhältnis.

wie meinste? vorsichtshalber schaue ich mir auch noch seine hände an.

ich meine, der hase lacht, die sind so scheißabhängig, dass ihre dealer ihnen glückwünsche zum geburtstag posten …

danke, sage ich.

der hase setzt sich in bewegung. ich halte schritt. es ist eindeutig squid.

ausnahmsweise regnet es nicht. tief hängen die wolken trotzdem. die spitzen der besetzten glastürme im norden sind kaum zu sehen.

ich bastele an meiner nächsten frage. wenn wir schon bei *p* sind, warum beginnt er dann nicht mit *pad*? wahrscheinlich weil ihm das zu selbstverständlich ist. was soll's: ein *pad* ist so ne art tragbares telefon. mehr gibt's vermutlich gar nicht zu verstehen.

d, sage ich. den *drachen jagen*. was bedeutet das?

drachen, erklärt squid. so nennen sie hier die chinesen. er läuft so zügig, dass ich schon nach wenigen minuten außer atem bin. wenn meine orientierung nicht trügt, gehen wir in richtung themse. den brauchst du nicht zu jagen. der jagt viel eher dich. die city gehört noch ungefähr zur hälfte den amis. aber das eigentliche zentrum der macht ist längst chinatown. da stehn zwar keine bankgebäude. aber dahin fließt das geld.

zentrum der macht? wenn ich an chinatown denke, in san francisco und l.a., dann an stinkende, verstopfte straßen, dampfschwaden aus garküchen, runzlige alte frauen, die kitschige winkekatzen verkaufen – ganz sicher nicht an *macht* und *geld*.

wie kann das sein? ich dachte immer, die chinesen, das sind verkorkste kommunisten?

der hase lacht sein geisterlachen. kennst du nicht die legende? *niánshou*, das menschenfressende monster, kommt jedes jahr aus den bergen, um seinen hunger nach dem tiefschlaf zu stillen. vor *niánshou* schützen sich die menschen beim neujahrsfest mit feuer und lärm und tanz. aber in wahrheit ist das monster längst unter uns – der kapitalistische hunger der chinesen nach dem ende des kommunismus.

ende des kommunismus. aha. anscheinend hat sich das politische kräfteverhältnis dieser welt, während ich da unten im schiffsbauch dornröschenschlaf hielt, ein paar mal um sich selbst gedreht …

wir durchqueren eine wohngegend, die erstaunlich unverändert wirkt im gegensatz zu all dem, was mir das kaninchen da erzählt. ein arbeiterviertel aus niedrigen reihenhäusern. die gespenstische ausgestorbenheit von E19 verblasst wie ein böser traum. wir begegnen sogar ein paar bengalen. dunkelhäutige kinder fahren auf den gehwegen fahrrad. die meisten *off- licence*-läden allerdings sind leer, die fronten vernagelt. nicht zu übersehen auch das fehlen von automobilen. auf dem landweg ist die city nur über E19 zu erreichen, sagt squid. und der einzige weg, der nach greenwich führt, ist der fußgängertunnel.

dorthin also gehen wir.

am kuppelbau, der den eingangsstollen zum greenwich-tunnel schützt, macht er anstalten, mich einfach stehenzulassen. du solltest nicht hier sein, sagt er, und seine stimme hat plötzlich etwas fürsorgliches, das mich ganz weich macht. es kostet enorme selbstbeherrschung, mich nicht an seine warme brust zu werfen.

die cannies, sagt er, kennen dein gesicht. die sharks und die doggies werden auch hinter dir her sein. in ihren augen sind wir verantwortlich für j.d.s tod. insgesamt keine sichere lage für dich.

wie ernst er klingt. macht er sich wirklich sorgen um mich?

wärst du mal draußen geblieben im *osten*, schließt er und wendet sich zum gehen.

es war einsam dort, rufe ich ihm hinterher. die panik ist jetzt schlecht zu unterdrücken. einsam! und dann sage ich die wahrheit: der typ, der die beta-augen gebaut hat, geht mir nicht aus dem kopf.

squid bleibt stehen. jeder einzelne muskel seines rückens spannt sich. ich sehe das, obwohl er schon ein stück weit weg ist.

ich muss IHN finden, mache ich weiter. ich muss IHN beschützen.

in zeitlupe dreht squid sich um. in zeitlupe läuft er zu mir zurück. kommt so dicht an mich ran, dass ich ihn riechen kann. ein sirren setzt ein, von irgendwo. ich wünschte, er würde seine maske abnehmen. dann spricht er. drohend, gepresst.

lass die finger von IHM.

es ist nicht mehr die stimme, mit der man kleine kinder vor heißen herdplatten warnt. es ist die stimme eines eifersüchtigen liebhabers.

das sirren wird zum sausen, als stünde ich im windkanal. so war das immer, wenn etwas unvorhergesehenes geschah – oder vielleicht sind einfach nur die helikopter wieder da. ja, da schwebt was über unseren köpfen, gespiegelt in einem der glasquadrate des kuppelbaus … nein, das ding ist aufgemalt. täuschend echt, aber bewegungslos. filigrane graffiti von meisterhand.

ich seh den hasen an, der sieht – ich kann es spüren – knapp an mir vorbei. aber er bleibt stehen. bewegt sich keinen zentimeter.

SEINE wächter haben alles aufgezeichnet, sprudle ich hervor. niemand sonst. schon darum müssen wir wissen, wer ER ist. oder nicht? ich traue mich, nach seinem ärmel zu fassen. oder etwa nicht?

sekunden verstreichen. dann fragt er, ausdruckslos: hörst du sie?

ich bin mir in diesem moment überhaupt nicht sicher, aber ich sage: ja.

der fahrstuhl ist längst außer betrieb; man muss die wendeltreppe nehmen. unten ist es kalt und riecht nach gruft.

ich liebe das *hindurchgehen*, auch wenn mir die wassermassen, die auf uns lasten, nicht geheuer sind. was uns drüben erwartet, ist nicht vorhersehbar.

dichter nebel, diesmal, aus dem die masten eines gestrandeten klippers ragen. die *isle of dogs* ist wie ausgelöscht. wie schon in jener nacht bewegen sich die helikopter nach nordosten. wir schieben uns am wasser lang, das nicht zu sehen, nur an seinem leisen schmatzen auszumachen ist. rechts erhebt sich ein knochenweißer gebäudekomplex, der an den verlassenen campus einer elite-uni erinnert. einst altehrwürdig, heute die kulisse eines zombie-films. nebelschwaden kriechen aus seinen bröckeligen gängen; der steinerne fisch an einem halbrunden brunnen verharrt für immer mit offenem maul.

der hase schweigt. ich werde das gefühl nicht los, der nebel kommt ihm zupass. nie im leben werde ich zurückfinden. zurück zu squid. zurück zu IHM. verdammt!

die einzige orientierung bieten kaum mehr leserliche bodenplatten, auf denen sich um einen lorbeerkranz herum die worte *jubilee greenway* ranken. schwarze andreaskreuze an der mauer. aus dem nebel ragen vier dicke schlote, wie die beine eines toten elefanten. ich meine darin das kraftwerk zu erkennen, das ich bei meinem ersten gang durch greenwich sah.

je weiter wir nach osten dringen, desto weniger weiß ich, wo wir sind. uns begegnen nur drei menschen. erst ein teenie-pärchen, sie weiß, er schwarz, eine ausladende sporttasche über der schulter, und später ein jogger, der in einer fremden sprache mit sich selbst spricht, oder vielleicht mit jemandem am anderen ende der welt.

irgendwann ist da nur noch das schmatzen des wassers, und rechts ein nicht enden wollender bauzaun. alle paar hundert meter ein postcode-graffito, dazwischen slogans in leuchtspray. *WARUM ist das neue WEIL.*

folgerichtig frage ich den hasen, warum wir hier sind. wohin um alles in der welt wir gehen.

zur waterfront bridge, antwortet er.

…?

ne fußgängerbrücke aus der hochphase nach zwanzig-siebzehn. die verbindung zwischen waterfront village süd und waterfront village nord.

waterfront village …?

die siedlung rund um eco park. da wohnten früher die banker. als es noch banker gab. heute sind da die armen aus SE3 und 9 eingepfercht, achtköpfige familien in winzigen single-studios. die gebäude verkommen, und eco park ist ein verwilderter dschungel, in dem sich alles mögliche tollwütige getier rumtreibt.

der hase bleibt stehen und schaut mich von der seite an. der nebel hat sein fell angeklatscht; die barthaare hängen traurig herab.

mutierte füchse und so'n scheiß.

ich schlucke, sage aber nichts. wahrscheinlich – *hoffentlich* – macht er nur spaß.

abrupt endet der bauzaun. dahinter beginnen fünf- bis etwa zehnstöckige apartmenthäuser (die höchsten dächer verschwinden im nebel) – kuriose schachtelarrangements aus glas und buntem beton. die balkone in grün, blau, rot bilden asymmetrische muster; rundes mischt sich mit eckigem, glas mit stahl mit beton. als hätte man elemente völlig separater gebäude willkürlich ineinandergesteckt. quadratische auswüchse ragen aus den mauern wie wucherungen, die in verchromten fenstern enden; auf manchen dächern thronen klötze mit spiegelnden glasfronten, die an übergroße monitore erinnern. würde nicht überall die farbe abblättern, und stünden die meisten balkone nicht voller gerümpel, könnte man denken, dass hier noch immer banker leben.

die ganze siedlung wirkt ausgestorben, oder so, als hätten sich die bewohner in ihrem innern verschanzt. nur wenige fenster sind erleuchtet. von irgendwoher dringen gedämpfte schreie, die aber nicht nach einem echten streit, sondern eher nach fernsehlärm klingen.

squid murmelt was von verwilderten dachgärten. ich lege den kopf in den nacken, aber da ist nur nebel.

wir bewegen uns entlang einer ehemals spiegelglatten, jetzt zerlöcherten promenade, auf die in verblichenem weiß drei spuren für fußgänger, skater und radfahrer eingezeichnet sind.

wäre es sonnig und warm, und wären hier menschen, könnte man denken, dies sei venice beach.

aus dem nebel, der über dem wasser hängt, taucht etwas helles. horizontale verstrebungen, die mich dran erinnern, dass dies nicht der endlose pazifik, sondern die nicht sehr breite themse ist. im näherkommen entpuppen sich die weißen verstrebungen als tragseile einer flachen hängebrücke. der hase fasst nach meinem ellbogen.

über uns ertönt ein knattern, das sich so ähnlich anhört wie das der beta-augen, nur viel lauter.

wächter, zischt squid und zieht mich hinter einen fliederbusch. da hocken wir, im fauligen fliederduft, umgeben von nebel, und warten. im vergleich zu den beta-augen klingen die offiziellen wächter wie kreissägen. nicht zu verfehlen. zum glück drehen sie schnell wieder ab.

sind sie wirklich weg?, fragt squid nach ein paar minuten.

ich lausche. es ist nichts mehr zu hören. auch die beta-augen nicht. ja, sage ich. wir stehen auf. ich bin mir ziemlich sicher, wohin *unsere* drohnen geflogen sind. nach norden, übers wasser.

was ist da drüben?, frage ich.

bunker city.

…?

sorry. waterfront village nord. so ne quasi autarke wohngegend mit stahlbetonmauer drum rum. hochspannungsdraht, drei gesicherte passierstellen, überall scanner, HID-kameras, der ganze scheiß.

wer wohnt da?

früher auch die banker, die auf der canary wharf gearbeitet haben.

und jetzt?

piloten.

was für piloten?

na die, die die wächter steuern. AllSec-mitarbeiter und tridents.

ich könnte jetzt nach *AllSec* und *tridents* fragen. aber squid scheint nicht in der stimmung, weiter lexikon zu spielen.

die stille ist unheimlich, ganz ohne das sirren der rotoren. squids ohren sind derart vollgesogen, dass sie auf meine schuhe tropfen.

die drohnen, sage ich. ich glaub, sie sind da … rüber geflogen.

schweigen.

bist du sicher?

ich nicke. diesmal bin ich mir wirklich sicher. beinahe jedenfalls.

squid breitet die arme aus. einen moment lang denke ich, er fällt mir um den hals. oder haut mir eine runter. aber dann lässt er die hände wieder sinken. er nickt.

jetzt weiß ich, dass du mich nicht verarschst.

langsam dämmert mir was. ich würde zu gern seine augen sehen.

du kennst IHN?

squid antwortet nicht. grinst er? verzieht er das gesicht?

bist du mit IHM … befreundet?

jetzt lacht er. sein dumpfes, unsichtbares geisterlachen. ER hat keine *freunde*. ER hat nicht mal n profil.

profil? ich frage lieber nicht. stattdessen: wie heißt ER?

wieder keine antwort. nur diese vollgesogenen ohren, die inch für inch tiefer sacken.

keine freunde? lover? irgendwas?

noch immer keine antwort.

ich meine, jeder braucht ab und an n bisschen … *nähe*!

nähe! squid tritt zurück und schüttelt sich wie ein nasser hund. seine hasenohren versprühen sprinklermäßigen tröpfchenregen. ein, zwei sekunden lang hält er sich an meiner schulter fest. wenn ER *nähe* will, dann zieht ER durch die elitebars von chinatown und lässt sich da von ein paar türstehern befummeln!

seine barthaare kitzeln mein gesicht. dann lässt squid meine schulter los.

die kennen nämlich keinen spaß.

pause. ich bin mir nicht sicher, ob ich lachen soll.

ich meine, sagt er, dass die nicht ihre finger in deine körperöffnungen schieben, ist erstaunlich.

ich wage mich vor: dann ist ER also … schwul?

ja … *nein*! der hase klingt jetzt ziemlich genervt. ER ist *überhaupt nichts*. wann geht das endlich in deinen kopf rein?

ich lass nicht locker. wenn du weißt, wo ER wohnt … können wir nicht irgendwie zu IHM?

ein dumpfes stöhnen irrt durch seinen hasenkopf, die ohren wippen nach hinten. und plötzlich ist da billys stimme: *mesca mesca, du siehst schlimmer aus als …*

ohne diesen nebel, sagt squid, jede silbe betonend, wären wir gar nicht so nah dran. schon an der brücke gibt's jede menge scanner, kameras, wachposten … glaubst du, die lassen den pöbel von SE da rüber? an der brücke wird jeder, der seine postcode-grenze übertritt, sofort abgefangen. und in bunker city haben ungechippte wie wir erst recht keine chance.

ungechippte …?

statt einer antwort schiebt er den linken ärmel seines leinenhemds hoch. dort, am oberarm, klafft eine fette narbe. *holy shit.* sieht aus wie n zugewachsener after. oder als hätte jemand ein loch da gegraben, mit einem schraubenzieher oder so.

außerdem, er lässt den ärmel wieder fallen, lässt ER keine fremden in seine wohnung.

damit dreht er sich um und läuft zurück in die richtung, aus der wir gekommen sind.

ich starre ihm hinterher. kaum zu glauben, dass einer, der sich hasenmasken aufsetzt, die stadt mit subversivem graffiti vollsprüht und die drohnen der AllSec abschießt, hier so einfach aufgibt!

bevor der nebel ihn vollends schluckt, laufe ich ihm nach.

wieso gibst du hier so einfach auf?

squid bleibt stehen. er hält, zu meiner verwirrung, eine brennende zigarette in der hand. *wieso hält einer, der nen hasenkopf …?*

ohne mich anzusehen, packt er mein handgelenk, dreht es um und drückt die glühende spitze auf der innenseite aus.

×

Wie jeder andere auf dieser Welt hat die Schwedin, die ich heute Abend bin, ein Profil bei LifeLine. Ihr Status: krank. Leicht beschleunigter Herzschlag, 38,5 Grad.

Ich sitze in einem anderen Taxi als Yngvi, eingeklemmt zwischen zwei Schlumpfinen im falschen Pelz, eingeloggt als Kjartan. Es riecht nach nassem Hund.

Das Taxi rast die Saerbraut entlang, lässt links den *Die-Besten-der-Stadt*-Hotdog-Stand liegen, rechts das Konzerthaus und andere Überbleibsel aus dem Phönix-Glauben nach dem ersten Crash, rast aufs Meer zu, biegt nach links und rast auf der Suðurströnd ein Stück landeinwärts. An der Bakkavör-Bucht, kurz hinter der Bushaltestelle, kommt es zum Stehen. Wir steigen aus; die Fahrtkosten gehen aufs Pad einer der Schlumpfinen.

Tagsüber reihen sich hier Fly-Busse und Taxis aneinander. Jetzt ist es ziemlich still. Halb im Wasser versunken liegt ein ausgedienter Krabbenkutter. Am Bug steht ein kurzer Frauenname; der erste Buchstabe ist ein F. Weit draußen glitzert der Stadtflughafen wie eine brennende Bohrinsel.

Wie zu erwarten ist die Schlange vorm *Seemannsgrab* ziemlich lang. Die Wartenden fummeln mit ihren Pads. Ich auch. Trau mich aber nicht, das

Bild der Schwedin großzuziehen, mitten zwischen all den internationalen Gästen, die Yngvi mir versprochen, und den 101-Schlumpfinen, die er mir verschwiegen hat. Im Miniaturformat ist eine Frau um die 25 mit unglaublich glattem Teint und stylisch gestuften blonden Haaren zu erkennen.

Niemand wird mir glauben, dass ich das bin.

Für Shades und einen breitkrempigen Hut ist es jetzt natürlich zu spät. Ich werde den Mund nicht aufkriegen, denk ich, fühle Panik aufsteigen, und dann – bin ich dran.

Der Türsteher scannt lächelnd meine Karte und wünscht mir viel Spaß.

Ein Vorhang aus Licht öffnet sich. Ich bin drin. Ich musste nichts sagen. Kein Wort.

Das *Seemannsgrab* ist riesig. Natürlich kenne ich Bilder, 3D-Touren und so. Aber die Wirklichkeit ist in diesem Fall tatsächlich nochmal, na ja: ne Nummer größer eben.

Ich irre eine Weile herum und kenne niemanden, finde auch Yngvi nicht, obwohl sein Taxi unseres überholt hat. Wahrscheinlich kokst er mit seiner Ex, der Juristin, auf dem Klo.

Überall wird Englisch gesprochen, immerhin. Ganz gelogen hat Yngvi nicht: Bis auf die zwei Schlumpfinen, die mit mir im Taxi saßen, sind alle hier von anderswo, und, was das Beste ist – niemand kennt mich.

Ich schaue mir die Haifischbabys an, die über meinem Kopf rumschwimmen, das *Gezeiten-Aquarium*, die träge darin dümpelnden Leuchtquallen, und gehe dann zur Bar. Hier gibt es sogar Kartoffelschnaps. Auch wenn ich an diesem Abend wahrscheinlich die einzige bin, die ihn bestellt.

Der Barkeeper greift zum London Dry Gin, als er mich sieht. Stellt ihn aber, als ich Brennivín verlange, wieder weg und gießt mir, ohne eine Miene zu verziehen, das Gewünschte ein.

Ich kippe das grüne Zeug runter, bestelle einen zweiten und finde das alles hier allmählich ganz okay.

Mein Pad piept. Die Suchanfrage läuft auf Kjartans Namen.

Dayo ist bei LL. Natürlich. Wenn auch unter anderem Nick.

Das bin nicht ich, poste ich. Dazu ein Bild dieser Blonden.

Keine Antwort. Dayos Icon macht eine lange gewundene Linie von Zs.

Ich genehmige mir einen dritten. Auf die nichtsahnende Schwedin. Ob die wohl ihren Kollegen für diese Aktion feuern lässt?

Kurz scanne ich ihr Profil. Alles ziemlich langweilig. Studium, Hobbys, Musikgeschmack, Klamottenmarken …

Was ist das?, schreckt mich eine Stimme von der Seite hoch. Neben mir am Tresen steht ein dunkelhaariger Typ und hält sein Pad direkt auf den

Schnaps vor meiner Nase gerichtet. Mein erster Impuls ist, mein Glas und dann die Flucht zu ergreifen. Aber das geht natürlich nicht. Der Barkeeper hat mich im Blick.

Der Typ *schießt* mein Glas und *teilt*. Er ist vielleicht zehn Jahre älter als ich und sehr braungebrannt. Franzose, dem Akzent nach zu urteilen.

Könnt ihn jetzt checken, klar. Aber die Regeln der *Konversation* erfordern, das auf später zu verschieben. Sonst wär ja jeder Small Talk überflüssig. Und Flirten fast unmöglich. Nicht, dass ich mich da auskenne. So was steht auf Ripz&Tipz.

Wie dem auch sei – solange mich kein Schwede anquatscht, ist alles okay.

Ich verkneif mir ein: Warum *suchst* du nicht? Sage stattdessen: Brennivín, und schaffe es sogar, noch einen Satz hinterher zu schieben: das Zeug, mit dem die Isländer beim Mittwinterfest ihren gammligen Grönlandhai runterspülen.

In die Ekelmiene des Franzosen mischt sich ein anerkennendes Lächeln. Du kennst dich aber aus.

Natürlich hätte er viel einfacher *Info* antippen können, aber auch er kennt die *Regeln*, scheint's.

Ich will sagen: Für wie blöd hältst du mich? Dann fällt mir ein, dass ich ja eine Schwedin bin. Eine kultivierte, wohlerzogene Schwedin, die einen wichtigen Posten in der Kunstwelt bekleidet.

Prompt verengt der Typ die Augen: Bist du nicht Vera Pålsson?

Ich nehme an, sein MC hat ihm das gerade mitgeteilt. Ich sage erstmal gar nichts.

Ich hab deinen Artikel über das Temple-Bar-Projekt auf *État de l'art* gelesen, plappert er weiter. Bewundernswert, wie du die Geometrie der Schwarmbewegungen betrunkener Mittzwanziger erfasst!

Ich hab keine Ahnung, wovon er spricht, und sage: Die Jungs hatten's aber auch wirklich drauf.

Ihm scheint nicht aufzufallen, dass mein Englisch nicht besonders gut ist, schlechter jedenfalls als das einer Schwedin, die in Glasgow studiert hat. Und wie!, ruft er. Seine Augen bekommen diesen bestimmten Glanz, den ich von Yngvi kenne, wenn er sich mit Riesenappetit aufs Frühstück stürzt. Ich meine, Pulk-Erkennung auf Junggesellen-Abschiede mitten in der Dubliner Touri-Meile anzuwenden …

Darauf muss man erstmal kommen!, bekräftige ich.

Er versucht mir einen Link zu schicken; das sehe ich daran, wie sein Augenlid zuckt. *No reply*. Kurz ist er irritiert, dann redet er einfach weiter, von der mathematischen Schönheit schlängelnder Lichtbahnen, die besoffene

Engländer, Schotten und Dänen an ihren wilden Wochenenden am Ufer der Liffey ziehen. Ich nicke und kippe den Schnaps.

Irgendwann wechselt die Musik von nichtssagendem Pianogeplätscher zu etwas Schnellerem. Der Franzose hält inne und streckt den Zeigefinger in die Luft.

De Nada, sagt er und lächelt. Wer?, will ich fragen, kann mich aber gerade noch bremsen. *De Nada,* der Name kommt mir irgendwie bekannt vor. Wahrscheinlich aus der Musikliste von Vera Pålsson.

Der Franzose winkt dem Barkeeper. Der schenkt ihm wortlos einen Beijing Sling ein. Dann greift er wieder zum Gin. Diesmal lasse ich ihn gewähren. Irgendwie bin ich jetzt doch neugierig, was die gute Vera am liebsten trinkt.

Von Dayo noch immer keine Antwort.

Vielleicht sage ich doch nicht ab. Seiner eigenen Haut zu entkommen ist gar nicht so übel. Wenn nur das Töten nicht wäre …

Der Barkeeper stellt ein konisches Glas vor mich hin.

Aha. Dry Martini mit Zitrone. Und Strohhalm …? Ich nippe daran. Gewöhnungsbedürftig, aber okay.

Stimmt es, dass es hier wirklich überhaupt keine Wächter gibt?, fragt der Franzose.

Wächter?

Na, diese fliegenden Drohnen. MAVs.

Ach so, ja, sage ich und wende den Kopf ab, um mit den Lippen den Strohhalm zu erwischen.

Der Franzose rutscht auf seinem Hocker rum. Also … gibt es welche?

Nein, wozu auch? Es gibt ja keine Verbrecher.

Außer mir. Verdammt. Warum musste sich mein dummer Bruder ausgerechnet ne Polizistin …?

Was ist mit den ganzen Islandkrimis?, fragt der Franzose begierig. Und die Sagas sind doch voll von Mord und Totschlag!

Mit isländischer Literatur kenn ich mich nicht so aus, murmele ich und denke: Bitte, frag jetzt nicht nach der schwedischen.

Ich meine nur … Er rückt mir unangenehm nahe. Fühlt man sich nicht ein bisschen, na ja, ungeschützt, so als Frau, ich meine, so ganz allein, nachts auf der Straße …

Instinktiv rücke ich von ihm ab. Ich will ihn anfahren, was zum Teufel ihn das angeht. Dann rufe ich mir – gerade noch rechtzeitig – in Erinnerung, wer ich bin. Eine kultivierte Schwedin, die für *État de l'art* schreibt, Dry Martini trinkt und spanischen Postpop hört.

Und wie großartig es ist, jemand anders zu sein.

Das Töten könnte reine Formsache sein. Der richtige Moment. Ein scharfer Blick. Ein kurzes Zucken des Zeigefingers. Und schon ist's vorbei.

Ich entspanne mein Gesicht. Mein Gegenüber lächelt, leicht unsicher zuerst, dann breiter.

Ich probiere ein Lachen. So ein mädchenhaftes Lachen, das alles bedeuten kann.

Ich höre mich selbst kaum, über die Musik hinweg, aber am Gesicht des anderen, das jetzt seine Sicherheit zurück hat, erkenne ich, dass es gelingt.

Er nimmt unsere leeren Gläser und schüttelt die Eiswürfel in Richtung Barkeeper. Der schenkt mit einem Lächeln nach. Dem Franzosen einen zweiten B.J., mir noch einen London Dry.

×

okay okay. es gab wohl keinen zweiten zeitsprung. die tiefgarage hat sich nicht um 180 grad gedreht. und die blaue tür ist auch nicht blau, zumindest nicht von außen, sondern immer gerade so, wie squid sie haben will.

unten bereitet er mir ein lager in einem glaskasten, der zu den aufzügen führt. die aufzüge sind längst kaputt, die glasschiebetüren mit irgendwelchem alten werkzeug gewaltsam geöffnet. vor der glaswand steht eine art tor, das an die metalldetektoren am LAX erinnert. *paypoint*, verkünden fette rote lettern. unter denen ich jetzt liege, einen nach aerosol riechenden schlafsack bis zum kinn gerafft.

zum glück hat squid mich nicht zurück in den *verseuchten äußersten osten* geschickt. obwohl ich, zugegeben, auch ein bisschen angst vor ihm habe. mein handgelenk tut ziemlich weh, wo die brandwunde schwelt. woher bloß weiß squid vom zeichen des *circle one*? er trägt es selbst am handgelenk, darbys zeichen. blass, aber deutlich, wenn man einmal davon weiß.

deep, deep, deep, in my eyes
there's a round, round, round,
circle of lives –

immerhin satt, aber schlaflos, denke ich an manolo, dann an IHN. es riecht nach aerosol, nach moschus, nach gürteltier … squid sitzt in einem geheimen nebenraum. keine ahnung, was er da macht. in den rohren über meinem kopf, silbern KOOLtherm umwickelt, ein ständiges rauschen und tröpfeln – woher wohl, wenn das einkaufszentrum über uns längst nicht mehr existiert? –, ein plakat neben der fahrstuhltür verweist auf ASDA FunPhonics, irgendein technisch aufgepepptes plastikspielzeug für kinder.

ob squid niemals schläft? an der schweren grauen feuertür klebt ein schild, auf dem steht: DANGER! 400 volts. wenn du da reingehst, töte ich dich, hat er gesagt. ich habe ihm geglaubt. trotzdem

Haare mit Wachs, Gel oder Spray nach hinten gekämmt. Beleuchtet vom fahlen Flackern der Screens wirken sie schwarz, beinahe bläulich. ER sitzt in seinem Drehstuhl am Resopaltisch, über den Touchscreen gebeugt. Diesmal trägt ER ein kurzärmliges Hemd mit Button-Down-Kragen. Dessen Farbe ist schwer zu erraten. Möglicherweise violett.

Ein kurzes Fiepen lässt IHN aufschauen. Auf Schirm 15.8. erscheint das Gesicht der asiatisch aussehenden Frau, die ihn andertags besuchte. Sie sitzt, wie ER, an einem Tisch mit integriertem Touchscreen. Ihr Gesicht ist so weiß, dass es fast geschminkt wirkt. Ein Schönheitsfleck auf ihrer Oberlippe hebt sich deutlich ab.

Nur eine Neuigkeit am Rande, sagt sie. Ihre Lippen bewegen sich leicht asynchron zur Stimme, wie auf einer DVD mit verrutschter Tonspur. Unser kleiner Amir war tatsächlich verliebt. Und zwar – sie sieht kurz nach unten, wobei ihr schwarzes Haar nach vorne fällt – in Sara Devi Raichand, 18, wohnhaft in Canning Town. Über siebzig Prozent aller Posts der letzten drei Monate stammen von ihr, und fast neunzig Prozent aller Privatnachrichten. Auch im RealLife haben sie eine Menge Zeit zusammen verbracht. Noch am Donnerstag vor Amirs Tod wurde von ihrem Account aus eine dreieinhalbstündige MultiPlayer-Session *hu yún* in der Cloud hinterlegt …

SEINE überlangen Finger machen eine Bewegung, als würden sie ein Mikrofon heranziehen.

Und was heißt das, ich meine, für den Fall?

Die Lippen der Frau bewegen sich. Sie lächelt. Nichts, ertönt eine Sekunde später ihre Stimme. Nur, dass ich recht hatte. Und Davis mal wieder den richtigen Riecher. HeartSync zieht total, bei frisch verknallten Teenies, die sich

vielleicht ist dies *circle two.*

im *peat* bezahlt man nur mit *ratten*, so was wie *scanner* haben die da nicht. dafür jede menge leckereien. sogar pancakes mit ahornsirup. der goldene nachgeschmack bringt einen namen mit sich: howard johnson's. und nach ein paar minuten einen weiteren `//445.33 %% "method":"GET" c[LOS_ANGELES_CA]=a[feb-may_1980]function formchange()checked=0;b 776.49.880.%%(c_css)`disgraceland lebt seit thanksgiving ein gürteltier.

hast du das auch in der schuhsohle rübergeschmuggelt?, witzelte o.n.s., als manolo vor der tür stand. einlassbereit, rucksack auf dem rücken, panzerkugel unterm arm. manolo grinste sein unverkennbares grinsen, und weil dieses grinsen das einzige ist, was ich den anderen voraus habe, hörte ich zwar die worte, die gesprochen wurden, nicht aber deren sinn.

immer wenn ich manolo sehe, vergesse ich die zeit: im all hatte zeit keine bedeutung. die zeit beginnt immer erst *jetzt*.

manolo redet nicht darüber, was er im arthur j.'s und vor dem gold cup macht. ich nehme an, auf kunden warten. genau wie ich. anstatt zu fragen, sage ich etwas, das keine rolle spielt, darauf er etwas, das auch keine rolle spielt, und ich etwas, das ich längst nicht mehr weiß. wir schweigen. dann er: ich bin nicht dein besitz.

minutenlang starre ich ihn sprachlos an.

und weil es keine worte dafür gibt, wie sehr mich verletzt, dass er denken kann, dass ich so etwas denken könnte, drehe ich mich um und gehe stumm davon.

als ich gegen morgen vor sehnsucht krumm sein zimmer betrete, um das schweigen zu brechen, mit irgendetwas, das ich wissen werde, wenn ich ihm in die augen sehe, ist seine matratze abgezogen und der rucksack verschwunden. alles blut verlässt meinen kopf. mac'n'cheese im hojo's?, denke ich mechanisch in die leere. verdammt. es wäre so schwer nicht gewesen.

schwindlig taumele ich durchs fourplex-labyrinth, frage jeden, der mir begegnet, ob wach oder schlafend, nüchtern oder breit, nach manolos verbleib. mir ist alles egal; ich frage die screamin' sirens unter der dusche, stoße sämtlich türen auf, frage irgendein pärchen mitten beim ficken. ich gehe die treppe runter und frage einen typen in der küche, dessen hand in einem halbgefrorenen truthahn steckt. niemand weiß irgendwas. weder wann noch wo noch wie lang. niemand hier hat ihn wirklich gekannt. der mit der hand im puter fragt zurück: wer ist manolo? ich: prizz teen. darauf er: wer ist prizz teen? ich gehe die treppe wieder rauf, knicke auf die kahle matratze, die einst manolos bett war, und schließe die augen vor der herankriechenden helligkeit. eine unbestimmte weile später weckt mich ein schaben, begleitet von leisem moschusgeruch. das gürteltier schnüffelt an meinen zehen. ich hebe den kopf in die leere, die unverändert und kein traum ist, ich hebe das gürteltier hoch und klemme es an die brust.

manolo, denke ich. manolo. es ist zeit –

irgendwo am rande unserer einflussnahme verwandelt sich unsere nichtssagende affäre in eine tragische romanze. als wäre ich mal eben pinkeln gewesen, und jemand hätte in meiner abwesenheit das bühnenbild um ein paar grad gedreht. ich kenn mich nicht mehr aus. manolo –

das gürteltier windet sich und kratzt und quietscht.

die tage, die folgen, sind einsam. schwerelos. wann immer mikka auf m war, wollte er diese stillen bilder mit mir sehen. das hab ich nun davon: gefangen in der raumstation *white castle* mit lauter zombies, nach gescheitertem andockversuch.

ich warte auf progress 5, progress 6 ... warte auf post. warte aufs rettungsboot. warte auf …

jemand mit alkoholatem lallt mir was von blow ins ohr. er ist total hinüber und sein englisch noch schlechter als meins. zwar versteh ich kein wort, höre aber dieser tage geld aus allem raus.

ich also: zwanzig.

er glotzt mich an und fragt: wie viel?

ich glotze ihn an.

billy seufzt. unser snow man drückt sich da drüben rum, sagt er und deutet mit dem daumen hinter sich.

ich drehe mich um, dorthin, wo schon seit stunden eine frau mit dem gesicht in ihren fritten liegt.

der typ guckt verstört.

doch nicht black beauty, zischt billy ungehalten. der daneben!

in der anderen ecke sitzt ein hagerer indio mit wippenden knien.

der besoffene bleibt unschlüssig stehen. immer wieder wandern seine blicke zu der frau in den fritten. pennt die oder is die tot?, nuschelt er.

tuinals, gibt billy zur auskunft. und jetzt schieb ab.

das gürteltier hat eine tiefe depression. tagsüber schläft es in der waschmaschine. nachts gräbt es löcher in den teppich und sogar in die wand, auf der suche nach – nahrung sicher nicht. sein futter lässt es stehen.

schaff uns das vieh vom hals, knurrt einer, der sich smutty nennt.

es ist wegen manolo, sage ich.

früher liebte es zu schwimmen, seufzt eine der sirens: lass ich jetzt wasser in die wanne, schaut es mich nicht mal an … sie lockt es mit den fingern wie eine katze, es kommt tatsächlich zu ihr. sie tauft es auf den namen henry.

am nächsten morgen begrüßt mich gelber schnee im treppenhaus. die innereien von manolos matratze liegen als dicke flocken im gesamten zimmer und darüber hinaus.

smutty reibt sich die hände. kennt ihr armadillo-chili?

trick reißt die augen auf, ganz wie vampira in der midnight horror show, als ich henry auf ihren teppich setze. auf gar keinen fall!, schreit sie. henry rollt sich zu einem festen ball.

im bus zurück nach disgraceland starren uns alle an.

liebeskummer, murmele ich schulterzuckend. da ist nichts zu machen.

manolo pflückt erdbeeren auf der oxnard-ebene oder zitronen in pasadena. je nachdem, wem man glauben schenkt. ich vermisse ihn wie verrückt, aber – was hat hollywood zu bieten, außer den käsigen schwänzen von b-movie-produzenten? lieber seh ich ihn in gedanken 30 meilen entfernt erdbeerfelder beackern. manchmal fantasiere ich, dass er, als ginge das so einfach, alle paar wochen nach london jettet. immerhin sieht es, wenn er sich blicken lässt, so aus, als trüge er die neuste mode aus camden town. ich warte auf progress. ich ficke für geld, und wenn ich schwitze, schwitze ich sehnsucht nach ihm aus.

von oben ist der blaue planet verdammt unscheinbar.

das einzige problem ist meine aura allgemeiner verfügbarkeit. ich weiß, dass es nicht cool ist, wenn freunde deine grenzen überschreiten. leider bin ich mir nicht mehr sicher, wo meine grenzen eigentlich sind. ständig sehe ich was in ihren augen, wo vielleicht gar nichts ist. wie früher lädt mikka mich zum tee ein. ich hab kein peyote mehr. er weiß das. besonders gesprächig war er noch nie. oft sitzt er einfach da, rutscht alle paar minuten in seinem sessel rum und räuspert sich. früher driftete ich einfach weg, zu der wabernden hippie-musik, die er mochte, und den bildern der beiden russen in ihrem metall-käfig. jetzt ist die zeit zwischen zwei expeditionen, und es gibt nichts, woran das auge sich festhalten kann. die musik dreht bekiffte runden, und bei jedem räuspern denke ich, dass er gleich fragen wird, ob ich ihm einen blase. einmal drin, sitzt das fest.

übernachtungsangebote schlage ich mit wechselnden entschuldigungen aus. hauseingänge sind mir über; die stufen der baptistenkirche zu erinnerungsbesetzt. wenige meilen östlich beginnt die wüste; nachts fallen die temperaturen auf 50 grad. wenn die müdigkeit siegt, bleibt disgraceland, auch um nach henry zu schauen. noch gab es kein armadillo-barbecue.

die nächte verbringe ich mit betrunkenen, die suchen, ohne zu wissen, wonach. o.n.s. ist dabei, manchmal trick, seltener billy, und eine menge leute, deren namen mir herzlich egal sind. wenn manolo, was ohnehin selten ist, in der stadt auftaucht, gehen wir uns aus dem weg. gelogen –

ich ziehe den rastlosen hinterher, und an jedem ort, an dem manolo nicht ist, bin ich endlos erleichtert. und wenn er dann, am ende der nacht, doch – sehen wir uns nicht in die augen und stehen an gegenüberliegenden enden des raumes und verschwenden kostbare zeit. ich weiß nicht, wie das kam. nichts fühlt sich falscher an. mein herz rast, wenn ich ihn nur von weitem sehe. richtig wäre, auf ihn zuzurennen, seinen körper in die arme zu schließen, noch richtiger, wenn *er* –

ich weiß nicht, wo er schläft. unterschiedliche männer, manchmal burschikose frauen, begleiten ihn. früher waren die unerreichbaren diejenigen, die nicht lieben konnten. manolo wirft sich anderen in die arme, aber vielleicht bedeutet es nichts.

starwood, whisky, troubadour.

ein übergroßer teil von mir sehnt sich danach, rüberzugehen, von ihm geknuddelt und abgeküsst zu werden. es könnte so einfach sein. ein kleinerer, aber sturer teil bewegt sich nicht, ignoriert durch alle anderen körper hindurch seine wärme. unfehlbar gewinnt variante zwei. und das, obwohl ich weiß, dass jede dieser nicht-begegnungen die letzte –

man geht jetzt nach den nahen sinnen. trotzt dem diskolicht mit getönten brillen. tastet durch morast. weiß noch weniger als ohnehin, mit wem man es zu schaffen hat.

praktische mode, stellt billy fest. billy, der sich kaum noch blicken lässt. er ist ein wandelndes skelett. man sagt, er wohnt im tropicana, oder, je nach quelle, in irgendjemandes van auf dem motel-parkplatz. klatsch und tratsch sind ihm egal. niemand, nicht mal o.n.s., spricht darüber, dass billy uns langsam verlässt.

manchmal sagt er aus dem nichts heraus erschreckend luzide dinge. als spräche nicht er, sondern jemand anders durch ihn durch. wenn wir z. b. sehen, wie manolo hinter all den tanzenden die hüften eines anderen umfasst, sagt er: kein grund zur eifersucht.

etwas schnürt mir die kehle zu, und was immer gespielt wird, ist eine weile lang laut.

niemand liebt ihn wie du.

ich schlucke. niemals hätte ich ein wort wie *liebe* in den mund genommen, schon gar nicht im zusammenhang mit prizz. aber billy sagt es so selbstverständlich, dass ich nicht widerspreche. dass ich sogar antworte: meine liebe ist ihm viel zu viel. ganz ohne zittern in der stimme oder ironie.

er weist deine hingabe von sich, sagt billy. und will sie doch, ich meine, mehr als alles andere. siehst du nicht, wie er sich langweilt?

gegenüber krallen sich hände in manolos rücken, wandern abwärts, packen seinen hintern.

ich sage, ich sehe es.

nicht du bist der unglückliche, sagt billy. entschuldigt sich und geht in richtung urinal, für einen neuen –

schuss. gegenschuss.
schuss. gegenschuss
…
das schweigen zwischen uns ist schmerzhaft bis ins mark.

troubadour, rainbow grill, duke's coffeshop im tropicana.

an jedem ort hält die erleichterung kaum eine halbe stunde an. zum glück hat immer jemand einen plan, oder zumindest das gefühl, etwas läge in der luft, die wir gerade nicht atmen. braucht neuen stoff oder süßes vom 7/11. raunt, jemand hätte gesagt, dass dort und dort. die erleichterung wiederholt sich an jedem ort, an dem manolo nicht ist. doch diese nächte sind wie jede obsession, konsequent zu ende zu führen. duke's coffee shop, tower records, whisky, starwood, the rainbow und wieder duke's. und schließlich die dive bars des bermuda-dreiecks, wo die erleichterung verzweiflung wird. manchmal ist an einem der letzten orte billy zu finden, der mich an seine schmale, säuerliche brust zieht, das nie gewaschene jackett –

mesca. mesca. du siehst schlimmer aus als auf entzug …

vier, fünf wochen…! ich nehme die sonnenbrille von der nase; die augäpfel trocken wie kaktusfaser.

billy klopft meinen rücken, steckt mir tuinals zu, während die anderen sich, einander allmählich aus den augen verlieren.

firefly, frolic room, sideshow. oder: sideshow, firefly, duke's: billy tröstet mich und bricht mir das herz mit seinem altmännergeruch. frolic room, sideshow …

disgraceland.

henry ist so schlaflos wie ich, selbst nach 24 stunden wachsein noch. manchmal zerstoße ich ihm eine halbe tuinal und mische sie mit wasser, damit er ein paar stunden ruhe gibt.

henry. henry. die dinge ändern sich.

letztes jahr hatte ich lust, seinen schwanz im arsch zu haben. dieses jahr habe ich lust, von ihm geliebt zu werden. zumindest: an die brust gedrückt, geherzt, mit kosenamen überschüttet, sobald wir uns sehen. das wäre mal ein anfang …

der tiefpunkt dieser periode ist die los-angeles-release-party. genauer: die nachricht von billys tod. der punkt, an dem alles gefriert. es muss doch einen aus-knopf geben, denke ich: nichts lieber als ein kosmonaut sein, der die zeit vergisst.

jetzt ist da nicht mal mehr die eingefallene brust eines sterbenden. der vorrat aufgebraucht.

am tag der beerdigung steht prizz vor der tür. ich mache ihm schwungvoll/nichtsahnend auf. wir rechnen mit trick, die schon vor einer halben stunde hätte hier sein sollen. er sagt nichts. seine augen … – ich gewöhne mich ans gegenlicht – … sind voller wärme. ich träume. er nimmt meine hand, führt sie vorsichtig an die lippen. ich hab dich so vermisst, sagt er. ich träume nicht. er steht vor mir und hält meine hand, küsst meine finger und sagt: ich hab dich so vermisst. das *so* umschließt alle abende, an denen ich ihn aus der ferne mit blicken fraß. ich nicke. ebenso gut könnte ich ihn anschreien, aber seine augen lassen nicht den geringsten –

ein blubbern, knattern und quietschen. direkt vor unserer tür, im halteverbot, würgt trick den motor ihres käfers ab. die fahrertür fliegt auf. trick ist kaum wiederzuerkennen. sie trägt ein kleid aus rosafarbenen tränen und blondgefärbes haar.

da bist du ja!

pleasant ist sauer, trick aufgelöst, o.n.s. so blass wie kurz vorm umkippen.

prizz wird überrannt und, da alle mit hektik, trauer oder den äußersten zipfeln ihrer outfits beschäftigt sind, mit in den käfer hineingedrückt. zu sechst, gestaucht, ineinander verhakt, auf hitzigem unterboden nach norden geschaukelt.

prizz – es ist jetzt ganz und gar unmöglich, ihn anders zu denken – ist noch dünner als billy das letzte mal, als ich ihn sah. ich spüre es, auf der rückbank an seine mageren schenkel gequetscht. sein gesicht hat die form eines reifen pfirsichs verloren, seine haut jeglichen geruch. sein woher und wohin erscheint mir plötzlich zweifelhaft. auch o.n.s. starrt, als fragte er sich aus der tiefe seiner trance, wer zum teufel da plötzlich mit im auto sitzt. die bestie hat ihn, murmelt er – das einzige, was er sagt an diesem tag – und dreht sich wieder um. eine grüne kälte breitet sich in meinem magen aus, ähnlich wie damals, nur schlimmer, unaufhaltsam von innen heraus.

fahr rechts ran, sage ich, und trick hält auf dem seitenstreifen des 101, damit ich von der überführung kotzen kann.

als wir ankommen, ist der sarg bereits im boden. die trauergesellschaft zerstreut sich rasch.

hier feiern sie keine feste für ihre toten.

zwei tage später ist muriel dran. das memento mori ein derart deutlicher fingerzeig, dass ich mich zwinge, hinzuschauen. prizz zieht wieder nach disgraceland. wahrscheinlich als letzter begreife ich, wie lebensmüde seine touren zwischen hier und drüben wirklich sind. seine zehen berühren den abgrund, und es gibt nichts für mich zu tun, außer der wahrheit –

zu keiner zeit und zu niemandes ehren werden wir hand in hand durch ein meer aus kerzen schlendern.

dennoch: henry lebt auf, und ich –

will prizz. für immer wäre natürlich besser, aber der moment tut es auch.

kurz nach der beerdigung taucht billys mutter bei uns auf. als hätte sich, nun da ihr sohn tot ist, plötzlich so was wie mutterinstinkt in ihr geregt, den sie unbeholfen auf uns überträgt. gigantische fresspakete.

irene, so hat sie sich uns vorgestellt, sucht ihn in unseren augen. ich spüre das, sie sucht uns alle nach ihm ab. ihr sei's gegönnt; nur prizz versuche ich vor ihren blicken zu verstecken. seine schiere anwesenheit ist ein persönlicher affront, weil sie zumindest ahnen muss, dass er, als wäre ihr schmerz bloß schlechte schauspielerei, denselben weg wie billy geht. prizz schert all das nicht. in seiner kein gramm fett ansetzenden gier, unfähig, oder einfach nicht willens, sich selbst von außen zu sehen, macht er sich über ihre hähnchenschlegel, apfelkuchen, haferkekse her.

nach dem konzert, bei dem exene die dodger-jacke ihrer toten schwester trägt, schleppt trick uns mit in romeros *night of the living dead.* sie trägt noch immer das kleid aus glitzernden tränen, das mittlerweile ein bisschen zerknittert ist. ich will ihr sagen, dass sie darin aussieht wie der engel in einem film, der noch gedreht werden wird, halte aber die klappe. manolo lacht über so was, trick würde ausrasten. das heißt, sie hält sich zurück, vielleicht wegen cheetah; die drängt sich, als es bereits dunkel ist, unter allgemeinem murren neben uns. prizz und ich sind für horror nicht gemacht; immer öfter im lauf des films schauen wir beiseite, besser noch: einander an. trick zischt: *sissies.* prizz' lippen verziehen sich; nur ich sehe das, im flackernden leinwandlicht. so selbstverständlich lehnt er die stirn gegen meine, wie er mir im herbst die finger zwischen die lippen schob. irgendwann knutschen wir. absolut und innig. er schmeckt, so sehr er sich verändert hat, noch immer vertraut. wie teenies fressen wir einander auf, während die zombies sich weigern und weigern zu sterben und die verbarrikadierten sich einer nach dem anderen selbst zerfleischen.

er hält mich im arm, und da ist eine leichtigkeit, wie an einem sonntag vor etlichen jahren, mit lupe in der kirche, als mir schlagartig klar wurde: es gibt keinen gott. eine ungeheure last fiel von mir ab. ich weiß es bis heute: von da an faltete ich nicht nur die hände, weil alle anderen es taten, ich betete; bewegte, wenn gesungen wurde, nicht bloß die lippen, ich sang.

weil er nie lang bleibt, schaue ich ihn mir jetzt viel genauer an. es kann nicht sein, dass unsere kollisionen mich auch beim hundersten mal noch kalt erwischen, wie im vorvorigen winter, unfehlbar jedes mal.

so stelle ich mir vor, muss es sein, wenn der gewinn, von dem du jahrelang geträumt hast, plötzlich auf dich runterprasselt. es hört und hört und hört nicht auf. und wenn es doch aufhört, bleibst du einfach stehen und schaust blöde zu, wie jemand anders mit dem schotter davonspaziert … nicht, dass ich jemals in vegas war.

na gut –

vielleicht war da schon immer mehr, als ich mir eingestehen wollte. zu meiner verteidigung ist zu sagen, dass ich, was da geschah, für eine form von verlangen hielt, die mir bis dato unbekannt gewesen war.

unser lager ist jetzt eine schicht lobotomies, und der, der neben mir liegt, nicht mehr sal, sondern prizz. wenn jemand nachts rumort, ist es nicht lizzie, sondern das gürteltier, auf der suche nach –

koks boomt in hollywood, beverly hills, west l.a. prizz streckt nicht. was zählt ist: *qualität, nicht quantität.* sein guter ruf eilt ihm voraus. auf seiner liste stehen footballspieler, produzenten, pornostars. das bisschen, das er hat, geht weg für mehrere hundert dollar je gramm. das lapd ist, wie immer, ein bisschen hinten dran.

viel kann es nicht sein, was prizz den polleros abgibt. er ist ein *freier.* für kurze zeit könnten wir ein verschwenderisches leben führen, für etwas länger ein sorgloses. tatsächlich fließt das geld vom koks direkt ins smack. eine ironie, gegen die ich vor lauter glück nichts unternehme. *süchtig* sei er nicht, und beinahe glaubt man ihm: es gibt tage, da hängt er lässig auf dem sofa rum, lässt die einstichstellen verheilen, liest bukowski oder kant, greift übriggelassene pizzaecken aus rumliegenden pappkartons, raucht höchstens hier und da ein bisschen gras.

was zählt ist: dass wir etwas miteinander haben, das zwar keinen namen, dafür die aura von ewigkeit trägt. nicht, dass wir nicht im ma maison speisen, in den hollywood hills hausen oder im cadillac den sunset strip runtercruisen, anstatt zu sechst in tricks rostigem käfer.

ohne prizz stünde ich auf dem boulevard, wo seit neuestem berittene polizisten geldstrafen fürs rumlungern verhängen, oder säße längst im knast. stattdessen bin ich gern gesehener gast bei disco-partys in bel air, auf denen frauen in paillettenbestickten cocktailkleidern seit tagen auf der stelle schwanken, während kellner mit kleinen runden silbertabletts sie umrunden wie satelliten. wir liegen auf korbgeflecht, trinken sekt, springen hin und wieder zur abkühlung in den nierenförmigen pool.

prizz' haar tropft auf die liege; er träumt von london. allen, die gehen, hängt er sehnsüchtig hinterher. die go-go's sind mit madness auf england-tour. x und darby crash werden ihnen folgen. auch die rockats haben längst genug von l.a. die schiebetür geht auf, die bee gees singen: *i ain't no vision, i am the man who loves you inside and out, backwards and forwards with my heart hanging out* – ein dunkler typ im goldenen string steigt ins wasser, als erwarte er, darauf gehen zu können. wie jesus. prizz nimmt seine wayfarers ab, sieht mich mit zusammengekniffenen augen an: die da drinnen sind irgendwie zeitlos, wie zombies, oder deine – wie war das gleich? na, deine russen im all …

schweiß tropft ihm von den brauen; ich werfe ihm ein handtuch auf den bauch.

der typ im string versinkt.

zurück in hollywood wühlen wir bei tower records nach *unknown pleasures*. vergeblich. macht nichts, tröste ich: bald kommen joy division nach amerika. prizz strahlt wie ein kind am weihnachtsabend. ich küsse ihn auf offener straße. bei duke's ein black and white mit zwei strohhalmen. auf billy! starwood, whisky, wieder duke's, diesmal für avocado-sandwiches.

viel hat sich nicht geändert – wir enden im sideshow, firefly, frolic room –, aber alles ist anders. weil prizz an meiner seite ist, nur darum *lebe* ich. das ist keine übertreibung. ganz ehrlich: nähme man den sauerstoff aus der atmosphäre, dieses farblose, unscheinbare O, sähe die welt aus wie immer, aber wir wären alle tot.

nicht mal im schlaf kann ich die finger von ihm lassen. ich nenne ihn bacchino, ragazzo, angelito. er mich: puto, loco, freak. warm und süß träufelt er mir die namen ins ohr, rotwein in einer römischen sommernacht. manchmal sieht er mich lange an. ich lege ihm die finger auf die lippen. er weiß, dass wir füreinander bestimmt sind. ich sehe es –

in seinen augen: goldenes licht und das gefühl, durch freie felder zu rennen, stundenlang.

zum ersten und vielleicht einzigen mal fühlt sich alles richtig an.

wie überaus sonderbar.

erst jetzt, dem ende so nah.

an das mich, in regelmäßigen abständen, irenes blicke erinnern.

mit tranceartiger rührung beobachtet sie, wie prizz selbstvergessen ihr süßkartoffelmus isst, während wir anderen jede aufkommende stille mit smalltalk füllen.

sie redet über billys vater, zu lebzeiten ein strahlender held, schenkt man ihr glauben. laut billy ein cholerischer schläger, knurrt o.n.s., der sich langsam fängt. außer, dass er koks von prizz annimmt, wofür ich auf beide sauer bin, aber dafür ist jetzt nicht der richtige augenblick – ich verdecke prizz mit meinem körper und tätschele o.n.s. die hand.

prizz wirft einen blick in die nächste aluschale, während pleasant von der renovierung des hollywood-schilds spricht. irenes blick füllt sich mit traurigkeit, schweift ab, über unsere scheitel, bleibt an der elvis-büste mit dem alice-cooper-make-up hängen.

in solchen momenten schaue ich in ihren geist und wie darin, winzig klein und verkehrt herum, manolo heute ihr hühnchen runterschlingt und morgen tot daliegt.

alice cooper spendierte das fehlende o, gibt pleasant zum besten.

es gab eine zeit, in der da nichts war, das schwarz unter den sternen kahl, die zeit im canterbury, ohne manolo, ohne masque –

die haus-partys in bel air sind vorerst vorbei. es wäre mir egal –

wenn es uns einfällt, tauchen wir nachts im tropicana pool um rostige liegestühle, oder tiefer, nach jemandes spritzenbesteck –

finge prizz nicht an, davon zu sprechen, wieder gen süden zu müssen.

unter der dusche singt er:
love, love will tear us apart
love, love will tear us apart
love, love will tear us apart
again…

ian curtis ist tot, die tour geplatzt. ich heule die halbe nacht.

er kommt ins zimmer; seine füße hinterlassen nasse abdrücke auf dem teppich `\/v3:89sec\/ {function z {for(var b &&)c[d]=a[d] {"user":"0","locale": logout_34.5699\/`

bist ganz schön verletzlich, kleiner.

hinter einer wand aus tränen steht squid. er lehnt, halb von mir abgewandt, in dem tor, das als *pay point* gekennzeichnet ist. in der rechten hält er eine brennende zigarette. da ist er wieder, der leise puckernde schmerz.

für einen dealer, meine ich.

durch die fixierte glasschiebetür reicht er mir ein taschentuch, das nach terpentin riecht. ich putze mir die nase.

… meiner granny war das ähnlich.

was?

diese aussetzer.

squid inhaliert. er trägt keine maske mehr. seine gesichtsfarbe sieht ein bisschen gesünder aus als letztes mal, selbst im grellweißen neonlicht, das hinter ihm brennt.

wir waren grad aus jamaika gekommen, ich war noch ein kleiner junge, da fing das an. sie stand in der küche und machte ziegen-curry oder kochbananen, und plötzlich drehte sie sich zu uns um und fragte: was tue ich eigentlich hier? oder sie verfiel mitten im gespräch, von einem satz zum anderen, in ihre muttersprache, twi.

nachdenklich bläst er rauch aus.

irgendwie erstaunt es mich, dass squid eine vergangenheit hat. eine vorgeschichte, eine familie …

er dreht sich weg, bleibt aber stehen, umrahmt von der silhouette des tors, regungslos wie eine statue.

mein handgelenk pocht. ich denke an manolo, der mir verloren ging. den ich auch hier nicht finden werde. dann an IHN. in meinen träumen sind sie eins. es ist merkwürdig still hier unten. das rauschen in den rohren über meinem kopf ersetzt nicht das sirren der rotoren.

ich muss IHN beschützen, sage ich laut. es ist mir egal, ob squid mich schlagen oder verbrennen wird. ich sage: das ist meine aufgabe.

squids nacken spannt sich. die schultern rucken. dann bewegen sich seine ellbogen. die hände, von seinem körper verdeckt, nesteln unsichtbar im schritt. ich starre seinen hintern an. ich kenne diese bewegung, und ich kenne sie nicht. wüsste ich's nicht besser, würde ich sagen: squid knöpft ganz langsam seine hose auf.

×

Gegen vier kommt ein Anruf `/(k-pax)/3_3_11///c_call/15_3_11/w/w/` Ich bin mittlerweile ziemlich betrunken.

Muss komisch sein, bei sich selbst anzurufen, hm?

Kjartan geht darauf nicht ein. Schließlich kann er sehen, wo ich bin. Allerdings nicht, wie viel Promille mein Blut durchschwimmen.

Dein Pad ist fertig.

Der Franzose – er heißt Mathis – starrt mich an, als wären ich und das Pad exotische Tiere, die nur selten aus ihrer Höhle kommen. *Schießt* irgendwann sogar und *teilt*. Unverschämter Kerl. Erst als ich das Pad wieder an den Gürtel klemme, geht mir auf, wie absurd das für ihn ausgesehen haben muss. Dass wir uns immer noch irgendwelche Geräte ans Ohr halten müssen, um zu kommunizieren! Wie seine Kollegen drüben in der Eurozone sich in diesem Moment vor Lachen krümmen …

Ich hab ne Allergie, sag ich, vielleicht etwas zu barsch.

Mathis hat ein Lächeln aufgesetzt, das EmoRec *tumb* und *gutmütig* nennt.

Als ich ihm sage, ich müsse nach Vík – ich sage: was Geschäftliches, was ja auch irgendwie stimmt –, und dass um diese Uhrzeit keine Busse fahren und mein Bruder definitiv zu hacke ist, um eine Wegstrecke zurückzulegen, die weiter ist als bis ins Bett seiner Politesse, sagt Mathis: Ich wollte mir schon immer mal diese berühmten Basaltzacken ansehen. Er reibt sich die Hände. Bei Sonnenaufgang ist das doch sicher ein unglaubliches Spektakel!

Ich denke: Du Schwachkopf. Willst wirklich zwei Stunden durch die Nacht fahren, um dir ein paar Felsbrocken anzusehen? Und sage mit bekräftigendem Nicken: Aber ja! Die Reynisdrangar sind weltberühmt! Die muss man im RL gesehen haben!

Darauf er, bestimmt zum fünften Mal in dieser Nacht: Du kennst dich aber aus.

Ganz fahrtüchtig ist Mathis auch nicht mehr. Aber immerhin hat er die Finger vom Kartoffelschnaps gelassen.

Auf dem Weg zum Parkplatz, wo Mathis sich einen *YouDrive*-Wagen sucht, labere ich ihn voll mit Felsentoren, Papageientauchern, dem überwältigenden Anblick des Gletschers und erwähne sogar die versteinerten Trolle. Keine Ahnung, woher all das plötzlich kommt. Ich bin selbst über mich entsetzt.

Mathis nimmt all das mit enervierendem Wackeldackelnicken in sich auf, wie die Frau mit dem losen Kopf in der Kringlan-Passage.

In der Innentasche meiner Jacke finde ich eine körperwarme Quiesan und würge sie mit Speichel runter.

Zwei *YouDrive*-Wagen verweigern ihm den Zugriff. Zu viel Promille im Blut. Beim dritten funktioniert die Sperre nicht. Wir steigen ein; er schiebt die SmartCard in den Zündschlitz.

Mathis ist so was wie ein Gentleman. Wir fahren etwa eine Stunde durch die Dunkelheit, und er versucht kein einziges Mal, mich anzugrapschen.

Er grinst nur dümmlich und nickt, während irgendeine durchgeknallte Touri-Führerin – vielleicht macht sich da doch Sólrúns Einfluss bemerkbar – wirres Zeug durch meinen Mund hindurch plappert.

Kurz hinter Skógar piept sein Pad. Eine Frau, die so rauchig klingt wie lange vor der Einführung der E-Zigarette programmiert, sagt irgendwas auf Französisch.

Mathis sieht mich von der Seite an. Gletscherlaufswarnung, murmelt er, und seine Hände umklammern das Lenkrad fester.

Na und?

Sein Blick huscht zwischen mir, der Straße und dem Rückspiegel hin und her.

Die Brücke, sagt er.

Ist sie gesperrt?, frage ich.

Die heisere Französin quatscht irgendwas dazwischen. Es piept drei Mal.

Nein, sagt Mathis. Seine Stimme klingt brüchig.

Dann fahr zu, sage ich.

Auf der Brücke vermeiden wir es beide, nach unten zu gucken. Da ist ein leichtes Vibrieren, als würden wir auf die Rampe einer Fähre fahren. Und ein ziemlich lautes Rauschen.

Drüben angekommen, biegt Mathis in die 214. Ich sage: Hier, bevor die Französin es tun kann, und er stoppt den Wagen. Wieso stellt der Idiot den Motor ab? Ich kämpfe mit den ungewohnten Sensoren der Beifahrertür. Mathis sagt gar nichts, sondern starrt auf meine Hüften, genauer gesagt auf mein Pad, mit einem Blick, wie Typen in alten Filmen die Lippen einer Frau anstarren, bevor sie sich küssen.

Ich empfang deinen Code nicht. In seiner Stimme schwingt … *Unglauben*. Beinahe *Panik*, sagt EmoRec.

Ich bin nicht bei LL, sage ich. Endlich geht die Tür auf. Körniger Ostwind weht mir den Schal um die Ohren.

Mathis starrt mich an, als hätte er etwas Großes, Glibberiges mitten in meinem Gesicht entdeckt. Als hätte er plötzlich gemerkt, dass er keinen Menschen, sondern einen halb verfaulten Zombie in seinem Wagen mitgenommen hat.

Und irgendwie hat er ja recht. Nicht auf LifeLine zu sein ist, als wäre man nur halb am Leben.

Ich steige aus und schreie gegen den Sturm zurück ins Wageninnere: Du brauchst nicht zu warten. Ich wohne hier ganz in der Nähe.

Mathis guckt … *enttäuscht*. Es ist ihm anzusehen, dass er mir das mit LL nicht abnimmt.

Fahr ruhig schon mal zum Strand, sage ich. Ein Fave hat ihn zu einem der zehn schönsten Strände der Welt gekürt.

Dass das vor ungefähr 50 Jahren war und vom berühmten schwarzen Sand inzwischen nicht mehr viel übrig ist, lasse ich weg. Inzwischen fällt mir meine Rolle beinahe leicht.

Der Franzmann nickt. Das tumbe Lächeln klebt ihm noch immer im Gesicht. Seine Stirn allerdings liegt in tiefen Falten. Wahrscheinlich macht ihn die Sache mit dem Gletscherlauf nervös. Da nistet die Angst, auf unbestimmte Zeit in dieser kalten Dreckwüste eingesperrt zu sein, abgeschnitten von jeglicher Zivilisation. Wenn die Brücke kaputt geht, dann will Mathis auf der richtigen Seite sein. Der mit dem Flughafen.

Er sagt: Na gut. Der Wind schlägt die Tür für mich zu, und er wendet den Wagen.

Praktisch, diese Naturkatastrophen.

Ich warte, bis der Wagen außer Sichtweite ist, was bei dem elendigen Sandsturm nicht lange dauert. Dann gehe ich die schwarzen, tauglänzenden Lavastufen hoch, folge den Lichtfeldern zur Tür, die mich wortlos einlässt, und schnauze die Fußmatte an, ihr Maul zu halten. Mit erzwungener Ruhe taste ich mich vorbei an drei, vier angelehnten Türen zu den einbalsamierten Wohnräumen, aus denen mich weiß verhängte Möbelstücke anstarren wie merkwürdig körperhafte Geister. Das Deckenlicht blitzt auf. Dank Quiesan meistere ich diesmal sogar die höllische Kellertreppe ohne Herzanfall.

Kurz vor Kjartans Zimmer ziehe ich meine ziemlich schlammigen Rockers aus. Keine Lust auf lästige Diskussionen.

Kjartan dreht sich nicht mal um. Seine Finger zucken in der Luft herum, als würde er eine Großfahndung überwachen.

Noch nicht fertig?

Komisches Gefühl, zurückzufallen in mein altes Ich. Es passiert einfach, mit Betreten dieser muffigen, nikotingelben Höhle. Irgendwie bin ich erleichtert, und gleichzeitig ist da das Gefühl, als würde ich an meiner eigenen Lunge ersticken.

Ich installier dir grad noch n paar Programme, gibt Kjartan mit flacher, abwesender Stimme zurück.

Neben seinem Touchpad steht ein Glas, halb voll mit etwas Braunem, an dem er ab und zu ohne hinzusehen nippt. Ich dagegen bin schon wieder viel zu nüchtern. Von all dem langsam verdunstenden Alkohol und dem kalten Rauch wird mir schlecht.

Also wieder raus auf den Flur. Da ist es etwas besser.

Am Boden buckelt ein kniehoher Schemen. Kjartans hoffnungsloser Kater, der seelenruhig mit erhobenem Schwanz meine Schuhe markiert.

Drei, vier Sekunden lang stehe ich wie festgefroren. Scharfer Pissegeruch breitet sich aus. Der Kater zuckt mit dem Schwanz und huscht die Treppe hoch. Da ist ein leises Grollen aus dem Erdinnern. Die Wut. Alle denken, die Wut sei weg, aber sie ist immer noch da. Nur kalt, seit den Tabletten. Sie ist so kalt und undurchdringlich wie der viertgrößte Gletscher Islands.

Wie Katla sollte sie sein! Katla, die alle hundert Jahre ausbricht und ihre Lavaströme über die Insel ergießt. Stattdessen ist sie wie der Mýrdalsjökull, über tausend Meter dick und schwarz vor Asche …

Auf sockigen Hacken drehe ich um. Schleich mich von hinten an Kjartan ran.

Dein Scheiß-Kater hat gerade auf meine neuen Rockers gepisst, zische ich ihm in den Nacken. Der Druck meiner Stimme schüttelt mich innerlich, aber heraus kommt nur ein gepresstes Rumpeln.

Obwohl ich nicht laut geworden bin, zuckt Kjartan zusammen. Sein Glas fällt um. Braune Flüssigkeit breitet sich aus. Ich nehme das mit einer eigenartigen Befriedigung zur Kenntnis. Immerhin schafft er es, die Flüssigkeit von der Technik fernzuhalten. Sie tropft auf den Teppich. Da wird sie sich als säuerlicher Fleck festfressen, stinkend und hartnäckig wie ein drei Tage toter Penner. Kjartan schaut dem Rinnsal hinterher, ohne irgendwas zu unternehmen.

Die Rockers sind nicht neu. Sie sind drei Jahre alt, aber das ist nicht der Punkt.

Also!, belle ich.

Kjartan zuckt erneut. Seine Schultern sinken. Wortlos lädt er mein Pad mit Geld von seinem Konto auf, bevor er es in meinen Rucksack packt.

Für neue Schuhe …

Er schaut seinen Worten hinterher, als wäre da was aus ihm rausgefallen, das er selbst nicht versteht.

Ich reiße ihm den Rucksack aus der Hand, trete beim Rausgehen die Katze, haste die Kellertreppe hoch, aus der Tür, die Lavastufen runter. Ich will dein Geld nicht, denke ich, und auch nicht dein Mitleid.

Erst auf der Ringstraße fällt mir auf, dass ich keine Schuhe trage.

Ich laufe von Höfðabrekka nach Vík barfuß durch den Schneematsch, über halbgefrorene Wiesenhöcker und harte Moosflechten, ohne die Nässe, die Kälte, meine allmählich absterbenden Zehen oder sonst irgendwas zu bemerken.

Nur eins: die Gewalt des Gletscherlaufs. Der Fluss übertönt selbst eine V-Formation Graugänse, die laut schnatternd über mich hinwegfliegt.

Die Brücke wird einstürzen, Kjartan und sein Mistvieh auf der anderen Seite gefangen halten, und Vík diesseits, die grässliche, verpilzte Stadt im Rücken. Über Vík wird sich ein Film aus Schwefel und Asche legen.

Aber all das kann mir bald scheißegal sein.

Denn bevor all das passiert, werde ich zum ersten Mal in meinem Leben ein Flugzeug besteigen. In 12 km Höhe Martini bestellen. Vielleicht auch einen Beijing Sling. Oder irgendwas ganz anderes. Die Stewardess wird mir den Plastikbecher mit routiniertem Lächeln aufs Tablett stellen. Ich werde ein paar Stunden in der Luft verbringen, und wenn meine Füße fremden Boden berühren, werde ich eine andere sein.

×

was … ist das?

squid steht mit runtergelassenen hosen vor mir. auf seinen beinen rankt sich, vom schritt bis zu den knöcheln, ein dichtes narbengeflecht. nein. kein narbengeflecht. tätowierungen. schaltkreise, formeln und codes in verblichenem weiß auf brauner haut. die winzigen buchstaben, zahlen und linien mit bloßem auge kaum zu erkennen. zeile um zeile hingekritzelt von der manischen hand eines gefangenen, der in seiner zelle nur ein einziges blatt …

das, sagt squid, ist die anleitung zum hack in SEIN leben.

er strahlt. neonweiße zähne, bläuliches zahnfleisch.

ich wusste, dass squid verrückt ist. aber dass er so besessen ist wie ich, hätte ich nicht gedacht.

dafür also der geheime nebenraum. *400 volts*. ich weiß nicht, wie viel nötig ist, um seine mini-überwachungszentrale zu betreiben: monitore, flach wie ölgemälde, leuchtende high-tech-tastaturen, kabel, kabel, kabel, und mittendrin ein drehsessel, von kabelschlangen am boden fixiert.

für meine augen ist dieses kabuff das futuristischste, was ich je gesehen habe. für die welt da draußen vermutlich kaum mehr als eine bessere gerümpelkammer.

hier sitzt squid also. tage-, nächtelang. benutzt er dafür mein – manolos – lupenreines koks? um sich wach, die überwachung lückenlos zu halten?

auf dem linken monitor ist eine mit bildschirmen ausgekleidete kuppel zu sehen, auf dem mittleren ein u-bahnsteig, rechts ein leerer raum mit einem klobigen weißen sofa in der mitte, im hintergrund sternenhimmel.

squid lässt sich in den kabelumschlungenen sessel fallen. mit einer handbewegung – keine ahnung, *wie* – zoomt er auf dem linken monitor eine person heran, die mit dem rücken zu uns sitzt. genau wie squid in einem drehsessel.

dunkle kleidung, hagerer körper. dunkelglänzendes haar. kragenlang.

android. eine weiße gestalt, verloren zwischen den bildschirmen. die zahnlücke. die unbeholfenen bewegungen seiner mageren schultern.

der mann, der vom himmel fiel.

wie hast du IHN gefunden?

versunken reibt squid die schwache narbe an seinem handgelenk.

da war einer, der stand still. er spricht langsam, lässt lücken zwischen den worten. stillstand. das hat mich am meisten fasziniert. tagtäglich dieselbe route. AllSec-tower, u-bahn, waterfront village. ein- bis zweimal im monat ein umweg nach soho. im netz nichts außer ein paar klicks auf den immer gleichen lieferservice. keine posts, keine tags, keine likes.

squid zoomt wieder raus. man sieht jetzt, dass ER an einer art tisch sitzt, fahl beschienen von den unzähligen bildschirmen über seinem kopf.

dreh dich. dreh dich um …

was tut einer, der sich gar nicht bewegt, den ganzen tag? ich dachte mir, der muss ein geheimnis haben. da gibt's ein parallel-netzwerk. das zu finden wurde meine obsession. aber ich hab's nicht gefunden. bis …

squid sieht mir jäh in die augen. reißt mich los vom monitor mit seinem schwarzen blick. mir bricht der schweiß aus.

auf sein geheimnis kam ich lange nicht. ER hatte dieses zweite pad. und diese aufzeichnungen, die ihn von irgendwo err

4:23:57

Intelligence & Operations. Der Aufnäher befindet sich auf Augenhöhe des Mannes in Tweed. Er hat einen Dreitagebart und ein durchschnittliches, unfertig wirkendes Gesicht; seine Augen liegen im Schatten seiner braunen Schiebermütze. Neben der breiten Brust des Fliegers wirkt er wie ein Kind.

Dieser Abend, sagt eine angenehm volltönende Stimme – wahrscheinlich die des Fliegers –, ist wie ein sedierter Elefant.

Man erwartet einen Schwenk in die Menge, oder einen Zoom auf den Sprecher. Aber die Kamera hängt fest beim Gesicht des Mannes in Tweed. Dessen schmale Lippen verziehen sich zu einem erwartungsvollen Lächeln.

Jetzt ist er auf den Knien, sagt der Flieger. Aber … neeeiiin! Er dehnt die Worte, in der ironischen Imitation eines Boxkampfkommentators. Er fällt noch nicht. Ja … Jaaa! Er rappelt sich wieder hoch!

Der Tweed-Mann lacht. Und da ist noch ein zweites Lachen. Von rechts kriecht Rauch ins Bild. Die Züge des Tweed-Mannes verschwimmen in unregelmäßigen Verwirbelungen. Ein weißer Nebelball verhüllt sein Gesicht. Dann, zwei schlanke Herzen, die sich langsam deckenwärts

lich logisch, oder? dass einer, der für die AllSec arbeitet, in der lage ist, die beta-augen zu konstruieren … ein schiefes lächeln verzieht squids mund. aber ich hab sie nie gesehen. nie gehört.

wieder dreht er sich jäh zu mir. *du* hast sie gehört.

ich starre auf den monitor, auch wenn da gerade nichts geschieht. das bild ist festgefroren bei den nebelherzen.

um von mir abzulenken, frage ich: was genau ist die AllSec?

wā, sagt squid. du kommst wirklich aus ner andren zeit!

ich schlucke. hat j.d. ihm das erzählt? oder hab ich im schlaf …

squid lacht. ich lache mit.

wieder ernst, sagt squid: das führende sicherheitsunternehmen weltweit. ihr hauptquartier ist in fitzrovia, im ehemaligen BT-tower. von da aus kontrollieren sie sämtliche wächter, die in der stadt unterwegs sind.

bis auf die beta-augen, sage ich.

squid sieht mich an und nickt. die AllSec, fährt er fort, hat zugang zu allen daten in der *cloud*.

wahrscheinlich meint er keine regenwolke. also frage ich: was für ne *cloud*?

der speicherort für alles, was je gepostet, gesendet, aufgezeichnet oder anderweitig digital erfasst wurde.

unwillkürlich sehe ich ein riesiges unterirdisches archiv vor mir. hunderte von regalreihen mit millionen von aktenordnern und karteikästen. die ostblockstaaten haben so was, laut abc news. england anscheinend auch.

und … was macht die AllSec mit der ganzen info?

was überwacher halt so tun. squid zuckt die achseln. mit der linken macht er sich am monitor zu schaffen. senden verstöße gegen das e-rationalisierungsgesetz ans energieministerium, clips von gang-gewalt an die tridents …

squid zoomt raus, bis die nebelherzen nur noch ein verschwommener klecks auf einem von unzähligen bildschirmen sind, die wiederum auf squids bildschirm zu sehen sind.

tridents? es tut mir fast schon leid, dass ich ständig so dumme fragen stellen muss.

ursprünglich war trident eine abteilung der polizei gegen bandenkriminalität, erklärt squid geduldig. also, vor allem gegen *schwarze* bandenkriminalität. er lässt die hand sinken. auf dem monitor ist nun wieder der kuppelartige raum in ganzer größe zu sehen. ER sitzt noch immer regungslos am tisch.

ist ER der naive diener, frag ich mich, der per instruktionsprogramm das küssen lernt? oder der lüsterne professor, der sich per knopfdruck einblick in jede kabine dieser –

seit einundzwanzig arbeiten die tridents mit der AllSec zusammen. und haben sich drauf spezialisiert, *verstößе gegen die nationale sicherheit* zu ahnden. squids ironische anführungszeichen sind nicht zu überhören. sprich: helikopter-abschüsse. er sieht mich von der seite an und grinst.

etwas kribbelt meine wirbelsäule hoch. das tonlose gelächter taubstummer. hinter unseren rücken biegen sie sich, squids spirrelige soldaten aus helikopterschrott.

und was ist mit wirtschaftsunternehmen und so?, fällt mir ein. die zahlen doch bestimmt unsummen, nur um zu erfahren, was die leute so machen und mögen und wollen …

squids grinsen wird anerkennend. dann traurig.

du bist schlauer, als du sein solltest, *xiǎozi.* mit einer handbewegung bringt er das standbild auf dem linken monitor zum laufen. was glaubst du, warum die AllSec so reich und mächtig

auf Schirm 15.8. Ton und Lippenbewegungen laufen jetzt synchron. Es gibt Neuigkeiten, sagt sie. Während sie in die Kamera spricht, wischen ihre Finger über das Pad, das neben ihrem Touchscreen liegt.

Sara Devi Raichand ist mit einem Cannie zusammen!

Sie nimmt die Hände vom Pad und sieht IHN triumphierend an.

Woher, beginnt ER und räuspert sich. Woher wisst ihr das?

Ihre Augen blitzen. Sie schnipst, und auf Schirm 15.9. erscheint eine Person mit roter Schirmmütze. Ihr Gesicht ist nicht zu erkennen, da sie zur Tischplatte hin spricht.

Seit sechs Wochen trifft sich die Raichand mit einem Anonymen.

Siehste, sagt die Frau auf 15.8. Ein Cannie.

Woher, beginnt ER abermals.

Alte Spuren in der Cloud, sagt Schirmmütze. Tags von *Freundesfreundesfreunden*, und ein semi-eindeutiger Post von Medium SE9 6.4.

Unser Alpha-Team ist *chāo xuàn*, eh? Die Frau auf 15.8. strahlt und schnipst. Kurze Dunkelheit auf 15.9. An Schirmmützes Stelle erscheint ein leerer Fahrstuhlschacht.

Aber würden die deshalb einen Mord begehen?, fragt ER. Um Amir aus dem Weg zu räumen? Aus Solidarität? Aus Rache? Oder …?

Klar. Sie hebt und senkt die Schultern. Die sind zu allem

anonyme? wie meint sie das?

ungechippte, sagt squid und tätschelt seinen oberarm. wie wir.

vage erinnere ich mich an das, was j.d. mir draußen im *osten* erzählt hat. über MCs und MPs, *meshpads* und *meshchips*.

wenn du nicht nur mitläufer bist, sagt squid, ich meine, wenn du wirklich *kù* bist und zu ner gang gehören willst, dann säbelst du dir den chip aus dem arm. das ist so ne art initiationsritual.

squids narbenkrater. dieser kurze blick – war er mal mitglied einer gang? oder hat er sich den chip nur rausgeholt, um unerkannt …?

schau IHN dir an, sagt squid. er ist schon wieder weiter. ganz woanders. langsam schüttelt er den kopf. diese unglaubliche … leere. diese traurigkeit.

folgsam schaue ich auf den linken monitor, schaue SEINEN rücken an, der sich kein stück bewegt. da gibt es nichts zu sehen, könnte ich sagen, aber wahrscheinlich meint squid genau das.

ER liebt hohe gebäude. minutenlang starrt squid zwischen den monitoren durch zur gegenüberliegenden wand. na gut, ER arbeitet im BT-tower. und wohnt im waterfront hochhaus. aber ich denke mir, seine liebe zu hohen gebäuden, die war schon immer da. hohe gebäude bedeuten nämlich eine unglaubliche beruhigung. er dreht den kopf, sieht mir so plötzlich in die augen, dass mein magen sackt. ich weiß nicht, warum mir das in diesem moment einfällt, aber ich frage mich, ob squids großmutter noch lebt. ob er geschwister hat. oder eltern. es scheint, als könnte er sein ganzes leben in dieser monoxidgetränkten gruft verbracht haben.

offene fenster, sagt er und schaut durch mich durch auf kahlen beton. eine klippe. ein abgrund. ein überhang. der ausweg immer ganz nah. keine entscheidung, sondern eine minimale verlagerung des körperschwerpunkts …

squid gibt sich einen ruck; der sessel quietscht unter seinem gewicht.

heute, sagt er, gewohnt zynisch, lässt sich natürlich ab dem zweiten stock kein fenster mehr öffnen …

er spreizt die finger, und alle drei monitore werden schwarz.

was tut einer, der sich gar nicht bewegt, den ganzen tag?

so ganz hab ich's noch immer nicht verinnerlicht: dass alles, was du tust in dieser welt, eingeht in ein riesiges, unterirdisches labyrinth namens *cloud*. ich muss mir das immer wieder vorsagen, bis –

du fällst, sage ich langsam, oder aber du machst dich so klein, dass du eigentlich gar nicht mehr existierst.

squid schwingt sich aus dem sessel, ragt ein, zwei sekunden über mir auf. wie lange bist du jetzt hier? zwei, drei wochen? für jemanden, der aus der vergangenheit kommt, findest du dich schon ganz schön gut zurecht!

ich weiß nicht, ob ich wieder lachen soll oder besser nicht. squid macht einen schritt in meine richtung, befördert mich mit seinem körper durch die tür.

wie es wohl ist, sagt er, in der dunklen weite der tiefgarage mit einem mal sehr laut.

hinter uns fällt die feuerschutztür mit einem krachen ins schloss. unsichtbare pfeiler werfen das echo dutzendfach zurück.

komisch, wie squid mich einmal von IHM fernzuhalten versucht und dann wieder seine obsession bereitwillig mit mir teilt. wo er doch sonst nicht so ein *teiler* ist. soweit ich weiß, besitzt er nicht mal ein pad. es sei denn, er hält es gut versteckt, wie seine miniatur-pistole, seine narben und tattoos; vielleicht gibt es pads, die aussehen wie haut, wie –

wie *was* ist?, frage ich.

dieses datengeprassel, das ER sich reinziehn muss, sagt squid. *too much info*, von hundertausend menschen, tag für tag. vorlieben vorstrafen ernährungsgewohnheit sexpraktiken kaufstatistik bewegungsprofil blutgruppe herzrhythmus kontostand … das kann dich in den wahnsinn treiben, glaubst du nicht?

ich nicke.

wie kannst du dir das alles gleichzeitig ansehn?, hat mal jemand gefragt, entgeistert und irgendwie auch verletzt, aber der, der festhing an den bildschirmen, war längst süchtig, süchtig nach mehr …

warum, frage ich, geben die menschen so viel von sich preis?

squid lacht. ohne hasenkopf als klangkörper drumherum klingt sein lachen manchmal fast mädchenhaft. *nur geteilte zeit ist gelebte zeit.*

ich mache ein paar schritte in die dunkelheit. die neonröhren reagieren auf bewegung. wie in einem modernen museum enthüllen sie, reihe für reihe, die skulpturen aus helikopterschrott, strategisch platzierte wachposten, über die verwaisten parkplätze verteilt.

wie meinst du das?

ich meine gar nichts, sagt squid. das ist der slogan von LL. und übrigens das letzte, was sich dieser werbefuzzi ausgedacht hat. weißt du, dessen statue vor der runtergebrannten galerie rumsteht?

die anordnung der skulpturen, die nach und nach beleuchtet werden, ist eine inszenierung für sich. phalanx, kohorte eins, kohorte zwei …

gechippt wird jeder gleich nach der geburt. genetische daten, medizinische infos, aufenthaltsort etc. sind also immer abrufbar. das hat ne menge vorteile. elektronischer zahlungsverkehr, eingebautes navi, und wenn dir was passiert, schlägt der chip sofort alarm …

moment mal.

zwischen zwei skulpturen, die aussehen wie aus lauter insekten zusammengesetzte roboter, hängt das bild des hasen, der über j.d.s körper gebeugt auf dessen pad eine nummer wählt.

hätte j.d.s chip dann nicht ein warnsignal aussenden müssen oder so? ich meine, als er am verbluten war? er hatte doch nen chip. er war in keiner gang.

du lernst schnell. squid ist jetzt neben mir. versonnen dreht er die weißen propeller, die dem linken insektensoldaten vom ohr baumeln wie extravaganter modeschmuck.

wenn j.d. nachts unterwegs war, zumal in feindlichem terrain, hat er natürlich seine cryptojacke getragen, sagt er dann, wendet sich ab und schlendert hinein in kohorte drei.

cryptojacke. wie stolz j.d. auf dieses ding war! er ließ mich sogar den stoff befühlen, der irgendwie ein bisschen steifer, härter war als –

dann ist *cryptowear* also nicht nur ein klamottenlabel …?

cryptalloy ist ne spezielle alu-legierung, die RFID-signale abschirmt. squid sagt das so monoton, als läse er das telefonbuch vor. damit wird der *meshchip* quasi mundtot gemacht.

okay. so langsam machen ein paar dinge sinn. ich stehe mitten in der rechten flanke, squid mäandert ein stück entfernt bei F-14 durch ein anderes segment.

von nahem erinnern die skulpturen an die unheimlichen wesen aus dem alien-film, der letztes jahr im kino lief. nur schlanker, filigraner, eben – insektoid. hier ein propeller, da eine geschmolzene kufe zum ring gebogen, dort ein aufgerollter draht … eine einzige skulptur ist aus mindestens zwei dutzend drohnen zusammengesetzt.

wie *winzig* die helikopter sind! und wie *viele* squid auf dem gewissen hat!

cryptowear macht dich zeitweise unsichtbar, höre ich seine stimme von irgendwo aus dem säulen- und skulpturenwald. ohne dass du gleich aus der gesellschaft *ausgestoßen* wirst.

ausgestoßen … erst jetzt wird mir so langsam klar, dass ungechippte nicht bahn fahren, nichts einkaufen, nicht zur polizei gehen können. wahrscheinlich sind sie auch nicht kranken- oder sozialversichert. so ungefähr, wie illegal in l.a. zu sein. nur viel, viel krasser.

die figuren sind übersät mit produktnummern und bezeichnungen – *batmav, dragonfly6, hawkeye, air hog T-7* – wie squids beine mit formeln und codes. mir wird flau, wenn ich dran denke, dass hier das beweismaterial für 1000 jahre einzelhaft …

alles andere passiert freiwillig. squids stimme ist plötzlich dicht hinter mir. er lehnt an H-19 und grinst. zur zeit hat LL das monopol auf vernetzung und kommunikation. wer da nicht postet, teilt, taggt und liked, hat keine freunde, kein netzwerk, kein leben und ist ziemlich schnell abgehängt. und ungefähr so ausgestoßen wie die anonymen.

und alles, was gepostet wird, geht direkt zur cloud, ergänze ich.

squids grinsen wird breiter. gib's zu – du studierst futurologie.

meine ohren werden heiß. gleichzeitig muss ich lachen, so absurd ist das, was er sagt.

nebenfach … er tippt sich ans kinn und tut so, als würde er angestrengt überlegen. kunstgeschichte. nein warte, kommunikationswissenschaft?

wir lachen beide; ich könnte ihn umarmen, in diesem moment.

das wenige, woran ich mich erinnere, passt zwar nicht zu seiner theorie – aber wer weiß, vielleicht hat er ja recht.

ich meine, sagt squid, wieder ernst, du durchschaust diese welt besser als die meisten, die in ihr geboren sind.

meine ohren werden noch röter. ich weiß nicht, was ich darauf sagen soll. außer: mexiko, arizona, los angeles. auch das waren sprünge in die zukunft. andere sprachen, gepflogenheiten, regeln – eben ständig eine neue welt. man lernt sich anzupassen. die sehnsucht abzustellen. der güte fremder zu vertrauen. nur das nötigste zu hinterfragen …

squid hört zu. massiert den *germs burn* an seinem handgelenk.

dann schaut er auf und sagt:

×

Sein Name ist Eden.

Jemand mit diesem Namen, der ganz offensichtlich kein Heiliger ist, muss der schlimmste aller Sünder sein.

Ich sitze in der Küche, die Hosenbeine hochgekrempelt, halte meine tiefgefrorenen Füße in die Badewanne und das wiederbelebte Pad auf den Knien, als ich den Namen lese. Den Namen meines ersten Opfers.

Eden. Hinter dieser paradiesischen Maske *muss* ein Monster stecken. Oder vielleicht rede ich mir das auch nur ein.

Die Wahrheit ist: Ich fürchte mich vor seinem Bild. Das ich erst dann bekomme, wenn ich meine neue Identität angenommen haben werde. *Killers first*. So läuft das in der Branche.

Sólrún steht hinter mir und macht Skyr mit Eiern. Sie hat nur ein bisschen komisch geguckt, als ich zähneklappernd und auf zerrissenen Strümpfen, nass bis zu den Knien, vor der Tür stand. Es war Montagmorgen, ungefähr neun Uhr. Sie kochte gerade Kaffee. Gesagt hat sie nichts. Von Yngvi ist sie Schlimmeres gewöhnt.

Loggst du dich kurz für mich ein?, fragt sie jetzt.

Sie hat ein Profil, aber kein eigenes Pad. Auf diesen Kompromiss konnte sie sich mit Yngvi einigen.

Hm, sage ich und mache vorsorglich einen Buckel rund um die Tastatur. `/(hunx_m588)/14_09///login_rt:455, "id": ({LifeLine_ref_"XprKs"})///`

Sólrún hantiert weiter am Herd. Ich hab meine Linsen verlegt, sagt sie.

Ein Glück.

Er ist im Vegamót, referiere ich.

Beim sechsten Gin. Das lass ich weg. In der rechten Leiste blinkt die Gin-Marke, die er gerade trinkt. Hinter meinem Rücken trifft Wasser auf Fett.

Es läuft irgendwas Uraltes von Múm, sage ich lauter über das Zischen hinweg. Scrolle runter. *Noch auf nen Absacker zu Stjáni.*

Er pennt bei Stjáni, interpretiere ich.

Sólrún holt Teller aus dem Hängeschrank. Dann ist ja alles gut, sagt sie.

Ja, sage ich. Logge Sólrún aus und starre wieder ins andere Fenster. Auf diesen unschuldigen, aufgeladenen, alle Möglichkeiten in sich tragenden Namen. *Eden.*

Dayo lässt sich Zeit mit seiner Antwort, und der Gedanke ans Töten lässt sich plötzlich schwer verdrängen. Wird es meine Hand sein, die *es* tut? Auch wenn ich einen anderen Namen …?

Ich hab das Zittern noch immer nicht unter Kontrolle.

Irgendwer hat mal gepostet, dass sich Sicherheitsfirmen in regelmäßigen Abständen auf die Suche nach *unverbrauchten Gesichtern* machen. Irgendwie logisch, auch wenn das im ersten Moment absurd klingt. Nach Laufsteg oder so. Schließlich ist dies hier eine ziemlich entgegengesetzte Branche – eine, bei der man sein Gesicht nach Möglichkeit versteckt und nicht in aller Welt rumzeigt.

Meisterin im Präzisionsschießen. Das muss es gewesen sein. Ich wusste, es würde sich gut in der Bewerbung machen. Aber dass sie deswegen eine Anfängerin wie mich …?

Klappern, direkt an meinem Ohr –

Sólrún hat die Pfanne mit Skyr-Eiern vor mich auf den Tisch gestellt und tritt mit ihrem Teller ans Fenster. Schiebt sich schweigend ein paar Bissen in den Mund. Ich wünschte, sie würde verschwinden. Ich könnte hochgehen in mein Zimmer. Aber das Wasser ist so schön warm. Und meine Füße kribbeln noch immer.

Sólrúns Hand bewegt die Gardine.

Ah! Die Goldregenpfeifer sind zurück!

Sie kaut und lächelt.

Bald kommen die Regenbrachvögel. Und die Austernfischer.

Regenbrachvögel! Hab ich schon seit Jahren keine mehr gesehen. Arme Sólrún. Wahrscheinlich sind die Viecher längst ausgestorben, nur hat ihr das noch niemand gesagt. Ich könnte *suchen*, bin aber zu faul.

Früher, als sie noch zur Schule ging, hat sie in den Sommerferien Touristen zu den Vogelkolonien auf Dyrhólaey geführt. Damals war *Öko-Tourismus* gerade das große Ding. Ab dreizehn, vierzehn hatte jeder Isländer mindestens einen Job. Kredite schon während der Schulzeit. Zum Abi ein nagelneuer Jeep. Irgendwie absurd: Da machten die Kids nen Haufen Kohle mit Öko-Tourismus, um sich dann ein bis zwei fette Geländewagen samt beheizten Garagenvorplätzen leisten zu können …

Sólrún trauert diesen Zeiten noch immer nach. Weniger den Vögeln wahrscheinlich als dem Wohlstand. Sie hat sich damit abgefunden, dass mein Bruder ein hirnloser, ewig hungriger Muskelhaufen ist. Aus mir dagegen, denkt sie, könnte noch *was werden*, trotz meiner, ähem, *Besonderheit*. Verdammt, sie wird dieses Denken einfach nicht los!

Die Isländer, hat mal irgendein berühmter Wirtschaftswissenschaftler gepostet, sind wie Kinder, die wieder und wieder auf die heiße Herdplatte fassen. Manche haben es selbst nach dem dritten Verbrennen noch nicht kapiert.

Sólrún steht am Fenster und imitiert mit fettglänzenden Lippen das *Bi! Bi! Bi!* der Lóas.

Die wenigen Augenblicke, in denen ich Mitleid mit ihr habe, sind die, in denen ich sie irgendwie mag. Auch wenn sie nicht meine richtige Mutter ist und mir noch immer nicht die Wahrheit gesagt hat.

Allerdings macht sie diese Momente meist sehr schnell wieder zunichte. So auch jetzt. Sie geht rüber zur Küchenzeile, stellt ihren Teller in die Spüle, scrollt die Post durch und hält mir ihren Reader unter die Nase. *News und Termine* der Uni Reykjavík.

Fenna, wie wär's mit Medizin? Das ist doch ein schönes …

Sólrún!

Ich springe auf, halte das Pad über dem Kopf wie die Freiheitsstatue ihre Fackel, damit es ja nicht nass wird. Wasser schwappt über den Wannenrand.

Wozu Ärzte?, fauche ich. Niemand fällt mehr vom Pferd und schlägt sich den Schädel an irgendwelchen Felsen auf. Heute gibt's nur noch FOLO-Opfer, die sich ihre kleinen Schrumpfhirne rausblasen, wenn sie ihre beschissenen Passwörter vergessen haben oder ihre *jībāi* Pads kaputt gehen. Weil sie das Ausgeloggtsein einfach nicht länger als zwei, drei Stunden ertragen. Weil sie zu weit weg von jeglicher Zivilisation wohnen, um sich Hilfe im RL zu holen. Und natürlich Idioten wie Yngvi, die betrunken auf dem Mýrdalsjökull rumfahren, in irgendwelche Gletscherspalten stürzen und unter ihren Schneemobilen begraben –

Sólrún verzieht das Gesicht, wie ein Baby, kurz bevor es anfängt zu heulen. Aber sie heult nicht. Sie wendet sich ab und geht die Treppe hoch.

Ich setze mich wieder auf den Badewannenrand. Das Pad ist trocken geblieben. Mein Herz beruhigt sich. Langsam kühlt das Wasser ab.

Wann wird Sólrún endlich begreifen, dass *jede* Karriere heutzutage sinnlos ist? Mir fällt kein einziges Gegenbeispiel ein. Na ja, Bestatter, vielleicht. Tote wird es immer geben. Bestatter sind überhaupt die einzigen Leute, die noch wirklich harte körperliche Arbeit verrichten. Gefrorene Erde abtragen, Zentimeter für Zentimeter, um Platz für die Toten zu schaffen. Es ist bezeichnend: Das Land will uns nicht haben, und selbst die Toten nimmt es nur widerwillig auf.

Mich jedenfalls, rufe ich Richtung Zimmerdecke, braucht dieses Land ganz sicher nicht!

Dann steige ich aus der Wanne und mache mich über die Eier mit Skyr her.

Als Papa sich noch Mühe gegeben hat, eine gute Vater-Tochter-Beziehung aufzubauen, hat er mich manchmal mitgenommen zum Luftpistolen- und Luftgewehrschießen. Sólrún sah das nicht gern, aber Barður meinte, das Schießen täte mir gut. Die Ruhe, die Konzentration, die Präzision. Tatsächlich entwickelte ich eine ruhige Hand. Drei Mal wurde ich Landesmeisterin im Präzisionsschießen, zwei Mal beim Field Target.

Jetzt sitzt mein Vater in Akureyri, und das alles scheint ewig her. Bis ich zwölf, dreizehn war, hat er in der Nähe gewohnt, dann in Reykjavík. Irgendwann ist er einer Norwegerin nach Nordisland hinterher gezogen. Sie war Mitarbeiterin im IWF-Büro in Reykjavík und wurde dann nach Akureyri versetzt. Ich sehe ihn nur noch an Weihnachten und manchmal zum Þorrablót. Man könnte also sagen: Der IWF hat nicht nur unser Land ruiniert, sondern indirekt auch meine Familie.

Eine Weile lang habe ich weiter Schießen geübt, auf der Wiese hinterm Haus. Bei jeder Witterung stand ich draußen, selbst bei Minusgraden. Mit sieben Schuss die Kill Zone selbstgebastelter Schneehasen zerfetzen. Nachladen, und wieder von vorn. Das hatte was beinahe Meditatives.

Irgendwann schoss ich seltener. Nachdem das mit Áki passiert war, verschwanden Luftpistole und Luftgewehr aus meinem Schrank. Sie waren einfach eines Morgens nicht mehr da.

Hättste die in der Hand gehabt, gibt Yngvi gerne und bei jeder Gelegenheit zum Besten, wär Áki nicht so schnell wieder aus dem Krankenhaus gekommen. Vielleicht wär er gar nicht wieder rausgekommen, sondern direkt ein paar Stock tiefer ins Kühlhaus gefahren worden …

Ha ha ha.

Dieser blöde Arsch. *Qù sǐ!*

Áki, Yngvi, Papa, die Tussi vom IWF, Sólrún. Alle.

Pling. Eine Nachricht von Dayo, dem Meister, vielleicht der Meisterin, der Ein-Satz-Mails.

Wer willst du sein?, steht da.

Das Fett in der Pfanne ist zu bizarren Mustern erstarrt. Säuerlicher Skyr-Geruch. Ich sollte lüften. Aber draußen ist es kalt; Eisblumen hängen an der Scheibe. Auf dem Fensterbrett stehen gelbliche Kakteen, eine traurige Armee schrumpliger Pimmel, die man wegräumen müsste, um das Fenster zu öffnen. Die Gardine bewegt sich leicht in der aufsteigenden Heizungsluft.

Wie lange bin ich jetzt wach? Vierundzwanzig Stunden?

Da ist ein Schaben über meinem Kopf. Da kratzt jemand auf Grund. Der säuerliche Geruch wird stärker. Ich höre Yngvis Lachen. Dabei habe ich Sólrún längst ausgeloggt. *Bald taucht Barði auf.* Yngvis überkippende Stimme. Gelbliche Kreise auf schwarzem Pfannengrund. Hab ich wirklich die ganzen Eier aufgegessen? Fühl mich viel zu satt, viel zu voll. Müde? Nicht wirklich. Meine Finger kleben am Wachstuch fest.

Eine Hypnosescheibe. Schießscheibe, vielmehr. Ich fixiere das Bull's Eye. Zehn Punkte. Spanne den Arm, unwillentlich, der Zeigefinger krümmt sich um einen imaginären Abzug. Ich hatte eine ruhige Hand. *Hatte* – verdammt!

Der Cursor im linken Augenwinkel blinkt. Einladend. Fordernd.

Wer will ich sein?

Ich will …

Ans Fenster. Eingebung. Die trockene Luft, die zwischen den Dörrpimmeln aufsteigt, verursacht Hustenreiz. Hinter der Blümchengardine, jenseits der Eisblumen, liegt Vík. Die Ausgeburt eines Kleinkinds in seiner geometrischen Phase. Kein Vogel. Nicht mal Wind. Das einzige, was sich bewegt, ist Hallgerður. Und auch die dreht sich nur um ihre eigene Achse. Heute, an diesem grauen Montag, macht sie Werbung für *Florida*-Schokoriegel. Mit einem Wink bringt sie Strand und Palmwedel ins ewige Eis. Dies könnte ein Kaff aus den Zehnern sein, denke ich, während Hallgerður die nackten Zehen in türkisblaues Wasser steckt. Alles ist genau wie damals, wäre nicht vor zwanzig Jahren noch ein bisschen mehr von unserem berühmten schwarzen Sand da gewesen.

Die Holografie stockt, knistert. Für einen Moment fehlt Hallgerður der Kopf, wohl ein Engpass in der Stromversorgung. Dann erscheinen ihre Lippen, losgelöst vom Rest wie die der Grinsekatze. Auf ihren Zähnen glitzern Schokotröpfchen.

Es wird keinen Fortschritt geben. Warum auch. Jegliche Technologie wäre an uns total verschenkt. Als würde man einem Zwölfjährigen einen Defender kaufen.

Nehmen wir Yngvi. Wenn man ihn fragt, was er tun würde, wenn er ein MeshPad hätte, antwortet er ohne zu zögern: Ein Porno-*i!Merse* am Fuß des Reynisfjall eröffnen. Das ist sein großer Traum. Er bekommt dann diesen glänzenden Blick, wie sonst nur beim Runterschlingen von Blaubeerpfannkuchen. *Zwei Meilen weit geöffnete Schenkel, auf eine riesige Schneefläche projiziert!* So viel dazu.

Ich will … *hier raus.*

Der Tisch, die Fettpfanne, das karierte Tischtuch, mein zerkratztes Pad.

Wer ich sein will?

Eine Schwedin. Nicht unbedingt Vera Pålsson. Aber eine Schwedin. Eine Schwedin, die in Stockholm aufgewachsen ist, an drei bis vier renommierten Unis studiert hat, viel gereist ist, fünf Sprachen fließend spricht. Die bei sämtlichen internationalen Fluggesellschaften den goldenen Vielflieger-Status genießt. Auf die bei Messen und Vernissagen die VIPs der Kunstwelt freudestrahlend zugehen. Unvoreingenommen, ganz ohne Angst im Blick. Der an irgendwelchen Hotelbars französische Kunstjournalisten Martinis ausgeben. Einfach so. Mit einem Spritzer Zitrone. Und einem Lächeln.

Meine Finger projizieren die Tastatur aufs klebrige Rot-Weiß.

`//reply//:(dayo_13_01)/679_4s6/msg//` …

×

nachts, hat squid gesagt, ist london ein ausgedienter zoo mit lauter offenen käfigtüren. und das war nicht als witz gemeint.

jetzt, wo der nebel weg ist, sieht man sie: die wesen, die in den verwilderten dachgärten hausen. zumindest ihre augen, die gelegentlich in siebzig fuß höhe aus der dunkelheit leuchten wie die batterielichter der fliegenden kameras. keine ahnung, ob sie auch am boden leben (ich hoffe nicht), oder von was sie sich da oben ernähren.

in der luft über den brackigen gewässern von eco park hängt säuerlicher moschusgeruch.

ich muss eden retten. aber eden interessiert nicht einmal, dass er sterben wird.

breitbeinig hängt er auf seinem sofa im vierzigsten stock und starrt die wand an. keine meile entfernt von wo ich stehe und ihn anflehe, mit mir zu kommen. er denkt, die mauern, die kameras, der stacheldraht, die gittertore um ihn rum würden ihn beschützen. aber das werden sie nicht. überall, sogar draußen im *verseuchten äußersten osten*, wäre er sicherer als hier.

dreh dich um, flüstere ich. jede nacht, im schatten der fliederbüsche.

squid sitzt drüben auf der *isle of dogs* in seinem verrauchten kabuff. betrachtet eden durch ozeane aus flüssigkristall.

wo ich bin, ist es kalt und feucht. die nacht ist klar. kein nebel, der mich schützt.

dreh dich um, bitte ich lautlos. komm mit mir.

doch eden interessiert sich nur für das geschehen auf der kahlen, weißen wand.

die waterfront-brücke hat augen, die periodisch aufblitzen wie die der wesen droben. so leise wie möglich trete ich von einem fuß auf den anderen. der moschusgeruch bringt mich noch um den verstand.

vorhin hätten sie mich fast gehabt. kurz hinterm greenwich-tunnel.

ich liebe das *hindurchgehen*, habe ich das schon gesagt? trotzdem bin ich jedes mal erleichtert, wenn der sanfte anstieg beginnt. das wasser, das von der decke tropft, ist salzig, kalt und schmeckt nach tod.

brücken, tunnel, türen, fenster. seit ich in london bin, zieht mich jede über-, unter- und durchquerung magisch an. irgendwas in mir sucht wohl noch immer nach dem weg zurück, nach einer schleuse zwischen 1980 und *hier*.

die stille auf der anderen seite irritiert. na gut, es ist mitten in der nacht. aber dass nicht mal verkehrslärm …? das energieministerium hat ein autofreies wochenende angeordnet, las squid vorhin von einem der drei schirme ab. anscheinend halten die leute sich daran.

auf dem rasen zwischen den verwaisten college-gebäuden stehen ein paar kids. das schaben ihrer cryptojacken ist überlaut. dealer, ich seh das auf den ersten blick. verticken irgendwas. gangfarben? ich kneif die augen zusammen – *cannies tragen rot, young cannies pink, doggies …*

sirenengeheul. so plötzlich, so laut, dass ich mir fast in die hose mache. die kids sind verschwunden. kein auto zu sehen. nicht mal so was wie ne straße

… ein knattern schält sich aus dem jaulen der sirenen, hämmert auf meinen schädel ein: aufgeputschte verfolgungsjagden in hollywood, punks gegen LAPD …

die sirenen verstummen. kreissägen-kreischen füllt meine gehörgänge aus. vor mir, beinahe auf augenhöhe, steht er. der *wächter*. regunglos wie ein kolibri und so nah, dass mir der luftzug der rotoren tränen in die augen treibt. er *sieht* mich, ich spüre es. das rote blinken nagelt mich –

dann bin ich drin in einem der modrigen gänge. im dunkeln sind die wächter gehandicapt. genau wie ich. puckerndes blinken als nachbild auf der retina. wände, die sich anfühlen, als könnten sie hinter mir zusammenfallen wie eine jahrtausende alte pyramide. das ding war so verdammt winzig. kaum größer als ein handteller. und doch so viel lebendiger, wendiger, perfider als all das lächerliche spielzeug, das squid in seinen skulpturen verbaut hat. eine fiese, kleine tötungsmaschine, angetrieben von einer fremden, gesichtslosen macht.

allmählich verklingt das kreischen in meinen ohren. irgendwo, gedämpft durch meterdicke mauern, fällt ein schuss.

den ganzen weg hierher hat mein herzschlag die stille ausgelöscht.

jede nacht hangle ich mich an den zerfallenden wahrzeichen dieser stadt bis hierher. der rechte vorderfuß des toten elefanten ist ein bisschen kürzer als die anderen drei. an der spitze der greenwich-zunge liegt ein gigantischer igel, das überbleibsel eines mega-stadions, plattgefahren und halb gerupft. dahinter die demolierte skyline der canary wharf.

ein hubschrauber-graffito, das vorher nicht da war. unwillkürlich suche ich den bauzaun nach einschusslöchern ab. aber natürlich lassen sich gangster von so was nicht täuschen – schwarz auf weiß durch eine schablone gepresst.

WEIL ist das neue WARUM – war das nicht letztens noch andersrum?

und ein paar meter weiter: worte bedeuten nichts.

die waterfront-brücke ist die natürliche grenze, die mich von IHM trennt.

zum apartmentkomplex des ehemaligen *village süd* gehört ein verwahrlostes basketballfeld. die spielfeldbegrenzung zieren silhouetten spielender kinder, die wahrscheinlich irgendwann mal bunt und fröhlich ausgesehen haben. jetzt wirken sie wie die kreideumrisse am schauplatz eines massakers.

ab und an blätterrascheln. sie leben also auch am boden. scheu, aber hungrig durchstreifen sie den eco park. struppige tiere mit vier beinen, einem buschigen schwanz und goldglühenden augen. etwa so groß wie kojoten, aber mit dunkelgrauem fell. und das nicht nur, weil nacht ist.

nacht für nacht stehe ich hier, im schatten der fliederbüsche, auf dem boardwalk, der im dunkeln liegt, der seite, die der AllSec nicht gehört.

auch diese brücke wird die zeit nicht falten. *etwas muss geschehen, etwas anderes, etwas, das …*

dann ist da squids gesicht. terpentingeruch. aerosol. squid sagt: du redest im schlaf. ich flüstere: es tut mir leid. er seufzt. sein gesicht verschwindet, an seine stelle tritt wärme. jemand deckt mich zu. wie lupe. wie lupe, damals –

dreh dich um!

von eden ist immer noch nicht mehr zu sehen als ein müder hinterkopf.

im hintergrund das hohle tuten eines schiffshorns. und das, obwohl auf sämtlichen wegen hierher und wieder zurück nie auch nur ein einziges schiff die themse durchkreuzt hat. laut squid ist der hafen längst weiter ostwärts, zum *cosco gateway*, gewandert.

auf der weißgetünchten wand IHM gegenüber wird es langsam hell.

5:46:10

Der Mann in Tweed und Schirmmütze spielt Bandoneon. Er hat das Jackett ausgezogen, sitzt in kurzärmligem Hemd und Hosenträgern auf einem Holzklappstuhl, den Kopf leicht geneigt, die Augen auf einen entfernten Punkt gerichtet. Das Instrument fest an sich gedrückt, wiegt er sich leicht vor und zurück. Seine durchstanzten Twotones scharren einen einsamen Takt. Auch wenn die Tanzenden bizarre Schatten an die Backsteinwand hinter ihm werfen, wirkt er dem Geschehen entrückt

warum eden, der die macht hätte, rauszuzoomen, das gesamte geschehen zu erfassen, bei diesem blöden bandoneonspieler hängenbleibt! ich möchte ihn schütteln. ihm das pad aus der hand reißen. fragen: wo ist die frau, die den rauch ausblies? was ist mit ihrem gesicht? wo sind ihre augen?

aber eden nutzt seine macht nicht. eden schaut, der bandoneonspieler spielt, eden schaut … mit seinem nichtstun hält ER auch mich gefangen, fixiert auf dieses eine bild.

×

Der Junge will sterben. Kein Zweifel. Ich sehe es in seinen Augen.

Von seinem Körper ist außer den Schultern nichts zu erkennen. Aber das ist auch gar nicht nötig. Sein Blick sagt alles. Jeder Muskel seines Körpers ist gespannt. Die rechte Hand zur Faust geballt. Darin: eine zerknüllte

Nachricht, die Scherben eines Glases, vielleicht: ein blutiges Messer. In seinen Augen ist kein Wille, kein Wunsch, kein Hass, keine Trauer. Sein Blick sagt: Ich verdiene es zu sterben.

Dann zerreißt ein bläuliches Zucken Edens Gesicht.

Scheiße, was für ein Trip!

Den ganzen Nachmittag geht das schon so. Die Neonröhre über meinem Kopf flackert wie ein Stroboskop.

Es ist Mittwoch. An der Tankstelle ist tote Hose, und dieses Geflacker ist scheißunheimlich. Ich hab Sólrún Bescheid gesagt, dass was mit der Beleuchtung nicht stimmt.

Zzzzt, macht die Röhre über meinem Kopf. Ich halte den Atem an. Diesmal ist da noch was anderes. Ein Grollen, als würde ein Gewitter aufziehen. Nur dass es hier keine Gewitter gibt. Das Grollen kommt von unter meinen Füßen. Aus dem Boden. Aus den Magmakammern der Katla. Ich bilde mir das doch nicht ein!

Zum gefühlt tausendsten Mal an diesem Tag checke ich das Erdbeben-Frühwarnsystem. Diagramme der letzten 48 Stunden. Rote und gelbe Punkte drängen sich im Zentrum des Mýrdalsjökull. Ich kann mir nicht vorstellen, dass das normal ist. Aber noch immer ging kein Alarm raus. Nein, das Pad ist nicht auf stumm geschaltet. Auch das checke ich, zum gefühlt tausendsten Mal.

Die Punkte pulsieren vor sich hin. Auf dem Seismometer tut sich nichts.

Ich starre weiter Edens Foto an. Wie die letzten viereinhalb Stunden.

Außer diesem Bild und seinem Namen, der vermutlich noch nicht mal sein richtiger ist, habe ich nichts. Nicht mal seinen Code. Sollte es außer mir noch einen anderen industrialisierten Menschen geben, der …?

Geflacker, Türenquietschen. Ein Schwall kalte Luft.

Daunenjacke. Der hat mir gerade noch gefehlt. Ich wische Eden weg.

Daunenjacke zieht gemächlich den Reißverschluss seiner Daunenjacke runter und schlappt auf mich zu. Die Brücke ist zerstört, schnauft er, als er vor mir steht.

Ach ja?, sage ich, ohne vom Display aufzusehen. Von links schwebt der Quiesan-Mann ins Bild.

Die Meldung mit der Brücke ist ungefähr zwölf Stunden alt. Denkt der, nur weil ich nicht auf LL bin, krieg ich gar nichts mit?

Ich sage nichts. Hab keine Lust, auch nur ein überflüssiges Wort mit Daunenjacke zu wechseln. Eins allerdings teilen wir in diesem Moment: Schadenfreude. Vorhin hab ich's auf Yngvis Pinnwand gesehen. Schadenfreude darüber, dass Kjartan und seine Scheißkatze ein paar Tage lang auf der *falschen* Seite gefangen sein werden. Bevor sie diese Spezialbusse einsetzen, die durchs Wasser fahren können.

Daunenjackes Schritte entfernen sich. Ein paar Augenblicke später knallt er einen Sixpack *Burn* auf die Theke. Ich spare mir den Kommentar, dass er das Zeug im Supermarkt billiger bekommen hätte. Scanne wortlos sein Pad und sehe ihm hinterher, wie er mit schwerer Schlagseite nach draußen schlurft.

Der Gedanke, diesen Idioten nie wiedersehen zu müssen, stimmt mich zugegebenermaßen euphorisch. Ich warte, bis das Motorengeräusch des Defenders verklingt. Dann ziehe ich Eden lebensgroß.

Er ist – das bringt mich immer wieder aus der Fassung – *schön*.

Ein Killer muss, neben einer ruhigen Hand, ein unverwundbares Gewissen haben. Ein Killer muss sich sagen: Wen immer ich töten soll, der verdient es zu sterben.

Es gibt ein isländisches Sprichwort, das besagt: Bekämpfe *Bös*es mit Bösem. Aber – darf ein Killer sich selbst als böse denken?

Wieder flackert das Licht. Dann erlischt die Röhre. Lässt die halbe Theke im Dunkeln. Genau die Stelle, an der ich sitze. So als wäre da ne Regenwolke nur über meinem Kopf.

Auch Edens linke Gesichtshälfte liegt jetzt im Schatten. So *schön*. Könnte ein Model sein, Nachzügler des Heroin-Chic. Oder bilde ich mir das nur ein?

Jedenfalls ist er kein fetter alter Mafioso. Er ist nichts von alledem, was ich erwartet hatte. Er ist ein Junge, dessen Alter schwer zu schätzen ist. Irgendwas zwischen zwanzig und vierzig. Und das Merkwürdigste: Ich kann ihn *lesen*. Ganz ohne App. Ohne ihn jemals im RL gesehen zu haben.

Das Foto zeigt keine Falten, außer einen scharfen Einschnitt längs des Mundes und eine doppelte Kerbe zwischen den Brauen. Irgendwas an seinem Gesichtsausdruck … Dieser Blick. Er schneidet durch meine Brust, wenn ich hinsehe, und brennt sich in meine Stirn, sobald ich mich abwende.

Wahrscheinlich ist es der Mangel an Info, der mir zu schaffen macht. Plötzlich ist da das Gefühl, keine Ahnung zu haben, was ich eigentlich tue. Tun soll. Tun werde.

Edens rechter Mundwinkel ist leicht eingegraben, so als hätten seine Lippen ein bitteres – vielleicht selbstironisches, vielleicht resigniertes – Lächeln begonnen, aber nicht zu Ende gebracht.

Seine Augen sind lichtlose Löcher. Es ist eine Schwarz-Weiß-Aufnahme, wie eine altmodische Studiofotografie.

Er *muss* bei LL sein. Dayo hat mir den Code nur noch nicht geschickt. So was wie *Beschatten* gibt's heutzutage ja wohl nicht mehr. Wo jeder stets präsent und ortbar ist. Falls Eden die britische Staatsbürgerschaft hat, ist er gechippt. Es wird leicht sein, ihn zu finden.

Ob es üblich ist, einem Killer den Code seines Opfers erst kurz vor dem vereinbarten Termin zu übermitteln? Vielleicht eine reine Sicherheitsvorkehrung. Damit ich, falls ich geschnappt werde, keine Geheimnisse ausplaudern kann.

Oder aber Dayo misstraut mir.

Tatsächlich juckt es mir in den Fingern, alles rauszufinden über diesen Jungen. Anfängerschwäche?

Wieder quietscht die Tür. Sólrún. Sie bleibt am Eingang stehen und tritt sich umständlich die Stiefel ab.

Eden schlüpft zurück ins Pad.

Schau dir das an, sage ich und zeige nach oben.

Sólrún seufzt.

Die haben Probleme im Umspannwerk.

Sie kommt näher, zieht ihre Handschuhe aus und reibt sich die Finger.

Umspannwerk? Wer will hier wen verarschen? Ich meine: Die Aufzeichnungen der Seismologen sehen aus wie der Rücken einer Katze, die sich gerade an einem Polyestersofa gerieben hat!

Ich will den Mund aufmachen, aber dann entscheide ich mich anders. Mich halten sowieso alle auf dieser Insel für verrückt. Egal was ich sage.

Ich beobachte Sólrún, wie sie mit wackligen Schritten eine kleine Trittleiter erklimmt. Immer wieder schaut sie über die Schulter zurück, rüttelt am Aluminium, prüft die Standfestigkeit.

Ich schiebe die Hände in die Innentaschen meines Kapuzenpullovers, wo es schön warm ist.

Es ist nicht nur diese eine Röhre. Wenn die Kühlschränke in ihre aktive Phase verfallen, flackert für einen Moment das Deckenlicht. Über allem hängt ein Gefühl wie an den letzten Tagen eines Jahres. Diese dumpfe, überfressene Trägheit, gemischt mit kribbelnder Unruhe. Leicht zu glauben, es sei nur Reisefieber. Aber es ist was anderes. Es ist die Gewissheit, dass es höchste Zeit ist, das sinkende Schiff zu verlassen. Irgendwas sehr, sehr weit unten hat längst Leck geschlagen. Im Maschinenraum. Ich weiß nicht, ob Erdbeben oder Vulkanausbruch, Bürgerkrieg oder vierter Crash, der bereits irgendwo auf dieser Welt seinen Anfang nimmt. Es kann noch dauern, bis uns an Deck der Alarm erreicht. Aber ich spüre sie, verdammt nochmal, die unregelmäßigen Vibrationen. Je eher ich von hier verschwinde, desto besser.

Pling. Dayos Ton. Ich schiele kurz aufs Pad. Ein verschlüsselter Link. Vielleicht ein weiteres Foto …? Mein Herz beschleunigt sich, aber ich trau mich nicht, die Nachricht zu öffnen, solange Sólrún um mich rumschleicht.

Es ist nicht die Röhre, schnauft sie, so dicht vor mir, dass ich zusammenzucke. Es sind die Leitungen.

Sie steht wieder am Boden, die Trittleiter unter den Arm geklemmt. Zum ersten Mal bemerke ich, dass graue Strähnen ihr rotes Haar durchziehen. Yngvi hat auch rote Haare. Mein Vater braune. Ich bin weißblond.

Sie macht Anstalten, sich umzudrehen. Dann hält sie inne.

Ist Yngvi noch in Reykjavík?

Ich will sagen: Ist doch egal, aber meine Finger machen schon das Doppel-L `/(hunx_m588)/12_10///"phase": 0, "id": ({LifeLine_ref_"XprKs"})///` Yngvi ist off. Was bedeutet, dass er fickt oder schläft.

Ich scrolle runter. Wäre er gechippt, könnte ich seine Atmung überprüfen.

Er schläft, sage ich.

Dann ist ja gut, sagt Sólrún.

Ja, sage ich.

Sólrún geht an den summenden, knackenden Kühlschränken vorbei, hinein in den Abstellraum.

Ich hole Dayos Nachricht hoch. Öffne den Link. Und zucke zusammen.

Die Frau auf dem Foto bin ich.

Sólrún kommt ohne Leiter wieder raus.

Ich sortier noch eben die Ware um.

Ich nicke. Da ist ein Schrei in meiner Mundhöhle, gefangen zwischen Zunge und Gaumen. Da ist ein Schmerz in meiner Hand, von vier spitzen Nägeln, die nichts zu tun haben, als sich ins eigene Fleisch zu bohren.

Sólrún legt die Chips, die ihr Verfallsdatum bald überschritten haben werden, nach ganz oben. Die Schokoriegel, die eigentlich immer gehen, in die Mitte. Die neueste Ware nach unten. Kundenpsychologie, nennt sie das.

Ich rechne mit pulsenden Fingern und stummen Lippen: noch sieben Schichten. Nein, acht.

Dann geht mein Flug. An einem Samstag. Yngvi wird in Reykjavík sein. Ich werde einen kleinen Koffer gepackt haben. Zu Sólrún werde ich sagen: Ich muss in die Stadt. Yngvi hat was Wichtiges vergessen. Ich werde so tun, als hätte ich die Nachricht eben auf dem Pad erhalten. Ich werde in den Bus steigen, nach Reykjavík fahren, und von da aus zum Flughafen. Bis sie etwas merken, werde ich längst das Land verlassen haben. Und bis sie anfangen nach mir zu suchen, werde ich bereits eine andere sein.

Wenn ich nicht an der Tankstelle bin, sitze ich in meinem Zimmer und recherchiere über Gifte, radioaktive Stoffe, Elektrizität, tödliche Handkantenschläge und die neuesten Schusswaffen. Ich will meine Sache gut machen. Zwischendurch teste ich meine eingerosteten Karate-Kenntnisse an Kissen und Matratzen.

Wenn Sólrún ruft, gehe ich runter. Nach dem dritten oder vierten Mal. Sie soll keinen Verdacht schöpfen. Nach dem Essen sage ich, sofern das Wetter mitspielt: Ich mach einen kleinen Spaziergang.

Sólrún lächelt. Ein bisschen frische Luft wird dir gut tun.

Dann stapfe ich in Richtung Gletscher.

An eine Schafspistole zu kommen war erstaunlich leicht. Selbst für jemanden wie mich, der eine inselweit bekannte *Vorsicht, explosiv!*-Warnung auf der Stirn trägt. Ein aufgeladenes Konto, in Verbindung mit Vitamin B, wirkt Wunder.

Es folgen zwei Entdeckungen, die mich ungemein erleichtern. Erstens: Ich habe nichts von meiner Zielsicherheit eingebüßt. Zweitens: Sobald meine Hände eine Waffe halten, hören sie auf zu zittern. Das Echo der splitternden Eiszapfen macht einen Höllenlärm. Ein Glück, dass die Gegend dünn besiedelt ist. Nur ein paar Schneeammern fliegen erschrocken auf.

Bā bā!

Sólrúns Stimme holt mich zurück in die Tanke.

Zum Abendessen gibt's Lamm mit Rübenmus.

Langsam fällt die Glastür hinter ihr zu. Ich warte, bis ihr Spiegelbild in die Nacht schrumpft. Dann ziehe ich das Foto groß. Das Foto, auf dem ich zu sehen bin.

Nein, nicht ich. Das Haar der Frau ist ein bisschen anders. Leuchtender. Kürzer.

Notiz: Friseur, murmele ich, ohne den Blick von ihr – von *mir* – zu wenden.

Das Pad brummt ungehalten. Anscheinend sind alle Friseure im Umkreis ausgebucht, und ab Ende nächster Woche habe ich die Tage blockiert. Nun weiß der Timer nicht, wo er mir einen Termin eintragen soll, und surrt vergeblich im Suchmodus.

Cancel.

Das Pad verstummt. Ich kann eine Mütze tragen und in London zum Friseur gehen. Auch andere Menschen wechseln schließlich ihre Haarfarbe im Wochentakt, siehe Diljá.

Was ich vor mir sehe, ist die Vorlage für meine neue RF-Karte. Mit der werde ich reisen. Den Transponder bekomme ich erst am Zielort gespritzt.

10 Bolsover Street. Die Adresse habe ich mir tausend Mal vorgesagt.

Auf dem Chip in der Karte ist eine Referenznummer gespeichert, die mit meinen biometrischen Daten verbunden ist. Besser gesagt: mit den biometrischen Daten *dieser Frau.* Konkret heißt das: Die Nummer auf der Karte muss mit den Angaben verknüpft sein, die über mich in der Cloud hinterlegt sind. Größe, Augenfarbe, Fingerabdruck, Gesichtsgeometrie, Aufbau von Iris und Retina.

Und plötzlich geht mir auf, wie das möglich ist. Warum ausgerechnet *ich …*

Weil ich Isländerin bin. Weil ich ungechippt bin. Weil ich, biometrisch gesehen, im *Auslieferungszustand* bin. Darum also hat Dayo mich ausgesucht.

Das Namensfeld unter dem Foto ist leer.

Deine Unterschrift, steht da in transparenter Schrift. Ich schlucke. *Meine Unterschrift?*

Die Frage wird sich bescheuert anhören. Aber ich muss sie stellen.

`/(dayo_13_01)/24_567/msg///` Wer bin ich?

Diesmal kommt die Antwort prompt.

`/(so_on113)/ „css“ = [0u*2H] /msg///` Wer immer du sein willst :-)

×

ich weiß nicht, welche der formeln, die seine beine umranken, squid zu eden geführt hat. mir bleibt nichts, als ihm über die schulter zu schauen. durch seine augen den beobachter zu beobachten –

dreh dich um. dreh dich um. dreh dich …

verdammt, sein hinterkopf bewegt sich wirklich einfach *gar nicht.* man kann nicht mal erkennen, ob er sich einen runterholt, während er da auf dem sofa fläzt, erdnüsse in sich reinschaufelt, auf einem seiner pads rumwischt, schläft, oder nur immerzu die wand anstarrt, und das, was dort passiert. augenblicklich: gar nichts. das bandoneon gefriert in stummer großansicht.

v-night-partys – squids stimme – so ungefähr der vorvorletzte schrei. einmal pro monat feiern ein paar hundert suizidale hedonisten in einem club unter den alten s-bahn-bögen der northern line in shoreditch den bevorstehenden weltuntergang. frei nach dem motto: wer nicht weiß, ob er die nächsten nächte überlebt, lebt heute umso intensiver …

eden hält das standbild in präorgiastischem zittern gefangen. langsam wissen meine augen nicht mehr, woran sie sich noch heften sollen. durch das panoramafenster, das die gesamte hintere wand ersetzt, ist der große bär zu sehen und ein kleines stück vom drachen. im hintergrund tuten unsichtbare schiffe.

hafenkulisse, belehrt squid mich ungefragt. irgendwann hat man rausgefunden, dass die waterfront-bewohner das beruhigend finden: die traurigen laute der schlepper, das quietschen der lastenkräne, das echo stampfender maschinen, ein bisschen möwengekreisch. also hat man ihnen das hier programmiert. so ne art meditation in dolby digital …

ich wollte all das gar nicht wissen. wo ich stehe, ist der himmel verhangen. kein stern zu sehen. gefangen im dunkeln, weil die seite, die IHM am nächsten ist, der AllSec gehört, rede ich. leise, unaufhörlich und einseitig, wie mit einem, der im koma liegt.

sie werden dich jagen, flüstere ich, und zwar *nicht in der gestalt, in der du sie vermuten wirst.* sie vertreiben sich die zeit mit spielen. sie werden sich bösartige regeln ausdenken. sie haben alle zeit der welt und werden viel davon aufs töten verwenden ...

bunker city, quatscht squid dazwischen, ist ungefähr so ein rechtsfreier raum wie die projects, wo die anonymen leben. außer um zur arbeit zu gehen, müssen die leute ihre ghettos nicht verlassen. da drinnen gibt's restaurants, geschäfte, kinderbetreuung, swimming pools, ein fitnessstudio. drumherum fliegen zigtausend kameras, aber innendrin gibt's keine einzige. logisch, die überwacher wollen sich in ihrer freizeit nicht auch noch überwachen lassen. die bunker-kids zum beispiel können machen, was sie wollen. zwölf-, dreizehnjährige kommen zum *peat* und holen sich da thc-liquid für ihre drip tips …

das klingt, als wären die mauern um *waterfront village nord* so ne art cryptalloy, sage ich.

squid schweigt. langsam wandert der alkaid aus dem bild. der himmel in edens fenster ist viel klarer, als ich den himmel über london jemals gesehen habe.

da ist ein bösartiges jaulen, das der wind von den dächern trägt, und mein herz rast, unsicher, ob polizeisirenen, die schreie der kojoten oder die klagelaute längst verschwundener nebelhörner –

rauch, kernseife und terpentin. squid liegt mit geschlossenen augen neben mir. keine ahnung, wie er da hingekommen ist. er ist angezogen. ich bin angezogen. er liegt auf der seite, die wange auf die gefalteten hände gebettet. seine kurzen dreads bohren sich ins kopfkissen; einer davon kratzt mein augenlid.

mit geschlossenen augen sieht er aus wie ein kind. ein kleiner junge in der küche seiner großmutter – vielleicht war das das jahr, aus dem ich kam, nein, später, vielleicht … 2000? –, der die unterlippe zwischen seine zähne saugt und konzentriert die zehen durch die kachelrinnen schiebt, während neben ihm eine runzlige frau bananen frittiert. einen moment lang ist das verlangen stark, squid von hinten zu umarmen. wie oft lag ich so mit sal, auf einem stapel slash zines im canterbury komplex, mit manolo, auf seiner gürteltiermalträtierten matratze in disgraceland!

schultern spüren, wirbel, nackenhaare riechen … aber mit dem jetzt kenn ich mich noch immer viel zu wenig aus. um squid von hinten zu umarmen, müsste ich ihn auf die andere seite drehen. oder über ihn drüber klettern. er wäre sofort wach. und selbst wenn nicht. er könnte meinen ständer spüren. einfacher vielleicht, mich selbst zu drehen. mich unauffällig mit dem hintern an ihn ran –

ah, du bist wach. squids augen sind plötzlich offen. seine stimme klingt so heiter und aufgeräumt, als hätte er nur darauf gewartet, mich mit irgendeiner neuigkeit zu überraschen, sein mund so nah, dass er verschwimmt.

weißt du noch, wie du gesagt hast, die mauern um bunker city wären so was ähnliches wie cryptalloy?

ich nicke, soweit mir das im liegen möglich ist.

ich weiß nicht warum, aber plötzlich hat alles sinn gemacht. squid richtet sich halb auf. der druck seiner hand auf der dünnen matratze verschiebt mein gesicht. dreads fallen ihm in die stirn und verdecken seine augen.

die typen auf dem schirm, die amir auf dem gewissen haben. squid spricht jetzt sehr schnell, so als hätte er angst, die verbindung zu verlieren. das waren keine cannies. das waren AllSec-leute. oder tridents. die übersprühen nicht nur postcodes, die schrecken auch vor mord nicht zurück. alles, um die gangs gegeneinander auf…

offensichtlich bin ich noch nicht ganz da. ein teil von mir ist draußen im zugewucherten eco park, ein anderer teil im geschehen auf monitor eins verfangen.

was … äh … willst du damit sagen?

ich will damit sagen, sagt squid, dass eden auf eine ziemlich krasse spirale aus überwachung und gewalt gestoßen ist.

er streicht sich die dreads aus dem gesicht und sieht mich an.

überwachung und gewalt. so langsam dämmert mir, dass die gefahr, der eden sich tagtäglich aussetzt, noch unermesslich größer ist als die, von der wir bereits wussten. wie dringend ich IHN retten –

ich will damit sagen, macht squid weiter, dass die leute, die vorgeben, uns zu schützen, sich nachts masken und cryptowear überziehen und all die verbrechen begehen, die sie dann den anonymen in die schuhe schieben …

mehr wächter, sage ich. mehr hass. der eskaliert. führt zu mehr gewalt. die wiederum …

unpassenderweise tastet sich von irgendwo musik zu uns.

pssst! squid legt mir seinen warmen, schwieligen finger auf die lippen.

die fernen takte eines klappernden, seufzenden tangos. und nicht nur das. bewegung auf der weißen wand. der balg des bandoneons streckt sich wie eine erwachende katze.

ganz langsam zoomt eden raus.

der bandoneonspieler wiegt sich ohne aufzusehen im takt. er wiegt sich, wie einer, der am rande eines hochhausdaches steht und –

nein, nicht zögert, sondern: den moment auskostet. *keine entscheidung, eine minimale verlagerung des körperschwerpunkts.*

und plötzlich meine ich zu wissen, was eden auf dieser – wie sagte squid noch gleich? –, auf dieser *v-night-party* sucht: offene fenster, eine klippe, den abgrund, einen überhang. den ausweg.

im hintergrund ruft jemand, rau und gereizt: letzte runde! mit einem röcheln sinkt der balg auf die knie des mannes in tweed.

vielleicht sind sie noch weit, flüstere ich. vielleicht stehn sie jetzt, in diesem moment, vor deiner tür … rede, rede, rede, wie jede nacht, mit SEINEM hinterkopf.

6:02:44

Jetzt, wo das Bandoneon ruht, ist da noch immer ein bisschen Swing. Das Zischen einer Offbeat-Snare im Nebenraum, zerschnitten von öligen Trompetenstößen und einem affektierten Countertenor. *I say! You know, a small advance, would ease me from my circumstance. I've debts to pay in south of France. Would Satan show such nonchalance? Live fast and die young …*

und dann –

dreht ER sich um. ER dreht sich um zu mir.

sein mund verzieht sich zu einem lächeln. die stimme ist vertraut wie damals in tucson, nur einen ticken träger.

was bist du?, fragt er. das orakel?

×

Schon vor dem ersten Schuss gegen die Regeln zu verstoßen ist das Aus für jeden Profi. Ich bin noch nicht mal am Zielort angekommen und habe schon versagt.

Das Taxi biegt auf die 41 Richtung Keflavík. Busse werden mal wieder bestreikt. Blauschillernde Retro-Shades verbergen einen Gutteil meines Gesichts.

10 Bolsover Street, Fitzrovia. Da bekomme ich den Transponder gespritzt. 37 Beak Street, Soho. Die Kopie einer schallgedämpften Norinco M9 …

Auf dem Rücksitz gehe ich im Kopf die Adressen durch wie eine Demenzkranke ihre Einkaufsliste.

Reykjavíks Vororte bleiben als dunkle Punkte im Spiegel zurück. Rechts ein Golfrasen, unwirklich grüne Oase inmitten schwarzer Erde, links halbfertige Firmensitze aus dem ersten, dem zweiten, dem dritten Boom. Mit jedem Aufschwung wurden nicht etwa die angefangenen Gebäude fertig gebaut, nein, es wurden Grundsteine für neue Paläste gelegt.

Aus den Lautsprechern Neo-Jazz. Synthetische Trompetenstöße interpunktieren die trostlose Lavalandschaft, akzentuieren sanft gerundete Hügel.

Eden, du *verlorenes Paradies* … Ich habe recherchiert. Der Eindeutigkeit deines Blicks misstraut. Dein Gesicht durch sämtliche Erkennungsraster gejagt. Nach einem Tag und einer halben Nacht tauchten alte Bilder auf. Ich trage sie an der Brust, zwischen Unterhemd und Pullover, wie paranoide Touristen ihre Ersatzkärtchen, als wären diese Bilder das Wertvollste, das ich besitze.

Niemand hat ihn getaggt. Trotzdem ist eindeutig Eden auf den Fotos zu sehen. Obwohl er hundert Jahre jünger wirkt. Er sieht weich darauf aus, lebensfroh und verspielt. Sein Gesicht hat sich kaum verändert zwischen damals und heute. Dennoch ist er darauf ein *anderer*. Er ist umringt von Menschen, deren Gesichter man nicht erkennt. Alles ist in Bewegung. Er tanzt, eckig und fließend zugleich. Mittendrin, und doch allein. Sein Gesicht glänzt vor Schweiß. Schwarz umrandete Augen, roter Mund. In seinem Blick ist eine herausfordernde Einsamkeit, die sagt: Komm näher, wenn du dich traust.

Er ist – verbotener Gedanke – der Typ Junge, auf den ich gestanden hätte, wäre er in meiner Klasse gewesen. So ein Junge *wäre* natürlich niemals in meiner Klasse gewesen. So ein Junge wäre auf dieser ganzen Insel niemals gewesen.

Der Taxifahrer wischt übers Pad am Armaturenbrett, bringt die Bläser zum Verstummen. Eine Sprecherin des IBN quatscht vom *Wettlauf der Supermächte.* Seit Jahren dasselbe; es geht darum, wer sich die bankrotten Finanzzentren unter den Nagel reißen darf, und wie immer ums Öl.

Alle Taxis in Island werden mit Strom betrieben. Staatsverordnung. Der Motor ist so leise, dass ich mich fühle wie in einem dieser alten Filme, in denen die Landschaft, die vorbeizieht, über eine Leinwand läuft.

Links verdunkeln hohe Mauern die Sonne; die Shades passen sich nur langsam an. Minutenlang zieht die stadtgleiche Anlage des ausgelagerten IWF-Regierungsgebäudes vorbei, mitsamt Swimming Pool auf dem Dach und eigenem Hubschrauberlandeplatz.

Im Energiesparen war Island noch nie groß, hm?, sagt der Fahrer, der meinen Blick im Rückspiegel bemerkt haben muss. Überall auf der Welt wird gespart, aber wir …

Sein Satz verebbt; ich sage nichts. Die IWF-Festung verflacht zu schwarzer Wüste; die Sonne ist wieder da.

V-Night. So waren die Fotos getaggt. Und das war auch das Wort, das Dayo gebraucht hat. *V-Night.* Statt eines LL-Codes hab ich nun dieses Wort. Und eine Adresse. *54 Holywell Lane.* Dort wirst du ihn finden.

10 Bolsover. Fitzrovia. 37 Beak Street. Soho. 54 Holywell Lane. Shoreditch …

Zwischen den Palagonit-Tuffbergen tauchen Flachdächer auf, Baracken in Rostrot und Knochenweiß. Früher wohnten hier Polen, die in den Fischfabriken arbeiteten, später Philippinos aus dem Aluminiumwerk. Jetzt stehen die Gebäude leer.

Die IBN-Sprecherin verkündet, China hätte Truppen in Kasachstan stationiert. Und Kasachstan hätte die Technologie zum dreifachen *Overkill.*

Reflexhaft fährt meine Hand dahin, wo das textile Knistern sitzt, zum postkartengroßen Quadrat zwischen den Brüsten. Kill/Killer, das ist jetzt meine Hymne, Hand aufs Herz – die Tabletten sind im Koffer, nur eine Qanuk in der Jackentasche.

Ich *will* eine andere sein. Auch Eden ist jetzt ein anderer als vor werweiß-wie-vielen Jahren. Er ist nicht mehr derjenige auf den alten Fotos. Er ist derjenige, der es verdient zu sterben. Derjenige, dessen Blick sagt: Töte mich.

37 Beak Street. Norinco M9 …

Der Taxifahrer fängt wieder an zu reden.

Was ich für Jungvolk zum Flughafen fahren durfte! Früher, als alle zum Studium ins Ausland gegangen sind. Die meisten kamen nach ein paar Jahren wieder. Zu Hause ist es doch am schönsten, sag ich immer!

Er versucht meinen Blick im Rückspiegel zu fangen.

In diesem Punkt unterscheiden sich isländische Taxifahrer kein bisschen von denen, die man aus amerikanischen Streams kennt. Sie quatschen dich voll mit ihren Lebensweisheiten, ob du sie hören willst oder nicht. Ich sage nichts, schaue aber auch nicht weg.

Jetzt kann sich das keiner mehr leisten, so ein Auslandsstudium, macht er weiter. Wenn jemand abhaut, ist es keine Rundreise. Ich fahr die Kids zum

Flughafen. Aber ich hol sie nicht mehr von dort ab. Wie viele Leerfahrten ich schon hatte, von Keflavík zurück! Die reinste Stromverschwendung!

Er dreht sich halb; sein breiter Nacken wirft Falten wie bei diesen Hundebabys mit massenweise überflüssiger Haut.

Eigentlich bräuchten sie nur noch Start- und keine Landebahnen, ha ha!

Er schlägt mit der rechten aufs Lenkrad, räuspert sich, als ich noch immer nichts sage, und schaut wieder auf die Straße. Ich muss etwas sagen, denke ich, aber in meinem Kopf sind nur Nummern und Namen von Straßen.

Wie schön, dass du reist!, quakt der Fahrer. Wohin soll's denn gehen?

London, platze ich heraus. Nichts als die reine Wahrheit, in diesen letzten Stunden.

Der Fahrer wird mich nicht wiedererkennen – später, in ein paar Tagen, irgendwann –, sollte man ihm Fotos zeigen. Die Shades verdecken ja mein halbes Gesicht.

London, juchzt er. Wie schön!

Ja, sage ich. Meine Stimme klingt fester, entschiedener als sonst. Hat die Verwandlung bereits begonnen?

Endlich sind wir in Reykjanesbær, die Straße macht einen Bogen, Parkhäuser und Fahnenmasten tauchen auf. Das rote Dach des Flughafengebäudes, das mich als Kind immer an einen riesigen Pizza Hut erinnert hat. Mágnus Tómassons *Jet Nest*. Der Flügel eines Baby-Jets durchstößt die Eierschale.

Auch ich werde neu geboren … Und wenn ich dafür den Jungen an meinem Herzen töten muss.

Der Sonnenstrahl, der sich am Stahlei bricht, sticht mir direkt ins Auge. Da ist ein Flattern in der Magengegend, als würden wir bereits über die Startbahn rasen, als wäre ich schon halb in der Luft –

Adieu *heimskur*! Willkommen, High-Tech Capital of the World!

×

ich bin drin. der riesige, spartanisch eingerichtete raum ist so dunkel, als sei ich gar nicht da. inzwischen weiß ich, dass er auf menschliche wärme und bewegung reagiert, wie ein lebender organismus. mich aber ignoriert er, wie etwas am rande des bewusstseins eines schlafenden.

drei bis vier apartments hätten in dieses gigantische loft gepasst. purer luxus: der dielenboden. das fehlen funktionaler möbel. der schwache holzgeruch. die weißgetünchte wand, die zu nichts anderem als der projektion von träumen dient. die glasfront, die das gebäude aufklappt wie ein puppenhaus.

nichts zu verbergen, seht her! einzig ein stück unverputztes mauerwerk erinnert daran, dass hier vor vielen jahrzehnten getreide, kaffee und gewürze lagerten. dahinter die unwirkliche kulisse aus nebelhörnern, möwengekreisch und einem fernen, metallischen hämmern.

in der mitte des raumes erhebt sich der monolithische sofablock. SEIN hinterkopf ist nicht zu sehen, dafür ein fuß, der über die lehne ragt. die reste des großen bären, klar und punktgenau wie high-tech-badezimmerstrahler, weisen mir den weg.

ha ha – glaubst du etwa, die sterne seien echt …? squids stimme ist nurmehr ein verzerrtes echo, leicht auszublenden, zwischen ihm und mir ein meer aus flüssigkristall.

da liegt ER – größer und dünner als in der erinnerung, die locken an den seiten seines schädels geschoren – und schläft. zumindest hält ER die augen geschlossen. das pad ist neben IHM zu boden gerutscht.

an der wand das standbild halbgeöffneter, rot geschminkter lippen, aus denen rauch entweicht. der rauch bildet eine statische kugel, die beinahe massiv wirkt.

erst jetzt fällt mir auf, dass sich an keine der figuren auf der v-night-party je diese dreiecksdinger gehängt haben. tags, wie squid sie nennt, die ER an seinem arbeitsplatz durch einfaches fingerspreizen aufpoppen lassen kann – *vorlieben vorstrafen ernährungsgewohnheit sexpraktiken kaufstatistik bewegungsprofil blutgruppe herzrhythmus kontostand.* und dass die beta-augen auf den schirmen nie zu sehen waren. auch hier im raum nicht … es sei denn, sie sind wirklich klein wie fliegen. bis in die dunklen ecken dringt das licht der sterne nicht.

kommen sie niemals zu IHM zurück?

keine antwort.

squid hat gesagt, es gäbe ladestationen für die wächter überall in dieser stadt. an laternenpfählen, auf hausdächern. vielleicht müssen die beta-augen, einmal auf den weg geschickt, nie zu ihrem erbauer zurück.

trotz optimalem raumklima stehen schweißtropfen auf SEINER stirn. sie trocknen unter meinem atem.

ist das die hölle da?, frag ich IHN leise. oder der himmel?

beuge mich näher.

wo bist du?

wo …?

in SEINEM gesicht regt sich nichts.

wehen eisige winde dort? oder ...

SEINE lider flattern; es wird eine nuance heller im raum.

… ewige feuer?

eins weiß ich: hinter den schirmen ist ER in unzeitlichkeit gefangen.

glaub mir, flüstere ich. ich würde es machen wie du. wenn heute früher wäre, jedenfalls, und ich ein andrer. einer mit viel geld und einer wohnung hoch überm zentrum der stadt. ich hätte so ein teleskop-dings, und ich würde feste geben, auf denen gäbe es nichts als diese zuschauerei ...

ER schlägt die augen auf. das deckenlicht flutet SEINE pupillen.

SEIN mund formt die worte: und ich?

du, lieber, sage ich, wärst eingeladen.

ich nehme SEINE hand – *elektrisch geladene erinnerung* –; im hintergrund geht leise musik /v/4yT {HLYWD_CA_(july_1980)}=1"></param><paramsrc/j/joy+division/love+will+tear+us+apart_m589Qx64K// *was my timing that flawed?*

die einsame himbeere ist erst der anfang. mir fällt der löffel aus der hand. ich schaff das nicht.

black rasperry, gähnt der, der mir gegenübersitzt. was willst du mehr?

dieser platz war mal das paradies, sage ich.

etwas ist anders heute, und ich komm nicht drauf, was fehlt.

vor dem fenster reiten cops vorbei. das gesamte draußen: die kulisse eines b-westerns. die meisten stricher sind runter zum santa monica boulevard gewandert. ich nicht. das fleisch ist schlaff, der job am arsch. verfrühte vergreisung. ohne zu heulen, kann ich nicht an manolo denken, und ohne an manolo zu denken, krieg ich keinen mehr hoch. mein gegenüber nickt verständig. alle anderen denken, die drogen seien schuld. hollywood trivia. am 16. september '32 erklomm die schauspielerin peg entwistle das große H und stürzte sich in den tod. aus irgendeinem grund erzählen sie das heute im radio. seit über einem jahr gehört jeder buchstabe einem star.

es sind abnutzungserscheinungen und modernisierungsprozesse, die alles verkommen lassen. manchmal weiß ich nicht, was schlimmer ist.

eine woche, hat prizz gesagt: höchstens zwei.

fünf waren die grenze des aushaltbaren, nach allem, was geschehen war, jetzt sind es bereits –

sechs. sieben.

vielleicht zögert er die reise hinaus, weil er weiß, dass ich mich, je länger er fortbleibt, umso heftiger sehne. nein. das würde er –

tun. natürlich. wer täte es nicht?

vielleicht sitzt er, gar nicht weit weg von hier, im gefängnis. vielleicht hat ihn die bestie irgendwo zwischen tapachula und arriaga unter ihre räder gezogen. vielleicht blies ihm jemand bei laredo eine kugel in den kopf. vielleicht liegt er irgendwo in den bergen, wo ihm vor tagen die grenzer die beine brachen und jetzt die aasgeier das fleisch von den knochen nagen.

steine im bauch. dieses dumme spiel: die brust eine höhle aus sand, der bauch ein haufen geröll, die schultern windgeschliffene stöcke – ich verfluche mich.

an den empfindlichsten stellen, den schleimhäuten, heißt es, heilen wunden am schnellsten. totaler quatsch. immer wieder fließt ein bisschen blut, auch lymphe, verwässertes –

nur nacktsein wäre zu ertragen. je weiter nach osten, desto schwerer das atmen.

schön wäre
sunshine
through the window panes, down all the english lanes …

von mir aus auch mal regen, der den film aus schweiß und staub abwäscht.

das paradies?

die stimme, die das fragt, klingt auf falsche weise vertraut. es ist billys. heute fällt es mir zum ersten mal auf. diese verächtliche gleichgültigkeit.

der, der mir gegenübersitzt, ist aber nicht billy, sondern o.n.s., und weil das nicht so weitergeht – niemand kann der one-night-stand eines toten sein –, taufe ich ihn gerri kold.

täusch dich nicht, sagt gerri, mit billys stimme: auch dieser laden hat schon bessere tage gesehen. letztens lief mir eine kakerlake über den weg. und eine kellnerin hat der hillside-mörder auf dem gewissen …

ich verziehe das gesicht und werfe scheine auf den tisch.

trügerische waffenruhe. der mond quält sich den himmel hoch. er hat, wie tricks augen, die farbe von schimmeligem käse.

selbst die nächte auf beton sind heiß, die atemwege der stadt blockiert an stellen, die wir ohnehin nie fänden, selbst wenn die möglichkeiten weniger zahlreich wären. gerri nennt mich paranoid, wenn ich nach luft ringe, als würde ich ersticken. in mexiko war es auch heiß, oder nicht? ich nicke vage. wahrscheinlich hat er recht. wir kommen hier nicht raus, sagt er, und das klingt beinahe tröstend. 40 meilen östlich beginnt, vermute ich, noch immer die wüste.

der himmel hier ist zu jeder jahreszeit blau. was fehlt, ist goldenes licht und das gefühl, durch freie felder zu rennen, stundenlang, ohne einem menschen zu begegnen.

alle, die schlau waren, sind tot oder geflohen, sagt gerri. er ist mir, wie seinerzeit billy, immer einen halben schritt voraus. die drapes hat er anbehalten, obwohl längst ska und death rock den trend bestimmen. auch ihn umweht ein feiner moschusduft, erinnert mich an –

henry.

der die waschtrommel liebte. jemand schmiss einfach seine wäsche auf ihn drauf und stellte die maschine an. normalerweise wäre er rechtzeitig rausgekrochen. ist er aber nicht. genau wie ich stand er in letzter zeit ein bisschen neben sich.

mikka, kaut gerri, der verwöhnte wichser, verbringt den sommer in europa.

liz terrine ist, gerüchten zufolge, zurück ins valley gezogen. irene mit hitzschlag im krankenhaus. langsam wird das essen knapp. der weg nach westen zäher von tag zu tag.

der himmel –

ich wiederhole mich.

wir liegen im krieg mit den fremd-vertrauten straßen, den entvölkerten plätzen, den schwerfälligen wracks, einfach nicht tot zu kriegen, aber auch nicht mehr wirklich am leben. es ist kaum besser hier als auf den dächern der bestie; einer von zehn, wenn es hoch kommt, überlebt. die meisten fallen, früher oder später. jeden, der uns begegnet, einander, unsre spiegelbilder, beäugen wir; im stillen, bin ich mir sicher, fragt jeder sich: sieht man es denen an, die es als nächstes trifft?

stop-over in mansfield/lexington.

trick hat schwere decken vor ihre fenster gehängt. zwei dutzend teelichter brennen. sie stellt ihr filigranes geflecht alter narben unter zerrissenen netzstrumpfhosen zur schau. die kaum atembare luft im innern ihrer gruft lässt mich ans drop house in tucson denken. damals schien eine menge möglich. free-way war das zauberwort; jetzt fällt mir keins mehr ein.

du hast dich, stellt gerri fest, komplett in dein idol aus *plan neun aus dem weltall* verwandelt. schwer zu entscheiden, ob er es anerkennend oder abschätzig meint.

zombies, murmele ich, beinahe zärtlich.

undeutbar entblößt trick ihre zähne, verharrt mit geöffneten lippen. sekunden, minuten vergehen. etwas ist anders heute, etwas mit der zeit.

das oki dog ist der neue hardcore-hangout, ungewöhnlich voll für einen dienstagabend. als sei ein sitzstreik ausgerufen worden, besetzen die rumlungernden kiddies nicht nur die picknicktische, sondern den gesamten parkplatz. viele von ihnen sind gerade mal 15, 16; sie können nichts dafür, sind aber beach punks, hören fear und black flag, und das sind eben dieselben, die sally getötet haben – ihr macho-gehabe oder die knüppel der cops, man wird es nie wissen.

GIMME GIMME THIS, GIMME GIMME THAT!, intoniert gerri den refrain von *lexicon devil*, imitiert darbys betrunkenes knurren, während wir über ein meer ausgestreckter extremitäten staksen. er übertreibt die kiekser, das weinerliche auslaufen der vokale, das unverständliche schnaufen, das die worte zerhackt, derart, dass er von einem der zahlreichen stiefel eins vors schienbein kriegt. wir drehen uns um, schauen runter aufs beingestrüpp, aber niemand will es gewesen sein, und wir, flehe ich gerri mit blicken an, wollen keinen streit. UM HIMMELS WILLEN BITTE. trick sähe das anders, aber die ist zum glück längst an den kiosk getreten. wohin ich nun auch gerri ziehe, weg von darbys jüngern, hin zu neonlicht und bratendunst. gerri schüttelt den kopf, er will nicht essen, wollte er schon im ho jo nicht, er will seine line ziehen, und ich – sundaes wollen geteilt werden, warum ich das nicht begreife? mir ist noch immer schlecht von zu viel kälte innen und zu viel hitze außen, das dazwischen unerschlossenes terrain. irgendwo im außen trifft wasser mit lautem zischen auf öl.

ich bin in der schwankenden mitte, allein. darby fällt ins publikum, rudert da rum wie ein tapsiger hund, der nicht schwimmen kann. trick lacht. es ist etwas mit der zeit. etwas –

licht. das licht hat schwierigkeiten, ihm zu folgen.

i want a beeeeer!

er ist jetzt auf den knien, in der mitte von *going down.* heult, fletscht die zähne. das licht – zeichnet gerris profil scharf in den himmel. er hat den kopf in den nacken geworfen. irgendwann hört sein kehliges gurgeln auf, ein wort zu sein. halb klingt er wie ein raubtier, halb wie ein baby, das nach der flasche schreit. von links rollt eine welle heran –

die see erhebt sich; einen moment lang denke ich, das könnte es sein. aber es sind nur an die zweihundert punks, die leicht versetzt auf die füße kommen, lederjacken überwerfen, hosenböden abklopfen, papiertüten am hals packen. ihre bewegungen sind unkoordiniert vom alkohol, die glieder steif vom langen sitzen, das nächste bild: romeros *night of the living dead.* mit leeren gesichtern, mit diesen eckigen bewegungen werden sie sich zu uns drehen, alle 200 in sync –

doch nichts dergleichen geschieht, oder höchstens den bruchteil einer sekunde lang. die kids zerstreuen sich, ohne uns oder gerris gebrüll zu beachten. klare ziele vor augen: whisky, starwood, palladium, stardust ballroom, florentine gardens.

you're not the first, you're not the last, zitiere ich mikka, der darby zitiert.

das vielstimmige murmeln, gelächter, flaschenklirren lässt uns drei allein, und niemand von uns dreien sagt etwas. muriel ist im himmel. billy, sal und all die anderen in irgendeinem zwischenreich. darby in london, die go-go's in london, x in london –

wir sollten längst dort sein, hat prizz gesagt. wir sollten uns in schale werfen und vorm V anstehen.

gerri seufzt. mit geborgter überheblichkeit setzt er sich, indem er billys jackett zurückschlägt, an genau den plastiktisch, auf dem einst die germs ihren zirkel mit blauem filzstift verewigten. ein blasser kreis ist noch zu sehen.

eine komplette loslösung von der erinnerung wäre monetär nicht zu leisten, eine katharsis unser ruin.

hä?

trick übersetzt: ohne papiere kann man nicht mal eben in ein flugzeug steigen. ob ich das vergessen hätte?

dann fällt ihr ein, dass sie zu einem konzert von 45 grave wollte. der allgemeine exodus. sie lässt mir den rest ihres armdicken burrito – für später.

gute nacht und schlechte träume, darlings!

sie winkt mit klirrenden armreifen.

dann ist die stille komplett. gerri schläft oder starrt auf seine füße, ich weiß es nicht, haarsträhnen verdecken seine augen. nach mehreren minuten nichtstun drittelt er sein koks in der mitte des verblassten germs-zirkels, zieht eine line, pausiert, zieht die zweite, pausiert. ich sehe ihm zu mit einer ruhe, als sei er auf der anderen seite des bildschirms, ein russischer kosmonaut, der in 170 meilen entfernung gemächlich die erde umkreist. kein wind weht. nach der dritten line verharrt gerri wieder, regungslos – ich frage mich, ob es möglich ist, im sitzen zu sterben, ohne umzukippen, ob die leichenstarre einfach so – da schnieft er: was ist das – zucker? er klingt missmutig. er schnieft, schnieft wieder und erstarrt. jemand drückt erratisch auf *pause*. nein, das ist es nicht. in der ferne heulen sirenen. türenschlagen, musik aus dem autoradio, ein pärchen streitet auf spanisch. alles geht weiter; nur gerri wirkt wie abgeschaltet. sekunden, minuten, vielleicht stunden vergehen.

seine hand erwacht zum leben, sie klopft auf meine schulter, eine ungewöhnliche geste, ungewöhnlich auch die worte, mit denen er sich erhebt.

junge, bleib clean.

er strafft den oberkörper, saugt luft ein und beginnt in richtung gardner zu gehen. ohne sich umzudrehen, folgt er einer fährte, die ich nicht sehe, rieche, höre oder schmecke, in die dunkelheit.

eine uhr am 7/ll zeigt temperatur und zeit. mein blick streift plakate, in dicken schichten übereinander gekleistert, die unteren in bizarre formationen gerissen. die germs spielen im club 88. dabei hieß es, sie hätten sich aufgelöst … 19. märz 79. noch lange hin, denke ich und besteige für fünfzig cent den bus nach osten. er ist beinahe leer und sehr kalt. niemand fährt bus in l.a. außer kindern, alten, behinderten, verrückten. obdachlosen. ich setze mich auf die hinterste bank. außen ist es jetzt so kalt wie innen, so dass ich bereits nach kurzer zeit, wäre ich blind, nicht mehr wüsste, wo ich bin. als ich sitze, fällt mir ein: der 19. märz 79 ist nicht lange hin, sondern lange her. ich springe auf und schaue nach hinten raus. vielleicht habe ich mich getäuscht, aber –

deep, deep, deep, in my eyes
there's a round, round, round,
circle of lives

– ohne anzuhalten röhrt der bus in die richtung, aus der ich kam, früher, ich meine: früher heute. highland, cherokee, das alte canterbury, das alte masque … ein früher, das länger als 24 stunden zurückliegt, gibt es nicht. das drüben, das manolo immer wieder betritt, ist mir unheimlicher als jeder ort, an dem ich noch nicht war. glaubt man sal, bestand es aus hunger, feindseligkeit, hitze und, bevor lupe uns holte, einer menge schlägen. jetzt kann ich ihn nicht mehr fragen, ob er mich damals angelogen hat, aus angst, ich könnte ihn verlassen. ich hätte es ohnehin nicht getan, kann mich auch jetzt nicht überwinden; *drüben* ist eine versunkene stadt, die niemals wieder betreten werden kann.

disgraceland. zu spät; niemand zieht die leine für mich. klauenspuren und schwacher moschusduft. knötchen im fleisch, rotgeädertes –

vine. die fahrt geht weiter, dies ist ein höllenbus. das ho jo's verbreitet schummriges licht, das nie abgeschaltet wird. frühstück rund um die uhr. das ist der zirkel, der mich gefangen hält. manolos flüstern: lass uns alle 28 eiskremsorten durchprobieren. seine augen verheißen schnellen sex, seine worte ewigkeit.

jetzt bin ich mir nicht mehr sicher. vielleicht ist manolo längst tot, und ich werde wie gerri zum zombie, der mit veränderter stimme spricht. ich frage alle, die mich kennen, wie meine stimme klingt, ernte belustigte blicke und kriege so was zu hören wie: als hättest du gestern geraucht, oder: sexy wie immer, oder: wie n cholo aus downtown.

manolo schaufelt mac'n'cheese in sich rein.

sieht er, dass wir in wahrheit von goldenen tellern essen?

ich lege ihm die hand in den schoß. er ist so halb hart wie bei unseren ersten begegnungen zwischen den kacheln in tucson.

ohne den blick vom teller zu nehmen, gleitet seine linke unter den tisch, erwidert die berührung, sein daumen, sein zeigefinger erwischen einen empfindlichen strang an der innenseite meines oberschenkels, üben sanften druck aus, streicheln und kneten mit einer hingabe, als wäre dieser muskel mein schwanz. er hält die lider, die langen wimpern gesenkt, sieht mich nicht an, sondern isst seelenruhig weiter; uns umfängt ein warmer, salziger, leicht ranziger geruch. das spiel seiner muskeln unter der haut, der druck seines unterarms an meinem bauch … seine hand ist weiser als seine augen, und sein mund – wenn wir uns küssen, ist seine zunge näher an der wahrheit dran als wenn sie worte formt. die sehnsucht, mich an ihn zu drängen, seine lippen zu lecken, ist schwer zu bezwingen, aber dies ist ein restaurant und sein mund voller nudeln und käse. wir sind noch jung, denke ich, während mein blut von innen gegen die haut pocht, und dass ich ihn wiedersehen will, wenn wir mehr gelebt und andere dinge erfahren haben werden. in fünf, zehn, zwanzig jahren.

er hebt den blick. vielleicht habe ich gestöhnt. da ist ein dunkles blitzen –
deep, deep, deep
in my eyes
sein mund, mein mund
formen worte:
es ist ETWAS ist es
etwas mit der zeit?

noch ist es nicht so weit. der bus ächzt. die fahrt hat ein ende. ich steige aus; die warme luft ist ein schock, innerhalb von drei blocks könnte sie mich schmelzen wie eis. bronson. eine tafel am 7/11 zeigt rote ziffern, die mein hirn einfach nicht zusammenbringt. ich bin mir beinahe sicher: die mesca'sche zeitrechnung beginnt. im norden, woher ich kam, müsste das hollywood-schild zu sehen sein, aber da ist nichts. wenn man es sähe, böte es ein erbärmliches bild: ein o sieht aus wie ein u, ein anderes fehlt ganz. so war das in der letzten nacht des masque.

skull…ies…nerve…shaker…ms ripper. noch heute hängen streifen der ankündigung an manchen wänden in hollywood. ich machte mir nichts aus irgendeiner dieser bands, aber ich machte mir was aus manolo, der beinahe den ganzen abend über meine hand hielt, und ich machte mir was aus unserem kleinen freak-schiff, das für immer unterging.

die bronson runter richtung friedhof. das katz-und-maus-spiel wird erst angepfiffen, wenn sich die punks wieder vorm oki dog versammeln. cops werden sie in die seitenstraßen versprengen, aus den waschküchen scheuchen, weiter nach osten, wo ich mit sehr viel zeit und vorsprung jetzt schon bin. gegen morgen werden sie die jagd aufgeben, ein harter kern wird sich auf dem rasen ausstrecken, zur ruhe betten, nicht zur letzten, nein –

die wege sind mondadern, die grünflächen dunkle gewässer, deren tiefe nicht zu schätzen ist. jedes mal, wenn ich den fuß aufs gras setze, bin ich überrascht, dass es trägt. es ist fest und dicht. man läuft darauf wie über den pelz eines riesigen tieres. der boden hebt und senkt sich in sanften wellen. bleibe ich stehen, kann ich es spüren: es atmet im schlaf.

skulls, dickies, nerves, l.a. shakers, randoms, ripper. ho jo's, cookies'n'cream, ein trunkener abstecher in jemandes waschküche – komisch, wir haben so un-schwulen sex, also, wir sehen uns lieber in die augen dabei, vor ihm kann ich das zugeben; ich war so erleichtert, dass er dasselbe fühlt – und dann – manolo mitnehmen zu lizzie ist nicht drin, wegen sal –

der hollywood memorial park. hier sind wir, miteinander, allein.

manolo breitet die arme aus und schwingt die hüften, als stünde er auf einem surfbrett.

wir gleiten weich übers gras, weg vom hintergrundrauschen des lärms und der lichter der stadt, halten uns dabei fest an den händen wie verirrte kinder im wald. auf die eingesunkenen grabplatten muss man achten, sie bilden fußfallen. märchen fallen mir ein, die lupe sal und mir vorlas …

mein erstes mal, sagte er vorhin in der waschküche, war übrigens mit ner frau. ich ließ seinen schwanz los und fragte, wo und wer. das ist natürlich so ne sache, wenn man voreinander steht, sich in die augen sieht: man kommt leicht ab vom körperlichen. manolo dachte nach. es sei in mexiko gewesen; sie war ein ganzes stück älter als er. ihren namen wusste er nicht mehr. die orte, die er nannte, sagten mir nichts. manchmal sind diese gedächtnislücken ein segen, manchmal ein fluch. er beschrieb, wie sie aussah, was sie trug, wie sie roch. dabei suchte er fiebrig nach regungen in meinem gesicht, als hätte er nie aufgehört, meine arschbacken zu massieren, meine nippel zu lecken.

ich kenne sie, sagte ich schließlich. es war die frau, die sal und mich bei sich aufnahm.

eine weile lang sah er zu boden.

du kennst mich, murmelte er dann. schon lange. das war dir klar, oder nicht?

wir lassen uns fallen; ich mache *engel im schnee,* er *toter mann auf hoher see.* über uns ragen unglaublich lange, unglaublich dünne palmen auf. zwischen ihren winzigen köpfen stechen einzelne sterne durchs fahle blau. dunkler wird der himmel über hollywood nicht. unten ist noch immer der druck seiner hand. und das gras, das durch hose und t-shirt piekst, als lägen wir auf einer gigantischen bürste. wir drehen die köpfe zueinander hin; unsere nasenspitzen berühren sich. säuerliche milch überlagert den wüstensohn-geruch. all das pseudo-homestyle-fast-food, das er liebt, all das fett, das an seinem körper keinen ankerpunkt findet.

es ist alles zu viel, der himmel zu hoch, manolo zu nah; ich vergrabe das gesicht im ärmel. atme. atme –

muss eingenickt sein. kriege einen moment lang die augen nicht auf. atme in den stoff und erschrecke: da ist nichts. doch. da ist

moschus.
ich sitze,
da ist keine hand in meiner, da ist
der geruch nach tod und
der druck seiner hand fort,
sein fehlen überdeutlich wie ein phantomschmerz –

die augen gehen auf.

III

Über mir, sehr nah: die Zimmerdecke, von der sich eine gelbe, gewellte Tapete schält. Das letzte Mal Wachsein nicht mehr als eine verschwommene Erinnerung, in rötliches Halbdunkel getaucht.

Das Bett, in dem ich liege, ist größer als ein Einzelbett, aber kleiner als ein Doppelbett. Geblümter Überwurf. Alles halsabwärts wie abgeschnitten.

Ob sich neben mir ein Riss auftut?

Ich vermute meine Hände nur, irgendwo unterm Blumenmeer.

Was sich darunter unförmig abzeichnet: eine klamme, klebrige Masse.

Mein Hirn empfängt schwache Signale – Schmerz in den Fingern, Druck im Unterleib –, so fern, als kämen sie von der anderen Seite der Erde. Haar kratzt übers Kissen. Die blassgelben Blumen heben und senken sich.

Abrupte Bewegung unterm Blumenmeer, ein Zucken. Au! Dann nichts mehr. Ein vages Kribbeln den Arm hoch. Die Zehen: unendlich weit weg.

Blut.

Ein See aus Blut, und mittendrin eine bleiche Hand. Deren gekrümmte Finger zucken. Erschlaffen. Zucken. Erschlaffen. Zucken …

Wach auf, verdammt!

Mein Herz rast, aber die Beine sind noch immer bleischwer.

Das klamme Laken. Ich liege. Noch immer. Viel zu lange schon. Mein Magen knurrt. Kein Hunger. Leichte Übelkeit und ein stechender – meine Finger sind voller Blut. Nein, sind sie nicht. Das war nur ein Traum.

Es muss bewölkt sein. Die Wolken sind merkwürdig rot, zumindest das gedämpfte Licht im Zimmer ist es. Das kleine, vorhanglose Fenster ist zu weit weg vom Bett, um rauszugucken. Aufrichten geht nicht. Unmöglich, den Kopf zu heben. Rechts ist eine Tür. Sämtliche Wände kahl, gelblich und feucht. Überall diese wellige Tapete. Links unterm Fenster ein Tisch, darauf verschwommene Konturen. Ein Stuhl. Am Fußende des Bettes ein matter grauer Spiegel, der das winzige Zimmer schlauchartig nach hinten verlängert, in einen merkwürdig lieblosen Rahmen aus schwarzem Hartplastik presst.

Mit geschlossenen Augen höre ich den Regen. Da hinein mischt sich ein weiteres Prasseln. Näher, fordernder. Jemand schlägt einen Duschkopf gegen eine dünne Wand. Teppichgedämpfte Schritte. Türenklappen.

Typische Geräusche.

Die typischen Geräusche eines Hotelzimmers.

Bleiche Finger, gespiegelt im Blut. Die Finger zucken. Erschlaffen. Zucken. Erschlaffen …

Ein Alptraum, der sich in Endlosschleife wiederholt.

Ich liege, es regnet, ich bin todmüde, aber der Schlaf will nicht kommen, und ich, die ich normalerweise ständig ans Essen denke, verspüre nicht den leisesten Hunger, als hätte ich auch das vergessen; als hätte ich vergessen, was das ist: Hunger. Durst. Essen.

Etwas Elementares hat mich verlassen.

Es wird hell, es wird wieder dunkler. Regen prasselt an die Scheibe. Türen schlagen. Unten werden Tische gerückt. Jemand klopft an, ich rege mich nicht, das Klopfen wiederholt sich noch drei Mal. Niemand darf reinkommen, an der Tür hängt – *bitte bitte* – ein Bitte-nicht-stören-Schild, und tatsächlich: Niemand kommt rein.

Meine Glieder sind so schwach, als hätte ich wochenlang im Koma gelegen. Gleichzeitig rast da etwas durch meine Blutbahnen – als würden im selben System Aufputsch- und Beruhigungsmittel zum aussichtslosen Kampf gegeneinander antreten.

Aber ich hab doch nichts genommen, verdammt!

Außer:

…

Das Prickeln künstlicher Zitrone. Überall hallende Schritte. *Now boarding …* Als ich aufsah: *Blaue Lagune*, in sehr dünnen Lettern, die kamen und gingen, wie Wellen, die es auf der *Blauen Lagune* natürlich nicht gibt. Dahinter: leichte Bitterkeit. Alles rutschte irgendwie weg, auch die Schritte, die blecherne Stimme, wie in diesem alten Film, dieser Kult-Lachnummer, in der die außer Kontrolle geratene Schwerkraft der Realität auch den Gleichgewichtssinn der Träumenden stört. *Now boarding* –

Ich muss in einem Flugzeug gewesen sein.

Auf einmal gelingt es mir, die Arme zu bewegen. Mich in den Kissen hochzustemmen.

Heathrow Express.

Ich wollte … ich wollte den klimaanlagengekühlten *Heathrow Express* nehmen, den Kopf an geruchloses Polster lehnen und fünfzehn Minuten lang auf Monitore starren, deren Bilder die Kurven ausgleichen; ich hatte davon gelesen, aber ich konnte den Bahnsteig nicht finden.

Warum hab ich nicht *gesucht*?

Warum hab ich niemanden … gefragt?

Ich hatte Angst. Jetzt erinnere ich mich. Solche Angst! Vor Netzhautscannern, Fingerabdrucklesegeräten … Und war so überrascht, nirgends, wirklich *nirgends* welche zu sehen.

Die Finger. Da sind sie. Um meinen linken Oberarm. Glatt und kühl, die Haut. Vager Schmerz. Die Glätte der Haut irritiert.

Der Überwurf wiegt schwer wie ein Sargdeckel.

An meinem Oberkörper klebt ein muffig riechendes T-Shirt. Darunter etwas Knisterndes, Viereckiges, feucht von nächtealtem Schweiß. Meine Hose hängt über der Stuhllehne. Verschwommen und pixelig. Dieses irrlichternde Höllenfeuer …

Ich habe Angst vor meinem Körper.

Die tütenförmige Lampe neben dem Bett reagiert nicht auf Zuruf, auch nicht auf meine schwachen, hilflosen Gesten. Aber dann! Auf einen unkoordinierten Schlag.

Gelbliches Licht verbreitet sich so langsam, dass ich *sehen* kann, wie es über die Wände kriecht.

Meine Beine sehen dünn aus, abgemagert. Kein Riss im Bett. Dafür, auf Hüfthöhe: mein Pad. Daneben: ein blassroter Streifen. Kurzer Schwindel. Der dumpf pochende Schmerz in den Fingern –

Lauter kleine Schnitte sind da. Nicht ganz frisch. Vielleicht zwei oder drei Tage alt.

Das Fingerkrümmen reißt die Wunden auf. `/preload///w/w/w/"rep_lag": 89Lo78mb = w/w/w///`

Keine Rückmeldung. Das Pad ist warm, aber tot.

Kurzer FOLO-Schwindel.

Verdammt. Ich muss … ich muss …

Wenn ich mich hochstemme, kann ich das Ladegerät sehen. Zwischen braunverfärbten Bananenschalen, leeren Chipstüten und einer Sodaflasche, in der ein Rest grellorange Flüssigkeit steht.

Es ist jetzt möglich, die Beine über den Bettrand zu hieven. Das Kabel der zweiten Lampe aus der Steckdose zu ziehen, das Ladegerät einzustecken.

Klick.

Mein Pad begrüßt mich mit einer sanften Ouvertüre. Erinnert mich –

Dayo. Das Wichtigste, das *Aller*wichtigste: Dayo Bescheid sagen. Dass irgendetwas hier nicht stimmt.

Je mehr sich im Hirn bewegt, desto besser geht's mit dem Körper. Desto stärker werden dummerweise auch der Schmerz in den Fingern und das Druckgefühl in der Blase.

Noch immer kein Leben in den Beinen.

Das Pad trinkt und schluckt, trinkt und schluckt, mit zufriedenem, sattblauen Pulsieren.

Neben der Schreibtischlampe befindet sich ein kastenförmiger grüner Apparat mit einem wurmartig geringelten Fortsatz.

Im Fenster: ein rostrotes Viereck, darunter ein zugemüllter Hinterhof.

Gedämpfte Geräuschkulisse. Leises Scheppern, als hätte jemand eine Mülltonne umgestoßen. Sirenen. Ein klägliches, flaches Jaulen. Ganz klein. Ganz weit weg.

Ha – sogar die Polizei hier klingt wie irgendein lächerliches Miniaturmodell aus Legoland!

Würd das jetzt gerne posten. Ja. So tief bin ich –

Das letzte Mal, dass ich so dringend pissen musste, war, als wir den Boden erreichten. Ich dachte – ich erinnere mich genau an diesen Gedanken: Besser ich geh jetzt, bevor ich den Koffer am Hacken habe.

Die Gepäckrückgabehalle war riesig. Fünfzehn, vielleicht zwanzig Bänder drehten sich in stoischer Leere. Ein paar übermüdete Gestalten lungerten herum. Auf der Anzeigetafel stand hinter jedem zweiten Flug: Cancelled. Jetzt wundert mich das. Wieso: Cancelled? Damals, wann-auch-immer, war ich zu müde, zu high, zu was-auch-immer, um mich über irgendwas zu wundern.

Der Flug ist wie ausradiert. Kann das von *einer* Qanuk kommen?

Scheiß-Pillen. Nicht, dass ich Flugangst hätte. Ich wusste einfach nicht, ob Fliegen schlimm sein würde. Genau genommen weiß ich's noch immer nicht.

Nein. Stopp.

Eine Sache weiß ich: *Ich habe dort oben, in 12 km Höhe, einen Dry Martini mit Zitrone bestellt.*

Martini. Das Lieblingsgetränk von – jemandem, den ich kenne. Eine gute Freundin. Ihr Name war ... Scheiße, ich komm nicht drauf.

Aber plötzlich ist da doch ein Wort: Vera. Vera Pålsson. Klar und unzweifelhaft.

Vera. Vera Pålsson ... Je länger ich den Namen vor mich hinmurmele, desto vertrauter erscheint er mir.

Vera Pålsson. Wahrscheinlich bin ich das. Vera Pålsson ... Warum eigentlich nicht?

Wenn ich nicht ins Bett pissen will, muss es jetzt sein. Vera Pålsson zieht sich am Tisch hoch, ein Gefühl in den Knochen, als hätte sie gerade am Íslandsbanki-Marathon teilgenommen. Nein warte. IWF. So heißt der jetzt. *IWF*-Marathon. Zum Totlachen!

Jeder Gegenstand eine willkommene Stütze: Tischkante, Stuhllehne, Fensterbrett, Spiegel ... Hinter der schmalen Tür, wo ich das Bad vermutete, klafft ein leerer Wandschrank.

Also raus auf den Flur. Wacklig, wacklig, die Knie, die Schenkel ... Düster ist's, der Gang einzig erleuchtet von einer Art Notlicht am anderen Ende. Zum Glück ist da die gnädige Wand; zum Glück begegnet mir niemand. Zumal ich keine Hose trage, nur stinkende Boxershorts mit lauter albernen kleinen DinkyDots drauf. Aschegeruch quillt aus der Tapete, Aschegeruch steigt aus dem Teppich, mit jedem Schritt.

Diese ganze versiffte Absteige: eine Caldera kurz nach dem Kollaps.

Die psychedelischen Tapeten, die uralten Lampen ... Als hätte man mich in eine Filmkulisse versetzt.

Waschraum, verkündet ein Messingschild. Das Dahinter ist deckenhoch gekachelt und versprüht den Charme einer Isolationszelle. Wer würde es wagen, sich in eine der rostzerfressenen, hundert Jahre alten Wannen zu legen? Eine Nacktschnecke müht sich, nahe dem moosgrünen Überlauf, den steilen Wannenrand empor. Und das Klo –

Vielleicht *ist* dieses Hotel eine Filmkulisse. Oder Touris stehen neuerdings auf abgeranzten Retro-Chic. Ich sollte Dayo wirklich ...

Das Klo spült nicht. Verdammt. Leichter Schwindel beim Hochkommen. Die Kacheln bieten keinen Halt, dafür eine rostige Kette, die –

Na also doch. Wasser rauscht. Ein roter Strudel dreht sich in der Schüssel. Blut? Wenn ich jetzt auch noch meine Tage ...

Ich reiße nochmal an der Kette. Wieder Rauschen. Das Wasser wird nicht klarer. Nach dreimal Spülen ist es immer noch fahlrot. Also ist es nicht mein Blut, das da abfließt, vielleicht ist es *überhaupt* kein Blut, oder *alles* ist Blut …

Das flaue Gefühl kehrt zurück. Wen wundert's, ich bin bleich wie der Tod. Auch der Spiegel hat einen rostroten Ausschlag. Hat … Ecken und Kanten. Scharfe … Oh Scheiße. Mein Bleichgesicht bläht sich, kommt näher und nimmt mir die Sicht, dringt ein in die Augen, gesplitterte Linsen, seziermesserscharf.

So. Viel. Blut / Licht

×

flimmert über die weißgetünchte wand.

eden ist verschwunden. ich muss eingenickt sein. das sofa war leer, als ich die augen aufschlug. nicht mal der abdruck seines körpers in den kissen, auf den festen quadern.

der himmel vor dem panoramafenster hat sich verdüstert, wie bei ner sonnenfinsternis.

das deckenlicht reagiert nicht auf mich. ich drehe runden durchs zimmer. neben der wohnungstür: ein glattes viereck in der wand, das aussieht wie die oberfläche eines pads.

drauf rumdrücken bringt rein gar nichts. vielleicht gab's nen stromausfall.

der gedanke ans rausgehen lässt mich zittern.

die falsche dämmerung verwandelt sich in ein technicolor-spektakel. flammen lecken über den dielenboden. das sofa glüht pink.

weit kann eden nicht sein. das steuerelement liegt noch immer auf dem boden neben der couch. ein teil von mir möchte glauben, er sei nur kurz einen stock tiefer zur eismaschine gegangen. zum swimming pool. einkaufen. oder in den fitnessraum. aber würde er einfach so weggehen, ohne sein pad?

hunderte von menschen müssen in diesem gebäude wohnen. trotzdem ist nichts zu hören. keine stimmen. keine tritte. nicht mal türenklappen auf den fluren.

beim anblick meiner füße wird mir flau. wie einer cartoonfigur, die über eine klippe ins leere gelaufen ist. dieser raum ist nichts als luft, dieser raum ist die sekunde, bevor sie merkt, dass rein gar nichts sie am fallen hindert.

aber ich falle nicht. ich sitze und warte. eden bleibt verschwunden. über die gegenüberliegende wand flimmert weiter das ursprungslose licht.

vielleicht hat ER es wie orpheus gemacht. in diesem cocteau-klassiker, den manolo und ich im nuart theatre in west l.a. gesehen haben. 1950 waren spiegel die türen zwischen leben und tod. heute sind es – monitore. projektionsflächen. panoramafenster. flüssigkristall.

ich stehe auf, nähere mich der wand. vielleicht ist eden gefangen in irgendeinem clip, den ich nicht finden kann. das licht erfasst mich. es kommt – ich drehe mich um, geblendet –, ich denke es kommt aus dem pad. da ist ein sanftes blinken, das der dielenboden reflektiert. *zuerst die hände*. das waren die worte, die der chauffeur des todes zu orpheus gesagt hat. ich strecke die hände aus.

was tun, wenn sich der tod in dich verliebt? manolo stellte mir allerlei drollige fragen in jener zeit.

von wegen *wie durch wasser*. ich stoße mir die finger. kratze am putz herum. versuche es mit den handflächen, dann mit dem ganzen körper. taste und schiebe mich im flimmerlicht auf und ab. der stein bleibt unerbittlich, hart und kalt.

vielleicht ist dies die falsche wand.

das panoramafenster ist schön kühl. mein atem bleibt unsichtbar, nicht mal ein handabdruck zeichnet sich ab.

das draußen ist eine fototapete des jüngsten gerichts. eine rußrote wolke füllt den himmel. keine sterne. die hafenkulisse ist verstummt.

vielleicht haben sie für heute den weltuntergang angekündigt, und niemand hat mir was gesagt.

wer auch?

j.d. ist tot. an squid erinnert mich einzig der winzige krater am handgelenk. und alles, was von eden bleibt, ist dieser leere, konsequenzlose raum.

×

Ich konnte noch nie Blut sehen.

Ja ja. Sólrún hatte recht: Kinder sollten keine Horrorfilme schauen.

Sólrún, meine überbesorgte Mutter. Yngvi, mein retardierter Bruder. So langsam kommt alles zurück. Sólrún. Yngvi. Dayo. London … Wie konnte ich auch nur eine Sekunde lang glauben, ich sei die Richtige für diesen Job?

Diese Bilder. Scheiße, diese Bilder …!

Komisch nur, dass sie erst jetzt kommen. Wo ich mich an den Film, aus dem sie stammen, nicht mal mehr erinnere.

Ich weiß nicht, wie ich zurückgekommen bin, in dieses Bett, dieses Zimmer, den ewig gleichen, roten Dämmer. Aschegeruch, auch hier.

Was ich anfangs für einen Spiegel hielt, entpuppt sich bei eingehender Betrachtung als Bildschirm. Vom Bett aus probiere ich die gängigsten

Befehle. Der Kasten reagiert nicht. Wohl ein altes Modell mit Touchscreen. Aufstehen ist unmöglich. Mir wird schon schwindlig, wenn ich nur den Kopf drehe. Wie gut es täte, die Augen … wenn nicht hinter den Lidern der rote Strudel, der mich in die Tiefe –

Scheiße … Scheiße! Augen auf!

Es war Yngvi, der sich an all dem Gemetzel aufgegeilt hat, nicht ich! Yngvi, der mich gezwungen hat, diesen Horror mitanzusehen, um sich dann köstlich zu amüsieren, wenn ich nachts schreiend im Bett saß. Er sollte auf mich aufpassen. Damals, als Sólrún an den Wochenenden mit diesem Íslandsbanki-Typen unterwegs war. *Aufpassen* – für'n Arsch!

Angefangen hat es mit Romeros *Night of the Living Dead*. Das war noch lustig. Körniger, knisternder Quatsch. Aber dann folgten diese hyperrealistischen Streifen.

Seziermesserscharfes Licht. Ein See aus Blut. Die starre Hand. Spiegelscherben, überall … Und dann, plötzlich, diffuse Dunkelheit.

Mir ist so flau, dass ich's bis zum Abend nicht schaffe aufzustehen. Nicht so sehr wegen der scheußlichen Szenen, die ich mitansehen musste, sondern weil mir ist, als hätte ich mich mit jemandem verwechselt, und dieser Gedanke ist schrecklicher als jede noch so blutige Erinnerung. Ich kann verdammt nochmal kein Blut sehen. Es ist absolut unverzeihlich, es ist absurd, es ist ganz und gar *unmöglich*, etwas so Elementares zu vergessen.

Ich meine: Ein Killer, der kein Blut sehen kann …? *Come on!*

Wer weiß, wie lange ich *out* war. Ob mich jemand gefunden hat. Die Zimmertür stand sperrangelweit offen, während ich im *Waschraum* lag.

Ich taste mich ab. Schaue mich um.

Scheint alles noch da zu sein. Die Vänska. Die GoldCaps. Das Pad. Die Fotos an meiner Brust.

Die Fotos.

Wǒ de tiān ā.

Das also ist der Typ, den ich töten soll.

Nein, ist er nicht.

Der, den ich töten soll, war älter. Uralt, die Augen, beinahe schon tot. Als trüge er, abgeschnitten vom unteren Bildrand, das blutige Messer noch in der –

Da ist ein Schreck, ein Zucken des Herzmuskels. Eine Erinnerung, die frischer ist, als sie sein sollte.

Ich hab ihn gesehen. Den *neuen*, den *jetzigen* Eden. In *echt*. Ganz kurz nur. Am Flughafen. Vielleicht am Gepäckband?

Ich hab ne Allergie, habe ich gesagt, immer wieder, grenzhysterisch, und die Sicherheitsbeamten sahen mich ganz merkwürdig an. Je merkwürdiger sie mich ansahen, desto mehr beharrte ich. Ich hab ne Allergie gegen Bioglas! Die Beamten schauten einander an und winkten mich einfach durch.

Wo waren die Scanner? Der Flughafen sah so … *altmodisch* aus.

Verdammt, jetzt will ich's doch wissen. Die Erinnerung an den Mann in der Gepäckhalle vergleichen mit dem Foto, das Dayo mir geschickt hat. Wissen, dass ich mich getäuscht habe.

Das Pad ist aufgeladen. Findet aber komischerweise noch immer kein Netz. Reagiert nicht auf *Öffnen*, nicht auf *Suchen*, weder auf *Position* noch auf *Teilen*.

Wie gestern. Oder wann immer ich durch die Straßen von Fitzrovia gelaufen bin – gestern, vorgestern, vorvorgestern. Sagen wir: auf dem Weg hier her.

Vielleicht ein Klimaproblem? Die Luft war voller Feuchtigkeit, wie zu Hause, aber wärmer, tropisch fast.

FOLO verklebt mir die Zähne, noch immer, aber das Gefühl, innerlich zu sterben, lässt langsam nach.

Die Paddington Crossrail Station kam mir kleiner vor, als sie sein sollte. Eigentlich kaum größer als eine der dixieklogroßen Buden am Lækjartorg. Mindestens zwei bis drei Stockwerke fehlten. Einfach abgesägt. Trotzdem war da ein Menschengewühl, wie es in Reykjavík höchstens samstagabends auf dem Laugavegur vorkommt.

Lækjartorg, Laugavegur, Reykjavík. All diese Plätze sind mir vertraut.

Warum trage ich dann einen Namen, der schwedisch klingt? Und was ist das überhaupt für eine Sprache, in der ich denke …?

Ich fühlte mich seekrank. Mein Pad funktionierte nicht. Menschen, Menschen, Menschen. Keine Holos. Echte, breitrückige, rempelnde, nach Frittenfett stinkende Menschen. Nirgends Wächter. Nirgends Screens. Dafür ein paar fest installierte CCTVs, wie sie zuletzt vor zwanzig, dreißig Jahren in Benutzung waren.

Auch draußen kein Empfang. Ich konnte keine Adresse und keinen Namen eingeben, konnte das Straßennetz dieser Stadt nicht sehen; nicht mal die Uhrzeit stimmte.

Es war dunkel. Viel dunkler, als es sein sollte. Eine Stunde Zeitverschiebung? Lächerlich! Ich war mittags losgeflogen und stand nun in rötlicher, stinkender Nacht.

Sind Nächte in der Großstadt immer so?

Eine ganze Weile irrte ich benommen durch die Straßen. Jetlag, Qanuk-Crash, Online-Entzug.

Irgendwann tauchte der AllSec-Tower auf, den ich mir von *Bird's Eye* gemerkt hatte. Er sah aus wie im Netz. Nur das Screenband war ausgefallen. Oder abgeschaltet über Nacht. Angestrengt sah ich nach oben, versuchte, die Spitze des Turms zwischen den Dächern nicht aus den Augen zu verlieren. Und dann rannte ich gegen was Hartes.

Ein kaputtes Fahrrad, angekettet an einen Laternenpfahl. Irgendwas daran sah komisch aus.

Ich beugte mich näher und beleuchtete das Ding mit meinem Pad: ein Fahrrad, eindeutig, mit zerbrochenen Spiegelscheiben anstelle von Rädern.

×

ungefähr zwölf stunden vergehen, ohne dass das licht sich ändert.

eden bleibt verschwunden. er ist nicht im fitnessraum. er ist auch nicht im schwimmbad.

er ist, ich bin mir jetzt beinahe sicher, in *niemandsland.* da, wo die toten, die denken, sie seien noch lebendig, herumsteigen in den ruinen ihrer erinnerung.

nur – wie kam ER dorthin?

das steuerelement blinkt noch immer schwach. ich hebe es vom boden auf. eine eigenartige wärme geht von ihm aus. ist es möglich, dass all das, was auf der wand und auf den schirmen im AllSec-tower passiert ist, irgendwo in diesem winzigen ding steckt …?

unbeholfen mache ich ein paar bewegungen, von j.d. abgeguckt. das pad reagiert ebensowenig auf meine finger wie das deckenlicht auf meine anwesenheit.

irgendwann passiert doch was. das flimmerlicht erlischt; der raum versinkt in apokalyptischer dämmerung.

ein schnelles hochreißen des mittelfingers. ich wiederhole, perfektioniere die geste.

störbild an. störbild aus.

störbild an. störbild aus …

draußen wird es allmählich heller. die rote glocke ist weitergewandert, hängt jetzt über greenwich. massiv und drohend wie der smog über downtown. nur viel, viel krasser.

ich leg das pad aufs sofa, gehe zum fenster, presse meinen körper ans glas. da ist ein sog, ein schwindel, *minimale verlagerung* –

der flusslauf ist wieder zu erkennen, erst schemenhaft, dann klar wie auf einer landkarte. aber wo ist die waterfront bridge? ich muss sie überquert haben, um hierher zu gelangen – wie auch immer, falls squid recht hatte mit den scannern, kameras und wächtern. jetzt ist da – nichts mehr. nicht mal die ahnung einer brücke. wo die glänzenden kuppeln der themse-sperre sein sollten, stehen kräne im wasser. drum herum, wie brettspielfiguren, längliche formen … schiffe?

ich kneife die augen zusammen und starre in die tiefe.

weder die schiffe noch ihre gischtspuren bewegen sich. alles scheint stillzustehen. als wäre das, was ich sehe, eigentlich schon gar nicht mehr da. als könnte ich das fenster wie eine folie von der wirklichkeit abziehen. *tote sterne.* jetzt fällt es mir wieder ein. tote sterne strahlen ihr licht auf die erde, noch tausende von jahren, nachdem –

vielleicht liegt es an der perspektive. dies ist der vierzigste stock. die dampfer drunten sind winzig. der rötliche dunst schluckt die rauchsäulen, die möglicherweise aus ihren schornsteinen steigen.

man kann das fenster weder öffnen, kippen, noch verschieben. die wirklichkeit lässt sich durch keinen handgriff überprüfen. mir bleibt nichts übrig, als dem glas zu glauben, was es mir da präsentiert.

zurück auf dem sofa tun meine hände, was sie wollen. ringen, reißen, zucken, schlagen. und plötzlich stürzen bilder auf mich ein. brausen aus der vormals weißen wand wie wütende wespen.

backsteinfassaden rasen aufeinander zu. eine phosphorexplosion drückt mich in die kissen. arme, beine, köpfe. rauch und nebel. der boden: ein see aus licht. bizarre schattenfänge. hüte, schiebermützen, kunstvoll arrangiertes haar. mooriges grün. ein deformierter schädel mit der schnauze eines schweins. ein wasserkopf. squids hasenohren. das spitzeckige glasdach einer bahnstation. rotfunkelnder boden. vermummte gestalten rennen herum. lichtblitze zucken aus dem nachtsichtgrün. ein dunkel glänzender see. großaufnahme einer bleichen hand, die zuckt und erschlafft, zuckt und erschlafft, zuckt und –

das pad kreiselt brummend am boden wie ein abgeschlagenes wespennest.

nein. das summen ist in mir drin. wird schlimmer. ich schließe die augen: der tinnitus.

als ich sie wieder öffne, ist die wand dunkel; das pad liegt still.

das summen verschwindet nicht. es kommt und geht. fordernd, regelmäßig.

jemand ist an der tür.

×

54. Immer wieder diese Zahl. *54. 54 …*

Dann ein Wort: *Holywell Lane.*

54 Holywell Lane.

Tanzende Kreise auf der Retina. Und ein Gefühl von Dringlichkeit, das sich nicht abschütteln lässt.

54 Holywell Lane. 54 Holywell Lane. 54 Holywell …

Was zum Teufel wollte … will ich da?

Meine Extremitäten sind jetzt halbwegs kooperativ. Ich drehe Runden im Zimmer. Federe in den Knien. Wische Staub von dem seltsam gekrümmten Bildschirm, tippe mit den Fingern darauf herum.

Der Schreibtisch: eine hoffnungslose Müllhalde. Umständlich steige ich in meine Hose. In der Arschtasche: ein zerschnittener Tablettenbrief. Zwei Quiesan. Mit einer Vorratspackung hätten sie mich wahrscheinlich nicht ins Flugzeug gelassen. Oder zumindest allzu genau nachgefragt.

Unter einer faulenden Bananenschale finde ich eine Plastikkarte mit einem Foto, das mein Gesicht zeigt, wenn auch mit einem anderen Haarschnitt. Daneben den Namen: Signe Åberg.

Signe Åberg? Na gut. Wohl doch nicht Vera Pålsson.

Aus einer Chipstüte fällt ein Stapel länglicher Lappen. Sie sind größer, dünner und aus einem anderen Material als die Karte. Eine Art beschichtetes Papier. Darauf zu sehen sind allerhand Zahlen, komische Symbole, ein gruseliges Gesicht in verschiedenen Farbschattierungen, psychotisches Gekrissel. Und … rote Fingerabdrücke.

Meine …?

Die Schnitte an den Fingern meiner rechten Hand verschorfen langsam, und ich hab immer noch keine Ahnung, woher –

Doch. Natürlich. Das Fahrrad mit den Rädern aus zerbrochenen Spiegelscheiben!

Wie ich mich kenne, hab ich mal wieder alles angefasst, was nur gefährlich genug aussah.

Unter der Chipstüte liegt ein Notizblock. Darauf ist die Adresse des Hotels gedruckt: 10 Bolsover Street.

10 Bolsover Street. Das Bild einer schummrig beleuchteten Rezeption. Gelbzahniges Lächeln. Ein paar Minuten lang hing der Blick des Portiers an meinen Füßen fest, vielmehr: an meinen knöchelhohen GoldCaps von Xu Fan Rong.

Ich weiß nicht, ob er meine Verwirrung, meine Erschöpfung bemerkt hat. Es war ungewöhnlich dunkel draußen, viel zu dunkel für die Uhrzeit, die mein Pad anzeigte. Ich hielt ihm meine Karte hin. Das Pad hatte ja keinen Empfang.

Und dann?

Ich hielt ihm meine Karte hin und ... *erwartete, in ein Hinterzimmer geführt zu werden.*

Der Portier sah auf die Karte und holte einen Stift heraus. Einen *Stift!* Setzte ein Gestell auf Nase und Ohren, das aussah wie eine ... *Brille*. Er hat das Retro-Ding echt komplett durchgezogen.

Aus Schweden, ja?

Ich nickte. Das weiß ich genau. Dass er das fragte und ich nickte. Obwohl ich mir jetzt beinahe sicher bin, dass ich in Reykjavík ins Flugzeug gestiegen war.

Der Portier klickte mit seinem Stift. Ich rechnete noch immer damit, dass er von irgendwo einen mobilen Scanner hervorkramen, die Karte durchziehen, meine Identität einlesen, so und so viel EC abbuchen würde.

Nichts dergleichen geschah. Stattdessen schlug der Portier ein großes schwarzes Buch auf. Ein *Buch*!

Umständlich, Buchstabe für Buchstabe, notierte er meinen Namen, auf einer Seite, die so wellig war wie die Tapete über mir, die Tapete in den düsteren Gängen, so wellig wie sämtliche Tapeten in sämtlichen Räumen des Bolsover-Hotels.

Wie viele Nächte?

Ich wusste nicht, was ich darauf antworten sollte.

War das ein Code, den ich vergessen hatte?

Ich wartete. Auf ein Räuspern, ein Zwinkern, irgendwas, das mir anzeigen würde, dass sich irgendwo eine Tür öffnen würde, die ich jetzt noch nicht sah. Aber es kam nichts.

Auf gut Glück sagte ich: Eine Woche. Vielleicht auch länger.

Der Portier nickte und drückte mir ein längliches, seltsam geformtes Metallding in die Hand.

Ich sollte einen Chip gespritzt bekommen. In den linken Oberarm. Jetzt weiß ich's wieder. Es müsste längst passiert sein. Laut Dayo: je schneller, desto besser. Jede weitere ungechippte Stunde erregt unnötigen Verdacht.

Meine Arme sind glatt wie Babyhaut.

Gibt es jetzt neue, verborgenere Stellen? Hinter den Ohren? Zwischen den Schenkeln?

...

Vielleicht ist es das. Die schmuddelige Hotelfassade, der Shabby Chic:

clevere Tarnung. Wahrscheinlich muss man so ticken, wenn man Killern – sagen wir: Möchtegern-Killern wie mir – gestohlene Identitäten implantieren will. Ich weiß nicht, wie lange sie brauchen werden, um an meiner zu basteln.

Werden sie irgendwann hochkommen, anklopfen, die Spritze schon in der Hand?

Eingekringelt in den Wurmfortsatz des Spielzeugkastens liegen meine letzten zwei Tabletten und das Metallding mit dem gezackten Ende.

Der Müll ist in den Papierkorb gewandert, die Tischplatte jetzt gepflastert mit den Fotos aus dem Brustbeutel.

Seit Stunden versuche ich in diesem Typen den Jungen zu erkennen, den ich töten soll. Aber alles, was ich denken kann, ist: Leg deine schwarzweißen Arme um mich. Die bleichen Adern. Die überbelichtete Brust ...

Und dann ist da so etwas wie ein Schlag. Ein comichaftes *Thwack* mit etwas Großem, Schweren, Stumpfen auf den Hinterkopf.

Bin ich etwa … *verliebt?* Fühlt sich das so an?

Optionen, verdammt! HILFE. Durchs Menü klicken, bis ich …

Fokus.

Fokus!

Ein aufdringliches weißes Pumpen in der Innenfläche meiner Hand. *Iss mich. Iss mich. Iss mich jetzt.*

Die vorletzte Quiesan. Keine Ahnung, wie die da hingekommen ist. Ich sollte sie aufheben fürs ungewisse Draußen, das Getümmel in den Straßen dieser fremden Stadt …

Scheiß drauf. Vielleicht ist *jetzt* der Moment.

Ein letzter Schluck lauwarme Brühe aus der Sodaflasche.

Zwanzig bis dreißig Minuten. Die Zeit, die mein Pad anzeigt, stimmt ganz sicher nicht, aber das ändert wohl nichts an der Zeit, die die Zeit braucht, um zu vergehen.

Meine Finger bewegen sich. Rein gar nichts passiert.

Wie überleben? Ohne Pad, ohne irgendeine Ablenkung außer dem, was die Augen sehen?

Schwarz-weiße Arme. Bleiche Adern. Überbelichtete Brust ...

Weit unten wackeln die Füße einen verzweifelten Takt, wackeln hin zu dem Kasten auf dem Schränkchen vor dem Bett.

Es gibt da, genau wie am Fuß der Lampe, einen Schalter, den man drücken muss. Ein ungesundes Fiepen.

Über den Schirm flimmern verschwommene, pixelige Bilder. Ungefähr zehn Minuten lang schau ich mir das vom Bett aus an, bis ich denke:

Jetzt muss ich kotzen.

Noch zehn Minuten, dann – die Konturen aller Dinge werden weicher und die Gedanken ein kleines bisschen pelzig – hat es das Q so langsam bis ins Blut geschafft.

Viel lässt sich mit einem Pad ohne Netz nicht anfangen. Aber ein paar Dinge gehen doch.

Da ist ein kleines Mikro, und der Befehl für *Aufnehmen* funktioniert.

Auf dem Spielzeugding neben der Schreibtischlampe klebt ein Viereck aus transparentem Plastik. Dahinter steht, dünn und verblichen, eine Nummer.

Ich weiß nicht, was sie bedeutet, aber vielleicht bedeutet sie irgendwas.

Ziffer für Ziffer spreche ich die Nummer ins Pad. Meine Stimme ist fadenscheinig, wie jahrelang nicht benutzt. Und nur für den Fall, dass die Erinnerung wieder verloren geht, wenn ich das nächste Mal einschlafe: 10 Bolsover Street. Und: 54 Holywell Lane.

Als ich gerade *Ende* klicken will, fällt mir noch eine weitere Adresse ein: 37 Beak Street. Auch die spreche ich ins Pad.

Spaßeshalber probiere ich den Satz: Ich habe eine Allergie, auf Isländisch, auf Englisch, in verschiedenen Stimmlagen. Höre das Ergebnis an und probiere weiter. *Stop. Replay. Stop. Replay …* Bis mir ein nachlässiger und doch überzeugender Tonfall gelingt.

Zweitens: *Shoot.* Ein Pseudo-Polaroid von dem lustigen grünen Spielzeugkasten. So retro, so gut. Aber wozu?

Shoot ohne *Teilen* ist wie Ficken ohne Kommen.

Das war mal eine Saison lang Kenias Signatur. Kurze, aber ultracoole Schlampenphase.

Ich hätte bei jedem Posting kotzen können.

Löschen geht noch, manuell.

Dieses ungewohnte Knöpfedrücken. Ich mach den Plastikkasten wieder an. Langsam gewöhnt mein Hirn sich an die Flimmerbilder. Da tickern Nachrichten durch, aber der PersonalEyezR funktioniert nicht.

Kein Wort über die Ölfelder in Zentralasien. Die Elektrizitätsrationalisierung. Den Fortschritt der Quantenpunktlösung.

Dafür irgendwas über die Entsendung sowjetischer Truppen nach Afghanistan. Jimmy Carter. Margaret Thatcher. Islamische Allianz für …

Afghanistan sagt mir was. Aber was zum Teufel ist *Sowjetunion*?

Meine Finger machen *Suchen, Suchen, Suchen …* Nichts passiert.

Der Sprecher quasselt weiter. H-Block. Kieran Nugent. Dirty Protest

… Wahrscheinlich liegt es daran, dass mein Pad nicht funktioniert. Wie soll das dumme Gerät auch wissen, wer ich bin?

Eins komma sechs Millionen Arbeitslose. Die höchste Arbeitslosenquote seit dem Krieg …

Welcher Krieg?

Bahnstreiks und Gewerkschaftsverhandlungen. Stromnotstand. Das kenn ich.

Helen Smith. Operation Countryman …

Zum Ausrasten. Ich will meinen Translator, meinen PER! Das alles hat doch keinen Sinn.

Kurz bevor mein Fuß hineinkracht, erkennt der Apparat mich doch.

Eine riesige Aschewolke füllt das Bild. *Was zunächst für einen Anschlag der IRA gehalten wurde, entpuppt sich nun als Resultat eines Vulkanausbruchs auf Island …*

Die Katla.

Heilige Scheiße …! Der Teppich sinkt ein wie ein frisches Grab.

Also hatte ich's mir nicht nur eingebildet! Dieses dumpfe Vibrieren unter den Füßen, in Kjartans Flur. Die plötzliche Verfinsterung, mitten am Tag …

Ich kralle mich an der Tischplatte fest. Eden. Sein Gesicht liegt im Dunkeln; die Schreibtischlampe ist noch immer ausgesteckt.

Hundertzwanzig Millionen Tonnen Schwefeldioxid, sagt der Sprecher im Hintergrund. Eisblöcke von zweihundert Metern Länge. Menschen seien nicht zu Schaden gekommen. Aber der Tephraausfall –

Sólrún. Yngvi. Kjartan. Ich muss sie anstupsen. Oder wenigstens ihre Aufenthaltsorte – aber wie, ohne …?

Scheiße, ich war abgelenkt. Der Individual-Modus hat sich verstellt.

Regen an der Nordküste … Was interessiert mich das?

Kaum dreh ich mich zum Bildschirm, ist die Aschewolke wieder da. Mit Klimaschwankungen sei zu rechnen, sagt der albern frisierte Wettermann. Trockener, heißer Nebel. Nachtfrost. Hoher Anteil an Schwefelsäure in der Luft. Es wird geraten, auf harte körperliche Arbeit zu verzichten. Der Typ fuhrwerkt mit einem Zeigestock auf einer primitiven Landkarte herum. Schiebt Wolken von oben nach unten. Die Asche zieht von Nord-West nach Süd-Ost.

Die Wolken sind aus … Nein, ich täusche mich nicht. Sie sind aus *Pappe*.

Ich *muss* in einer anderen Zeit gelandet sein. Nur – in welcher?

Andauernd ist von Wochentagen die Rede. Von Monaten. Vom *vergangenen* Jahr …

Über den Bildschirm flimmert jetzt eine wahllose Folge von Werbung für Dinge, die ich garantiert nicht brauche. German Lager. Fritteusen. Rasierwasser. Soll das eine Beleidigung sein? Anchor Butter. Lippenstift … Irgendwas läuft hier ganz, ganz falsch.

Das Pad regt sich noch immer nicht. Eden ebenso wenig.

Sieh mich an, flehe ich, sieh mich an! Mit diesen Augen, die im Schatten –

Aber was wäre dann. Wenn sie nicht mehr im Schatten. Wenn sie auf. Wenn sie irgendwohin. Irgendwohin blickten. Oder nein. Nicht *irgendwo*, wenn sie *mich* –

×

eine halbe stunde herzklopfen in der kehle. dann bin ich raus. niemand stand vor der tür. niemand begegnete mir in den fluren. die fahrstühle funktionierten. im ganzen gebäude: ein gefühl von aufschub. auch unten stand niemand und wartete auf einlass.

das steuerelement klemmt an meiner brust wie ein tier, das jeden augenblick wegspringen kann.

rechtsfreier raum, hat squid über bunker city gesagt. es ist einfach, rauszukommen, wenn man einmal drin ist.

und es ist sogar noch sehr viel einfacher als erwartet. die mauern sind da, aber die gittertore stehen weit offen. die wachhäuschen sind leer. die kameraaugen tot.

brandgeruch liegt in der luft, überdeutlich und überall. ich stolpere über schutthaufen, rostige stahlträger, gestapelte autoreifen, benzinkanister richtung wasser.

die waterfront bridge ist weg. nicht so, als hätte man sie abgerissen. sondern so dermaßen weg, als hätte sie nie existiert.

weit und breit führt kein weg über den fluss. also nach norden. irgendwo beim royal victoria yachtanleger müsste die nächste LRT-station sein.

vorerst seh ich nur brachland. halb verfallene lagerhallen. zerfressene betonrohre, jede menge müll. was für ein standort für high-tech-hochhäuser und luxuslofts! alte sofas, zerschlagene waschbecken, drahtrollen, autowracks. aus einem seitenfenster hängt eine halb verbrannte schaufensterpuppe wie das grotesk entstellte opfer einer massenkollision.

hinter jeder mauer, jedem müllhaufen wittere ich bewegung. angriff. tod.

meine knie zittern; mein mund ist so trocken, dass ich kaum schlucken kann. mit edens pad unterwegs zu sein ist, als liefe man mit den kronjuwelen durch die stadt.

tausend augen werden aufblitzen wie die goldfüllungen in einem breiten, satanischen grinsen. cannies oder doggies oder sharks. werden mich niederschlagen und mir, wenn ich ohnmächtig am boden liege, das pad –

aber da ist niemand. kein mensch. kein wächter. nicht mal das ferne surren von rotoren.

bin ich der letzte überlebende einer katastrophe? woher dieser schwefelgeruch, dieser trockene dunst?

die sonne geht unter, ein feuersturm über schmelzenden wellblechdächern, ein gleißendes meer aus silber. darüber, dahinter, schier endlos in die ferne flimmern schwarze kräne himmelwärts.

jeder atemzug brennt. die augen tränen. aber ich ersticke nicht.

die pontoon dock station ist so ausradiert wie die waterfront bridge. wo die violett glänzende fassade des cosco-centers sein sollte, erhebt sich ein graubrauner betonklotz.

rund ums hafenbecken nichts als ödland, alte schienenstränge, autoreifen und dürres gestrüpp. keine einzige yacht liegt hier vor anker.

dafür zwei kinder. sie liegen zwischen den rostigen gleisen, auf zerrissenen daunenjacken, die arme hinter dem kopf verschränkt. möchtegern-selbstmörder oder wegelagerer? bilder aus alten western kommen mir in den kopf.

ich folge den toten schienen, auf sie zu.

einer von ihnen hält ein buntes heft in die luft. auf dessen titelseite steht *shoot!*. jetzt lässt er das heft sinken. der andere hebt den kopf, um einen schluck aus einer rot-weißen dose zu nehmen. ihre gesichter sind dunkel, staubbedeckt, wie alles hier. auch ihre kleidung, einheitsgrau: zu enge, ehemals karierte hemden, schlaghosen mit bügelfalte. von den brüdern heruntergereicht. könnten jungs aus east l.a. sein, irgendwie vertraut.

ich stehe jetzt beinahe über ihnen. das pad unterm t-shirt verborgen, in den hosenbund gesteckt.

wo ist die pontoon dock station?, krächze ich.

die jungen sehen hoch. dann einander an. lecken staub von ihren roten, rissigen lippen. in ihren augen glüht pinker widerschein.

was?

ich muss meine frage zweimal wiederholen, bis sie mich verstehen.

der eine grinst nur und trinkt *red stripe*. der mit dem heft sagt: da ist das pontoon dock bassin. er deutet auf das verwahrloste hafenbecken hinter ihnen.

wo ist die nächste bahnstation? wie komm ich da hin?

der junge mit dem heft sagt, ich müsse um das wasser herumgehen. und dann eine ganze weile nach norden.

links ist eine brücke. die zu überqueren erscheint mir der kürzeste weg. sie ist nicht bewacht. keine kameras. ein paar autos kommen mir entgegen, als ich auf der brücke bin. alte autos. komisch, das zu denken. *alt* im vergleich zu was? vielleicht ist vielmehr jetzt alles genau so, wie es hätte sein sollen, bei meiner ankunft.

in der mitte der brücke drehe ich mich um. nur einen kurzen blick zurück auf bunker city, das hochhaus, in dem ich eben noch vergeblich auf eden gewartet habe.

das merkwürdige ist: ich kann es nicht mehr finden.

da ist der riesige betonklotz neben dem royal victoria bassin. da sind die wellblechdächer der lagerhallen. die kräne. die schutthaufen. der müll.

weiter hinten, wo der barrier park, wo bunker city war, erstreckt sich ein ruinenfeld.

×

Ich weiß nicht, was sie aufhält.

Aber immerhin weiß ich jetzt, wozu das flache Metallding dient: Zum Verschließen der Tür. Den Türgriff umschließt ein silberner Besatz, und darin ist eine Öffnung, in die das gezackte Ende des Metalldings passt.

Signe Åberg hat Hunger. In ihrem Rucksack war noch eine angebrochene Packung Frón-Kekse. Die sind jetzt alle. Signe Åberg tritt hinaus auf den Flur. Hält sich fest an der gelben, gewölbten Wand.

Signe Åberg hat Hunger. Dieser Satz klingt, als hätte er nichts zu tun mit meinem rumorenden, übersäuerten Magen, den weichen Knien, dem wattigen Gefühl im Vorderhirn.

Ich bin im zweiten, nein, im dritten Stock. Auf der Treppe wieder Schwindel. Von der ungewohnten Anstrengung nach tagelangem Liegen bei minimaler Nahrungszufuhr. Der Angst vor dem Draußen.

Das mir als allererstes in Gestalt des Hotelportiers begegnet: Halbglatze, leichter Silberblick. Gelbzahniges Lächeln.

Irgendetwas löst dieses gelbzahnige Lächeln in mir aus.

Kontinuität. Kontinuität, ja. Kontinuität heißt: das Gegenteil von Verrücktwerden.

Ich lächele. Ich lächele, obwohl ich gar nicht weiß, wie das geht. Es geht! Ich sehe es, gespiegelt in den spröden Lippen des Portiers.

Ich nuschele – undeutlich, wie ich denke, dass Agenten das tun, Agenten, die nur versteht, wer sie verstehen soll: Was ist mit dem Chip?

Der Portier lächelt, unverändert. Nein, *minimal* verändert.

Was ist mit dem Chip?, frage ich, immer noch undeutlich, aber etwas lauter. Meine Stimme klingt wie eine Espressomaschine, die dringend gereinigt werden müsste. Vom langen Nichtsprechen, oder von dieser Sprache, die ganz offensichtlich nicht meine und auch nicht die von Signe Åberg ist.

Dem Chip? Dem *Chip*!

Das Lächeln des Portiers leiert aus. Ach so, sagt er. Den nächsten *Fish&Chips*-Laden finden Sie an der Ecke Cleveland und Grafton Way …

Er breitet ein gigantisches, psychedelisch vollgekleckstes Papier vor mir aus und fährt mit seinem fetten Zeigefinger darauf herum.

Sie sollten aber vorsichtig sein wegen dieser … Er geht mühsam in die Knie, so dass sein letztes Wort nur noch ein schmerzverzerrtes Keuchen ist. … Asche, stöhnt er dumpf hinter der Theke. Mehrere Minuten bleibt er verschwunden. Dann richtet er sich, begleitet von erneutem Stöhnen, wieder auf. An seinem Arm baumelt etwas, das aussieht wie eine groteske Schweinemaske.

Ich könnte Ihnen das hier … wenn Sie möchten …

Er sieht stirnrunzelnd auf das Horrording und dann zu mir.

Äh … nein. Nein danke.

Unwillkürlich weiche ich zwei Schritte zurück.

Wie Sie wollen. Der Portier zuckt mit den Achseln. Dann schiebt er mir das bunte Papierding hin und lächelt sein gelbzahniges Lächeln.

Verdammt guter Schauspieler.

Wie lange, denkt Signe Åberg, bis ich wieder *ich* sein kann?

Das Auf-die-Straße-Treten kostet Überwindung. Mich, weil unter allen Umständen zu vermeiden war, *ungechippt* rauszugehen. Signe Åberg, weil sie im Loop zergrübelt: Wieso hat dieser Kerl mich nicht gefragt, wie lange ich noch bleibe? Wann ich bezahle? Und: scheiße – wie bezahle ich *überhaupt*, ohne Pad?

Ausnahmsweise regnet es nicht. Trotzdem fühlt die Luft sich an wie in der Sauna. Und da ist dieser Aschegeruch, in verdreifachter Potenz.

Das ist schon ein Kunststück. Wie die Luft es schafft, gleichzeitig *schwer* und *feucht* und *trocken* und *brenzlig* zu sein! Der typische Duft heißer Quellen: eine Mischung aus faulen Eiern und angesengtem Haar. Als hätte jemand in einen vollen Aschenbecher gepisst.

Signe Åberg würgt. Ein trockenes, substanzloses Würgen. In mir dagegen begegnet der Schwefelgeruch etwas ganz anderem. So was wie … Trost. Ein Hauch beruhigendes Daheim-Gefühl.

Die Bolsover Street bietet ein Bild profunder Trostlosigkeit. Die Fahrbahn ist unter einer zentimeterhohen Schlammschicht verschwunden. Grau-gelbe Schlieren vermitteln den Eindruck eines langsam austrocknenden Flussbetts. Ich wate mitten durch; an den GoldCaps perlt jeglicher Dreck ab.

Links und rechts rußgeschwärzte Fassaden, gegen die sich Müllberge drängen. Vernagelte Fenster. Einzig ein pakistanischer Off-Licence-Store strahlt seine schwache Neonschrift gegen den diesigen Nachmittag. Kein Leben auf der Straße, abgesehen von einem wohlgenährten Rattenpärchen, das sich im Rinnstein eine satte Fangopackung gönnt.

In den Seitenstraßen parken dicke Schlitten. Bentleys. Mercedes. Alle aus dem letzten Jahrhundert. Auch sie bis zu den Felgen im Schlamm versunken, die Dächer von rostfarbenen Staubpartikeln bedeckt. In den Wagen sitzen bärtige Typen, die allem Anschein nach Geschäftliches verhandeln.

Was ist das hier? Eine Oldtimer-Messe? Oder doch eher der Trailer zur Apokalypse?

Und was ist überhaupt mit diesem Viertel los?

W1 ist der nobelste Stadtteil Londons. *Jeder*, der dort war, postet das. Was auch nicht wundert, immerhin hat Big Brother hier sein Hauptquartier.

Der AllSec-Tower steht, wo er stehen sollte, am Ende der Clipstone Street. Allerdings sieht er nicht eindrucksvoll und majestätisch aus wie auf *Bird's Eye*, sondern wacht grau und trist über W1 wie eine mürrische Pausenaufsicht. Vielleicht der Ascheregen. Merkwürdig nur, dass die Screens abmontiert wurden. Überhaupt sind nirgendwo Screens. Keine Werbung. Keine Nachrichten. Hätte mich schon interessiert, wer das Tauziehen um diese Stadt gewinnt, in der ich jetzt gestrandet bin. Vielleicht hat London Order, sich zurückzuhalten, bis das Rennen entschieden ist. Jetzt, wo der Westen den Amis gehört und der Osten notdürftig von chinesischen Investoren zusammengehalten wird …

Mein Pad hat noch immer kein Netz. Vielleich liegt auch das an der Asche. Den hundertzwanzig Millionen Tonnen Schwefeldioxid in der Luft.

Am Ende der Straße, wie auf der Karte eingezeichnet, taucht die Great Portland Station auf.

Hier sind Menschen unterwegs. Kaum jemand scheint sich am Brandgeruch zu stören. Nur auf der anderen Straßenseite, am Eingang zum Regent's Park, sitzt ein faltiger alter Mann mit einem Plakat in der Hand, das verkündet: Das Ende ist nah. Ein paar Frauen in komischen Klamotten, die aus der U-Bahn-Station kommen, pressen sich Taschentücher vors Gesicht. Ein Mann im Anzug trägt eine dieser gruseligen Fetisch-Masken, die der Portier mir andrehen wollte.

Auf der Euston Road stauen sich Autos, von denen ich annahm, sie seien längst nicht mehr in Gebrauch. Massive, schwarzglänzende Taxis. Freizeichen und Scheinwerfer trüb gegens rostfarbene Licht. Daneben armselige Pappschachteln auf Rädern, die aussehen wie etwas, das ich im Kindergarten gebastelt haben könnte.

Eine endlose Parade historischer Taxis kämpft sich durch den staubigen Nebel. Und langsam dämmert mir, was hier los ist.

Vor ein paar Jahren bin ich mal nach Reykjavík gefahren, und alles sah anders aus, als ich's in Erinnerung hatte. Geschäftsnamen hatten sich geändert, die Schaufenster waren voller antiker Auslagen, alte Autos parkten am Straßenrand. Sogar ein historischer Bus stand mitten auf dem Laugavegur. Ich dachte, man hätte mich in eine andere Zeit versetzt.

Später im *Pravda* hat Yngvi mich aufgeklärt. Natürlich nicht, ohne vorher mein dummes Gesicht zu *teilen*.

Auf dem Laugavegur wird ein *SIM* geschossen! Nostalgie-Bilder, die in irgendeinem vagen Früher spielen. Vor dem ersten Crash. Yngvi überprüft das, liked ein paar Schauspieler …

Und plötzlich erscheint mir der Geschäftsmann mit der Schweinemaske schon weniger grotesk. Vielleicht sind *alle* hier Schauspieler! So wie der seltsame *Portier*, in diesem seltsamen *Hotel*.

Unbewusst fängt Signe Åberg an, nach Sicherheitsleuten, Gaffern, Beleuchtern Ausschau zu halten – nach irgendwem, der eine Verbindung herstellen könnte zum verloren gegangenen Außen.

Das Innere der Great Portland Station hat das Charisma einer öffentlichen Toilette. Deckenhoch gekachelte Anonymität. Auch hier: keine Scanner weit und breit. Die Drehkreuze sind leicht zu bescheißen, die Züge *alt*.

In Whitechapel kauert am Fuß der Rolltreppen ein Bettler mit den Augen eines toten Fischs. Auch den könnte ich noch für einen Statisten halten. Auf einem Pappschild, das um seinen Hals hängt, steht: kriegsblind.

Der Hunger beginnt weh zu tun. Auf der Haut ein Gefühl eigenmächtiger Bewegung. Als wäre Eden – beziehungsweise sein Abbild in meinem Brustbeutel – ein kleines Tier, das *endlich* raus will. Ich steige um nach Norden.

Die Linie endet beim nächsten Halt. Und nicht nur das. Die Endstation heißt nicht *Shoreditch High Street*. Sie heißt *Shoreditch*. Das ist ganz einfach *falsch*.

Es kann nicht sein, dass sie die Bahnlinien umgeleitet haben, für einen *SIM*. Dass die *gesamte Stadt* als Kulisse dient.

Wo auch immer ich gelandet bin. Ganz sicher nicht in Shoreditch.

Shoreditch ist ein Paradebeispiel für *Totgentrifizierung*. Es gibt so ungefähr dreihundert Waves und ebenso viele LL-Seiten, die das belegen. Ein ehemals hippes, bis zum letzten Backstein durchgestyltes Viertel, das irgendwann zugunsten vielversprechenderer und vor allem bezahlbarerer Territorien aufgegeben wurde. Noch heute findet man an allen Ecken die Überbleibsel des verflossenen Booms. Zerschlagene Glasfassaden von Pop-up-Gallerien, leerstehende Espressobars, Bioläden, Baby-Ausstatter, Hundesalons, Boutiquen. Und natürlich Spielplätze, Spielplätze, Spielplätze. Kjartans *favorite* war ein Stream mit *verwilderten Spielplätzen in Shoreditch.*

Ich finde aber keine verwilderten Spielplätze. Auch keine edel vermoderten Messingschilder, die *Coffee to go* anpreisen. Sondern einen multiethnischen Slum, der niemals einen Spielplatz, geschweige denn *Coffee to go* gesehen hat.

Was hier geschossen wird? Die Ankunft einer Zirkustruppe. Ein exotischer Wochenmarkt. Architektonischer Wahnsinn. Der Weltuntergang.

Was für eine Zerstörung. Das Ächzen der Gebäude geht unter in ohrenbetäubendem Gekreisch. Was fällt Signe Åberg dazu ein? Streams aus den Krisenherden Zentralasiens. Häuser, die einfach in der Mitte *aufhören*. Halbe Fassaden, lieblos zugemauerte Fenster. Lücken in den Häuserzeilen, notdürftig bretterverschalt. Davor provisorische Buden, überdacht mit Wellblech oder Plastikplanen, ebenfalls mit rotem Staub bedeckt. Ein Gemisch aus Kloake und Gewürzbasar verdünnt den Schwefelgeruch. Hin und wieder süßlicher Brotduft. Zwei jüdische Beigel-Shops. Ein Tohuwabohu turbanbewehrter Typen, die mit meterlangen Teppichrollen hantieren wie mit altgriechischen Lanzen. In Lumpen gekleidete Kinder sämtlicher Hautfarben, Frauen in Saris, freilaufendes Federvieh, kläffende Köter, käsige Fußballprolls, ein paar uralte Juden, Karikaturen ihrer selbst, im Gewühl verloren auf ihre Stöcke gestützt. Und das Gegacker und Gekreisch! An den Markisen sind Reihen um Reihen von Käfigen befestigt. Darin schaukeln und kreischen Wellensittiche, Kanarienvögel, Papageien, Affen … Ja, ganz richtig: *Affen*.

Etwas klatscht mir ins Gesicht. Gummiartig verdrehter Hals, glibbriges Augenweiß.

Sorry!

Ein Inder in blutbefleckter Schürze schwankt mit schweren Schritten durch die Menge, auf den Schultern ein gehäutetes Schaf.

Unter den Sohlen der GoldCaps schmatzt Blut. Regen. Hundekot. Danke Gott für die SelfClean-App. Das hier ist alles, nur nicht die Paradestraße totgentrifzierter Suburbanität. In den Seitenstraßen stapeln sich aufgeweichte Pappkartons, Bananenkisten, Haufen von etwas, das aussieht wie marmorierter Weißkohl, Dosen, Müllsäcke. Alte Frauen in zerschlissenen Mänteln schieben klapprige Kinderwägen, beladen mit noch mehr Müll, im Slalom um den Müll herum. Bis auf ein paar bunte Saris ist alles grau, grau, grau. Eine körnige Doku über Armut, Chaos, Resignation. Als hätte jemand beschlossen, vor meinen Augen genau das abzuspielen, was in meinem Innern vorgeht.

Vielleicht werde ich verrückt. Vor lauter Hunger. Durst. Hunger. Tatsächlich hat sich mein Blickfeld in verstörender Weise auf Nahrung verengt. Bagelduft. Gewürze. Schafkadaver. Hühner. Die Luft verdichtet sich zu einem scharfen indischen Curry, das mir allein beim *Riechen* Tränen in die Augen treibt.

Jemand zerrt einen tapsigen Riesenwelpen über die Straße … nein, ein *Tigerbaby*. Sogar das sieht appetitlich aus. Es setzt sich auf die Straße, öffnet das Mäulchen und … Himmel hilf, dieses fleischige, saftige Gähnen …!

Ich stolpere in den nächstbesten Off-Licence-Store.

Hier gibt es *Traurige* zu kaufen. Zumindest verkündet das die fahle Neonschrift. Ich blinzele. Jetzt steht da was anderes. *Trauringe*. Das macht noch weniger Sinn.

Alles hier drin sieht so unglaublich lecker aus. Nüsse. Kekse. Schokoriegel. Chips. Ketchup. Mother's Pride-Weißbrotscheiben … Selbst die staubigen Verpackungen, die mich an die Tankstellen-Tristesse irgendeines früheren Lebens erinnern. Die Preise sind nicht in EC angegeben, sondern mit einem komischen Symbol gekennzeichnet, das aussieht wie eine aufgerichtete Schlange, die sich an einem Ist-gleich-Zeichen verschluckt hat. Kein *Pay Point* zu entdecken. Dabei stehen *überall* in London welche. Hier müssen die Leute nämlich ihre Pads nicht mehr über irgendwelche Scanner ziehen; sie laufen einfach durch eine Art Tor, wie bei der Sicherheitskontrolle am Flughafen.

Neben dem Eingang sitzt eine junge, dunkelhäutige Frau mit Pagenschnitt. Um ihren Hals hängen rote Schaumstoffdinger, aus denen leise Musik quillt. Im Takt dazu kaut sie ein großes, rosafarbenes Kaugummistück.

Ich strecke ihr, in einem Akt letzter Verzweiflung, meine Karte hin. Signe Åbergs Karte. Immerhin ist darin ein Funkchip, und vielleicht …

Die Frau schaut darauf und dann mich an. Da ist der Hauch eines Stirnrunzelns, der Hauch eines mitleidigen Blicks. Sorry, sagt sie, so unbeteiligt wie der Schafsmann draußen, nur gedehnter. Ich sehe sie an. Ihre langen Wimpern. Die zischelnden Schaumstoffdinger. Das große, rosa Kaugummistück.

Ich will ihr nichts Böses. Wirklich nicht. Aber genau jetzt, in diesem Moment, macht sich die Magensäure über meine Eingeweide her.

Ich greife unter die Theke, ohne hinzusehen, bekomme Knisterndes zu fassen, packe zu; zwei, drei Dinge purzeln zu Boden – *Traurige Trauringe* –, eine schrille Türglocke zerfetzt mir das linke Ohr.

Rein in die Statisten. Massenszene mit Vieh. Hühner, Tiger, Schafskadaver. Stolperfalle. Ein Köter schnappt nach meinem Bein. Slalom um die Krückstock-Juden, Kinderwagen-Omas, Teppichkämpfer. Handkarren … *Handkarren*! Signe Åberg lacht. Sie lacht, ja!

Ich habe keine Angst, nur Hunger.

Fashion Street. Ich drücke mich in einen vernagelten Hauseingang. Mehr Dosen, mehr Bananenkisten, mehr Weißkohl. Und noch zwei Kinderkarren-Omas mit spitzwinkligen Kopftüchern. Keine davon schaut mich an, obwohl ich mir fast die Lungen aus dem Leib röchele.

Zerstört!, fordert ein ungelenkes Graffito an einem runtergelassenen Rolltor.

Niemand kommt mir nach. Vielleicht ist Mundraub hier normal. Oder Teil des SIMs. Ich reiße die erste Packung auf. Schokonüsse. Die zweite. So'n Mist. Nur Süßkram. Aber so *gut* … Ich löse mich von der Hauswand, schlendere weg vom Gewirr und Gelärm, schiebe mir Nüsse, Cadbury Toffees und Skittles in den Mund, schaue links, rechts, links, plötzlich so gelassen wie – ein Stück Erinnerung schnappt auf – der Quiesan-Mann auf seinem Wolken-Surfboard.

Die Wände sind eine Pinnwand mit primitiver Kommentarfunktion.

Nachts kommen die Tiere aus ihrem Bau, steht da. Und: *Einer von fünf dreht durch.*

Abstrus, findet Signe Åberg das. Nein, vielmehr: sinnlos.

Und richtig, keine zwei Meter weiter steht: *Worte bedeuten nichts.*

Im Gegensatz zu Worten auf Straßenschildern.

Holywell Lane. Da war was. 54 Holywell Lane.

Eden. Dieses V-Dings. Direkt unter den alten S-Bahn-Bögen, hieß es. Da sind tatsächlich S-Bahn-Bögen, oder zumindest so was ähnliches. Aber darunter ist nichts, das auch nur entfernt nach einem Club oder einem Veranstaltungsraum aussieht.

Lagerhallen, vor denen sich Blechfässer und Holzpaletten stapeln, eine geschlossene Autowerkstatt, ein Schild für einen Trödelladen, zu dem es keinen Eingang gibt. Irgendwo tief drinnen drischt jemand auf ein Schlagzeug ein. Und was ist mit all diesen *Gespenstern*, die in dicken Mantelschichten durch die Gassen wanken …?

Wo laut *Bird's Eye* – die Ansicht hab ich mir gemerkt – eine glasverkleidete Stelzenbrücke über die Straße führen sollte, befindet sich ein altes Viadukt, stockfleckig wie eine Schildpattkatze.

Aber was heißt schon *alt*? Von links nähert sich ein metallisches Kreischen. Fünf Sekunden später rattert eine blau-gelbe Bahn über die angeblich seit Jahrzehnten nicht mehr benutzten Gleise.

Signe Åbergs Mittelfinger schnellt nach oben. `/(dayo_13_01)/w/w/w/msg///` WTF?!

Nichts passiert. Natürlich nicht.

Sie stöhnt und klemmt die Hände zwischen ihre Knie.

Wo steckt er? Wo steckt dieser Junge? Wo *zum Teufel* …?

Ich atme. Atme. Mit jedem Luftholen drückt er mir ein paar Gramm schwerer auf die Brust.

Da ist eine Wendeltreppe, die nach oben führt. In meinem Kopf klickt irgendwas auf *An*. Neugier. Wahnsinn. Übermut.

Von da oben müsste man sie sehen. Die *gesprungene Schüssel*. Die derangierte Skyline. Das Aushängeschild für eine *städtische Aufwertung*, die gründlich schief ging. Aushängeschild natürlich nicht für die Aufwerter, sondern für linke Communitys, die sie anprangern. Die Löcher in der Silhouette der City, und weiter östlich die Spuren der Riots von einundzwanzig. Klar kenn ich all das. Von Streams, Waves, *Bird's Eye*. Aber nicht im RL.

Hier oben ist die Luft erstaunlich klar. Die rote Wolke hängt irgendwo im Süden, über New Cross, Brockley, Sydenham.

Feuer. Eis. Mein Kopf wird federleicht. Oh, Mann. Der Himmel ist ein fieses Stück Metall. Haut rein wie Sau. Wie wenn man im Sommer besoffen aus dem Pravda stolpert. Diese ellenlange Helligkeit. Dieses Vielzuviel an Nichts. Das ist es, was mir in die Augen sticht.

Oder vielleicht der Zuckerkick. Yngvi hat das mal ausprobiert. Eine ganze Packung Góa Toffí auf nüchternen Magen. Besser als *reiner Schnee*!

Aber scheiße, da ist wirklich *nichts*. Nicht mal der Broadgate Tower, der laut *Bird's Eye* direkt vor meiner Nase aufragen müsste.

Ich zwinge meine Augen auf, bis Tränen fließen.

Canary Wharf ist zu weit weg, um von hier die Verstümmelung ihrer Silhouette zu erkennen. Aber dass man die Türme *gar nicht* …? Und was ist mit der City? Der *abgebrochene Zahn* muss hier ganz in der Nähe sein, der *Schrumpelpenis, der schmelzende Eis*…

Mein Herz rast wie zehn Presslufthämmer, und das nicht nur vom

Aufstieg. Ein Kilo Zucker rauscht durch meine Adern, während das Q sich langsam verzieht.

Das einzige zerdetscht aussehende Hochhaus, das aus der City ragt, ist der ehemalige AllSec-Tower. Der da eigentlich gar nicht mehr sein dürfte. Weil er nämlich vor zwei Jahren einem Terroranschlag zum Opfer fiel.

Da steht er. Die Spitze abrasiert, ansonsten aber höchst vital in seinem dreifaltigen, metallverstrebten Blitzen.

Und nicht nur das. Im Hintergrund schälen sich gigantische Silhouetten aus dem Dunst. Die Umrisse längst niedergemachter Wohntürme. Flimmern da und finden ihre alte Form, wie auferstandene Dinosaurier.

×

plaistow station. ein nichtssagender backsteinkasten. öde gegend. plattenbau. immerhin sind ein paar menschen unterwegs. sie scheinen die blutrote wolke, die zwischen den hochhäusern hängt, nicht zu bemerken.

unauffällig befühle ich das pad unterm t-shirt-stoff. all die skandale, die dramen, die nichtigkeiten, die sich darin verstecken. als hätte ich ein zweites hirn im hosenbund. eins, hinter dem sie alle her sind. das ohne folter preisgibt, was es weiß. dem, der den code kennt.

die bahn, die kommt, ist alt. oder sollte ich denken: genau *richtig*? so, wie ich mir eine londoner u-bahn vorgestellt hatte, bevor ich nach london kam?

das früher ist mal wieder ausgelöscht.

jedenfalls ist dies kein ultraleises autodrive-dings mit chrom und hochglanztüren und violetten kunstlederpolstern. sondern ein lautes, stinkiges, ruckelndes –

wie hab ich's überhaupt hier rein geschafft? was ist mit den scannern? dem trick mit den türen?

irgendwas stimmt nicht. es ist –

etwas.

etwas mit der zeit.

die autos auf den straßen sind alt. wo ich auch hinschaue. nirgends die aerodynamischen kugeln, die in E16 rumfuhren. wenn ich noch wüsste, wie die autos in l.a. aussahen! ein bisschen anders sicherlich. ami-schlitten halt, und four-wheel-drives. dass die wagen hier kleiner und gedrungener sind, ist wohl normal.

l.a. ist jahre her. und überhaupt. ich war noch nie in dieser gegend. wie soll ich wissen, was *normal* ist?

ein paar haltestellennamen erscheinen mir bekannt. auch die strecke ist vertraut. zumindest weitenteils. kann sein, dass da, wo sich jetzt brachland erstreckt, mal ein paar hochhäuser standen. aber das mag einbildung sein, eine täuschung des diesigen lichts. wie bunker city.

dann ist plötzlich endstation.

auf gut glück laufe ich richtung osten. dahin, wo die bemerkenswert glutrote sonne *nicht* versinkt. hässliche tower blocks, brachland, eine ansammlung typisch britischer reihenhäuser, ein zugewucherter friedhof ...

der zugewucherte friedhof! j.d. hat ihn mir auf dem rückweg vom *verseuchten äußersten osten* gezeigt. angeblich ein beliebter *cruising spot.* ich hab ihn damals nicht angesehen, nur vage *hm* gemacht.

eine tote bahnstrecke. dahinter nur noch unebenes, graumeliertes flachland.

es ist jetzt beinahe dunkel. das pad unter meinem hemd pulsiert. ich frage mich, wann ihm der saft ausgeht. es gibt da ein ausfahrbares etwas, das aussieht, als könnte es in eine steckdose passen. wenn ich denn eine steckdose finde, die das zusammengeschnurrte dazwischen überbrückt.

das jetzt ist ein stotternder motor, ein hängendes kassettenband. wie in *niemandsland*: erst kommt orpheus kaum voran, dann wieder ergreift ihn ein sog, gegen den er sich nicht wehren kann.

geh zurück in der zeit, hat der tod zu orpheus gesagt. *was gewesen ist, muss nicht länger sein.*

ich wusste damals keine antwort. in IHN hatte der tod sich längst verliebt.

×

Es ist 1980. Ich hätte es sehen können, gespiegelt in der Glatze des Portiers, hätte ich auf irgendwas geachtet außer sein gelbzahniges Lächeln – fett und schwarz steht *1980* auf einem statischen Timer, der hinter ihm an der Wand hängt. Darunter ein wuscheliger weißer Hund, der eine rote Zipfelmütze trägt.

Es ist 1980. Auch da draußen war die ganze Zeit schon 1980.

Am Oxford Circus rollten Gangsterschlitten und Pappschachteln vorbei an fahlen Mini-Screens der Marke *Evening Standard.* Vorbei an der Frage: Wird 1980 das Katastrophenjahr?

Signe Åberg blieb stehen und wartete auf das nächste Bild. Aber es kam kein nächstes Bild. Da war nur das Still eines Gesichts. Dazu ein Name, der irgendwas in ihr auslöste. Margaret Thatcher. Margaret Thatcher ... Die Königin von England? Avantgarde-Künstlerin? Comicfigur?

Vergraben in der Hosentasche, machten ihre Finger hektisch *Suchen*. Ein Automatismus, hier ungefähr so sinnvoll wie ein spastischer Tick. Alle Schirme waren eingefroren.

Das Zittern geht einfach nicht weg. Der Zucker verabschiedet sich, ziemlich unförmlich, durch die Hintertür. Ich brauche Q, und zwar so dringend wie nie. Wo kriegt man Medikamente her, wenn man sie nicht im Internet bestellen kann?

Ich wanke runter. Halte mich an der Theke fest.

Ich brauche Medikamente.

Der Satz kommt mit einer dumpfen Klobigkeit heraus, die hoffentlich mein Akzent entschuldigt.

Der Portier blinzelt.

Na, dann gehen Sie doch zur Apotheke.

Apotheke. Signe Åberg bringt ein Lächeln zustande. Wie man in dieser Welt bezahlt, weiß ich noch immer nicht.

Liegen. Was anderes ist nicht drin. Eden breitet sich aus. Auf meinen Armen, meinen Beinen, meiner Brust. Du süßer Tumor. Ich würde alles über Bord werfen. Meine Prinzipien, meine Paranoia. Nur um Dayo posten zu können, dass etwas mit der Zeit, nur um *irgendwo irgendwas* –

Die Zeit hat sich verheddert! Helft mir hier raus!

Lebendig begraben. Niemand sieht, was ich tue. Niemand kommentiert, was ich denke. Niemand weiß, wo ich bin.

Nur geteilte Zeit ist gelebte Zeit. Das war der Slogan von LL, mit dem die Umstellung angekündigt wurde. Allen gefiel das. Die Umstellung ging dann ziemlich schnell. Aber erst jetzt spüre ich, wie recht sie hatten. Eben weil ich *nichts* mehr spüre.

Meine Glieder sind taub, meine Hirnwindungen leer.

Wenn niemand mitkriegt, wo, was oder wann ich bin – *bin* ich dann überhaupt?

Eine Adresse. Eine Adresse, bei der ich noch nicht war. *37 Beak Street*.

Leider weiß ich nicht mehr, was ich da will oder soll. Außerdem: ohne Q kein weiterer Ausflug nach Katastrophen-1980. Ich würde durchdrehen, und Signe Åberg säße richtig in der Scheiße.

Über den Schirm flimmern Bilder der Aschewolke, die langsam Richtung Eurozone zieht. Behinderungen des Flugverkehrs. Blutregen. Unwetter und Hagelstürme. Missernten. Ein harter Winter steht bevor.

Es ist 1980. Aber dann wiederum ist auch *nicht* 1980.

1980 gab es keinen Ausbruch der Katla.

Ich bin in einer Parallelwelt gelandet. Irgendjemandes Hirn hat sich diesen Scheiß ausgedacht, und ich stecke darin fest.

Signe Åberg würde gerne *suchen*, was 1980 *wirklich abging*. Aber dazu bräuchte sie Netz. Und selbst wenn es hier Netz gäbe, würde das nichts bringen. Sie bräuchte ja nicht das Netz von 1980, sondern das von 2000, 2010, 2020 – irgendeinem Später als diesem falschen Jetzt.

Ich bin weder Vera Pålsson noch Signe Åberg. So viel steht fest.

Ich weiß nicht, wer ich bin, aber in den Tiefen meines Hirns bin ich mir ziemlich sicher, dass Vera Pålsson tatsächlich existiert. Oder mal existiert hat. Oder mal existieren wird. Und dass ich zu irgendeinem Zeitpunkt, aus welchen Gründen auch immer, sie sein wollte.

Der Witz ist: *Jetzt* könnte ich wirklich Vera Pålsson sein. Denn 1980 ist Vera Pålsson noch gar nicht geboren. Auch Dayo, fällt mir dabei ein, ist in dieser Welt nicht zu fassen.

Ebensowenig Eden. Und das ist ein echtes Problem. Wegen ihm bin ich schließlich hier.

Er tanzt. Ich fühle den Beat, der in ihm pulst.

Der weiche Mund, die blutigen Lippen. Er schaut in ein Licht, das ich nicht sehe. Eine Haarlocke klebt an seiner Stirn. Seine Augen sind schwarz, schwarz, schwarz …

Wie hätte ich ihn jemals töten können?

Margaret Thatcher ergreift das Wort. G7-Gipfel in Venedig. Wahrscheinlich ist sie nicht die Königin. Sondern eher in der Politik.

Margaret Thatchers Stimme fadet rein und raus. Iran. Geiseln. Das Ölproblem. Damit kann ich was anfangen. Steigende Ölpreise. Margaret Thatcher trägt ein dunkelblaues Kleid mit weißem Kragen. Sie ist die einzige Frau auf dem Podium. Vielleicht Außenministerin? Invasion in Afghanistan. Inflation. Und wieder: Öl, Ölpreise, das *Ölproblem*.

Das Ölproblem ist wie eine dieser grauen Schlaufen in der U-Bahn. Die meisten geben Halt. Andere rutschen einfach weg, wenn man nach ihnen greift, bewegen sich in unvorhergesehene Richtungen, wenn die Bahn in die Kurve geht, und man fliegt auf die Schnauze.

Afghanistan. Inflation. Das Ölproblem … Ich warte. Ich warte auf –

Haha.

WTF?!?

A-was? Wo liegt n das?

Zwei Daumen hoch, oder –

irgendeine Reaktion, die meine Existenz bestätigt!

Aber da ist nichts. Nichts als *ungeteilte* Leere. Nichts und niemand. Außer –

Edens stummer Blick.

Gäbe es nur eine Möglichkeit. Ihn zu berühren. Ranzuzoomen. An seine weiche Haut, die feinen Härchen, jede Narbe, jede Pore.

Die überbelichtete Brust. Die schwarz-weißen Arme. Die Adern, die sich deutlich unter seiner Haut abzeichnen. Vielleicht ist es mein Herzschlag, das Pochen in den Augenhöhlen – die letzte Ration Q liegt lang zurück – aber ich bilde mir ein, das leise Puckern, da, an seinem Handgelenk –

Was ist das? Eine Narbe?

– Ich bilde mir ein, ich sehe seinen Puls.

Er atmet. All seine Gesichter, schnurrende Kätzchen auf meinem Bauch.

Was du da machst, knurrt Signe Åberg, ist schlimmer, als für einen *Synthar* zu schwärmen.

Ach was. Diesen Jungen gibt es, gab es, wird es wirklich geben. Irgendwo, irgendwann.

Seine Fotos auf mir drauf: die Berührung fremder Finger. Ich raffe sie zu einem Bündel, hebe sie hoch über den Kopf, die Ecken pieken ins weiche Fleisch, ich lasse ihn auf mich regnen wie –

Diebe und Mafiagirls in alten Filmen mit …

Tāmā de, mit *Geld*!

Geldscheine.

Oh Mann!

Eden purzelt von mir runter. Mein Hirn klebt noch am Kissen, während ich schon sitze, aber –

Das, was da auf meinem Schreibtisch liegt, die fleckigen Lappen, ist dasselbe Zeug wie in den dreißig, vierzig Jahre alten Roadmovies und Mafiafilmen. Dasselbe Zeug, mit dem ich die Menschen in Shoreditch hantieren sah. *Geld*. Man kann damit *bezahlen*.

Ich weiß zwar nicht, wie sie in meine Hände kamen und warum Blut daran klebt, aber die Lappen liegen hier, auf meinem Tisch. Das heißt wohl: Sie gehören mir.

Apotheke. 37 Beak Street. Apotheke. 37 Beak …

Auf der Oxford Street gibt es so ungefähr drei Dutzend *Apotheken.*

Und wieder dieses fette schwarze Buch, in dem – in London, in diesem 1980 – Typen hinter Theken gerne blättern. Zweieinhalb Minuten lang. Dann schaut er auf.

Tut mir leid, *Quiesan* ist nicht verzeichnet.

Ich komme aus ... Kurz will ich *Island* sagen, aber dann sage ich doch lieber: Schweden.

Der Typ trägt einen weißen Kittel, der seinen Körper halbabwärts verbirgt. Sein rötlicher Haarflaum, sein absurder Schnurrbart, das verbogene Glas- und Drahtgestell auf seiner Nase, alles in seinem Gesicht erinnert mich daran, wie falsch ich bin.

Er räuspert sich. Wissen Sie zufällig, welche Inhaltsstoffe in diesem … Quiesan enthalten sind?

Klar. Ich bin doch nicht blöd. Denkt der, ich fress irgendwelche Pillen in mich rein, ohne vorher mein Häkchen hinter *Inhaltsstoffe und Warnhinweise* zu setzen? Dass ich seinen Körper nicht sehe, macht mich wütend. Ich könnte ihm … ich könnte …

Ich brauch das Zeug echt nötig.

Ich sage: Haloperidol.

Sieht er das nicht? Sieht er das denn nicht?

Nein. Seine Augen liegen hinter Glas. Sie zerlaufen, wie Eier in der Pfanne. Sein Mund steht offen, aber er sagt nichts.

Draußen setzt der angekündigte *Blutregen* ein. Es riecht nach verbranntem Haar und toxischen Haarsprays. Das nächste Geschäft ist ein Friseursalon. Im Schaufenster stehen groteske Apparaturen, überdimensionierte Eierkocher und Toaster für Kannibalen.

Ich ziehe die Kapuze über den Kopf.

Mit einer Knarre hätten sie mich natürlich nicht ins Flugzeug gelassen. Das ist nicht mein Satz; das ist ein Satz aus irgendeinem Gangster-SIM

Norinco M9. Das ist es, was ich in Soho wollte! *37 Beak Street.* Laut Plan, den jetzt ein roter Schmierfilm überzieht, ist das gar nicht weit.

SEX-Filme. SEX-Bücher. SEX-Magazine.

Obwohl es, ohne Asche, ohne Regen, noch taghell wäre, leuchtet überall die Neonschrift. Jedes zweite Gebäude beherbergt einen Pornoladen. So auch das Erdgeschoss der *37 Beak Street.*

Dass man 1980 seine Pillen nicht im Netz bestellen konnte, ist traurig genug. *Das hier* ist schlichtweg absurd.

Augenblicklich kann ich darüber lachen. Cheeseburger und Pommes an der Ecke waren das Beste, was mir seit meiner Ankunft passiert ist. Die Geldscheine in meiner Tasche knistern. Signe Åberg sagt: Reiß dich zusammen. Ich sage: Scheiß drauf. Ich kann mich zeigen, wo ich will. *Niemand* hier hat einen Transponder. *Alle* sind ungechippt.

Ein schmaler, säuerlich riechender Gang. An den Wänden hängen eingeschweißte Hefte. Katzenladys, beängstigende Titten, Spitzenunterwäsche, die möglicherweise meine Oma getragen haben könnte. Ziemlich viel Action auf Leopardenfell.

Alles sehr unheiß. Aber was heißt das schon. Nichts ist so heiß wie der kalte Knabe an meiner Brust.

Am Ende des Ganges sitzt ein Typ hinter einer Theke. Mittelalt, mittelhässlich, mitteldick. Er trägt einen ähnlich albernen Schnauzer wie der Typ in der Apotheke. Immerhin blättert er *nicht* in einem dicken schwarzen Buch. Er blättert in einem dünnen bunten Heft. Auf dem Umschlag steht *Shoot!*. Kein SEX-Ding, dem Aussehen nach eher – Fußball.

Ähm … Hallo. Ähm. Hast du vielleicht was mit … Waffen?

Ein Glück gibt es Streams, die mir jetzt dabei helfen, diese Komödie durchzuziehen. *Peinliche Dialoge in Pornoläden.*

Der Typ schaut auf und runzelt die Stirn.

Waffen?

Signe Åberg schließt kurz die Augen. Sie ist nicht ganz so glücklich mit dem Burger; tatsächlich ist ihr sogar ein bisschen schlecht. Und überhaupt. Warum ist hier alles so *schwer*? Wäre sie gechippt, hätte sein MC sie ausgelesen, ohne dass sie einen Ton hätte sagen müssen. Er hätte sie ins Hinterzimmer gebeten, und keine zwei Sekunden später hätte sie die Norinco …

Peitschen und so?, fragt der Typ.

Norinco, sage ich schnell. Norinco M9.

Ach, was Japanisches?

Chinesisch, sage ich.

Chinesisch hab ich nicht. Nur Japanisch. Vielleicht was aus der Sasori-Reihe? Wird viel von Frauen nachgefragt. Da gibt's diese Rächerin in Schwarz, die …

Ich denke …, unterbreche ich.

Das mit den Codes hat keinen Zweck.

Mal weg von den … äh, Heften. Ich interessier mich auch für eine bestimmte … Veranstaltung.

Ich bemühe mich, ihm fest in die Augen zu sehen. Sie sind nicht hinter Glas. Sie sind grau. Grau und verständnislos.

Die V-Night. Der V-Night. Das V-Night, sage ich. Keine Ahnung. Muss ne ziemlich große Party sein.

Party? Irgendwas passiert mit seinen Augen.

Party!, sagt er nochmal.

Willst du mich verarschen? Mein Vater und mein Bruder sind in der verdammten V-Night gestorben!

Signe Åberg kriegt Schluckauf. Ich ergreife die Flucht.

Soho ist ein Minenfeld aus *Porno Cine Clubs* und bröckelnden Balkonen. Die Pfützen blinken: Alarmstufe Rot. Dies ist das Ende irgendeines Kriegs. Die Aufräumarbeiten dauern an.

Da ist Blut auf den Straßen, es geht mir bis an die Knöchel. Blut auf den Straßen, es geht mir bis ans Knie.

Keine Waffe, kein Q, kein Eden. Eine Karte, mit der ich nicht mal Kaugummis kaufen kann. Auf der ein Name steht, der nicht meiner ist.

Ich habe Island immer gehasst. Jetzt will ich nur noch dorthin zurück.

Was gäb ich! Für einen Smiley, einen Mitleidsseufzer, plus/minus null, ein paar hastig hingeklickte Likes!

Ich löse mich auf, das ist es, ich löse mich auf, wenn ich nicht bald irgendetwas von mir einspeisen kann.

Fick den Auftrag. Ach was – es *gibt* in diesem 1980 gar keinen Auftrag.

Lieber den Rest meines Lebens in Litla-Hraun verbringen als hier, in dieser grauen, lauten, unheimlichen Stadt, in einer Zeit, *die es gar nicht gibt*!

Mittlerweile bin ich mir nicht mehr sicher, ob der Portier ein Schauspieler ist.

Ich sage: Ich brauche einen Flug nach Reykjavík.

Vielleicht wird er *jetzt* den Ärmel hochrollen, ein gut verborgenes Wristpad enthüllen.

Nein. Er zieht nichts aus dem Ärmel. Er blättert auch nicht in seinem dicken schwarzen Buch. Er sieht mich an und zeigt mir seine leeren Hände.

Es gehen keine Flüge nach Island. Die nächsten Tage nicht, und auch in der kommenden Woche nicht. Die Aschewolke hat den gesamten Flugverkehr über Europa lahmgelegt.

Er sagt, es tue ihm leid. *Sehr, sehr* leid. Sein Lächeln wirkt gequält.

Und ich meine das wörtlich. Sein Lächeln wirkt, als würde ihn das Heben der Mundwinkel unendlich schmerzen.
Oben in der rötlichen Dunkelheit des Zimmers tue ich etwas, das ich noch nie getan habe. Ich falle auf die Knie und bete. Inmitten all SEINER hungrigen, herausfordernden, entrückten Blicke, verteilt über den stinkenden Teppich.

Beam mich zurück, irgendwie. Ich werde mich stellen. Ich werde zur Polizei gehen und sagen: Sperrt mich ein! Ich wollte diesen Jungen töten. Diesen wunderschönen Jungen, ja. Es war ein Versehen; es ist nie passiert.

Blutig ist meine Liebe im schrecklichen Sommer. Blutrote Sonne des fantastischen –

×

l.a. war es ähnlich. ein kommen und gehen. dass ich die leute im sanatorium nicht kenne, wundert mich nicht. ich war ja ein paar tage oder sogar wochen weg.

drogenutensilien übersäen den boden der flure. wie im canterbury. zerschnittene plastikflaschen, perforierte alufolie, rußige löffel. und überall hängt dieser angekokelte, mal süßliche, mal bittere geruch.

komisch nur, dass die verblasste kunst fehlt.

sogar das rieseninsekt an der decke der gummizelle ist verschwunden!

den schlafsack haben sie mir auch geklaut. die matratze liegt noch da. allerdings könnte ich schwören, sie sah letztes mal ein bisschen weniger durchgelegen aus. und noch was fehlt.

der bierfleck.

der schlafsack, das insekt, okay. aber wer zum teufel klaut nen bierfleck?

vielleicht hat jemand gründlich sauber gemacht.

möglich wär's. sogar die treppe ist gefegt.

der ehemalige speisesaal sieht aus wie immer. das piano steht, wo es immer stand, in der mitte des raums. davor sitzt jemand, auf einem dreibeinigen hocker. eine junge frau mit roter stachelfrisur. sitzt da und tut so, als würde sie spielen. auf ihrer schulter hockt eine braun-weiß gefleckte ratte.

hör mal, sage ich. ich hatte da oben nen schlafsack, und der ist jetzt weg.

ihre finger pausieren zwei zentimeter über der klaviatur. sie glotzt mich an. vielleicht versteht sie kein englisch.

und was ist mit der ganzen kunst passiert?

sie lässt die hände sinken. was für … kunst?

sie hat einen akzent. aber der ist eher schottisch. irisch. walisisch. was auch immer. sie versteht mich, weiß ganz offensichtlich nur nicht, was ich meine.

na die ganze graffiti. hat jemand hier die wände neu gestrichen oder so?

sie schüttelt den kopf. wir leben seit nem halben jahr hier.

wir?

ich und lizzy.

mit der linken hebt sie die ratte von ihrer schulter. die kleinen krallen rudern in der luft.

seit einem halben jahr? auch das ist komisch. an so ein fettes vieh würde ich mich erinnern.

heftiger schweißfluss auf dem weg zum drogenversteck. ich hab's geahnt –

das koks ist weg. auch die drei *fetten ratten.*

aber das ist noch nicht alles.

jemand hätte das versteck finden, den stoff und das geld nehmen können, klar. wer weiß, ob den kids hier zu trauen ist.

aber etwas anderes ist noch viel merkwürdiger: der ganze stash ist weg. der lose backstein. ich kann ihn nicht finden. ich weiß, dass ich mich nicht irre, und suche trotzdem alles ab.

die wand ist glatt und schmucklos. das koks und die *fats* sind spurlos verschwunden.

dafür hat jemand das fenster repariert. eine neue scheibe eingesetzt. regen und wind bleiben außen vor. das ist nett. nett, drinnen zu sitzen und rauszugucken. auch wenn der himmel irgendwie unfertig wirkt. farblos. leer. als hätte der künstler mitten bei der arbeit den pinsel weggelegt. kein bock mehr auf die feinheiten. oder einfach keine ahnung, wie's weitergeht.

×

Auch wenn die Welt verrückt spielt oder ich gaga werde – Unzutreffendes bitte streichen –, muss ich einsehen, dass mir die Unterhosen ausgehen. Von den Socken ganz zu schweigen.

Langsam lerne ich. Zum Beispiel, wie man ohne *Suchen* findet. Wo ich herkomme, zuckt man mit dem Zeigefinger. Wo ich jetzt bin, fragt man sich halt so durch.

Auf der Cleveland Street gibt's einen *Waschsalon.* Drinnen stehen dicke gelbe Maschinen und orangefarbene Plastikstühle. Ich kenne dieses Interieur. Peinlich zuzugeben: aus Yngvis Porno-Streams. Die sind wie kleine Kinder mit ihren Gutenachtgeschichten. Klammern sich quengelnd ans Altbekannte. Archaische Kulissen, immerselber Wortlaut, immerselbe Gesten. Wiederholung, Wiederholung. Aaah.

Man darf den Klang von Märchen nicht verändern.

Das ist zum Beispiel so ein Satz. An den *ich* mich klammere. Ich glaube, Yngvi hat ihn zu mir gesagt. Oder ich ihn zu Yngvi. Das ist es, was mich ausmacht: ein Haufen vager Erinnerung. Gleichzeitig weiß ich: Die Person, die all das erinnert, existiert nicht. Nicht mehr oder noch nicht.

Ich liebe es. Ohne Scheiß. So langsam komm ich dahin, meiner Nicht-Existenz was abzugewinnen. Sie macht mich freier, als ich mir je hätte vorstellen können. Ich meine, ich wusste überhaupt nicht, was *Freiheit* heißt.

Signe Åberg ist all das nicht geheuer. Sekündlich verflucht sie die Unmöglichkeit, sich mitzuteilen. Die Arme! Ist schon ganz ausgehungert. Sehnt sich nach einem Like wie andere nach einem guten Fick. Nicht, dass ich wüsste, wie das ist. Aber so stell ich's mir vor: dieses Jucken, das sich nicht kratzen lässt, die permanente Panik, Fahrigkeit und Paranoia, dieses Gefühl, die Wände hochzugehen, gleichzeitig aber auch zu fallen, zu *zer…* Okay, das ist wohl doch eher der Q-Entzug.

Scheiß drauf. Signe Åberg ist ein Kunstprodukt. Man kann sie abstreifen wie eine alte Haut. Mit zwei Klicks löschen wie ein lästiges Fake-Profil.

Eden loszuwerden ist nicht ganz so leicht.

Dass ich ihn loswerden muss, ist mir klar, seit ich das mit dem Zeitsprung raushabe. Seine Fotos sind kompromittierendes Beweismaterial. Für eine Sehnsucht, die mich immer tiefer runterzieht.

Weg damit. Nur – wie?

Altlasten werden derzeit nicht abgeholt. Seit Tagen, vielleicht Wochen, verstopfen Müllsäcke die Straßen. Versuch's trotzdem. Entsorge den Brustbeutel mitsamt aller Fotos in irgendeiner Tonne auf der Clipstone Street und gehe sehr schnell weiter. Renne fast.

Aber warum eigentlich flüchte ich? Niemand sieht mich. Niemand weiß, was ich tue. Und das in Sichtweite des AllSec-Hauptquartiers! Das hier allerdings Post Office Tower heißt. Und auf dem Plan nicht mal verzeichnet ist.

Einfach nie wieder diesen Weg gehn. Und hoffen, dass die Tonne irgendwann geleert wird. Das reicht schon. Es gibt hier keine Cloud, in der alles, was je gepostet, gestreamt, gesagt oder auch verworfen wird, bis in alle Ewigkeit schlummert. Ich sehe keine einzige Kamera. Keinen einzigen Wächter. Es scheint, als könnten Dinge, ja sogar Menschen, in dieser Welt tatsächlich noch … *verschwinden.*

Der Aschegeruch ist weniger intensiv als vor zwei Tagen. Es ist warm. So warm, dass ich mich gleich hier auf der Straße ausziehen könnte. Und niemand – abgesehen von ein paar Hinterhofratten – bekäme etwas davon mit!

Keine Chance, meinen nackten Arsch Minuten später auf LL zu finden. Keine hämischen Nachrichten von Yngvi, keine besorgten Anrufe von Sólrún …

Der einzige, der glotzt, ist dieser *Lampenschirm*. Und da bin ich schon drin im Waschsalon. Hier drinnen ist es noch wärmer als draußen. Saunamäßig. Schweißausbrüche, Atemnot. Dazu diese wuchtigen Maschinen, deren dumpfes Vibrieren sich über die Kacheln auf den gesamten Körper überträgt, im Rücken röchelndes Rütteln, die letzten Züge eines gefakten Orgasmus –

Überall rotiert Wäsche. Aber niemand ist zu sehen. Außer diesem Typen mit der meterhohen Kopfbedeckung, die aussieht wie ein Lampenschirm aus lauter Spiegelscherben. Darunter dunkle Haut, breite Nase, dicke Lippen. Jamaikanischer Einwanderer, vermutlich. Bisschen komisch laufen die ja oft rum.

Ich zieh meinen Pullover und mein T-Shirt über den Kopf und stopfe alles in die Maschine. Drücke Knöpfe. Tut sich nichts.

Okay, wie funktioniert das hier?

Programmwahl. Pulver. Münzen.

Münzen. So n Scheiß! Hätt ich mal –

Lampenschirm hält ein buntes Papierding auf dem Schoß, in das er allerdings nicht reinschaut. Er starrt. Mich an. Dabei hab ich die Unterwäsche extra angelassen. Obwohl die es auch dringend nötig gehabt hätte.

Du kannst jetzt aufhören zu starren, sage ich mit meiner superfeindseligen Stimme, die den Raum sofort um zehn Grad runterkühlt. Mehr werd ich nicht ausziehen!

Der Typ grinst. Nein, nicht mal das. Es ist nur ein abschätziges Zucken seines linken Mundwinkels.

Keine Angst, sagt er. Ich steh nicht so auf Titten. Und senkt ganz langsam seinen Blick. Starrt in seinen blöden Papierfetzen, starrt und blättert um, als hätte ich mich *schwupps* in Luft aufgelöst.

Aber ich stehe noch da. In meinem muffeligen Unterhemd. Den albernen Boxershorts. Und da ist sie wieder. Die Wut. Ich hatte sie fast vergessen.

Mir geht – wortwörtlich – das Messer in der Tasche auf. Besser gesagt: unter meinen DinkyDots. Da ist ein Reißen, dann ein Kitzeln an den Innenseiten meiner Schenkel.

Scheiß-Billigfabrikat!

Mein Schrei reißt Lampenschirm von seinen bunten Bildern los. Noch immer verzieht er keine Miene. Aber er starrt. Schon wieder. Diesmal auf meine blitzende Spontanerektion, die soeben zwei kleinen gelben Kerlen die Kugelleiber zerfetzt hat.

Na du Arsch, interessierst du dich jetzt für mich?

Ich denke das nur. Bleibe wo ich bin und starre ihn an. Na ja, eigentlich eher mich. Lauter gelbe DinkyDots und eine Abbrechklinge, dutzendfach gespiegelt in seinem beknackten Hut.

An einen Cutter zu kommen war gar nicht schwer. Es *gibt* nämlich Waffenläden, selbst in diesem verschobenen 1980, und sogar ganz in der Nähe, in Soho. Auch wenn man da natürlich keine Pistolen ausgehändigt bekommt. Ein kleines Fox, *made in Korea*, dachte ich mir, tut's auch. Das Billigste, was es gab.

Blutiger Erguss rinnt mein Bein runter. Nur ein kleiner Kratzer. Sieht schlimmer aus, als es ist. Lampenschirm schluckt. Ich seh das von hier. Wie sein Adamsapfel hoch und runter wandert. Na gut, ich würde auch starren. Wenn eine Frau in Comic-Unterwäsche vor mir stünde, aus deren Schritt ein Stanleymesser –

Mit einer Hand fahre ich die Klinge ein, wische mit der anderen das Blut weg. Ganz souverän. Als wär nie was gewesen.

Lampenschirm räuspert sich und schaut wieder in sein Heft.

Ich rolle ruckartig die Zehen ein, aber so richtig funktionert das heute nicht. Blut quillt nach, das ist das einzige, was passiert.

Die Wut ist hartnäckig. Sie fühlt sich an wie Hunger, auch das hatte ich fast vergessen, plötzlicher, beißender Heißhunger, der sich in deine Eingeweide krallt und macht, dass du dich darum krümmst. Als hättest du drei Tage lang vergessen zu essen und würdest ganz plötzlich, mit diesem Faustschlag in den Magen, daran erinnert. Aber dann ist es natürlich zu spät, der Schmerz viel zu groß, und du kannst nur noch schreien und um dich schlagen und …

Ich hab keine Münzen. Totalen Schrott gekauft. Mir mein eigenes Messer ins Bein gerammt. Und dieser Typ hier raubt mir den letzten Nerv!

Meine nackten Sohlen schmatzen ziemlich uncool auf den Fliesen. Dafür hab ich den totalen Gefrierblick drauf. Den, vor dem normalerweise alle erstmal drei Schritte zurückweichen.

Lampenschirm nicht. In Zeitlupe sieht er zu mir hoch. Dann steht er auf.

Er ist einen halben Kopf größer als ich, selbst ohne sein turmhohes Spiegelgebilde. Sein Atem ist in meinem Haar. Breite Schultern. Undefinierbar harziger Geruch. Ein Paar verstaubte Knopfaugen schauen mich unverwandt an, und meine Nase stößt an eine harte Schnauze.

Progressive Muskelentspannung hilft heute überhaupt nicht. Einzig der Gedanke an den guten alten Bárður beruhigt mich, wenigstens ein paar Sekunden lang.

Versuch doch mal, über die Situation zu lachen. Dann ist alles nur noch halb so schlimm.

Okay, okay.

Abgesehen von seinem absurden Kopfputz trägt der Typ völlig bescheuerte Klamotten. Das ist mal ein Anfang.

Was hängt dir da um den Hals, ne tote Katze?

Lampenschirm lacht. Das Weiß seiner Zähne lädt ein, weiterzumachen. Ich trete einen Schritt zurück.

Na gut, es ist keine tote Katze. Es ist ein totes Karnickel. Ein totes *weißes* Karnickel. Trotzdem – ich glaube kaum, dass man sowas 1980 getragen hat. Seine ganze Aufmachung sieht aus, als hätte er wahllos in die Grabbelkiste eines Theaterfundus gegriffen.

Ich bin Künstler!, ereifert sich Lampenschirm. Den SEX-Kram kann ich mir nicht leisten.

SEX-Kram? Ich starre ihn an.

Na Sachen ausm SEX-Laden. 430 King's Road. Wo jetzt das *Seditionaries* drin ist, sagt er und schnieft. 80 Pfund für n Anarchy-T-Shirt. Und das nennt sich *Punk* …

Ich hab keine Ahnung, was die Laute bedeuten, die er da ausstößt.

Heute wird doch das Finale von *Breaking Glass* gedreht, macht er weiter. Nix davon gehört?

Ich bin aus Schweden, fauche ich.

Island ist mir peinlich, seit dieser Aschewolke, die den Flugverkehr lahmlegt, die Ernte ruinieren und ganz Europa einen verdammt harten Winter bescheren wird. Als wär das Ganze meine Schuld. Inzwischen ist es eh völlig egal, was ich sage. Aus Schweden, aus Island, aus der Zukunft, vom Mars.

Komm doch mit, sagt Lampenschirm. Die suchen sicher noch n paar Freaks.

So? Oder was?

Ich deute an mir runter, auf mein fleckiges Tanktop, die zerrissenen Boxershorts, die blasse Blutspur auf meinem Oberschenkel.

Ganz ehrlich, sagt er. Die Dinger sind echt … *schrill.*

Ah. Meine Boxershorts. Die hat er also angestarrt. Keine Ahnung, wann DinkyVille erfunden wurde. Anscheinend nach 1980.

Ich leih dir was, sagt Lampenschirm. Er klingt jetzt fast versöhnlich. Ein bisschen neugierig auch. Mit der linken krault er das Karnickel auf seiner Schulter zwischen den staubigen Ohren.

Ich zucke mit den Achseln. Demonstrativ gleichgültig.

Na gut. Wenn du mir mal eben diesen Schein in Münzen

×

würdig, diese macht zu haben. und nicht mal zu wissen worüber.

an die schräge decke, wo vormals das mutierte insekt hing, projiziert das pad fortwährend bilder einer nächtlichen stadt.

ich kann den film nicht beeinflussen. irgendwo da draußen sind die beta-augen unterwegs und senden mir, was ich hier sehe. ich hab das pad gedreht. ratlos in den händen gedreht, immer rund herum. das hat die bilderflut in gang gesetzt. wie man sie stoppt, weiß ich nicht.

die drohne bewegt sich durch eine nächtliche straßenschlucht, in fünfzig, sechzig meter höhe. autos sind nicht zu erkennen, nur die lichtkegel ihrer scheinwerfer.

am bildrand rasen bedeutungslose zahlen einem fernen kollaps entgegen.

die lichtkegel der autos, die auf entgegengesetzten spuren aneinander vorbeifahren, werden zueinander gezogen, berühren sich, verschmelzen für den bruchteil einer sekunde.

man meint, die autos würden kollidieren. herzrasen, jedes mal. aber sie kollidieren nie. ganz kurz nur werden die lichtkegel eins. dann lösen sie sich voneinander, driften weiter, in entgegengesetzte richtungen. verschmelzen und lösen, verschmelzen und lösen … ein endloses schauspiel. die straße ist gerade und lang.

wo gibt es derart lange, gerade straßen, gesäumt von hochhäusern?

manhattan.

aber das kann nicht. das hier muss london sein.

ein london der zukunft, ein london der vergangenheit, ein london des unbestimmbaren jetzt.

meine beine geben nach, da ist eine matratze, mein magen ein konkaves nichts – wann hab ich eigentlich zum letzten mal

×

auch sonst die nächsten anderthalb Stunden tun?

Hinter uns rotiert meine Wäsche, von Sekunde zu Sekunde kleiner – nur noch ein Punkt –, neben uns rasen Starkstromsehnen durch den nächtlichen Vormittag. Warren Street bis Finsbury Park.

Am Ende des Tunnels, wie von Lampenschirm versprochen: eine retrofuturistische Punk-Stadt. Alle anderen Leute rausgekarrt. Ein Wald von Stachelhaaren, Nietenbrüsten, gepuderten Perücken, Silber, Leder, Extravaganz, und dazwischen – endlich! – die Kameraleute, die Gaffer, die Statisten. Eine davon bin ich. Meine Finger machen sinnlos *Teilen*, ich kann mir nicht helfen, das ist einfach zu … retro, oder nein: eben nicht. Das hier ist, trotz Kulisse, täuschend … *echt*.

Lampenschirm zieht mich hinter sich her, ich knisternd, hastend, er spiegelnd, schäumend, hinein in einen monumentalen grauen Kasten, von außen Führertraum, von innen feinster Exotik-Kitsch: maurischer Brunnen, bunte Kacheln, glasierter Boden. Die blankpolierte Fläche spiegelt, wo keine Statisten stehen, die Deckenkuppel, das goldene Licht, die Säulen in Rot-Gold, auch mich, in Gold, einem Gold, das Lampenschirm mir gab, eine meterlange Folie, die aussieht wie das Zeug, mit dem man Phoenix-Beeren abdeckt, und jetzt mich von Kopf bis –

Fucking Sissy!, ruft ein rauer Chor von irgendwo, oben, wo ich dann auch hinschaue, als mir etwas Glibberiges – Reminiszenz an Schafskadaver – ins Gesicht, aber sie meinen gar nicht mich. Sie meinen Marilyn Monroe in einem schwarzen Body, auf High Heels. Sie weht an mir vorbei und dreht sich, schlängelt die kräftigen Schultern, der Body fällt. Johlen von oben, ein Securitytyp packt uns wie junge Hunde am Nacken, mich und Lampenschirm, der hysterisch schreit, und katapultiert uns die Treppe hoch.

Nicht zu den Dogs! Nicht zu den …

Dann ist er plötzlich still.

Jemand hat: Ruhe! gerufen, und alle gehorchen, sogar Lampenschirm. Wir stehen auf der Empore und schauen zu, wie unten eine blau angestrichene Frau ins Bühnenlicht gefahren wird, die Hände gefaltet wie zum Gebet, flankiert von zwei Gitarristen, deren Skelette von innen heraus strahlen wie die Leuchtquallen im *Seemannsgrab*.

Jubel setzt ein, Klatschen, und dann die Musik: eine aufdringliche, schräge Synthie-Linie, scheppernde Gitarren, zuletzt der Gesang. Die blau angestrichene Frau trägt einen zugegebenermaßen ziemlich coolen Platinen-Anzug. Auch ihre Mitmusiker, sehe ich jetzt, werden gar nicht von Röntgen-CCDs durchleuchtet, sondern tragen ebenfalls Schaltkreis-Kostüme. Primitive Leiterbahnen auf den Schultern, Lötbrücken an den Achselnähten, Ports und Modulatoren anstelle der Lungenflügel, rund um die Hüften: komplexere Entflechtungen.

Mit pastoralem Eifer singt die Frau von *electric scenes and laser beams, computers, machines, the silicon dream* – hebt steif die Arme, dreht maschinenhaft den Kopf, wie beim MoonVogue, diesem Retro-Tanzstil für 101-Hipster, der vor zwei, drei Jahren in Mode kam, kleine Lämpchen glühen in den Augen ihrer Gitarristen, und mir geht wieder auf, wie draußen schon, in chemisch induzierten Wellen, dass ich im RL, dass das hier gar nicht retro, sondern *the real thing* ist, und fühle mich, ganz ohne Góa Toffí, ganz ohne Brennivín, jäh besoffen, und Signe Åberg, tot geglaubt, hebt nochmal kurz ihr Köpfchen, möchte das hier wirklich zu gern *teilen*, diese Vergangenheit, die so täuschend echt die Zukunft imitiert – dieser Post garantiert eintausend Hits, ungezählte Faves und Waves, ein Premium-Profil auf Lebenszeit. Dann, poppt das vertraute Säuseln des Administrators auf, bezahlst nämlich nicht mehr du für irgendwelche Werbung, die du gar nicht willst! *Nosiree*! Dann werben *sie* mit *dir*!

Bei jedem *Amen* explodiert Licht, Phosphor-Feuerwerk platzt in die Menge, ein bisschen too much für meinen Geschmack, aber die Zuschauer tun so – müssen so tun –, als würden sie total drauf abgehen. Das *Amen* schraubt sich in hysterische Höhen, kippt dann und versickert in ein paar Takten Chorgesang. Die Frau in Blau faltet wieder die Hände, schließt Augen und Mund. Frenetischer Applaus.

Was … war das? Meine Stimme klingt, als würde ich aus einem Traum erwachen.

Die Zukunft! Lampenschirm strahlt und fragt im selben Atemzug nach meinem Namen.

Fenna, sage ich, perplex und automatisch. Dann zucke ich zusammen.

Fenna. Ob das nun wirklich endlich stimmt?

Lampenschirm merkt nichts. Er sagt nur: Salem, angenehm, und schaut wieder runter auf die Menge.

Ein Traktorstrahl ergreift die robotische Madonna, fährt sie langsam runter, wo sich eine Klappe im Bühnenboden öffnet. Jemand ruft: Cut!

Fenna, denke ich, im Loop. Die Show im *Rainbow* ist zu Ende, genau wie ein paar Meilen weiter westlich sehr wahrscheinlich mein 40-Grad-Waschprogramm. Salem, der mir gerade unwissentlich dabei geholfen hat, meinen Namen wiederzufinden, bleibt an der Balkonbrüstung stehen, überblickt mit entrücktem Lächeln das Gewirr aus Barockperücken, Pharaonenkronen, Wasserköpfen, Schweineschädeln, goldbesetzten Schultern, Schleierhütchen, gesprungenem Glas, je genauer man schaut, desto mehr gesprungenes Glas –

schaut, als wären die computergenerierten Klone da unten seine eigenen Kinder, die sich fröhlich in der Sandkiste mit Spielzeug bewerfen. Und dann geht mir auf, eine weitere Hitzewelle, dass es hunderte sind, vielleicht gar tausend, die sich da drängen, schieben, beschimpfen, begrapschen, echte Menschen, keine digitalen Prototypen, geschickt verteilt in Abständen, auf denen sich fürs menschliche Auge die Differenzen verwischen.

Und, frage ich – jetzt wo wir schon mal *so weit* sind –: diese ganzen Freaks?
Das, sagt Salem und breitet die Arme aus. Das ist die V-Crowd.

×

im *peat*, pancakes mit sirup.

aber wann? vor zwei, drei tagen? in zwanzig, dreißig jahren?

ich richte mich auf und blicke noch immer, nach oben und unten zugleich, in eine lange, gerade straßenschlucht.

der federkern ist nicht mehr frisch; metall piesackt meine linke pobacke. *minimale verlagerung des körperschwerpunkts* – das verschmelzen-lösen-verschmelzen nimmt ein jähes ende, macht bröckelndem putz platz. ich wünschte, ich könnte das pad ausschalten. bevor ihm der saft ausgeht. andererseits beruhigt das blaue pulsen. wie drunten lizzies herzschlag die stachelhaarfrau. die ratte heißt lizzy, die frau becky. hat sie mir gesagt.

wenn nur der hunger nicht wäre. der hunger, der nagt.

ein, zwei mal war ich unten im speisesaal. ich kannte niemanden. nie auch nur ein gesicht. traute mich nicht zu schnorren. oder auch nur zu fragen. trotz all dem heimeligen drogen-scheiß. trotz allem gerede über dias und ritas, dexie und amyl, aus dem canterbury so vertraut, bleiben sie statisten.

ich kenne becky nicht, ich kenne lizzy nicht. auch wenn sie behauptet, seit nem halben jahr im sanatorium zu hausen – ich hab die beiden nie gesehen. wer weiß, wem hier zu trauen ist. mein koks ist weg, das geld, der schlafsack, die kunst, der fleck – und jeder, der schuld sein könnte, ein fremder.

der zugewucherte friedhof. ein beliebter *cruising spot.* vielleicht liegt *da* das geld, das diese welt zu bieten hat. was gäbe ich. für einen drink, cheeseburger, ein bisschen wärme. teilen. mein finger krümmt sich, schnellt nach oben –

und plötzlich erscheint die v-night-party auf der schrägen wand

6:12:17

Unschwer zu erkennen, die Wimpel über der Bar in blau-weiß-rot, dahinter gestapelt Frachtkisten mit der Aufschrift TEE, ZUCKER, SALZ. Coleman's Mustard, ein Arsenal leerer Spitfire-Flaschen. Die Reste eines müden Swing: … *live fast and die young* … Unschwer zu erkennen, der breitschultrige Flieger, auch wenn er seine Fliegermütze abgelegt hat. Er trägt jetzt ein khakifarbenes Hemd, Schweißflecken unter den Armen. Die Rußspuren auf seinen Wangen sind verlaufen, die Lippen gesäubert durch Flaschenhälse oder Frauenlippen. Die Augen hellwach. Ihm gegenüber die Dunkelgelockte.

Ohne Perlenkette jetzt. Auf dem Haar ein weißes Schleierhütchen, um die Schultern ein fuchsroter Pelz

die party dauert nun schon mindestens drei wochen. wann immer ich reinzappe, dieselben protagonisten. allerdings wechseln sie ihre kleidung. der vorhang muss ein paar mal gefallen sein. oder ist das, was ich sehe, eine aneinanderreihung alter aufzeichnungen? vergangenheit – von 1980 aus gesehen?

das zahlenrasen am bildschirmrand verrät nichts.

die v-nacht gab es. so viel weiß ich. aus dem geschichtsunterricht, von filmen, vom hörensagen, woher auch immer. die schlimmste bombardierung londons durch deutsche flugzeuge während des zweiten weltkriegs. fünfzigtausend tote, eine million zerstörte

6:15:30

Flieger und seine Begleiterin lehnen an etwas, das aussieht wie ein alter Fotoautomat. Holzimitat, ein Stück roter Vorhang. *4 Poses, 3 Minutes.*

Sie trinken Getränke mit Namen wie *Mise en abyme* und *Trompe-l'œil.* Der Barkeeper, ein verhinderter Kunststudent? Sie starren Löcher in den Boden, sehen sich dann lange wortlos in die Augen. Alle paar Minuten fällt ein Satz. Als hätten sie eine Menge Zeit totzuschlagen.

Wo ist der Mann in Tweed? Wo ist die Frau, die Rauch ausblies, ohne jemals an ihrer Zigarette – ein altmodisches Ding, kein *drip tip* – gezogen zu haben?

Der Flieger schaut in seinen Drink. Ein Rest grünlicher Flüssigkeit am Boden eines konischen Glases.

Unendlich, sagt er, ist das Zeug hier leider nicht.

Aber gut, sagt seine Begleiterin, so … gut!

Sie reden wie auf Quaaludes. Wieder eine lange Pause. Der Flieger schiebt sich eine Olive in den Mund.

Fressneid verkrampft mir den Magen. Die Dunkelgelockte saugt ihre Unterlippe ein.

Der Hunger verstärkt mein Gefühl, dass sich die beiden in einer Art Zwischenreich befinden, in dem die Hauptdarsteller noch nicht

der vorvorletzte schrei, hat squid gesagt. ein hipster-club in shoreditch. die blau-weiß-roten wimpel, sandsäcke, uniformen, *live-fast-die-young-drink-hard-die-rich-piss-it-in …*

das klingt nicht nach zweitem weltkrieg; das klingt nach der zukünftigen fiktion einer vergangenheit, die es so nie gab

6:23:06

da diese aus Japan rübergeschwappte Mode, sagt der Flieger, plötzlich ganz beschwingt. Man geht als Gruppe ins Restaurant und bestellt sich einen menschlichen Körper. Aus Gemüse, versteht sich, aber täuschend echt. Man sitzt da also zu zehnt, fünfzehnt an einer langen Tafel und schnippelt an diesem Körper ...

Die Dunkelgelockte unterbricht ihn mit einer Bemerkung über das Abendmahl in der christlichen Kirche. Beide reden und bewegen sich jetzt viel schneller als in der letzten Szene. Wie in einem alten Film mit unterschiedlichen Aufnahmegeschwindigkeiten.

Mh, da hab ich nicht so den Zugang zu. Der Flieger dreht den Stiel seines Glases zwischen den Fingern. Also als Ritual schon, aber zum Glauben

stockt das geschehen. zu gern würd ich mich, wie im kino, zur lichtquelle drehn. vielleicht hat sich jemand am projektor zu schaffen gemacht. den vorführer unter drogen gesetzt ... aber es gibt ja kein *hinter mir*. einzig ein knistern und stocken auf der wand.

6:27:47

... *da bin ich mitten unter ihnen*, heißt es schließlich.

... nicht nur *vorstellen*, Blut zu trinken, sondern das Blut auch wirklich ...

... dann liegt euer Geheimnis auf dem Tisch des Herrn ...

... doch ziemlich morbide, oder?

rein-raus-rein. so geht das eine gute halbe stunde lang. satzfetzen hier und da, dazwischen kleine schlucke *unendlichkeit*. die ganze zeit bleibt unklar, ob die beiden über die gemüsemenschen oder vom katholizismus – oder ob mein hunger das geschehen verwischt. ein wunder wär's nicht, mein hirn verdorrt, und die frau, die den rauch ausblies, taucht einfach nicht auf. stattdessen

6:29:00

reißt Eden den Vorhang auf. Die Locken gebändigt, zurückgegelt, wie auf der Arbeit im AllSec-Tower, aber verjüngt, Hautunreinheiten überblendet, retouchiert, ein halbwüchsiger Eroberer mit kantigem Strahlen im Gesicht. Sein 40er-Kostüm besteht aus einer schlichten grauen Weste über einem weißen Hemd. Er hält etwas in der Hand. Etwas, das rasch größer wird und dann das gesamte Bild ausfüllt. Ein Streifen Automatenfotos. *4 Poses*. Schwarz-weiß und mäßig belichtet. Eden selbst ist darauf zu sehen. Auf dem ersten legt er den Arm um jemanden, der nicht da ist. Auf dem zweiten neigt er den Kopf in die Leere. Auf dem dritten bilden seine Finger ein V – dann verschwinden die Fotos, diese typischen Posen, die frisch Verliebte und betrunkene beste Freunde machen, und man sieht wieder Edens Gesicht im Close-up.

Er lacht. Auf den Fotos und im Jetzt – im Jetzt des Aufzeichnungsmoments. Das alles ist ein Riesenspaß. Er lacht und wendet sich nach links, spitzt übertrieben die Lippen. Als wollte er jemanden küssen. Aber da ist niemand, an seiner Seite: nur Luft.

×

Wann war ich zum letzten Mal an einem Ort, ohne zu wissen, wer sich da rumtreibt? Wie es im Innern aussieht? Ohne mich spätestens unterwegs durch Playlists, Gästekommentare, Zu- und Absagen, Gallerien, Livestreams geklickt zu haben?

Lass mich überlegen …

Kindergarten?

Die Straßen rund ums V sind dunkel und verlassen, Türen und Fenster vernagelt. Schwefliger Schlamm sammelt sich zwischen den Pflastersteinen, ein bisschen wie Pferdepisse. *Spanische Grippe*, denke ich unvermittelt, und an einen pickeligen Jungen, dessen Namen mir, wie so vieles, nicht einfallen will.

Am Ende der Gasse Neongeflacker. Eine Art Notlicht. EXIT-Zeichen im Innern eines Flugzeugs, nachts über dem Meer. Ich taste mich darauf zu, entlang feuchter Mauern, zerrissener Gesichter. Roboter, Pfauen, Scherenschnitte, in dicken Schichten übereinander gekleistert, teilen sich brüder- und schwesterlich Augen, Nasen, Münder. Nicht immer stimmen die Proportionen. Anders als bei MorphMe, der Weiterentwicklung von MakeMe, die Freunde, Verwandte, Lover binnen Sekunden in Monster verwandelt. Weiße Vs zerschlitzen die Namen, die über, unter, neben den Gesichtern stehen. Ul…Si..xie and…Gar…shees …uman…vox.

Eine Leerstelle geschlossen, eine andere geöffnet.

All meine Erinnerungen liegen in der Zukunft. Nichts davon ist irgendwo gespeichert; niemand weiß davon außer mir.

Fenna.

Seit ich meinen Namen kenne, erinnere ich mich an alle möglichen banalen Details. Zum Beispiel an den pickeligen Jungen. Aber auch an die Leuchtquallen und an das entsetzte Gesicht des Franzosen im *Seemannsgrab*. Und an folgenden Gedanken: *Nicht auf LifeLine zu sein ist, als wäre man nur halb am Leben.*

Lustig, dass ich das mal dachte. Als gäb's ein Entkommen, da wo ich war.

Dabei ist die Freiheit erst hier total.

Ich meine: Wann hatte ich das zum letzten Mal? Dieses Nicht-Wissen. Diese Spannung. Top oder Flop? Und ja, auch diese Einsamkeit.

Ich bin Fenna (wieder oder noch), aber gleichzeitig jemand ganz anderes. Augenblicklich: eine überreife Phoenix-Beere.

Was soll ich tragen?, hab ich Salem gefragt. Und Salem hat gesagt, ich solle die Folie behalten, mir was Schönes draus basteln und dazu einfach wieder so *krass futuristische* Schuhe anziehen. Was auch immer *futuristisch* bedeuten mag für etwas, das vorletzten Sommer in Mode war – mir bleibt gar nichts anderes übrig, als meine GoldCaps zu tragen; sind ja die einzigen Schuhe, die ich mithabe.

Beim Näherkommen entpuppt sich das Neongeflacker als laserblaues V. Schwer zu erkennen, ob da mal mehr stand als dieser eine Buchstabe, und wenn ja, welches Wort.

Ein ganz ähnliches V, nur riesengroß und umgedreht, steht seit dem zweiten Solarboom am Eingang zur Londoner Chinatown. *Müsste* dort stehen, heißt das. Die Bilder waren überall im Netz. Bald kannte es jeder, das chinesische Zeichen für *Mensch*. Im Sommer war das umgedrehte V aus Wasser, im Winter aus Licht. Bambushalme wiegten sich darin; man konnte ihnen beim Wachsen zusehen.

Ich bin in der Ecke rumgelaufen, vor ein paar Tagen erst. Der Typ, der mir das kleine Fox verkauft hat, war Asiate. Zwei abgefuckte China-Imbisse auf der Lisle Street. Vom V aus Wasser, von Laternen oder Drachen-Deko keine Spur.

Ein schmaler Streifen Neonweiß unterstreicht das V. Mir wird übel, wenn ich da reinschaue, stechender Kopfschmerz. Der Widerhall schneller Schritte, betrunkenes Kichern in den leeren Gassen –

dann sind sie plötzlich überall. Als hätte jemand *Freaks* und *Suchen* gemacht. Phänomenaler Output. Federn streifen mich. Die ersten drei *Hits*: Samt, Leopardenfell, Silberlack. Wie vor dem Rainbow: Ein bisschen Halloween, ein bisschen Retro-Futurismus, ein bisschen Rüschen-Porn. Jede Menge Rouge. Und ich dachte immer, so krass werden nur die Toten geschminkt …

Stell mich hinten an, ganz brav, wie vor dem *Seemannsgrab*. Vor mir ein bleiches Wesen, dessen Haar absteht wie ein schwarzer Besen, hinter mir eine übergewichtige Nonne mit violetten Lippen.

Kein Scanner am Eingang, natürlich, auch hier nicht, Futurismus hin oder her. Stattdessen: ein Zombie-Pirat mit goldenem Gehstock. Seine Mundwinkel rutschen weg, als müsste er sich übergeben, bei jedem einzelnen Gast.

Uuuuh! Vam-pir-a! Und wer ist das? Miss Crêpe Suzette?

Langeweile, wenn nicht Ekel, drückt auf seine Lider. Dennoch, er verleiht den Angesprochenen einen verächtlichen Ritterschlag. Die schauen einander an, reißen die Augen auf und trippeln rein.

Auch bei mir verzieht der Pirat seinen Wunden-Mund. C-3PO!, ruft er. Und über meine Schulter, kaum mehr als ein Zischen: Sieh an, der goldene Roboter!

Die Zwei-Zentner-Nonne kichert in ihr Spitzentuch. Ich mach mein Pokerface, das einzige, was mir immer gelingt.

Und *das* da?

Der Pirat piekt seinen Gehstock in meinen linken Schuh. Die Gold-Caps federn elegant zurück. Für einen Moment verliert er seine Contenance.

Xu Fan Rong, sage ich, so flach wie Robbenflossen und ohne ihn anzusehen.

Der Pirat tritt zur Seite. Winkt mich nicht durch, tippt mir nicht auf die Schulter. Er tut gar nichts, außer den Griff seines Stocks zu umklammern.

Ich drück mich an ihm vorbei, hinein ins V.

Eine Treppe führt steil nach unten. Von unten dringen Klänge, die ich kenne, eine sphärische Synthie-Line, tausendfach gecovert – wenn ich nur wüsste, von wem. Das Zucken der Finger lässt nach, *Catch-a-Tune* hat keine Bedeutung hier. Vor meiner Stirn hängt eine altmodische Bahnhofsuhr mit unleserlichen Ziffern, Strichen und Vs. Stilisiertes Chinesisch?

Die Synthie-Line begleitet schaler Aschegeruch, ein bisschen wie vor wenigen Tagen auf der Straße, nur konzentrierter, und eine Hitze wie im Maschinenraum der Titanic – *i!Merse* macht, dass du sie fühlst, und auch die Enge, erbarmungslos. Anders sind alte Filme gar nicht mehr zu ertragen. Alles wogt. Einen Moment lang macht mich die Menschenmenge seekrank, die turmhohen Frisuren, die unmöglichen Hüte, die an tiefhängende Lampen stoßen, das rötliche Licht zum Schwingen bringen.

Da ist ein Kasten, links an der Wand, Hände um kühles Metall, die Stirn gegen rauchigen Putz. Peitschenhiebe in den Schläfen, Sinuskurven auf der Netzhaut.

Fenna!, ruft eine Stimme, die mir überhaupt nicht vertraut erscheint, durch Schichten klein gehackter Schläge.

Sólrún. Nein – Salem. Salem ist der einzige in diesem 1980, der meinen Namen kennt.

Jemand quetscht meinen Kiefer, und ich – zu schwach, zu perplex, um zuzuschlagen – öffne Augen und Mund.

Doppelt steh ich vor mir, dafür kopflos. Der Kopf ist wieder einer.

Salems. Ganz anders sieht er aus, ohne Lampenschirm auf dem Haar, ohne Karnickel um den –

Kaltes an die Unterlippe, Brennen auf der Zunge, irgendeine ätzende Flüssigkeit. Ich schlucke, huste, drücke seinen Arm weg, ein paar Tropfen spritzen mir ins Auge, brennen da noch mehr.

Willst du mich umbringen, *xiǎozi*!

Salem lacht, das Glas erhoben, außer Reichweite, die Fackel der Lady Liberty. Er trägt, jetzt seh ich's, ein V-förmiges Arrangement aus Spiegelglas. Ausladend, die Schultern eckig betont, wie eine dieser Space-Figuren, die Yngvi als Kind so mochte. Angeblich sind die mittlerweile ultra-kultig (so ungefähr jeder dritte Junge unter 20 benutzt ein SpaceME als Profilstart). Das Husten hört einfach nicht auf.

Da, nimm noch n Schluck.

Salem streckt mir sein Glas hin. Ich gehorche.

Whisky?

Er krümmt den Zeigefinger. Hier bedeutet das: Folge mir!

Er voraus, ich, stolpernd, hinterher. *Ra-di-o-ac-ti-vi-ty*, dröhnt eine blechern verzerrte Stimme im Loop. Dazu ein störrischer Synthie und penetranter Klickersound. Ein bisschen wie die Stücke, die Kjartan manchmal mit X2_RetroSounds zusammenbastelt – nicht sehr professionell, aber eingängig.

Salem bleibt stehen, grüßt eine – wie nennt man das? – Geisha oder so. Drei Küsschen. Ich trinke Salems Whisky aus. Brennen in den Augen und ganz hinten im Hals. Keine zwei Sekunden später halte ich ein neues Glas in der Hand. Ein Schlumpf mit Silberschopf prostet mir zu.

Plan neun aus dem Weltall!

Plan neun aus dem … äh … Weltall, wiederhole ich. Vielleicht ist das hier so was wie *Samtakanu*, ein altmodisches *Cheers*!

Der Schlumpf streichelt das Laserschwert seines Begleiters, anzüglich irgendwie; von seinen Wimpern fällt türkiser Staub. Kindergeburtstag oder Orgie – hier gehen die Zeiten so durcheinander wie in meinem Hirn. Salem zieht mich vorbei an den Tanzenden, vorbei an grün-weißen Säulen, rot-weiß bespannten Tischen, nachlässig zurückgeschobenen Stühlen. Alles oberhalb der exzentrischen Frisuren, der ausladenden Hüte liegt in totaler Finsternis, abgetrennt von schweren, lackierten Lampen an langen Schnüren. Die Schirme, außen dunkelgrün, innen weiß, sehen aus wie die uralten Schüsseln meiner Oma, aus denen es mich immer ekelte zu essen. Lichtlose Aquarien. Ich weiß nicht, woher dieses Unterwasser-Gefühl. Vielleicht weil der letzte Club, an den ich mich erinnere, der Tunnel zum neuen Stadtflughafen war.

Die dunklen Holzstühle, das karierte Tischtuch, die hüfthohe Holzvertäfelung – nichts davon verrät den angesagten Hipster-Club. Viel eher Kellerkneipe, Schiffsbauch, Luftschutzbunker.

Zwischen halbleeren Rotweinflaschen, Red-Stripe-Dosen und Marlboro-Zigarettenschachteln – *Tabakrauch*, natürlich, *Tabak* ist das, was so in den Augen brennt! – stützt jemand zwei sehr weiße Ellbogen auf. Der Scheitel eine wacklige Linie, die Fingernägel knallrot. Fährt sich immer wieder über den eigenen Nacken, den Haaransatz, die Schultern, wie jemand auf *Qanuk*, der gerade niemand anderen zum Anfummeln hat.

Das ist die tote Marilyn, ruft Salem mir über die Schulter zu.

Die tote Marilyn hebt den Kopf. Ihr Kleid sieht aus, als sei sie damit ein paar Mal in eine schlammige Pfütze gefallen, das Gesicht zerschrammt; in ihrem wirren blonden Haar stecken Zweige und Blätter. Sie sieht mich an, oder vielmehr: durch mich durch.

Qanuk heißt *Schneeflocke* auf Inuit. Aber das hier ist 1980, oder zumindest fast. Und *Qanuk* wurde, soweit ich weiß, erst nach dem zweiten Crash –

Wo ist die lebende?, frage ich.

Salem macht *Stop* mit dem Daumen; hier bedeutet das ganz offensichtlich: in diese Richtung schauen.

Die lebende lehnt an einem mannshohen Kasten. Holzimitat. Daneben ein halber Vorhang. Seh ich richtig? Ein … Fotoautomat?

Blöde Schlampe, zischt Salem. Hat mir mein Haarspray geklaut …

Wir drängen uns an ihr vorbei, hinein in einen dunklen Gang, der zu den Klos führt.

Die lebende Marilyn ist in Wirklichkeit ein Mann. Ich seh das an ihren Schultern, den breiten Handgelenken. Bei der toten bin ich mir nicht sicher.

4 Poses, 3 Minutes. Der rote Vorhang bewegt sich ein Stück.

Ist ja total … retro, will ich sagen, aber zum Glück zieht Salem mich in diesem Moment aufs Damenklo.

Hier ist es plötzlich hell, auf schneidend-bläuliche Weise, die den Kopfschmerz wieder einbestellt. Hell und voll, wie voll schwer zu erraten, mit all den endlosen Spiegelungen riesiger Frisuren umnebelt von toxischen Haarsprays, voller jedenfalls als die Tanzfläche. Salem trägt einen quadratischen Grace-Jones-Afro, leicht windschief. Keine Ahnung, ob sie den 1980 schon hatte, ob es Grace Jones 1980 überhaupt schon gab. Jemand schüttelt seine Mähne; scharfer Tröpfchennebel landet direkt in meinem Gesicht. Idiot! Salems Stimme kippt, er schnappt sich die Sprühflasche, ein rosafarbenes Dildoding, kann aber auch nicht besser zielen. Ich dreh mich weg, klebrige

Kühle um meinen Nacken, auf den Lippen, ein bitterer Film. Männerstimmen, Frauenstimmen, ununterscheidbar kachelglatt.

– Leichner, Herzchen, Leichner. Rimmels weiße Rose. Tiefe Mitternacht. Ich schwör auf Max Factor. Vier Pfund von John Lewis! Elnett. Wella. Himbeerrot –

All diese Worte prallen an den Fliesen ab, finden ihren Weg durch Aerosolschwaden, zurück auf die Gesichter, wo sie haften bleiben, Masken werden, zweite Haut.

Hallende Schläge, der Boden vibriert; da ist eine Unruhe wie unter Ratten, wenn das Schiff in Schräglage geht. Ich nehm einen Schluck. ... *dreaming of her new love, and she hopes he'll be there soon* ... Noch einen. Was-auch-immer. Um mich rum: Exodus in Richtung Tanzfläche. Haarspraybewehrte Haremsdamen drängen sich an mir vorbei; eine von ihnen hat ein V aus Pailetten auf die Stirn geklebt.

Hohe Töne zerschneiden die Wände, der Spiegel klirrt, so ohne Menschenleiber als Dämpfer. Bis auf Salem, mich, und zwei, die geblieben sind. Kaum mehr als Schuljungen, Mädchen in Hosenrollen. Bildhübsch und blutjung. Ich seh nur ihre Rücken, stramme Hintern, spitze Ellbogen, flattrige Hände, die mit kleinen Kämmen hantieren. Hin und wieder ihre Gesichter, wenn sie sich vorbeugen, spiegelverkehrt. Ich tippe auf Jungs. Brüder, oder ein schwules Paar. Sie sehen einander so ähnlich, reflektieren, verstärken die Schönheit des anderen. Es ist still jetzt, ohne das Zischen der Sprühflaschen, das Geschnatter der Haremsdamen. Still, bis auf die Stimme von draußen, die singt: *There's no love inside the icehouse*. So still, dass ich die Goldfolie um meine Hüften knistern höre. Konzentriert zieht Salem seine Lippen nach. Die beiden – Jungs, ich bin mir beinahe sicher – wenden ihre Profile zueinander. Der eine ist schwarzhaarig, der andere blond. Wohl doch keine Brüder. Ich tippe auf schwul. Der Blonde eine invertierte Version des Dunkelhaarigen. Und umgekehrt. Beide tragen schwarz, der Blonde ein schwarzes Navy-Käppi und knallrote Hosenträger, der andere eine knallrote Krawatte über dem schwarzen Hemd. Ihre Nasen berühren sich nur fast. Sie lächeln, wortlos, nicht einander, sondern ihre gespiegelte Schönheit an. Pärchen? Ich tippe auf *best friends, fuckbuddies* bestenfalls. *Potentials* hätt ich früher gedacht, jetzt aber nicht mehr, wo's so was wie HeartSync natürlich ...

Stehst du eigentlich auf Männer oder auf Frauen?

Ich zucke zusammen. Hätte Salem am liebsten eine reingehauen. Obwohl er nicht übermäßig laut gesprochen hat. Er grinst mich an, mit seinen lila Lippen, die wie fette Maden aufeinander liegen, und einer naiven Freude, die an Unverschämtheit grenzt. Die beiden Knaben lecken lächelnd über ihre Kämme, nur einen Lufthauch zwischen Zungen und Zinken, stecken dann beides mit synchronen Bewegungen weg. Äh … Ich bin so furchtbar abgelenkt. Bislang, zische ich dann, den Blick noch immer willenlos am Dunkleren der beiden festgetackert, war ich eigentlich ganz glücklich mit … *meinem Computer* kann ich schlecht sagen, also sage ich stattdessen: … mir selbst.

In diesem Moment seh ich, gespiegelt in Salems V-Rüstung, die beiden Knaben näher kommen. Hier ein Stück Arm, da ein halbes Bein, mittendrin ich, das Halsgewinde plötzlich starr. Fast schon füllen sie Salems gesamte Brust. Seh meinen Blick, der sich um einen U-Turn nach hinten raus die Schädeldecke zu durchstoßen müht, kläglich scheitern. Meinen Rücken streift ein vertrauter Geruch, vergessen geglaubte Wärme. Als hätte mir jemand eine Ohrfeige verpasst, treffen sich unsre Blicke in Salems Herzgegend. Ich kenne ihn. Den Dunkelhaarigen. Ich weiß nicht woher. Den Undercut, die festen Locken, die sein Gesicht schmal und schattig machen. Die feuchten, überreifen Lippen, das Fleisch seiner Wangen. Seine Wangen, meine Zähne … da hinein … die letzten Reste … Babyspeck … von innen, von –

Schon sind die zwei an uns vorbei. Salems Brust weiß gekachelte Leere. Und ich, seltsam schwerelos.

Wie Engel, möchte ich sagen, aber ich sage nichts.

Mit einem Schmatzen lösen sich die lila Maden voneinander.

Halbtote, murmelt Salem abschätzig und befördert mich ohne Berührung zurück in die Hitze, ins rötliche Licht. Schon wieder ist mein Glas leer, ein weiterer Song zu Ende. Der Schlumpf nirgends zu sehen. Ach ja, die Bar. Die Bar!

Was bestellt man hier? Beijing Sling ganz sicher nicht. Mal überlegen. Morgenröte über Weihai, Shandong-Chardonnay …

London Dry, ordert eine weiche, ziemlich hohe Stimme neben mir.

Der Dunkelgelockte. Er beugt sich über die Theke, dicht neben mir, die Spitze seiner roten Krawatte saugt Feuchtigkeit auf. Unsere Ellbogen …

Danke wem-auch-immer für das rötliche Licht.

London Dry. London Dry, natürlich.

Martini, sage ich. Lege drei blutbefleckte Lappen auf den Tresen. Danke, danke, vielmals! Für das rötliche Licht.

In Gedanken renne ich. Zurück zur Clipstone Street, zu dem verdammten Hinterhof, der Mülltonne, in die ich die alten Fotos warf. Wüsste ich nicht, dass das unmöglich ist, würde ich denken: Eden steht neben mir. Eden in seiner alten Gestalt. Natürlich kann das nicht sein. Es ist 1980. Und 1980 war Eden noch gar nicht auf der Welt.

Da ist ein schnörkeliges V, auf der Innenseite seines Handgelenks – jetzt dreht er seine Hand. Sein Nagellack ist ziemlich abgeblättert. Was davon übrig ist, sieht aus wie der Sternenhimmel über Vík – damit meine ich: mehr Funkeln da oben als Schwärze, weil unten kein einziges Licht brennt. Ovale schwarze Flächen mit silbrigen Glitzerpartikeln unterschiedlicher Größe, die mehr werden und heller, je näher, je länger man schaut. Ich spüre mich zu ihm hin gravitieren, seinen Fingern, diesen Fenstern in eine vertraute –

Entschuldigung, sind Freunde elektrisch?, fragt er mich plötzlich, seine Stimme fast von der Musik geschluckt.

Ich will sagen, aber da gibt er sich die Antwort schon selbst: Meiner ist nämlich kaputt, und jetzt hab ich niemanden, der mich liebt.

Er hält seinen Drink in der Hand, den kleinen Finger abgespreizt. Ich kann ihm nicht ins Gesicht sehen, nehme einen großen Schluck.

Na gut, ein kurzer Blick. Bis hoch zu seinem Mund. Die Zähne strahlend weiß. Die Lippen so rot, als hätte er sich geschminkt. Da ist ein winziger Riss auf seiner Oberlippe. Schon das, ein Einfallstor für … *Schwulenkrebs*, wir hatten das in Bio, hieß es anfangs, und noch bis in die zehner, zwanziger –

Ich sollte irgendwas sagen, kann aber an nichts anderes denken als an die winzige Fissur, die klafft und glänzt, wenn er lächelt, und wie gern ich mit der Zunge … Dann an raue Hände, zarte After und … 1980. Wann fing die Scheiße an? Ich erinner mich nicht, stattdessen purzeln tausend SIMs in mein Hirn, in denen Zeitreisende die Geschichte durcheinanderbringen. Hätten die Nazis Pads gehabt, hätten sie den Krieg gewonnen, und so weiter. Was all diese Kleinigkeiten –

Abrupt ruckt sein Kopf herum.

Würdest du mit mir knutschen.

Er hat die Stimme einer Maschine und Augen aus flüssigem Magma. Schwarz, pupillenlos, wie die eines ausgestopften Tiers.

Wo hast du bloß gesteckt?, höre ich jemanden fragen, von weit her und schwer akzentbelegt.

Er hebt die fein gezupften Brauenbögen. Ein paar Sekunden lang schaut er mich an, als hätte ich Tourette. Dann beugt er sich vor und küsst mich.

Erst fühle ich gar nichts. Wehre mich aber auch nicht.

Ich. Wehre. Mich. Nicht.

Er hat ja keine Ahnung. Er hat keine Ahnung und drückt einfach seine Lippen auf mich.

Sein rechter Eckzahn. Spitz wie der eines Raubtiers.

Feuer und Eis, tief unterm Brustbein. *Subglaziale Eruption* nennt man das, glaube ich. Ich wehre mich nicht, ich … spüre seinen spitzigen Zahn, seine Zungenspitze, presse mich an ihn, oder ihn an mich, er mich an sich, oder – Feuer. Eis. Eigentlich unmöglich in diesem überhitzten Raum voller – Ich wehre mich nicht nur nicht, meine Zunge fährt über seine Zähne, die glatt sind und nur an den Spitzen scharf, elektrisch geladene Erinnerung. Goldfolie knistert an meinem Rücken, Goldfolie knistert überall.

Dann hört er plötzlich auf und dreht sich weg.

Tut mir leid, ich schmecke nach Gin und Speed.

Mir ist schwindlig, jetzt ist da nur noch Eis, trotz Schwüle, ich klammere mich an den Tresen, dann an seinen Arm. Gin und Speed? *Süße und Feuer, Süße und Feuer, Süße und …*

Sein Mund ist so rot. Wahrscheinlich bin ich gezeichnet, zumindest für den Rest der Nacht.

Ich halte sein Handgelenk. Das ist beinahe wie: *Jemandes Hand –*

Wofür steht das V?, frage ich, bevor mich das umhauen kann.

Er grinst. Spöttisch? Sein Handgelenk überlässt er mir ohne Widerwillen, auch als er sich im Raum umschaut, mit einer vagen Kreisbewegung auf Plakate an den Wänden zeigt. Die meisten sind von hohem Haar, breitkrempigen Hüten, Turbanen, Antennen, Schwänen – ja, einer trägt einen Schwan auf dem Kopf – verdeckt. Nur eines kann ich lesen, das hinter uns hängt: *Ruhe bewahren und weitermachen.*

V1 und V2, sagt er. Vergeltungswaffen der Nazis. Die V-Nacht. Daraus hat sich der Begriff V-Spirit entwickelt.

Er lehnt sich schwer auf seinen Ellbogen, mir entgegen, drückt sein Kinn kokett auf die Schulter. Noch immer halte ich sein Handgelenk.

Ruhe bewahren …

Und was …äh … bedeutet das?

Er macht jetzt all diese theatralischen Pausen zwischen seinen Worten. Grinst, saugt Luft ein und wiederholt die Worte in meinem Hirn: *Ruhe bewahren und weitermachen.*

Ich fühle seinen Atem. Der rast in meine Finger-, in die Zehenspitzen. An seinem Grinsen erkenne ich ihn, zweifelsfrei.

Aber in Wirklichkeit … Er schwankt sacht vor und zurück, ein schwindliges Kreisen dicht vor meinen Augen.

… na ja, die Wirklichkeit siehst du ja hier. Seine Pupillen driften nach rechts, als würde er einen Post abrufen.

Wer nicht weiß, flüstert er, beinahe verschwörerisch, ob er die nächsten Nächte überlebt, lebt heute umso intensiver.

Ich nicke, ganz ernst. *Ruhe bewahren und weitermachen.*

Ich nicke und ziehe ihn her zu mir. Bis jetzt wusste ich nicht, wie so was möglich ist.

Zwei, drei Lieder später schiebt er mich auf Armeslänge fort.

Nur damit wir uns richtig verstehen. Er räuspert sich, nimmt einen Schluck aus seinem Glas. Keine Lippenstiftspuren da. Alles Natur.

Das war so ne Art ... Seine Finger ahmen Wellen nach. *Status: abwesend.* Ich versteh ihn nicht.

Wette, sagt er dann. Nimmt noch einen Schluck und sieht mich von der Seite an. So ne Art Wette, ja.

Wo zum Teufel steckt Salem?

Ich kenn den Jungen, will ich sagen. Laufe Slalom um die Säulen, die Maskierten, stoße jetzt an alle Lampen, als wäre ich gewachsen, von 0 auf 100 high. Ich erkenne ihn, an seinem Grinsen, zweifelsfrei. Er überschwemmt mein Blut wie Q, nur anders, weniger dämpfend als euphorisierend, ein ungekanntes Gefühl, auch wenn –

Erklären kann ich Salem das Ganze jetzt natürlich nicht. Was das heißt: Nicht mal der Funken eines Wunsches, auszuholen. Nicht ein Gedanke ans Zuschlagen, Treten, Wegstoßen, Kratzen, Beißen – na gut, Beißen vielleicht. Ablecken, *auffressen*, das ja. Zum ersten, allerersten ... Und dann: So ne Art Wette. Eine *Wette*, verdammt!

Salem steht draußen an einen grünen Hauseingang gelehnt, *Glimmstängel* im Mund, so nannten sie das früher, und genau so sieht's auch aus.

Er lächelt müde, als er mich sieht. Warum reißt er nicht die Augen auf? Man muss mir doch ansehen, was gerade passiert, was da in meinem Körper pulsiert. Meinem Gesicht, dass sich mein Leben für immer verändert hat, oder zumindest all das verschmierte, splattermäßige Rot.

Das gar nicht da ist – ich erinnere mich, während ich auf ihn zugehe, verkleinert und verdoppelt, makellos –, dafür das schneidende Weiß, das das V unterstreicht, und über den Dächern ein Streifen Dämmerung.

Mir ist plötzlich schlecht; vom Neonlicht, vom Tabakrauch, dem Endorphincrash, dem ungewohnten Alkohol. Salem schnipst die Zigarette weg – sein verrutschter Afro enthüllt das Wort *Gesetz* –, stößt sich ab von der Mauer, und ich verschwinde, bin momentelang einfach weg. Wie die Schnitte an meinen Fingern, von denen nicht mal Narben geblieben, die blutigen Scheine, die jetzt alle sind. Mein makelloser Mund. Aus Salems Nabel blitzt brutales Licht, dasselbe Licht wie damals im weiß gekachelten, verspiegelten Raum. Nicht unten im V. Anderswo. Schnitte an den Fingern. Schnitte auch im Gesicht. Mein fragmentiertes Ich –

Salem steht sehr dicht vor mir. Jetzt guckt er doch erschrocken.

Was ist denn?

Ich schüttele den Kopf; mein Mund ist zu weit oben, ungezeichnet –

Und dann macht Salem einen großen Fehler. Ich seh nur seine Hände größer werden; warnen kann ich ihn nicht.

Na na, sagt er tröstend, nur mehr ein Brummen, tief aus der Brust: Etwa … wegen dem Jungen?

×

snap, crackle, pop
snap, crackle, pop
snap, crackle, pop –
in here.

hier bin ich also. wie prophezeit, von gerri oder billy seinerzeit – ihre stimmen eins in der erinnerung –, wird man das *hollywood habit* so leicht nicht los.

anschaffen gehen wirst du auch in london.

okay, okay, sie hatten recht. aber wer sollte auch ahnen, dass mein koksvorrat in einem *zeitriss* verschwinden würde?

regen tropft von den blättern. verwitterte grabsteine, die inschriften abgeplatzt, lehnen an baumstämmen wie müde oder betrunkene. die meisten grabstätten sind bis zur unkenntlichkeit überwuchert von gräsern, efeu, brennnesseln, brombeerranken. umgestürzte bäume liegen quer über grüften und pfaden. hier und da ragen kopflose wächter aus dem dickicht. keltische hochkreuze, moos- und flechtengesprenkelt. ein heiliger hebt seinen handlosen arm zum gruß.

es muss etwa vier oder fünf uhr nachmittags sein, aber der himmel zwischen den baumkronen ist grau wie zur dämmerung. noch immer hängt aschegeruch in der luft. ein leichtes ziehen in den lungenflügeln. nicht mehr, wie vor zwei tagen, das gefühl, an schwelbrand zu ersticken.

bei tageslicht ist der *verseuchte äußerste osten* eine marslandschaft. glashartes gras, mumifiziert unter rötlichem staub. es gab einen vulkanausbruch, hat becky gesagt. der brandgeruch, die staubschicht, die wetterumschwünge – all das seien die auswirkungen der aschewolke, die über europa zieht. ich habe gefragt, wann und wo. aber nicht nach dem jahr.

island. wo auch sonst.

ausgebrannte autowracks auf dem weg hierher. ein modell erkannte ich: jaguar xj, erste serie, ehemals zitronengelb, hergestellt irgendwann anfang der 70er. einer meiner stammkunden – ein italiener, der remakes von horrorstreifen aus den 50ern produzierte – fuhr so ein ding. aber gibt mir dieses skelett aufschluss über die zeit, in der ich gelandet bin? die karosserie war verrostet, die farbe kaum noch zu erkennen; brennnesseln wuchsen durch die zerbrochene windschutzscheibe. woher soll ich wissen, wie lange dieser müll schon hier liegt?

der zugewucherte friedhof, der angebliche *cruising spot*, entpuppt sich als schlachtfeld verstümmelter leiber. zernarbte torsi, hier und da ein bemooster arm, ein bein, ein flügelstumpf. als wären vor jahren oder jahrzehnten armeen aus engeln und menschen gegeneinander angetreten, zu einer letzten orgie, einem letzten gefecht. irgendwo im gebüsch ein rascheln. männliche silhouetten? von wegen. fette tauben. chipstüten, ein alter fahrradschlauch, zu bizarren formen erstarrte kleenextücher – die einzigen anzeichen menschlichen lebens. alle chipstüten sind leer. waren die tauben wohl schneller, die füchse, ratten, mäuse … die brombeeren sind unreif und sauer, ich spucke den brei schnell wieder aus.

hatte j.d. am ende unrecht?

die sonne kriecht hinter einen zernarbten wohnblock. in hollywood wär dies die beste zeit für *feierabendverkehr*. ein blowjob, ein fistfuck vorm abendessen mit frau und kindern. schnelles geld –

die abgerissenen arme, die zugewachsenen grabplatten bilden tückische stolperfallen, wie im hollywood memorial park, mit manolo, da liegt was schillerndes – schmuck? vielleicht ne brosche? irgendwas, das sich gegen nahrung eintauschen lässt?

will danach greifen, und sehe dann: nichts weiter als ne tote spitzmaus, an der metallisch schimmernde fliegen knabbern. mein magenknurren ertrinkt im rauschen der autobahn. hin und wieder das ferne dröhnen eines sattelschleppers, und in regelmäßigen abständen das rattern eines pendlerzugs.

vielleicht bin ich im falschen teil des friedhofs. vielleicht versammeln sich die gelangweilten, die verlassenen, die sexhungrigen woanders. wo auch immer …

da ist ein mädchen, das sich, auf knien, an ein grabkreuz klammert. klammern *würde*, heißt das, denn der kleinen fehlen beide hände. was für ein trauriger anblick, dieses klammern ohne hände, die ins leere gereckten arme, die ganze körperhaltung, der ausdruck des gesichts, bis hin zum flehenden blick, auf nichts anderes gerichtet als das anklammern an einen toten.

eden, wie er zurechtgemacht war auf den automatenfotos, sah manolo ähnlich, manolo während seiner zweiten zeit in hollywood. bevor das bild in dunkelheit versank.

manolo wiederum sieht aus wie der glaser, dem orpheus in seinem zwischenreich begegnet. das hab ich ihm damals gesagt. der schöne jüngling, der einfach nicht begreifen will, dass er tot ist. der in den leeren straßen zwischen zerfallenden häusern herumwandert und bis in alle ewigkeit versuchen wird, die glasscheiben zu verkaufen, die er auf seinem rücken trägt. der nicht sehen will, dass die gebäude ringsum ruinen sind, die fenster leere höhlen, die menschen, die dahinter wohnten, nur mehr staub.

es wird dunkler – wieder diese heisere, glutrote dämmerung. quillt aus den seiten des wohnturms, senkt sich langsam, langsam über mich.

ein v-nacht-mahnmal, die schrift kaum noch zu entziffern im schatten der farne.

... zum gedenken an die 190 toten der v-nacht, die hier in frieden ruhen ...

dann ist da wieder ein rascheln. keine taube diesmal.

hoch und gebrochen summe ich darby's *circle one*, um mir die angst vor der stille, wie manolos hand, auf dem hollywood memorial, *verirrte kinder im wald.*

snap, crackle, pop
snap, crackle, pop
snap, crackle, pop –
out there.

dann, endlich, tritt ein dünner mann hinter dem denkmal hervor.

was machste für n zwanziger?

×

Es hat geregnet. Es regnet permanent.

Nachts tritt Wasser aus den Mauern, hinterlässt dunkle Ränder auf der Tapete. Die Tapete wellt sich, löst sich von der Wand, jeden Morgen hängt sie mir weiter entgegen. Das Zimmer ist todgeweiht, angefressen von einer inneren Krankheit, die irgendwo hinter den Tapeten beginnt, unter dem Linoleum, und sich nachts nach außen tastet.

Und ich?

Löse mich auf. Eigentlich bin ich schon gar nicht mehr da.

Ich. Bin. Tot., würde Signe Åberg gerne *teilen* – sekündlich, in Großbuchstaben –, aber dann wäre sie ja am Leben. Dann wüsstet *ihr alle*, dass sie am Leben ist.

Ich bin's nicht. Ich bin tot, in diesem 1980. Genauso tot, wie ihr ohne LL tot wärt.

Die Farbe blättert von meinen Wänden.

Und ich frage mich: Was tue ich in diesem Raum?

Dabei hab ich die V-Crowd ja gefunden. Bin näher dran als je zuvor.

Da ist ein Klopfen an meiner Tür. Halte den Atem an.

Da ist ein Klopfen an meiner Tür – irgendwie ist alles jetzt tief drinnen in meinem Kopf, als wäre *das* die neue Cloud – *und eine Sekunde lang* …

Eine Sekunde lang dachte ich, ich würde mich an dich erinnern.

Da sind nicht bloß Risse in der Tapete, da ist ein Riss in der Wand, der von Tag zu Tag weiter auseinander klafft.

Niemand klopft; ich liege auf dem Rücken, denke *du*, weil ich deinen Namen ja nicht kenne, rücklings allein mit deinen ungeklärten Blicken, den angedeuteten Versprechen, sehe dem Riss beim Wachsen zu und mache sämtliche Entspannungsübungen, die mir Onkel Bárður gezeigt hat. FOLO, FOMO & Co. hatte er seinerzeit natürlich noch gar nicht auf dem Schirm. Was soll's. Dominanter Oberschenkel, dominanter Unterschenkel, dominanter Fuß …

Niemand klopft an meine Tür. Dafür ist da ein schriller Ton, der sich fordernd wiederholt, zwei, drei Minuten lang. Eine WeckApp, irgendwo unterm Bett oder in einer der Schubladen vesteckt …? Dann plötzlich Stille. Angespannt, wie das Warten auf den nächsten Schluckauf. Ich weiß nicht, was schlimmer ist, das Schrillen oder die Stille.

Balle die Zehen, atme, atme, spüre der Wärme nach. Wo alles andere zittert. Die Entzugserscheinungen schaffen mich. Nicht die vom Q, nicht die vom Netz. Ich meine die von *dir*. Dominanter Oberarm, dominanter Unterarm, dominante Hand. Die Finger machen nicht so richtig mit, machen störrisch *Teilen*, machen unbelehrbar *Reply*, all die sinnlosen Gesten Gehörloser in einer Welt, in der niemand sie versteht. Ich lass die Finger wüten, konzentrier mich stattdessen auf die Zehen, rolle und lockere, atme, atme, rolle, lockere, werde kleiner und kleiner dabei. Auf hundert, vielleicht tausend Fotos, Streams und Waves war ich zu sehen. Existierte da, durch Yngvi, Sólrún, Kjartan, Freunde, Freundesfreunde, oder irgendwelche Fremden, die sich mir mit…, ich meine: die sich mit mir *teilten*. Denk an Vergeltungswaffen, zum Beispiel: Hände, V1, V2, verzweifelte Lebenslust im Angesicht deutscher Bomber, tödlicher Krankheiten, Seuchenherde, zum Beispiel: Körper. Bis zu deinem bin ich nicht mal gekommen, erinner mich nur an dessen Hülle: schwarz-rot. Die Tage, die folgen, sind einsam. Schwerelos.

Bald passe ich durch den Riss im Mauerwerk. Mein Pad ist so tot, dass es anfängt zu stinken, das blutige Geld, deine Annäherung Teil einer *Wette*, und der einzige, der mich zu mögen schien in diesem 1980, hat allen Grund mich zu hassen. Der Blutsee im neondurchschnittenen Kachelraum kehrt wieder, sobald ich die Augen schließe. Flüge gehen noch immer keine, vorgestern war ich unten, zum letzten Mal, hab gefragt, aber auch Angst vor Gegenfragen, die Asche sei nicht mehr zu riechen, so sehr, sagte der Portier, haben wir uns schon an sie gewöhnt.

Wieder dieser Schrillton. Er kommt vom Schreibtisch. Genauer gesagt: aus dem kastenförmigen günen Apparat mit dem Wurmfortsatz. Er schrillt und schrillt und erinnert mich daran, wie stumm und nutzlos das Pad an meiner Seite baumelt, ein abgestorbenes Glied, das vor sich hin fault. Ich weiß nicht, was schlimmer ist, die Stille oder das Schrillen. Der Drang ist groß, beides aus dem Fenster –

Wenn ich nicht verrückt werden. Wenn ich nicht bald durch den Riss. Wenn ich schon nicht *teilen* kann, kann ich das Pad noch immer als Memo benutzen. Ein kleines Stück von all dem hier aufzeichnen. Für später. Für irgendwen oder irgendwas.

Die kleine grüne Lampe blinkt, ein letzter Lebensrest.

Blinken. Ich räuspere mich.

Blinken.

Zeit verrinnt.

Mittwoch, 19 Uhr 53, sage ich schließlich; meine Stimme unvertraut und kratzig, *neblig auf dem Glas, rostig an der Tür:*

Vor zwei Jahren starb Bárður. Krebs, eine der unheilbaren Sorten.

Früher mochte ich ihn genauso wenig wie einen strengen Mathelehrer. Heute muss ich heulen, wenn ich an ihn denke.

Die Hand wird schwer, und die Sprache, die meinen Mund verlässt, ist mir selbst schon ganz fremd. *Rostig*, *neblig*, dieser neue Speicherort, nur unzuverlässig anzapfbar:

Sólrún brachte mich zu ihm, als ich dreizehn war, hielt mich am langen Arm, als wäre ich eine Giftschlange.

Ihr Arm war voller blauer Flecke, Kratzer und Beißspuren. Ein Glück ist Island kein katholisches Land. Sonst hätten sie mich gleich zum Exorzisten geschafft.

Lachen, *neblig*, *rostig*, mich schaudert, *kĕpà* hätte Yngvi dazu gesagt. Stopp.

Der Hunger nagt. Ob heute Flüge gehen?

Ohne Quiesan geh ich da nicht mehr runter. Geschweige denn raus.

Auf Q hätte ich Salem niemals geschlagen. So sehr er spinnt – eigentlich ist er ein lieber Kerl. Er hat mir nichts getan, wollte mir noch nicht mal an die Wäsche. Sondern mich einfach nur umarmen, trösten oder was-weiß-ich. Auf einmal war da nur noch Keuchen, mein zerteiltes, zitterndes Spiegelbild, dahinter krümmte sich Salem und hielt seine Nase.

Ich hab die halbe Nacht gekotzt. Was für ein Desaster. All das Blut. Und dieser Junge. Dessen Namen ich nicht mal weiß. Deshalb: du.

Du

20:02

Hast mich angefixt mit deinen Lippen, deinem Eckzahn, deinen Augen. Die schlimmste Droge überhaupt, der abgeblätterte Sternenhimmel, verzehnfachte Fenster zu einer vertrauten Welt. Schlimmer als jede Krankheit. Wie auch immer man das nennt. Bárður hätte die korrekte Diagnose gestellt. Werd ich davon jemals wieder runterkommen, hätte ich ihn gern gefragt. Oder einfach nur mal so, ins Netz hinein –

Wieder dieser Schrillton. Ich mach Stop, werf ein Kopfkissen drauf, das dämpft.

Allmählich setzt die rötliche Dämmerung ein. Türenklappen.

9:40

Regen kriecht durch einen kleinen Spalt im Fenster. Liege noch immer. Rücklings, allein. Liege und denke an nichts anderes als deine Finger in meinem

×

riss, nach dem *zoom out*, der die leere an seiner seite zeigt.

jetzt, wo wieder wahllose bilder über die wand flimmern, bin ich mir nicht mehr sicher, ob eden manolo ähnelt oder manolo dem toten glaser. die gesichter verschwimmen in der erinnerung. und die bilder, die ich abgleichen könnte mit denen in meinem kopf, bleiben verschwunden. hab alle gesten probiert.

häuser, autos und menschen zerfallen. stocken und knistern. manchmal ist da sekundenlang nur dunkelheit. allmählich geht dem pad der saft aus. wie man es abschaltet, weiß ich noch immer nicht.

im radius meiner gestreckten arme ketchupverschmierte wimpy's- und dunkin'-donuts-schachteln, wegwerfbesteck, fettige servietten, milch- und saftkartons. aber nicht nur nervennahrung, auch bananenschalen, kerngehäuse. obst, saft, weetabix, die ich jetzt trocken aus der packung esse wie chips und mit ribena blaubeernektar runterspüle. eigentlich geht es mir gerade ganz gut. nur dass das rumsitzen hier draußen irgendwie sinnlos und einsam ist. ich hab ja alle auf dem weg hierher verloren. manolo. j.d. squid. eden. und jetzt auch noch die v-nacht.

vielleicht sollte ich mich aufmachen in die stadt. das *v-night* suchen, und wenn ich es gefunden habe, mitten in die party platzen.

aber shoreditch ist groß und die northern line vermutlich ziemlich lang. ganz abgesehen davon, dass das, was ich hier sehe, in einer zukunft stattfindet, in der ich gar nicht bin. es macht wahrscheinlich wenig sinn, woanders als in edens pad danach zu suchen, genauso wenig wie in diesem london nach manolo.

gerade als ich das denke, als ich fast bereit bin, die augen zu schließen, mich einfach vollgefressen rücklings auf die matratze – ist plötzlich schluss mit der collage urbaner tristesse.

ein grünliches loch öffnet sich. etwas bewegt sich darin. zwei körper, die ineinanderlaufen wie blutproben unterm mikroskop. ich kenne diese bilder. es sind dieselben, die mich im waterfront-hochhaus attackierten, oben im vierzigsten stock. der wütende wespenschwarm. diesmal bleib ich auf meiner matratze sitzen und atme ganz ruhig.

nachtsichtgrün über glitzerndem grund. einer liegt am boden, die beine angewinkelt, den nacken gestreckt, halb verdeckt. ein dunkler see um seinen kopf schluckt alles licht. neben ihm kniet jemand, schaukelt rhythmisch vor und zurück. der kopf des toten kommt und geht.

j.d.

es ist j.d., der da liegt, auf dem sternförmigen platz vor der crossharbour-bahnstation. eindeutig. einzig das moorige grün irritiert.

die kamera fokussiert den knienden. sein gesicht verwischt in grünlichen schlieren, in rhythmischen übertretungen des bildausschnitts. leichter schwindel, wie bei diesen pornos, die's ein bisschen übertreiben mit dem dabei-sein, dem schneller werdenden rein-raus-rein –

narbenkrater, hitzeflecken, blut- und tränenspuren. fliegengleich krabbelt die kamera über anhöhen und plateaus, durch senken und täler des hundertfach vergrößerten gesichts, das vor-und zurück-, eine mondlandschaft, so unheimlich und fremd, wie einem nur das eigene –

ich zucke. nein, nicht ich – ich sitze stocksteif da – das ich auf der schrägen wand. zoom out. das ich, das ich sehe, wird von heftigen konvulsionen geschüttelt wie ein epileptiker. die letzten zuckungen des pads gehen durch meinen gesamten körper, und auch der tote bäumt sich noch mal auf. dann stockt das bild. unstetes flackern auf j.d.s gesicht. die spiegelung des regens, der die scheiben des AFRO-tower runter... überblendung, phosphorexplosion. der drang, mich umzudrehen, schmerzhaft, auch j.d. nur mehr ein schmerzhaftes gleißen. ein weißes strahlen zerfrisst die augen, den mund, seine, meine züge zum zerreißen –

scheiße ... scheiße, da ist *nichts* hinter mir, und der projektor gibt endgültig den geist

×

aufgedunsene Ratten in den Pfützen. Überall Giftwarnungen. Plastiktüten mit Hungerbäuchen. Die Bäume triefen.

Da war ein Klopfen an meiner Tür, diesmal in echt, und auch der Schrillton ging nicht weg. Noch nicht ganz klein genug, um durch den Mauerriss zu passen, musste ich die Feuerleiter runterklettern. Ziemlich anstrengend, mit all dem Gepäck. Ein Glück heften sich die Sohlen der GoldCaps an Leitersprossen wie Affenpfoten.

Einfach nie wieder diesen Weg gehen.

Jetzt marschiere ich die Clipstone runter, als sei nichts; ohnehin wurden die Müllberge inzwischen abgetragen. Da, wo ich die Fotos entsorgt habe, wühlt ein mageres vierbeiniges Etwas in den stinkenden Resten, den undefinierbaren Schwanz zwischen die Hinterbeine geklemmt, der Kopf von einer Tonne abgetrennt. Vier, fünf Stockwerke höher kippt die Sonne, etwas zu schlagartig für diese Breitengrade, nach hinten weg.

Nachts, erinnere ich mich, *kommen die Tiere aus ihrem Bau.*

Gehe Richtung Osten. Die wenigen Menschen, die mir begegnen, riechen wie widerliche Schwammpilze, die aus irgendwelchen feuchten Balken wachsen. Man sollte meinen, die hundert Stunden Regen hätten die Asche aus der Luft gewaschen. Weit gefehlt.

Tiere kreuzen meinen Weg. *Niemand, den ich kenne*. Nachts, ergänze ich gedanklich das Graffito, gehört die Stadt den Füchsen, den Ratten, den streunenden Hunden und Katzen.

Gehe eine lange Strecke. *Über all die Brücken, Reihen von Echos, Unterführung, Unterführung*. Tiefe Nacht. Die Tasche zieht schwer am Arm, erst am einen, dann am anderen, der Rucksack scheuert die Schultern wund. Irgendwann hört auch das auf. Noch eine Brücke, beschienen von orangem Glühen, das alle Farben schluckt. Schon weiß ich nicht mehr, wo ich bin. *Unterführung, Unterführung*. Da lehnt ein Einrad, nein, noch merkwürdiger: ein *Hochrad*, komplett mit Gaffer Tape umwickelt. Ich fasse das riesige Vorderrad an, muss lachen über diese schräge Abwandlung meiner Halluzination der ersten Nacht. Hier besteht keine Verletzungsgefahr. Das ganze Ding ist aus Pappe gebastelt, steht wohl schon eine Weile, das Mini-Hinterrad abgeknickt, das gigantische Vorderrad ein wenig eingedellt.

Dein knochiges Handgelenk, die weiche Haut über dem verschnörkelten V, würd das glatt liken, wenn ich könnte, ruhe ein bisschen aus, die Finger ums glatt-klebrige Vorderrad, anstatt um mein Gepäck, das ohnehin nur noch belastet. Dann weiter.

Da ist schon wieder Dämmerung, und plötzlich riecht die Luft nach Blut.

Vor mir drei drohende Türme, die beinahe schwarz in den Himmel ragen, der Himmel, anders als deine Fingernägel, wegen der Asche noch immer sternenlos – Mahnmale aus irgendeinem Krieg. *Irgendwann wusste ich das mal. Irgendein Weltkrieg. Wir waren irgendjemandes Söhne … irgendjemandes Söhne* (ich natürlich nicht). Ich schaue und merke, dass ich mich täusche. Leuchtbakterien vermehren sich da oben wie auf einem toten Wal. Da sind Fenster, Reihen um Reihen von Fenstern, Balkone sogar. Dass Menschen dahinter wohnen, gehört verboten (wird es auch); das also sind die ausgestorbenen Dinosaurier hautnah.

Zwei Straßen weiter wieder eine andre Welt, ganz andere Zeit – bin ich in Disneyland?

Schmale Häuser, blutrünstige Namen über Pubeingängen. In den Fenstern brennt Licht. Eine riesige viktorianische Markthalle, weiß und mintgrün, schnörkelig wie dein V, beinahe schön. Der metallisch-süße Geruch nimmt zu, kann mir jetzt denken, was das Dunkle ist, das durch die Pflasterritzen rinnt. Männer in schwarzverschmierten Kitteln stehen an der Laderampe aufgereiht, rauchen, regungslos wie Statuen. Fettige Skyr-Eier, kein Ahnung, woher das nun, mich würgt eine Mischung aus Hunger und Übelkeit.

Eine Tür schwingt auf, *Zum Fleischerhaken*, Lärm und Lachen und Schwalle süßlichen Fettgeruchs. Die Männer haben blutige Hände, das enthüllt der Morgen, Abdrücke ihrer Mörderfinger auf der weißen Brust. Sie winken mir, verlangsamt, synchron, nein, sie führen ihre Zigaretten zum Mund. Die Tür ist aus Glas, da spiegelt sich was. Mein rostrot bepusteltes Bleichgesicht; mein fragmentiertes Ich, und plötzlich kommt ein Stück des Films zurück:

Eine Tür schwang auf. Ein Lichtstrahl fuhr mitten ins Hirn, löscht die Erinnerung aus.

Da war –

Überblendung.

Augapfelexplosion.

Schädelschmerz.

Und dann ging die Sonne unter. Mitten am Tag. Drehte sich einfach weg und verschwand, wie ein feiger Passant am Rande einer dunklen Gasse, in der gerade ein Verbrechen geschieht.

×

was gewesen ist, muss nicht länger sein.

erst jetzt geht mir auf, was das eigentlich heißt: so lange orpheus sich nicht umdreht, so lange eurydike ein bild in seinem kopf bleibt, ist alles rückgängig zu machen, sogar der tod.

endlich höre ich auf, den projektor hinter mir zu suchen, oder die quelle des lichts, wenn da mal nichts ist. schließlich wäre ein schauspieler schön blöd, von der bühne runter mit einem blick ins publikum die illusion zu zerstören.

die durchgänge sind das risiko. brücken, tunnels, schleusen, tore: die übertretungen, die missachtungen der vierten wand.

wenn ich nachts aufwache, weiß ich meist nicht, wo ich bin. das war schon immer so. ich bin daran gewöhnt, wie an die risse in der zeit. insbesondere, wenn alles dunkel ist. solange ich kein gefühl für den raum um mich rum habe, spüre ich auch meinen körper nicht.

es gibt immer wieder diese momente, da kenne ich keinen raum, da kenne ich keine zeit. so ähnlich ist das körperlose schweben über dieser stadt, die bilder, die mein auge treffen, aus der zukunft, der vergangenheit, dem jetzt.

es ist dunkel im zimmer. nicht das des dünnen mannes, das eines anderen. keine straßenlaterne scheint herein. ich bin in einem dieser wohntürme, die von außen aussehen wie zerbombt. mittelweit oben, vielleicht im siebten, achten stock. angenehm, mal eine nacht lang eine heiße dusche, shampoo, kaffeekocher, steckdose. das pad pulsiert blau. ich zieh's raus, ganz leise. natürlich muss ich vorsichtig sein. aber nicht allzu vorsichtig; der andere hat einen festen schlaf. ludes. nein, mandrax heißt das hier. sehn wir uns wieder, hat er gefragt. da stand der mond noch hoch im fenster. ich so: mal sehn. jetzt ist der gelbe fleck verschwunden. ich zieh mich leise an, nehm beim rausgehen zwei bananen von der küchenzeile. auf dem weg nach draußen merke ich mir absichtlich die hausnummer nicht, dreh mich erst eine halbe meile weiter um. da sieht schon alles wieder gleich aus: sechs viereckige, erstarrte urzeitwesen, auf deren massigen leibern sich zum morgen hin nekrophile leuchtbakterien vermehren. aasfresser, symbionten. punkte, zerrissene lichtmuster ohne sinn. seltsam anorganisch, und selbst ästhetisch all den sternbildern da draußen weit unterlegen.

vom neunten stock aus – der neunte war's – hätte man die angeknabberte silhouette der canary wharf sehen müssen. aber da war nichts. nur dunkelheit, wie in den hollywood hills, in den traurigen monaten ohne manolo, ohne masque.

die einzige lichtquelle, nachdem der mond verschwunden war: die grellorangen verschlingungen eines zubringers zur nördlichen ringstraße. betongewordene fantasie (es gibt welche, die unbedingt dabei reden wollen, die ganze verdammte zeit): ballard, versteinerte arterien, geronnene pornographie ... tatsächlich spürt man das zittern bis hier, das reiben, das permanente ineinanderkrachen von gummi, blech und beton. natriumdampflampen, wie die am hafen von redondo – triangle-areal, schwarzes wasser, glühende flecken darin. die froschperspektive zieht die lichthöfe auseinander, lässt weite schwarze flächen dazwischen stehen.

wo j.d. herkam, wo er mich hinführte, überall in der zukunft gab es nur kaltes weißes licht. nirgends dieses orangefarbene glühen. ein weiteres indiz.

allmählich lerne ich. welche gesten was bewirken. ähnlich wie beim *huīyún*, nur dass es hier noch viel, viel mehr befehle gibt. ich weiß noch immer nicht, wie viele beta-augen da draußen unterwegs sind. aber eins davon, zumindest eins, hab ich mittlerweile ziemlich gut im griff. das tröstet mich so halbwegs drüber weg, dass die v-night-party (und mit ihr eden) spurlos verloren ging.

den flusslauf erkenne ich, die silbrigen windungen, neben der ringstraße und ihren verzweigungen die hauptader dieser stadt. kein wunder, dass die deutschen bomber sich an ihr orientierten, ich komme mir fast grausam vor, gefühllos in meiner zielstrebigkeit, wie kurz vorm –

zahlrenrasen. das pad, sage ich mir, ist wie jemandes gedächtnis – vielleicht edens, vielleicht meins –, nur dass die erinnerung nicht bloß in eine richtung läuft. sie läuft nach hinten *und* nach vorn. die summe dieser bilder macht das jetzt, das ich sehe, hier auf der schrägen wand.

die insel sieht aus wie das ende oder der anfang von irgendwas. baulücken, brachland, löchrige gebäude. entweder sie werden gerade hochgezogen, oder aber sie zerfallen schon wieder. tote lagerhallen, kräne. schwarze vierecke – hafenbecken? keine yachten, wie im king's harbor. nirgends beleuchtung. ganz schön blöd, wenn einzig der qualität des lichts zu entnehmen ist, in welcher zeit ich gerade bin.

anhand der begrünten, hügeligen brachfläche, wo früher, laut squid, der themse-schlamm hingekippt wurde, müsste die blaue tür leicht zu finden sein. mittlerweile bin ich so weit, etwas anderes am nördlichen ende des mudchute park zu erwarten als das leerstehende einkaufszentrum. einen haufen schutt, vielleicht.

aber da ist kein schuttberg. keine ruine. auch keine tiefgarage. nicht mal eine zugemauerte einfahrt. da ist *gar nichts.*

warum eigentlich hab ich so lange gebraucht, um *schon* und *noch* zu vertauschen?

als ich zum ersten mal das sanatorium betrat, waren die graffiti an den wänden verblasst. jetzt sind sie weg. nein, nicht *weg*: sie sind *noch* nicht da. und das gilt wahrscheinlich für alles andere auch. die scheibe in meiner dachkammer zum beispiel. niemand hat sie repariert. sie ist noch gar nicht zerbrochen.

so auch die blaue tür. als squid mich zu seinem unterschlupf brachte, stand dort ein ehemaliges parkhaus. jetzt ist da nichts. das heißt: *noch* ist da nichts.

erst war ich zu spät. jetzt bin ich zu früh.

wenn es eine zeit gibt, gab oder geben wird, in der die kunst frisch, das einkaufszentrum gefüllt, das parkhaus in betrieb ist, dann habe ich sie verpasst. knapp oder um jahre – ich weiß es nicht. als ich aus dem schiffsbauch kroch, war ich in einem fremden land. ich war darauf gefasst, mich zu wundern.

voraus ein paar schiefe grabsteine für schiffskapitäne. auf manchen ist wellengang zu fühlen, ein dreimaster auf sturmgepeitschter see.

der erste riss muss auf der überfahrt geschehen sein, irgendwo zwischen *drüben* und *hier*.

sicherlich, das schiff war ein paar wochen unterwegs. dort unten im maschinenraum hatte ich keinen körper, und es gab keine zeit. vielleicht ging das schiff für ein paar monate, jahre gar auf hoher see verloren?

alas! the land wind failed, ertasten meine finger, *and ice cold grew the night …*

es ist dunkel da unten, und keiner sagt dir, was vorgeht. es ahnt ja niemand was von deiner existenz.

und plötzlich weiß ich, was j.d. an unserem aufenthalt in niemandsland so schlimm fand. nicht nur die – sehr reale – todesgefahr. er hätte sich dort verloren, so oder so.

wenn lange niemand etwas mit dir *teilt*, hörst du, früher oder später, einfach auf zu sein.

×

Ein mittelgroßer Bär drückt mich an sein Brustfell. Ich wehre mich nicht. Weil es kein Mensch, sondern ein *Bär* ist, genauer gesagt: ein *Eis*bär.

Und ich dachte, die Viecher wären ausgestorben.

Als ich klein war, trieben manchmal Eisbären auf abgebrochenen Eisschollen von Grönland rüber. Verwirrt und entkräftet irrten sie an der Nordwestküste rum, ein paar Leute machten Fotos und posteten sie auf TL. Die meisten wurden nach ein paar Stunden von Hubschraubern aus erschossen. Die Bären, meine ich.

Ein bisschen muffig hier, und dunkel, dafür erstaunlich weich, tröstlich wie ein großes Plüschtier. Ziemlich mager nur der Arme, nach seiner langen Reise. Bin wohl nicht so lecker …? Der Eisbär lockert seinen Griff.

Er hat einen Mund wie du und ich. Und auch sein Atem riecht nach Mensch. Genauer: nach Bier. Mein Rücken lehnt an etwas Rauem, die Tasche ist wieder da, halb sitz ich drauf, den Rucksack, mein Hosenbein überzieht ein Karomuster aus Blut, die GoldCaps reinigen sich gerade selbst, irgendwie tröstlich.

Der Himmel ist grau, *asch*grau, erinner ich mich, unsere beschissenen Vulkane, deine Schönheit, die feuchte Krawattenspitze … Was für ein Desaster.

Der Eisbär richtet sich auf. Mintgrüne Kuppeln, die kenn ich von irgendwo, daneben ein leopardenfleckiges Gesicht. *Nachts kommen die Tiere aus ihrem Bau*, das wusste ich ja – aber solche Exoten …?

Scheiße, sagt der Eisbär, abgewandt; seine Absätze stecken in den Pflasterritzen fest, an seinem Fell klebt untenrum ein bisschen Blut.

Der Eisbär ist ein Mensch. Genauer gesagt: Dead Marilyn. Dead Marilyn in einem weißen Fellmantel.

Und auch der Leopard steht auf zwei Beinen.

Was zum Teufel machst du hier?, fragt er. Seine Stimme ist vage vertraut.

Salem, jetzt erkenn ich ihn, trotz angeklatschten Haaren, plattgequetschter Nase, unsichtbaren Augen. Eigentlich wollte ich ihn nie wiedersehen.

Ich weiß keine Antwort. Frage stattdessen: Und ihr?

Meine Stimme klingt brüchig, nach ungesunden Mengen Asche oder Tabakrauch.

Wir waren im Scala Cinema, sagt Salem leichthin. Cocteaus *Orphée* lief da. Und auf dem Rückweg zum Studio hab ich noch n bisschen gesprayt …

Langsam, vom Kinn her, streift er seine Maske ab. Feinstrumpfhose mit Leoprint. *So viel Style muss sein.* Da ist sein Lachen, so gut kenn ich ihn schon, das Mir-kannst-du-gar-nichts, das einladende Weiß seiner Zähne. Mir ist aber nicht zum Lachen, sondern immer noch flau, vor lauter Unterzuckerung.

Geschwollene Lippe, Blutkruste auf der Oberlippe, zerschrammte Nase. Du Scheißkerl, so theatralisch also inszenierst du dich. Zuletzt die Augen. Schwarz. Unbeweglich. Im Hintergrund das Schnaufen des falschen Eisbären, der immer noch mit seinen Pumps beschäftigt ist.

Wir sehen uns lange an. Er von ganz oben, ich von ganz, ganz unten.

Es tut mir leid, sage ich dann.

×

wenn ich an lange reisen denke, kommt mir immer nur das dach der *bestie* in den sinn. dieses endlose geschaukel. ausgelassene beckenstöße bei tapachula, pfiffe, victory-zeichen, der weg in die freiheit! free-way … nach drei tagen auf kochendem metall nur noch apathie. manche banden sich mit gürteln an den verstrebungen fest. jedes räderkreischen riss uns wach. rinderherde oder straßensperre? müdes lachen all der einarmigen banditen, der zug-veteranen mit ihren zuckenden stümpfen. die langersehnte freiheit, wochen später: ein stickiges zimmer, stallgeruch, ständiger durst. freeway. jetzt hab ich's fast geschafft. der riss in der wand wächst. freeway. free-way ... meine zunge zerlegt das wort. manolos drittes leben. unsere blicke im spiegel

… und wieder bewegen die farne ihre arme. jemand schnauft. ich rieche anstrengung, große anstrengung von minze im kampf gegen knoblauch.

biste frei?

frei. ich könnte lachen. aber ich lache nicht; ich sage: ja.

×

Was ist das eigentlich für Kunst, die du machst?

Wir gehen vermutlich – die Sonne ist nicht zu sehen – weiter ostwärts. Ich fühle mich ausgefranst, völlig leer, dabei haben mir die beiden vorhin ein Tuna-Sandwich gekauft. Mittlerweile ist es hell, wahrscheinlich aber noch immer früher Morgen. Mein Pad hat lange keine Steckdose mehr gesehen, das Display auf *Schonen* geschaltet.

Salem tut desinteressiert. So dies und das …

Er schlenkert vage mit der Hand.

Graffiti, übernimmt Dead Marilyn und klopft auf Salems Tasche, in der es klackert, ein olivgrünes Ding, das mich an Krieg erinnert, *irgendein Weltkrieg, irgendjemandes Söhne* ... Mit jedem Schritt muss ich an Fleischfasern denken, die über scharfe Felsen gezogen werden.

Und sonst so?

Salem geht nicht darauf ein.

Skulpturen, sagt Dead Marilyn. So Sachen aus gefundenem Schrott …

Zum Beispiel?

Sie tauschen einen kurzen Blick, den ich nicht sehen kann.

Zum Beispiel – wieder Dead Marilyn – Fahrräder. Aus Pappe, oder mit Rädern aus Spiegelglas.

Spiegelglas. Spiegelglas … Mein Kreislauf dreht schon wieder durch. Ich weiß nicht, woran ich mich festhalten soll, wohin schauen, sehe dann aber, weil Salem mir beim Rauchen so demonstrativ das Handgelenk zudreht, mit einem Mal eine winzige Brandnarbe da. An derselben Stelle wie dein V. Warum erst jetzt, ist mir schleierhaft. Vielleicht weil es bis eben ziemlich schummrig war. Neu ist die Narbe nämlich nicht, mit Narben kenn ich mich aus.

Wie gut kennst du IHN, frage ich. Meine Stimme bricht schon wieder.

Kennen, sagt Salem nach mehreren Sekunden, so ausdruckslos und langgezogen wie auf *Qanuk*. Ich weiß, dass er weiß, wen ich meine. Dead Marilyn sagt erstaunlicherweise gar nichts.

Neben uns tut sich eine breite Baulücke auf, hinter der müssten Lichter sein, schwache Leuchtsignale, mit denen Banker ihre schlaflosen Nächte vertuschen. Aber natürlich ist da nichts.

Bist du mit IHM … befreundet?

Salem lacht, aber er lässt den Mund dabei zu. Irgendwas ist heute anders an ihm, vielleicht auch nur das Militärtäschchen, das Fehlen aller Exaltiertheit, sein von Kopf bis Fuß Tarnschwarz.

Wie heißt ER eigentlich?, mache ich weiter.

Salem kramt seelenruhig in seiner Tasche, steckt sich eine neue Tabakzigarette an.

Dead Marilyn betrachtet ihn von der Seite. Ih, macht sie, und erst als nichts weiter passiert, kapier ich, dass das die Antwort ist. E.

E. und wie weiter?

Einfach nur E. Das war Salem. Er klingt abschließend.

Ich nicke. Hab auch gar nicht erwartet, dass er *Eden* sagt.

Rechts wieder fensterlose Fassaden, die uns die Sicht aufs Nichts versperren, und keine einzige Kamera. Menschen hingegen schon, zumindest eine Stimme, blechern, backsteingedämpft, zum hundersten Mal *Weltuntergang*, dann Fußball, *West Ham* gegen irgendwas.

Manche nennen ihn Eel, plappert Dead Marilyn, hinein in unverständliches Gebrüll, das hinter uns zurückbleibt. Oder Earl. Oder Easton. Oder …

Ja ja, schon gut.

Salem war schneller, aber ich hätte dasselbe gesagt.

Gleichschritt von links. Es knackt im Innenohr. Als wär ein Widerstand gebrochen, schwappen die Schritte in die Gasse, geraten außer Takt. Fünf weiße Jungs, deren nicht vorhandene Hälse in kleinkarierten Karohemden stecken. Köpfe wie ausgespiene Kaugummiklumpen. Obwohl diese hier bedeutend weniger Haare haben, muss ich bei ihrem Anblick an Daunenjacke und seine tumbe Truppe denken. *Daunenjacke*. Bescheuerterweise macht mich das beinahe wehmütig. Dass mir ausgerechnet jetzt sein Spitzname …

Oh Scheiße, die Dagenham Dogs.

Salem und Marilyn sind stehen geblieben. Irgendjemand hat sämtliche Höhen und Tiefen aus Salems Stimme gedreht. Da ist eine diffuse Angst, die auf mich übergeht.

Hä?

Synchrones Schlucken, Augapfeltennis.

Die Kombi aus *London* und *Dogs* ergibt in meinem Kopf nur *Doggies*. Denen der südliche Teil der Isle of Dogs gehört. Besser gesagt: in ein paar Jahrzehnten gehören *wird*.

Verfickte Jünger der Sewer Rats … Marilyns Stimme ist eine ganze Oktave tiefer gerutscht. Mit einem entnervten Seufzen reißt sie sich die Pumps vom Hacken, als wäre das Teil einer lästigen Routine.

Bevor ich nochmal: Hä? machen kann, zerrt Salem mir eine der beiden Taschen von der Schulter und rennt damit los. Hinein in eine schmale Seitengasse. Ich hinterher. Links und rechts rußige Reihenhäuser, wieder so eine verschobene Parallelwelt. Diese graue Leere über den rotfleckigen Schornsteinen, die Rauch, immer mehr Rauch in den ohnehin schon rauchigen Himmel blasen, daran gewöhn ich mich einfach nicht. Der Himmel müsste aus Chrom und Glas sein, so weit im Osten, wie wir sind. Im Laufen suchen meine Augen Vertrautes, den Hochpark, urbane Farmen, die Lungen der City; längst müsste der *abgebrochene Zahn* die kläglichen Fassaden erdrücken, der *Schrumpelpenis* über die Dächer ragen.

Ich weiß nicht, warum wir rennen, muss aber Salem auf den Fersen bleiben, allein schon, weil er die Tasche erwischt hat, in der mein Ladegerät steckt, mein kleines Fox, auch wenn's nichts taugt, die Plastikkarte, auf der *Signe Åberg* steht. Dead Marilyn keucht hinterher. Barfuß, aber immer noch im weißen Fellbehang. Salem einzuholen ist keine Kunst, trotz Rucksack und innerer Leere; in Leichtathletik hatte ich meist ne Eins. In seinem grünen Täschchen klappern Kugeln gegen Metall, sehr laut jetzt an meinem Ohr – Haarspray oder Wandfarbe. Meine Tasche schlägt ihm gegen den linken Oberschenkel, mir gegen den rechten, ich versuch sie ihm zu entwinden, aber er hält den Riemen so fest umklammert, als wäre *ich* der Feind.

Ich hab noch immer keine Ahnung, wovor wir flüchten. Aber die Angst, die weder von Salem noch von Marilyn auf mich überschwappt, sondern, da bin ich beinahe sicher, bereits da war, irgendwo tief drin, ist jetzt ziemlich konkret. Ein Déjà-vu nennt man das wohl. Das heißt, Bilder sind da keine, nur dieses Gefühl von Bedrohung, ein Déjà- … was auch immer *gefühlt* auf Französisch heißt.

Irgendwann bleibt Salem stehen, Marilyn lehnt an einer Mauer, keuchend; die Kaugummiköpfe sind nirgends zu sehen. Nur ein etwa zehnjähriger Junge, sehr dunkelhäutig, dunkler noch als Salem, der mit einem goldenen Gladiatorenhelm im Rinnstein auf und ab springt. Unser kratziges Keuchen und seine federnden Sprünge. Man könnte das ganz einfach runterregeln. Dann wär da nur noch lautloser Rauch. Trotz Hitze erinnert mich die Gasse an Winter, an eine Herde schlafender Schafe, die ihren Atem, ihre Körperwärme in den Himmel dampfen. Niemand ist hier außer dem Jungen in seinem geringelten T-Shirt, dem zu kleinen Helm. Vielleicht hat Salem sich eingebildet, dass die Glatzköpfe hinter uns her sind. Endlich lässt er meine Tasche fallen.

Wieso hast du eigentlich dieses ganze Zeug dabei?

Ich schnappe mir die Tasche, als hätte ich tatsächlich Angst gehabt, er könnte damit abhauen. Schau ihn eisig an. Jetzt sind wir quitt.

Ich musste raus aus meinem Hotel, sage ich, zu Marilyn gewandt, betont neutral.

Du wohnst im … Hotel?

Marilyn reißt die Augen auf; sie sind sehr hell, fast farblos, die dunklen Schlieren – wer zum Teufel schminkt sich *Dreck* ins Gesicht? – verlaufen, rinnen halsabwärts bis ins Dekolleté.

Jetzt nicht mehr, sage ich, noch drei Grad kälter, dabei ist da schon wieder Wuthitze, wie Sodbrennen, nur schlimmer, *als würde mir jemand ein Messer, ja, als würde mir jemand ein Messer im Solarplexus rumdrehn,* das ein paar Mal zu wiederholen hat immer gereicht, um höhere Dosen verschrieben zu bekommen. Marilyns Hinterkopf stupst gegen Backstein; so träge Salem glotzt, mit seiner zerschrammten Nase, könnt ich schon wieder … die Schmatzgeräusche ihrer weichen Schädel an all dem dunklen … *Reiß dich –*

Ich mein ja nur, sagt Marilyn, und Salem: Warum wohnst du nicht in einer der Squats?

Squats?

Ich balle die Fäuste, als wären geheime Tasten da, wo sich die Nägel ins Fleisch bohren, *Hilfe, Optionen, Suchen –*

Na die besetzten Häuser in Fitzrovia. Die sich die Punks und die V-Kids unter den Nagel gerissen haben.

… die gesamte Titchfield runter bis zur Carburton.

Meine Gegend, denke ich, merkwürdig leer, jetzt wo die Wut verpufft. Wo ich herkam.

Wohnt ihr auch da?

Marilyn nickt. Salem sagt: Meist penn ich in meinem Studio in Shoreditch. Er lacht, zeigt Zähne, auch wenn da wieder Blut kommt – erst denke ich, die Wunde an seiner Lippe wäre aufgeplatzt, aber das Blut rinnt aus seiner Nase: die raue Luft.

Da ist es zugig, sagt er, leckt Salziges von seiner Oberlippe, es gibt kein Wasser und auch keinen Strom, dafür jede Menge Platz.

Und … *E.*?

Salem schnieft, ein Gurgeln wie in rostigen Rohren. Der nicht. Der wohnt noch weiter draußen …

Notorischer Einzelgänger. Marilyn sitzt auf dem Bordstein, so dicht neben mir, dass ihr Ellbogen mein Knie streift, als sie ihre Pumps wieder anzieht.

… im Balfron-Tower, fünfundzwanzigster Stock, glaub ich.

Marilyn legt den Kopf in den Nacken.

Du denkst, du bist in der Zukunft, Mann.

Blinzeln. Distanzen verschieben sich. Augen, die ehrfürchtig, fast kindlich sind, *so ne Art Bildschirm, in den man reinfassen kann*, das Weiße rutscht in die verkehrte Richtung – schon wieder der Scheiß-Kreislauf, ein Flimmern, *Mute*, vielleicht auch Tinnitus.

Atmen. Atmen. 4-6-8.

Tap-tap-tap, die Sprünge des Jungen werden wieder lauter, die Straße hört auf, sich zu wölben, lautloser Rauch. Ich atme langsam aus.

Wenn du weißt, wo ER wohnt … können wir nicht irgendwie zu IHM?

Ich bin mir sicher, diesen Satz nie gesagt zu haben. Aber Salem antwortet, wem-auch-immer. Er sagt: Niemand war je in seiner Wohnung.

Ich glaub ihm das natürlich nicht, zumindest doch der blonde Zwilling, Lover, *Favorite* –

Dead Marilyn steht; ich hatte ganz vergessen, dass sie auf Absätzen größer ist als ich.

Salem seufzt. Dann presst er seinen Zeigefinger gegen die Backsteinwand. Er drückt gegen den Stein, so als wäre da ein Bedienfeld. Drückt, hält inne, tut, als würde er warten, drückt nochmal.

Dead Marilyn stöckelt rüber, postiert sich mit dem Rücken zu ihm und tut, als würde sie sich irgendwas ans Ohr halten.

Salem spricht mit der Wand.

Du musst mal wieder raus, sagt er, laut und überdeutlich, so als wollte er irgendeinen Hintergrundlärm übertönen.

Komplett übergeschnappt oder was. Sag lieber nix. Schließ die Augen. *Seh dich glühen. Hebe den … Hebe den …*

Die Lider fliegen auf.

Warum, fragt Marilyn mit verstellter Stimme. Sie schaut hoch zu den Schornsteinen dabei.

Um was vom Draußen mitzukriegen, schreit Salem die Wand an.

Ein paar Sekunden Stille. Der Junge mit dem Goldhelm hat aufgehört zu hüpfen und starrt zu uns rüber.

Dead Marilyn dreht sich halb und lehnt ihre Stirn gegen die Backsteinwand. Wenn ich was vom Draußen mitkriegen will, sagt sie, dann häng ich mich für ne halbe Stunde mit dem Ohr an die Gegensprechanlage.

Ihre Stimme klingt tiefer, aber nicht männlich, wie vorhin. Sie klingt, bei näherem Überlegen, tatsächlich ein bisschen wie E.

Da hört man wunderbar die Autos vorbeirauschen. Solltest du mal ausprobieren.

Salem lässt die Wand los, Marilyn ihre Hand sinken. Die beiden fallen aus ihren Rollen, rollen die Schultern. Lachen. Der Junge mit dem goldenen Helm lacht auch. Dann hüpft er weiter, seitwärts jetzt.

Salem dreht sich zu mir, die Arme ausgebreitet.

Da hörst du's. Nix zu machen.

Ich fass es nicht. Wären da nicht die anderthalb Meter Luft –

So schnell gibst du auf?!

Salem senkt den Kopf. Da ist ein V in seinem Nacken, ganz dünn in seinen Undercut rasiert. Dann ist es weg, dafür sein Blick wieder da.

Er lässt keine Fremden in seine Wohnung.

Fremd. Alles ballt sich. Um mich, wird furchtbar eng. So begann wohl das Universum. Da ist nur noch ein Sausen, grauer Himmel, Tonnen von Rauch, und direkt an meinem Ohr das überlaute *Tap Tap Tap.*

Fremd – am Arsch!

Marilyn stolpert. Hab ich so laut geschrien? Das *Tap Tap Tap* fadet raus, die Rauchsäulen werden Sanduhren, jetzt kann ich's hören, ganz deutlich: all das Körnige, das am Nichts reibt.

Ich meine, sage ich leiser, so leise, dass Salem einen Schritt näher kommen muss, ich meine: *Hallo!* Wir haben uns *geküsst …*

Salem will mir den Arm umlegen, ein Reflex, in meinem Fall: ein blöder Fehler. Im letzten Moment erkennt er ihn. Lässt den Arm sinken und seufzt.

Fenna, Herzchen, komm endlich an in dieser Welt!

IV

da ist ein kratzen und schaben.

henry! gib ruhe.

aber es ist nicht henry. kein moschusgeruch. dafür der säuerliche boden.

lizzie, versuch ich's nochmal. seh vor mir die kleine halbfranzösin vom slah zine, die sich im dunkeln nen joint ansteckt, und im nächsten moment ne gefleckte ratte, die sich über meine keksvorräte hermacht. mit jedem erwachen tröpfelt die realität sekundenweise rein.

lizzie! gib ruhe.

das scharren hört auf. dafür atmet jemand. sehr dicht bei mir. menschlicher atem. so nah, dass ich ihn *fühlen* kann.

ich öffne die augen.

vor mir steht eine fahle gestalt.

ui. das wird doch nicht schon der tod …?

raff den schlafsack bis zum hals. sie sieht mich an, mit eisblauen augen.

jane …?

sie antwortet nicht, starrt nur auf mich runter.

dies ist nicht 78. 80, mindestens. immer dieselbe leier. ich bin seit jahren clean und noch immer absurd jung. obwohl – auch sal war noch nicht alt, als …

was redest du da?, fragt die gestalt, leicht angepisst und schwer akzentbelegt. wie manolo. nur anders.

sie beugt sich näher, als würde sie mir den schlafsack wegziehen wollen. sie erinnert mich an irgendjemanden. ihre stimme an manolo. ihr blick an den von trick wall, wenn sie nicht bekam, was sie wollte.

meine hand schießt vor; etwas blitzt auf in der dunkelheit: ein fallender stern. wasser. das maul

×

Bin nur mal kurz raus. Auf die *Dachterrasse*. Was sich hier Dachterrasse nennt: eine tückische Fläche aus aufgeweichter Pappe und verkohlten Balken, zwischen denen lebensgefährliche Lücken klaffen.

Frische Luft schnappen. Was sich hier Luft nennt: das brenzlige Gemisch aus Staub und Schwefeltröpfchen, das nach und nach Schleimhäute, Rachen, Naseninnenwände verätzt.

Fuck! Fuck! Fuck! *Wo bu shin wo dah yan jing!*

Es kostet verdammte Beherrschung, es kostet mehr als 4-6-8, nicht gegen einen der wackligen Schornsteine zu treten, und klappt nur, weil jede heftige Bewegung die Wahrscheinlichkeit erhöhen würde, drei Stockwerke tiefer auf Beton zu knallen.

Salem hat mir nicht nur verschwiegen, dass dieses *Sanatorium* – ich dachte, er meint damit ne Lungenheilanstalt für Superreiche – in Wahrheit ein Irrenhaus ist. Ein abbruchreifes Irrenhaus voller Dreck und Ratten. Er hat mich außerdem, was wirklich frech ist, in die *Gummizelle* gesteckt, ein klammes Kabuff unterm Dach, dessen Tür mit widerlichem Schaumstoffzeug bespannt ist. Überall ragen unheimliche Haken aus der Wand. Ich will gar nicht wissen, wozu die mal dienten. In der Ecke liegt eine versiffte Matratze, die anscheinend niemandem gehört.

Der Schlafsack, den Salem mir mitgegeben hat, ist wenigstens sauber. Frisch aus dem Cleveland-Waschsalon. Leider gibt's kein sauberes Fleckchen, wohin ich sie legen könnte.

Die abblätternde Wandfarbe, die Häufchen kalkiger Schuppen überall am Boden erinnern mich unweigerlich an Umzugskisten, wie traurig so was – in Streams, wenn du in melancholischer Stimmung ständig blinzelst, dir die Augen reibst – immer ist. Als hätte ich vor langer Zeit unter fremdem Einfluss einen Entschluss gefasst und dann roboterhaft, auf Standby, meinen Krempel gepackt. Wenn alles schon getan ist, hätte jemand *Start* gemacht. Da steh ich nun, in meinem leergeräumten Leben; der Plan tickt weiter, rauscht so an mir vorbei, ganz *smooth*, nur ich –

Aus dem *Kurz* werden Stunden, wird die Frage: Will ich da wirklich wieder rein?

Angeblich kennt Salem Leute, die hier hausen. Aber warum ist er dann nur mitgekommen bis zur Bahnstation? Die ungefähr drei Meilen entfernt liegt. Den Rest des Weges musste ich alleine gehen.

Wieso ist hier alles so … leer?, wollte ich wissen.

Hier wurden früher die Pestopfer vergraben, hat Salem gesagt. Und sich umgedreht.

Am Arsch! Affenarsch! *Fei fei de pi gu!*

Ringsrum ein gigantischer, trostloser Friedhof. Aschebedeckt. Hier zu sein fühlt sich schwer nach Verbannung an. Aber die eint mich ja immerhin, zumindest irgendwie, mit E.

Die Dunkelheit ist schneller als mein Zeitempfinden. Irgendwann wird es verdammt kalt; die Asche in der Luft erzeugt so was wie Wüstenklima. Meine Finger sind wie abgehackt.

Drinnen ist es kaum wärmer. Ich taste mich –

Die Tür zur *Gummizelle* steht weiter offen als vorhin. Irgendwas stimmt nicht.

Da atmet was. Das Bündel in der anderen Zimmerecke. Ich umklammer mein kleines Fox und

×

war ich länger als drei, vier nächte weg?

die schräge, die insekten-, die jetzt insektenlose wand gehört nun nicht mehr mir allein. während meiner abwesenheit hat jemand da sein lager aufgeschlagen. eine große, schlanke person, die mit undefinierbarem akzent spricht. weiblich, denke ich, trotz dunkler stimme, breiten schultern, flacher brust. kaum älter als ich, würd ich sagen – wüsste ich so genau, wie alt ich bin.

eigentlich bin ich's gewohnt, mir meinen schlafplatz mit andren zu teilen. auf dem dach der bestie, im canterbury, in disgraceland, im AFRO-tower, in der tiefgarage – nirgends war ich allein.

trotzdem ist das jetzt was anderes. die fahle frau nimmt mir die sicht auf edens bilder; sie wirft die zeiten noch mehr durcheinander als ohnehin. nachts wache ich auf, von schritten, windartigem stöhnen, fingertapsen an der wand, einem beinahe unmenschlichen seufzen, und denke: ah, die gute alte jane. dabei ist es gar nicht jane drano, die in ein laken gewickelt durch die flure geistert, sondern die verrückte mit dem teppichmesser.

das sie mir vor drei, vier nächten an die kehle hielt. frechheit! ich war definitiv zuerst hier. aber das weiß sie natürlich nicht. *sie*. die fahle frau, die verrückte walküre.

sie hat keinen namen, und falls doch, verrät sie ihn mir nicht. ganz offensichtlich findet sie es noch weniger lustig als ich, ihr quartier zu teilen. sie ist – ich glaube, man nennt das *antisozial*. runter geht sie selten, und wenn doch, reden die anderen kein wort mit ihr, ignorieren sie komplett. selbst becky. aber auch das beruht auf gegenseitigkeit.

ich würde gern mit ihr reden. mir fehlt jemand zum reden, jemand, der hier genauso fremd oder noch viel fremder ist als ich. reden! wenigstens das. wo sie mir schon so unverfroren und nichtsahnend die projektionsfläche versperrt.

leider bin ich mir nicht sicher, ob die walküre mit dem jungshaarschnitt nicht total psycho ist. sie redet mit niemandem, hockt stattdessen stundenlang in ihrer zimmerecke rum und murmelt in einer fremden sprache zu sich selbst.

×

Donnerstag, 16:48

Was ich jetzt sage, ist nicht für die Cloud. Es ist für mich.

Ich werde nichts davon *teilen* können. Niemand wird es liken, taggen, kommentieren.

Der einzige, mit dem ich manches teile, ist dieser schwule Mexikaner.

Die versiffte Matratze gehört nämlich doch jemandem. Jemandem, der ein paar Tage aushäusig war. Sie gehört dem kleinen Mexikaner.

Angst vor ihm brauch ich wohl nicht zu haben; er ist dünn wie ein Skelett und reicht mir kaum bis ans Kinn. Außerdem hab ich einen leichten Schlaf und mein Fox immer unterm Kissen.

Bloß quasselt er verdammt viel. Und das seit unserer ersten Begegnung bei Tageslicht.

Er kam aus der Dusche spaziert – was sich hier *Dusche* nennt: eine notdürftige Vorrichtung, bestehend aus einem löchrigen Blecheimer und einem Heißwasserofen, der mal funktioniert, meist aber eher nicht –, tropfend, mit einem Lächeln bekleidet. Und ich meine: nur mit einem Lächeln.

Splitterfasernackt. Streckt die Hände aus, wendet sie, hin und her, die Finger gegeneinandergepresst, und sieht plötzlich aus wie ein Kind, das gleich anfangen wird zu quäken: Guck mal, Mami, gar nicht mehr klebrig!

Ich weiche zurück, weiche den Wassertropfen aus, und diesen Händen, denn ich weiß ja, was passieren kann, wenn jemand mir zu nahe kommt.

Keine Angst, sagt der Mexikaner plötzlich. Keine Angst, ich bin schwul.

War das nicht auch Salems erster Satz? Nee. Der war: Ich steh nicht so auf Titten.

Sind hier eigentlich alle schwul?!, sage ich, lauter als beabsichtigt.

Der nasse Mexikaner guckt plötzlich interessiert.

Wer denn noch?

Ich will jetzt nicht an E. denken. Also sag ich: ein Typ im Waschsalon. So n Künstler. Ein Schwarzer.

Der Mexikaner macht einen halben Schritt, noch zwei Zentimeter, und ...

Fängt an zu stottern, sein Akzent mit einem Mal so stark, dass ich ihn kaum verstehe: Sah er aus wie ... wie n-n-ne ... T-T-Topfpflanze?

Sein Ding baumelt direkt vor meiner Nase; ich halte die Luft an und warte, dass sich die Wut in meine Eingeweide krallt, mich hochschleudert. Normalerweise hätte ich ihm die Eier, sein Gehänge, die tropfenden Finger längst mit dem nächstliegenden scharfen Gegenstand abgesäbelt, zumindest in der Fantasie. Oder zumindest im Aufspringen ruckartig das Knie angewinkelt und in seine Weichteile gerammt und würd mich jetzt an seiner am Boden gekrümmten Gestalt, seiner wimmernden Fratze erfreuen.

Aber nichts von alledem passiert. Ich finde ihn ein bisschen lächerlich. Mehr nicht.

Ich atme ein, zähle bis vier. Halte die Luft an. Zähle bis sechs. Atme aus, zähle bis acht.

Seine Haut riecht nach Kernseife.

Wie ne Topfpflanze?, wiederhole ich.

So nen Afro, will ich sagen, wie in den 80ern.

Dann fällt mir ein, dass die 80er gerade erst anfangen. Und halte die Klappe.

Genau genommen weiß ich noch nicht mal, ob Salem schwul ist. Oder so omnisexuell wie anscheinend jeder im V, bis auf E., der wohl tatsächlich nur auf Männer steht. Oder auf niemanden. Wer weiß.

Wǒ de tiān ā... wenn ich jetzt an E. denke, flenn ich schon wieder. Und dann muss ich den armen Mexikaner schlagen ... Und all das nur, weil das Scheiß-Q alle ist. Ohne Q heul ich permanent rum wie eine dieser Schlumpfinen, die ich immer gehasst habe wie ...

Warum haben Schwule eigentlich immer so verdammt große Schwänze?, hör ich mich sagen, viel zu laut, eine Übersprungshandlung. In Wahrheit hab ich natürlich keine Ahnung; Pornos sind ja alle retouchiert.

Der redselige Mexikaner sagt gar nichts mehr. Er hat sich weggedreht und endlich, endlich ein Handtuch um die Hüften geschlungen. Mit einem fleckigen T-Shirt trocknet er sein Haar.

Er hat einen Akzent, aber ich glaube nicht, dass er mich nicht versteht. Vielleicht ist er taub und liest von den Lippen. Oder irgendwas anderes stimmt mit ihm nicht.

Noch vor wenigen Wochen hätte ich jetzt gedacht: Ich muss Salem anwählen und das checken. Aber komisch – der Drang, die Finger zu krümmen, ist schon beinahe verschwunden.

×

als hätt ich irgendwo da draußen meine haustiere ausgesetzt. so fühl ich mich. als würden all die wesen, die in edens pad wohnen, ohne mich elendig verhungern. vielleicht tun sie das wirklich. schließlich sieht sie niemand. was sonst ist der sinn von projektionen?

die drohnen können sich, wenn squid recht hatte, auf irgendwelchen hausdächern auftanken. aber auch das ist nicht sicher. wenn das steuerelement mit mir nach 1980 gefallen ist, wäre es dann nicht möglich, dass auch die drohnen nicht mehr in der zukunft unterwegs sind, sondern *hier*?

solange die walküre in der nähe ist, fühl ich mich gefangen; die schräge wand starrt mich schimmelig an, während anderswo die party ohne mich weitergeht.

draußen ist's ein bisschen besser – passt man auf, wo man hintritt.

unsinnig suchen meine augen den himmel ab, den rücken an sonnenwarmen backstein gelehnt, fast möchte ich locken, pfeifen, wie nach nem entlaufenen hund, während viel zu schnell nacht wird.

schon ist die trocknende wäsche in schatten getaucht. wir werden in klammen laken schlafen, nur weil jemand sie zu spät rausgehängt hat. die aschewolke bringt alles durcheinander, selbst den tagesablauf von ein paar punks, hier draußen im *verseuchten äußersten* –

hinter mir tritt die walküre ins freie.

in einer woche hat sie kaum mehr als drei sätze gesprochen. die jeweils aus nicht mehr als fünf worten bestanden.

im licht sieht sie trick nicht mehr besonders ähnlich. sie hat wasserhelle augen und raspelkurzes, beinahe weißes haar. wie mikka, fällt mir ein. sie hat von allen, an die ich mich erinnere, etwas.

ich hab nichts gegen dich, sagt sie plötzlich. nur … ich musste mir kein zimmer mehr mit jemandem teilen, seit ich fünf war!

das ist die längste rede, die sie je an mich gerichtet hat.

mit wem?, frag ich schnell.

schon sehe ich, wie sie bereut.

meinem bruder, sagt sie kurz angebunden.

bis du fünf warst, wiederhole ich, zum zeitgewinn. und dann?

nix dann!

sie kickt ein abgesplittertes stück holz drei stockwerke tiefer. der balken, auf dem ich sitze, schwankt; mein magen sackt.

noch n jahr länger, und es hätt n blutbad gegeben!

er oder du? meine stimme ist angstflach.

sie sieht mich an. mit diesem gefrierblick. der sagt: das war's mit reden.

ich kann nicht wegschauen. noch eine sekunde, und ich spür meine zehen nicht mehr.

ich hatte auch einen bruder, sage ich.

die walküre seufzt und rollt mit den augen und geht wieder rein.

×

17:01

Gut möglich, dass *ich* verrückt bin.

Wie ich hier auf dieser Müllhalde hocke und mit meinem Pad rede, das jetzt nur noch als Diktiergerät taugt.

Tāmā de! Jetzt hat mich diese Zeit, in der ich fälschlicherweise gelandet bin, schon so weit, dass ich von ihr als *Jetzt* …

Der Mexikaner schlurft ins Zimmer. Leiser. Dreh mich zur Wand. *Chě*! Als könnt er mich verstehen, gibt ja keine Translatoren hier.

Würd gern mal raus aus dieser klammen Hölle. Paar Punkbands aus L.A. sind in der Stadt, hat Salem gesagt. Heute Abend soll ein Konzert sein, irgendwo in Canning Town. *Canning Town*, das hab ich mir gemerkt. Wie ich da hinfinden soll …

Außerdem – was wenn E. da ist?

Gästeliste durchscrollen. Salem anwählen. Adressen antippen. *Los* machen. Irgendwas.

Hinter meinem Rücken wird es heller. Der kleine Mexikaner blättert in irgendeinem zerfledderten Heft, bei Kerzenschein.

Ich starr die schimmlige Wand an. Tapp im Dunkeln. Fuck!

Den Verrückten überreden mitzukommen? *Xiūxiǎng*! Der quatscht mich bloß den ganzen Weg über …

×

zu. so spannend war's eh nicht. irgendein neues mode- und musikmagazin. na ja. neu. nicht mehr so ganz, nachdem's die ganze bande unten einmal durch –

die walküre liegt auf der seite, scheint zu schaukeln, wie in ner hängematte, umgeben von auren aus schatten. murmelt wieder vor sich hin. wie diese obdachlosen spinner auf den rückbänken des MTA –

canning town. sie hat *canning town* gesagt.

canning town, wiederhole ich, wagemutig. was gibt's da?

sie verstummt. wahrscheinlich springt sie auf und schneidet mir die kehle –

egal. solang sie nur, bevor sie's macht, ein paar worte an mich …

so n konzert, sagt sie zur wand. klingt viel zu träge, um sich zu erheben, geschweige denn, ihr messer zu ziehen.

wo denn?

vergessen.

ein gespräch wird das wohl nicht. aber immerhin dreht sie sich zu mir um.

wer spielt?

so ne punk-band aus l.a.

punk. l.a. das setzt sich fest in meinem hals.

bridge house?, krächze ich.

billy hat mal von diesem club erzählt, *das* punk-ding in ostlondon, 78 oder so, als er noch lebte.

ihre finger zucken. nicht nur die schatten.

kann sein.

wie heißt die band?

wieder zucken ihre finger. eindeutig: ihre finger.

vergessen.

zucken, wenn ihr was nicht auf anhieb einfällt. ich seh's genau. sie zucken wie bei j.d, wenn …

kommste mit?

ich starr sie an – *hat sie das wirklich gesagt?* –, versuch ihre mimik zu lesen, aber ein luftzug kommt mir dazwischen, der fast die kerze ausbläst.

es gibt gründe, stottere ich, es gibt gründe, warum ich gerade nicht in die stadt …

drogen? diebstahl?

die walküre grinst. ich bin mir ziemlich sicher, auch wenn die flamme noch immer flackert wie wild. von meinen ausflügen zum friedhof weiß sie natürlich nichts.

sind die tri… die bullen hinter dir her …?

ha! ich hab's genau gehört. fast hätte sie *tridents* gesagt.

gern würd ich ihr alles erzählen. vielleicht sogar vom riss in der zeit … aber woher soll ich wissen, ob ich ihr trauen

×

kann von dem kleinen *tóngzhì* nur die Schatten sehen, die über seinen mageren Körper kriechen. Und plötzlich sind da Bilder von einer selbst für London viel zu warmen Sommernacht. Halb getrocknete Blutlachen auf dampfendem Asphalt. Die Flucht mit Salem und Dead Marilyn .... Ois, Skins, Mods, Teds – all diese verwirrenden Gruppierungen, die Salem mir versucht hat auseinanderzusortieren. Eine Schwüle drückt auf mich runter, die hier absolut nicht hingehört, und meine Achselhöhlen werden feucht.

Leg mich auf den Rücken, damit der Schwindel vergeht. Die Übelkeit.

Vergiss, was ich gesagt hab, sag ich zum kleinen *tóngzhì*.

Der antwortet nicht. Nach einer Weile höre ich, wie er die Zeitschrift wieder aufnimmt. Blättert. Atmet.

An der Decke ziehen Schatten verschieden große Kreise, die ineinandergreifen, sich trennen, ineinandergreifen …

22:35

Alles ist gut. Ich kann einfach bleiben, wo ich bin. Muss meinen Status nicht ändern, hab nirgends auf *Nehme teil* geklickt. Ich werde die Augen schließen, und niemand wird mich anstupsen und fragen, wo ich verdammt nochmal bleibe; ich werde schlafen, ohne dass irgendjemand meinen Herzschlag oder meine Atmung

×

träumt. in meinem traum hieß die walküre fenna. oder sie hat's mir letzte nacht verraten. jedenfalls nenn ich sie jetzt so.

komm, fenna, ich zeig dir das gebäude.

scheint mir angemessen, ist ja sonntag. draußen regnet es. mal wieder: blutiger fallout.

sie folgt mir, halbe drehung, die staubigen stufen abwärts.

da, wo die purpurherzen, -schädel, -giftseen waren, ist jetzt natürlich nichts. der boden übersät mit schutt. zwei fehlende türen weiter sitzen ein paar punks im kreis. mich grüßen sie mit bekifftem nicken. durch fenna sehen sie hindurch, als wären ihre augen fenster in eine andere welt. in den ecken türmen sich getrocknete orangenschalen wie fluxus-kunst.

wir werden alle an *skorbut* krepieren, sagt becky, die an einem weißen trinkhalm kaut.

fennas finger zucken. skorbut? ihr fragender seitenblick. der zieht uns raus.

viel gibt's nicht zu zeigen,
im dritten, außer:

lange gänge, offene türen, schief in den angeln, und ab und an ein verrostetes bettgestell, das jemand an die wand geschoben hat. auf der anderen seite führt eine weitere treppe nach unten. ich weiß das, fenna nicht. andauernd bleibt sie stehen, besieht sich geborstene rohre, die unvermittelt aus der wand ragen, kratzt an der floralen tapete rum, die streifen enthüllt, die rauten enthüllen, die …

was suchst du?

fenna pult weiter, reißt mit daumen und zeigefinger den stil einer rose entzwei.

ich such nach manolo, sage ich, weil fenna so hartnäckig schweigt. zwischen rauten/streifen/rosen klafft jetzt ein fast perfektes v. manolo, oder prizz –

im zweiten, außer:

schichten toxischer farbe, die türkis/pink/gelb von der wand platzt wie von einem jahrhundertealten, dutzend mal übermalten ölschinken, und rötliches licht, das durch die offenstehenden türen in den flur dringt.

kennengelernt hab ich ihn, erzähle ich, weil fenna nichts fragt, in einem drop house in tucson. es war sein drittes leben.

ihre pupillen rutschen weg; ich seh zeilen dahinter vorbeitickern – *drophouse drophouse drophouse …* –, aber da kommt nichts rüber. null info. genauso wenig wie bei j.d. in niemandsland.

wo die kojoten – schon wieder dieses frustrierte zucken der lider, der finger –, also die schmuggler, die schlepper, erlöse ich sie, uns festhalten, bis unsere verwandten das geld rausrücken. erpressung eigentlich. drop houses. ganz arizona ist voll davon.

wir passieren eine reihe zerbrochener waschbecken, einige abgeschlagen, darüber obszön vernarbte glory holes, wo mal die wasserhähne waren, zwölf, dreizehn … ein halber spiegel hängt schief runter, sein abschätziger blick, als hätte mir jemand ne ohrfeige verpasst.

aber natürlich steht hinter mir nur fenna.

es war sein dritter versuch, sage ich. die meisten kaufen pakete. es klappt fast nie beim ersten mal. selten beim zweiten ... drei trips kosten fünfhundert, fünf siebenhundert, zehn tausend.

die walküre befühlt die runterhängende spiegelspitze, ritzt sich, ich glaube fast absichtlich, den finger daran.

dollar, füge ich hinzu, damit wir uns richtig verstehen.

ich weiß bis heute nicht, wie viele leben manolo sich gekauft hat. oder in welchem er gerade fest…

hört fenna mir zu? betont langsam, beinahe lüstern, steckt sie sich den blutenden zeigefinger in den mund.

im ersten, außer:

weiße flocken, die den boden bedecken wie schnee. mittendrin ein behäbiger kühlschrank, die abgerundete tür halb verbrannt. hier beginnt der versorgungstrakt.

höchstwahrscheinlich ist er tot, sage ich.

es gab da diesen zug, der hat mehr menschen auf dem gewissen als ... sagen wir: ted bundy.

ihr mittelfinger schnellt nach oben. so reflexartig wie die streckung des kniegelenks, hätt ich ihr nen schlag unter die kniescheibe versetzt. wann immer ich worte sage, die sie – zumindest theoretisch – kennen könnte. ganz so, als gäb's da ein kollektives gedächtnis, das sie anzuzapfen versucht. ganz so wie j.d.s mysteriöse *cloud* …

man nannte ihn *la bestia*.

ich lass den fremden namen fallen, um fenna zu testen, meine ahnung zu verfestigen, dass sie derselben zeit entstammt wie j.d. oder squid.

sally hat die bestie auch genommen, ein paar monate früher als ich. mein bruder sal, *que descanse en paz*. und manolo, immer wieder. zweitausend meilen, drei wochen bei hundert grad auf dem dach der bestie, den schmalen plattformen zwischen den waggons.

die letzte treppe ist besonders heikel. stufen fehlen, verrottetes gebälk. fenna tastet sich voraus. gedanklich lieg ich zwischen schienen, in arriaga, coatzacoalcos, guadalajara, concordia, navojoa. nachts sind alle mexikanischen güterbahnhöfe so ziemlich gleich: orangeglühendes flutlicht, das uns unsichtbare von der laderampe trennt wie wasser vom land, oder land vom wasser. man hört das rumpeln der wagen, das koppeln und beladen, manchmal auch das zirpen der grillen, die pfiffe der bahnarbeiter. oft läuft irgendwo ein radio, 70er disco hits.

feel the city breakin and e erybody shakin
and we're stayin ali e, stayin ali e …

man kann dösen, aber nicht schlafen. niemand weiß, wann's weitergeht, und wenn, ob einen jemand weckt.

ah, ha, ha, ha, stayin ali e, stayin ali e
ah, ha, ha, ha, stayin ali e …

der zug rangiert, koppelt, vor und zurück. das rhythmische knallen von kisten, rumrangieren, vor und zurück … die bündel um mich herum wälzen die köpfe auf ihren schmierigen rucksäcken von links nach rechts, rechts nach links, irgendwo glimmt eine zigarettenspitze auf, koppeln, rangieren –

shake your booty, shake your booty …
echte unruhe entsteht erst, wenn die lok ihre scheinwerfer

×

aufflammen lässt. Das Anreißen des Streichholzes hat mich erschreckt, dieses knallende Fauchen, aber anmerken lass ich mir nichts. Kratz stattdessen an der Tapete rum.

Dieser Raum hat eine Bleitür, die noch fest in den Angeln sitzt. Blenden vor den Fenstern sperren das Tageslicht aus.

Röntgenraum, flüstert Mesca hinter mir.

Mesca, so nennt sich der kleine Mexikaner. Er hat alles Mögliche geschluckt, in seiner Jugend, von der er redet, als sei sie ewig her. Vor allem eine Droge namens *Mescalin*, daher der Name. Vielleicht hat er sich das aber auch nur ausgedacht. Den Namen und die Droge.

Seine Flamme huscht über Rosen, Streifen, Rauten. Die Vintage-Muster an den Wänden erinnern mich an meine Nächte im Warren-Street-Squat, wahrscheinlich die schlimmsten meines Lebens. Allein diese unglaubliche, absurde Tapete … einen Monat lang Alpträume garantiert! Riesige braune und gelbe Seifenblasen, die sich psychedelisch ineinanderschoben, während ich schlaflos dalag und irgendwelchen Pärchen beim Vögeln zuhören musste. *Sixties*, hat Salem gesagt, und ich hab nicht mal nachgefragt, ob das ein Laden auf dieser ominösen *King's Road* ist, oder ein Land, das nicht mehr existiert.

Zeit vergeht, sagt Mesca, als wir wieder in den Flur treten, Manolo kommt und geht. Manchmal ist er in Hollywood, folgt dem einen oder anderen Typen für Geld ins Hotel. Manchmal, sagt Billy, arbeitet er in einer Fabrik südlich von Anaheim. Aber meist ist er ungreifbar unterwegs, irgendwo zwischen hier und drüben.

Ich hör mit halbem Ohr hin, während wir durch Mauerdurchbrüche steigen, die aussehen, als wäre hier ein Monster durchgetrampelt, das die Steine ebensowenig fühlt wie eine Wand aus Licht. Der kleine Mexikaner redet unentwegt. Meist im Präsens, als würde all das jetzt gerade passieren, aber gleichzeitig so durcheinander, als hätte er seine *favorite streams* der letzten hundert Jahre auf *random rotation* gestellt. Manolo, Prizz, Sal, Billy, Lizzie, Anna … Bei all dem jongliert er mit Namen, die mir rein gar nichts sagen. Wie meine Oma, kurz bevor sie starb. Dabei sieht Mesca unglaublich jung aus, hat noch kaum Falten im Gesicht, beziehungsweise das, was ich für Falten hielt, erweist sich nach und nach als Dreck.

Auf der anderen Seite des langen Flurs windet sich eine weitere Treppe nach unten; Mesca geht voraus.

Das erste Mal, hör ich ihn flachatmig sagen, das erste Mal in L.A. sah ich ihn bei der Screamers Show. Sein wievieltes Leben das wohl war?

Er dreht sich zu mir um; ich seh ihn nicht an. Sag auch nichts, hab im Mund meinen Zeigefinger, der schmerzt. Untiefen, klebrige Spinnweben überall. Diese geländerlosen Stufen: eine Einladung zum Mord.

Sally war bei nem Kunden, macht er weiter. Wir haben's während der Umbaupausen in den dunklen Gängen des Masque getrieben, als wären wir Fremde ...

Wir sind unten angekommen, zumindest denk ich das. Wieder ein langer Gang, breiter diesmal, mit staubigen Schachbrettkacheln ausgelegt. Mesca ist still. Versunken wohl, in Gedanken, Fantasie oder Erinnerung. Manolo, Sally, Masque ... Besonders geschickt ist er nicht. Meist geraten seine Bälle noch in der Luft in Unordnung, prallen gegeneinander. Alle paar Minuten gehen sie zu Boden, rollen auf Schlingerkurs in verschiedene Richtungen davon. Mesca schaut auf die Leere zwischen seinen Füßen. Einige Türen lässt er aus, geht schneller an ihnen vorbei, beinahe sprunghaft, so als wäre etwas dahinter, das er mir nicht zeigen oder mir oder sich selbst für später aufsparen will. Überhaupt beeilen wir uns jetzt, der breite Flur lädt dazu ein. Hier wirkt nichts mehr eng und bedrückend wie oben. Die hohen, vielflügeligen Fenster lassen mehr Licht ein, auch wenn die Scheiben so dreckig sind, dass das Draußen verborgen bleibt. Wo das Mauerwerk intakt, die Farbe noch erkennbar ist, lassen sich Pastelltöne erahnen, das Rosa und Mintgrün aus dem Innern eines ... *Lustschlösschens*, oder wie auch immer man so was nennt. Vielleicht waren hier die betuchten Irren untergebracht.

Mesca murmelt was von *Küchentrakt*.

Vor uns tut sich ein kuppelartiger Raum auf, in dessen Mitte ein riesiges silbernes Insekt auf sechs absurd filigranen Stützvorrichtungen thront.

Vor Staunen nehm ich den schmerzenden Finger aus dem Mund. Der ist ein bisschen angeschrumpelt und blutet leise vor sich hin. Der Finger – zur Sicherheit leck ich mir über die Lippen –, nicht der Mund.

Unter der Decke laufen wuchtige Metallrohre zu etwas zusammen, das aussieht wie zwei umgedrehte Kuchenformen. Nur eben riesengroß. Das Industrieausmaß der ganzen Konstruktion wirkt so deplatziert im staubigrötlichen Licht, als hätte ein Raumschiff fälschlicherweise im neunzehnten Jahrhundert angedockt. Yngvis Steampunk-Waves ...

La bestia, höre ich Mesca sagen. Die Bestie.

Er quasselt schon wieder ohne Punkt und Komma.

Wie Zecken fallen wir vom Dach der Bestie, hinein ins Gebüsch. Und das ist das Gefährlichste. Die Bestie hat nämlich einen Sog. Fällst du nicht weit genug neben die Gleise, holt sie dich zu sich. Ich hab selbst gesehen, wie ein Junge unter ihre Räder gezogen wurde. Er war bei uns gewesen seit Tapachula … Sein Schreien ging unter im Rattern der Waggons. Bei jedem Absprung erwischt es ein oder zwei. Die, die's schaffen, schlagen leise, weite Kreise um die Patrouillen, die Skorpione, durchs Gestrüpp …

Auf der letzten Treppe, die herrschaftlich breit ist, aber runtergekommen, liegen morsche Türen wie Rampen für Rollstuhlfahrer. Um in die Warren-Street-Squat zu gelangen, musste man über so ne glitschige Planke balancieren wie über nen stinkenden Burg…

Irgendwann, Mesca keucht und rutscht ein Stück, kann sich gerade noch fangen, irgendwann kehrt er einfach nicht wieder von seinen Touren.

Wir konzentrieren uns, tasten mit Händen und Füßen auf Haltbarkeit und Tragkraft, ein paar Sekunden ist Mesca still, aber sobald es wieder leichter wird – er *muss* verrückt sein –, strafft er die Schultern, sein Kinn ruckt, und plötzlich fängt er an zu schnipsen; etwas schüttelt seine Hüften, ein unwillkürliches Zucken, und er summt:

Shake shake shake
Shake shake shake
Shake your booty! Shake your booty!

*

durch den speisesaal. ich hätt es gern gehabt, dass jemand da alleine sitzt, luftklavier spielt, und sei es lizzie mit ihrer fetten ratte – schönes bild.

aber niemand ist da.

na ja. das rote rauschen vor den fenstern bildet eine angemessene kulisse, verwandelt den raum in eine gespenstische kathedrale. immerhin.

der finger hat aufgehört zu bluten, hängt fenna jetzt locker an der seite. nicht mehr wie eine waffe, abgetrennt.

im prinzip ist er ein fremder, sage ich, ein fremder, an den ich mich dunkel erinnern kann, er ist ...

die ceiba. der weltenbaum: wacah chan. je mehr ich rede, auch wenn fenna nicht antwortet, vielleicht nicht mal zuhört, desto deutlicher erinnere ich mich: wie ich mich an die ceiba unweit unserer hütte klammerte, ihre stachelige rinde, den hohen, schlanken stamm, wenn drinnen die hölle losbrach. hier war es still, das schreien und fluchen verstummt, nur noch mein keuchen, weil ich gerannt war, die schmerzenden füße in der unterwelt, die wange im jetzt, und weiter oben, die äste im himmel. abdrücke hinterließ die ceiba auf der brust, den armen, im gesicht. wie jetzt seine knochigen hüften, die nieten an meinem hals, die schnallen seiner lederjacke, der kantige gin, seine rippen, sein ständer an meinem bauch, sein eckzahn, der mich in den nacken zwickt, der *aufgerichtete himmel, wacah chan.*

ich überlege, hier aufzuhören, aber das ist nicht mehr drin. ich hab eine kerze dabei und streichhölzer. edens pad würde besseres licht machen, aber das versteck ich noch vor ihr.

vielleicht, sag ich, ist er auch gar nicht tot. vielleicht hat er beschlossen, nicht zu sterben. wie ich.

keine reaktion. fenna besieht ihre goldschimmernden schuhspitzen, von denen jeder dreck abperlt und jeder staub sofort verfliegt.

vielleicht lebt er in ecuador.

ich entriegele die kellertür, zähl stufe für stufe alle länder auf, auf die die russen damals runterblickten, alle länder, die mikka nacht für nacht wiederholte, als würde er schäfchen zählen:

monaco. liechtenstein. nordpol.

es wird dunkler, je tiefer wir kommen. ich reiß ein streichholz an, winke fenna hinter mir her.

wer weiß?

×

Es geht noch weiter runter; hätt's wissen müssen, was quatscht er auch von *Füßen in der Unterwelt.* Zündet seine Paraffinkerze an, während sich die Luft mit jedem Meter mehr in eine schwüle Suppe aus Kalk und Schimmelsporen verwandelt.

Im Hausflur der Warren Street gab's kein Licht, nur geisterhafte Gesichter.

Hier riecht es … irgendwie komisch, hab ich gesagt und mich geweigert weiterzugehen. Ich weiß nicht, nach …

Salem drehte sich halb zu mir um.

Hausschwamm! Er klang so heiter, als würde er mir einen alten Freund vorstellen.

Mesca redet weiter, im Flüsterton jetzt, während sich die Schwärze neugierig näher lehnt, von irgendwelchen Bäumen, *Xibalbá*, dem Eingang zum Reich der Toten. Maya-Mythologie, untergegangene Länder – was zum *Suchen* für einsame Nächte, vom Hundertsten ins Tausendste; ich schweife ab. Das Licht streift einen rostigen Medizinschrank, sein Atem mein Ohr – ich kann die Wärme der Kerzenflamme und seine Worte fühlen –, Liege/Totenbett, fällt in ein Stuhlgerippe, über den krustigen Boden, schwimmt dann über die Wand wie die Quallen im *Seemannsgrab*, nur träger, weniger aufgeputscht.

Die Dunkelheit fühlt sich jetzt zäh, beinahe schleimig an. Kriecht in alle Körperöffnungen, rinnt den Rachen runter, verstopft mir die Ohren. Das Knirschen unter unseren Sohlen fadet raus; stumm läuft der Film weiter: Pillenfläschchen, überzogen mit einer weißen Schicht aus Schimmel oder Staub, fein säuberlich aufgereiht auf dem Rand eines Waschtischs aus roten Fliesen, als würde hier noch jemand versorgt, als würde hier noch jemand … Auf dem Küchentisch in der Warren Street warteten allmorgendlich Arrangements ausgetrockneter Teebeutel, angeschimmelte Brotrinden, in der Mitte ein Glas Erdbeermarmelade, dessen Inhalt aussah wie Asche. Auf dem Etikett die gruselige Karikatur eines Schwarzen – bei SecondGuesses/pc würde so was binnen einer Minute tausend Klicks ernten, solche Bilder gibt's ja nicht mehr, außer nachgestellt. Zwischen versteinerten Krümeln Köpfe, abgelegte Perücken, und neben der ranzigen Butter ein Haufen bleicher Arme voller grotesker Flecken: ausgelaufene Tuschkästen/Leichenberge.

Junkies, denk ich automatisch. *Dú chóng*. In Wirklichkeit spenden die nur ein bisschen zu oft Blut, klärt Salem mich auf. Für ein paar EC … äh *Pfund* pro halbem Liter. Bald wirste auch so aussehen! Dead Marilyn hebt den Kopf und grinst. Frühmorgens ist ihr Gesicht ein Totenschädel. Natürlich denk ich sofort an die beschissene Seuche, all die unkontrolliert zirkulierenden Blutkonserven dieser zügellos fickenden, wer weiß was für Dreck fixenden …

Xiūxiǎng!

×

wie hältst du's bloß hier aus?

die walküre hat nicht besonders laut gesprochen – die schwärze um uns schluckt den schall –, aber mich bringt sie total aus dem konzept. dabei bin ich so froh. *dios mío*! dass sie endlich den mund aufmacht! könnt ihr um den hals … aber genau wie bei j.d. halt ich mich lieber mal zurück.

sag stattdessen, nonchalant: gewohnheit, als wär mein verzweifelter monolog im zerfallenen untergeschoss dieses irrenhauses eine kleine, leichte plauderei an irgendeinem softeisstand in venice beach.

erzähl ihr, während wir uns vorwärts tasten, vom canterbury-komplex an der ecke yucca/ cherokee, von den permanent verstopften klos, dem fehlenden licht, den stinkenden fluren, dem zugewucherten innenhof. dass dort, nur einen block vom masque entfernt, die punks rumhingen, zwischen all den junkies, verrückten, transen, illegalen immigranten. black randys heulen vom dach, das pfeifen des windes durch alle ritzen, janes kleid, das uns anschrie: langeweile ist das problem! party, jeden tag und jede nacht, kämpfe, ein paar tote. was mir jetzt wie eine ewigkeit erscheint, war in wahrheit kaum ein jahr.

je mehr ich rede, desto besser erinnere ich mich; vielleicht liegt das an fennas ohren, vielleicht an der aufmerksamen schwärze, die überall, wo kein kerzenlicht hinkommt, stumm die lippen mitbewegt.

sal und ich, wir hausten erst im park, in hauseingängen, wenn es regnete bei trudie und trixie plunger, wo an den wänden dutzende von punks psychotisch auf uns runterschielten, ihre gitarrenhälse masturbierten, dann im canterbury, bei liz terrine, die manchmal fürs slash magazine …

fennas finger zucken nicht mehr, oder nur noch schwach; der schatten rinnt so an ihr runter, als käme blut aus ihren ohren geflossen. gedämpftes scheppern. sie ist mit dem fuß gegen eine kiste gestoßen, flucht unverständliches. ich quäl sie nicht weiter mit namen, leuchte voraus. zerbrochene medikamentenfläschchen verströmen einen bitteren geruch.

wie damals im plummer park das bittersüße gemisch aus zucker, tau und aqua net. ranch dressing rann mir über die brust. präejakulat. an sallys lippen klebten ketchup und blut. darby, damals noch bobby pyn, hatte seine fans aufgefordert, ihn mit essen zu bewerfen; eine dose campbell's suppe hätte ihn fast an der stirn erwischt. es war warm, juni oder juli, aber mir innerlich kalt, weil ich an manolos reisen mit der bestie dachte, ob ich ihn je wiedersehen … sally verbiss sich in meine schulter, bitter musste sie sein. *pour a little sugar on it.* ich ließ es geschehen.

irgendwann ist manolo da, für einen monat, der mir erscheint wie mindestens ein ganzes jahr. im ho jo's umarmt uns holzimitat, gedämpftes licht, das die anstrengungen der nacht vertuscht. hier sind wir sicher. es ist die letzte nacht im alten masque, die letzte nacht für knapp zwei jahre. manolo mitnehmen ins canterbury ausgeschlossen, schon wegen sal.

die geisterhafte porno-kulisse stummer waschmaschinen und trockner, die feuchte luft. peroxide. natriumglühen. das harte gras im hollywood memorial park, das langsam die hitze aus unseren gliedern zieht. beim aufwachen: schmerzende zähne, eiseskälte im magen.

im plummer park war's wärmer, sommer, manolo weit, weit weg, dafür mein bruder sally immer und völlig selbstverständlich da …

moschus, der geruch nach tod. von oben fließt ein bisschen licht. zwischen den köpfen der palmen stechen einzelne sterne durchs fahle blau.

der nächste raum gehört den toten; wir schwimmen durch die

×

Dunkelheitspropfen fallen aus mir raus, wie manchmal nach dem Baden verhärtetes Ohrenschmalz. Das Knirschen unter unseren Sohlen ist wieder da, das Bröckeln der Wände, seiner Worte. Irgendwo schlägt ein Herz, das weder meins noch Mescas ist.

Bleib abrupt stehen.

Sal war dein *Bruder*? Du hattest Sex mit ihm?

Es gelingt mir einfach nicht, nicht schockiert zu klingen. Außerdem schmerzt mein Zeh, und auch der Finger puckert wieder leise vor sich hin.

Nein, sagt Mesca, und dann: Ja.

Das Licht in seiner Hand streift den Boden, einen einzelnen, uralten Schuh. Spielt da rum, ich weiß nicht, ob aus Verlegenheit, oder weil sein Hirn ein löchriger Schweizer Käse ist.

Kein Bruder, eher so was wie ein ... Er stockt.

Sucht er nach Worten, oder weiß er's wirklich nicht ...?

Streichelt die Sohle, zieht den Schatten lang und lässt ihn wieder zurückschnalzen, wie ein Gummiband. Drei, vier Mal.

Cousin? Er sieht mich fragend an. Hält die Kerze zwischen uns, so dass seine Pupillen die Flamme verdoppeln.

Mexiko im letzten Jahrhundert … Will ich die Einzelheiten wirklich wissen?

Sal und ich, sagt er, wuchsen zusammen auf. Ich weiß nicht, wo unsere Mütter, ob sie ein- und dieselbe, oder wessen Vater … Das Mescalin … Ganz ehrlich: An diese Zeit erinner ich mich nicht besonders gut. Nur so viel: Es gab da einen *neuen Mann*. Der hasste Sal. Der hasste mich. Darum liebten wir einander umso mehr. Und ein Mädchen. Eine Frau. Lupe. Ihren Namen weiß ich ganz genau, und auch noch, wie sie roch. Lupe las uns aus *Alice im Wunderland* vor …

All diese Worte lösen nichts in mir aus. Die Kerze erlischt. Es ist jetzt so dunkel, etwas tief drinnen fängt an zu denken: Einer von uns kommt hier nicht mehr raus.

Wir tasten uns voran. Mesca redet von nem Kellerclub. Labyrinthische Gänge, Luftschutzbunker-Enge. Peitschenhiebe in den Schläfen, Maschinenraumhitze … Spricht er vom V?

Exilschotte, höre ich ihn sagen. Erst waren da Proberäume drin, dann ein Punk-Club. Das Masque.

Aha. *Masque*, versuche ich zu speichern.

Freaks, Homos, Ex-Glamrocker, Drag Queens, zählt er auf. Nerds, frustrierte Teenies aus dem Valley, Verstoßene, Ausreißer … Man könnte also sagen: Ich war genau richtig dort.

Mesca hustet. Oder lacht.

Und über uns, ein Pornokino …

Von irgendwo fällt schwaches Licht ein. Wir bewegen uns darauf zu.

Mesca summt eine Melodie, die sich alle paar Takte wiederholt. Das Schnalzen einer penetranten Synthie-Linie. Und eine heisere Zeile:

Everything she wanted, that's all she got.

Everything she wanted, that's all she got.

Everything she wanted …

Er redet so herrlich unschuldig von Schwänzen und Ärschen, *Babylon* und *Anarchy*, kann mir gut vorstellen, wie sich die Kulisse aus Schmatzen und Stöhnen mit den Lachen undefinierbarer Körperflüssigkeiten am Boden mischt.

That's all.

That's all …

Bekomme Sehnsucht nach E., seinen feuchten, überreifen Lippen, in die sich, wenn er lächelt, der rechte Eckzahn bohrt, während sich die Spitze seiner roten Krawatte langsam, langsam …

Ein neuer Raum: Durch eine halbgeöffnete Deckenluke dringt das Licht, das schon von weitem zu sehen war. Grobkörnig, *báifĕn*, irgendwie schwerer, als Licht sein sollte.

Es knirscht jetzt, mit jedem Schritt, auch zwischen meinen Zähnen. Wo sind wir, was ist über uns?

An der Wand schwitzen helle Reliefs. In der Mitte des Raumes steht eine Liege aus hartem Metall. Modergeruch. Geschichtete Backsteine. Entlang der Wände verrotten Holzbänke.

Den Grundriss des Gebäudes müssten wir längst hinter uns gelassen haben, so weit, wie wir gelaufen sind. Aber das ist unmöglich. Wahrscheinlicher, dass unsere Zwergenschritte im Dunkeln sich hinziehen wie Träume, deren gesamte Handlung in eine halbstündige REM-Phase passt.

Mesca unterbricht sein rhythmisches Flüstern. Verkündet: Hier hatten die Offiziere ihre Sauna.

Meine Augen gewöhnen sich ans Zwielicht. Auf den Wandreliefs sind Menschen im Dreiviertelprofil zu sehen. Links eine Wiege, aus der ein Baby gehoben wird. Darüber flattert ein Schmetterling. Rechts: ein schlaffer Körper. Ein Mann stützt sich auf einen Spaten.

Links Geburt, rechts Grablegung. Darunter die vermoderten Holzbänke.

Die Liege ist so hart und kalt, weil, wer auf ihr liegt, eh nichts mehr fühlt.

Eine Sauna im Leichenaufbewahrungsraum.

Ich sehe Mesca an.

Wie lange ist das alles her? Dass hier eine Sauna war? Die Offiziere? Das Sanatorium? Der Totenraum? Und dieses … *Masque*?

Ich weiß es nicht. Mesca stößt Luft aus. Ich hab da diesen … *Riss*.

Was fürn Riss?

Mesca dreht sich hin zum Licht, das durch die Luke fließt, prüft mit den Händen eine Leiter, die nach oben führt. Murmelt wirres Zeug von nem Wackelkontakt in seinem Hirn, von Bergen und Tälern, Schatten und Licht …

Was meint er bloß mit Riss? Barðurs Medizinerslang ist leider tief im Pad versteckt.

Im Trommelfell?, unterbrech ich den kleinen Verrückten. Im Hornhautepithel? Im visuellen Kortex oder was?

Nee, mehr so … Er macht Anstalten, hochzusteigen. N Riss in der Zeit.

Dann dreht er sich nochmal um und schaut mich an. Mir in die Augen.

Ich hab da diesen Riss in der Zeit.

×

regen. das tropfen von oben erinnert mich. seit tagen regnet es.

dieser dauerregen. vielleicht hab ich gar keinen riss. vielleicht sind meine erinnerungen implantate, wie bei den replikanten der serie nexus 6.

niemand wagt den langen weg. eine letzte tüte chips, zwei dosen baked beans. das brot verschimmelt. die nahrungsmittel werden knapp.

mauerdurchbruch. der letzte schritt, hinein in den totenraum: ein sprung in warmes meer.

hier hatten die offiziere ihre sauna.

ich sag nicht wann oder wo oder in welchem krieg.

milchig fließt das licht, wo früher der leichenaufzug war, sämig beinah. als hätte oben jemand ein pulver angerührt, das die luft legiert. der aufzug ist verschwunden. stattdessen steht eine leiter da. die müssen wir wohl rauf, den weg zurück finden wir nämlich nicht.

punish or be damned

punish or be damned …

köpfe tanzen stakkato an den wänden, schwindlige wellenmuster. unsere sohlen kleben fest am boden. fenna beginnt fragen zu stellen.

die wahrzeichen der stadt waren längst verkrüppelt oder unter ihrem eigenen gewicht zerbrochen. HuLlYWO D. das erste O bekam risse und verlor seine obere hälfte, das dritte stürzte komplett ab. dann zündelte jemand am zweiten L herum.

jahreszahlen erwähn ich noch immer nicht, aber in meinem kopf ist die chronologie jetzt ziemlich klar. mitte januar: die letzte nacht im alten masque, manolos – für 647 tage – letzte in l.a: *sang froid à la carte*. ab august war da, wenn man die cherokee entlang nach norden sah, nur schwärze. drei einsame monate lang.

dann großes tam-tam. gala in der playboy mansion. jeder buchstabe, hieß es, soll 27700 dollar kosten. alice cooper kaufte das dritte O.

für mich täten's schon fünfzig oder hundert pfund.

verdünntes blut. wet-t-shirt-contest oder so. mal schaun, ob da draußen irgendjemand darauf steht …

fenna wird nervös. sie fragt mich wann und wo und überhaupt: wieso?

der vierzehnte november, ich erinner mich sogar an den tag. feierliche enthüllung, sechzig millionen zuschauer im ganzen land.

meine einsamkeit brach das nicht. ich hab auch keine antworten.

die luke steht halb offen. warum sind keine schritte zu hören, von oben? und unten, wo unsere füße feststecken, fällt mir erst jetzt auf, müssten ratten krabbeln, mindestens … asseln? spinnen? silberfischchen?

wir brauchen geld; wir brauchen was zu beißen.

verlassen wir die unterwelt. auf dem weg, den einst die toten nahmen.

ich winke fenna zu mir, anfassen geht nicht.

einer von uns darf sich jetzt nicht umdrehen. nur wer?

×

Was ist nur los mit diesem Verrückten, Dealer, abgeranzten Hustler aus irgendeinem Slum in Mexiko. *Fēngzi, dú chóng*. Obwohl: Ein Junkie ist er nicht. Schwört zumindest, seit seiner Überdosis Mescalin in irgendeinem unbestimmten *Früher* keine Drogen mehr angerührt zu haben. Außer natürlich zum Verkauf.

Er hat diese Aussetzer, aber wenn er spricht, ist er ganz klar. Ganz *da*.

Unwahrscheinlich, dass er länger als ein paar Jahre zur Schule ging, hört man sich an, woran er sich erinnert. Woher dann dieses Wissen? Mesca weiß mehr als jemand, der drei bis vier Studiengänge absolviert, mehr als jemand, der hundert Jahre lang Erfahrungen gesammelt hat.

Ich hab da diesen Riss … Wie war das gleich? *Diesen Riss in der Zeit.*

Jetzt ist er verschwunden. So plötzlich und spurlos, als hätt ich ihn mir eingebildet.

Zeitreisende, fällt mir ein. Zeitreisende lösen sich so unvermittelt auf. Im *i!Merse* kann man durch sie durchfassen, und dann sind sie weg. Als Kind hat mir das Angst gemacht.

Nur Mescas Matratze liegt noch da. Der Schlafsack. Irgendwie beruhigt mich das.

Laut Pad ist heute Dienstag. Meist schalt ich's aus, weil sonst zu schnell der Saft ausgeht. Dienstag: die *Nacht für Helden* im V.

Ich wünschte, ich könnte Salem anwählen, und bin gleichzeitig froh, dass ich's nicht kann. Könnt E. nicht in die Augen –

21:45

sehen, wie du das Shirt aus deiner Hose ziehst, während du lächelnd irgendwo lehnst, deine Muskeln, die Rippen

Seit unserem Ausflug in die labyrinthischen Eingeweide dieser Anlage steckt E. tiefer denn je in mir. Meine Vorstellung von Mescas verlorener Liebe passt so haargenau zu E. wie das Masque zum V. Könnte ich die alten Fotos nochmal anschauen, bin ich mir beinahe sicher, dass Eden nicht nur dem Jungen aus dem Club, sondern auch Manolo zum Verwechseln ähnlich sähe.

23:20

In den Regen gestarrt und im Loop gedacht: Komm her und fick mich. Was ist schon dabei? Komm her und fick mich einfach richtig durch. Genau *so* …

00:07

Die *Walkers* Essigchips sind alle. Brennen am Gaumen.

Wenn Eden sich nähern, mich anfassen … würd ich ihn schlagen?

Nein.

Nicht mal n böser Blick, wie hätte ich ihn da töten ...?

00:12

Ein bisschen säuerlicher Regen in den hohlen Händen, rinnt zwischen die Finger.

Die Pfützen sind jetzt schwarz.

00:18

Könnte *Mesca* derjenige gewesen sein, der an der Zeit gedreht …?

00:31
Zurück auf Salems Isomatte. Bauch, Seite, Rücken, andere Seite, Bauch … Der dünne Schaumstoff, der kalkige Grund: SEINE Rippen, SEINE Brust. Ich weiß, wie ER sich anfühlt. Aber weiß ich's wirklich? Was, wenn das Wissen nur in *meinem* Kopf …?

Also, würde ich IHN fragen: Worauf hast du denn Lust?

Und ER so: Hmmm…

ER spielt an seinem *drip tip* rum. Ach nee: Tabakzigarette! M… Marlboro?

Wir könnten zum Beispiel … die ganze Nacht lang schmutzigen, heißen …?

ER guckt mich an, als hätte er vorgeschlagen, zu McSizzle oder *Kěkǒu* zu fahren. Als meinte ER kein einziges Wort so, wie ER's gesagt hat. Aber ich weiß, dass ER jedes Wort …

genau so …

×

auf diva gemacht, verzogen, zu wimpy's das gesicht, auf heimweh. wendy's, ich will wendy's! gesagt. die burger, shakes etc. schmecken überall gleich. aber wendy's bedeutet ein paar meilen mehr, eine halbe stunde länger für mich.

von wem ich das hab? wahrscheinlich prizz.

projizier, ganz ausgehungert, nach ein paar minuten laden stumme bilder an johnny/jason/jims wand. nachmittäglicher verkehr fließt träge über einen postergroßen kunstdruck. wo ich, wenn schon nen caravaggio, *amor als sieger* erwartet hätte: *der kleine kranke bacchus.*

rush hour. viel bewegt sich nicht, außer ab und an mal auf der linken spur, und zähe luft – johnny/jason/jim wird länger brauchen als gedacht – stottert durch einen rotflügligen ventilator, wellt die sechsspurigen autokorsos, in abgase gehüllte hochautobahnen, verstopfte zubringer. andere bilder krieg ich einfach nicht rein, wie sehr ich mich auch verrenke.

wie einsam fenna sein muss, so weit draußen, so … *wirkungslos.*

stillstand auf allen spuren. *¡chinga!* jetzt brauch ich all die zeit doch gar nicht ...

der anblick von obst befeuchtet meine lippen.

ansonsten ist der teigige knabe kaum frivol, na ja, vielleicht noch die entblößte schulter, der schwellende … johnny/jason/jim wird mir beinah sympathisch. wer konfrontiert sich schon, ganz ungezwungen, im eigenen heim mit krankheit und tod?

im bett: umgänglich, an der grenze zu devot. zufrieden mit meinen händen, mir einen zu blasen, zu schlucken; hat sich nicht in mich rein forciert, als ich so zu ihm meinte, deiner ist echt … *groß*. billys taktik, ist ja ein kompliment. der körper: schmächtig für so n gerät. ihm würd ich meine nummer geben. sogar seine hemden passen mir.

bacchus schaut skeptisch auf mich runter, ganz grün um die nase von all den abgasschwaden.

lo siento.

wieso bloß hab ich kein einziges foto von manolo/prizz?

dachte wohl, die erinnerung sei noch frisch. jetzt weiß ich nicht mal mehr, ob er dem knaben auf dem gemälde wirklich ähnlich sah. oder lag das am neonlicht? ob prizz/manolo eden ähnlich sah, oder ob das überhaupt eden war, der auf der *v-night-party* den vorhang des fotomaten aufriss …

squid könnt ich befragen, seine hunderttausend stunden material, aber auch der bleibt verschwunden. wie überhaupt alles vertraute: die baulücken, die löchrigen gebäude. die lagerhallen, kräne, hafenbecken. das grüne, hügelige brachland, an dessen nördlichem ende das alte einkaufszentrum stand. wo jetzt *nichts* ist: keine ruine. keine tiefgarage. nicht mal ein haufen schutt. von squid nur eine schwache narbe.

wie sich manolos haut anfühlt, ist bewusst nicht abrufbar. aber wenn mich von irgendwo her sein geruch anweht, *kaktus wärme wüstensand,* haut mich das um. schau angestrengt auf die trauben, die der knabe in den fingern hält, denk an johnny/jason/jim, der zähneknirschend irgendwo in westlondon hinterm steuer seines mini klemmt, während ich zehn, zwölf meilen entfernt auf seiner weißen wand nach blauen türen suche, schweife ab. wo finden eigentlich meine gedanken statt? ist das nicht purer zufall, dass ich all das hier in johnny/jason/jims wohnung in bromley denke anstatt im *verseuchten äußersten osten*?

wenn fenna wirklich aus der zukunft kommt, dann ist sie so verstört, mindestens so verloren wie j.d. in niemandsland.

schritte auf dem flur, sanft saugendes abstöpseln hier, die bilder des superstaus verblassen. johnny/jason/jims schlüssel im schloss, während ich drei wände, anderthalb räume oder zehn schritte weiter denke:

wenn da *nichts* ist, verdammt, wo ist dann squid?

vielleicht bin ich genauso verrückt wie die walküre. wüsste ich's nicht besser, würde ich sagen: alle menschen, die mich umgeben, werden nach und nach in eine parallelwelt gesaugt.

×

Urplötzlich steht Mesca hinter mir. Im *i!Merse* kann das blaue Flecken geben; auch Träger künstlicher Herzen werden gewarnt. Steck schnell das Pad weg.

Mesca klappt den Mund auf und zu wie ein *Fisch im Aquarium*. Hinter gerundetem Glas, transparenter Folie, die letzten Atemzüge …

Keine Spuren. Keine Schreie. Kein Blut.

Nur dieses Kältegefühl. Dieser Schmierfilm zwischen den Beinen.

Der Mexikaner hat nichts gesagt. Sein Mund ist jetzt geschlossen, sein Arm in meine Richtung gestreckt. Von meinem Filmriss hat er nichts bemerkt. Er riecht frisch, wie eine Werbung für Babyöl.

In seiner Hand knistern Scheine. Schöne, glatte Scheine. Nicht so zerrupft wie die, die ich im Bolsover Hotel auf dem Tisch fand. Und auch nicht blutverschmiert.

Er streckt mir Geld hin, als sei das etwas Selbstverständliches.

Ich möchte ihn fragen, wo er war. Tu ich aber nicht. Bin ja nicht seine Mutter oder so.

Ich nehm das Geld.

Aus einer blau glänzenden Sporttasche zieht er eine Packung Kekse. Teuer aussehende Teekringel. Streckt mir auch die hin.

Hast du n Automaten gehackt oder was?

×

fenna spricht nicht mit sich selbst. sie spricht mit einem pad.

ich hab gesehen, wie sie's weggesteckt hat, als ich ins zimmer kam.

es sieht anders aus als das steuerelement aus edens apartment. es sieht auch anders aus als das teil, das j.d. an seinem gürtel trug. größer, flacher. als hätte jemand mit der faust einmal kräftig draufgehauen. am ehesten ähnelt es dem ding, das im paddington-einkaufszentrum in einem der schaufenster rotierte. auf das die blondine zeigte, bevor sie durch mich durch ging. nur ist fennas pad nicht pink.

ich will sie provozieren. zuzugeben, dass auch sie den *riss in der zeit – pinche* teppichmesser! hab auf den hinteren seiten dieses mode- und musikmagazins was entdeckt, das ich ihr zeigen will – ob sie nun die zukunft kennt oder das jetzt.

die *v-crowd.* weiß auf blau.

graf dracula mit stark gegeltem haar, die sphinx, und jemand, der aussieht wie trick, vielmehr: vampira. haare, die abstehen wie gefroren, eiszapfen an den ohren. spacige schultern, seidentoga. umblättern: muskulöser body, kopflos, ein mann ohne körper, dafür mit hut. rechts eine einäugige marilyn, die schöner als die echte ist.

die *v-crowd.* manolos stimme. er sprach mit billy oder o.n.s. ich weiß es wieder. ein neuer club in london. die v-crowd. die sehen *alle* wie tunten aus …

29, 29 … schließ die augen. seine haut … nie hätt ich gedacht, dass da ein zusammenhang –

taste nach edens pad.

manolo: das v. ein neuer club in london.

öffne die augen. *soho. soho*, steht da.

squid: v-night partys. unter den alten s-bahn-bögen der northern line.

manolo: v-crowd. die sehen *alle* wie tunten aus …

squid: ein paar hundert suizidale hedonisten …

die stimmen überlagern sich. süße und feuer/salziges karamell. squids brust. manolos daumen. edens pad.

wenn man es eine minute oder so umfasst, wird es weich und formbar, erlangt fast körpertemperatur.

ich will, dass fenna diese bilder sieht.

sie knabbert kekse. ich leg das heft vor sie hin.

was kann mir schon passieren?

mein haar riecht nach *revlon milk plus 6*, mein hemd ziert ein kleines krokodil, und über der schulter trag ich locker eine nike-tasche, so neu, dass sie noch nach plastik riecht, gefüllt mit sauberen, trockenen klamotten, allerlei essen und sogar ner flasche wein.

ich sage: hey. press edens pad zwischen den fingern zu einem länglichen stab. dreißig, fünfunddreißig grad.

atme. atme. mache *licht.*

×

18:45

Wieder so ein Freitag.

Mesca ist verschwunden, seit beinahe achtundvierzig Stunden. Die Sporttasche auch. *Tāmā de*, hab mich so sehr an ihn gewöhnt, dass mich Alleinsein jetzt fast wahnsinnig macht.

Was gäb ich, Fotos zu schießen, Quatschbilder, nur er und ich, einfach um sie zu *haben*, auch wenn sie niemand sehen oder kommentieren kann. Niemand, außer ihm und mir. Damit wär ich schon zufrieden.

Punk-Freitag im … Fuck, müsste jetzt als Kjartan/Yngvi/sonstwer auf *Events* gehen. Checken, wo. Checken, wer …

Fiese *FOMO*-Attacke. Verdammt, ich hab die Scheiße also auch!

Bridge House, hat Mesca gesagt.

Punk-Freitag im Bridge House. Das klingt vertraut.

Ob Eden wohl auch …?

19:04

Der Blutregen wird weniger. Die letzten Kekse sind weich geworden, so feucht ist die Luft. Tunk sie in Rotwein, dann fällt's nicht so auf.

Mesca behauptet, einen *Wächter* zu besitzen. Oder sogar mehrere, ganz sicher scheint er da selbst nicht zu sein.

Wächter. Ich meine, er *kennt* dieses Wort!

Zeigen will er sie mir nicht. Zu gefährlich, sagt er. Ich dagegen vermute, er hat selbst keine Ahnung, wo sie sich befinden.

19:14

Nein, ich halluziniere nicht!

Das Steuerelement, das gibt es wirklich. Ich hab's gesehen.

Mesca wollte mir was zeigen, in seinem komischen Papierding. *Revista*, hat Mesca dazu gesagt. Ein *Heft*, wie es Salem im Waschsalon oder der Typ im SEX-Laden bei sich hatten. Im Prinzip ein Reader mit sehr begrenztem RAM, von links nach rechts anstatt von oben nach unten zu lesen. Außerdem dicker, dafür leichter kaputt zu kriegen. Die Hintergrundbeleuchtung war ausgefallen. Darum hat Mesca Licht gemacht. Mit etwas, das aussah wie ein … Flexxpad. Wie diese Prototypen in Kjartans *News*: Grünschillerndes Exo-Skelett, Nanobeschichtung, Slide-Out-Ständer, virtuelle Tastatur.

Wir sollten längst dort sein, hat er vor sich hin gemurmelt, während er scrollte … ich meine: blätterte. *Wir sollten uns in Schale werfen und vorm V anstehen.*

Die Bilder, die Mesca triumphierend beleuchtete, waren enttäuschend flach. Kein E. Kein Salem. Nicht mal der Pirat. Dafür eine geflügelte Katzenfrau, Eisprinzessinnen, der ausgestopfte Schwan. Und Marilyn. Die lebende, die Salems Haarspray geklaut – unverkennbar: die V-Crowd.

20:09

Der Wein ist alle, der Regen auch. Blassrosa Flecken. Pfützen schwanken. Brauch neue Klamotten, Gold…

Möchte IHM sagen: Du bist mein Haloperidol.

Du Wüstensohn … Du küsst so schön.

Stop. Was für n Quatsch. *Rewind*.

Du küsst so schön.

Rewind.

Du küsst so schön. Dein Reißzahn …

Stop. Fuck, der Boden hier nimmt mich nicht ernst! Draußen weht ein leichter, lauer Wind.

Play.

Vielleicht ist das auch bloß die Chemie in meinem Hirn, die spricht. Ob ich Drogen …? Nein, eben gerade nicht. Du hast mich angefixt. Und jetzt, jetzt bin ich süchtig nach dem Dopamin, oder wie auch immer das Zeug heißt, das du in mir ...

Stop. Noch drei Minuten. Die GoldCaps reinigen sich gerade selbst.

Play.

Wahrscheinlich ist Mesca verrückt. Aber vielleicht, ganz vielleicht nur, sagt er die Wahrheit, und er kommt aus dem Jetzt, genau wie ich.

×

the future is unwritten. da hatten *the clash* schon recht.

trotzdem kann ich mir nicht vorstellen, dass die welt, in der ich eben noch mit j.d., dann mit squid und dann allein gewesen bin, nicht parallel zu dem, was wir erleben, weitertickt. es kann einfach nicht sein, dass diese welt noch gar nicht – *nirgends* – exisitiert hat. ich war ja in ihr, ich hab sie *erlebt*. und es kann auch nicht angehen, dass sie, jetzt wo ich aus ihr rausgefallen bin, ohne mich einfach verschwunden ist.

genauso wenig hört johnny/jason/jim ja auf zu existieren, nur weil ich gerade nicht in seiner nähe bin. auch wenn wir ihn nicht sehen oder hören, wird er sich in diesem augenblick einen runterholen, eier mit speck anbraten, zeitung lesen oder frühstücksfernsehen sehen.

all das werd ich fenna erzählen.

ein fuß vor den anderen. aufgeweichte marslandschaft. der traurige xj, vergraben unter brennnesselstauden, im toxischen dauerregen mutiert zu riesigen urwaldgewächsen.

genauso wenig, werd ich sagen, hört ja die erde, nachdem ich tot bin, auf sich zu drehen.

ja!, wird fenna sagen und mir von ihrem *riss* …

hab ihr von den drohnen erzählt, bevor ich auf den friedhof ging. ein fehler?

jetzt ist sie weg. weder auf der dachterrasse noch in der gummizelle. treppauf, treppab, *schwindlig taumele ich durchs fourplex-labyrinth*, erfinde tausend namen.

keiner hat sie je gesehen.

all das geld! – wir könnten den heißesten menschen dieser stadt champagner spendieren – zerdrück ich jetzt zu sinnlosen geschossen.

wo wird fenna schon hin sein? es ist freitagnacht!

ich kann ihre schritte fühlen, die sich von mir entfernen, das abenteuerliche schlagen ihres herzens, das sich langsam verliert.

soho, shoreditch … aaaah!

hab keine angst mehr vor der rache der doggies, der cannies, der sharks. die gangs, die AllSec, all das gehört der zukunft an.

trotzdem lähmt mich was.

ich folge meinen freiern in ihre künstlichen satelliten, die london in sicherem abstand umkreisen. aber niemals weiter, niemals weiter rein. die AllSec ist undurchschaubarer als die gangs. tausend offene kanäle, von denen einige vielleicht sogar die zeiten überbrücken. wenn ihnen was daran gelegen ist, eden zu eliminieren, dann werden sie ihn verfolgen, *egal wohin.* wenn die AllSec eden auf den fersen, wenn eden wirklich auf der v-nightparty, wenn diese party wirklich in der zukunft *und* im jetzt – dann bin auch ich nicht sicher. weder in soho noch in shoreditch noch –

wie man so die kontrolle verlieren kann! über die schräge wand flimmern reihenhäuser, wohnblöcke, darüber aschegeröteter himmel. keine menschen, nur tote fenster, die, beschleunigt, zu strichen verschwimmen, licht-schatten-licht-schatten, schießscharten, gitterstäbe, urbane tristesse, die ebenso new york, moskau, tokio … dachte ich nicht mal: jetzt hab ich's raus? mit eleganten fingerschwüngen die silbrigen windungen der themse …

die isle of dogs. die blaue tür. die s-bahn-bögen der northern line. selbst meine schlimmsten alpträume – nachtsichtgrünes stakkatofeuer auf dem sternförmigen platz vor der crossharbour-station: verschwunden.

aber immerhin, die drohnen fliegen noch.

1980 steht auf dem titelbild des magazins, das becky mir gegeben hat. 1980. das jahr, in dem ich in new york an bord ging. nur ein paar wochen, mittlerweile monate weiter. ich kann nicht sagen, ob während der zeit, die ich in der zukunft verbracht habe, die zeit in diesem 1980 stehen blieb. schneller oder langsamer verging, so wie man ja im traum unendlich viel mehr schafft als in sechs, sieben stunden hineinpasst. oder ob in allen welten die zeit gleichmäßig weiterlief.

aber was ist mit dem ascheregen? dem vulkanausbruch?

irgendetwas hier ist leicht verschoben. squid hätte gesagt: *ein fehler im code.*

meine angst vor der stadt grenzt an innere lähmung. angst, nicht nur vor den fängen der AllSec, sondern vor dem, was ich dort finden könnte.

der brennende himmel über monochromem grau: die rückkehr zu einem zerwühlten bett, nachdem der lover tot, bei einem anderen, in der zeit verschollen, die heimstatt zur hölle und jede sehnsucht unmöglich geworden ist.

was ich dort finden könnte ... dem nähert sich fenna jetzt.

×

Denk abwechselnd an *Kĕkŏu* und McSizzle, zum Nachtisch definitiv Frozen Yogurt, obwohl ich eigentlich weiß, *dass da nichts ist*, am Knotenpunkt der A13, der Barking Road, des Silvertown Way. *Rathbone Hub*, achtspurig umrundet: die stillste Bibliothek der Welt. Die Blase, die sie umwaberte wie eine Eihülle, platzte bei den Riots einundzwanzig. Hätte zu gern ihr schutzloses Zittern im Verkehrslärm gesehen, die zerstörten hydroponischen Gärten. Jetzt hausen mutierte Füchse da, hat mal irgendein zugekokster *fēngzi* gepostet.

Die Superstores und Fressmeilen sind noch in Betrieb, pulsen stoisch ihre roten Außenringe in die Nacht wie gigantische Energiegeneratoren aus alten Science-Fiction-Filmen. *Müssten* in Betrieb sein, heißt das, denn eigentlich weiß ich ja, *dass da nichts ist*, am Knotenpunkt der A13, der Barking Road ... Barking Road: tote Schneise. Kriegsgebiet. Die Zerlöcherung der Häuserfassaden noch profunder als in Shoreditch. *Durchfragen* schwierig, wenn niemand auf der Straße ... Von irgendwo, wie bei *huīyún,* das bedrohliche Tuckern von Stukas, eingehüllt in Wolken, oder – Level zwei – Ascheschwaden.

Bridge House!, werf ich einem *Fish&Chips*-Verkäufer an den fettigen Kopf, halt ihm dazu ein paar von Mescas Scheinen hin. Kein *Triple Burger*, keine *Acht Köstlichkeiten,* aber allemal besser als kalte Baked Beans und aufgeweichte Kekse, tagelang.

Der Fettkopf zeigt die Straße runter, *Barking Road*, ich folge seinem ausgestreckten Finger in die Dunkelheit. Ein Zweirad knattert vorbei, keine V2. Sein Scheinwerfer streift etwas, das sich den Bürgersteig entlang schleppt: ein mutierter Fuchs, ein Zombie, ein ...

Salem!

Salem, den man in heißes Wasser warf und dann von Haut befreite. Das Fleisch seiner Wangen glänzt.

Er fällt mir beinahe in die Arme. Er trägt ein helles Hemd mit tiefem V-Ausschnitt.

Murmelt: Verfluchte Dagenham Dogs …

Seine Zähne sind rot. Irgendwo im Innern seines Mundes ist ein hässliches Knirschen zu hören, als hätte er einen Haufen Kiesel verschluckt.

Dagenham Dogs. Ganz ohne *Suchen* rufe ich Karo-Hemden ab, Kaugummi-Köpfe. All das will einfach nicht zusammenpassen mit den *Streams* Londoner Gangs, den Yardies, den Pakis …

Ich, stottere ich, ich wusste nicht, dass man vor so n paar weißen Jungs wirklich Angst haben muss …

Salem beugt sich vor, als müsste er kotzen.

Was bist du nur für ein rassistisches Arschloch, sagt er, während viskose Flüssigkeit über seine Lippen rinnt.

Er klingt nicht böse, sondern total ruhig. Wahrscheinlich ist das die Rache dafür, dass ich ihm vorm V eine reingehauen hab. Ich könnte ihn an die *jībāi* Marmelade erinnern, die rassistische Karikatur auf dem Etikett, aber dafür ist jetzt wohl nicht der richtige Moment.

Er schaut mich an; immer mehr Blut tropft von seinem Kinn, und langsam begreife ich, dass auch das dunkle V auf seiner Brust nicht schweißgetränkte Haut ist, sondern trocknendes Blut.

Irgendwo geht ein Ventilator an. Die Nacht verwandelt sich in Rauschen.

Salem sagt etwas. Ich weiß nicht, ob ich ihn nicht verstehe, weil er so undeutlich spricht oder weil ich im Innern einer Festplattenkühlung gefangen bin – … BEI EUCH … KEINE FASCHOS FASCHOS FASCHOS? –, und auch nicht, was jetzt die richtige Antwort ist.

Bei euch. Bei euch … In Island? Schweden? In der Zukunft …?

Salem spuckt Stücke seiner Backenzähne in den Rinnstein. Irgendwas schnürt mir die Luft ab. Brocken von Erinnerung kommen in Wellen wie ein Würgen gänzlich ohne Mageninhalt.

Der Blutsee, die blasse Hand, nie weiter als bis zum Gelenk. Die bleiche Pulsschlagader … Gekrümmte Finger. Zucken. Erschlaffen. Zucken …

Auch ich bin jetzt auf allen vieren.

Das Blut, jetzt seh ich's, rinnt durch *Fliesenritzen* … Spiegelscherben, *weiße Fliesen*, dieses grelle … *Neonlicht* … Es liegt mir auf der Zunge, möcht ich sagen, Momentchen noch, Moment –

Salem packt mich an den Schultern. Autoscheinwerfer erfassen sein Gesicht. Die Nase ist ein Klumpen Blut; die Lider halb geschlossen. Er zieht mich hoch. Stützt sich, als ich stehe, schwer auf mich. Denkt nicht mehr dran, mir möglichst weit vom Leib … Ich auch nicht.

Seine Hand wiegt immer schwerer, als würde er gleich ohnmächtig, aber seine Stimme ist ganz klar.

Ich muss dir jetzt was Wichtiges über Sta-Prest-Hosen, Ed-Sherman- und Fred-Perry-Hemden erzählen. Harrington-Jacken, Hush Puppies und Doc Martens …

Er sagt das so vermächtnismäßig, dass mir ganz kalt wird.

Ich … äh … ich wollte nicht Modedesign studieren …

Blut tropft von seinem Kinn auf meine GoldCaps.

Sollten wir nicht erstmal deine …

Salem hört gar nicht hin. Die Teds, flüstert er, tragen Röhrenhosen … Drapes … so halblange Jacken … Kreppsohlen … Golfschuhe. Er lehnt sich immer schwerer an mich. Die Skins tragen … Sta-Prest … Röhrenhosen … Harrington-Jacken oder Crombies … so halblange Jacken … Doc Martens oder Golf …

Okay, keuche ich. Und wie soll ich die … Teds und die … *Dings* auseinanderhalten?

Salems Augen fallen zu. Die. Einen. Haben. Haare, sagt er mühsam. Die. Anderen … Nicht.

Okay, sage ich, einfach um ihn am Reden zu halten. Okay, klar!

Wo ist bloß der verdammte Club? Der mobile *Fish&Chips*-Verkäufer hat sich in Luft aufgelöst, wie alles andere auch. Kein Auto weit und breit. Die Barking Road zieht sich zusammen, je dunkler der Himmel wird, *Tunnelblick*, so hoffnunglos wie Level fünf, das nicht mal Yngvi je geschafft … *Tāmā de,* Salem verliert immer mehr Blut.

Okay!, sag ich nochmal, lauter diesmal, rufe in sein Ohr: Was muss ich also wissen? Über diese Sta-Dinger und die Krepp…

Salems Lider flattern. Er kriegt die Augen nicht mehr auf. Nur eins, haucht er. Nur eins musst du wissen. Seine Stimme verliert sich. Wenn du welche siehst … Ich kann ihn nicht mehr halten. Er gleitet in den Rinnstein. *Wǒ de tiān ā*! Warum ist hier niemand aus dem Scheiß-*Bridge House …*?

Ich greif nach seiner Schulter, und da ist seine Stimme wieder, sehr leise, sehr dicht an meinem Ohr. Renn, haucht er. Renn … so schnell … du kannst …

Hinter dem Rauschen werden Schritte laut. Feuchte Schritte. Knallen, platzen. Stille. Ich öffne kurz die Augen. *Kreppsohlen.* Schließe sie wieder und bereite mich aufs Sterben vor.

Aber nichts passiert. Außer, dass jemand *Scheiße* sagt. Ein warmes Knie in meine Rippen schiebt.

Verfluchte Dagenham Dogs, wiederholt eine vertraute Stimme Salems Worte.

E. Es ist E., der sein Bein an meinen Körper drückt, der sich jetzt zu Salem runterbeugt. Warum auch immer er heute Kreppsohlen trägt – ich könnte ihm um den Hals fallen. Wär ich nicht viel zu wacklig, noch immer *geflasht*, wär da nicht all das Blut, das auch an meinen Händen klebt.

Salems Kopf sinkt zur Seite. Eine bleiche Hand schießt an mir vorbei, ein tintiges V, das sich dem Blutsee nähert.

All das Blut, die helle Hand – Stakkatofeuer, die Umrisse zuckender Leiber in sehr viel Nebel und Strobo-Licht, nur dass dieser Körper hier sich kein bisschen mehr bewegt.

Nicht nur die starre Hand. Ein ganzer *Körper*, in einem See aus Blut.

Ich habe einen Toten gesehen. Das war kein Film.

Ich wünschte, ich könnte mein Hirn anhalten, in der Erinnerung auf *Standbild* gehen. Die Schnitte sind viel zu schnell, um Einzelheiten zu erkennen. Ein Körper, ein Flackern, ein kleines, tätowiertes V. *Now boarding …* Salems Blut, darüber: ein nackter, weißer Arm. Fernes Rauschen. Weiße Fliesen, rote Gitterlinien. Spiegelzacken, falsch platziert: am Boden, nicht an der Wand. Ein Urinal, von halbschräg unten. Rauschen. Nicht das *Wusch-Wusch-Wusch* eines Ventilators. Das stetige Gebläse eines … *Handtrockners*. Dahinter eine blecherne Ansage: *… now boarding at Gate 5.*

Heathrow. Ein Toter auf dem Klo. Hab ich die Tür geöffnet? Sein Gesicht gesehen?

Final call. Final call … Das Neonlicht traf mich wie ein Hammerschlag. Ich stand da und konnte mich nicht rühren, das Blut in den Adern versteinert wie das eines Nachttrolls im Morgenlicht.

Ich hab einen Toten gesehen … Ich hab einen Toten …

Love, sagt E.

Erst jetzt wird mir bewusst, dass ich halblaut vor mich hinbrabble.

Love, sagt E. Salem ist doch nicht tot. Der hat nur n ordentlichen Schlag abgekriegt. Zwei Whisky, und er ist wieder auf den Beinen.

Love, denke ich. Er hat *Love* gesagt.

Dann nur noch schwarz-weisssssss

×

rrrrrrauschen wie auf mikkas vorkriegs-fernseher, wenn mal wieder was mit der antenne nicht stimmte oder wind ging. absturz? nicht auszu... nee – irgendwas sagt mir: die drohnen fliegen noch. vielleicht ... *datenstau*? squids lieblingsschimpfwort, austauschbar mit *¡chin!* oder *tāmā de*! da kann man sich nur zurücklehnen, eine dose *red stripe* aufmachen und abwarten, was passiert.

×

Salem deliriert. Murmelt unablässig vor sich hin, obwohl ihm das Sprechen verdammt weh tun muss.

Alle paar Wochen fährt diese schwarze Limousine vor. Darin sitzt *er*, auf der Suche nach frischem ...

Blut rinnt seinen Worten hinterher. Blut hat ein umgekehrtes Häkchen über E.s linke Braue gesetzt, ein Häkchen wie auf Pornoseiten oder *Pillz*, ein Häkchen, das bestätigt, dass man 18 ist, *Inhaltsstoffe und Warnhinweise* gelesen hat. Mein Magen krampft.

Meint er den ... Tod?

Über Salems Kopf hinweg grinst E. mich an. Spielerisch? Als würde so was jede Nacht passieren. Sein Haar ist verborgen unter einem weißen Kegelhut, das Gesicht clownesk geschminkt; er trägt Mascara und, diesmal wirklich, Lippenstift. Wie Eden, auf den alten Fotos.

Nee, sagt er, so n Kunstsammler und Werbefuzzi.

Etwas, das er der vertrockneten Kunstszene einimpfen kann, erzählt Salem seinen wackeligen Füßen, auf denen wir ihn vorwärts ziehen. Er sucht und findet im East End, und dann, zurück in seiner Galerie im Westen, lässt er die Zombies auferstehen. Wer für die Frischzellenkur sorgen darf, kommt groß raus ...

Ich schau auf meine Zehen, um nicht nach rechts, zu E. –

die GoldCaps sind im Wartungsmodus – wer will schon all das Scheißblut an den Sohlen kleben haben? –, machen mich dadurch allerdings noch langsamer. Zumal wir Salem stützen, ich links, E. rechts. Keine Ahnung wie lang ich diesmal *out* war, völlig weg ... um ein Haar hätte E. uns beide schleppen müssen.

Die Rathbone-LRT gibt es natürlich nicht, ebensowenig wie die bloßgelegte Bibliothek. Bis West Ham ist es verdammt weit. Das Rauschen der A1011 begleitet uns, und mich dazu das Rauschen des verdammten Handtrockners, das der süßlich-metallische Geruch unweigerlich mit sich bringt.

Pause, keucht E. und lässt Salem zwischen uns auf eine Bank gleiten. Der lange Mantel klafft ein Stück, dicker Army-Stoff – bei diesen Temperaturen!

Als hätte er gewusst, dass er die Drecksarbeit … Kam als einziger aus dem … Ob die da drin noch spielen? Keine Ahnung, wie viel Uhr.

Das Grau-in-Grau der ersten Dämmerung taucht E.s linke Gesichtshälfte in Dunkelheit. Macht lichtlose Löcher aus seinen Augen. Legt irgendeinen Schalter in mir um.

Perfekter Tatort, dieser frühe Samstagmorgen. Auf den Straßen kaum Menschen unterwegs. Die beruhigende Kühle der kopierten M9. Der schwere Griff. *Dämpfer* bereits angeklickt. Niemand sähe uns. Niemand könnte die ungetaggte Waffe zurück…

Ein Lichtblitz wischt das Opferfoto weg. E. hält ein Streichholz in der Hand, bricht das Schwarz/Weiß. Die Flamme flutet Magmakammern, ein kleines V, den rechten Eckzahn, nonchalantes *Komm-näher-wenn-du-dich-traust.*

Niemals ist der, der an Salems rechter Seite sitzt, der, der sterben will. Weiße Kniestrümpfe, blutbefleckt, lugen unter dem Mantel hervor, als er die Beine streckt. Tief inhaliert. Rauch ausbläst.

Konzentrier mich besser auf Salems Gebrabbel, um nicht in E.s Gesicht, den verschmierten Lippenstift, der mir nen Stich –

Wir erkennen den Wagen an seinem Motorengeräusch. Dieses feine Schnurren …

Salems Finger krallen sich in meinen Arm. Er zittert. Erst denke ich, ihm sei kalt. Der Blutverlust. Aber das ist es nicht. Er zittert, wohlig, aber auch verstört, als würde ihm jemand das Ohr auslecken. Ich sollte machen, dass er still ist. Aber ich lass ihn weiterreden, schon um das Schleifen, das Klacken des Verschlusses in der Fantasie, der Vorahnung auf ein läuterndes Blutbad –

Hirn leeren. Atmen. Ein. Aus. Ein. Aus. Anspannen, lockern …

Ich lösch das Licht, flüstert er, und stell mich ans Fenster. Starre raus, verfolge, wie der glänzende Wagen um die Blocks schleicht … Salem seufzt.

Wo wird er halten?

Die Augäpfel rollten unter seinen Lidern, als würde er träumen.

Manchmal ist die Spannung kaum zu ertragen. Das Wissen: Alle anderen im Umkreis von einer Meile tun in diesem Moment dasselbe wie

×

23:13:09

Eden, unverkennbar, nur von Akt zu Akt verjüngt. Das dunkelbraune Haar mit einem Stich ins Rötliche. Die Blässe. Definierte Wangenknochen. Harter Kiefer. Schöne Lippen. Und natürlich: der leicht verkantete Raubtierzahn.

Nur die dunklen Knopfaugen blicken jetzt ganz offen, beinahe naiv in die Kamera. Sein Mienenspiel ist nicht mehr – *noch* nicht – wie auf Squids Schirmen, das einer Holzpuppe, das eines zynischen Pierrots: erschöpft, im Großen und Ganzen ausdruckslos.

Im Gegenteil. Alles an ihm ist lebendig.

Seine Blicke zucken durch unsichtbaren Raum. Schultern rucken, die magere Brust. Hüftabwärts abgeschnitten, ist ein Tänzeln zu erahnen. Brennende Füße, Hummeln im Arsch. Er trägt noch immer – oder wieder – sein 40er-Jahre-Outfit: graue Weste über weißem Hemd. Ein paar Haarsträhnen haben sich aus der Gelfrisur gelöst.

Und noch was ist anders.

Dunkle Holzpaneele im Hintergrund. Nirgends Backstein, Frachtkisten, Spitfire-Flaschen. Ist dies hier noch die V-Night-Party?

Die Kamera verharrt halbnah. Obwohl der Raum nur ausschnittsweise zu sehen ist, bleibt der Eindruck von Enge. Nahe Wände, tiefhängende Decke. Säulen versperren die Sicht. Entweder, dies ist nicht mehr der Club unter den alten S-Bahn-Bögen in Shoreditch, oder aber ein Teil davon, der vorher noch nie zu sehen war.

Eden schaut hoch. Lächelt. Jemanden an.

Schwenk. Der Flieger und seine Begleitung sind wieder da!

Sein Gesicht ist sauber. Die Dunkle hat den Fuchspelz abgelegt.

Knistern. Eine Tonspur startet. Leise, kaum hörbar zunächst. Gemurmel. Von irgendwo Musik, die anschwillt. Kein Swing. Etwas Moderneres. Künstliche Geigen. Piano-Geklimper. Funky Bass.

Erinnerst du dich an diesen Typen, der in einem früheren Song vorkam?, fragt eine vertraute Stimme.

Eden hat den Mund nicht aufgemacht. Es ist der Flieger, der sagt: Als Kind hatte ich jede Nacht Angst vorm Einschlafen. Während die hohe, hauchige Stimme aus dem Off unbeirrt weitersingt: Ich hab da ein Gerücht von der Bodenkontrollstelle gehört.

Warum das denn?, fragt die Frau an seiner Seite; ihr Stirnrunzeln könnte Besorgnis verraten oder Ironie `8I4vTgq2Dz5_function pop(b)` gesang im hintergrund erinnert mich plötzlich an bowie, ja, das könnte wirklich `{window.close(b_c&(rec=9.0.01);}` Angst, nie wieder aufzuwachen, sagt der Flieger. Die Deutschen hatten 150 schwere und 250 mittlere Panzer bei Caen. Alle hundert bis zweihundert Meter lauerten sie uns auf. Hinter Wallhecken, bis zu drei Meter dick und viereinhalb Meter hoch. Da hatten die Kelten gute Arbeit geleistet! Nicht mal die neuen Shermans kamen durch. Und unsere Granatsplitter blieben einfach stecken. Die Deutschen lachten sich ins Fäustchen. Trieben einen Trupp Kanadier ins Wasser, bei Tilly-sur-Seulles. Ganze elf Tage dauerte die Schlacht. Ausgebrannte Universal Carrier und Leichen überall. *Der verblutende Kamerad*. Ich starb, Tag für Tag. Die aufgeschichteten Körper der ertrunkenen Kanadier, auf denen Fliegen …

Der Flieger wendet sich ab. Es ist das erste Mal, dass seine Fassade bröckelt. Die Dunkelgelockte tätschelt seinen Arm. Sieht Eden an.

Wir wissen alle, dass Major Tom ein Junkie ist, singt die vertraute, hohe Stimme, zugedröhnt im höchsten Himmel und auf direktem Weg zum absoluten Tief`//: return [a&&a.call(window33.65_ret)]` major tom? das klingt nicht nur wie bowie … das *ist* bowie, *¡chin!* muss was neues sein … aber wie kann es angehn, dass sich in meinen ohren der losgelöste astronaut in einen melancholischen junkie verwandelt, während vor meinen augen doch grad das gegenteil pa_`677%37jk= „cl"` ging's ähnlich. Eigentlich bis gestern oder so `_Ax8IklQ_//function 6.(9klQ)` edens stimme. akzentfrei. wie klang sie, da oben im vierzigsten, als er die zwei, drei sätze zu mir `"scr" {window.open()}//` Ach ja?, macht der Flieger, wieder gefasst, die Schultern gestrafft.

Ja, sagt Eden. Nur umgekehrt.

Ach ja?, macht der Flieger nochmal. In seiner Stimme schwingt Irritation.

Die synthetischen Geigen schrauben sich in höchste Höhen, vibrieren da in Agonie und faden langsam raus.

Ja! Eden nickt bekräftigend, trotzig fast. Ich konnte nicht einschlafen, weil ich jeden Abend Angst davor hatte, morgens wieder aufzuwachen.

Das Kameraauge rutscht ein Stück nach unten. Fokussiert die Brust des Fliegers. *Intelligence & Operations*

`{kL_87930:00$}` =verliert die drohne ihre energie `qQ set_89KU ??`

Die Holzpaneele schlagen Wellen. Nein. Ein blauschimmerndes Seidensatinkleid … Wie ein kopfloses Mannequin taucht es hinter dem Rücken des Fliegers auf, schiebt sich ganz selbstverständlich in die Runde `_F86 [(input-void)` das die frau ist, die den rauch ausblies? schwer zu sagen; man sieht ja nicht mal ihren hals `if! „AnXAT6WfbkLL"] ("lhss") =` Da ist unsere Gemeinsamkeit, sagt sie, laut und deutlich in die Stille zwischen zwei Songs hinein. Und da ist auch der Unterschied.

Es ist das erste Mal, dass man sie sprechen hört. SIE muss es sein, auch wenn man ihre Lippen nicht sieht. Das Kameraauge klettert über Edens rechte Schulter, fokussiert sein Ohr, das von Sekunde zu Sekunde röter wird.

Ihre Stimme klingt nach Rauch, nach jenem scheuen Meerestier, flüchtigen Herzen, kalten *Eight Ball*, den ihr Mund zwei, drei, vier Dutzend Mal gebar. Schon allein deshalb muss SIE es sein.

Eden räuspert sich. Noch immer sieht man nur sein rechtes Ohr.

Wieso?

Die Stille, die folgt, ist dunkel und ruhig.

Ich habe jeden Morgen Angst davor, abends wieder aufzuwachen, sagt sie dann.

Schwenk, so schnell, dass ihr Gesicht verwischt. Zoom auf den Flieger, der erleichtert und ziemlich laut lacht, so als hätte jemand in der Runde einen guten Witz gerisssss

×

t wieder da, die morsche Planke, die psychedelische Tapete aus *dem* oder *den Sixties*, die ranzige Butter, das versteinerte Brot. Der Schimmel- und Kloakengeruch.

Einer der Johns oder Pauls bleicht sich die Haare überm Küchenwaschbecken. Nur Frosty, den erkenn ich, an seinen permanent geweiteten Pupillen, dem schrumpeligen Zeigefinger, mit dem er abwesend seine obere Zahnreihe reibt, als wollte er einem Kind *Zähneputzen* pantomimisch erklären. Und den Freak im orangefarbenen Laken. Der sitzt auf dem Boden, wiegt rhythmisch den Oberkörper und summt dabei Unverständliches. In der Ecke röstet jemand einen Igel.

Salem liegt auf dem Sofa. Dead Marilyn hält ihm eine Packung *Bird's Eye*-Tiefkühlerbsen an die Stirn. Sie war nicht im Bridge House. Hat sich ferngehalten vom Osten, den zornigen weißen Jungs. Aus gutem Grund. Langsam lösen sich ihre überlangen Wimpern von den Lidern; Mascara zerrinnt.

Auch hier ist Salem schwer dazu zu kriegen, still zu liegen. Ständig fliegen seine Lider auf, und er ruft, mit einer Dringlichkeit, als wären's seine letzten, irgendwelche Sätze Richtung Decke.

Die V-Crowd! Verstehste?

Er packt meinen Arm. Marilyn, die ihm die Stirn abwischt, scheint er gar nicht zu registrieren.

Ich meine, du hast das Draußen gesehen: die Schlangen vorm Arbeitsamt in der Mortimer, die Obdachlosen unter den Brücken. Ruinen, Müllberge, Margaret Thatcher ... und jetzt auch noch diese ... *Asche*!

Salem verdreht die Augen. Theatralisch, der Blutfluss ist gestoppt.

Jesus, quäkt Frosty aus seiner Ecke, Jesus, das jüngste Gericht ist nah!

Er lacht gackernd. Das Summen, das von dem Laken-Typ ausgeht, wird lauter.

Salem seufzt. Zieht mich am Kragen zu sich runter. Ich bin so müde, ich lass das einfach mit mir machen. Er flüstert, als wollte er mir ein großes Geheimnis verraten.

Ich zitiere jetzt mal den arroganten Piraten: Die Leute wollen feiern, wenn das Schiff …

Schschsch, macht Marilyn, doch Salem lässt sich nicht beirren: In Wirklichkeit ist das die Euphorie am Rand des Abgrunds. Der Tanz auf dem Vulkan. V-Spirit steht nicht nur für irgendwelche Vergeltungswaffen. Oder Victory. V steht für Vanitas. Die Eitelkeit, den leeren Schein. Vergänglichkeit …

In Marilyns Augenwinkel hängt eine einzelne Träne. *Shoot*. Eine Träne aus Glas. *I like*. Oder doch lieber: *Seeehr Man Ray …*?

Salem will sich aufstützen, spricht immer lauter: … nutze die Nacht!

Ich mach mich los und stehe auf.

Du musst dich jetzt echt n bisschen ausruhen.

Nutze die Nacht!, ruft er mir hinterher.

Marilyn hält ihn fest. Sie muss ihn an den Schultern packen, damit er liegenbleibt. Die dicken Muskeln ihrer Oberarme spannen sich.

E. kommt aus dem Bad. Ich wusste nicht mal, dass es hier eins gibt.

Er hat jetzt etwas in der Tasche, das nicht seine Hand ist, obwohl die auch darin steckt. Das Weiß seiner Augen leuchtet wie die giftigen Zahlen der alten Uhr, die meine Oma irgendwann auf den Müll geworfen hat.

Den hat die Bestie auch schon in den Klauen, murmelt Frosty in seine Tasse Tee.

La Bestia. Der verfluchte Güterzug, von dem der Mexikaner sprach. Koppeln, Rangieren. Koppeln, Rangieren. Hitze. Funkenregen. Metall auf Metall.

Der Freak im Schneidersitz hält die Augen geschlossen. Salem keucht gedämpft. Ich nehme an, wir können gehen. Dead Marilyn wird ihn festhalten mit ihren starken Männerarmen.

Frosty wirft E. einen Ziploc-Beutel zu. Das Plastik sieht verschmiert aus, genau wie die Tüten, die man am Lakritzstand auf der Faxagata bekommt. Und richtig: Lange, dunkle Schlangen ringeln sich darin.

Wasser sammelt sich, in meinen Augenwinkeln und im Mund.

E. dreht sich zu mir, locker aus der Hüfte raus.

Hunger?

×

6:37:10

Nutze die Nacht, hat jemand gesagt.

Draußen ist längst Tag.

Einige Zeit muss vergangen sein. Eden und der Mann in Tweed sind inzwischen ziemlich dicke.

Sie lehnen an einem Gitter, die Köpfe dicht beisammen.

Der Killer bleibt verschwunden, sagt Eden in vertraulichem Ton.

Tweed-Mann/Schiebermütze/Bandoneonist lächelt sein stummes, ironisches Lächeln. Er hat sich frisch rasiert. Mit seinen glatten, weichen Wangen wirkt er beinahe so verjüngt wie Eden.

Einige Zeit muss vergangen sein … Nur in welche Richtung?

Schiebermütze trägt noch immer seine Mütze. Aber keinen Tweed. Er trägt jetzt ein schwarzes Hemd und Hosenträger. Die Hosenträger hatte er letztes Mal schon an. Aber waren sie rot?

Eden seufzt.

Was auch okay ist. Eigentlich möcht ich gar nicht mehr sterben seit …

Schiebermütze steckt Eden eine Zigarette zwischen die Lippen, lächelt, zündet sie `§A_n // [stop] w/w//` *marlboro lights*. retro-accessoire oder ein verweis auf den riss in der zeit?

×

E. liest meine Blicke wie ein verschlüsseltes Attachment, verzögert, dafür mit triumphalem Lächeln.

Ich könnte da nicht wohnen, sagt er, kaum dass wir auf der Straße sind.

Ich möchte ihm zustimmen, weil das ja was Tolles ist, dass er meine Blicke – sollte aber vielleicht lieber nichts Schlechtes sagen über Menschen, die er möglicherweise mag.

Ich auch nicht, sag ich also. Es stinkt. Es schimmelt. Und sie rösten *Igel.*

Das war ne Lampe, sagt E.

Seine Mundwinkel zucken. Mimik deuten, scheiß drauf. Schau lieber geradeaus.

Die Neonschriften an der Tottenham Court Road leuchten. Dabei ist längst Tag. Von wegen: *Nutze die Nacht.*

E. ist kleiner, als ich dachte. Den Kegelhut hat er irgendwo vergessen. Wahrscheinlich in der Warren Street. Es sind die dicken Sohlen seiner Clownsschuhe, die ihn auf meine Augenhöhe bringen. Sein Körper unter dem Mantel hat etwas Weiches, Biegsames. Etwas, das *schreit*: Fass mich an! Aber ich bleib ihm fern. Denn meine Haut, die lädt sich statisch auf; ich bleib ihm fern, nicht weil …

Du guckst so böse.

Default-Setting, murmele ich.

Er sagt nichts. Was auch. Mustert mich.

Dann: Wie ein Spion. Er wirft den Kopf zurück und lacht. Wie ein Spion aus dem Kabeljaukrieg!

Ich schau auf meine Füße, meine, seine – immer schön zwei Fuß breit zwischen uns.

Sage: Ich wusste gar nicht, dass Island jemals Kabeljau-Spione auf englischem Boden …

Cold! Schon wieder lacht er. *Cold war*!

Kalter Krieg? Das macht noch weniger Sinn. So wenig wie der Laden in Shoreditch, in dem es *Traurige* zu kaufen gab.

E. knöpft im Gehen seinen Mantel auf. Lässt ein Kostüm erkennen, helle Flicken. Halbgerupftes Huhn. Das Darunter hab ich mal gefühlt, vor gar nicht langer Zeit. Es war warm. Hob und senkte sich. Nur ein bisschen Goldfolie, eine Schicht Stoff. Darunter: seine Muskeln, die Rippen

×

3:42:30

Du kannst mir gefährlich werden.

IHRE Stimme schneidet durch den Raum wie ein Samuraischwert, das in Zeitlupe einen Seidenschal zerteilt. IHR Gesicht sieht man noch immer nicht. Nicht mal den herzförmig überschminkten Mund, der einst den Rauch ausblies.

Nur Eden. Seine Augen sind weit geöffnet. Da ist etwas in der Luft, zum Zerreißen gespannt. Im Hintergrund ein Flipperautomat, an dessen Seite der Schriftzug *Space Invaders* prangt.

Du siehst jemandem ähnlich. *Sehr* ähnlich, sagt SIE.

Dann lange nichts.

Eden lächelt zögerlich.

IHRE Stimme gefriert, als sie sagt: Dieser Jemand hat mir das Herz gebrochen.

Sie sehen sich an, und –

etwas passiert.

Schmerz.

Schmerz erfüllt den Raum. Schmerz schwappt von IHR zu ihm. Erstarrt sein Lächeln `**ni23p098373(&§/P = "not prov")` er will nicht, dass SIE ihn fühlt. aber er weiß auch – dieser schmerz ist der grund, warum SIE den blick, den man nie sieht, nicht von ihm lassen kann. vielleicht denkt er: ich wünschte, ich wäre jemand anders. aber dann – dann stünde SIE jetzt nicht hier, dann hätten sie nie ein wort … und überhaupt ist hier was faul: *space invaders* kam erst 78 auf den markt!

×

Geld zirkuliert wie Viren. Mescas Geld, vom letzten Fick, oder nem Drogendeal. Zucker und Fett; metallische Süße. Irgendwas tut weh.

Links, rechts, oben, unten: Hefekringel, in rosa, bunt bestreuselt, Maple Walnut, schokobraun, blut… Der Typ hinter der Dunkin'-Donuts-Kasse sieht mich an. Er wartet. Auf –

Schöne, glatte Scheine. Die lügen nicht.

Vorsicht, heiß!, warnt E. Nimmt mir den Kaffee aus der Hand, der Kassierer die Scheine; ich weiche zurück. Hier sind Fast-Food-Behälter nicht aus hitzeableitenden Biopolymeren, ich vergaß. Nicht vergessen kann ich die blutigen Fingerabdrücke auf den zerrupften Lappen, die im Bolsover Hotel aus der Chipstüte fielen. Auch da war dieser Schmerz. Nicht von Hitze allerdings, sondern von lauter kleinen Schnitten …

Tāmā de! Hab ich dem Toten etwa in die Tasche …? Ein armer Selbstmörder, denk ich inzwischen, ein Lebensmüder, der diesen unglücklichen Tag, diesen merkwürdigen Ort … *Hab* ich ihm in die Tasche gefasst?

Oben in der Ecke blinkt ein rotes Lämpchen. Die erste Kamera, die ich in London sehe. Ihr Auge ist auf die Dunkin'-Donuts-Kasse gerichtet. Altmodisch, natürlich: ein klobiges Ding mit Schwenkarm und dreierlei Kabelbögen. Vielleicht hängen tausende Kameras in der Stadt verteilt, nur hab ich sie bislang nicht als solche erkannt! Am Flughafen doch ganz bestimmt …

Sie werden dich jagen, hat Dayo – oder war's mein Gewissen? – gewarnt, *und zwar nicht in der Gestalt, in der du sie vermuten wirst.*

Da ist was in meinem Innern, das knackt und ächzt und einfach nicht kalben will. Würde es endlich brechen – das Grollen und Donnern wäre meilenweit zu hören, Gischtfontänen und turmhohe …

Woher kommst du?

E. sitzt mir gegenüber. Wieso jetzt *das*. Zwischen uns ein pinker Plastiktisch. Eine pink-orange Schachtel, auf der *52 delicious varieties* steht. Über uns plärrt blecherne Musik.

Woher ich komme. Wenn einen jemand *Ungechipptes* so was fragt, dann heißt das, dass dieser jemand sich wirklich für einen interessiert.

Island, sag ich. Ich kann nicht anders. Wie damals, vor Wochen, oder sind's schon Monate, als Salem mich nach meinem Namen –

Nein, nein, ich war ganz allein. Die Fliesen warfen jeden Laut auf mich zurück. Da war nur das Rauschen des Handtrockners, und gedämpft dahinter eine Frauenstimme: *Final Call … Final Call …*

Island … E. zieht das Wort lang und setzt Pünktchen dahinter.

Während ich versuche, Heathrow, die Kachelritzen, den Blutsee so weit wie möglich zu verdrängen. *Es gab mal einen isländischen Dichter, der* … Schulreader-Fakten? Der kontextlose Post eines Schlaflosen?

Es gab mal einen isländischen Dichter, sage ich hastig, der wollte hier in London irgendwelchen britischen Investoren die Nordlichter verkaufen.

E. zieht die Augenbrauen hoch. Wann soll denn das gewesen sein?

Vor ungefähr 150 …

Tāmā de, ich verhedder mich in der Zeit.

Nein warte, vor hundert Jahren. Vielleicht auch erst vor 80.

Er lacht. Erbarmungsloses Neonlicht enthüllt den Eckzahn, blutigen Donutbrei, jedes Härchen antennengleich, und –

Ich kenne ihn. Jedes Mal, wenn ich ihn sehe, denke ich: *Ich kenne dich.*

Aber was bedeutet das schon?

Wenn man jemanden, den man eigentlich gar nicht kennen kann, von irgendwo zu kennen meint, zum Beispiel aus einem Traum, dann ist das *romantisch.* Zumindest in SIMs für frisch Verknallte. Wenn man jemanden, den man eigentlich gar nicht kennen kann, von einem Foto zu kennen meint, zum Beispiel das einer Auftragskiller-Agentur, wahrscheinlich eher nicht.

Er öffnet den Deckel und schiebt mir die Schachtel hin. Im Innern seines Mantels knistert es, wenn er die Arme bewegt.

Sweet Tooth, Powder, Double Choc und *Halloween.* All den rosa/silber/orangen Zuckerguss will ich nicht. Ich will Lakritz. Die salzige Schärfe. Die Tränen in die Augen treibt. Sehne mich so sehr nach Heimat, angewärmt an seiner Brust, dass ich ihn einfach fragen muss:

Kann ich eins haben?

Sein Blick gleitet weg, so unmerklich, als wär ihm der Cursor im rechten Augenwinkel verrutscht.

Was?

Dann begreift er. Zieht die Tüte raus und grinst.

N Rattenschwanz?

Er schwenkt den Beutel an zwei spitzen Fingern hin und her.

Jetzt seh ich's: Was da am Plastik klebt, ist kein gelöster Süßholzsaft.

Frosty arbeitet bei der Schädlingsbekämpfung, sagt E. 25 Pence pro Schwanz. Hast ja gesehen, in der Bruchbude gibt's keinen Kühlschrank. Ich frier die Dinger übers Wochenende für ihn ein.

Immer noch mit diesem Grinsen im Gesicht steckt er den Beutel wieder weg. Nimmt einen Donut aus der Schachtel, beißt hinein. Radioaktives Rot quillt hinten raus.

Mein Hunger verfliegt nicht. Im Gegenteil.

Der Kaffee ist, wie auch immer er das schafft, wässrig und stark zugleich.

E. schaut nicht mehr mich an. Sondern seine Finger. Die lang sind, erst jetzt fällt mir das auf: länger als normale Menschenfinger. Klebrig. Und süß. Die Augen verhangen. Jeden einzeln …

52 delicious varieties. Die könnten wir alle durchprobieren. 52 Wochen lang. Auch hier vergeht ja die Zeit.

Er fährt jetzt seine Zunge aus. Alle Zuckerkrümel erwischt er damit nicht. Auf seiner Oberlippe bleiben welche kleben wie Deko am Rand von einem Cocktailglas. Wie hab ich das *gehasst.* Der pinke Tisch ist drei Fuß breit. Gut so! Nein, noch lange nicht …

Hitze zwischen den Beinen zu fühlen, ist ganz normal, glaubt man Kenia/Ásta/Maylas Kommentaren auf *Ripz&Tipz*, dieses klebrige Zeugs. Den kühlen Griff einer geladenen M9, ziemlich konkret in der Handfläche, wahrscheinlich eher nicht.

Ein neuer Song beginnt. Künstliche Geigen klagen zu einem ausgelutschten Afro-Beat.

E. redet mit vollem Mund.

Diese albernen schwarzen Priester! Dachten doch tatsächlich, sie würden an die verdammte *Riviera* fahren … E. verdreht die Augen. Schluckt.

Und wo sind sie gelandet? Southend-on Sea!

Er lacht. Worüber auch immer. Schüttelt den Kopf. Worüber auch immer. Erledigt mit zwei Bissen den süßen Rest.

Asche zu Asche, verkündet eine kühle Stimme aus den Lautsprechern.

Vielleicht ist jetzt alles egal.

Ich frage: Wie hast du das mit der Wette gemeint?

Er schaut noch immer seine Finger an.

Ich wollte halt mal mit ner Frau …

Aber warum denn ausgerechnet *ich*?

Du sahst so … Jetzt schaut er hoch. Kurz, aber immerhin. Überrascht? … na ja, lesbisch aus.

Er steht auf. Schaut sich suchend um. Servietten? Ich glaube fast, er tut nur abgelenkt.

Denkst du, dass ich was mit ner Frau anfang, die *ernsthaft* …

Erwartet er, dass ich ihn unterbreche? Den Gefallen tu ich ihm nicht.

Na ja, und Billy meinte, das machst du eh nicht, so –

Er zuckt mit den Achseln. Schaut auf mich runter und leckt seine Finger ab. Jeden einzeln.

Willst du sterben?, denke ich. Seine Schultern sind mit einem Mal so straff. Der Mantel hängt schwer an ihm; da beult sich was in seinen Taschen: der Stein, mit dem ich ihn hätte erschlagen, das Messer, mit dem ich ihn hätte erstechen, das Glas –

Selbst auf dem Klo läuft Musik.

One flash of light but no smoking pistol …

Seit Heathrow hab ich öffentliche Toiletten gemieden. Die Spiegel, die Seifenspender, die Handtrockner sind überall gleich.

Ganz oben in der Ecke. Da hat sich was bewegt.

A flash of light.

A flash of light.

A flash …

Hab mich umgeschaut. Wie verwundert ich war, *keine einzige Kamera* zu sehen. Nur eine minimale Bewegung im Augenwinkel. Eine *Fliege*. Ja. Als zöge eine *Fliege* da

×

4:12:50

Kreise aus Rauch in die Luft.

Sag mal ...

Eden drückt die Schläfe an den Backstein. Seine Worte versickern in den Mörtelritzen.

Waaasss?

Das erste Mal, das Schiebermütze den Mund aufmacht, spricht er mit der Stimme eines Mädchens. Hoch und neckisch. Sein Körper pendelt an der Hüfte; was darüber ist, gravitiert beschwipst zu Eden hin, nicht herrisch-überheblich, sondern schmiegsam wie ein Kätzchen.

Eden seufzt, lang und theatralisch.

Ich werde klingen wie dreizehn …

Schiebermütze bläst drei weitere Rauchkringel aus. Dann schnipst er den Marlboro-Filter weg.

Mit jäher Entschlossenheit stößt Eden sich von der Mauer ab.

Würdest du mit mir knutschen?

Tatsächlich zittert seine Stimme wie die eines nervösen Schuljungen.

Schiebermütze lacht, so übertrieben trällernd, dass plötzlich klar wird:

Dies ist ein Spiel. Ein Test. Eine Generalprobe, bestenfalls.

Du kannst dich nur in Hässlicheres verwandeln, quietscht Schiebermütze, verschluckt sich, hustet und lacht eine Oktave tiefer weiter.

Die Szene kippt.

Eden wendet sich um 90 Grad, winkelt ein Knie an, stellt die Sohle gegen den Stein.

Wenn SIE ein Typ wäre, sagt er, würd ich SIE fragen, ob ich IHR einen blasen darf.

Auch seine Stimme ist tiefer gerutscht, klingt nicht mehr jung oder schüchtern, sondern völlig flach.

Da würde SIE nicht nein sagen, sagt Schiebermütze mit der Stimme eines Mannes, na ja – der eines Knaben.

Ich würd SIE einfach, sagt Eden, noch immer völlig ausdruckslos, mit einer ganz leichten Handbewegung an die Wand drücken. Und IHR dann ungefähr zwei Sekunden Zeit geben zu fliehen.

Das würde SIE natürlich nicht tun, sagt Schiebermütze.

Die Tonspur knistert, und es ist nicht zu entscheiden, ob er das ironisch oder todernst meint.

Beide blicken geradeaus, die Hände in den Taschen, ganz knapp am Kameraauge vorbei.

Da steht sogar ein alter Sessel.

Eden saugt Luft ein.

Perfekt! Die Nacht ist warm …

×

Double Choc – bei uns wär das schon keine Nettigkeit mehr. Sondern ein veritabler Shitstorm: #RassistischerScherz

Allerdings hat Eden wahrscheinlich recht damit, dass Salem eine ganze Weile nichts Festeres runterkriegen wird als Donuts und Bier. Seine Lippen sind, ganz ohne Schminke, violette Maden, die sich überfressen haben. Die Kieferknochen angeschwollen, die Zähne kläglich dezimiert.

Ich stell die Schachtel nebens Sofa. Steck sachte das Pad aus.

Der Hare Krishna meditiert, alle anderen pennen, und Salem ist so out, dass er nichts merkt. Oder doch?

Als ich eben aus der Tür will, schlägt er das linke Auge auf. Das rechte gleicht einer viel zu lange eingeweichten Trockenpflaume.

Ihr seid sehr … verschieden, flüstert er, fast ohne die grotesk geblähten Lippen zu bewegen.

Ich weiß natürlich, wen er meint. Hab aber keine Ahnung, was er mir damit sagen will.

Äh … Findest du?

Er lacht. Ohne Scheiß. Er lacht, obwohl ihm das so richtig weh tun muss.

Am liebsten würde ich ihn schütteln. Ihm, wenn er nicht schon derart zugerichtet wäre –

Sagen: Ich bin ja nicht mal mehr identisch mit mir selbst!

Sagen: Hätte alles geklappt, dann wär ich jetzt eine charmante, polyglotte Schwedin!

Sagen: E. hat doch die gleiche Sehnsucht wie ich.

Aber ich sage nichts. Salem würde mich nicht verstehen.

Der einzige, begreif ich jetzt, der mich versteht, ist dieser kleine *tóngzhì*. Der unterwegs und unterwegs und unterwegs ist. Ihm kann ich alles anvertrauen: dem Verrückten, der die Zeit kennt.

×

ein reißen überkopf. äste verwandeln sich in vögel. bohren löcher in die wolkenwand. auch eden und der tweedmann heben ihre blicke. da vermischt sich was. braut sich zusammen. eine art lächeln –

nicht am himmel natürlich. auf beckys gesicht.

die tage der isolierung sind vorbei!

wo auch immer sie das her hat, vielleicht von den dutzendfach gestapelten bildschirmen in den auslagen an der oxford street. wo sie betteln und rumstromern und gratisproben feuchtigkeitscreme bei boots –

becky knallt die tür zu und pfeift durch den flur.

die drohne schwankt. dreht ab und verabschiedet sich torkelnd in höhere luftschichten, wo nichts als grau zu sehen ist.

ob fenna weiß, dass wieder flieger gehen? sobald der sturm …

mir wird kalt, trotz föhn. mir wird kalt, wenn ich dran denke. wie damals, als manolo, den rucksack schon gepackt, unter der dusche von der liebe sang, die uns trennen würde. diese leere: die tour geplatzt. manolo verschwunden. vier, fünf wochen lang.

etwas sagt mir, dass fenna bleiben wird. weil sie ohnehin nichts hat, zu dem sie zurück könnte. nichts als *jetzt & hier:*

×

dieses undefinierbare weiße Puder. Speed? Talkum für die Haare? Und haufenweise Vaseline, vielleicht auch das fürs Haar, oder …

Der Mexikaner lässt seinen knochigen Arsch in den ausgeleierten Maschendrahtrost eines alten Bettgestells plumpsen. Sackt tief ein. Hängt da fest und baumelt mit den Beinen. Wie er das bloß macht? Ich seh auf diesen Dingern, auch wenn's hundert Jahre her ist, noch immer ausgemergelte Skelette liegen. Eiter, Blut und Kotze. Sperma. Unbestimmbare Viren. Schlucke trocken.

… du weißt schon, was.

Mesca hebt den linken Mundwinkel ein kleines Stück.

Sein Haar ist lang geworden, klebt ihm an der Unterlippe, hängt bis zur Spitze seines Kinns.

Sie haben Namen wie … *Crazy Paul* oder *Stinky John*, um sich von den ganzen anderen Johns und Pauls zu unterscheiden. Und einer hieß *Frosty der Schneemann*. Der war weiß um die Nase wie ein Hund, der gerade seinen Knochen aus dem Schnee gegraben hat.

Immer? Mesca zieht die Augenbrauen hoch.

Immer. Zu jeder Tages- und Nacht…

Und dieser Typ, der überfallen wurde?

Was ist mit dem?

Der Schwarze? Der schwule Künstler aus dem Waschsalon?

Ich seh ihn an, kapier nicht, was er wissen will.

Der hieß nicht rein zufällig Squid?

×

nach anderthalb tagen in der city redet die walküre plötzlich wie ein wasserfall. auch wenn ich meistens keine ahnung hab wovon. erst von den zuständen in der warren street – als wären die irgendwie schlimmer als hier – und dann, plötzlich, von magnetismus. tunnelkontakten. flussregelschleifen … *¿qué coño?*

ihre beschreibung des typen mit der blutigen nase passt so haargenau auf squid, dass ich einfach fragen musste. einen moment lang dachte ich: scheiße, die cannies haben ihn erwischt. die doggies, um j.d.s tod zu rächen. oder irgendein getarnter schlägertrupp der AllSec … aber das ist natürlich quatsch. schließlich ist 1980.

und dann kommt das stakkato-feuer. der schwindel. die stimmen: *wer kommt hier lebend wieder raus?* ein punk im stimmbruch. *die schwarze see*: trockenes blut. mikkas kaktusgetränkter singsang.

die bilder. ganz ohne projektion. dunkler asphalt, wo sally ausgelaufen war wie ein kaputter tank. irgendeine hirn-eruption. bleiche finger, die zucken, erschlaffen. das weiße tuch, schwankend davongetragen. das letzte: blutige sneaker. die hatten wir zusammen geklaut. etwas hallt. *wie kannst du so kalt sein?* squid, der rotz in seinen hemdsärmel schmiert. *wie kannst du …?*

rote muster in den sneaker-rillen. kachelritzen. kachelgrund. staut den blutsee. woher die weiße hand? j.d.s finger haben ganz sicher nicht mehr gezuckt. und sally war schon seit stunden tot.

der schwindel. das sausen. tinnitus. ein glück, dass ich sitze, eingeklemmt in dieser harten hängematte. das blut um j.d.s kopf. aus sallys bauch. stunden später, verdunstet in tropischer nacht. frisches blut, das sich den weg durch weiße kachelritzen sucht. alles fließt zusammen. als wär mein hirn eine kuhle, wie die, in der mein hintern hängt.

und dann noch prizz – wieso jetzt *das* –, prizz in bel air, der von london träumt. sein haar tropft auf die braunen schultern, seinen harten bauch. die go-go's. madness. x und darby crash.

×

Squid?, frag ich nach. Superconducting Quantum Interference Device? Diese Dinger, mit denen man Hirnströme misst? Die revolutionäre Sachen wie MeshPads und MeshChips ermöglicht haben?

Tintenfisch, sagt Mesca, flach wie Robbenflossen, Wasserbombenwerfer.

Sein Gesicht ist merkwürdig leer. Er legt es in die Hände. Stöhnt.

Tintenfische? Wasserbomben…?

Wir reden aneinander vorbei. Kein Wunder: Schließlich kommt er aus ner anderen Zeit.

Mescas Fingerknöchel werden weiß, so fest umklammert er seinen Schädel. Als hätte er einen FOLO-Anfall. Er atmet schwer.

Dann, plötzlich, hebt er den Kopf und fragt, ein bisschen schleppend, aber wieder ganz da:

Und diese Band, die ihr sehen wolltet?

Ich schau ihn an.

Wie hieß die?, präzisiert er.

Weiß nicht. Wir sind ja nicht mal bis rein gekommen ins Bridge House.

Mescas Miene gleicht dem Himmel draußen: dunkelgrau. Fast schwarz.

Meine EmoApp ist leider tot.

Was stand nochmal auf den Screens, oder wie auch immer die Dinger heute heißen, die überall in Canning Town rumhingen?

Man hört jetzt Regen an die Scheibe prasseln. Mesca seufzt. Traurigkeit, vermute ich. Vielleicht Enttäuschung. Verzweiflung sogar. Ich würd ihm gerne helfen, irgendwie.

Kreuze, sag ich. So n Andreaskreuz.

Mesca reißt die Augen auf.

X?

Er wurschtelt sich aus dem Drahtgestell, steht plötzlich vor mir. Fast schon zu dicht.

Ich glaube, sag ich.

Und die andere? Sein Atem geht noch immer wie nach einem Dauerlauf.

Hm. Irgendwas mit … Crash.

Ich schaff's, ihm in die Augen zu sehen, die so nah sind, dass sie fast verschwimmen.

Crash, das kann ich mir merken. Reichlich ausgelutschter Running Gag. Aus meiner Zeit. Typischer Yngvi-Post, wenn ihm nichts Besseres einfiel.

Mesca lacht natürlich nicht. Er springt auf und ab.

Darby? Darby Crash?

Ich zucke mit den Achseln.

Mescas kleiner Tanz beginnt zu nerven.

Na jedenfalls –

die ganze Zeit fand ich sie furchtbar *unberechenbar*. Sie haben kein Gefühl für … Proportion. Sie haben kein Gefühl für …

Mesca wird wieder ruhiger. Setzt sich auf den Rand des Bettgestells und schaut zur Seite. Ich glaube, er guckt die Regenschlieren an. Und plötzlich geht mir auf, dass er dasselbe über mich denken muss: wie unberechenbar *ich* bin. Die Unberechenbarkeit in Person.

Ich meine, sag ich, sie setzen sich den ganzen Tag lang unter diesen goldenen Schmetterlingsmann und betteln. Und am Ende klauben sie ihre … äh, Münzen zusammen und … was kaufen sie?

Mesca dreht den Kopf in meine Richtung, so langsam, als würde er träumen.

Drogen?

Nee, sage ich. Nicht mal das. Sie kaufen sich *Kekse*, und zwar die teuersten, die's gibt, diese hauchdünnen, in Plastikabteilen gestapelten, die vielleicht höchstens meine Oma für Kaffee-Besuch …

Mesca nagt an seiner Unterlippe. Legt den Kopf schief. Sieht mich an.

… na, egal, sie sitzen da also in der Küche – das, was sie *Küche* nennen – und knabbern ihre Luxuskekse und reden über Bahnstreiks,

Gewerkschaftsverhandlungen, Müll auf den Straßen, Stromnotstand, Arbeitslose, *Maggies Sparpolitik* …

Durchdringend. Mesca sieht mich durchdringend an. Das irritiert. So sehr, dass ich irgendwann nicht weitersprechen kann.

Da ist was in dir, sagt er nach einer Weile. Da ist was in dir, das vorher nicht da war.

Was?, höre ich mich fragen. Wie aus der Pistole geschossen. Früher hätte ich ihm eine geknallt.

Ich glaube, sagt Mesca langsam, so ging's mir früher manchmal, wenn ich aus dem Kino

×

meist war ich die geliebte des helden. in orpheus' fall natürlich nicht die lahme ehefrau, sondern der stille, kalte tod. irgendwie entsprach wohl diese aussichtslose liebe meiner vergeblichen schwärmerei für gut bestückte heteros im hallenbad.

nicht nur auf der leinwand, anderthalb stunden in stickiger dunkelheit. die vierte wand hatte sich aufgelöst. tagelang sprach ich mit veränderter stimme, ahmte, ohne es zu merken, gesten und mimik nach. nur sals spöttisches grinsen verriet mir, was ich tat.

fenna schaut mir selten in die augen. vielmehr hab ich das gefühl, als würde mir was auf der stirn geschrieben stehen, das sie seit wochen zu entziffern versucht. mit blicken ist ihr absolut nicht beizukommen.

trotzdem hat sie sich verändert. sie kotzt sich nicht nur bei mir aus. sie *hört mir zu*. als hätte sie sich eine andere rolle übergestreift. ob sie jetzt mehr sie selbst ist, oder früher, weiß ich natürlich nicht.

ich weiß nur, dass manolo da, wo er sich hinfantasiert hat, nicht zu finden ist. x und darby crash. das sind nur namen auf irgendwelchen plakaten. sie existieren nicht, hier, in dieser welt. würde man versuchen, sie zu sehen, zu hören, gar anzufassen, dann wäre das wie eine leinwand zu zerschneiden, um ins filmgeschehen einzusteigen. was bliebe, wären traurige fetzen. und jede menge *nichts*.

mit demerol fing's an, erzähle ich vom niedergang. irgendjemand hat das zeug in die szene gebracht. und alle hingen wie tot in der ecke rum, hatten nicht mal mehr bock auf sex. das war irgendwie das … wie sagt man?

fennas finger zucken. sie guckt wie immer, ausdruckslos.

das ende der party …?

keine reaktion.

die zeiten sind vorbei, da man auf mescalin mit gott spricht.

von wem kam das? kid congo? marcy blaustein?

keiner ging mehr für tage in die wüste und verlor sich da. die leuten wollten schnellen spaß.

fenna sagt noch immer nichts. sie starrt auf einen punkt knapp oberhalb meiner nasenwurzel. das *dritte auge.*

ich stieg um auf koks. keine ahnung, ob ich nen trend gesetzt hab oder bloß einem hinterherlief ... *harmlose party-droge*, hieß es damals. die DEA war ziemlich lasch. unten in mexiko waren die kartelle noch kleines familiengeschäft. es gab jede menge *freie*, und so gut wie keine kontrolle, weder von der mafia noch vom staat. prizz, sag ich, und huste, als hätte ich raues verschluckt. dabei läuft sein name doch so säuselnd süßlich aus ...

wie er vor pleasants tür stand. mit diesem grinsen im gesicht. der panzerkugel namens henry unterm arm. *bacchino, ragazzo, angelito.* manchmal drehte er sich zu mir um, obwohl ich gedacht hatte, er würde längst schlafen. das knistern und das reißen der lobotomies ...

prizz, sag ich fester, prizz hatte es drauf. sein siedepunkt lag höher als der aller anderen.

brech ab und merke: was ich sage, klingt falsch. die poolpartys in bel air. und wie wir plötzlich auf die anderen stricher runtersahen. wir. dabei war prizz ja immer schon am wegdriften, selbst wenn er bei mir war. vier, fünf wochen. die welt von oben schrecklich klein. henry so schlaf- und rastlos wie ich. fenna kann das ruhig erfahren.

egal, wo ich war, sag ich. wenn manolo auf der bestie, konnt ich nicht ...

die bestie! ihre eisblauen augen reißen mich an sich. so sagen sie im V zu heroin!

×

... ist wohl nur die Frage, wer schneller war.

Mesca drückt den linken Daumen in die rechte Handfläche. *Shutdown.*

Nein, nicht hier. Wut. Trauer?

Draußen ist es jetzt ganz still. Der Sturm hat sich gelegt. Der Regen ist verstummt.

Manchmal redet Mesca mit Geistern. Aber auch hier drinnen, rund ums alte Piano und die rostige Liege, scheint heute nichts zu sein, das Mescas Aufmerksamkeit erregt. Einzig das zerfressene Gebälk hoch oben ächzt hin und wieder.

Das heißt wohl: Alles, was er erzählt, will er *mir* mitteilen. Warum auch immer. So dringlich, als wär ich ein Memo mit direktem Zugang zur Cloud. Unfehlbar, unsterblich, mit unbegrenztem Speicherplatz.

All diese Worte. *Disgraceland* – die Straßenkreuzung hab ich vergessen –, ein bisschen südlich vom *Masque*, diesem Punk-Schuppen, von dem er's drunten in den Kellerräumen hatte, den ich mir vorstelle wie das Bridge House, selbst wenn ich nie drinnen war, und manchmal wie das V. Das *Masque*, das es zu Zeiten von *Disgraceland* allerdings schon nicht mehr gab. Namen wiederholen sich. Kid Congo, Jack in the Box, Marcy Blaustein, Frederick's of Hollywood. Vielleicht gibt's da was zusammenzusetzen. So ne Art Jigzone für Profis. Natürlich reizt mich das.

Disgraceland: der Host für eine Seite namens *Lobotomy. Fanzine* nannte man das damals … also: heute. Vielleicht ne ältere, weniger glattgebügelte Version von *Ripz&Tipz*.

Demerol. Acid. Elvis.

Elvis sagt mir was. Ein Kultobjekt?

Pleasant hat die Elvis-Büste mit Alice-Cooper-Make-up verziert …

Während ich noch seinen vorvorletzten Satz zergrübele, fragt Mesca plötzlich: Wie ist das so in Island mit den Drogen?

Hm. Spricht er vom Island, aus dem ich komme? Oder von dem der 80er? Und woher weiß er überhaupt …?

Alkohol hat eine lange Tradition, wag ich mich schließlich vor. Das gilt seit hunderten von Jahren und wird wahrscheinlich noch ein paar hundert weitere so sein.

Von den 20 Tonnen Kokain, die während des zweiten Booms in einem ausgestopften Buckelwal ins Land geschmuggelt wurden, sag ich mal lieber nichts. Geschichtschaos und so.

Früher gab's Alkohol nur in staatlichen Monopolläden, erzähle ich stattdessen. Davor, also ganz früher, herrschte komplettes Bierverbot –

Bis 1989. Wieder so ein Schulreader-Fakt. Das lass ich aber weg, weil dieses Datum für uns aktuell ja in der Zukunft liegt.

Mesca schaut mich an. *Erwartungsvoll.*

Wenn jetzt 1980 ist, sag ich, dann dürfen die armen Schweine, deren Häuser gerade von Lavamassen weggerissen wurden, auf den Schock hin also noch nicht mal ein schönes, kühles Thule köpfen.

Kurz denk ich an Yngvi im Leichenhallenlicht der Tanke. Die Flaschensammlung unter Kjartans PC-Tisch. Sólrún, die Eier mit Skyr verrührt.

Also, wenn nicht eh schon alle an der Asche erstickt sind.

Sind sie nicht, sagt Mesca in einem Tonfall, der beinahe drohend klingt. Vielleicht auch einfach nur *bestimmt*. Dann irgendwas von *Tsai-Tung*.

Kampfsport, oder was?

×

manchmal hab ich bier getrunken, manchmal eine tuinal ...

ihre finger zucken, kaum merklich nur noch. sie fragt jetzt. sie fragt mich.

eine was?

so n schlafmittel, das es damals gab.

damals ... sie lässt das wort in einen tiefen schacht plumpsen. schaut mir in die augen, was selten ist. und seltsam.

ein paar monate, rede ich weiter, ein paar monate lang hatte ich mich unter kontrolle. entweder-oder. das war der deal mit mir selbst. manchmal allerdings hatte ich schon ein paar bier getrunken. und hab dann gemerkt: ich werd trotzdem nicht schlafen können. so fängt das an. die regeln, die man sich selbst gestellt hat, weichen auf.

jetzt weiß ich, was es ist: fenna blinzelt ungefähr so selten wie eine hauskatze. hypnotisierend, dieser tiefkühlblick.

das gürteltier und ich, höre ich mich aus weiter ferne sagen, wir waren in einem verdammt schlechten zustand. damals. im frühjahr 1980.

auf dieses zweite *damals* reagiert fenna nicht. nur ihr blick hält mich weiter fest.

ich wünschte, jemand würde reinkommen. zehn, zwanzig herzschläge lang. aber sie sind alle oben. haben sich da zusammengedrängt, den regen abzuwarten. zum kiffen. reden. ab und zu hört man das scharren von fußsohlen oder wie jemand oder etwas auf den boden plumpst.

fennas augen lassen mich los. sie geht zum fenster, wahrscheinlich nur, um eine richtung zu haben. durch die blinden scheiben sieht man nichts.

1980 gab es keinen vulkanausbruch.

sie klingt so sicher, dass ich nicht nachfragen muss. ob sich die sonne nicht doch um die erde ...?

coño. wenn diese *pinche* asche also nicht real, beziehungsweise: so real wie das, was beim *huīyún* aus j.d.s zimmerwänden kroch, könnte fenna dann nicht mir-nichts-dir-nichts in den nächsten flieger steigen? einfach – *puff!* – verschwinden?

¡dios mío! das wär wahrhaftig eine reise ohne wiederkehr!

sieben wochen. eiseskälte im magen, in den straßen hundert grad. die grenzen des aushaltbaren bis auf weiteres verschoben.

die beine sacken weg. ich weiß jetzt, dass ich in einer parallelwelt stecke. warum manolo hier nicht zu finden ist. warum x und darby crash nur gespenster sind. warum fenna nicht reinkam ins bridge house. warum etwas geschehen musste, das sie davon abhielt.

dieser vulkanausbruch, den es nie gab.

kaltes metall an der schläfe. flugrost an den lippen. der bowie in mir singt:

immer und immer wieder

immer wieder sag ich mir:

heute bleib ich clean …

kann die augen nicht mehr öffnen. doch fenna nimmt mir die worte aus dem mund. sie weiß genau – wer weiß woher –, wie's weitergeht:

ich hänge hier an einem geschätzten freund.

oh nein, nicht schon wieder!, rufe ich.

ein lichtblitz, flüstert fenna, *doch keine pistole qualmt.*

schädelschmerz. der tinnitus. synthetische geigen vibrieren am scheitelpunkt.

da ist was warmes – fennas arm. hätt nie gedacht, dass das geht. sie fasst unter meine achseln, die kniekehlen, hebt mich auf wie ein kind.

×

Mesca füllt seine Lücken mit Vergangenheit, die Leere zwischen seinen Füßen, die Geisterräume des Sanatoriums. Bevor er ging, hat er mir gezeigt, was hinter den Türen ist, die er damals ausgelassen hat. Nämlich die Chirurgie. Wo Menschen aufgeschnitten und wieder zugenäht. Wo seine Schritte schneller, sprunghaft wurden.

Erkunden muss ich sie allein.

Geflieste Räume sind so ne Sache. Nicht so sehr ihr Anblick, vielmehr das Echo, das darin entsteht. Bemüh mich, lautes Atmen zu vermeiden, jedes Knirschen, Schmatzen, Knacken. Die rostige Liege, auf der Mesca saß, hat jemand von der Chirurgie zum Speisesaal geschleppt. Dasselbe Modell steht nämlich hier, diagonal in der Raummitte platziert, inmitten eines grünlichen Sees. Unwirklich, die leuchtenden Farben: das Blau der Kacheln, knallrote Spritzer, der giftgrüne Wasserspiegel. Wie etwas aus einer lange nicht benutzten Kinderfantasie. Denkt man sich das alles heil, die Kacheln weg: ein Floß mit allem, was dazugehört: Lieblingsteddy, Wasserflasche, Tafel Schokolade, Schmusedecke. Ob Mesca auch solche Bilder zum Einschlafen gebraucht hat? Wie Yngvi und ich uns immer und immer wieder die Katla-Sage erzählten …

Jetzt ist das Gestänge rostzerfressen, der Unterwasserboden übersät mit abgeplatzten Kachelstücken, Moos und wer weiß was noch für Dreck. Trostbilder verrotten, wie alles andere auch, wenn die Kinder, die sie mal bewohnten, sterben oder erwachsen werden.

Ich weiß nicht, was es war, in Mescas Fall. Das *Mescalin*? All der Scheiß, den er als Kind ertragen musste? Missbrauch, Schläge, was weiß ich. Die 647 Tage Einsamkeit in HuLIYW OD? Dieser Manolo/Prizz, so viel hab ich kapiert, war und ist die Liebe seines Lebens. Ungefähr einen Monat war Manolo/Prizz in L.A., dann für zwei Jahre verschwunden, und als er wiederkam, schon halb im Schlund der *Bestie*.

Wenn ich mir überlege, wie viel Zeit verstrich, macht das alles chronologisch plötzlich Sinn. Das Masque wurde geschlossen, dann dieses besetzte Haus, der Canterbury-Komplex. Alles ging den Bach runter. Gewalt wurde irgendwie cool. Und dann die Drogen. Demerol. Acid. Smack. All die Namen. Einige zogen um. Nach Disgraceland. Levi, Pleasant, Screamin Sirens. Schräg gegenüber: Frederick's of Hollywood. Mesca hat nur manchmal dort gepennt. Meist bei einer Person namens Trick Wall. Komischerweise hab ich sogar deren Adresse abgespeichert: Mansfield/Lexington.

Alice, jetzt fälllt's mir wieder ein: Mesca hat was gesagt von *Alice im Wunderland.*

Sein Trostbild war kein Floß auf weiter See, sondern ein Kaninchenbau.

Nur eine Lücke füllt er nicht. Woher er all das Wissen hat. Wie dieses Wissen zwischen seine verwahrloste Jugend, die Fahrten mit der Bestie und seine Zeit in Hollywood passt.

Friedlander, Elvis, Michelangelo Merisi, Cocteau. Um rauszufinden, ob das nur leere Worte sind, müsste ich *suchen*.

Vielleicht hat Mesca Jahre, Jahrzehnte sogar, in irgendeinem Zeitkokon verbracht. In Stase. Im Winterschlaf. Als Teil irgendeines Alien-Experiments. Vielleicht hat er Epochen einfach übersprungen. Vielleicht war er schon weiter in der Zukunft als ich!

Bei ihm, denk ich so langsam, wäre alles möglich, ihm, diesem Ex-Junkie, seinen unsichtbaren Wächtern, seinem verschollenen Freund, der eine gedankenlesende Magnetspule ist. Diesem Verrückten, der die Zeit kennt. Der unterwegs und unterwegs und unterwegs ist. Momentan: anschaffen auf dem Friedhof. Soll ich das eklig finden? Makaber? Verwerflich oder so? Wär zumindest heuchlerisch. Er teilt ja den Gewinn so brüderschwesterlich mit mir. Aber Angst hab ich natürlich. Angst um ihn. Ich weiß ja nicht, wie klar ihm ist, dass Sex und Tod so weit nicht auseinander liegen. In diesem 1980.

In L.A. waren's die Stufen der Baptistenkirche. Schon das irgendwie ne unheilige Allianz. Im Südosten: Jack in the Box. Daneben: das ägyptische Theater. Hollywood Blvd/Las Palmas. *Tāmā de*, bin ich gut mit Adressen!

Jetzt schwanke ich über morsche Planken. Sogar der Boden spiegelt Fliesen. Über der rostigen Liege hängt ein überdimensionaler Duschkopf, zerlöchert wie Mescas Hirn. Verformtes Alien-Ding. Bedroht die Trostfloß-Fantasie mit seinen hohlen Augen.

Die roten Spritzer an der Wand, das könnte Graffiti oder Blut –

Denk dran, immer mit Gummi zu ficken, hab ich ihm noch gesagt.

Glaubst du, ich werd schwanger?

Dabei hat er ganz komisch gelacht.

Ich konnte nichts mehr sagen. Nur immer wieder denken: unsere ach-so-verwundbare Geschichte. Der *Schmetterlingseffekt.* Nazis und Pads.

Eigentlich weiß ich längst, dass sein Wissen kein leeres Geschwätz ist. Er wusste von den Namen auf den Plakaten. Darby Crash und X. Er kannte diesen Song vom *Lichtblitz*, der bei Dunkin' Donuts lief.

Ein Blitz. Wie der, der meine Erinnerung zerschneidet. *Ein Lichtblitz, doch keine Pistole qualmt.* Das Dahinter: ausgelöscht.

Es ist, bis auf meine Schritte, völlig still. Kein Rauschen, kein Sausen, keine gedämpften Computerstimmen, die verspätete Passagiere aufrufen. Natürlich gibt's hier, im verfallenen Sanatorium, keine Kameras.

Aber etwas war doch da. Das deckenwärts Kreise zog. Etwas im Augenwinkel.

One flash of light …

Keine Angst, musst dann nicht Papa spielen. Dieses Lachen. Als würden seine Lippen klemmen. Zum Abschied hat er mich auf die Wange geküsst.

×

mindestens einmal muss der vorhang gefallen sein. das seh ich an ihrem veränderten kostüm. das *kleid aus tränen*, das trick wall trug, als wir zu spät zu billys beerdigung kamen. und immer noch in der *nacht der lebenden toten.* die härte ihrer hüften ist mir so präsent. viel mehr als prizz' weiche lippen, die meinen handrücken berührten, und dann im kinodunkel den ganzen salzigen hals.

wo sind wir?, frag ich mich. unter den s-bahn-bögen? in der kellerbar mit den dunklen paneelen? schwer zu sagen. der hintergrund bleibt verschwommen.

das kameraauge hat probleme mit den glasharten tränen. gerät außer fokus, immer wieder. unscharf wirkt das rosa kleid wie nackte europäerhaut.

verboten. hier, auf mike/matt/mileys küchenwand. mike/matt/miley hat einen festen schlaf. und geld! bleiben soll ich, bis zum morgen. nur damit er mir frühstück machen kann? ich werd das nie verstehen. auf der theke – *kitchenette* nennt man das wohl – reihen sich saftpresse, mixer, toaster, thermopot, als würden sie seit ewigkeiten an irgendeiner kasse schlange stehen. ein bisschen staubig schon, im ersten dämmerlicht. die fliesen unter den gekreuzten schenkeln sind angenehm kühl, im rechten winkel dazu: das steuerelement. fenna hat es gesehen. wie immer ohne reaktion, nicht mal der anflug eines zuckens. die bilder, die darin gespeichert sind, behalt ich lieber noch für mich. zahlenrasen. edens erinnerung, die nach vorne *und* nach hinten läuft. wenn fenna *die* sähe … keine ahnung, wirklich nicht, was dann

4:47:22

Wie alt bist du eigentlich?, fragt jemand, der mit dem Rücken zu IHR steht. Markante Kieferlinie, verlorenes Profil.

Das Bild ist augenblicklich scharf, SIE ein Streifen Glitzerstoff am linken Rand, und, sobald das Bild wieder verschwimmt, eine Rauchsäule aus rosa Zuckerwatte.

Drei männliche, vielmehr knabenhafte Gesichter, zum ersten Mal im Close-up zu sehen. Frontalansicht, Halb-, Dreiviertelprofil. Eden ist nicht darunter. Rechts der Flieger, Stirn und Haaransatz vom oberen Bildrand abgetrennt.

Vierzig, antwortet einer, der einen braunen Bowlerhut trägt. Verkneift sich ein Grinsen und schaut aus dem Bildausschnitt raus, das heißt vermutlich: in IHR Gesicht.

Nein, warte … Zweiundvierzig.

Der nächste ruft: Das glaub ich nicht!

Und der dritte: Zweiundvierzig? Seine Stimme kippt. Höchstens … Zweiunddreißig.

Sie wirken wie Schüler, in *erwachsene* Kostüme gesteckt. Neugierig, aber genauso auch zum Spott bereit. Wechseln feixende Blicke. Zerwuschelte Frisuren, bis auf den, der einen Hut trägt.

Sag uns, fällt der Flieger ein, mit seiner tiefen Stimme, die beruhigen, vielleicht auch beschwichtigen will: Wer hat dich gebissen?

Er beugt sich vor, also nach unten, so dass jetzt sein gesamter Kopf zu sehen ist. Als er den Arm ausstreckt, eine Verbindung quer durchs Bild legt, verschwimmt SIE, sein tarnfarbener Ärmel, seine Hand. Er legt IHR die Hand auf die Schulter, suggerieren die Schemen. Sicher ist nichts.

Die Knaben giggeln leise.

Seinen Namen weiß ich nicht, sagt SIE nach einer langen Pause. Er hat mich unsterblich gemacht. Und mir dann das Herz gebrochen.

Stille. Jemand räuspert sich.

Die Kamera hat den Brennpunkt wieder: der Flieger, der jetzt mittig steht. Er dreht sich, schaut den Knaben der Reihe nach in die Augen wie ein Conferencier.

Da seht ihr's! Er klatscht in die Hände und stößt dabei ein Lachen aus, das etwas gezwungen klingt. Seitdem ist die Schöne keinen Tag älter ==009.kJeiounm_KL% bck// etwas knackt. so laut in der stille, dass ich zusammenzucke. das bild verschwimmt, wird körniges geriesel. mike/matt/ mileys kühlschrank verfällt in seine aktive phase. könnte schon mal einen schluck kalte milch, denk ich, und verstehe plötzlich, warum eden auf der v-night-party fast nie zu sehen ist.

wenn das pad edens gedächtnis ist, dann sind das hier vielleicht so was wie seine träume. manchmal sieht man sich in träumen wie von außen. aber meistens eben nicht.

×

Mesca schweigt, was selten ist. Na gut, er hat den Mund mit Pommes voll. Kaut, schluckt, trinkt. Schaut über die ausgewaschene Marslandschaft, diesen langsam überwuchernden Tafelberg, in dem nichts aufragt außer ein paar sinnlosen Metern Maschendraht, die NICHTS von NICHTS trennen. Kaut, schluckt, schlürft Sodapop aus seinem Halbliterbecher. In seinem rechten Ohr steckt ein goldenes V. Woher er das nun wieder hat. Was er weiß und was nicht. Dass man den Tod, auch wenn er längst in einem ist, noch lang nicht sieht.

Vor zwei, drei Stunden hat der Regen plötzlich aufgehört. Dann war Mesca wieder da, kein Tropfen auf der Kleidung, braune Tüten voller Fast Food in der Hand.

Wir sitzen da, wo Balken unter unsren Hintern sind, meiden Löcher, aus denen Unkraut sprießt, und aufgeweichte Mulden, in denen Wasser steht. Die Dachpappen trocknen schnell. Wie auch meine Haare. Den Marlboro-Rauch, Wella, Elnett, *das Haarspray der Stars*, die dunklen Halbmonde unter den Fingernägeln endlich entfernt. Der Wassererhitzer ist kaputt, aber bei diesen Temperaturen macht das nichts.

Greif zu den kalten Pommes. Sag nichts. Will mich ja nicht beschweren. *Double Cheese*, für sich, für mich. Das Ketchup ist ins Brötchen eingezogen, das Salatblatt aufgeweicht. Nur so ne Feststellung. Die drauf hinweist, dass Mesca ziemlich lange unterwegs. Wer weiß wo. Ob er's im Gebüsch mit diesen Typen, im Auto oder deren Wohnung. Oder ob das alles Lügen sind. Ob er das Geld von ganz woanders. Drogen oder so. Die Wege sind tabu.

Dahin jedenfalls, wo ich hingehe, kann oder will Mesca ganz offensichtlich nicht.

Er fixiert den Punkt, wo sich die Sonne im Stacheldraht verfängt. Schlürft den letzten Rest. Geschmolzene Eiswürfel, vermutlich.

Ich glaube mittlerweile, es liegt nicht nur am Nicht-Wollen. Ich glaube, es liegt am Nicht-Können. Und dass das auch ganz gut so ist. Könnte Mesca dahin, wo ich hin kann, würde sich was überlagern, was sich nicht überlagern soll. Wie bei nem falsch programmierten *i!Merse*-SIM. Wenn sich ein Holo da materialisieren würde, wo schon ein Mensch steht oder sitzt. Was dann. Einer von beiden ginge kaputt.

Auch dass Salem sich nie im alten Sanatorium blicken lässt, macht total Sinn. Der Weg hierher und von hier weg ist so ne Art Kanal, den nicht alle in beide Richtungen durchqueren können.

Ein Ruck. Mesca verlagert sein Gewicht. Die Sonne bleibt hängen und kippt sich aus. Man kann jetzt, wo die Asche weggezogen ist, wieder weiter sehen. Aber da ist einfach nichts. Bis zum Horizont nur platte Wüste. Wie das Missetäterlavafeld. Nur ohne Asjka und Herðubreið. Ohne *überhaupt irgendwas.*

Jedes Mal, wenn ich von hier losmarschiert bin, hatte ich das Gefühl: noch zwei, drei Schritte, und die Welt löst sich vor meinen Füßen auf. Zerlegt sich in Pixel, wie das im frühen *i!Merse* manchmal war. Da wusste man noch nicht, wie weit die Leute sich vom Hauptgeschehen wegbewegen würden. Oder wollte einfach Geld und Arbeit sparen. Dachte sich: Scheiß auf das Drumherum! Die Welt hört mit dem Gartenzaun, der Stoßstange, dem Seitenstreifen, dem Balkongitter auf. Hat sich bis heute nicht groß geändert. Nur dass jetzt die Schnitte schneller sind.

Wenn das so wäre, also alles da draußen, solang ich hier bin, leer, was ist dann in diesem Moment mit Salem, dem mürrischen Piraten, Frosty, Dead Marilyn? Ich kann mir Salem zwar vorstellen, wie er in der Warren Street rumschlurft und Donuts isst. Wie seine Lippe abschwillt, das Auge. Von blau zu violett zu gelb-grün. Aber das ist ja nur meine Fantasie. Meine ärmliche Fortschreibung der Geschichte. Ich *fühle* ihn nicht. Kann ihn nicht anstupsen, anwählen, lokalisieren. Mir seine Existenz bestätigen lassen durch irgendeine Geste, irgendeinen Klick. E. dagegen *fühle* ich, auch ohne diese Möglichkeit. Auch ohne seine Wohnung zu kennen. Auch wenn er in einer Parallelwelt steckt, zu der wahrscheinlich *niemand* Zugang hat. *Fühle* ich ihn. Wie einen Splitter, der unsichtbar irgendwo in mir steckt. Ein winziger Schmerzpunkt, der mit jeder Bewegung – und sei sie gedanklich – durch den ganzen Körper schießt.

Wie Mesca seinen verlorenen Lover beschreibt, erinnert er an E. Nicht die Frisur. Frisuren ändern sich. Aber der spitze Zahn. Die Knospenlippen. Murmelaugen. Babyspeck. Die langen Finger. Zufall?

Mesca holt den Prototypen aus den Tiefen seiner Baggy Pants. Er hat jetzt die Konsistenz von *CrispyTongue*-Bubblegum, wird aber sogleich hart, in Mescas linker Hand. Flexx- oder Exxopad. Ich taste nach meinem, das immer flach und körperwarm ist. Reiner Instinkt, wie bei Daunenjackes Gang der Griff in den Schritt.

Netz. Ich bräuchte *Netz*, um all diese Zufälle auszuschließen. LifeLine. HeartSync. Picture Match. Dann wäre alles klar. Eindeutig, eingegrenzt, vorhersehbar, für immer konserviert.

Zwei Pads. Er spielt mit seinem, jetzt ganz ungeniert. Irgendwie auch unbeholfen. Wie ein Fünfjähriger beim Umstieg vom Play- zum ComPad. Schwierige Phase, sagen Eltern-Seiten. Die schwierigste, gleich nach dem Zahnen.

Sein Daumen drückt viel zu fest aufs Slide-Out. Hat noch nicht diese Leichtigkeit. Das Gleiten und Wischen, das millimetergenaue Spannen und Lockern, das nach drei bis vier Monaten einsetzt.

Nein. Er kommt nicht aus meiner Zeit. Er hat sie höchstens kurz besucht. Wo immer er den Prototypen herhat.

Mein Pad. Sein Pad. Das könnte schon ein kleines Netzwerk –

Jetzt hat er's hingekriegt. Stativ-Helix. Schimmert rosa-golden, schießt eine Serie kleiner Sonnen, für die Ewigkeit.

Kannst du dir das vorstellen?, sage ich, und Mesca blinzelt. Dass jetzt gerade, in diesem Moment, acht Milliarden Menschen, na ja, sagen wir mal sieben abzüglich der ungechippten, ihren geistigen Müll in ein und dasselbe Netzwerk kippen?

Mesca *dreht*, ein bisschen schief zwar, aber immerhin. *Dreht* und *schießt* auch mich. *Teilen*, das fehlt noch. *Teilen* kann er natürlich nicht. Genauso wenig wie ich.

Und am andren Ende sitzen ein paar Deppen und filtern diesen Müll, filtern all diese Daten nach irgendwas von Wert.

Mit einem plumpen *Shut* faltet Mesca die Helix ein.

Wie beim Theorem der endlos tippenden Affen?

Es ist das erste Mal seit ungefähr ner Stunde, dass er den Mund aufmacht. Und dann kommt so was raus. *Theorem der endlos tippenden …* Ich muss ihn blöd anglotzen, *huǒxīngrén*, kann ja nicht *Suchen* machen, müsste doch tatsächlich fragen: wie *wer*? Wie *was*?

Tu ich natürlich nicht. Stattdessen zähl ich.

… *fünf, sechs, sieben, acht.*
Sag mal, wie viele Leben hast du eigentlich gelebt?
Er runzelt die Stirn. Vielleicht ein Sprachproblem.
Ich meine – wie alt bist du?
Er sagt noch immer nichts, die Stirn in Falten.
Hast du keinen … *Nein. Natürlich hat er keinen Chip* … keine Karte?
Er schüttelt den Kopf. In den meisten Sprachen heißt das *Nein*.
Noch *nie* gehabt?
Er steckt sein Pad weg. Hebt und senkt die Schultern.
Ich war schon immer illegal.

×

ein dutzend affen, die endlos auf einem dutzend schreibmaschinen herumtippen, würden irgendwann shakespeares sonette komplett und fehlerfrei hervorbringen.

fenna fragt, ob es mich schon mal gab. keine ahnung, wie sie das meint. ich hab das gefühl, es gab mich schon immer. leider hab ich keinerlei papiere, um ihr das zu beweisen. nichts. noch nicht mal meinen namen.

fennas haarspitzen werden heller, während die feuchtigkeit verdunstet. mein ohrläppchen puckert. scheint auch direkt die sonne drauf. warum ausgerechnet dieses v. weil ich ihn nicht vergessen soll. vadim/vanya/vladilen. oder einfach weil er mit ner heißen nadel meine ohren – was soll's, das v ist pures gold. auch in fennas gesicht pocht was, verborgen unter ihrer haut. die bleich wie antilopenknochen ist. meine ist rotbraun. indiovorfahren, hat sally behauptet.

ich bin klein und dürr, fenna ist groß und muskulös. ich bin ein schwuler typ. sie ist … na ja, sie hat so was wie brüste, wenn auch nicht grad sehr große. auf wen oder was sie steht? *¡yo qué sé!*

sie und ich, wenn man uns so von außen sieht, könnten unterschiedlicher nicht sein. dennoch: die anderen sehen uns an, als wären wir eins. reden mit uns, als wären wir eins. selbst becky, die fenna vormals völlig ignoriert hat, lächelt sie jetzt an. als sie eben rauskam, die letzten kalten pommes schnorren.

fenna leckt salz von ihren lippen. starrt auf mein pad, mit ungefähr so schlecht verhohlener gier wie potentielle kunden vor den urinalen im bovard auditorium.

j.d.s zittern. nicht *suchen*, nicht *teilen*, nicht *posten*. wie verstört fenna sein muss. wie selbstverständlich sie begriffe wie *ungechippt* benutzt. und als ich *wächter* sagte, hat nichts an ihr gezuckt.

ich könnte fragen. so träge wie ich bin. so satt.

fennas gesicht glüht. erst jetzt ist sie so richtig am leben. ihre hände ruhen auf den knien. das zittern ist weg. vielleicht hab ich mich getäuscht. oder sie ist schon drüber weg.

du bist aus der zukunft, stimmt's?

nee, sagt sie. aus dem jetzt.

ich seh sie an. wie sie sich sorgen macht, bevor ich gehe. mich warnt. als könnten johnny/jason/jim, mike/matt/miley, vadim/vanya/vladilen mir auch nur einen finger. im gegenteil: mike/matt/miley macht mir french toast und vadim/vanya/vladilen schenkt mir 24 karat gold.

es ist jetzt möglich, fenna zu berühren. beim ersten mal war's wie den finger in sehr heißes oder kaltes wasser halten. eiskalt oder kochend heiß? man weiß es einfach nicht. so fühlt sich fennas haut an meiner an. und meine haut an ihrer. asexuell. elektrisch. nicht wie ein bruder – sal –, nicht wie mein seelenzwilling – prizz.

anders. unbeschreiblich. GUT.

×

Natürlich weiß ich, dass es darauf keine Antwort gibt. Ich frag ihn trotzdem.

Warum hast du dich in Manolo verliebt?

Damals. Aber das sag ich nicht. Die Zeit ist jetzt und hier, wo die glutkotzende Sonne über den Horizont fällt, einfach mal egal.

Weil er unvorhersehbar ist, sagt Mesca, so schnell, als hätte er nur auf meine Frage gewartet.

Er sieht mich an, und ich denk an E., an flüssiges Magma, das mich umschließt. Schmerzlos. Einzig ein Stich im Innern, verzögert. Verkanteter Raubtierzahn. Feuer. Eis. Kalter Krieg. Kabeljaukrieg. Ein blutiges Lächeln. *So ne Art Wette*. Salzige Schärfe, Donut…

Er hat gesagt, wir kennen uns. Von früher.

Früher? Früher als was? Oder wann?

Weiß nicht. Vielleicht haben wir als Kinder zusammen gespielt. Vielleicht spinnt er total. Und wir sind uns vor Tucson nie begegnet. Vielleicht ist Lupe unser einziger Berührungspunkt.

Ein letzter goldener Schimmer stellt ihm die feinen Härchen an den Unterarmen auf. Sein Gesicht liegt jetzt im Dunkeln.

Hast du ihn denn nicht ausgefragt?

Aus Mescas Kehle kommt ein Laut, der ein Husten sein könnte, ein Würgen oder ein Lachen.

Er hätte meine Lücken prächtig mit seinen Geschichten gefüllt!

Dann sagt er eine Weile nichts mehr. Sitzt da, stumm, den Rücken, den Hinterkopf an einen alten Schornstein gelehnt. Bewegungslos. Wie seine Wirbel vorstehen. Wie Kjartans. Wie die eines Reptils. Weh tun muss das. Die Beine angewinkelt, Ellbogen auf den Knien. Die Hände hängen runter wie Stockfisch.

Ich frag mich, ob's für ihn nie andere gab. Außer diesen Bruder. Cousin. Was auch immer. Und überhaupt. Wie das wohl geht. Mit Sex. Mit Daten. Ohne *Was suche ich, Was suchst du.* Ohne die Möglichkeit zu *raten. Potentials* zu *Matches* zu machen. Anzutesten. Freundesfreunde anzustupsen. Nach *Singles* und *Zu Haben* zu sortieren. Nach allen Seiten hin sich abzusichern. Schon vor dem ersten Drei-Worte-Post. Ich bin da ja kein Maßstab. Weder in seiner noch in meiner Zeit.

Plötzlich denk ich an Áki, und dass das alles nicht passiert wär, hätte ich damals E. gekannt.

Gab's nie andere?, frag ich.

Doch, doch, sagt Mesca. Manche kamen immer wieder an. Nervig war das. Denen hab ich irgendwann gesagt: Hör mal, so läuft das nicht. Ich bin doch kein Leasing-Wagen! Von wegen: zehnmal bezahlen, und beim elften Mal gehör ich dir.

Irgendwoher weht ein Hauch *Satori Woman.* Obwohl's ganz windstill ist. Die schrille Stimme einer falschen Rothaarigen. *Möchtest du von irgendwelchen wildfremden Typen …?*

Ich meine, mach ich weiter, mal abgesehen von denen für Geld?

Mesca seufzt. Genervt? Von mir? Von seiner Vergangenheit?

Er schweigt.

Er wird wohl nichts mehr sagen.

Oder doch.

Er sagt: Da war immer diese Angst. Vielleicht war's nur der Alkohol. Wenn wir gefickt. Oder auch nur geknutscht. Also meistens nur geknutscht. Hab ich gefragt: Und? Bist du sehr betrunken? So möglichst beiläufig, aber eigentlich ganz ernst. Die Typen haben mich angeschaut und *Nee* gesagt. Oder: Nur n kleines bisschen. Und ich hab sie angeschaut. Wahrscheinlich so, dass sie dachten, ich glaub ihnen nicht. Dann haben sie angefangen, das Alphabet rückwärts aufzusagen.

Meine Zunge fühlt sich trocken an. Seewolfstreifen. So lang am Stück hat noch nie jemand mit mir gesprochen. Außer vielleicht Sólrún. Die bestimmt, irgendwann früher mal.

Ob wohl sein Nacken wärmer. Oder seine Brust, auf die bis eben ja noch Sonne schien. Ich weiß solche Dinge einfach nicht.

Da war's natürlich aus, sagt er. Mit dieser Angst. Ich meine: Mit dieser Angst darf man gar nicht erst anfangen.

Er betont jetzt jede Silbe. Wendet mir den Kopf zu, obwohl er wahrscheinlich auch nicht viel mehr sieht als ich.

Und was war dann?, frag ich, so heiser wie Yngvi, wenn ich dran war mit der Katla-Sage.

Mesca hebt und senkt die Schultern.

Spätestens bei V ist einer von uns aufgesprungen und hat die Tür hinter sich zugeknallt.

Ich warte. Das kann doch nicht das Ende sein!

Und dann?

Mesca überlegt. Zwei, drei Minuten lang.

Dann kam diese Nacht auf dem Friedhof. Die Nacht, in der ich beschlossen hab, nie zu sterben.

Und?

Jetzt bin ich wirklich mal gespannt. Wie bei Potential-Postings im Sekundentakt. Wie dieses Märchen endet.

Seine Lippen verziehen sich. Ich denke: *spitzbübisch*, ein Wort, das es in der Welt, aus der ich komme, eigentlich gar nicht mehr gibt.

Er hebt und senkt die Schultern.

Na ja – hier bin ich!

×

längst hätt ich sie töten. hätte nicht sie das *pinche* teppichmesser, sondern ich. seh mich da stehen. mit einem taschentuch die klinge säubern. klinisch präzise. denken: *sie wusste zu viel.*

wär dies nicht ohnehin ne parallelwelt. in der wahrscheinlich nichts und niemand existiert.

man kann das auch als ne art urlaub sehen. amis in tijuana. sich in der fremde neu erfinden. die sau rauslassen. saufen. ficken. herz ausschütten. auf nimmerwiedersehen.

was weiß ich schon. dass sie aus island kommt. dass auch ihr zeitriss irgendwo überm wasser passiert sein muss. im flug. *heathrow*. manchmal murmelt sie *heathrow* im schlaf. das ist ein flughafen. der größte londons. dass auch in island viel gesoffen wurde. wenn da jetzt 1980 ist, wahrscheinlich heute noch. dass j.d. recht hatte mit dem koks. und dem unverhältnismäßig harten crash. dass es da ne verbindung gibt. macht das j.d.s welt realer? oder die, von der fenna mir erzählt?

ich bring edens pad bei, wie ne kerze zwischen uns zu stehen. die echten, die aus wachs, sind nämlich aus. das leuchten kommt dann ganz von selbst. warm. orange. flackernd. der stimmung wegen.

fenna redet jetzt. nicht nur wirres zeug von bahnstreiks. gerösteten igeln. luxuskeksen. dem goldenen schmetterlingsmann. sie redet jetzt von *liebe*. innerer zerrissenheit. begehren. sehnsucht. zwar mehr so allgemein, und zögerlich. aber immerhin. fragt mich sogar, wie's mit manolo war.

und ich dachte schon, sie wär n roboter. wie die maschinen-maria in metropolis. oder nein. max 404, kinskis aufsässiger diener in *android*. hab ich nie gesehen. wie auch, der film wurde/wird 1982 gedreht. eden, umringt von schirmen, hat mir die bilder in den kopf gebracht. implantierte erinnerungen? roy batty aus der serie nexus 6. im eislabor des augenfabrikanten. so unempfindlich gegen kälte wie fenna, die aus dem land der gletscher kam. *ein l.a. der zukunft einfach nicht vorstellbar.* hab ich das wirklich gedacht? dabei war alles schon mal da. die transparenten augen, das beinahe weiße haar. dieser nebel, dieser dauerregen. müll in den straßen. l.a. wird london werden, 1982. zumindest in der fantasie von ridley und dick.

mit fünfzehn, sechzehn, sagt fenna, dachte ich mal, ich würd auf mädchen stehen. auf jungs stand ich nämlich nicht. na ja, paar jahre später hab ich mir dann gesagt: am meisten steh ich eigentlich auf meinen komm…

ein wort, das ich ganz vage kenne. aber ich weiß nicht, was es heißt. frag auch nicht nach. sie sagt: das war dann erstmal ganz okay.

würden ihre ohren heiß, oder die wangen, ich würd das nicht mal sehen. in diesem schönen licht, das edens pad kreiert.

es gibt da jemanden. so was riech ich. ganz ohne gabe/fluch. vielleicht in der warren street. der schwule künstler wird's nicht sein. squids doppelgänger. wer dann. darüber redet sie nicht. und auch nicht, was sie hier her –

island, sagt sie, war ein gefängnis für mich. wie zwischen schiff und kai.

ich starr sie an, verständnislos, was sie nicht aushält, und erst, als sie schon lang woanders hin schaut, deutet sie mein starren richtig.

das ist so ne redensart. seefahrerslang. ne menge seeleute sind da umgekommen, zwischen schiff und kai. einfach zermatscht.

ich lösch die kerze mit der hohlen hand. tauch uns in dunkelheit. stell mir fenna vor, zermatscht. seh aber eigentlich nur ihre ziemlich intakte silhouette rechts neben mir. kurz über ihrem kopf steht ein winziger, ebenfalls ziemlich intakter mond.

und hast du nie …?

doch doch. paar mal. dummerweise. also, dumm für die anderen.

sie starrt zwischen ihre füße. glaub ich zumindest. ihr profil bleibt unbeweglich. scherenschnitt.

sex mit jungs. ich weiß nicht. das kam mir immer vor wie n übergriff. ging einfach nicht.

sie seufzt, nein: stößt so hart luft aus, als hätte sie versehentlich ein insekt –

mit mädchen vielleicht auch. hab ich nie ausprobiert.

etwas knackt. ihre knöchel, wahrscheinlich. die sie zur faust –

schwarze witwe hat man mich getaggt. dabei war áki gar nicht tot!

sie dreht ruckartig den kopf. funkelt mich an. mein herz macht einen sprung. den sie nicht sieht. hoffentlich, mit ihrem röntgenblick. hoffentlich weiß sie noch, wer ich bin. in dieser dunkelheit. und wichtiger: wer nicht.

es war auch keine absicht. nur so n abwehrreflex.

puh. sie spricht nicht mehr in mein gesicht, in diesem vorwurfston. sondern wieder hin zu ihren zehen.

ich meine, mir kann doch nicht einfach jemand seine zunge in den hals, oder sein teil …

etwas packt mich. eine hitze. eine ohnmacht. tinnitus. weil ich das *kenne*. dutzendfach. einfach nicht mehr *da* zu sein, während irgendjemand an dir rummacht.

ich kann mir nicht helfen, ich muss einfach fragen: hast du denn nicht *nein* gesagt?

nein. ja. ich wollte ja. dachte, ich sollte wollen oder so. ich meine, auf ripz… na egal.

ihre silhouette schrumpft. sinkt in sich zusammen, als hätte jemand ihren hinterkopf aufgeklappt und die batterie entfernt.

ich wollte oder so, und dann wollte ich halt nicht mehr. da gibt's keine worte für. aber n namen. sie hatten da n namen für. wer. was ich bin. leicht reizbar. jähzornig. verschlossen, isoliert. hieß es erst. und später dann, mit dreizehn, vierzehn: krank. wenn man krank ist, muss man pillen schlucken. gegen die wut. gegen die wutattacken haben sie geholfen. ein bisschen wenigstens. gegen die angst vor menschen auch. aber nicht gegen diesen … abwehrreflex. wenn jemand mich anfasst. und ich merk erst, wenn's zu spät ist: ich will das nicht.

ihre schulter gibt mehr himmel frei. den drachenkopf. den katzenaugennebel, könnte man den sehen.

zwei, sagt sie, kamen mit nem blauen auge davon. haben dann auch nichts gesagt. sich wohl zu sehr geschämt. nur áki, der fiel unglücklich. *hver*-couchtisch. splitterglas. zehn stiche. sehnerv angekratzt.

der drachenkopf verschwindet. taucht wieder auf.
da hab ich beschlossen: ich bleib den menschen lieber fern.
aber … wie …?
ich kann das nicht erklären. ich verwandel mich.
ich meine, wie …?
sie hustet. nein. sie *lacht*.
keine ahnung! paar mal zu oft *katzenmenschen* angeschaut?

42, denk ich. 82. simone simon mit ihrem babyface. die dann und wann zur bestie. und schließlich sterben muss. oder die kinski. der man den panther schon auf zehn meter. mit ihren süßen … 19, 20 oder so. vor den avancen ihres vaters. bullshit. bruders! flieht. und dann im käfig endet. traurig, das.

ich seh all diese bilder, irgendwo gespeichert. in der wolke, in der mein kopf feststeckt. vielleicht gab's, ich meine: wird es bis zu fennas zeit noch ein halbes dutzend weitere remakes geben. wer weiß. wie lange diese bilder halten. wo mein zugang endet. ich denk mir meine gabe, meinen fluch wie eine grubenlampe. headlights. leuchten hundert, hundertfünfzig fuß voraus. der rest von dem, was kommt, ist dunkel. auch für mich.

richtig zerquetscht wurde ich natürlich nicht, sagt fenna. ich hing da einfach fest, und nichts bewegte sich. s*chwarze witwe. quiesan, lebenslang. vorsicht, explosiv!* so was wirst du nicht los. auch wenn du nicht auf … auf so ner insel ist das aussichtslos.

und jetzt?, frag ich. ich meine: hier.
hier.

fenna streckt den hals. balanciert den mond ein, zwei sekunden lang auf ihrer nasenspitze.

hier fühl ich mich lebendig. frei.
sieht ihm nach, wie er höher und höher steigt.
so sehr am leben wie noch nie. eben weil ich eine andre bin.

×

Unsterbliche Liebe, dachte ich immer, gibt's nur in Streams, wenn dein Herzschlag 110 übersteigt und außerdem genügend Endorphine etc. Und vielleicht noch in der Fantasie von 101-Schlumpfinen, die auch mit vierzig noch dran glauben. Die auch weiter daran glauben, bis sie alt und schrumplig sind, de facto: bis sie selber sterben und es zu spät ist. Für Erkenntnisse und alles andere auch.

Bist du sicher?, fragt mich Mesca.
Womit?

Dass du nicht jetzt, ich meine: hier, mehr du bist als jemals zuvor?

Wenn *am Leben* und *ich* sein dasselbe ist, dann hat er recht. Es gibt diese Rastlosigkeit hier einfach nicht. Diesen Information-Overload. Den Zwang, sich ständig mitzuteilen. Up to date zu sein. Präsent, und sei es virtuell. Wer wo wann wie was. Alles vorher schon bekannt. Vorlieben, Vorstrafen, Ernährungsgewohnheit, Sexpraktiken, Kaufstatistik, Bewegungsprofil. Blutgruppe, Herzrhythmus, Kontostand. Am Leben sein beinhaltet ja das Recht auf Unsicherheit. Überraschung. Schock. Verwirrung. Die Möglichkeit, Neues zu entdecken. Nicht zu wissen, wie der andere mich findet. Was er eigentlich vom Leben will. Einander nie wieder zu begegnen. Von der Bildfläche zu verschwinden. Das Recht auf Zufall. Oder Schicksal. Wie man's nimmt. Das gibt's in meiner Welt nicht mehr. Und auch nicht diese Ironie. Dass da *einmal* jemand ist, den ich vielleicht nicht gleich erwürgen, wenn er mir seine Lippen näher bringt, nicht gleich wegstoßen, wenn seine Hand, die langen Finger, nein, im Gegenteil: den ich an mich, mich an ihn, oder ihn an mich, und dann ist dieser Typ so resistent, so flüchtig, so *gesundheitsschädigend* wie Trockeneis.

Was würdstn mit ihm machen wollen?, fragt Mesca, mitten in meine Gedanken rein. Und ich schon: Äh … Als hätt er mich ertappt, als wär ich ihm ne Antwort schuldig, bevor mir klar wird: Das war ne ganz fiese Fangfrage.

Jetzt gibt's kein Zurück. Kann mich nicht mehr blöd stellen. Wie? Was? Wen meinstn? Dabei hab ich ja gar nichts über E. *gesagt*!

Ich weiß es wirklich nicht. Was ich mit ihm machen. Vielleicht ist das gerade das Problem. Warum ich nie weiter als bis zum Gelenk. Dem schnörkeligen V. Vergeltungswaffen. Seinem Körper. Dessen Hülle: schwarz-rot. Über Rips&Tipz hab ich mich immer nur lustig gemacht. Unter falschem Nick sarkastische Kommentare. Romantic Comedies gemieden wie Retroviren. Aber um manches kommt man nicht rum.

Den ganzen Tag lang auf der Couch rumhängen, sag ich zu Mesca, allerdings eher lustlos, ich merke selbst, wie uninspiriert meine Stimme klingt.

Knutschen. Und dabei ungesundes Zeug futtern.

Ungesundes Zeug? Mesca zieht die Brauen hoch. Und grinst. Sein Flexxpad hat ne CandleApp. So dass ich seine Miene halbwegs sehe. Was nicht heißt, dass ich sie *lesen* kann.

So was wie Kartoffelchips?

Er macht sich über mich lustig, denke ich. Sicher bin ich mir aber nicht. Dieses Flackern. Ich überlege. Angestrengt. Wie das war, bei Dunkin' Donuts. Wie E.s Kieferknochen sich anspannten. Sein Adamsapfel auf und ab. Die Zuckerkrümel auf der rot verschmierten Oberlippe. Sein langer

Blick. Verhangen. Seiner eignen Hand wer-weiß-was versprach. Die Zungenspitze die weiche Haut zwischen seinen langen Fingern. Gerade so. Pure Pornographie!

Ich dachte eher an Schokolade, sag ich, und siehe da: Ich klinge träge. Welterfahren. Plötzlich total selbstbewusst.

Normalerweise steh ich ja auf die süße, die in der Hand schon schmilzt. In diesem Fall allerdings halte ich dunkle für angemessener. Die bittersüße. Die knackt, wenn man sie bricht. Ich würd sie einfach ganz gemächlich mit den Fingern in kleine Stückchen. Und ihn dann füttern. So …

Wie wär's mit ab und zu mal ner Erdbeere?

Sein Blick geht himmelwärts. Da steht ein voller Mond. Candlelight züngelt seinen Hals hoch. Erdbeer und Schokolade. Erdbeeren auf Sekt. Woher wohl Mesca solche Streams, ich meine: Filme kennt?

Aus einem seiner hundert Leben. Klar.

Wie schwer es ist, sich von all dem zu lösen. Wer man. Wie was. Zu sein, sich anzufühlen hat. Einzig um E.s Kopf rum war wohl noch nie ne Cloud. Wie er das aushält. So alles neu und unvorhergesehen. Wär das Magie. Das größte Abenteuer. Wär da nicht. Der Drang, ihn näher ranzuholen. Abrufbar, greifbar, verfügbar zu machen. Dann kämen seine raren Komplimente immer gerade dann, wenn ich dabei wär, mir hier im alten Sanatorium auf sein Bild in meinem Hirn einen runter. Oder wie auch immer man das bei Frauen. Wie weit wohl seine langen Finger in mich rein. Ob das der Schmerz ist, den ich spüre. Würd ihm texten: Ich hasse dich für das, was du grad mit mir machst, und unter jedes Selbstporträt ein *Wow*. Dabei will ich das alles gar nicht!

Mittwoch, 1:23
Glaubst du mir, wenn ich dir sage. Auch wenn ich ständig an deinen Körper denke! Dass ich am allerliebsten mir dir in irgendeinem noch halbwegs intakten Wald sitzen und über unser absurdes Dasein in genau dieser Weltsekunde philosophieren

×

würd ich ihr sagen: geh hin. mach ihn klar! wenn. aber das ist sie nun mal nicht.

weg ist sie trotzdem.

während die v-night-party weitergeht. vordergründig auf der schrägen wand. hintergründig weiß ich nicht mehr wo. nur dass es anscheinend eine bühne gibt, auf der etwas geschieht, das die menge zu gelächter, zu pfiffen und johlen inspiriert, für das sich die kamera allerdings kein stück weit interessiert.

1:35:14

Stur zoomt sie auf ein paar cremige Europäerhände. Vielmehr darauf, was sie halten.

Friedhofsfotos, sagt Tweedmann `/Hoe9_($E an ur89i) = „bck spc“` sein mund ist zu weit oben, um ihn zu sehen, aber seine stimme erkenn ich inzwischen zweifelsfrei.

die hände, vermute ich, gehören ihm. die fotos allerdings verwirren mich. in der zukunft gibt es, so viel weiß ich, keine fotos mehr, da gibt es nur noch *screens*. diese hier sind rechteckig, biegsam, eindeutig aus papier. aber sie sind auch nicht schwarz-weiß. wie sie sein sollten, wären dies hier wirklich die 40er.

1:37:00

Farne vor schiefermatten Grabplatten leuchten pervers, schimmlig grün, tun in den Augen –

Seeungeheuer-Lapdance!, ruft jemand aus dem Off. Die Pfiffe werden lauter, eine Frauenstimme lacht hell auf `+8739onLjud9&& [return]` ganz kurz kann ich das feuchte glänzen sehen: der geöffneten schenkel, der künstlich bewimperten augen, das schlängeln der tentakeln, ihr schmatzendes saugen, das male hinterlässt, die roten riemchen, die in sehr weiße knöchel schneiden, dazwischen langsam trocknender champagnerschaum. und irgendwas in mir würd sich jetzt gern die hand tief in die hose schieben. zurücklehnen. und einfach schauen. aber die kamera. *¡coño!*

wie bei diesen tischgesprächen. im gold cup, im ho jo's, im coffeeshop des tropicana. heilloses durcheinander, aus dem es bedeutsames zu filtern gilt. wer wie viel. wer was mit wem. welcher film, welches lied gerade –

nämlich irgendwas, das viel zu melancholisch und irgendwie zu wenig sexy für eine, ich nehme an, burleske stripshow ist. etwas, dessen hallverzerrter orgelsound die pfiffe und rufe ertränkt. mein hirn teilt sich. interessiert sich jetzt doch, mehr als für das, was es hört – *she's got so long to wait for him for him for him … got to wait another lifetime* – für das, was es sieht:

1:42:09

Alles, nur keine Friedhofsfotos. Modestrecken vielmehr. Camden-Schnicksen mit schrägen Frisuren, ein bisschen trunken, ein bisschen wacklig schon, an der Hüfte geknickt. Das Efeu zur Seite geweht wie ein diagonaler Pony.

Ich steh auf Kontraste, sagt Tweedmann.

Ich auch, sagt Eden `P45;3§§22 [rec] [comp] 5.09` unverkennbar eden, obwohl kein stück von ihm zu sehen. er muss die ganze zeit schon neben schiebermütze. die fotos angeschaut. oder zur bühne. wer weiß?

1:44:10

Ich auch, sagt er, und stell mir vor: wie SIE mich hart von hinten fickt und mir dabei trotzdem in die Augen sieht `vQ0666bo?[trck bck]//` jetzt müsste man wissen, wohin er schaut. aufs bühnengeschehen? die fotos an? die augen schließen. die stimme: richtungslos.

1:45:05

Irgendwann, wenn wir schon ziemlich nah am Kommen sind, drehen wir uns zueinander hin. Zögern das Ganze raus.

Schiebermütze blättert ungerührt. Schön regelmäßig. Als würde wirklich jemand schauen. Medizinische Studien. Vertrocknetes Schlingpflanzengeknäul, in Sepia: Detailaufnahme von mumifiziertem Gedärm.

Schauen uns in die Augen, mit in die Unterlippe gegrabenen Zähnen, wie bei irgendeinem Wettkampf. Fauchen uns an und kratzen `///wGV% (AND IF) p!!!` oder sind's edens hände, die so gewissenhaft der kamera die fotos vor die linse halten?

1:47:58

Flügelstummel. Ein Armstumpf. Die Linke sauber abgetrennt.

SIE schnellt hoch wie ein Tier und zwickt mir mit den Zähnen in die Brust, und wie beim Staring Contest baut sich da ne krasse Spannung auf, ne zusätzliche Spannung, die irgendwie zum Lachen reizt, und wir stoßen alle möglichen nicht zueinander passenden komischen Laute aus, bevor wir ziemlich geil und ziemlich gleichzeitig –

Die Fotos verschwinden. Jemand lässt die Hände sinken. Eden oder Tweedmann. Jemand hält den Atem an. Die Orgel wimmert. Jemand singt: *she doesn't notice as the days grow darker darker darker … she can't remember getting any older –*

Was natürlich totaler Quatsch ist, sagt Eden, mit veränderter Stimme. In Wirklichkeit würd ich schon ohnmächtig, wenn SIE nur mit den Fingerspitzen –

Frenetischer Applaus.

the icehouse

the icehouse …

Die Orgel verklingt. Tweedmann saugt Luft ein.

Wie *macht* sie das bloß? Mit ihren … *Beinen*? Ich meine … ist sie n verdammter *Oktopus*?

×

Salem breitet die Arme aus, als er mich sieht.

Es gibt keine Liebe im Eishaus!

Durch sein Gesicht schlängelt sich ein glitzernder Blitz, der die Hämatome um sein rechtes Auge verdeckt. Die zerdetschte Nase unter Schminke begräbt. Er strahlt, vollzählig, als wär nie was gewesen, die Lippen gerötet von Puder, *báifěn*, wer-weiß-wessen gierigen Zähnen, sonst nichts.

Ich nehm seine Hand, den goldenen Handschuh. Einfach, weil es möglich ist. Was immer er mit *Eishaus* meint – hier drin sind an die 100 Grad.

Tröpfchen treffen mich von allen Seiten. Drei, vier knallrote Staubwedel schwingen sich um die schmalen Säulen, als wär dies hier ein Poledance-Wettbewerb, sprühen Schweiß, Champagner, Speichel, die Finger schwarze Krallen, die nackten Brüste hinter elastischen Streben gefangen.

Salem folgt ihren Bewegungen mit den Augen, hängt Worte an sie, die sich mit ihnen weiterdrehen. *Perri Lister … Hot Gossip … Kenny Everett.* Tags, die sich baumdiagrammmäßig verzweigen. *Village People … Boomerang.*

Dann löst er sich von der Wand, den Plakaten, die zum Gemüseanbau im Vorgarten raten. Auf dem Kopf, seh ich erst jetzt, trägt er einen prall gefüllten Obstkorb.

Salem grinst. Putzt mit einem Kreisen der Pupillen sein Augenweiß.

Natürlich fragt jeder Zweite: Darf ich mal beißen?

Natürlich. Glänzende Äpfel, phallische Bananen, Trauben, von denen Feuchtigkeit auf seine Schultern rinnt. Alle hier schwitzen. Auch die Früchte. Erschöpft, aber unverwelkt. Nach drei, vier Tagen, drei, vier Wochen, drei, vier Monaten am Set.

Salem schiebt seinen Obstkorb in die Menge.

Wer hätte das gedacht. Dass in diesem London, in diesem 1980, die Party einfach immer weitergeht. Keine letzte Runde, keine Materialermüdung. Sperrstunde? Nie gehört.

Ein schwuler Offizier des Todes – orange geschminkte Brauen, die Gürtelschnalle in Form eines Totenkopfs – drängt sich an uns vorbei, überträgt mit voller Absicht die dumpfige, irgendwie obszöne Nässe seines Kellnerjacketts auf mich. *Krazy Kolor*, flüstert Salem über die Schulter. *Claude Montana. Laurence Corner. Panzer-Division.*

All diese Worte sind für mich wie blinde Scheiben. Defekte Verweise. Error 404.

Seine Fliege sitzt schief, die orangerote Haartolle mephistophelisch. Wird er mir gleich den Schierlingsbecher …?

Nein, er öffnet bloß die Hintertüren. Was eigentlich verboten. Lärmbelästigung!, schreit eine der drei Staubwedel. Während die zwei übrigen, ineinander verheddert, sich Salems Plastiktrauben von Mund zu Mund –

Wer soll sich hier belästigt fühlen? Die Toten?

Gedränge entsteht. Ich weiß nicht, was sie meinen mit: *Die Toten*. Nur, dass die Tanzfläche sich leert. Verlagert, besser gesagt, zwischen schiefe Kreuze. Stolpersteine, die sich aus dem Dunkeln schälen. Durchbrochen von flackernden, roten Lichtpunkten.

Kann das sein? Dass da kein zugemüllter Hinterhof? Dass da die ganze Zeit Gebeine lagen? Während im V die Party nie zu Ende geht?

Die Luft, die jetzt den Keller flutet, ist nicht mal modrig. Sie ist frisch. Sie wäscht die Asche, den Nebel, den Schweiß nach draußen.

Die Musik ist jetzt in meinem Rücken. Vor mir, im Dunkeln: Lachen, Gläserklirren. Eine Maschinenstimme deklamiert: Freie Liebe ist grandios!

E. steht draußen, getrennt von mir durch die Hauswand. Spricht leiser weiter. Aber ich bin jetzt so nah, dass ich jedes Wort verstehen kann: Ich meine, wenn du total auf jemanden abfährst und einfach sagen kannst: Hey, komm her …

Seine Hand schießt vor. Weiße Knöchel in der Dunkelheit. Das schnörkelige V. Er streckt die langen Finger und schließt sie dann um einen Haufen Luft. Keine zwei Fuß vor meiner Brust! Schließt E. die Finger und zieht ihn ruckartig zu sich. Diesen unsichtbaren *Jemand*.

×

22:23:34
Umbau. Nächster Akt.

SIE trägt jetzt rote Wollspitze. Dahinter schimmert blasse Haut. Bewegliches Rückendelta. Ein dünner schwarzer Gürtel trennt Straffes von Lockerem. Unten: blätterartige Kaskaden, bis kurz unters Knie. Oben: Puffärmel, gerade Schulterlinie – höher geht es nicht.

Dass ich nicht lache, sagt SIE (auch IHRE Stimme unverkennbar): die Schlacht um Tilly-sur-Seulles! Operation Neptune!

Und macht IHR Versprechen wahr. Daran, wie sich IHR Rücken strafft, ist zu erkennen, dass tatsächlich SIE es ist, die den Kopf in den Nacken legt. Und lacht. Prustend – abfällig, überheblich, möglicherweise tief gekränkt.

Schwenk auf Edens Gesicht. Close-up. An den Schläfen ein paar Hautunreinheiten, Überbleibsel der Pubertät. Die Locken gebändigt, der

Undercut versteckt. Nicht nur unterm Deckhaar, sondern auch unter einer braunen Schiebermütze $$ [K9§§&H$%/Nkp932084n = „src“] schiebermützes schiebermütze? keine zeit, rauszufinden, was während des umbaus

22:25:00

Alles Lügen, flüstert SIE. Ganz deutlich zu verstehen, obwohl die Kamera noch immer im Close-up auf Eden verharrt, ganz deutlich, als wäre die Stimme bloß in seinem Kopf, oder //OP_fAng89“§$!9850kkNN893 stehen sie einander so nah? dass das knistern zwischen ihnen spürbar, dass die luft funken

22:26:20

IHRE Hand, weiß und merkwürdig alterslos, schiebt sich von rechts ins Bild, legt sich ganz leicht auf seinen Nacken, ohne oder *fast* ohne Berührung, halb auf sein rechtes Ohr, um ihn an sich, oder sich an ihn [EX] < 798kpoe__ oi # wird man nun endlich, endlich IHR gesicht …?

22:26:57

Edens Kopf füllt stur das Bild, SIE gleitet elegant dahinter. Flüstert: Die andren erzählen bloß Märchen, aber ich …

Nicht zu entscheiden, wie nah IHRE Lippen seinem linken Ohr, so nah zumindest, dass alles, was SIE weiter sagt, unhörbar für die Kamera, darin verloren geht.

Edens Wimpern senken, seine Nase kräuselt sich. Wie die eines Kinds, das, ungläubig, voller Erwartung, zum ersten Mal in eine unbekannte Frucht #strangefruit 656kl908_% [src] in welcher zukunft wir wohl gerade sind?

in einer, die sich selbst erschafft, indem sie *die 40er* als ferne vergangenheit behauptet?

in einer, in der sich in diesem augenblick *cannies*, *sharks* und *doggies* gegenseitig zerfleischen? während sie *wächtern* im tiefflug ausweichen? tridents auf allen kanälen den mord an amir zu rächen vorgeben? um im verborgenen squid zu foltern, ihm bei lebendigem leib die haut von den beinen – den beinen, auf denen die formeln zu edens niemandsland …?

22:29:40

Edens Lippen schwellen.

ist da draußen noch immer der killer auf ihn angesetzt?

der killer …

eden weiß von ihm. vielleicht hat er ihn selbst bestellt.

aber gibt es überhaupt ein draußen? oder besteht diese zukunft, die zukunft auf der schrägen wand, aus nichts als diesen s-bahn-bögen, diesem kellerclub, der v-night-party, die einfach immer weitergeht?

22:31:37

SIE sagt, noch immer hinter Edens Kopf versteckt, noch immer flüsternd, aber hörbar jetzt: Ich kann nur einen kleinen Teil von dir sehen.

Eden erwidert nichts. Nur seine Wangenknochen werfen tiefere Schatten, als würde er weiches Fleisch zwischen die Zähne saugen.

Denn wenn ich dich im Ganzen sehen könnte, sagt SIE, dann würde das Erinnern –

Der Eckzahn. Edens rechter Eckzahn bohrt sich in seine Unterlippe.

Wie meinst du das – nur einen Teil?

SIE schweigt. Da ist ein Zucken in Edens Gesicht. Echo des Luftstroms, der möglicherweise in diesem Moment sein verborgenes Ohr streift?

Stell dir meine Erinnerung vor wie ein Verdunkelungslicht, sagt SIE dann.

Der Glaskolben ist schwarz gestrichen. Nur vorne kommt ein winziger Lichtstrahl durch.

Eden schließt die Augen. Seine Züge entspannen sich.

Der Killer bleibt verschwunden `45KL_ {subnet} $zUZkl87 („SiCur" = nt-F)` oder ob er eden einfach nicht erkennt?

woran auch? an der leere, der traurigkeit ganz sicher nicht. die ja noch gar nicht. oder nicht mehr `(210*tzpln450OEJ*) #leave`

Der Killer

×

Der nicht ich bin.

Ein Schritt, und E.s Knochen leuchten aus der Dunkelheit. Er trägt einen Skelett-Body, der fluoresziert wie die Platinen-Anzüge der Gitarristen im *Rainbow Theater*. Der bei jedem anderen albern ausgesehen hätte, bei ihm aber – ich meine: *an* ihm, *in* mir – nichts weiter als eine Erinnerung wachruft. Einen leisen Schmerz. So vage, als hätte er noch gar nicht stattgefunden.

Ich weiß nicht. Du, sagt er (ich weiß nicht zu wem), du bringst da wieder so was Meta… Ne metaphysische Qualität rein. Von wegen: diese Art von Sex, die man mit Fremden hat, und ne andere Art von Sex, die wir dann wohl miteinander … Schön und gut. Aber genau da fang ich ja an, nach Unterschieden. Weißte? Die nun mal faktisch gar nicht da sind. Außer vielleicht in deinem Kopf. Oder meinem. Wenn's diese Art und jene Art gibt, jemanden zu ficken. Gibt's dann auch diese Art und jene Art, jemandem die

Zunge ins Ohr zu stecken? Die Haare festzuhalten? Den Bauch zu lecken? Etc. etc. So fängt's dann nämlich an. Dass diese angebliche Differenz in sich zusammenfällt. Oder eben nur in unsren Köpfen. Und der Sex letztendlich doch mit allen gleich –

Würd gerne *applaudieren*. Verdammt, die App war sogar schon bestellt!

Oder halt nur liken, wie jeder User plus/minus null. Schon das wär nahezu grandios.

Mir den Arm abhacken für einen Kommentar wie diesen: wie toll das ist, wenn jemand endlich sagt, was man schon lange gedacht, aber nie so hätte formulieren können. Oder so was in der Art.

An den unsichtbaren Jemand hängt sich kein Tag. Sondern E.s blonder Counterpart. An den die Worte wohl gerichtet waren. Der wohl die ganze Zeit im Schatten stand. Und jetzt da raustritt. *Miese kleine …*

Reiß dich zusammen! Schön atmen. At-men! Vier-sechs-acht …

Freie Liebe, sagt der Blonde, als wär E.s Monolog von eben gar nicht passiert, und so nasal, dass ich mir ziemlich sicher bin, meine EmoApp wär bei *Zynismus* auf 8, 9 geschnellt.

Wenn du denkst, die meisten hier machen mit all diesen Leuten rum, weil sie so frei und ungezwungen sind, sagt der Blonde, sehr offensichtlich zu niemand bestimmtem. Oder weil sich alle hier so furchtbar lieb ... Dann täuschst du dich. Die kommen einfach mit ihrem kläglichen Selbst und ihrer täglichen Langeweile nicht klar. Was gibt's da Besseres als wahllos flirten. Knutschen. Mit jemandem aufs Klo … Um ihr Ego aufzupolieren. Sich ihre *Freiheit* zu beweisen. Was weiß ich.

Er dreht sich um. Führt seine Stimme in der Dunkelheit spazieren, weg von uns und einem flatternden Gitarrenriff aus dem Innern des V. Die Hymne. Alle tanzen, weiß ich, obwohl man sie nicht sieht, konzentriert in einem Echoraum, in dem alles auf alle zurückgeworfen wird.

Einer der roten Lichtpunkte fängt an zu schweben. Nein, der Blonde hebt ihn hoch. Eine Grabkerze als Feuerzeug.

Sterben, ruft jemand in das an- und abschwellende Jaulen rein, wird davon zumindest niemand mehr!

Einer der Staubwedel lacht, betrunken und/oder high.

Super, denk ich, jetzt wo der Blonde sich zwischen den Kreuzen, wo dieser Pathos, dem alle nachgeben, wo all das gesagt wurde über die *freie Liebe*, was ich liken, nicht weil's mir *gefällt*, sondern weil's stimmt, und ich mit E., diesem Knochengestell, endlich allein – allein zumindest insofern, als dass ich die andren nicht mehr sehen, nur noch hören kann –, muss ich ihm nur noch klar machen, dass ich *ihn* wirklich will!

Zumindest sieht er mich jetzt an. Prostet mir zu mit seinem London Dry. Lächelt sogar dabei.

Ich stell mich vor ihn hin. Weil ich das kann. Das und noch viel mehr. Mich vor ihn und mir vor, wie's wäre. Wenn dieses Hier mein Jetzt. Ich nicht mehr Fenna, sondern Signe Åberg: H+. Wie viel ich dann über ihn. Binnen einer Sekunde. Wie seine Magmaaugen verschwänden hinter diesem Zahlenrasen. Hobbys, Musikgeschmack, Lieblingsessen, Schlafgewohnheit, Herz... Ob ich dann traurig wäre oder endlich froh.

Seine Augen glänzen. Das ist so bei Menschen, kurz bevor sie weinen. Wenn sie nicht grad im Kerzenschein. Grablichter zählen nicht. Aber E. weint nicht. So fleischlos er auch ist, in seinem Halloween-Kostüm – er wirkt ein bisschen allzu satt. Diese roten Lippen. Als hätte er grad was gerissen und auf dem Weg hierher genüsslich verspeist. Kann nur raten.

Niemand spricht. Der Boden bebt.

Da tut sich was auf zwischen uns.

For ever and ever ...

Kein frisches Grab. Eine Unmöglichkeit.

... just for one day.

Ich kann nicht anders, so sehr bin ich noch ich; ich dreh mich um, wie eben sein blondes Gegenstück, und lass ihn einfach stehen.

Dieses Loch stopfen. Dieses Kommunikationsloch irgendwie mit Wissen füllen. Ahnung, mindestens.

Charles Fox, sagt jemand, den ich nicht erkennen kann. Jemand rempelt mich an. *Laurence Corner*, ein anderer: *War on Want*. Fantasiere Tags an die Umrisse der Lachenden, Trinkenden, sich Wiegenden, dazu ne App, die mir all das erklären kann. Kaufdatum, Adresse, Beschaffenheit. Etc etc.

Gerüschte Ärmel, Turmfrisuren, Mantelschöße. Die V-Crowd tanzt auf alten Gräbern, wie sich's gehört für Todestrunkene, die nichts als *leben leben leben* wollen; nur all die ausgefallenen Kostüme, krassen Hüte, Schichten von Glitzerstaub und Farbe verlieren ihren Sinn, wo alles ununterscheidbar, grau und düster ist, ein Wischen und Scharren riesiger Krähen zwischen Kreuzen und Steinen.

Ein letzter verzerrter Akkord. Der DJ gibt dem Fadeout Raum.

All die Kleider toter Leute, hör ich Salem von irgendwo sagen: Militärrestposten. Theatergarderobe. Wohnungsauflösungen.

Auch E.s Knochenbody hat wohl schon viele Körper, Körper, die jetzt verwesen, eingehüllt. Nehm ne Grabkerze als Wegweiser; hier mein Pad als Taschenlampe zu benutzen, wäre ziemlich dumm.

Ein neues Lied setzt ein. Schneller, aggressiver. Kettenrasseln. Die Tanzenden ballen sich zu einem festen Klumpen. Peitschenknallen.

Salem sitzt abseits auf einem niedrigen Grabstein. Trägt seinen Kopf unterm Arm, nein: nur den Obstkorb.

Mach dir nichts draus, sagt er, obwohl er zu weit weg, die Musik aus dem V zu laut, als dass er hätte verstehen können, was gesagt – sagt er: E. fasst einfach nicht gerne Leute an.

Der Klumpen vor uns windet sich; aus dem V dringen die Schreie hungriger Tiere.

Salem redet weiter, während ich, jäh wie ein elektrischer Schlag, überlege, wie und ob ich: Als ging's hier nur um Sex! sagen, und wie ich dieses *nur* vermeiden kann.

Dann hör ich wieder hin, hör, wie Salem allen Ernstes was von *Virenangst* –

Muss lachen. Salem zuckt zusammen, ein Apfel (oder eine Orange) rollt zu Boden. Ein trockener Laut in kurzer Stille. Hartplastik, klar.

Wenn Salem wüsste. Dass *Virenangst* in meiner Welt ein offizielles Krankheitsbild. Das sich allerdings nicht auf den menschlichen Organismus –

Etwas kreischt wie ein kaputter Vibrator, schraubt sich in hysterische Höhen. Über uns geht Licht an. Ein Licht, aus dem kaltes Wasser fällt. Das Wasser platscht direkt vor unsere Füße. Salem springt auf; der Korb fällt um. Plastiktrauben kullern in die Lache.

Kein Regen. Ein gelbes Rechteck hoch über uns, aus dem jemand schreit: Es reicht!

×

00:12:45

Ist der Tod hier auch schon vorbeigeritten?, fragt der Flieger seine Füße. Die Lederjacke über die linke Schulter gehängt. Schweißränder unter den Achseln. Ein ganz normaler Mann: zivil, erschöpft, Abzeichen und Dienstgrade versteckt. Vielleicht wird er der erste sein, der unter diesem *Perpetuum Mobile* zusammen//&)=14==)$JN467mKoipn zumindest seine müde stimme erinnert mich an niedergang. zäh ausflockenden himmel. moschusgeruch in allen klamotten. mir gegenüber ein zombie, der von mördern spricht. ungeziefer. abnutzungserscheinungen und modernisierungsprozesse. sein blick 82390 = „en declive“ #SIG£ fängt den eines Vorübergehenden. Erst jetzt wird deutlich, woran er lehnt: schon wieder der mannshohe Kasten aus Holzimitat. Der Vorhang, blau diesmal.

Du glaubst doch nicht wirklich, sagt der Flieger – oder ist er überhaupt noch *der Flieger*, ohne seine Uniform? –, sein väterlicher Tonfall jedenfalls hat sich bewahrt. Du glaubst doch nicht wirklich, die Leute gehen da rein, um *Fotos* zu

×

machen den Vorhang auf und wieder zu. Auf. Zu. Auf. Zu. Pärchenweise oder einzeln. Dieses Lächeln, das man da. Das will ich auch.

Drinnen: fahlweißes Licht. Gletscherlicht. *Weder kalt noch warm, weder hart noch weich, weder rau noch glatt.* Tut nicht mal wie Kunst.

Jede einzelne Fläche, sogar der aufgeplatzte Hocker sieht aus wie die Küche meiner Oma nach dem Krapfenbacken. *Báifěn*. Die Weiße Lady, völlig aufgelöst. Puderzucker. Pulverschnee. *Qanuk*.

Was für ne Verschwendung, denk ich, zieh den Vorhang auf, und erst als der schwitzige Dämmer, das dumpfe Pulsieren mich wieder hat: irgendwie tröstlich, dass manche Dinge immer gleich. Jahre, Jahrzehnte, Jahrhunderte hindurch

×

sitzt Tweedmann auf seinem Holzklappstuhl, im Schoß das Bandoneon.

2:45:00

Adiós Nonino, ruft jemand aus dem Off. Und Tweedmanns Finger, im Gleichtakt die Knie beginnen einen Tango, beherzt zunächst [open] 689UIjl-buei% = „catchatune“ aber ist er überhaupt noch *tweedmann*. wo er gar keinen tweed mehr NCMYYǢ→Þ #fashionistas & trägt jetzt einen schwarzen Anzug, eine rote Krawatte, Edens 67Jklkl0 ȺɄɰᛋ PDF (bck) zwar keinen kompletten kleidertausch, aber doch ganz offensichtlich einen heftigen zusammenprall.

2:47:33

Tempowechsel. Eine jäh einsetzende Müdigkeit, das Klappern der Tasten, das Seufzen der Ventile Bestandteil der Musik. Tweedmanns Knie gleiten auseinander und wieder zusammen, auseinander und wieder zusammen, jedes Atemholen ein vergeblicher Versuch, sich voneinander REC 390nɄÅ = „eyetracking“ wie liebende, die nicht mit und nicht ohne, oder jemand, dem das abschiednehmen übermäßig schwer % [romance lev] 4.567. KL fälliges Luftholen, und jetzt, spätestens jetzt, das Gefühl, dass die Party doch langsam zu Ende geht.

Ein letzter Versuch. Ein langgezogener Klagelaut, der die Knie auseinander drängt, und dann, endgültig, aneinander lehnt. Erschöpft, trauernd, unter dem zusammengezogenen Balg des Bandoneons.

So sitzt Tweedmann, der Edens Kleidung trägt, eine Weile mit gesenktem Kopf. Während niemand spricht und niemand applaudiert. Sein Haar ist hellbraun, links gescheitelt. Ohne seine Schirmmütze wirkt er wieder wie ein Kind.

Dann hebt er den Kopf und spricht direkt in die Kamera `Ш67_RTб§90ю (height: 456.45.32)` aber das ist natürlich quatsch, er spricht wahrscheinlich knapp daran vorbei.

2:52:32

Der Vampirmythos, sagt er, ist eine simple Analogie. Was uns am meisten anzieht, macht uns auch die größte Angst.

Niemand antwortet. Tweedmanns Knie wippen; das Bandoneon stößt einen kurzen Seufzer aus.

Wer hat nicht schon mal gedacht: Verdammt, ich bin total verknallt. Diese Person kann mir *gefährlich* …? Warum, ich meine, warum denken wir gleich an *Gefahr*?

Noch immer keine Antwort. Tweedmann senkt den Blick, drückt ein paar Tasten. Ein trockener Laut.

Wir könnten uns da reinfallen lassen, womöglich vergessen, unsere Grenzen –

Tweedmann, wie selbstvergessen, presst den Balg mit beiden Händen. Ein leises Wimmern. Dann schaut er wieder auf.

Manchmal vergessen wir das: Wir können uns verlieren.

×

Der bittere Geschmack ganz hinten im Rachen. Irgendwas wirkt; und wieder passiert irgendwas mit der Zeit.

Switch off that Light!

Steh im Dunkeln, während das bedrohliche Tuckern von Stukas – ein Zweirad wird es hier drin nicht sein – näher kommt, näher noch … Aus den Boxen überkopf, natürlich. Trotzdem ist die Ungewissheit wieder da, als würde ich diesen Raum nicht mehr kennen, genauso wenig wie vor werweiß-wie-vielen Nächten die tote Schneise namens Barking Road, den unbekannten Osten, Echos, Brücken, Unterführungen, die nutzlosen Fortbewegungsmittel aus Glas, Pappe, Gaffer Tape, den Geruch nach Blut in der staubigen Luft.

Das Brummen schwillt ab, wird rhythmisches Hämmern, Metall auf Metall. Wie damals, als Kind, die Geräuschkulisse in Sundahöfn, am Frachthafen, als die Fabriken noch aktiv, das Eis nach echten Früchten, der Fisch genießbar, etc. Die Tanzenden sind wieder da, allerdings noch geisterhafter als eben auf dem Friedhof/Hinterhof. Jemand öffnet den Mund: niemand, den ich kenne.

Auch Salem nicht.

Sag mal, koksen hier eigentlich alle?, hab ich zu ihm gesagt. Und er (verächtlich? amüsiert?): Ach! Zerstoßenes Pro-Plus von Boots, oder mal ne Valium aus Mutters Medizinschrank.

Wie erleichtert ich war. Dass hier der Tod noch nicht vorbei – aber Mesca hat die Zukunft in diesem Fall deutlicher vor Augen, alles Übel der Welt, *Demerol Acid Smack*, schwappt mit ein, zwei Jahren Verzögerung – 1980 war das noch so, die Welt *langsam* – über den Großen Teich.

Lehn mich an die Wand, wo eine leichtbekleidete Frau einen kleinen Jungen mit ihrem Körper schützt, im Hintergrund Häuserfassaden, in deren Fensterlöchern grauer Himmel, Aschewolken, Kampfbomber.

Verdunkelung.

Langsam bis fünfzehn zählen!

Ich denke, ich muss hier raus. Aber wo …?

Ich konnte mich immer dran erinnern. Jetzt ist alles weg.

Irgendein Weltkrieg –

Warst du auch bei den Dreharbeiten?

Musste ich E. gar nicht fragen, lediglich auf sein Kostüm zeigen, dieses Äquivalent zu den fluoreszierenden Gitarristen, die auf der Bühne des *Rainbow* die Frau in Blau flankierten.

Und er mit diesem stolzen Lächeln: Erste Reihe! Gleich neben Shock. Little Bo Peep, Rat with the Hat, Phil und Healy, Tranny Pete, Claire the Hair …

Nicknames, die sich weder durch Tags noch Pics erschlossen. Im Augenwinkel einzig der verbitterte Blick des Blonden. Verbittert ja, auch ohne App nicht zu missdeuten, ein Blick, der allzu deutlich *Scheiße* sagt: Scheiße, und ich war nicht dabei.

FOMO, ging mir da auf, und ich hörte E. tatsächlich nicht mehr zu, hing nur noch an seinen gefräßigen Lippen, gibt's also auch hier. Zumindest einen RL-kompatiblen Vorläufer davon. Und wie *perfekt* eine vollständige Verkabelung, ein Glasfasernetzwerk wie LL, ein Alltime-Online-Pad für die Gerüchteküche der V-Crowd –

Da ist die Treppe! Die ich runter, oben: der Ausgang.

Über dem Kasten, an dem ich mich festhielt, damals, beim ersten Mal, die Stirn an kühlen Putz, vor lauter Seekrankheit, dem rötlichen Schwingen zu entkommen, hängt ein Ding, seh ich jetzt erst, das aussieht wie der grüne Kasten im Bolsover Hotel. Der gleiche geringelte Wurmfortsatz, der gleiche Plastikknochen. Daran presst jemand sein Ohr. Eine Frau, deren Brüste in spitzen Metallschalen stecken, darüber ein Jäckchen, das knapp die Schultern bedeckt. Handschuhe bis zum Oberarm. Ihr glitzernder Zeigefinger entzerrt die geringelte Schnur. Das Gesicht, ich weiß nicht, mit Gesichtern hatte ich's nie so, der Ausdruck darauf: irgendwie … leer. Ihr Haar jedenfalls ist zu komplizierten Mustern geschnürt und daran ein Hütchen befestigt wie ein planetares Ringsystem.

Standing in the dark, sagt die Frau mit metallischer, beinahe männlicher Stimme: Watching you glow. Lifting the –

Leere, diese absolute Unleserlichkeit ihres Blicks, als würde ihr Geist, wie ihre glitzernden Finger in den Ringeln, in irgendwelchen Weiten feststecken, die sich jenseits der Wände des V erstrecken. Sie lässt die Schnur los. Gummiartiges Floppen. Simulation von Wellengang. Die verwirrten Tentakeln der Leuchtquallen im *Seemannsgrab*. Wird den Viechern nicht schwindlig?, hat Mathis gefragt. Ich hab gelacht.

Irgendein Replay aus den hintersten Hirnwindungen. Im Ohr das Schrillen, das mir zusetzte, während ich FOLO-gelähmt im Bett lag und versuchte, E. zu vergessen.

Steh hier im Dunkeln, echot die Frau. Und seh dich glühen. Hebe den –

Empfänger?

Translator. Sinnlos, natürlich. Mein elektrischer Freund ist ja kaputt.

Dachte immer, diese Kästen, das sei so was wie Kunst im öffentlichen Raum. An manchen Straßenecken stehen sie rum, verpackt in mannshohen Schaukästen aus Glas und rot lackiertem Stahl. Aber vielleicht sind sie mehr als das. Geheime Apparate, die dieses Kommunikationsloch mit Wissen, oder Ahnung, mindestens –

Niemand, den ich kenne, sagt die Frau, noch immer völlig ausdruckslos. Die künstlichen Geigen jaulen, gestrichen, nicht gezupft diesmal, und mir geht auf, dass sie zuhört. Nicht der Musik. Jemandem, der nicht in diesem Raum ist, dem –

Empfänger.

Und plötzlich macht es *Click*.

Click click drone

Click click drone

Click click

×

wiegen, prüfen, abschätziges zucken der brauen. schwanzvergleich im gruppenduschraum. sal und ich und …? vierzehn, fünfzehn müssen wir gewesen sein. da lag ja *immer* so was in der luft, was unausgesprochenes, im säuerlichen dampf, auch unter lauter heten. trotzdem konnte es sein, dass sal und/oder ich nachher n blaues auge … oder schlimmeres.

mit genau diesem versonnenen, verschlagenen lächeln wiegt fenna edens *zweites pad* in der hand. und ihre linke braue, die heller ist als ihre haut, schlägt einen gespannten, zitternden bogen.

edens zweites pad. manchmal vergess ich, dass da auch ein erstes war. auf den schirmen in squids versteck, genauer: auf edens arbeitstisch im AllSec-hauptquartier. vielleicht liegt es da immer noch. nur dass niemand mehr die bilder überträgt. oder doch überträgt, aber nach irgendwo, wo ich nicht bin.

einzig von der v-night-party weiß ich, dass sie weitergeht. genau so, wie eden sie mithilfe seiner drohnen betrachtet hat, und das, obwohl er verschwunden, das heißt: als ein anderer – verjüngt – nun selbst im abgefilmten geschehen feststeckt. von dem ich fenna noch immer nichts erzähle, weder vom bandoneonspieler, der fleißig seine rolle übt, noch vom flieger, der seine nach und nach ablegt, noch von der frau, deren gesicht die kamera nicht erfasst, noch von eden, sagen wir: *diesem jungen*, gegen dessen liebe sie ihre unsterblichkeit einfach nicht eintauschen will. all das ist nun nicht mehr das geschehen auf schirm 13.5., es ist *das* geschehen schlechthin, der betrachter zum betrachteten, der betrachter verschwunden, nein:

der betrachter bin ich.

nicht fenna.

trotzdem lässt sie mich ihrs anfassen. zum ersten mal.

fennas pad sieht nicht nur aus wie das ding, das im schaufenster der *paddington mall* rotierte, sondern auch wie das, was auf edens schreibtisch im AllSec-tower lag. oder immer noch liegt.

schlaff und schwer liegt es in meiner hand. schwerer als meins. edens. edens *zweites*.

nutzlos. impotent. da regt sich nichts.

ich weiß nicht, was ich erwarte. töne vielleicht. eine veränderung der farbe, oder der form. aber nichts passiert. diese potenzmetaphern. woher …? *futurologie. kunstgeschichte. kommunikationswissenschaft* …

FOLO, hör ich fenna plötzlich sagen. fear of logging out.

wir sind bei f. als hätt's den zeitriss nie gegeben. als wäre jetzt die zukunft und fenna squid.

FOLO ist ausgerottet, sagt sie, zumindest in der ersten welt, wo ausloggen sowieso den tod bedeutet. und angst vorm tod ist ja wohl irgendwie normal.

sie sieht mir in die augen. nicht mehr auf irgendeinen punkt knapp oberhalb der brauen. nein. direkt in die augen. ein, zwei sekunden lang.

ich lass ihr pad sinken. heb es wieder hoch und lass ihr das körperwarme metall behutsam in die hände gleiten.

gechippte, setzt fenna an, seufzt und schnalzt mit der zunge. okay, kleiner sprung zu h. h+, genauer gesagt. enhanced humans.

sie redet jetzt schneller als sonst, und ihre pupillen rattern horizontal, fast so wie j.d.s, wenn er auf meine fragen einging, so als würden sie unsichtbare zeilen verfolgen. irgendein wissen abgrasen, zu dem ich keinen zugang habe. dabei schaut sie kein einziges mal auf das pad in ihrer linken, ihrs, oder das in ihrer rechten, meins, das heißt: edens.

optimierte menschen, also gechippte, sind immer online. bis zum hirntod. es darf ja keine lücken geben im datenstrom. atmung, herzrhythmus, kalorienaufnahme, cholesterinspiegel usw. sonst geht in der cloud ne warnung los.

ich nicke. warum auch immer fenna auf einmal so begierig ist, mir dinge zu erklären – vielleicht ist das ihre sehnsucht. ihre einzige. diesen riss zu kitten. oder sie will irgendwas von mir, das ich noch nicht begreife – ich glaube ihr. weil sie worte benutzt, die ich aus der zukunft kenne. aus ihrem und j.d.s und squids jetzt. worte wie *gechippte, cloud* und *datenstrom.*

ich traue mich, sie mit einem wort wie *cryptowear* zu unterbrechen.

und sie, ohne mit der wimper zu zucken: das ist natürlich illegal.

aber, frag ich, wie kann man dann mal … abschalten? also zum beispiel: schlafen?

p, sagt fenna, oder o. PN. power nap. oder wissenschaftlich: oxycodon.

j.d.s kleine weiße pillen. die ihm, und damit auch mir, hin und wieder ein paar stunden schlaf bescherten. squid schlief eh nie. aber der hatte ja auch diese narbe, dieses sternförmige erkennungszeichen anonymer, am oberarm.

das ist natürlich ein problem. dass sich der organismus auch mal ausruhen muss.

fenna hebt die schultern, verkrampft sie ein, zwei sekunden lang und lässt sie ruckartig wieder fallen. als hätte sie diese geste irgendwann mal bewusst einstudiert.

da müssen dann halt chemische substanzen ran. die schalten das hirn für n paar stunden aus und LL auf auto-run. kombi *xuàn*. kam vor acht, nee, wohl eher schon zehn jahren raus. so vier, fünf stunden lang merkt erstmal keiner, dass du pennst. na ja, höchstens am verlangsamten herzschlag vielleicht. aber das könnte auch *qanuk* oder … egal. das system kennt dich ja ziemlich gut. verteilt likes und postet snaps und rankt, was du ranken würdest, verlinkt, was du verlinken würdest, klickt auf dinge, die du magst und löscht, was dich nun wirklich überhaupt nicht interessiert. inzwischen stimmt auto-run zu 97 % prozent mit dem überein, was du im wachsein tun würdest. nur texten geht noch nicht.

wieder dieses einstudierte schulterzucken. noch fünf, sechs jahre, schätz ich mal.

sie schweigt. die finger ihrer rechten hand streicheln sanft über die spiegelnde oberfläche meines – edens – pads, das mit einem, ich kann es nicht ander als *grün* bezeichnen, *grünen schnurren* reagiert.

also weiter, sag ich.

fenna blinzelt, nicht mich an, sondern ins diffuse sonnenlicht. das streicheln ihres daumens wird fester, rhythmischer.

ach ja, f. f …

sie holt tief luft und schüttelt den kopf. wie um eine störrische erinnerung zu vertreiben.

FOMO, sagt sie dann. *fear of missing out.* FOMO war sogar noch n bisschen länger als offizielles krankheitsbild anerkannt. dann hat man's von der liste genommen. denn irgendwann war's still und heimlich kein makel mehr, sondern voraussetzung dafür, dass LL sich so entwickelt, wie sich's entwickelt hat. genauso wie IFS, *information fatigue syndrome,* irgendwann einfach ausgestorben ist. dafür gibt's jetzt LIS, *lack of information syndrome*, ne begleiterscheinung von FOLO, klar. die technik hängt sich an dein … nein, sagen wir mal: das kollektive begehren dran. immer wissen, wer wo ist, was wo abgeht. sehen, hören, fühlen, riechen, schmecken. gesehen, gehört, gefühlt, gerochen, geschmeckt werden. jede kleinste regung sofort *teilen.* man könnte sagen: ohne FOMO und LIS wärn wir gar nie da angelangt, wo die AllSec uns –

freiwillig, denke ich. *alles andere passiert freiwillig*, hat squid gesagt.

aber verstehen tu ich das noch nicht.

ich versteh noch nicht ganz, wie –

na ja, sagt fenna, du kannst ja dein eigenes gesicht nicht sehen. überhaupt das meiste deines körpers. schultern, arsch, rücken … vor allem aber das gesicht.

mein – edens – pad verflüssigt sich, legt sich um die finger ihrer rechten hand wie latex.

spiegel, sage ich.

spiegel, wiederholt fenna, während der zeigefinger ihrer linken abwesende kreise zieht, der ringfinger in der luft rumstochert. besser aber noch: die blicke anderer. die können dir nämlich *on top of everything* bestätigen, nicht nur, *wie* du aussiehst, sondern auch, dass du *richtig* aussiehst. das richtige trägst, das richtige sagst, das richtige tust. und so weiter. die können dir, letztendlich, bestätigen, dass du *existierst.*

ich seh's zuerst. im rechten augenwinkel. nein, nicht nur eine trübung des lichts: fennas pad changiert von silbrig zu weiß. da wartet ein feines pulsen, dicht unter der oberfläche. als würde jemand totgeglaubtes wieder anfangen zu atmen. wenn auch nur sehr, sehr flach.

in der zukunft, sag ich, und meine stimme klingt brüchig – überhaupt wird irgendetwas brüchig um mich rum, oder in mir, wer weiß, deshalb wird das, was ich sagen will, ein unbeholfenes stammeln –, also in der zeit, aus der du kommst, könnten diese beiden dinger miteinander. äh. kommunzieren. oder wir über sie, wie bei nem – keine ahnung, ob fenna das wort kennt, ich sag es trotzdem – telefon?

fenna schweigt. ihre pupillen machen das schreibmaschinen-ding.

mein – edens – pad, das sich bis eben als grünschillernd glibbrige substanz zwischen ihren fingern durchgeschlängelt hat, wird plötzlich fest.

gibt's denn 1980 überhaupt ein fernsprech… ich meine: irgendein netzwerk, das die signale überträgt?

fernsprech...? fenna runzelt die stirn. auch das sieht angestrengt aus. genauso wie ihr schulterzucken, lächeln, brauen hochziehen, überhaupt alles an ihr, was nicht die maske einer toten ist.

na ja.

die pads in ihren händen haben sich so klein gemacht, wie's geht. kaum mehr voneinander zu unterscheiden, strahlen sie ruhe aus. wie katzenbabys, deren fellige bäuche sich abwechselnd heben. nur dass sie eben *farbe* atmen.

irgendwie kommen die signale der drohnen ja auch zu deinem pad, sagt fenna.

edens, denke ich.

geostationäre satelliten, sagt sie und legt die schlafenden kätzchen vorsichtig auf den boden.

signale. satelliten. die zeit schlägt wieder wellen.

noch kein mond, kein stern zu sehen. der himmel ist rissig, als würde sich in zeitraffer irgendeine patina abschälen. *kunstgeschichte.* verdammt, vielleicht hatte squid recht.

175 tage einsamkeit. 170 meilen von der erde entfernt.

vielleicht hat auch fenna recht. all die satelliten, sonden, raumstationen…

vielleicht sind ljachow und rjumin nie zurückgekehrt. vielleicht kreisen sie da immer noch.

die pads pulsieren synchron, schneller jetzt und dunkelrot, als würden sie wild träumen. im linken platzt eine wolke, weiter oben, vergrößert am himmel –

regnet asche runter, löscht den horizont.

×

Inzwischen begreif ich die Geometrie auf der Tanzfläche als etwas Vertrautes. Die perfekt arrangierte Asymmetrie arthritischer Schultern, die künstliche Arthrose aus Rüschen und Diamanten, die asexuellen Schwellungen an unvorhergesehenen Körperstellen, die prachtvollen Beulen und eleganten Öffnungen à la Stephen Jones, Melissa Caplan, David Holah. Selbst die niedrige Decke, die dunkle Holzvertäfelung, die karierten Tischtücher, die umgekippten Flaschen, die plattgeklopften Marlboro-Schachteln. Selbst die Verkleidung, in der ich stecke. Eine Seltsamkeit aus Seide und Tüll.

Dead Marilyn hat sie aus ihrem Schrank gekramt, nun ja: aus einer dutzendfach beschrifteten Pappkiste unterm Dach der Warren Street. Es gibt hier etwas, das sich *Hochfahren* nennt, und das hat nichts mit alten Rechnern zu tun wie dem, der in Vík an der Tankstelle stehen wird. Wir saßen rum – diejenigen, deren Kostüme genügend Beinfreiheit erlaubten, auf dem Boden, diejenigen, deren Kleidung bei jeder unnötigen Beugung zu platzen drohte, auf den wenigen Stühlen, die übrigen lehnten an den Wänden – und tranken wässriges Bier aus schlanken Dosen. Einige lachten irr und unaufhörlich, andere schnitten heraushängende Fäden von ihren Umhängen und Stolen, zwei sprachen von verpassten Gelegenheiten, während einer dem anderen pinke Augenbrauen malte, und eine hielt die Augen einfach geschlossen. Dass E. zu diesem *Wir* nicht gehören würde, war von Anfang an klar.

Später im V sind E. und der Blonde irgendwann einfach *da*.

Stehen am Rand der Tanzfläche und sehen sich tief in die Augen. Genauso gut könnten sie den ganzen Abend lang auf dem Frauenklo vorm Spiegel. Wo ich sie ja auch erstmals traf.

Sitzt mein Haar?, sagt E. Der Blonde nickt. Und meins? E. nickt. Die Krawatte? Der Blonde nickt. So könnte das ewig weitergehen. Wenn ich nicht dazwischen. Ich sage, und versuch mich, während ich schon spreche, an das T-Wort – *Mein Pad. Mescas Pad. Das könnte schon ein kleines Netzwerk* …: Da wo ich wohne, gibt's ein T-T-… Telefon.

Mesca hat nicht mal was gemerkt. Ein Zucken, ein Stirnrunzeln, ein Aufspringen – so was hätt ich doch geschnallt. Selbst als ich, krampfhaft und unauffällig, wie auch immer das zusammen geht, die beiden Pads in *Sync* –

Netz gibt's hier natürlich keins. Aber dass der Code noch nicht mal *aktiviert* … Weder für *txt* noch *dial* noch *stream* … Wozu wurde das verdammte Ding denn sonst benutzt, ich meine, bevor es in Mescas Hände geriet? Doch sicher nicht bloß als Taschenlampe. Oder für romantische Lichteffekte.

Mesca hat einfach nach oben geschaut. So vorhersehbar, wie wenn man anfängt, von Gott zu reden.

Na gut, als er wieder anfing zu sprechen, klang seine Stimme, als würde sein Rachen rosten. Wer weiß schon, murmelte er, ob im Weltraum, ich meine da, wo die Satelliten kreisen, 1980, 2020 oder 2050 ist.

Ich musste lachen, innerlich. *Ich hab da diesen Riss in der Zeit.* Hm ja, wer weiß schon so genau, wo der verläuft. Anscheinend, hab ich gedacht, aber natürlich nicht laut gesagt, ja nicht nur irgendwo in dir.

Ich steh hier im Dunkeln. Rotierende Spiegelscherben werfen so was wie Streulicht auf die beiden. Engel, *Potentials*, Mädchen in Hosenrollen. Sternenhimmel rutscht an E.s Wange ab. *Seh dich glühen.* Er trägt eine Jacke – Jackett, Frack, Blazer, Sakko, da sind noch immer keine Signale, die mir das korrekte Wort verraten – eben irgendeinen Überwurf, der mit jeder Lichtdrehung von dunkelviolett zu ocker changiert. Er riecht – ich glaub, ich rieche ihn zum ersten Mal seit jenem flüchtigen Streifen *vergessen geglaubter Wärme* – irgendwie überkommen, zu lange schon hier, als hätte er seit Tagen die Kleidung nicht gewechselt. Was natürlich unmöglich ist, allein schon, ein Outfit zweimal zu tragen –

Bedeutungsschwer, ich könnte das anklicken, hier senke ich einfach die Stimme, *default manual*, eine halbe Oktave, und flüstere: Freunde *sind* elektrisch.

Endlich dreht E. sich um. Mustert mich, weil ich heute kaum ich bin, meine entblößten Schultern, all das Gewölk um die Hüften, die fehlenden Füße.

Hebe den Empfänger. Wie eine Gabe, auf der flachen Hand. Mein Pad ist still, tot; was sich bewegt, ist lediglich das Licht. Trotz allem starrt E. auf die Sterne, die im Display platzen. Er schaut mich an, die violett gefärbten Lippen halb offen, so … ich weiß nicht, hilflos? Wie zwei, drei Sekunden nach dem Kuss, dieser *Wette*, bevor er sich wieder gefasst. Schaut mich an, das Pad, dann wieder mich.

Teilen ist leben!

E. entblößt seinen Raubtierzahn. Die Lippen des Blonden zucken. Ich fühl mich unwohl; kein Wunder, wie soll ich jemanden von mir und meinen

Qualitäten überzeugen, in Schuhen, in denen ich kaum laufen kann? Auch wenn sie versteckt sind, was fast noch schlimmer …

Teilen, wiederhole ich. Na toll. Jetzt hör ich mich an wie dieser Werbe-, dieser Kunst… eben dieser Typ, von dem es keine Bilder gibt. Dessen glänzende Limousine schon jetzt um die Blocks im Osten schleicht, um auszubluten, was sich da formiert. Der später LL, der AllSec usw. und dann starb.

E.s Blick streift meinen Arm, der das Pad hält, die nackte Haut, aber ganz ohne Gier, ohne Bewunderung, ich weiß nicht –

Überall live dabei, mach ich hastig weiter, in diesem Tonfall, der mir selbst nicht gefällt. Nie mehr einsam sein. Nie wieder irgendwen verpassen. Oder irgendwas. Selbst wenn ihr euch entscheiden müsst für eine Party, könnt ihr gleichzeitig auf drei anderen sein.

E. runzelt die Brauen. Der Blonde dreht sich um und schlendert in Richtung Fotomat.

Misstrauen. Unverständnis, sage ich laut, würde EmoRec dazu sagen und mir eine angemessene Reaktion vorschlagen.

E. nimmt einen großen Schluck von seinem London Dry. Den Blick ins Glas gesenkt. Er hat die längsten Wimpern, die ich kenne. Meiner ist alle; zerbeiß das Eis.

Das Bestellen, kaue ich, kannst du dir in Zukunft sparen. Der Barkeeper kennt dich nämlich besser als du dich selbst.

E. lächelt. Das ist schon so was wie ein halber Daumen. Und ich mach weiter.

Weiter.

Schau mich um und hole aus.

Jeder hier ist ein wandelndes Werbeplakat für mindestens zehn andere.

Brauch nur auf Salem zu deuten, der sich anscheinend wieder mit Marilyn (der lebenden) versteht. Sie lehnen an der Bar und … küssen sich?! Egal –

Salem gibt E. – und mir – ne *chāo niú* Steilvorlage.

Von wem ist Salems Robe?, frag ich.

E. zuckt die Achseln. Seine Magmaaugen fangen Feuer.

Simon Withers, sag ich. Zum Glück hat Salem mir all das beim *Hochfahren* verraten (nicht nur mir, auch allen anderen), und zum Glück hab ich für Worte, manche wenigstens, ein geradezu unheimlich gutes Gedächtnis.

Schärpe, mach ich weiter: Melissa Caplan.

Umhang: David Holah.

Kette: Judith Frankland.

Hut: natürlich Stephen Jones.

Auf einen Blick kannst du all das sehen. Musst nur auf *Profil* – ich mach die Geste, auch wenn sie für n Arsch ist, weil ich schon immer fand, dass das elegante Klopfen der Luft sexy aussieht.

Nie mehr under- oder overdressed! Mit der App, die dir anzeigt, was hier getragen …

Auch im *Heaven*?, unterbricht mich E. Auch im *Hell*?

Ich nicke. Was auch immer er damit meint.

Komplett mit Kaufoptionen und Preisvergleich. Und wenn dir was gefällt, sagen wir mal ne Jacke von PX, ziehst du sie einfach in den Warenkorb.

Ziehen?

Ich mach's ihm vor, dieses Wischen, das ich einfach draufhabe, besser gesagt: *drin*, im Körper, in den Fingern, der ruhigen Hand, locker aus dem Handgelenk. Der ganze Arm, wenn auch entblößt, hat plötzlich wieder Sicherheit.

Du bezahlst. Daumen und Zeigefinger schnappen zusammen. Bam. Zwei Tage später hast du das Teil im Haus.

E. *glüht*. Jetzt wirklich. Seine Augen reflektieren das rötliche Licht aus den umgedrehten Suppenschüsseln. Die hinter meinem Rücken hängen. Von meiner Warte aus bin ich der rasende Lichtkegel, der ihn gepackt –

Feuer!, kreischt jemand. Wir fahren herum. Der Garderobier trägt einen goldenen Helm mit Straußenfedern drauf, die sich in den tiefhängenden Lampen verfangen, die Feuer … Dead Marilyn schreit, eine Geisha opfert ihr Bier.

Ich mach *Like, Shoot* und *Teilen*; wenn auch nur aus Quatsch, bin da voll wieder drin, nach einer kleinen Aufwärmphase wieder total zu Hause, wie in ner Sprache, die lange keiner mit mir sprechen wollte.

E. missversteht den Fingertanz als Annäherung. Das steht ihm im Blick, aber er weicht nicht zurück.

Auch wenn du mal nicht dabei bist, sag ich zu ihm, jetzt nicht zu bremsen, kannst du das beste Outfit voten. *Teilen*, vor allem aber *teilen*. Jeden Augenblick. Jeder sieht, was du siehst. Und du siehst, was andere sehen. Wichtiger noch: wie andere *dich* sehen. Es gibt keine Lücken mehr.

Nirgends?

Und dann gibt's auch noch Self-

Der Blonde reißt den Vorhang auf. Er trägt jetzt etwas Helleres als eben. Wirkt blass dadurch.

Blau-Weiß. Enganliegender Matrosenanzug mit zu kurzen Ärmeln. Unter seiner Nase klebt ein wenig Blut.

Self-Tracking-Tools. Die lass ich erstmal weg. *Suizidale Hedonisten*. Hat Salem so über seine Schützlinge gesprochen …? Recht hätte er.

E. schüttelt sich. Klopft sich was aus dem Pelz. Lichtblitze. Asche. Wüstensand. Mehr der schillernde Panzer eines Käfers als das Fell eines Tiers.

Hat noch n paar Jahre Zeit, das Funktionieren. Wenn die V-Crowd nicht mehr von der Hand in den Mund. Sondern: Familien. Politischen Willen. Ehrgeiz. Ordentliche Jobs und so. Aber bei ihrem FOMO, ihrer Selbstdarstellung, ihrem nie satt zu kriegenden Begehren pack ich sie, schon heute, und *wie*.

Immer wirst du wissen, woher, und welche Partikel aus den feinsten Poren fallen, dem tiefsten Unterhaar, ja sogar die chemischen Verbindungen ...

Der Blonde verdreht die Augen und streckt mir seine überlange, kristallene Zunge raus.

Huanuco-Coca, tippe ich. Cinnamylcocain, Benzoylecgonin, Tropacain. Plus ein bis zwei Prozent Löschkalk. Oder Aceton.

Er rollt die Zunge wieder ein. Der rote Tropfen landet auf seinem Ärmel, als schmierige Schleifspur. Widerlich.

Herzschlag: 140, sag ich. ...45. Steigend.

E.s fehlende Pupillen saugen mich ein. Wir haben jetzt ein Einverständnis. Und ich hab eindeutig und zum ersten Mal die Oberhand.

Musst Aufregung nicht mehr erraten, flüster ich ihm ins Ohr, *vertraulich*. Und wenn du so schlecht mit Gesichtern bist wie ich, gibt's EmoRec dazu.

Nichts zeigt mir das Steigen der Promille an. Nur die Wärme. Sein Ohr riecht nach ... Kakteen. Über HeartSync trau ich mich nicht zu reden. Weil er bald wissen wird, dass er auf meiner Liste von *Potentials* ganz weit oben, und ich, vielleicht, dass er mich *nie* mit einem Fingerdreh zu seinem *Match* ...

Der Römer mit den Straußenfedern und die Geisha verschieben mit ihren Rücken die Pfeiler. Der Boden faltet sich wie Teppich, während das Licht –

Das Licht drückt von oben. Zerquetscht die Tanzenden. Marilyns, also meine, Absätze knicken ein. Das liegt natürlich am Alkohol, deswegen lache ich ja auch und schreie nicht. Der Alkohol! So ganz ohne Kontrolle haut der hier rein wie auf dem Dach der Esja, nein: Shoreditch, der Himmel, Zuckerschock, das fiese Stück Metall.

Halt gibt einzig E.s Schulter, der weiche, leicht fettige Pelz.

E. hat mich was gefragt. Und holt schon wieder Luft.

Warte, sag ich. Zu wiederholen brauchst du ab jetzt nichts. Jede Konversation kann wieder abgerufen werden. So wie auch jedes Bild. Nach Worten, Gesichtern, Farben durch...

Nichts geht verloren?

Ich würd ihm jetzt gern ein paar Sätze abspielen, so was wie: *Jetzt hab ich niemanden, der mich liebt.* So was wie: *Love.* So was wie: *Hey, komm her …*

Stattdessen sag ich nur: Dagegen ist ein fotografisches Gedächtnis *nichts*.

Also –

Ach so, ja. Was der andere denkt … Na ja. Ganz so weit sind wir noch nicht. Aber –

Ich schau E. tief in die Augen. Das ist möglich, wenn ich mir vorstelle, dass damals heute ist, also 1980 *jetzt*, und sein Blick der aus dem Fenster eines Raumschiffs direkt ins All. Dahinter dieses Zahlenrasen. Das ist wie Schutzglas. Oder Desinfizierungsspray.

Als Baby warst du ja ganz niedlich, kann ich in aller Ruhe rezitieren. Und du stehst auch auf Bondage? Nietzsche? Neo-Grime? Perfekt! Bewegst dich viel im selben Umkreis wie ich. Dein Profil auf RSQ nutzt zwar nen anderen Nick, aber FaceRec erkennt dich. Zweifelsfrei. An deinem Lächeln … Aha – jetzt spiele ich, tu so, als würde da ganz hinten auf seiner Retina was aufblinken – du hattest also ne schwere Kindheit. Bist grad aus ner Langzeitbeziehung … Darum also klickst du, wie du klickst!

Der Blonde dreht sich um, ich sage mal: verächtlich, und mir wird klar, dass ich für ihn noch immer *so ne Art Wette* bin.

Bist du gut im Bett?, ruf ich ihm hinterher. Ökologisch korrekt? Vertrittst du die richtigen politischen Positionen? Vielleicht hab ich viel mehr Bewertungen als du! Vielleicht hast du im Durchschnitt nur drei Sterne, ich aber viereinhalb! Vielleicht bist du gar nicht unter den Top 100, hast du darüber mal …?

Der Blonde bittet den angekokelten Römer um Feuer. Tut, als hätte er mich nicht gehört. Über uns setzt ein Brummen ein. Dem DJ fällt auch nichts Neues ein, nuschelt der Blonde um seine Marlboro herum. Da hat er ausnahmsweise recht. Das Brummen der Flugzeugmotoren weicht metallischem Hafensound.

Das alles kann also dieses kleine Ding?, fragt E.

Statt einer Antwort geb ich ihm mein Pad. Dass das so ist, als würd ich ihm zugleich Herz, Hirn und Hände schenken, weiß er natürlich nicht. Niemand, denk ich plötzlich, mit einer kleinen Welle von Hass, Trauer, vorgezogener Reue, diesem ätzenden Sodbrennen jedenfalls, wüsste die Geste zu würdigen, in diesem rückständigen 1980.

Aber als E. danach greift, der Galaxy-Nagellack glitzert, sein plüschiger Ärmel zurückrutscht, das V entblößt, ist da nur noch Leichtigkeit. Das bläuliche V. Mesca hat an derselben Stelle ne winzige Narbe. Einmal wollte ich wissen woher. Die einzige Frage, die er mir nie beantwortet hat.

Ich weiß nicht, ob dies der Punkt ist, an dem ich meine Zukunft ändere. Oder meine Vergangenheit. Oder die Zukunft, oder die Vergangenheit der Welt.

World War something –

Was soll's? Ich würde alles tun für die Aufmerksamkeit dieses Jungen.

Öffne ihm den *Assistent*. Der *Assistent* bin ich; genug Aufzeichnungen meiner Stimme gibt es ja, dass sich so gut wie alles daraus bauen lässt. Als ich, also meine Stimme im Pad, ihm den Code sage, zuckt etwas durch sein Gesicht. Ich weiß nicht, was. Es ist so schnell wieder verschwunden wie ein FKSnap. Ich programmier ihm Mescas Code und meinen, auf der äußersten Hülle, nicht zu verfehlen. Zeig ihm die wichtigsten Gesten. Er verfolgt meine Finger – zärtlich? Neugierig? Amüsiert? Ich weiß es nicht. Ich hab so einen Blick noch nie gesehen. Bei niemandem, heißt das, der älter als fünf ist.

Wieder knicken mir die Füße weg, die unzuverlässigen Absätze, die Träger rutschen, die Pfeiler, das ist nicht nur der Alkohol –

etwas passiert mit der Zeit.

Da ist ein Flackern überkopf, *als würden die Kühlschränke in ihre aktive Phase*, ein Reißen im Innern, Sacken im Magen, Knacken im Ohr.

Energieengpass. Verdunkelung.

Der Schwindel hält an, der Druckabfall, als würden wir starten, landen, nach oben, nach unten … Als würden wir *nach vorne und nach hinten gleichzeitig katapultiert.*

Und wirklich ist es dunkler als eben. Die Decke abgesenkt. Lüftungsschlitze statt Lampen. Das ferne Brummen. Flugzeugmotoren. Der Blonde gnädig aus der Szene retouchiert. Dafür ne Menge Matrosenmützen. Abgeflachte Schädel, heißt das, man sieht ja nur noch Silhouetten. Schiffchen, Schiebermützen, Damenhüte. Ein paar Bowler, oder wie man die Dinger nennt. All das ohne Gesichter. Salem, Marilyn und ihre tote Zwillingsschwester annulliert. *Niemand, den ich kenne.*

Niemand tanzt mehr, aber die Musik ist nicht ganz weg, nur leiser, überlagert von saugendem Atem, wie Zombies in Horrorstreams, Fische im Aquarium, Komatöse auf der Intensiv.

Als einer den Kopf wendet, begreif ich plötzlich, warum sie keine Gesichter, nur noch Schnauzen haben. Nämlich weil sie alle diese Schweinsmasken tragen, die mir auch der Portier im Bolsover Hotel andrehen wollte.

Nur E. steht noch an meiner Seite. Unverändert hypnotisiert. Der schillernde Käfer, das pelzige Tier.

Und wenn du was nicht verstehst, sag ich schnell, dann fragst du. *Mich*. Es ist ganz leicht.

E. nickt. Er schaut mich nicht mehr an. Er schaut aufs Display, Abermillionen Sternen beim Platzen zu, und seine Finger lernen *schießen*, während seine Lippen und deren Spiegelungen sich lautlos bewegen,

Echoes in rows
wählen, grobe Körnung, Retro-Chic
Talking at the same time
Drei Dutzend Daumen
Click click
drone

×

fernbedienung = *weltmacht*. meist hing sie schief in mikkas schoß, da traute ich mich nicht hinzufassen, selbst als mikka schlief.

satellitensteuerung. natürlich, darum diese hilflosigkeit. die immergleiche szene, der versteckte hinterkopf. vielleicht lässt mich eden noch immer lediglich zuschauen, aus irgendeinem zwischenreich heraus teilhaben an dem, was er sehen will. gefangen in innenräumen – metallkäfigen luftschutzkellern backsteinhallen –, in denen sich nichts, na ja: wenig tut.

augenblicklich tappen alle im dunkeln. kurzschluss oder stromausfall. vielleicht auch die verwerfungen der zeit, die ja schon draußen am himmel mehr als deutlich waren.

3:56:08
Flackern, dann gehen die Lampen wieder an. Fünf Birnen links und rechts eines Spiegels, also zehn insgesamt. Ein Schminktisch, davor die Rückenansicht einer Frau. Rote Wollspitze, durch die blasse Haut schimmert, weiter unten luftige Kaskaden. Beine in schwarzem Hosenstoff rahmen ihre Hüften. Ein leises Stöhnen, das eines Jungen, eines `{sub_59KIUEj73i [FACE]}` *¡coño!* wie kam das?! der raum blendet so in den augen! gibt's da n backstage…? nen weiteren kleidertausch? nee. auch wenn man nur IHREN rücken, das ist definitiv SIE, die

3:57:22
Muskelstränge werfen Schatten; halb entblößte Schulterblätter schieben sich zusammen wie bei einer Katze, die sich duckt zum Sprung. SIE lehnt sich vor, presst mit IHREM Körpergewicht den Jungen an den Schminktisch. Dessen Finger umklammern die Kante; er wehrt sich nicht.

IHRE Ellbogen rucken in Richtung Kamera, SIE fasst seine Schenkel, seinen Po, hebt ihn hoch, das scheinbare Leichtgewicht, setzt es ab mit Klirren und Klappern. Der Spiegel zittert (man sieht darin weder IHR noch sein Gesicht), das Licht –

Wir kennen diesen Moment, sagt plötzlich jemand, eine Stimme aus dem OFF. Wir kennen diesen Moment aus zwei, drei Dutzend Filmen (es ist die Stimme des Fliegers): All diese Nichtigkeiten fallen dominoartig in sich zusammen, werden ungestüm von Händen, Hüften, Hintern weggewischt.

Gedämpfte Bässe durchdringen die Wände, den Boden, der Junge stöhnt //@89UEZko734_gh ¢¶ eden, ich bin mir jetzt beinahe sicher, dass das wirklich eden

3:59:00

von IHR kein laut, nur IHRE muskeln, die ar-

...ber das ist nur eine Imitation von Leidenschaft, sagt der Flieger aus dem Off. Nicht mehr als die Erinnerung an all diese Zelluloidmomente.

Und Eden antwortet – nicht der, der von IHREM Körper verdeckt auf dem Schminktisch sitzt, sondern seine Stimme aus dem OFF, nüchtern und klar, wie ein voice over seiner Gedanken: Ich errege SIE nicht, nicht mal mein Körper; *ich errege nicht mal mich selbst.*

So weit ist es schon, erwidert der Flieger, ein bisschen zu schnell, wie unglücklich reingeschnitten, dass unsere Körper zuverlässig auf die rituellen Wiederholungen der Popkultur rea–

Ein Keuchen.

Ich liebe dich, flüstert Eden. Nicht nüchtern und klar, sondern zittrig und schlecht zu verstehen. Nicht der aus dem OFF. Sondern der, dessen Rücken an den Spiegel gepresst, der breitbeinig an den Schminktisch genagelt wird.

Und SIE:

×

liebe –

danach hab ich gesucht.

Es ist jetzt tiefe Nacht und der Himmel irgendwie geronnen. Die Wolken klumpen, ein säuerlicher Geruch geht von ihnen aus. Als wär die Asche wieder da. Oder: nie weggewesen. Das, was uns hindert zu gehen.

liebe

In Wahrheit steht da: Ich verliebe mich nicht (*liebe* gelb markiert).

Ich hab dich gefragt, wie du das meinst.

Wie meinst du das?

Du: Ich meine, *ich verliebe mich nicht.* Weder in dich noch in sonst irgend-

Ich (ich konnte nicht anders, wirklich nicht): Aber ich hab doch die alten Bilder gesehen!

Da war wieder dieser Blick, deinerseits. Mein Translator hätte gesagt: Was quillt da für komisches Zeug aus dem Mund dieser Verrückten?

Hätt gerne *Shoot* gemacht und, nee, nicht *Teilen*, sondern *Save*, für alle Ewigkeit, nicht in der Cloud, sondern im Subnet. Aber das Pad ist ja nun in deinem Besitz.

Wo steckst du überhaupt? Dachte, wir würden noch zu Dunkin' Donuts, war davon nicht die Rede, dachte, ich könnte deine Betrunkenheit nutzen (und meine), dir das radioaktive Rot von den Fingern zu lecken, wenigstens eine von *52 delicious varieties.*

Es muss geregnet haben. Unmengen. Vor meinen Augen verbinden sich Pfützen zu glatten Spiegeln, versiffte Gassen zu Wasserstraßen wie die des versunkenen … Hm. Auch das irgendwas mit V.

Va… Vo… Ve…

Kein E. Kein Salem. Kein einziger Raucher, kein knutschendes Pärchen und niemand, der kotzen muss. Nicht mal der blasse Pirat. Das Neonsirren. Das V, das mir mit seinem Laserblau den Schädel entzweigehauen, so weit kann ich doch gar nicht … Und selbst wenn, muss das doch immer noch *Covent Garden*, aber: von zerrissenen Gesichtern, MorphMe-Monstern, vernagelten Fenstern keine Spur.

Dafür seh ich endlich meinen Arsch! Ganz ohne Verrenkung. Das war immer schwierig, selbst drinnen auf dem Frauenklo. Voll verspiegelt, der Boden, die Wände, so war's im Stream: Der Himmel aus Chrom und Glas schluckt die letzten toten …

Venedig! Das war's.

Aber wie kann das eigentlich sein, dass ich meinen Arsch, hab ich mich umgezogen, wo und wie und wann? So viel hab ich doch nicht getrunken, dass ich das nicht mehr … Und Marilyns Schuhe, von denen perlt der Dreck nicht einfach so ab, warum eigentlich weiß, *tāmā de*! kann hier nicht einfach weiter waten durch Pfützen und Pferdepisse, Marilyn legt bestimmt viel Wert auf genau diese … *Stiletto-Pumps. ital: Bleifstiftabsatz. 1950er*, die genauso verschwunden sind wie die wolkige, hinderliche Seltsamkeit, wegen der ich nicht mal meinen verdammten Arsch, *Brautkleid, Traurige*. Irgendwie gibt's da nen Link. *Maria de' Medici. Charles Fox.*

Du bist weg, aber irgendwas andres ist wieder da. Worte, Namen, Orte. Als hätten sich neue Kanäle geöffnet. Oder alte. Nur den Eingang vom V find ich nicht wieder.

Dann eben nach Haus. Was sich hier *zu Hause* nennt: die abgefuckte Gummizelle, das verdreckte Irrenhaus. Immerhin wartet da jemand auf mich.

Und immerhin kann ich mich wieder frei bewegen; die GoldCaps schmatzen übers Wasser, als wär's Gelee.

Holborn Station, ein Glück bin ich nicht ganz verloren. Dieses magische Ziehen, ich hab das nie begriffen, wie mir dieser Typ, *Mathis*, versucht hat zu erklären, wie er zielstrebig auf mich und später auf dem Parkplatz auf jeden einzelnen *YouDrive*-Wagen zuging, aber jetzt ist es da.

Kingsway rinnt am Rand meines Blickfelds runter. Als ich hier ankam, war die Beschilderung dürftig, um nicht zu sagen: kaum vorhanden. Jetzt ist alles völlig, völlig klar. Die Ausgestorbenheit hat ein jähes Ende. Leuchtende Menschen schieben sich Glaswände entlang, manchmal auch ineinander, verschwinden, *Sardinia*, oder lösen sich auf, *Portugal*. Um diese Zeit. Nacht muss es sein, noch immer. Es ist jetzt kälter, vielleicht Herbst.

Manche fallen mir mehr auf als andere. Eine Frau, die einen durchsichtigen Regenmantel trägt. *Xu Fan Rong*, denk ich; ich weiß nicht, ob man *denken* dazu sagen kann.

Und dann, hinter metallenen Spinnenbeinen, hell erleuchtet, der größte *Kěkǒu,* den ich je gesehn, da drehn sich überdimensionale schwarzweiß-rote Sushi-Röllchen, aber niemand auf den grünen Plastikstühlen. Um diese Zeit.

Links und rechts wachsen schwarzglänzende Zylinder zwanzig Stockwerke in die Höhe, um die sich goldene Drachen mit rotem Schuppenkamm schlängeln, verschwinden und tauchen züngelnd wieder auf, wie in –

Chinatown.

Chinatown ist doch ein kleines Dreckloch, ein, zwei Meilen östlich. Scheint sich aber auszubreiten, wie das Wasser in den Straßen, während ich im V. Das spiegeln jetzt die Glasfassaden, wegen denen man den Himmel nicht mehr sieht, mitsamt den säuerlichen Wolken.

Wenn ich mich umdreh, ist da nichts.

Nur vor mir, zehnfach, dutzendfach gespiegelt: der Eingang zu Chinatown. Das riesengroße umgedrehte V. Versucht *Mensch* zu sagen, meint aber Nullen und Einsen. Wie sich Wasser überhaupt spiegeln kann? Vielleicht ist längst Winter, das Wasser jetzt Licht, oder London ein Reykjavík-Verschnitt.

Holborn zieht mich schräg nach links, vorbei an künstlich verstärktem Algenduft, durch die epilierte Brust eines ziemlich gutaussehenden *PX-Punks*, die Rolltreppe hoch. Dicht unter der Schädeldecke pocht eine Erinnerung, Aufzeichnung 3:45:30, *to be continued*, nach einer Weile Stille:

Ich muss dir auch was sagen.

Du (EmoRec sagt: mäßig interessiert): Na?

Ich (sehr, SEHR gewichtig, damit du ja kapierst, dass ich nicht nur mein bescheuertes Outfit meine): Ich bin nicht die, für die du mich hältst.

Du: Aha.

Dann blinkt der Cursor einfach nur noch, sekunden-, minutenlang im leeren Feld.

Du fragst mich nicht: Wer bist du *dann*?

Und ich frag dich nicht, wofür du mich hältst.

×

erste mal, dass edens pad mit mir spricht. akku alle, oder was? die kamera schwenkt minimal nach links. für den bruchteil einer sekunde ist da ein gesicht. fennas eisblaue augen.

piepen; mit dem vierten stirbt das bild. etwas krallt sich in meine eingeweide. vielleicht der drei tage alte burger; vielleicht die zeit. *empfänger* steht da. ich müsste irgendeine geste machen. die ich einfach nicht kenne. wie *in einem dieser träume, in denen man nicht von der stelle kommt*, klingelt das telefon auf der anderen seite des raums, schrillt und schrillt, und ich steh hier, ertappt, als hätt ich j.d. beim verbluten, und fenna, vielleicht hab ich mich auch verguckt, wo steckt sie überhaupt, steh hier und weiß nicht, wie man den *hörer* hebt.

dann ist das piepen weg, das wort: *empfänger*, die lähmung, aber auch das bild.

ich warte. warte. geb auf und steck edens pad vorne in den hosenbund.

der himmel ist noch immer seltsam perforiert. die dachterrasse nicht mehr zu betreten. ein einziges loch. war das so, in der zukunft? ich erinner mich nicht.

es ist jetzt nicht mehr so warm wie in den nächten, als ich hier mit fenna saß. die marslandschaft kaum zu erkennen. irgendwo da draußen der ausgebrannte xj, den haben die brennnesseln, das wetter, die zeit längst platt gemacht. und mein gesicht? das hab ich zuletzt, ich weiß nicht, wahrscheinlich in mike/matt/mileys flurspiegel gesehn.

immer wieder nach falten getastet, in den letzten tagen, nach irgendwas, das mir am eigenen leib die verwerfungen der zeit erklärt. taste da rum, finde aber nur den stecker im ohr, das v aus gold. v für vadim/vanya/vladilen.

geh wieder rein. der süße, bittere geruch hat sich in was organisches verwandelt. schwelende wunden. als lägen geöffnete körper irgendwo hier rum.

auf der treppe dicke staubschichten. keine fußabdrücke. keine halbierten plastikflaschen, blechlöffel, aluschnipsel in den fluren. dafür sind da wieder die miniatur-autobahnen, tunneleingänge, unter dreck begraben.

niemand begegnet mir, außer einer ratte im anzug, übermenschengroß. von ihrem gesicht ist nur das grinsen geblieben, ein büschel barthaare und das halbe ohr. egal, wie viele türen ich aufstoße, ich kann die purpurnen totenschädel nicht finden. manche zimmer sind halb mit schutt gefüllt wie müllcontainer. gerade noch sichtbar die obere hälfte von sätzen, ausgestreckte hände, spermafontänen, die ausgemergelten rücken von wölfen oder füchsen.

in der chirurgie tanzen lichtreflexe an den wänden. hier war ich noch nie.

blassblaue kacheln, darauf rostbraune spritzer. an einer wand hat jemand diese spritzer dazu benutzt, einen mord zu simulieren. eine mit schwarzen strichen gezeichnete figur fällt nach hinten, tödlich getroffen. im fall suspendiert. aus ihrem bauch, ihrer brust spritzt blut, das nicht frisch aussieht, sondern seit jahrzehnten getrocknet. wer geschossen hat, sieht man nicht, nicht mal die pistole.

in der mitte des raums: keine offenen leiber, natürlich, nur die überreste einer rostigen liege. *trostfloß*, denk ich, als wär da mal was gewesen, ein zwicken in den eingeweiden, tiefer diesmal, fast im schritt. ein vibrieren, blaues pulsen unterm hemd, und dann schon wieder dieses piepen / `(x-masque)/3_3_11///dial/w/w/w` …

×

Ein Rütteln. Ein starker Luftstrom, der im Innern vibriert.

E.!

Nee, kann ja nicht sein. Muss kurz eingenickt –

Hätt ich nur mein Pad. Aber meins ist ja jetzt deins. Ich meine: Mescas. Hätt ich doch nur Mescas. Der noch gar nichts ahnt, armer *bái chī*.

Die Rastlosigkeit ist wieder da. Das Warten. Die Ungeduld. Gibt's eigentlich noch irgendeinen Ort, an dem man *ankommen* kann, ganz ohne Drogen? Dead Marilyn hat das gesagt. Rausgucken, oder jemanden an, geht gar nicht. Meine Füße wippen, als gehörten sie nicht zu mir. Die GoldCaps, wann auch immer ich Marilyn ihre Pumps zurück, imprägnieren sich, hat ja Unmengen geregnet. *Umsteigen in Mile End.* Der Countdown sagt 11:30:14, die Caps switchen schneller als üblich zum Waxing.

Dass überhaupt Bahnen fahren! Um diese Zeit. Und wie sie *aussehen*, die glänzenden Polster, entspiegelten Scheiben, Neonröhren, kein Fett an den Stangen. Absolut reißfest, das kalte Violett. Was für ne Zukunftsvision …

Gerundete Schiebetüren öffnen sich mit einem Geräusch, als würde jemand Luft aus einer selbst aufblasenden Matratze lassen. Eine Frauenstimme sagt *Nummer sechs, Stratford, Stadium Park, Epping Airport.*

Menschen steigen ein. Die schau ich gar nicht an. Fortschrittsbalken, Rankings… *Tāmā de!*

Totally hungover. Drei Daumen. Was machst du so? *Gimme gimme … That purple drank (dat purple drank)* … Der Boden ruckelt; die Caps waxen sich ganz smooth.

Draußen, also. Der Himmel macht was gut. Chrom und Glas. Aber wieso sind da Lichter, müsste die Central Line nicht unterirdisch –

grab grab a sprite pop pop the seal, grab grab a sprite pop pop, Ärsche wackeln, nein: das bläuliche Glühen bioreaktiver Fassaden. Ein gewölbtes Areal, Stratfordstadion mal zwei. Die gesprungene Schüssel, ehemals bekannt als *Smithfield Hub*. Da wird also noch geerntet. Diese grünliche Suppe namens *Biomasse*. Auch wenn in den Atrien, Auditorien, Galerien, Multimedia-Sälen, auf den Parkdecks, Fußgängerbrücken, Bahnsteigen längst alle möglichen Einwanderer Seite an Seite mit Anonymen hausen und unter den Glaskuppeln der Hochparks statt lokaler Gemüsesorten nur noch mutierte Füchse gedeihen.

Rechts – endlich! – der *abgebrochene Zahn*. Khanty Mansyisk II. Ein bisschen mitgenommen durch die Riots, 30 Meter Verlust. Das Original: als hätte man nen angespitzten Kristall mitten ins sibirische Nichts gerammt. In Fantasystreams wüsste man nicht, ob da jetzt die Guten oder die Bösen thronen. Ganz, ganz oben auf jeden Fall. Mitten in der City natürlich ein grandioser Irrsinn. 700 Menschen umgesiedelt und auf die Suburbs verteilt. Das musste sich ja rächen, irgendwann. Diese vereinzelten Lichtpunkte, dieses flächige Aquariumlicht der verwaisten Finanzzentren und was da um die Ecken heult, nachts in den leeren Straßenschluchten.

Noch weiter rechts, direkt überm Wasser, geht die Sonne auf. Schmilzt den Tower, auch *Eiswürfel* genannt. Die Fassade klappt tausend kleine Paneele aus, *retrofitted*, und ventiliert sich selbst wie diese Echsenart … *Chlamydosaurus kingii* … verdammt nochmal, nein!

Das Draußen retouchiert den Fehler im System. Langsam kapier ich.

Mir gegenüber sitzen zwei, auf deren Stirnen *High Score* blinkt.

Junge, Mädchen. Fast noch Kinder. Weite schwarze Hoodies, unter den Kapuzen je ein Streifen Rot. [crimewatch pre-empt 4.0] poppt auf und stürzt sofort wieder ab.

320 zu 296. Sonst empfang ich nichts. Außer dieser Beatmaschine, die den Übergang verbockt … *sip sip sip sip sip* … und das synchrone Wippen ihrer Sneaker, *LED-beleuchtete Selbstschnürer von Filip Ek, Herbstkollektion. Nur 4555, wenn du jetzt …*

I woke up with your name on my lips

I woke up with your name on my lips
der *Eiswürfel* bleibt rechts liegen,
Eiswürfel klirren im Glas,
I woke up with your lips
your lipsssssssssssssssssssss… hätt ich nur mein Pad.
Hätt ich mein Pad, würd ich dir txten:

Ich bin froh zu wissen, woran ich mit dir bin. Trotzdem: Lass uns erstmal ne Weile lang nicht treffen.

Und du, ich weiß nicht … Du so:

OK.

Hoodies nicken, Sneaker wippen, *woke up with your lipsssssssssssipsipsipsipsipsipsipsipsipsipsipsipsip* … kommen hoch und federn Richtung Ausgang.

OK? Das war nicht, was ich hören wollte!

Ein Bahnhof stülpt sich über uns. Ganz in Weiß. Die Frauenstimme sagt: *Nummer sieben Richtung Teviot Park, Cosco Center, Woolwich Arena.* Und wieder dieses Zischen.

I woke up with your name on my lipsssssssssssssssssssssssssssssssssssss ssssssssssssssssssss

Dann schließen sich die Türen; der Beat ist weg.

Du bist konsequent, steht da. Das mag ich.

Ich denke: Scheiße.

Nein, ich denke erst: txt off. Und *dann* –

wieder dieses Rütteln, ein starker Luftstrom. Schienen verzweigen sich labyrinthisch; eine Bahn mit leerem Führerhäuschen rast uns entgegen, die Chrom-Schnauze des neuen Auto-

WTF … Auto-Drive?!?

×

zieh's raus, und fenna springt an die kacheln.

stolper vor, zurück, verrenk den kopf. natürlich ist da niemand und nichts. nur ein bild an der löchrigen wand.

sie hat auch gar nicht mehr das an, was sie trug, als sie wegging. sondern rote wollspitze, genau wie SIE. rückenfrei. puffärmel. ziemlich gewagt. und die frisur …

das ist nicht fenna, denk ich. aber es ist ihr gesicht. wenn auch spiegelverkehrt. diese verwirrung in gigantischen shopping centern, mit zu vielen spiegeln, zu viel glas, wo man sich ständig umschaut, verfolgt glaubt und manchmal in sich selbst reinrennt. auch hier ist davon viel zu viel. ich sag mal: unter mir. der ganze boden steht nämlich unter wasser, und das wasser spiegelt mich und alles, was ich sehe. links: den toten, der einfach nicht fällt. rechts: das stockende geschehen. eden, der noch immer auf dem schminktisch sitzt. vielmehr: hängt. den kopf, dicht neben IHREM, ich meine: fennas gespiegeltem, seitlich angelehnt. seine haare sind gewachsen. ach nee. das ist ja ne aufzeichnung, klar, woher sonst die reinkopierten stimmen?

dunkle strähnen kleben ihm an den lippen. glatt. erstaunlich glatt. aber seine etwas zu schmale, nicht ganz gerade nase, die knopfaugen, die knospenlippen

5:34:21

driften auseinander. Der Spiegel beschlägt. IHR, Fennas Gesicht bewegt sich nicht. Sein Atem löscht IHR Kinn. Die Knospenlippen ╝╚╕∑ („get“) gehören eindeutig

5:35:10

Eden: Bleibst du bei mir?

Er sieht SIE nicht an dabei, hält die Lider gesenkt.

Sie schweigt. Nach einer Weile PT_ ƉŠ rf9830_ɸɱ nicht sicher, ob das band wieder hängt

5:37:45

beginnen sich IHRE Lippen zu bewegen, schmale, feste [)§E=noe [*retract*] karmesinlippen, herzförmig überschminkt, wie kann das sein? dass SIE und fenna ein und dieselbe, aber wer weiß, was der drastische lippenstift von damals so alles

5:37:57

Etwas zeitverzögert setzt auch IHRE Stimme ein 893ʁϚ)=E§hn {VOICE_REC} deutig fennas, dieser kratzige akzent

5:38:09

Wie meinst du? Ich meine, wie lang?

Er schließt die Augen und seufzt [wWHh_8390237b1001000111 jetzt, mit diesen gebogenen wimpern, den langen haaren, der durch fennas körper verdeckten brust, könnte er ebenso gut ein mädchen, warum hab ich das nicht gleich

5:38:26

Am besten für immer.

SIE sieht ihn an. Zumindest ist das zu vermuten. IHRE Pupillen driften nach links (also im Spiegel: rechts) unten.

Eden schaut hoch. Vermutlich: IHR in die Augen.

Und sagt: Keine Sorge. Wahrscheinlich werd ich nicht so furchtbar alt.

SIE lächelt. Undeutbar. Eden löst die Wange vom Spiegel; IHRE Lippen darin öffnen sich: /(x-masque)/3_3_11///dial/w/w/w ... das rucken wieder, das piepen. die aufzeichnung gerät ins stocken. leerer akku? oder stört der *empfänger* den empfang?

der schmerz bleibt als beißen im magen, als grummeln im darm. vielleicht war das fleisch nicht mehr gut oder die mayonnaise. oder es ist die verdammte zeit, die sich krümmt. nicht umsonst heißt es ja: die zeit vergeht. *vergeht.* wie ein schmerz. und wenn sie mal stehenbleibt …? *¡jo…!*

5:41:05

Etwas kracht in den Spiegel, sein Kopf, IHRE Faust –

Scherben regnen.

Du, Lieber, sagt Fenna mit verstellter Stimme, bist bereits tot.

×

Etwas zieht mich aus der Bahn, obwohl's bis nach *Mile End* noch 2:31:50, nämlich: dein Bild.

Das Geschehen rennt am Rand der Retro Shades, eigentlich mehr so was wie Linsen, an deren Unterkante News durchtickern: +++ QiūWaves lanciert die ersten QPads, basierend auf *[search]* beliebig manipulierbaren Zweizustands-Quantensystemen [new tab] Qubit ['kju.bɪt] *[back]* +++ Kämpfe um die Pipelines in Kasachstan beigelegt +++ *[loc map]* ach egal *[back]* +++ Bleibner Citybank bankrott +++ Aber kurz vor Bethnal Green wird dein Bild immer deutlicher, schiebt sich vor alles andere. *[hide news]* Mit einem Blinzeln kann ich's festhalten, drehen, dich lächeln sehen in drei Dimensionen. Liken geht nicht, nur daran merk ich, dass du tief, tief aus dem [Subnet], dafür poppt SnapLab auf und bietet mir diverse Chemikalien an.

Shoreditch High Street Crossrail. Die Ränder deines Gesichts beginnen zu flimmern. Ich steh auf, *attirée magiquement*, brech das Selbstreinigungsprogramm vor dem Golden Finish ab.

Das Surren beim Öffnen der Türen fährt mir direkt ins Hirn: *Chrome 4.0 +50.*

Du minimierst dich, noch bevor ich auf dem Bahnsteig bin. Irgendwie erinnert mich das alles hier an Keflavik. Leute und Holos nur zu unterscheiden, wenn sie zusammenstoßen. Dieses Vereinzelte, ich meine: Niemand redet mit niemandem, und trotzdem liegt in der Luft ein permanentes Summen *[search]* telematisches Hintergrundrauschen: Nora und Minc (1978) … *[back]*, aber etwas ist jetzt neu: Die Marken, die ich trage, spiegeln sich in den Vorbeihastenden, Xu Fan Rong und, hatte das schon vergessen, VänskaWear. 3399 für haargenau dieselbe …! Scheiße, hätt ich paar Monate gewartet und auf *Gotcha* bestellt … Einer schaut mich doch tatsächlich an.

Ratet mich, heißt das, und: Scheiße, ich kann das *fühlen*! Drei von fünf Sternen. Ein andrer hat Herzen in den Augen, klickt aber nichts. Erst jetzt merk ich, dass manche Köpfe rosa sind und andere gelb. Muss bei verschiedenen Profilen angemeldet, ohne mich ans Einloggen zu erinnern. Die Passwörter werden ja hoffentlich gespeichert – Says who? Das ist rar! Und den neuen Song [... *relying on the kindness of strangers* ...] gleich im Ohr! Drei Sterne zurück. OK, dreieinhalb. Ein bisschen schwindlig ist mir noch – vielleicht ist IFS [jmp to: David Lewis] doch nicht ganz ausgestorben, oder [ICD-20] hat einfach den [Chip-Schock] nicht mitbedacht. Schwindlig und kühl. Kein Wunder. Draußen: 12,3 Grad, Luftfeuchte 85, 60 % Regenwahrscheinlichkeit. Noch keine Sonne zu sehen über den Dächern, aber Farben schälen sich schon aus dem Grau. Vänska aktiviert das Innenfutter, das wärmt halsabwärts wie der schwarze Tod; noch kann ich alles, was da geklickt werden will, berührt und großgezogen, irgendwie ignorieren, dafür: das Außen sehen. Die *Shoreditch High Street Crossrail*: ne riesige gläserne Schildkröte. Wie auf den Waves.

Aber schon hundert Meter weiter ist alles ganz schön tot. *Totgentrifiziert*. Viktorianische Lagerhallen, die mal Büros waren, dann Apartments, dann Hotels, dann wieder Lagerhallen, dazwischen gläserne Lesezeichen, zweidimensionale Fassaden, die aussehen, als könnte der kleinste Windstoß sie umknicken. Ganz klar: Der Fehler ist behoben. In den Erdgeschossen ehemalige Ladenzeilen. Bilder, die man kennt: über eingeschlagenen Schaufenstern schwach erkennbar die Umrisse frisierter Pudel, Salatköpfe, Kürbisse, Yams – alles ganz *organisch und lokal*, na ja, zumindest lokal, aus den umliegenden hydroponischen Gärten. Der Schwindel, das ist vielleicht auch Hunger, genauer gesagt, das Wissen: Die letzte Nahrungsaufnahme liegt sechs Stunden und dreiundvierzig Minuten zurück. Beim *Hochfahren* in der Warren Street muss das gewesen sein, ein paar pappige Cracker, Salzbrezeln, Luxuskekse.

Zu holen ist in diesen Nebenstraßen nichts, so lange nicht, bis die Mieten wieder sinken, Prognose des Innenministers: im neuen Jahr. Damit schlägt er seinen Konkurrenten [#klugundsüßduftend] um 23460 Likes.

Chickenburger. Der Gedanke zieht mich in die Kingsland Road. *Links einbiegen, dreiundzwanzig Meter*. Es ist ein Samstag, früh am Morgen, aber hier herrscht Gequirl wie oben am Gleis. Manche Menschen müssen wohl arbeiten oder kommen von Shacklewell, Stamford Hill, wo auch immer jetzt das Nachtleben tobt, und obwohl mich niemand anschaut oder anspricht, stupsen mich User an, die ich nicht kenne – *anstupsen*: dachte immer, das sei nur so n *Begriff*, aber jetzt sind da *Finger* und – Verdammt, ich bin *kitzlig*! Vor allem zwischen den Rippen. Aber in welches Feld das soll, keine

Ahnung, *Senden* funktioniert nicht. Alle stochern an mir rum, und nebenbei muss ich auch noch aufs nächste Level bei *Conquest* [*huīyún*-ProVersion (#*huīyún*_up_in_space)] Lebenspunkte und Hitpoints sammeln, Territorien erweitern, Schiffe verteidigen, wegwischen unmöglich, *sonst wird dein Konto zurück auf null*, was immer das heißen soll [jump to nxt] irgendwelche Benefits gestrichen [zoom] die Chance, ein QPad zu gewinnen.

Das sind also die grauen Tore [Paypoint]. Das Surren beim Bezahlen lässt meinen linken Daumen zittern. Ne Art Knorpel in der Hautfalte zwischen Daumen und Zeigefinger, flitscht da rum wie ne halbe Erbse. *Double*, tipp ich in letzter Sekunde. Der Burger ist so riesig wie versprochen, trotzdem schließen sich die Finger mühelos darum. Bewegungseinschränkung: gleich null. Schön knackig, das Salatblatt. Saftig, das Fleisch. Fake Chicken, klar.

Das also ist die Zukunft. Ich meine: das Jetzt. Zwei, nein drei User im Umkreis von ner halben Meile sind schon zwei Level weiter als ich. Ich kau im Gehen und geh auf Strategie.

Saß ich nicht eben noch auf nem schmuddeligen Bett zwischen gelben Tapeten? Dachte: *Werden sie irgendwann hochkommen, anklopfen, die Spritze schon in der Hand? Sie. Sie*, hab ich gedacht. Vielleicht ging was schief. Vielleicht hab ich wirklich ne Allergie. Bin eingenickt. So ungefähr den ganzen Sommer lang. Was mit dem Dazwischen, keine Ahnung, ob das nur ein Traum, so ne Art Koma, künstlich induziert, oder ein Spiel [#BackToThe80s w/w/w/// *... no results*] Aber vergessen ist nichts. Am allerwenigsten dein Bild. Nicht das, was Dayo mir geschickt, überhaupt: Dayo. Der Link ins [Subnet] ist irgendwie gesprengt. Kontaktaufnahme unmöglich. Vielleicht sind doch n paar Monate vergangen, da können viele Sackgassen, Kjartan = [not found], Yngvi = [not found], aber wer weiß, ob der nicht seinen Nick geändert, ob sich nicht hinter einem dieser *Conquest*-Aliens mein *báimù* Bruder verbirgt.

Wenn ich meine *Freunde* durchscrolle, erwart ich Salem, der seine neuesten Spiegelscherben-Kreationen präsentiert, Dead Marilyn: hochfahren in der Warren ab elf. Den Lakenmann in irgend ner obszönen Pose. Und natürlich Mesca: *lol ich hab n *riss in der zeit** Aber die Liste liefert [nichts] Wirklich so, als wär das alles nur ein Traum gewesen. Nur woher dann dein Bild, irgendwas in mir wehrt sich noch, obwohl jemand aus der Freundesfreunde B-List schon zum dritten Mal auf [reset] geklickt und mir ein anderer seine Alien-Flotte drohend gegenüberstellt, dein Bild verweilt als Schatten im Hintergrund, das zu verlieren AN ALL DIESEN MÜLL!

Etwas piept. Nicht E. Piept weiter. Lässt sich nicht ignorieren. Poppt auf.

Proteinwert erreicht. Cholesterin-Max. überschritten. Bei weiteren Verstößen tritt [§4.5] in Kraft. [fwd] Versicherungsbeiträge um 10 % erhöhen [zoom]

Åberg. Das ist meine Akte. Die Akte der AllSec. Das bin ich. Signe Åberg. Eine Mörderin. Ganz offensichtlich sorgt jemand hier sehr gut für mich. Auch Mörder haben Freunde, stell ich fest. Hunderte, Tausende. Freunde, Freundesfreunde, Freundesfreundesfreunde, die ihre Mittagessen, Miezekatzen, verkaterten Fressen, Berge, Strände, Babys, Klamotten, Lieblingsstreams und *Synthar*-Mods mit mir *teilen.*

Das war doch nur ne Soja-Frikadelle, txt ich, aber [no reply] Während alle andren alles durcheinander kommentieren, ist die AllSec ne Schweigemauer.

Signe Åberg, denk ich. Signe Åberg, Signe Åberg. Auftragskillerin. *Gefällt mir nicht gibt's nicht.* Kann sagen, denken, fühlen, was ich will.

Mein Herz schlägt 90 bpm. Die Atmung pumpt links unten. Blau. Blau beruhigt. Kann man auch wegwischen, sofern keine Herz-, Augen- oder Lungenleiden in der Cloud –

Erinnerung in fünf Minuten.

Dein Bild verweilt im Schatten. Jemand fragt, was ich so mache. Drei liken meinen Burger, muss nicht mehr *shoot* und *teilen*, das macht das Auge jetzt von selbst, ich like die Likes zurück. Einer aus dem [Subnet] so: Ärger mit den Werten? Und bietet mir n Drink, der das angeblich binnen zwölf Stunden behebt. Jemand postet n komischen Typ mit Hasenmaske. Was auch immer das soll, massenhaft Likes binnen sieben Sekunden, also like ich das auch, klick den Drink, weiß aber meine Adresse nicht. Bolsover? Das abgefuckte Sanatorium? Dein Bild –

Die Aliengeschwader gehn auf [Angriff]. Ich kann das fühlen. Mein Filter wird porös. IFS gibt es noch, würd das gern posten, aber wem? IFS äußert sich, wie FOLO, in unkontrolliertem Zittern.

@Tetris_7980: Hüllenstärke!!!

I know, I know …

Es gibt drei Arten von Erfahrungen: Synergie, Loyalität, Reputation. @Tetris_7980 hat in allem beste Werte, ich also: Vorschlag?!

[no reply], die Fregatten der Lydianer stehen still.

Drysdale, Hoxton, Fanshaw. Die Straßen werden irgendwie blasser, trotz zunehmender Farben. SnapLab passt die Belichtung an, aber der Content fehlt. Fenster, Türen, noch mehr Fenster mit nichts dahinter. Keine Geschäfte, keine Profile. Die Gebäude links und rechts so was wie neutrale Baken, +/-0. Das einzige, was da blinkt, sind wie auf nem Grauschleier die Schadensboni der Schiffe, verrechnet mit Ausrüstung und Waffen [maximal möglicher Durchschnittsschaden pro Sekunde]. Dein Bild ist bloß noch ne wabernde Kontur, dafür seh ich endlich, woher der schillernde Pelz, nämlich Degville's Dispensary.

Ich denk: Wo kein Content ist, könnten noch Überraschungen passieren. Aber das Navi zieht mich weiter, und die einzige Überraschung passiert bei *Conquest*.

Das mittlere Kampfschiff, das größte [3340] [Boni:5], rast ohne Vorwarnung auf mich zu, @Tetris_7980: Schildstärke hoch!!!

@StandByMe: Waffen-Modifikator F1 mit Schadenswechsler belegen!

Und @Chão: Der hat bald keine Resistenzen mehr …

Ich also [Schilde hoch] und wechsel zum Newsfeed. Da liken meine Aktion schon etliche, bis jemand den Thread stoppt und stattdessen auf #crack@conquest verweist.

Da ist plötzlich dieser riesige Resonanzraum.

Ich hab das schon gehört, in theoretischen Abhandlungen und Therapiegesprächen. Manche ab 50+ kamen damit ja erst nicht so klar. Da haben sich ja auch Hirnstrukturen verändert [brain gap], und es gab Studien, wie der [chip gap] die Ungechippten irgendwann zurücklassen würde hinsichtlich wichtiger Qualitäten wie [multi-tasking] und [social clicking], oder auch [social tipping], wie bei Sergej Sotorios Blinow, der Likes mit [sozialem Trinkgeld] vergleicht.

[Blinow], kaum hab ich das gedacht, schreibt @Requiem666 aus *Freundesfreunde*: Pfannkuchen, ha ha! Und @MeMatan: Matschface, darauf @Ly_Sis: Außerdem drei Daumen aus der A- und B-Liste, ich like das mal lieber, alles gleich doppelt. Wie lang man braucht, sich dem anzupassen, keine Ahnung; ich flieg zwei, drei gegnerische Baken an und ticker die runter bis beinahe null. Der Lydianer repariert noch seine Hüllen, 0:45:33, wisch das kurz weg und denk: Ich müsste hier mal aufräumen. Nur wie?

#Selfie: Manche benutzen tatsächlich noch immer diese Stummelbeinchen, Glubschaugen, diese vergeblichen Versuche, die menschliche Anatomie zu überwinden, als Profilstart.

Ich also [txt_all]: Ein Orang-Utan hätte hier bessere Chancen.

Und verteil das per Foto-Analyse so grob und gleichmäßig wie Hautcreme.

Der Lydianer versucht mit Kills zu punkten, was nicht zieht, denn ich bin weiter weg, als meine Werte suggerieren; der Laser hat auf die Entfernung keinen Effekt. Und siehe da, während der Gegner seine Boni verfeuert und meine eigenen Baken hochtickern, hat sich schon 3:21:50 bzw. 188 Schritte später die Liste meiner, also Signe Åbergs *Freunde*, *Freundesfreunde* und *Freundesfreundesfreunde* um ein Drittel minimiert. Der Lydianer macht [Zwangsfeuerpause wegen Überhitzung]. Da sind zwar im linken Augenwinkel wieder Geschäfte, *New North Road*, aber durch die paar [MAX

FACTOR Water Proof] [YourNaturalSmile App] [QUIESAN Rabatt] kann ich hindurchsehen, dein Bild wird nämlich stärker: DU – wie du im V, das sich wandelte, verdunkelte, mit halb offenen Lippen, und deinen Zeigefinger zum ersten Mal dem Pad entgegenstrecktest wie [Michelangelos] [Adam] [Gottvater], so l*imp-wristed*, so schlecht verhohlen erregt –

[Bildbearbeitung beginnen?] lässt sich nicht wegwischen; ich klick auf [Frozen Tundra] und kapier plötzlich: Es zieht mich zu dir hin. Hab nicht mal *suchen* müssen. Wohin ich nämlich gehe, nachdem der Hunger gestillt: DU, wie du im V stehst, als die Verdunkelung vorbei, [*54 Holywell Lane*] liegt nämlich bereits 0,63 Meilen hinter mir, das heißt wohl: Du bist jetzt ein anderer, woanders. Kleine grüne Pfeile am unteren Sichtfeld weisen mir den Weg.

Links verwildert endlich ein Spielplatz [MyFave Hitlist Platz 8, 5789 Likes, 345 Kommentare], rechts Glasfassaden, unfertige Türme wie am Klettagarðar [loc: 64° 9' 20.232''], skelettiert ab dem fünften Stock. Contentlose Backsteinmauern, einzige Information darauf: *E8 RULEZ*. Ein Pub namens *Duke of…on*. Niemand vervollständigt mir das. Beleidigtes Schweigen im Newsfeed. [show *conquest*]: Waffenstillstand. Dein Herzschlag meldet [error], aber die Pfeile rollen weiter von schräg unten rein. Noch 0,76 Meilen, dann werd ich dir gegenüberstehen. Nicht, wie du da standest im V mit sternenfeuchten Augen. In deiner *jetzigen* Gestalt, *lichtlose Löcher*, *das blutige Messer noch in der Hand*. In deiner *jetzigen* Gestalt wirst du mir gegenüberstehen, zum Beispiel auf einem [Friedhof hinter dem Schnellimbiss], und es wird sein wie in diesen Streams, wo Mörder und Opfer einander *erkennen*. Es muss ja dieser Blick sein. Der Blick des Beobachteten zurück, der irgendwie den Bann

×

bricht, der scherbenhaufen vom bildrand abgeschnitten. der einzige spiegel, der bleibt: uferlose pfützen, durchsetzt von blauen kachelstücken. grünliche kindheitserinnerung. mein gesicht: wie immer.

draußen, der xj. wenn rost und wind und saurer regen den längst unter die erde gewaschen, was heißt das dann für vadim/vanya/vladilen?

die OP-lampe ist runtergekracht, die rostige liege entzweigespalten. begraben die fantasie. in so einer hing mein knochiger hintern, drüben im speisesaal, als fenna aus der warren street zurückkam und plötzlich redete wie ein wasserfall. mein gegenüber zerwühlt durch meine eigenen hände. als ich glaubte, squid wiederzuerkennen in ihrer beschreibung von diesem typen mit der blutigen nase, *superconducting quantum interference device*, alles auf mich einstürzte, diese bilder, die sehr große helligkeit, die überscharfen konturen, und dann die täler, vor allem die täler in tiefer, tiefer dunkelheit.

mein gesicht setzt sich neu zusammen, aber nicht unter mir. an der blauen kachelwand. als hätte jemand auf *rewind* gedrückt, fliegen die scherben in den rahmen zurück. ein puzzlespiel, das sich durch blicke steuern lässt. sehr viele rote teile, dazwischen geschlossene lider, eine blasse stirn. was soll das ergeben? die roten teile: einen blutsee; übrig bleibt ein zweites gesicht: hohe wangenknochen, flache nase, starkes kinn. all das in mooriges grün getaucht. nicht eden und auch nicht SIE. was sich da ergibt, bin *ich*. ich, der den kopf des toten im schoß wiegt. ich kenn mich nicht anders. eine mondlandschaft, so unheimlich und fremd, wie einem nur das eigene –

letztes mal kam mir die zeit in die quere, riss die gesichter entzwei. jetzt weiß ich, wie man sie steuert. *schneller vorlauf*. was edens *wächter* noch alles aufgezeichnet, außer den ereignissen auf dem sternförmigen platz vor der crossharbour … *stop*.

da sind die spiegelscherben wieder. und fliesen. blut rinnt durch fliesenritzen. weiße kacheln auf blauen kacheln, eine merkwürdige überlappung. grelles neonlicht, ein urinal von schräg unten, ein handtrockner. die herrentoilette im *gold cup*. nein, viel zu steril. im *gold cup* war der handtrockner kaputt, von der wand geschlagen, mit anzüglichkeiten beschmiert. die kamera zoomt raus. da steht fenna. fenna, wie ich sie kenne. mit dem rücken zu mir. das weißblonde haar, der muskulöse nacken, selbst von hinten nicht zu verwechseln. ihre schultern, die zittern, der lange, taillenlose rumpf. sie hält etwas in der hand. eine spiegelscherbe, groß wie ein dolch. blut klebt daran, und auch an ihren händen. ihr gesicht sieht man nicht, der spiegel liegt ja zerbrochen am boden, und noch etwas liegt da: ein körper. ein körper ganz in schwarz; das schwarz saugt das rot in sich auf und lässt es verschwinden. hell nur die sohlen der schuhe, schlaff ausgestreckt klappen blutige sneakerrillen nach links und rechts. die drohne geht ganz nah ran, surrt den körper entlang, muss wirklich winzig sein, wie eine fliege, filmt jeden zentimer dieses langen körpers, bis zur halsschlagader, aus der in pulsenden fontänen blut schwappt. die kamera stellt scharf und verharrt. *schwapp schwapp schwapp*, das gesicht des toten bleibt verschwommen, nur am rand des wachsenden blutsees rasen zahlen, die für mich keine bedeutung haben, und: *heathrow terminal 01.05_arrivals_floor-1*

gern würd ich seine lider, *wehen eisige winde dort? oder* ... die überlangen wimpern … *ewige feuer?*, aber die kamera dreht ab, surrt über die schulter den gestreckten arm entlang bis dahin, wo der ärmel endet, bis zum handgelenk. verschwommen dahinter die bleichen finger, die ganz schwach noch zucken. am handgelenk, ich wusste das längst: ein verschnörkeltes v, da, wo squid den germs burn, wo er mir die narbe hinterließ, wusste längst: eden/manolo/prizz, und wer ihn auf dem gewissen –

die finger zucken ein letztes mal und erschlaffen.

×

Das Kampfschiff der Lydianer feuert; meine Lebenspunkte droppen. Mir egal. [shut down] Da gibt's jetzt so n Cross-Link zu *Chrome*. Bin grad an Angel vorbei, so was wie n Hangar, wo die gegnerischen Fregatten neue Energien tanken. #Background: Eigentlich war *Conquest* als Anreiz zum Energiesparen gedacht … @Chão: Immer schön Ressourcen schonen. Wer im RL seine Geräte auf Standby, dessen Schiffe wurden an den Werften kostenlos aufgeladen, und als Belohnung für 1000 Savings gab's n paar *xuàn* Implantate dazu. Anfangs. Aber. Add-ons und –

Mein Filter kollabiert.

#meinfilterkollabiert!!!

Warum

#Lagerhallen #Neongraffiti

ist das so schwer

[AutoRec] Ein pulsender Strahlenkranz (die Kamera ging automatisch an, hat wohl das Graffito als illegal erkannt), auch Iris genannt. Gedankenlos arbeitende Maschinerie. Die Pupille [newtab: … von der Regenbogenhaut umgebene natürliche Öffnung, durch die Licht …] Fuck! [back] *das Auge einer Kamera*, ist mit #Hasenmann getaggt.

auch nur

+++ #AnonymerHasenmann wieder frei +++

[newtab: *crimewatch*-gelisteter Sprayer und Vandale, der in den letzten zwei Jahren 250 offizielle Sicherheitsdrohnen beschädigt oder zerstört …]

Keine Likes, ganz so sicher ist man wohl noch nicht. Nur drei Stimmen aus dem [Subnet]:

@SecondGuesses: Wächter werden wohl so langsam obsolet, nur deshalb lässt man den laufen.

@Frag_Nicht: Bürger überwachen jetzt Bürger, ha ha …

@Morro12: Und dafuer kriegt man dann 10000 GB mehr Speicherplatz in der [Cloud] … :-o

einen einzigen

+++ Erfolgquote von *crimewatch* nach Merge mit PreEmpt 2.0

[newtab: Algorithmus zur Vorausberechnung der Wahrscheinlichkeit krimineller Aktivitäten] um 20 % angestiegen +++

klaren Gedanken

aus einem verwilderten #SpielplatzShoreditch [MyFave Hitlist Platz 8, 5789 Likes, 345 Kommentare] leuchten ungetaggte Augenpaare, [show: Palette] *bernsteinfarben*, 60 bis 65 Zentimeter vom Boden, ob das die mutierten Füchse ...?

#what?!

Alles, worüber keine Info vorliegt, kein Content, wird irgendwie zum blinden Fleck, zitieren

[Henkel et al.] eine Probandin, Alter: 48, in ihrer Studie zum [Kameraauge], und ich merk das, wie alles, was nicht getaggt ist, irgendwie dunkel wird, verwischt, wie vorbeihuschende Schemen, als würden sich die Menschen, die Tiere, die Häuser, die es nicht gibt, *viel zu schnell* bewegen. #auch_interessant: Diese Leuchtquallen [Schirmqualle aus der Familie der Pelagiidae] im Seemannsgrab [loc: 64° 08' N, in der Nähe suchen: Freddy's Pizza, Stadtflughafen], deren Behälter in ständiger Bewegung gehalten, damit die Dinger auch leuchten –

Mein letzter

+++ SKP [situative Kriminalprävention] und ProAct [präventiv-aktiv geschulte Trident-Einheiten] konnten Rachetat nach dem Mord an Amir A. verhindern +++

klarer

@SecondGuesses: den sie selbst beginnnnngen …

Gedanke

@SecondGuesses: #Mob_CannieExpulsion Treffpunkt um 11:30 an der CCB Pyramide (vorm ehem Brodies] (loc: 51° 31′ N, 0° 7′ W) [Routenplaner]) seid alle da!!!

@StandByMe: verlinken gibt drei *Conquest*-Bonuspunkte, eh!

warst

Heartrate: [error 404] Max, denk ich, Max 404 [*Android*, 1982, starr: Don Keith Opper. Jetzt in HD! Hier registrieren] [av: dreieinhalb Sterne. #rev_and: slow-moving space junk …], dein Herz, wie kann diese Ressource nicht gefunden, wie kann dein Herz ein toter Link …

DU

SnapLab fragt mich, ob ich [Essigsäure] über dich kippen will. [*pause*]

ICH

[GreenLife] schält sich aus der Dunkelheit, ein riesiger Quader, der grünlich schimmert – ehemalige Lagerhalle [#LagerhalleShoreditch, hier registrieren, um zu sehen, welchen deiner Freunde das gefällt], versehen mit Dutzenden von bioreaktiven Panels und *Tags*, wenn auch nicht aktuellen Datums; auch das Grün wirkt eher ungesund, also nicht wie die Wiesen, auf denen die Cadbury [order your chocolate bar here] Kühe [#auch_interessant: #DancingCadburyCow] stehen, sondern eher wie grüner Schimmel [(fungi) systematisch heterogene Gruppe von filamentösen …]

will

Verhungern, die armen Dinger [Biomasse]. Dahinter haben mal Menschen gewohnt [GreenLife Archiv: 25 Wohneinheiten auf 5 + Staffelgeschoss]

den Fehler

[jetzt raten!!!], na gut, vier von fünf, ist immerhin Top 10 #DeadMircoalgaeShoreditch unter Signe Åbergs als #morbid getaggten Freunden, Freundesfreunden, Freundesfreundesfreunden

zurück!

Den *Fehler im System*, wie geht das bloß?

#IchWillDenFehlerZurück!!!

@malxs_poetas: Serendipity-Faktor um 20, 30 % runter oder so

@EastHamRulez55: *scientific curiosity* AUS (STRG + ALT + >>)

@Fāfēng16: und klick mal weniger auf Nahrungsmittel, Beautyscheiß etc.

rep_all: ok.

Links rein hinter den verrottenden Mikroalgen, deinem Bild hinterher [SnapLab: Jetzt fixieren?], und plötzlich kann ich das Morbide sogar *riechen*. Deine Atmung bleibt flach, um nicht zu sagen [0,0 mbar]. Immerhin, die Tipps aus #SecondGuesses wirken, obwohl am Ende der leeren Straße Neonzeichen blinken, fahren die Nudges um 60 % runter. Noch immer keine Menschen, obwohl es längst hell [6:25:33:46], ein früher Samstagmorgen. Doch, da: zwei Kids mit Hoodies, trotz Tageslicht [show: Palette] monochrom grau und ungetaggt wie die mutierten Füchse. Anonyme … Nee, *Anonyme* könnt ich nicht mal denken, ohne dass der Alarm `/(crimewatch_london)////dial/` … Stopp! – also wohl doch eher Holos aus diesem neuen Run&Shoot, das seit der Festnahme von #AnonymerHasenmann den RL-Gangsport imitiert, so viele Wächter +++ Autorun: Mehr Bürgersicherheit durch Einsatz 50 neuer A-Klasse-Batmavs +++ wie möglich abzuschießen. Holos senden meist ja keine Infos, außer vielleicht mal Fetzen von Songs oder n Download-Link –

I got that purple drank
that texas tea up in my cup
dat purple drank
dat purple drank

Die beiden sehn aus wie Kinder [*Filip Ek. Nur 4555, wenn du jetzt …*], und auch der Song ist in der Liste [vor 40:33:10 gehört] [schau nach, welchen deiner Freunde das …] [FaceRec on] Ah ja, die Hoodies eben in der Bahn. *Tāmā de* ! Das rote Blitzen auf den Stirnen [#ManniesUpTrees] [abbr: squatters of One Canada Square #CésarAntonioPelli #Riots21_BlogspLondon], keine Ahnung, ob ich gezuckt hab oder was, [crimewatch pre-empt 4.0] springt an, und gleichzeitig, ohne dass ich irgend nen Befehl, geht das [Kameraauge] auf [rec]. Dreht mir den Kopf, hin zum zerbrochenen Schaufenster einer Pop-Up-Galerie [#PoshPretentiousShit@Shoreditch 324 pics], aber alle Kommentare werden sofort weggewischt, [crimewatch pre-empt 4.0 admin] hat übernommen, auch meinen Blick, das [Kameraauge] zoomt ran, stellt scharf auf blutend rote Drippings, die runterlaufen an dem, was von der Scheibe übrig ist: *E19 rulez*, daneben ein Tropfen aus Glas [#FoliesDesLarmes] [Man Ray, eigentl: Emmanuel Rudnitzky]. Seh das jetzt ganz klar, das [Kameraauge] heißt das, zoomt noch näher ran, macht *Shoot, Shoot, Shoot.*

@SecondGuesses: Kommt da nicht endlich mal ne Drohne …? WTF???

5 Likes in 3 Sekunden. Mein Sichtfeld teilt sich. *Shit*, DU BIST WEG.

Die Hoodies sind längst um die Ecke, Cavendish, nehmen den Beat mit.

I got that TV screens fallin down
fallin down

weiß nicht wohin. Dein Bild überlagert von Signe Åbergs Statistik bei [crimewatch pre-empt 4.0], bin da noch nicht mal auf Level eins! Deine Koordinaten verwischt von den Sneakern der Kiddies [*Zwei Seelen* … #AnachronistischeZitate] [back!!!], 5 Punkte für n FKSnap, das ist jetzt wohl zu spät, seh nur noch Hinterköpfe und kapier: wozu noch Drohnen, wenn ihr meine Augen, ist ja viel billiger, sogar das Alarmschlagen [@malxs_poetas: das viele unter Adrenalinschock einfach vergaßen …] fällt weg bei 4.0. [@ insurrezione: He he, wenn deine Augen Anonyme aufzeichnen, geht eh ne Warnung los]. Also renn ich, den Hoodies hinterher, meine Augen versuchen ihr Bestes, machen *Shoot Zoom Shoot Focus Shoot*. Wenn ich jetzt nicht *teile*, bin ich auf 0 zurück, die IFS-Filter-App in weite Ferne gerückt. [23 km/h] [@descontrol: Da geht noch was!] Also schneller [10 … 15 … 20 %], durch verwackelte Straßen Cropley Eagle Wharf, schwindlig, außer Atem, den Hoodies, deinen sternenfeuchten Augen, der automatischen Bildstabilisierung hinterher.

Die Straße buckelt, ein schiefer Bauzaun zeigt braune Brühe Regent's Canal als langgezogene Rechtecke [#LondonsHiddenWaterway – neu &

gebraucht hier], in denen ungetaggte Dinge treiben. Dann poppt doch was auf. Bilder in 3D. Hier wurden Szenen für diesen SIM [not found] geschossen, in denen sich das Gesicht der Leiche [Madsen Almeida #BestSupportingActor29] binnen Sekunden bis auf die Knochen [stream here]. Auf der Brücke fängt alles an, sich zu drehen. Das [Kameraauge] rotiert um 360 Grad. Stehen bleiben geht; Augen schließen nicht. Die Brühe stinkt vor sich hin; Atemfrequenz, das pulsende Blau, von 25 runter auf 18. Immerhin, AutoStab ist wieder da; das [Kameraauge] zoomt in jede Straße: Hinterhöfe, kubische Fenster, kaputte Bioreaktoren. Und wieder diese engstehenden, stechenden Augen [@Frag_Nicht: Ähhhh … Sind Füchse nicht nachtaktiv?!] [@ThenWeTakeBerlin: Ja, und sie FLIEGEN auch nicht ….!!!!], eben noch auf 14:75:10, stehn plötzlich vor mir, winzige Abfangjäger der Lydianer, brennen rot blinkend ein Loch zwischen meine Brauen. Das Sirren. Leiser jetzt, wie das einer Zahnbürste [Oral SmartCare 42 Produktbewertungen hier]. [Schilde hoch] bleibt wirkungslos. Ich geh auf [Info], tipp [Bonuspunkte] [Ausrüstung] [Resistenzen]. Aber da macht sich nichts auf. Außer Angst [Atmung 25-26-27 … Herzschlag: Speedcore]. Die Drohnen bleiben unbeweglich wie Kolibris [Trochilidae], vielleicht sind's Holos aus diesem illegalen Run&Shoot [not found]. Keine inhärenten Werte, dafür treibt mir der Luftzug der Mini-Rotoren Tränen in die – @Frag_Nicht: Impossible!!! Drei liken das, [Ich]///rep: Hast recht. *Suche* *das sirren, leiser jetzt* Ergebnis: *Hawkeye* [Typ: Kolibri] Die Drohnen – *echte*. Keine Holos. Könnt ich nur die Hand – beenden ihren Scan. Ich taumel zurück, wie beim Tauziehen, gegen den Bauzaun, das ätzende Wasser schäumt. Die *Hawkeyes* drehn ab, den Hoodies hinterher. Verliern sich zwischen Backsteinmauern, Metallzylindern, zugewucherten Paneelen, so schnell wie Mücken auf farbigen Tapeten. [Ich] schlepp mich in die Baldwin. Alleingelassen. Unbehelligt. Aber [Ich]. Bin [Ich] nicht eine Mörderin?

Zwar steht das nicht in meiner Akte, gleich unter meinen Blutfettwerten, nicht in meinem, das heißt: Signe Åbergs [Profil], gleich neben Alter Hobbys Musikgeschmack Faves Lieblingsstreams, und die Konversationen mit Dayo liegen auch nicht in der [Cloud], sondern zerfallen im [Subnet] so schnell wie Q im Blut von Ratten. Aber die Pre-Empt-Algorithmen analysieren ja meine Schritte, Schritte, die kulminieren werden in der Tat, und seit Dayo nicht mehr antwortet, bleibt unklar, wie schnell [Ich] nach dieser Tat wieder [Ich] sein werde. Oder ob [crimewatch pre-empt 4.0] meine Entscheidung längst kennt, vielleicht lange vor mir, vielleicht gar für mich getroffen hat, vielleicht ist das dieser neue … *search* #SubtleNudge, den man nicht mal merkt, nicht mal die größten Skeptiker, vielleicht wurde mir die Entscheidung längst abgenommen – so quasi präventiv.

Links, 14,5 Meter, rechts, links, links. Reihenhäuser mit verpixelten Fassaden. Autos unbekannter Marken. Vereinzelt Menschen im Alter von 16 bis 26 mit gelblichen Gesichtern und Schuhen, die 80 bis 90 % von meinen – also Signe Åbergs – Freunden gefallen. Ich like das; dann ist auf einmal Schluss. [Dead End] Vor mir Metallstreben, die hoch über meinem Kopf eine rundliche Form ergeben. Ein doppeltes V. Ganz oben blattartige Spitzen, die aussehen wie … *search* … [no reply] Links und rechts steinerne Säulen, bewachsen mit fast schwarzen Ranken [error 404]. Ungetaggte Dinge kriechen aus den Mauerritzen. Geometrische Formen, die sich aneinander spiegeln. Das alles lässt sich schwer zusammensetzen … [no reply]

Conquest ist [off]. Keine Kommentare. Als hätte jemand den Stecker. Der Resonanzraum wie ausgehöhlt.

Das Dahinter, das Zwischen-den-Streben hat keine Farbe [Palette deaktiviert]. Aber etwas flimmert da. Ganz schwach wie n transparenter Bildschirmschoner: Eden, fertig fixiert, in Sepia.

×

wenn das pad edens gedächtnis ist, dann hat er seinen eigenen tod gesehen.

das insekt ist wieder da, und auch der bierfleck. die matratze bietet meinem arsch erstaunlich harten widerstand. wind weht ins zimmer. das polohemd von johnny/jason/jim ist langsam echt zu dünn, der sommer definitiv vorbei. oder aber die asche – ist das nicht so? missernten, hagelschauer, plötzlicher wintereinbruch. eine schneeweiße leinwand senkt sich über das elefantengroße insekt und

4:35:50

die Show beginnt. Johlen und Klatschen. Verzerrter Auftakt einer Synthie-Hymne. Die Drohnenkamera fokussiert die Leinwand, die Filmkamera die Bühnenmitte, genauer: eine von innen heraus leuchtende Roboterfrau, flankiert von fluoreszierenden Skeletten. Sie öffnet den Mund. Sie hebt die Arme `*ftch* [F_lang] sh_1925KLj1926` wie die maschinen-maria in metropolis, vor dem altar, den drohenden kreuzen, dem meer brennender kerzen

4:39:22

und singt, nein deklamiert: *Electric scenes and laser beams, neon brights the light abhorring nights* … Jedes Crescendo entzündet ein Feuerwerk aus kaltweißem Licht, eine überdimensionale LED-Anzeige formt spektakulär codierte Hilferufe. *Amen! Amen!* Doch kaum jemand schaut hin. Nein, nicht das Publikum auf der Leinwand. Das wippt begeistert mit, auf der Empore reibt sich jemand die Hände – das Publikum, das unterhalb der Leinwand steht. Richtungslos wabernde Masse. Die man erst jetzt erkennt. Dass es da überhaupt ein *Außerhalb der Leinwand* gibt. Während die Filmkamera das blau angestrahlte Gesicht der Sängerin in Großaufnahme filmt, zoomt das Kameraauge der Drohne raus, nimmt den gesamten Raum ins Visier. Nicht die Backsteinhalle unter den S-Bahn-Bögen. Auch nicht der enge Kellerclub mit seinen dunklen Holzpaneelen, tiefhängenden Lampen, aus der Zeit gefallenen Flipperautomaten. Erst recht nicht das Backstage-Séparée, in dem der Spiegel zerbrach. Sondern: Schachbrettmuster in Rot-Gold. Torbögen, Balkone, arabeskes Design. Über der Bühne, die jetzt die Leinwand verhängt, liegt tiefe Nacht `893m [close]™` eine nacht wie ich mir william burroughs tanger, ein flüssiger trip, von disney verfilmt

4:40:36

weiß verputzte Fassaden, Wüstennacht, ein Sichelmond `6e3e9iZ/&/&§ („panorama")` und plötzlich wird klar, auch wenn auf der leinwand nur nebel, dunkelheit und laserlicht: der raum verdoppelt sich. nicht aber die crowd

4:41:08

Auf der Leinwand pogt die Arbeiterjugend zusammen mit ein paar Punks. Weiter unten, im selben Raum, im *Jetzt* – dem Jetzt, das am unteren Bildrand rast – wiegt sich die V-Night-Crowd zu ihrem üblichen, unhörbaren Swing. Das Kameraauge streift Schleierhüte, Bowler, goldbesetzte Schultern, die blaugrauen Schiffchen der RAF. Kann sich lange nicht entscheiden. Bleibt schließlich an einem Fünfergrüppchen hängen und zoomt ran.

4:41:55

Hazel O'Connor, sagt einer, der einen Bowler trägt. Der achte Tag.

Das ist doch krass kopiert, ein anderer. Mach mal *Geklaut* bei Catch-a-tune. Wirst sehn.

Tatsächlich, sagt der Angesprochene, blinzelt ein paar Mal und wippt in verändertem Rhythmus.

Eine der Frauen macht ein Zeichen mit zwei Fingern, als wollte sie jemanden segnen. Murmelt: X-Ray Spex.

Sie trägt, wie ihre blonde Freundin, ein Kleid in Polkadot, die Männer Krawatten und schwarzglänzende Westen, der fünfte Uniform; sie trinken *Spitfire* aus braunen Flaschen, über ihren Köpfen hängen Wimpel in Blau-Weiß-Rot. Aber irgendwas ist anders `//func 34.90.7826u [deja-vu]` = das unkontrollierte fingerzucken, augenrollen und blinzeln, das hektische rucken der köpfe: das hat was von j.d.s nervöser angst in *niemandsland*

4:43:11

und prompt kommentiert eine vertraute Stimme (unverkennbar die des Fliegers) aus dem Off: Wir sehen hier also eine Szene, die 1984 spielen soll, aus einem Film, der 1980 gedreht wurde, in der eine Frau über eine Zukunft singt, von der wir längst wissen, dass sie so nicht eintreffen wird …

Alle schweigen und schließen für einen Sekundenbruchteil die Augen. Dann sagt die Kleinere der gepunkteten Frauen – es ist, verrät ihre Stimme, die Brünette, Dunkelhäutige, die ehemals den Fuchspelz trug: Und dafür sind wir heute alle hier?

Die andere in Polkadot – die Drohne umkreist jetzt ihren Kopf – hat platinblonde Haare wie Marilyn Monroe und kryptische Dreckspuren im Gesicht. Rainbow Theater, sagt sie, ehemals Astoria. An ihrem Arm hängt der Uniformierte, ein hochaufgeschossener Schwarzer in blaugrauem Air-Force-Jackett, das Käppi so in die Stirn geschoben, dass aus ihr eine geometrische Dreiecksform ₳739₴ [face_rec] 820? squid, könnt ich schwören, squid um ein paar jahre verjüngt – verjüngt und ohne seine dreads

4:44:13

hast du *den* denn aufgelesen? Am Strand von Blackpool?

Die Stimme, die das gefragt hat, ist tief, herablassend, zerkratzt von einem undefinierbaren Akzent →[voice_rec]← die walküre. die verrückte mit dem teppichmesser

4:44:34

eckige Schulter schiebt sich einen Moment lang vor die Kamera. Gibt dann das Gesicht des Uniformierten frei. Der grinst und schweigt.

Die Drohne schwenkt nach links. Neben Fenna steht der Mann in Tweed, die Augen im Schatten seiner Schiebermütze. Allerdings trägt er keinen Tweed, sondern eine schwarzglänzende Weste über einem weißen Hemd, wie seine breitschultrigen Gegenüber. Im Gegensatz zu denen jedoch zucken seine Finger nicht, zuckt nichts in seinem Gesicht.

Blackpool, murmelt einer der Krawattenmänner. Sein Zeigefinger schnellt nach oben.

Ah. Da wurden frische Air-Force-Rekruten gedrillt.

In der … äh … Die Blonde wirft den Kopf in den Nacken. Aus einer antoupierten Welle fällt ein Eichenblatt. Dancehall, sagt sie dann.

Was ne Kunst. Fennas Stimme sinkt noch etwa eine Terz. Wo auf fünfzehn Soldaten eine Frau …

Und wir dachten, du warst in Derby und hast Lancaster-Bomber repariert! Tweedmann klingt gespielt empört.

Die Drohne setzt zurück oder zoomt raus, filmt die beiden jetzt frontal. Tweedmanns Hände stecken in den Hosentaschen wie dort festgenäht. Fenna trägt einen dunkelblauen Blazer, der ihre Schultern als strengen Horizont erscheinen lässt. Einen wadenlangen, gerade geschnittenen Rock. In ihrer Rechten, umhüllt von Seide oder Satin, eine mattsilberne Zigarettenspitze. Als sie die Hand hebt, glänzt das Handschuhmaterial im blauen Licht der Leinwand, auf der die augenblicklich unsichtbare Roboterfrau von der Machtergreifung der Maschinen singt.

Einen Moment lang zögern ihre Finger. Spielen mit der Zigarettenspitze. Als hätten sie alle Zeit der Welt. Im Vergleich zu ihr und Tweedmann wirken die Umstehenden wie Dreijährige oder Epileptiker. Auch in Fennas Gesicht zuckt nichts. Das ohrlange Haar ist mit Pomade angeklebt, ihr Mund herzförmig überschminkt.

Die Kamera zoomt weiter raus. Spectators in Blau-Weiß. Und da ist noch ein Arm, ein weißer Hemdsärmel, an Fennas Seite. Eine schlaksige Gestalt. Hängende Schultern, ein blasser Hals. Kantiger Kiefer, hohe Wangen, die dunkelroten Locken zurückgegelt. Augen wie tote `//flash_back67J-LEI_trck *comix* 312QW\\` spiegelscherben, das blut, das eden verlor? hier grinst er mit makelloser haut und spitzen zähnen, wie im comic, *tom und jerry*, wo jerry in einer szene mit dem hammer plattgemacht und in der nächsten wieder quick

4:45:48

Man hat mich nicht mehr gebraucht, sagt der Uniformierte plötzlich. Einen wie mich, der in nem kleinen Kabuff sitzt und den Feind überwacht. So was erledigen jetzt Algorithmen.

Eden schaut ihm in die Augen. Dann zu Fenna. Die nimmt das mattsilberne Mundstück zwischen die Lippen, träge wie auf Quaaludes. Saugt. Grübchen bohren sich in ihre Wangen.

Shoot, murmelt die Dunkelgelockte. Einer der Krawattenmänner: Schon 12 Kommentare. Und der andere zu Tweedmann: Wieso bist du eigentlich nicht getaggt?

Tweedmann seufzt. Er zieht die Linke aus der Hosentasche, darin: ein Häuflein Asche.

Der Uniformierte schluckt. Operation Feuersturm, flüstert er. KG 100 … Und Tweedmann, ohne erkennbare Emotion: Auch Fotos sind nicht für die Ewigkeit. Er lässt die verkohlten Reste zurück in seine Hosentasche rieseln.

Die hier schon! Der Marilyn-Verschnitt hält sein Pad so in die Höhe, dass die Kamera das Display erfasst. Sein Zeigefinger wischt durch die Luft. Ein Fahrrad mit Spiegelscheiben anstatt Rädern. Ein Hochrad aus Pappe, mit schwarzem Gaffer Tape umwickelt. Eine altmodische Draisine, aus pinker Wolle gestrickt.

Schon über vier Millionen Likes.

Künstler …?

Ungetaggt. Die Dunkelgelockte piekt mit dem Zeigefinger in die Luft, dann schwenkt die Kamera so plötzlich nach oben, als hätte jemand der Drohne einen Stoß versetzt.

Die Leinwand rutscht schräg ins Bild. Ein V aus blauem Licht und Nebel ergreift die Roboterfrau. Sphärische Töne umhüllen sie wie klebrige Fäden. Die Stimmen aus dem Off verwirren sich, zerhackt von diesem Spinnennetz-Schwingen und einem Schnarren, als wäre ein Fremdkörper ins Mikro geraten.

YOU HAVE WAITED LONG ENOUGH! YOUR TIME HAS COME!

Das ist doch sooo Fritz Lang …

3040 Sitzplätze. Elf Meter Bühne, überspannt von einem zwanzig Meter breiten Proszenium… *Tāmā de!* Hier streikt der Translator. Twin-console Compton 3-manual/13-rank theatre organ … G. T. Pattman … Ach ja. Backstage gab's zwölf Umkleide…

WER FÜTTERT DIE MASCHINEN MIT SEINEM EIGENEN FLEISCH?

Hal-lo! Das war n *Stumm*film, *xiǎozi* …

Die Kamera kippt, wischt über Hüte, Schleier, Haarschöpfe. Verlangsamt. Stabilisiert sich. Fokussiert Tweedmanns Gesicht. Der blickt nach oben, so dass man einen Augenblick lang seine Augen sieht. Die glänzen smaragdgrün. Er schüttelt den Kopf. Wie könnt ihr euch das alles gleichzeitig ansehn?

Mise en abyme, sagt der Uniformierte, zwei Mal, und verschwindet Richtung Bar, während die beiden Krawattenmänner und die beiden Polkadotfrauen weiterhin gebannt bis verstört auf die Displays ihrer Pads starren, genauer gesagt: von ihren Displays zu Fenna und wieder zurück.

Auf keinem einzigen …

Tatsächlich.

Man sieht sie einfach nicht!

Wākào!

Die Kamera erfasst verschwommen Fennas Schultern, ihren Nacken und den Hinterkopf, nicht aber ihr Gesicht. Wenn sie etwas erwidert, dann so leise, dass man sie nicht versteht. Auch Eden schweigt. Seine Gesichtsmuskeln, seine Finger bleiben unbewegt. Nur seine Lippen, die schmal sind und rot, als hätte er Blut geleckt, öffnen sich zu einem spöttischen Lächeln, entblößen einen Eckzahn, der ungehorsam aus der Reihe tanzt, verharren, verharren eine aufreizende Weile lang spaltbreit, um dann langsam, anstrengungslos den Rauch freizugeben.

Den Rauch, den Fenna vor – man wüsste genau, wie langer Zeit, hielte man die Aufzeichnung an – eingeatmet hat. Mehr und mehr, unwahrscheinlich viel Rauch quillt nach, ballt sich, verdeckt Edens Mund, sein und Fennas Gesicht. Die dreht jetzt ihr Profil zur Kamera, doch ihre Züge sind verschleiert, als würde ihr eine unerklärliche Substanz aus Augen, Nase, Mund und Ohren quellen.

Ach, hört man sie hinter weißen Schleiern seufzen. Das Astoria! Allein die Eröffnung im September. 1930 war das. Der goldene Brunnen. Die polierten Fliesen … Und dann natürlich Colman, der charmante Häftling mit dem schüchternen Blick. 47232 …! Wer hätte diese Nummer nicht im Schlaf … Na ja, ob nun Sevilla oder Südamerika – Palmwedel, die sich in lauer Luft bewegen. Die pure andalusische Nacht. Das war sie jedenfalls für uns. Und überhaupt das Größte, was wir je gesehn …

Tweedmann nickt versonnen. Eden schließt den Mund.

Aus dem Rauchball werden zwei schlanke Herzen, diese dann zu dünnen Fäden, die deckenwärts schweben. Die Kamera geht mit, erreicht den unteren Rand der Leinwand, auf der die Roboterfrau, noch immer in blauen Nebel gehüllt, feierlich-drohend deklamiert:

On the eighth day machine just got upset

A problem man had not foreseen as yet …

Schwarze Handsilhouetten durchschneiden den Laserteppich, ergebene Jünger oder verzweifelte Ertrinkende. Dann ist der blaue Zauber jäh vorbei. Unbemerkt von den pickeligen Helden der Arbeiterklasse, die im brutalen Saallicht selbstvergessen weiter pogen. Dazwischen ein paar Paradiesvögel, Trauergäste, zerzauste Punks.

Aber du …!

Aufgeregt zeigt Krawattenmann Nummer eins zur Bildwand, Nummer zwei auf Eden. Die Platinblonde hebt die flache Hand, aber *Stop* funktioniert hier nicht, in dieser Imagination der 1940er, die das Geschehen ganz altmodisch über eine Spule auf ein matt-weiß gestrichenes Gewebe projiziert. Vergeblich flüstert Nummer zwei: *Rewind.*

Das bist doch ganz eindeutig du, da oben!

Eden schüttelt den Kopf. Dann macht die Kamera einen jähen Satz. Springt ihm mitten ins Gesicht. Man rechnet damit, dass er sie fortscheuchen wird wie ein lästiges Insekt. Doch nichts dergleichen. Unbehelligt erforscht sie Edens Topographie. Den feinen Flaum auf seiner Oberlippe, den feucht schimmernden Eckzahn, das Zucken des rechten Mundwinkels, die Mitesser auf seiner langen, leicht gebogenen Nase. Den unveränderlichen Rhythmus seines Augenaufschlags. Doch so nah ihm die Kamera auch ist – all diese

Details ergeben keinen Sinn. Verraten so wenig Gefühl wie die Einzelteile eines Puzzlespiels.

FaceRec irrt sich nicht, hört man Krawattenmann Nummer eins sagen.

Erste Reihe! (Nummer zwei) 435 Likes. 45 Kommentare. Gleich neben Tranny Pete. Phil und Healy. Shock. Little Bo Peep, Rat with the Hat …

Wieder reißt etwas die Kamera nach oben, aber die Bilder aus dem Publikum sind schon vorbei. Jubel und Klatschen. Die Roboterfrau hebt ihre Arme in einem triumphalen V.

Warte, stammelt die Platinblonde. Warte, da stimmt was nicht …

Doch schon wird die Roboterfrau vom Bühnenboden geschluckt, gleichzeitig die Leinwand hochgerollt – gegensätzliche Bewegungen, die ein und dasselbe Dahinter enthüllen: bröckelige Dunkelheit. Binnen zwei Sekunden passt sich die Blendenautomatik an. Abgeplatzte Goldreliefs, zwei kleine, eingefallene Rundbögen, ein schiefes Kruzifix, daneben gotische Lettern: SUS RIST IS HE L D `_874hiu"%)"kjoeiBEUp` aber MIR! gehorcht die zeit. nur einen moment lang gewinnt das mutierte vieh mit dem elefantenrüssel oberhand, dann `//[rewind]`

4:47:52

Meerestier auf dem Weg zurück. Schon hat es wieder Form, ein weißer Eight-Ball, der den Winkel des Mundes verbirgt. Die Lippen schimmern feucht, versprechen Süße, während das Tier sich annulliert, ins Dunkel gleitet, kaum wahrnehmbares Züngeln – Stop.

4:48:14

Das Astoria! Allein die Eröffnung im September. 1930 war das. Der goldene Brunnen. Die polierten Fliesen … Und dann natürlich Colman, der charmante Häftling mit dem schüchternen Blick. 47232 …! Wer hätte diese Nummer nicht im Schlaf …

4:49:00

Der Uniformierte kommt mit zwei konischen Gläsern zurück, gefüllt mit einer grünen Flüssigkeit, in der jeweils eine Olive schwimmt, und reicht sie den Frauen in Polkadots.

Die Dunkelgelockte nippt an ihrem Drink. So … gut, seufzt sie.

Nur leider nicht unendlich, die Marilyn-Kopie.

4:49:27

Auf der Leinwand: Die Welt springt und singt mit. Eden tanzt, umringt von Menschen, mittendrin, und doch allein. Eckig und fließend zugleich. Lebensfroh und verspielt. Der weiche Mund, die blutigen Lippen. Er trägt ein enganliegendes schwarzes Kostüm, mit fluoreszierendem Muster bedruckt. Ob Leiterbahnen, Lötbrücken oder Knochen ist in der Bewegung nicht zu erkennen.

Die Kamera zoomt ran. Close-up. Sein Gesicht glänzt vor Schweiß. Auf und ab, auf und ab. Er schaut in grelles Licht, das sich hinter der Kamera befindet. Eine Haarlocke klebt an seiner Stirn. Mascara rinnt aus den Winkeln seiner Augen. In seinem Blick ist eine herausfordernde Einsamkeit, die sagt: Komm näher, wenn du dich traust.

4:51:11

Langsam hebt Fenna die Hand. Krümmt den Zeigefinger. Diese Geste ist nicht fürs Virtuelle bestimmt, weder für irgendeine Suchmaschine noch für jemanden am anderen Ende der Welt.

Sie gilt einzig und allein Eden, der neben ihr steht, und sie bedeutet *Komm.*

5:32:03

Das erste Mal seit langem, dass die Drohne ein Stück *Draußen* zeigt.

Orangefarbene Lichtpunkte säumen die komplexen Knoten eines Zubringers zur nördlichen Ringstraße. Versteinerte Arterien, geronnene Pornographie. Nur sind die Vibrationen der Pfeiler und Überführungen bis hier nicht zu spüren, das Zittern des Betons, von tausendundeinem Sattelschlepper in dumpfe Schwingungen versetzt.

Der Himmel ist transparent; der Blick durch eine fettige Scheibe –

Ein Sonnenaufgang schiebt sich in den farblosen Himmel, gerastert durch die Facettenaugen des mutierten Insekts.

Weiter südlich: kaltes, weißes Licht. Schwebende Kuben. Der *abgebrochene Zahn*, die ausgefranste Spitze wie ausradiert von dieser Unfertigkeit. Nach und nach schalten sich die Lichter ab. Im Westen fluoreszieren wellenförmige Fassaden. Giftgrün changiert zu Pink.

Wo A12 und A13 aufeinanderstoßen, schlingen sich Zubringer um die Stahlgerippe alter Gasometer.

Dann der Flusslauf, die silbrigen Windungen. Hauptader der Stadt.

Im Osten Hafenbecken. Drumherum ein schwarzer, spitzwinkliger Wald. Hafenkräne, Baukräne. Brachland. Tote Lagerhallen. Das Ende oder der Anfang von irgendwas?

Es gibt da eine Parallelität. Eine Gleichzeitigkeit von Verfall und Wiederaufbau. Während die Drohne beharrlich jemandes Route verfolgt, aus fünfzig, sechzig Meter Höhe: der Blick durch eine fettige Scheibe auf die entvölkerten Kulissen eines B-Westerns `++ [list] *top rank*793()§MEM` hab ich das nicht mal gedacht? *abnutzungserscheinungen und modernisierungsprozesse. manchmal weiß ich nicht, was schlimmer*

V

unter einer Trauerweide. Er trägt ein Halstuch, als sei er krank. Seine Haut wirkt transparenter als sonst. Was allerdings auch daran liegen mag, dass niemand ihn je bei Tageslicht gesehen hat.

Blätter bewegen sich auf seinem Gesicht. Aber da ist auch ein Schatten, der statisch bleibt. Als stünde ihm jemand gegenüber. Jemand, den man nicht sieht.

Die Kamera zoomt auf seinen Oberkörper, die Schultern, fokussiert schließlich die Haut im Schatten seines Halstuchs. Bei Tag sieht sie seltsam knittrig aus. Knittrig und schlaff.

Am Hals, sagt man, sei das wahre Alter eines Menschen zu erkennen. Am Hals und an den Händen. Seine Hände …

Die Kamera fährt nicht runter, wie erwartet, sondern hoch.

Seine Hände stecken in fingerlosen, an den Knöcheln ausgefransten Baumwollhandschuhen. Die Linke verdeckt seinen Mund. Er knabbert an den türkis schillernden Nägeln. Ruinenlandschaften. Bruchstellen und Krater notdürftig überdeckt.

Die Kamera fährt raus. Geht auf Halbnahe. Im Hintergrund ist Grün zu sehen und, verschwommen, eine Engelsfigur.

Ich hatte keine andre Wahl, sagt er, die Lider gesenkt, als sie immer wieder zu überpinseln. Immer und immer wieder. Ich hab ja keinen Nagellackentferner dabei.

Drei Sekunden Stille.

Dann sagt eine Frauenstimme aus dem Off: Du sagst das, als wärst du auf Reisen. Weit weg von zu Hause.

Eden lässt seine Hand in den Schoß fallen. Die Kamera geht mit. Zoomt ran.

Er knickt die Hand nach hinten ab, so dass der Baumwollstoff zurückrutscht. Auf der Innenseite seines Handgelenks wird ein schnörkeliges V sichtbar, gestochen in ehemals schwarzer, jetzt bläulich verblasster Tinte.

Ja, sagt er.

×

Eine Sanduhr dreht und dreht sich, dabei hab ich gar nicht *Scroll* –

@2015que_sepas: Voll veraltetes Design …

@Chão: Mach mal [reset]

Ich schließ kurz die Augen.

Tatsächlich: Der Fehler ist behoben. Die Drohne aber bleibt verschwunden. Das ist echt mal *gǔ guài*. Sollte die nicht hinter MIR …? Ich meine, bin ICH nicht die Killerin?

Verschwommene [Vegetation]. Die [Farbpalette] sagt: Chromoxid, Reseda, Kiefer, Schiefer, Minttürkis. Doch nichts darüber, wo ich bin. Ein Park, denk ich, es ist so [grün: Reseda, Kiefer, Schiefer …], vielleicht ein Park; aber da öffnet sich nichts.

Dein Bild in Sepia wird immer blasser. Und das, obwohl sich unsere Aufenthaltsorte jetzt beinahe decken.

Die *Conquest*-Maschinen, die in Staffel neben mir fliegen, tragen an der Seite ne Art Schießscheibe, die schreit: hier bitte drauf zielen. Seh Wolken und unter mir so was wie kleine Karos – das Ganze spielt definitiv nicht mehr im All. So n Scheiß! Reiß den Steuerknüppel rum. [Sturzflug] Mein Magen sackt, der Motor [Merlin] [newtab: 12-Zylinder-Flugmotor von Rolls-Royce in V-Bauweise] stottert, da explodiert was Rotes, bin natürlich sofort tot.

[GAME OVER]

Meine Handflächen sind wie aufgerieben, graben sich in Sand [Korngröße: 1,3645…]. Luftkampf über England blinkt da. Aber irgendwie ist auch noch Zukunft. UND 1980. +++ New York, 8.12. 22:50 Uhr +++ The Dakota [loc: *1 West 72nd Street*] [George Henry Griebel] +++ Unbekannter Täter schießt auf #JohnLennon [9.10.1940, Liverpool, England] +++ 4 Schusswunden 80 Prozent Blutverlust +++

Dein Herz

@PatSmear fragt (nicht mich, sondern alle): Are you sitting down???

schlägt nicht nur schwach

+++ *Imagine* *meist gehört* +++ 674 deiner Freunde gefällt das +++ *download here* +++

Like. Like. Wer zum … ist denn *das*? Wann hab ich *den* ge...? Ok, #WTF, Like.

Es schlägt

[Respawn in 10 Sekunden]

eigentlich

[Szenario WWII: 5 +++ Level 2 +++ Own: Spitfire Mk V]

überhaupt nicht mehr.

Muss mich jetzt leider schnell entscheiden. Zwischen Gegner-Varianten eins bis fünf: [Messerschmitt BF 109] [Focke-Wulf FW 190] [Junkers Ju 88] [Junkers Ju 88 Nachtjäger *nur ab Level 2*] …

@RollOffTheTop: Der Würger sga ich ´Dir macht spass …

@Hartmann1922: Sternmotor würd ich von abraten, der ist fast unzerstörbar …

[#Würger] Mach *Ok*.

[Loading …]

Richte mich auf. Gummiknie. Um mich rum noch immer sehr viel Grün und steinerne Wesen ohne [Content]. Doch selbst gänzlich ohne Lebenszeichen hab ich das Gefühl, als würdest du, also dein Abbild hinter all dem, ganz schwach die Lippen [lat: Labium oris] bewegen, wär da nicht der anschwellende Motorenlärm [Rolls-Royce Merlin 40er Serie] und etwas, das mich erst nach vorne und dann steil nach oben katapultiert, könnt ich vielleicht sogar verstehen –

@RodneyBingenheimer: Darby [not found] picked the wrong time to die. #JohnLennon kinda upstaged him …

Darby Da war was. Etwas, das Mesca –

[newtab: #DarbyCrash] //MemoryScr **Darby? Darby Crash?** Aber das lässt sich nicht weiter-

Weil über mir jetzt kreuzförmige Schatten stehen, Stukas, [Ju88 V6], die drohenden Symbole der deutschen Luftwaffe auf den Unterseiten ihrer Tragflächen. [Aerodynamik: -2] [Abwehrbewaffnung: -7] [Sturzflugeigenschaften: +5] [Abfangautomatik: +6]

@RollOffTheTop: no panic! Der is zwar klein und wenidg, hat aber nur 3 MG 15 + 1 Bodenwanne

@1941_TopGun: Kurze Salven! musst auf 1000 fuss ran …

Ich *feuer* aber nicht, mach ganz im Gegenteil [StandBy]. Die Schießscheiben an meinen Seiten geben mir das Gefühl, ne lebende Tote zu sein. Vielleicht auch, weil ich plötzlich was spüre, nämlich Tod rund um mich rum. [Serendipity] macht Vorschläge, bleibt hängen bei Friedhof [veraltet: Gottesacker, jump to: kultische Funktionen, jump to: etym. …] [Friedhof der

Kuscheltiere *download here*].

Das erklärt auch die steinernen Figuren [jump to: künstlerische Funktionen], auch wenn sie verschwommen, bis auf wenige: die auf dem Profil von @Tweedmann getaggt [#CamdenSchnicksen] [#MedizinischeStudien] [657 Likes, 54 Kommentare]

@V_Spirit1944: Vertrocknetes Schlingpflanzengeknäul …

@Tweedmann: Ich steh auf Kontraste!

Dann ist der Time-Out vorbei. Ein Rütteln, Reißen im Nacken. Zwei der Stukas stürzen runter.

@RollOffTheTop: Halbe Rollle abwaerts, um die negative g-Beschleunigugn zu vermeiden!!!

@Immelmann_Turn1916: Unter 13000 Fuß bist du denen meilenweit überlegen …

Ich kipp über den rechten Flügel weg [Manöver 45.6 … 2, 3 Sekunden] geh runter, aber –

ich weiß nicht, was du mir sagen willst, im andren Fenster start ich [rewind] `*search* =„down“`, aber da kommt nur

@PatSmear: Are you sitting down???

@Gerber_TwistedRobots: No.

@PatSmear: Sit down.

Stürz mit flatterndem Magen durch Nebelwände. Nur noch Wolkenfetzen. Hab die [Fühlung] zum Gegner [Ju Ju 88, Level 3] verloren –

@PatSmear: He's gone.

×

6:48:34

Die Grabsteine sind da und auch die Engel.

Giftgrüne Farne vor schiefermatten Platten, darüber Efeu wie eine verrutschte, viel zu schwere Perücke. Verdorrte Wurzeln bedecken den Boden. Konservierte Innereien.

SIE und Eden stehen vor einer Frauenfigur von der Farbe seichten Meeres.

Das Meer, sagt SIE, hab ich in Brighton gesehen, an einem Sonntagmorgen, als Kind.

Etwas Dunkles läuft über ihre Wangen, etwas Dunkles wie mascaragetränkte Tränenspuren. Wo einst ihre Hand war, ist nurmehr ein Loch. Glatter Durchschuss. Über ihre Schulter ragt eine rostige Spitze, die da nicht hingehört.

SIE trägt noch immer den dunkelblauen Blazer, den geraden Rock, die zweifarbigen Schuhe. Nur die Handschuhe hat SIE abgestreift. Aus IHRER pomadierten Frisur haben sich einzelne Strähnen gelöst.

Eden sieht aus wie einer, für den die Zeit stehengeblieben ist. Einer, der seit einem halben Jahrhundert auf einem leeren Bahnsteig auf und ab geht. Immer auf und ab. Auf und `{z%eK [track bck] = „GREAT PORTLAND ST" 839HNEU}` prompt kommt die szene zurück, die irgendwann mal über einen von squids monitoren lief – eden in seinem schwarzen dreiviertelmantel, die körperlose frauenstimme, *nummer sieben* –

und folgsam der gedanke: vielleicht kam der zug einfach nie an.

6:53:09

Im Vorbeigehen fährt SIE mit dem Finger über die Inschrift auf einer Grabplatte, die für den Betrachter nicht zu sehen ist.

Edens Blick folgt IHREN Fingern. Seine Augen weiten sich. Er taumelt und wird blass, noch blasser als ohnehin. Als hätte man ihm eine Kanüle aus dem Arm gezogen. Ihn von irgendetwas Essentiellem abgekoppelt. Als hätte man ihn an einen Leichnam herangeführt und plötzlich das Tuch weggezogen. Mit Klemmeisen gezwungen, auf unerwartete Einstellungen

×

@Nicole_Panter: Is that a f***ing hoax??!!!

Für zwei, drei Sekunden scheint die [Kommentarfunktion] unterbrochen. Jedenfalls liked niemand das. Deine blassen Lippen [lat: Labium oris] verharren halboffen, in der Bewegung gefroren. Dafür ist der Gegner wieder da. Schwere Vögel [Triebwerksleistung -2], komm ziemlich schnell ran.

@Lockheed_P38: Und jetzt auf Kurvenkampf!!!

@1941_TopGun: Kurze Salven!!!! Immer auf Motor & Ölkühler feuern ...

Mach *feuern*, aber die meisten Geschosse prallen einfach ab. Die [Ju Ju 88], auf die ich's abgesehen, stürzt plötzlich runter. Dahinter [34:78:80] noch ne [Ju Ju 88] auf Frontalkurs. Versuch mit ner Rolle abzudrehn; gleichzeitig rollt von rechts oben was rein, 56 Daumen hoch [#DarbyCrash #DontBlameMe]

@CaseyCola: I didn't make Darby die!!!!

Und dann diese Frau aus Stein ... @Tweedmann: Check out [Fotostrecke #KaputteEngel]

Kehrtwende. *Tāmā de!* Zu schnell, zu tief runter. Mein Motor stirbt schon wieder ab.

@Lockheed_P38: Trimmen!!!

Während ich runtertaumel, trifft mich was. Frontal. Seh's auf mich zurasen wie n Feuerball. Werd sofort rausgeschleudert. Explosion in den Augen. Für [5:67:36 sec] bin ich blind. Anstatt den [Respawn Point] seh ich, als wär das wirklich meine letzte Sekunde, dein Gesicht auf einmal völlig klar:

Die blutroten Lippen. Den Raubtierzahn. Die pupillenlosen Augen, in denen ICH Sterne platzen ließ. Ganz klar: Am schönsten warst du tot. Schon immer. *Tot.* Was sag ich: *tot gedacht.* Sogar auf den Fotos, bei denen alles in mir *Leben Leben Leben* schrie. Nur einmal blinzeln hätte man. Dann wär das Verschwundensein in deinem Blick, war ja schon da, zumindest fast: ein Reh, vom grellen Licht

×

Du siehst mich nicht, sagt er.

Er sitzt noch immer unter der Trauerweide, wie man jetzt sieht: auf einer steinernen Bank. Seine langen Finger fahren über die leere Sitzfläche neben ihm; sein Blick verfolgt die unsichtbaren Linien, die sie ziehen.

Beziehungsweise, was du siehst, sind Millionen von Pixel, na ja, Voxel wohl eher, in meinem Fall, Millionen von Soundfiles und Streamsequenzen, Millionen von Herz- und Atemrhythmen vergangener Jahre, immer wieder neu zusammengesetzt.

Seine Finger halten inne. Er nagt an seiner Unterlippe. Ganz langsam zoomt die Kamera auf sein Gesicht. Dann schaut er auf – es ist nicht ganz klar, ob in die Kamera oder seitlich an ihr vorbei – und lächelt.

Übrigens brauchst du nicht dauernd so nervös über die Schulter zu schauen. Warum sollte die AllSec dich verfolgen? Der Auftrag ist erfüllt.

Die Kamera schwenkt über seine Schulter, fokussiert für wenige Sekunden den Hintergrund. Blätter, die sich leicht im Wind bewegen, in allen Schattierungen der Farbe Grün. Man erkennt jetzt, dass dem steinernen Engel der rechte Flügel fehlt.

Das hier ist eine mögliche Version, sagt er.

Ich wollte sterben. Ich hatte es verdient. Ich war ja einer der Bösen. Oder zumindest beinah. Alles, was daran vorbeiging, konnte ich niemandem zeigen. Niemandem erzählen.

Mein Leben hatte eigentlich nur einen Sinn. Und der war eine Fantasie: eine Vision der Vergangenheit, die es so nie gab. Ganze Tage und Nächte hab ich mir die V-Night-Party reingezogen. Nur um nicht in der Realität zu sein. Dem Jetzt.

Sein linkes Ohr gleitet zurück ins Blickfeld. Eine Haarsträhne, die dahinter klemmt. Die hohen Wangenknochen. Dann das ganze Gesicht, ein bisschen unscharf allerdings.

Was da vor der Crossharbour Station … Und Amir. Das war irgendwie *too much.*

Er schüttelt eine Haarsträhne aus seiner blassen Stirn.

Aber mich selbst … Das ging einfach nicht. Heute lässt sich ja ab dem zweiten Stock kein Fenster mehr öffnen.

Er macht ein Geräusch, das ein Lachen sein könnte, oder ein verschlucktes Husten.

Wie ein Mord sollte es aussehen. Ja, so bescheuert sich das anhören mag: Ich hab nen Killer auf mich selbst angesetzt.

Die Kamera hat den Fokus wieder.

Er schaut direkt in die Linse, den rechten Mundwinkel eingegraben. Bei dieser Einstellung verharrt das Bild. Als hätten seine Lippen ein bitteres – vielleicht selbstironisches, vielleicht resigniertes – Lächeln begonnen, aber nicht zu Ende gebracht.

×

7:01:55

Du warst schon tot, als ich dich traf, sagt SIE. Eine bloße Ansammlung von Informationen.

Die Kamera filmt IHR Gesicht, so nah, dass IHRE Züge verschwimmen. Blätter rascheln, Wind zerrt am Mikrofon. SIE atmet durch den Mund, zwischen den Sätzen, Satzfetzen, so als würde SIE sich ziemlich schnell bewegen. Wahrscheinlich noch immer über den Friedhof. Obwohl nicht viel zu erkennen ist. Eine Haarsträhne, ein Stück Kinn, IHRE Nasenspitze. Dahinter Grün. Manchmal auch farbloser Himmel. Es dauert einige Minuten, bis SIE weiterspricht.

7:04:38

Wie wir alle eigentlich. Ständig abrufbar, aber ohne Leben. Jedes Bedürfnis sofort erfüllbar, so dass wir den Tod in uns drin nicht mal spüren …

Äste und Laub knacken unter IHREN Füßen. Eden ist nicht mehr zu sehen. Was einer gewissen Logik folgt. Schließlich hat SIE ihm gerade sein Grab gezeigt.

Die AllSec, sagt SIE, ist nicht das böse *Andere*, das uns von Außen kontrolliert. Sondern das, was bereits durch unsere Adern zirkuliert.

Ein Rucken. Die Drohne scheint sich in etwas zu verfangen. Das Bild kippt – Himmel, Baumspitzen, Blätterregen –, und man hört Edens Stimme aus dem Off:

Was ist mit der Überwachung?

Rinde, verschlungene Wurzeln, Erde. Dann Eden, der sich selbst die Antwort gibt:

Überwachung ist dann wohl das, was durch unsere Art der Kommunikation überhaupt erst entsteht.

×

Dann hab ich SIE kennengelernt. SIE.

Wie in diesem Film … Ich komm nicht auf den Namen. Jedenfalls wollte ich den Auftrag rückgängig machen.

Nur leider war ich plötzlich in ner anderen Zeit. In einer Zeit, in der's kein Netz mehr gab. Keine Signale. Nichts.

Als mir das klar wurde, hab ich mich gefühlt wie … Henri. Hm, komisch, an den Namen … Na jedenfalls wie Henri, als er zurück zu dieser Bar geht, um zu sagen: Ich will gar nicht mehr sterben. Er kommt da also pfeifend anspaziert und steht plötzlich vor nem Schutthaufen, aus dem n halbes Schild ragt. Die Bar ist weg. Einfach plattgemacht.

Genau so war das bei mir.

Nur dass in meinem Fall die Bar nicht abgerissen wurde. Sie ist noch gar nicht gebaut.

×

[Serendipity] ist runter auf null. Dem Engel [altgriech. ἄγγελος hebr. מלאך, jump to: Christentum, jump to: Judentum …] fehlt ein Flügel [Differenzierung: Flughaut, Bewegungsorgan, Bauteil, Familienname, Position im Mannschaftssport]. Kann die Augen nicht von ihm abwenden, [PersonalEyezR] arbeitet ja mit [EyeTracking]: Der Engel, der halsabwärts eine Frau [etym. *skip* jump to: morph. Merkmale physiol. Merkmale soziale Rolle] ist, hat Edens Gesicht.

[Mission Accomplished] blinkt grell drüber weg. 45 Freunde, 356 Freundesfreunde liken das.

Wie jetzt? Bin doch seit [00:13:56] schon wieder tot …

@Chāo: he he …

@Tetris_7980: Wie wärs mal mit nem Update?

subnet://huīyún//pro_version/free+mtch@+rlteKK/4989o08329

Ich versteck das, will wieder dein Gesicht, ich meine: das des Engels [#RateBrokenAngels, 745 Pics, gib hier deine Bewertung ab, 210 deiner Freunde gefällt das], stattdessen tickern an der Unterkante wieder News +++ toter [AllSec]-Mitarbeiter auf der Toilette des Flughafens Heathrow [loc map] gefunden +++ brutal mit den Scherben [Fachsprache: Keramik, Film [newtab: Expressionismus 1921], jump to: *Soundz* [#TonSteineScherben]] eines zerbrochenen Spiegels [lat. speculum (Abbild), jump to: Reflexionsgesetze jump to: Symbolik, Aberglaube] niedergestochen +++ [Dein Algorithmus für globale Anteilnahme liegt bei 50, der für nationale bei 85 % *Klick hier, um das zu ändern*] +++ anonymer Auftragskiller [auch interessant: i hired a contract killer [newtab: Aki Kaurismäki] [siehe auch: Jules Verne: Die Leiden eines Chinesen in China]] +++ mutmaßliche Auftraggeber: Mitglieder der Gang *One Canada* [newtab: kriminelle Jugendorganisation, siehe auch: E19 [loc map]] getötet +++ Racheakt? +++ Links und rechts zieht Grün [Chromoxid, Reseda …] vorbei. Verpixelte graue Schlieren. Rechts oben im versteckten Fenster [#DarbyCrash] zwei neue Kommentare.

@PenelopeSpheeris: Oh my God, people are going to think that I'm terrible because I just did this movie and I have 5000 posters sitting on the floor at *Slash* [newtab: punk rock related #fanzine L.A. based 1977-1980 …] with him lying on the floor looking like he's dead …

Unten, oranges Blinken im [Subnet]:

@SecondGuesses: Alles Lügen!!!

@Morro12: Die ham doch selbst den killer angeheuert, weil haette rauskommen koennen, dass seine drhonen (beta-augen) die luegen der AllSec und die gewalt der tridents haette aufdecken koennen …

@SecondGuesses: und der erbauer hat das gecheckt und wollte grade ausser landes reisen …

[i hired a contract killer *download here*] [av: vier Sterne. #spiegel_1991_3_18: … *und manchmal ist es, als würde die Kamera selber für einen Moment die Augen schließen* …]

[hide]

@PenelopeSpheeris: I guess the movement's over.

×

als man ihn also fand. diesen körper. das gesicht: ein krater, mit erde gefüllt. und keiner dachte: noch schöner im tod. und keiner: die bestie. oder: der hillside-strangler.

die bestie spuckte ein paar tausend meilen weiter südlich ihre letzten opfer aus. die hillside strangler waren zwei, und beide seit monaten im knast. außerdem haben die's nur mit nutten, ich meine nutten mit mösen, gemacht.

manche dachten: selbstmord. und andere: der sturz vom großen H.

wie kannst du so kalt sein. mehr hat gerri nicht gesagt. den kopf geschüttelt. nicht, dass ich die bestie. nein. den kopf geschüttelt, weggegangen.

der wusste ja, wie's ist. das liebste zu verlieren. *so viel H im blut, das hätt nen elefanten zwei mal umgebracht.*

zu diesem körper hier, hinter containern, auf asphalt, der in der hitze blasen warf, hat kein arzt irgendwas gesagt.

manolo/prizz war längst woanders. ganz, ganz woanders.

in london. in hochstimmung. in höchstform. in einem kühnen outfit. in schrillen schuhen. in der exquisiten, elitären, legendären schlange vorm V.

Anja Kümmel wurde 1978 in Karlsruhe geboren. Sie studierte Gender Studies und Spanisch in Los Angeles, Madrid und Hamburg. Seit 2009 ist sie als freie Autorin und Journalistin tätig. Neben zahlreichen Publikationen in Literaturzeitschriften und Anthologien sowie Hörbuchbeiträgen veröffentlichte sie vier Romane: »La Danza Mortale« (2004), »Das weiße Korsett« (2007), »Hope's Obsession« (2008) und »Träume Digitaler Schläfer« (2012).

www.anjakuemmel.com

HABLIZEL VERLAG
LOHMAR
WWW.HABLIZEL-VERLAG.DE